Michael Rothballer

Vermächtnis der Schwerter · Feuerzwinger

Michael Rothballer

Vermächtnis der Schwerter

Feuerzwinger

Band 2 von 3

Loewe

FSC
Mix
Produktgruppe aus vorbildlich
bewirtschafteten Wäldern und
anderen kontrollierten Herkünften

Zert.-Nr. SGS-COC-1940
www.fsc.org

ISBN 978-3-7855-6148-5
1. Auflage 2009

Dieses Werk wurde vermittelt durch die Literarische Agentur Hanauer
Redaktion: Elke Karl
Umschlagillustration: Tobias Brenner
Karte im Innenteil: Michael Rothballer
Umschlaggestaltung: Christian Keller
Printed in Germany (007)

www.loewe-verlag.de

Für meinen Vater,
dem ich die Worte verdanke
und so vieles mehr.

Inhalt

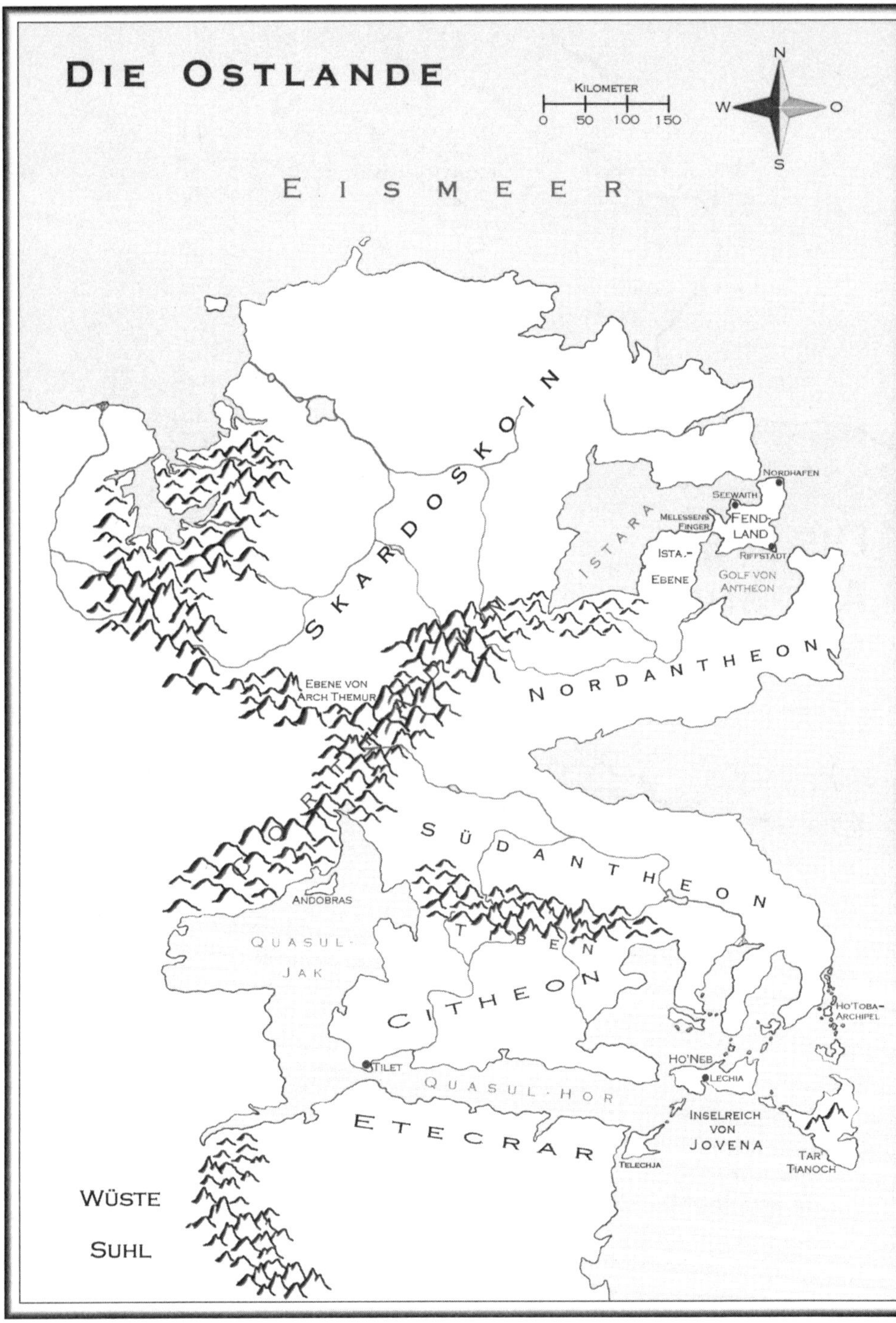

DIE OSTLANDE
KILOMETER
0 50 100 150
N
W
O
S
EISMEER
SKARDOSKOIN
NORDHAFEN
SEEWAITH
MELESSENS FINGER
FEND LAND
ISTARA
ISTA.-EBENE
RIFFSTADT
GOLF VON ANTHEON
NORDANTHEON
EBENE VON ARCH THEMUR
SÜDANTHEON
ANDOBRAS
QUASUL-JAK
TIBEN
CITHEON
HO'TOBA-ARCHIPEL
HO'NEB
LECHIA
TILET
QUASUL-HOR
ETECRAR
INSELREICH VON JOVENA
TELECHJA
TAR' TIANOCH
WÜSTE SUHL

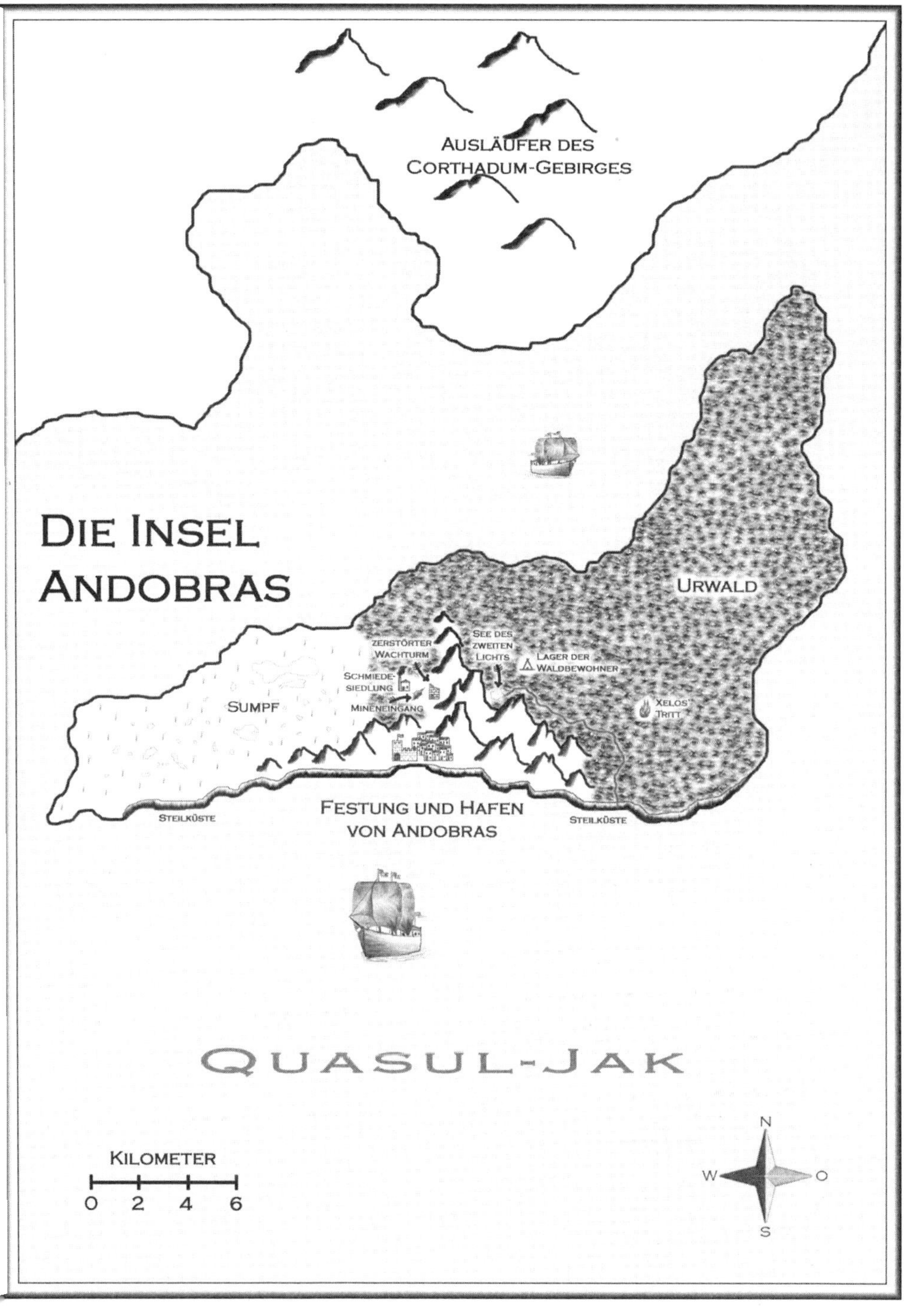
Ausläufer des
Corthadum-Gebirges
Die Insel
Andobras
Urwald
Zerstörter
Wachturm
See des
zweiten
Lichts
Lager der
Waldbewohner
Schmiede-
siedlung
Mineneingang
Sumpf
Xelos'
Tritt
Steilküste
Festung und Hafen
von Andobras
Steilküste
Quasul-Jak
Kilometer
0 2 4 6
N
W
O
S

Rückblick „Tausendsturm“

In der kleinen Hafenstadt Seewaith lebt Arton, der trotz seines jungen Alters im ganzen Land berühmt ist für seine Schwertkünste. Gemeinsam mit seinem Bruder Arden und dem altehrwürdigen Maralon Erenor bildet er in der Kriegerschule Ecorim junge Männer und Frauen aus den ganzen Ostlanden in der Kunst des Schwertkampfs aus. An seinem achtzehnten Geburtstag erfährt Arton, dass er nicht dem Geschlecht der Erenors entstammt, und eine Welt bricht für ihn zusammen. Da er kein Nachfahre des großen Helden Ecorim ist, wird ihm zeit seines Lebens das von ihm so sehr begehrte, machtvolle Schwert seiner Familie verwehrt bleiben. Stattdessen soll sein Halbbruder Arden die legendäre Waffe erhalten.

Da Arton seinen verantwortungslosen Bruder für unwürdig hält, die mächtige Klinge zu führen, beginnt er, nach einem anderen Erben aus dem Hause Erenor zu suchen, der das Schwert an Ardens Stelle übernehmen könnte. Tatsächlich findet Arton ein uneheliches Kind Ardens mit Namen Thalia und bringt es in die Kriegerschule, ohne dass jemand von der Herkunft des Mädchens erfährt.

Inzwischen machen sich in Tilet, der Hauptstadt von Citheon, die Diebe Barat und Rai daran, die Thronschätze des Königs Jorig Techel zu stehlen. Rai wird in der Schatzkammer jedoch von einer kleinen, schwarz verhüllten Gestalt überrascht, deren geräuschvolles Eindringen die Wachen alarmiert. Rai greift zur Verteidigung nach einem schwarzen Schwert, das in der Schatzkammer liegt, und mit dessen Hilfe gelingt ihm die Flucht. Rai und Barat werden wegen dieses Schwertes sowohl von den Soldaten des Königs als auch von mehreren gnomenartigen Kreaturen erbittert verfolgt. Barat erkennt die unheimlichen, kleinen Wesen als Zarg, die einst zur Verteidigung der großen Festung Arch Themur eingesetzt wurden. Außerdem hegt er den schrecklichen Verdacht, dass es sich bei der dunklen Klinge, die Rai durch Zufall in der Schatzkammer ergriff, um das mächtige Schwert des gefürchteten Herrschers von Arch Themur handeln könnte, der damals in der großen Schlacht zwischen dem Norden und dem Süden von Ecorim Erenor bezwungen wurde.

In Seewaith kommen sich unterdessen Arton und seine Schwertschülerin Tarana näher und verbringen eine Nacht miteinander, die nicht ohne Folgen bleibt.

Tags darauf kommt es zu einem Überfall auf die Kriegerschule. Die Attentäter werden von dem verräterischen Schwertschüler Megas angeführt, der vom königlichen Berater Abak Belchaim beauftragt wurde, die ganze Familie Erenor auszulöschen. Durch die Ermordung der mit dem alten Königshaus verwandten Erenor-Familie soll Abak seinem Herrn Jorig Techel den Thron sichern.

Doch der Überfall hat nur zum Teil Erfolg. Zwar werden Maralon und die Schwertschüler Estol und Derbil getötet und die Schule brennt völlig nieder, Arden und Arton überleben jedoch. Arton verliert allerdings durch einen Schwertstreich sein linkes Auge und endet als Gefangener auf einem Sklavenschiff. Von den anderen wird er durch unglückliche Umstände für tot gehalten. Die überlebenden Schwertschüler finden in den Ruinen der Kriegerschule das Testament Maralon Erenors, in dem offenbart wird, dass Arden der Sohn Ecorims und damit der legitime Thronfolger des Landes ist. Daraufhin leisten

Arden, der mittlerweile das Schwert Ecorims an sich genommen hat, und die verbliebenen Schwertschüler Meatril, Targ, Deran, Eringar und Daia einen Eid, Jorig Techel zu stürzen. Nur Tarana beteiligt sich nicht an dem Racheschwur. Bald stellt sie fest, dass sie ein Kind von Arton erwartet.

Sobald Jorig Techel und sein Berater Abak von dem Scheitern des Überfalls auf die Familie Erenor und den rebellischen Umtrieben Ardens erfahren, versuchen sie, alle Landesfürsten für einen Krieg gegen das aufrührerische Fendland zu gewinnen. Doch der Citarim, der oberste Priester des Sonnengottes Cit, bringt die Landesherren dazu, Arden als rechtmäßigen Thronerben anzuerkennen und Jorig Techel ihre Unterstützung zu verweigern. Daraufhin beschließt Jorig Techel, selbst mit einem Heer nach Fendland zu ziehen.

Die beiden Diebe Rai und Barat geraten inzwischen in die Fänge von Sklavenjägern, die eigentlich keine Menschen, sondern kleine, kindlich anmutende Waldwesen jagen, die von Barat Wurzelbälger getauft werden. Zusammen mit den Wurzelbälgern werden Rai und Barat auf einem Schiff nach Norden zu einem Erzbergwerk auf der Insel Andobras gebracht. Einer der Sklavenjäger namens Ferrag nimmt Rai das schwarze Schwert ab und verkauft es an einen ranghohen Offizier.

In der Sklavenmine Andobras legt sich Rai gleich zu Beginn mit Ulag, dem riesenhaften Beherrscher der Mine, an. Fortan ist es für ihn unmöglich, sein geschlagenes Erz für Essen einzutauschen, da alle Vorräte von Ulag kontrolliert werden. Als Barat schwer erkrankt, ist Rai gezwungen, sich zur Tarnung einer Gruppe Xeliten anzuschließen, fanatische Anhänger des Unterweltgottes Xelos. Er gerät in eine Auseinandersetzung mit deren Anführer und nur dank des rettenden Eingreifens eines narbengesichtigen Einäugigen gelingt es Rai, Ulag und dem Xelitenführer zu entwischen.

Um nicht zu verhungern, bittet Rai danach einen Jungen namens Warson darum, sein Erz bei Ulag gegen Nahrung einzutauschen. Der Junge wird jedoch von Ulag ertappt und getötet. Gleichzeitig setzt ein Unwetter die tieferen Bereiche der Mine unter Wasser. Beim Versuch, das Leben des Einäugigen zu retten, der ihm gegen die Xeliten beigestanden hat, stürzt Rai selbst in die Fluten. Bewusstlos wird er durch einen unterirdischen Fluss aus dem Bergwerk gespült.

Außerhalb der Mine trifft Rai auf Kawrin, mit dessen Hilfe er heimlich in die Mine zurückkehrt, um Barat und die anderen Sklaven zu befreien. In der Auseinandersetzung mit Ulag kommt der mysteriöse Einäugige Rai erneut zu Hilfe und erschlägt den Riesen. Rai bittet den Narbengesichtigen nach dem Kampf, ihm seinen richtigen Namen zu nennen: Er lautet Arton. Zwischen Rai und Arton beginnt eine zaghafte Freundschaft.

Beflügelt von ihrem Sieg über Ulag beschließen Arton und Rai, aus dem Bergwerk zu fliehen, um zusammen mit den befreiten Sklaven die Festung am Hafen von Andobras anzugreifen und damit die Kontrolle über die gesamte Insel zu übernehmen. Bei dem Kampf um die Festung sehen sich Arton, Rai und ihre Anhänger unvermutet mit einer ganzen Einheit derselben Zarg konfrontiert, die Rai und Barat auch nach dem Diebstahl des schwarzen Schwertes verfolgten. Die Zarg kämpfen ohne Rücksicht auf eigene Verluste und stehen offensichtlich unter der Kontrolle des Hohepriesters der Insel.

Als Arton im Kampf auf den Festungskommandanten Garlan trifft, der gerade das schwarze Schwert in Sicherheit bringen will, nimmt er diesem die Klinge ab. Daraufhin vervielfachen sich auf einmal seine Kräfte. Mithilfe des dunklen Schwertes gelingt es Arton, die geistige Kontrolle über die Zarg zu übernehmen und den Sieg herbeizuführen. Nach der

Schlacht stellt sich heraus, dass es sich bei den Zarg um in schwarze Mäntel gehüllte Wurzelbälger handelt, die nun von Arton in die Freiheit entlassen werden. Rai, Barat, Kawrin und der ehemalige Minensklave Erbukas träumen nach dem Sieg von einer „freien Insel", auf der es keine Sklaven mehr geben soll, und beginnen, erste Vorbereitungen dafür zu treffen.

Arton sucht währenddessen bei dem alten Hohepriester Nataol nach Antworten und stellt ihn bezüglich des schwarzen Schwertes und dessen Verbindung zu den Wurzelbälgern zur Rede. Nataol erkennt in dem Schwert die sagenhafte Klinge Themuron wieder, die einst der Herr von Arch Themur, Hador Badach, führte. Sie wurde von den Göttern erschaffen, um ihrem Träger die Kontrolle über die Zarg, die der Citpriester als Themuraia bezeichnet, zu ermöglichen. Arton beschließt, so lange auf der Insel Andobras zu bleiben, bis er alles erfahren hat über das magische Schwert Themuron, das von den Menschen der Ostlande *Tausendsturm* genannt wird.

Machtwechsel

In endlosen Wasserfäden fiel der Regen auf die Stadt Andobras hernieder. Rai hasste den Regen. Immer wenn der Himmel seine Schleusen über der Insel öffnete, musste er an das Bergwerk denken, wie es in jener schicksalhaften Nacht überflutet worden war. Er erinnerte sich noch genau an die Kälte, die reißenden Wassermassen, seine Verzweiflung, die Todesangst, die ein ständiger Begleiter gewesen war, und – die Dunkelheit. Diese schreckliche, alles beherrschende lichtlose Finsternis würde ihn vermutlich bis an sein Lebensende in seinen Träumen heimsuchen. Aber da gab es noch etwas anderes, etwas Schlimmeres, das ihn jede Nacht in seinen Albträumen verfolgte: große, unschuldige Augen, die ihn vorwurfsvoll anblickten. Es waren die Augen des jungen Warson. Der kleine Junge war in den Minen von Ulag getötet worden, weil er für Rai Erz tauschen wollte. Rai sah Warsons Gesicht sogar manchmal am helllichten Tag. Wie jetzt. Ihn fröstelte.

Dabei fehlte es an diesem regnerischen Morgen eigentlich nicht an genügend Ablenkung. Heute wollten Rai, Barat, Kawrin und Erbukas das erste Mal als neue Machthaber zu den Bewohnern von Andobras sprechen und waren deshalb bereits auf dem Weg von der Festung zur Stadt. Als sie endlich den Hafen erreichten, hatte das unablässig herabrieselnde Nass schon den Weg durch die unterste Schicht schützender Kleidung gefunden und kroch nun klamm über die Haut, wo es den letzten Rest Wärme zu tilgen begann.

Raschen Schrittes hielten die vier neuen Herren der Insel auf die große Markthalle zu, wo noch vor wenigen Tagen mit Sklaven gehandelt worden war. Heute drängte sich dort der Gutteil der Stadtbevölkerung, wobei nicht alle unter dem schützenden Gebäudedach Platz fanden. Die mit Spannung erwartete Rede der selbst ernannten Machthaber veranlasste die Menschen jedoch, auch bei diesem feuchtkalten Wetter am Versammlungsort auszuharren. Selbst die Minenflüchtlinge waren aus ihren neuen Behelfsunterkünften in der Festung herabgeströmt und scharten sich nun mit den bereits wartenden Stadtbewohnern vor den Eingängen der Markthalle.

Barat ließ für sich und seine drei Gefährten von einer Gruppe aus vierzig voll gerüsteten und gut bewaffneten Minenarbeitern eine Gasse durch die Menschenmenge bahnen. Im Zentrum der Markthalle waren einige der Tische, die bisher den Finanzsekretären beim Ankauf der Sklaven als Schreibpult gedient hatten, zusammengeschoben worden, sodass eine kleine Tribüne entstanden war. Auf diese kletterten Barat, Rai, Kawrin und Erbukas nun hinauf.

„Na, das nenne ich mal einen frostigen Empfang", flüsterte Kawrin, nachdem er sich von ihrer erhöhten Position aus einen ersten Eindruck von der Stimmung der wartenden Menge verschafft hatte. „Ich hoffe, das liegt am Wetter."

Mit einem flauen Gefühl in der Magengegend ließ nun auch Rai seinen Blick über die Köpfe der Zuhörer schweifen. Ihre Zahl überstieg wahrscheinlich die Tausend, wobei aus den Gesichtern neben erwartungsvoller Spannung auch nicht selten Ablehnung oder gar grimmige Wut abzulesen war. Denn wider Erwarten hatte die Stadtbevölkerung den Machtwechsel auf der Insel nicht stillschweigend hingenommen. Besonders nachdem alle der über dreihundert ehemaligen Zwangsarbeiter des Bergwerks nach ihrer Befreiung in die Stadt gebracht worden waren, begannen sich die Stadtbewohner zunehmend feindselig zu verhalten. Rai musste jedoch zugeben, dass er diese Reaktion in gewisser Weise nachvollziehen konnte. Denn bei den ehemaligen Minenarbeitern handelte es sich zumeist um vollkommen ausgemergelte Kinder, die erst einmal durch reichlich Nahrung aufgepäppelt werden mussten. Vorerst sollte dies mit den Vorräten der Festung geschehen. Aber natürlich war den Bewohnern von Andobras klar, dass sie zur Versorgung der Hunderte von Minenarbeitern ebenfalls einen beträchtlichen Beitrag würden leisten müssen, sobald die Nahrungsmittel der Burganlage aufgebraucht waren.

Zusätzlich erzürnt hatte die Andobrasier das Anheben der schweren Sperrkette am Eingang des Hafens, was vorläufig das Verlassen der Insel und auch jeglichen Handel mit Schiffen vom Festland unmöglich machte. Erbukas, Kawrin, Rai und Barat hatten sich nach langer Diskussion zu dieser vorübergehenden Sicherheitsmaßnahme entschlossen, um ein wenig Zeit zu gewinnen und die überstürzte Flucht der Stadtbewohner oder das überraschende Anlanden eines Kriegsschiffes aus Tilet zu verhindern. Es gab an beiden Enden der Kette eine Winde, mit der die vielgliedrige Eisenbarriere angehoben werden konnte. Eine dieser Hebevorrichtungen befand sich in dem Leuchtturm gegenüber dem Festungsplateau, die andere in einer lediglich über die Burg zu erreichenden Felsenkammer. Da der Leuchtturm derzeit unbemannt war und von den neuen Machthabern stets gut verschlossen gehalten wurde, konnte allein von der Wehranlage aus die Sperrkette bewegt und damit der Hafen, die Lebensader der Stadt Andobras, beherrscht werden.

Aber diese Einschränkung hatte die Andobrasier an den

Rand eines offenen Aufruhrs gebracht. Es war höchste Zeit, dass die neuen Herren der Insel das Wort an die Stadtbewohner richteten, um ihnen die mannigfaltigen neuen Möglichkeiten zu verdeutlichen, die sich nach dem Machtwechsel für sie ergaben. Barats Idee von der „freien Insel" musste den Leuten erst noch schmackhaft gemacht werden, damit bei der Umsetzung dieses Vorhabens nicht eine massenhafte Flucht in Richtung Festland einsetzte. Denn ob es Rai und den anderen nun gefiel oder nicht, ohne die Städter würden sie in Kürze ernsthafte Schwierigkeiten bei der Nahrungsbeschaffung bekommen. Die meisten der geschundenen Minensklaven waren noch nicht in der Verfassung, um für die Jagd oder den Fischfang eingesetzt zu werden. Die wenigen von ihnen, die sich als stark genug erwiesen hatten, wurden dringend benötigt, die aufgebrachten Stadtbewohner im Zaum zu halten. Daher musste nun jemand die richtigen Worte finden, damit dieser schwelende Konflikt sich nicht zu einer gewaltsamen Auseinandersetzung ausweitete. Auch wenn es nicht offen ausgesprochen worden war, so hatten sowohl Rai als auch Erbukas und Kawrin stillschweigend diese Aufgabe Barat zugedacht, der sich auch gegenüber den Minenflüchtlingen bereits zweimal als überzeugender Redner erwiesen hatte.

Langsam senkte sich eine trügerische Ruhe über die Anwesenden. Alle Aufmerksamkeit richtete sich auf die vier neuen Stadtherren, die jetzt auf dem Podest aus Tischen standen, als hätten sie dieses nicht freiwillig bestiegen, sondern wären von der Menge dort hinaufgejagt worden. Rai wünschte sich in diesem Moment nichts sehnlicher, als dass Arton sie begleitet hätte, aber der einäugige Kämpfer gab sich seit der Eroberung der Festung wieder ebenso unzugänglich wie zu dem Zeitpunkt, als Rai ihn unten in den

Schächten der Mine das erste Mal getroffen hatte. Die bloße Anwesenheit des kräftigen Schwertkämpfers hätte bereits ausgereicht, um die Feindseligkeit der Andobrasier so weit zu zügeln, dass es nicht zum Ausbruch von Gewalt kommen würde. Ohne Artons Unterstützung befielen den Tileter Straßendieb angesichts der finsteren Blicke, die ihm einige der Städter zuwarfen, ernsthafte Zweifel über den friedlichen Verlauf dieser Zusammenkunft.

Erwartungsvoll, beinahe flehentlich richtete Rai daher seinen Blick auf Barat, der noch unschlüssig die versammelte Menge begutachtete. Kawrin und Erbukas taten es dem jungen Tileter gleich und so fand Barat, als er sich fragend nach den anderen umsah, drei auf ihm ruhende Augenpaare, die ihn unmissverständlich dazu aufforderten, nun endlich das Wort zu ergreifen. Der alte Soldat seufzte ergeben, fuhr sich dann nach Konzentration suchend mit der Hand übers Gesicht und wandte sich schließlich an die wartende Menge.

„Mein Name ist Barat", stellte er sich mit lauter Stimme vor, „und ich komme aus Tilet. Der Kleine da neben mir ist Rai, auch aus Tilet, der lange Blonde dort ist Kawrin aus Seewaith und dieser bärtige Geselle hier nennt sich Bergmeister Erbukas, seine Heimat ist Andobras."

„Also eigentlich stamme ich aus dem nördlichen Citheon …", widersprach Erbukas halbherzig und zu leise, als dass es die Versammelten hätten hören können.

„Schscht", zischte Rai zu ihm hinüber, „ist doch egal, woher du wirklich kommst, aber es macht sich bestimmt gut, wenn sie glauben, dass unter uns einer aus ihren Reihen ist." Erbukas reagierte auf diese Zurechtweisung des kleinen Tileters mit dem missbilligenden Heben einer Augenbraue, erwiderte aber nichts.

„Wir sind die Anführer der ehemaligen Sklaven", fuhr Barat mit seiner Rede fort, „die aus dem Bergwerk von Andobras entkommen sind. Zu uns gehört noch ein weiterer Kämpfer, der heute leider nicht anwesend sein kann. Sein Name lautet Arton. Er war es, der dem Tyrannen Ulag, dem früheren Beherrscher des Bergwerks, mit bloßen Händen das Genick gebrochen hat. Und das, obwohl Ulag so groß wie zwei Männer war und so stark wie zehn. Nur dem Helden Arton ist es zu verdanken, dass wir dieses Ungetüm überwinden und die Mine verlassen konnten."

Rai stellte beeindruckt fest, dass Barat trotz Artons fehlender Präsenz versuchte, dessen einschüchternde Aura zu beschwören. Was genau der Grund für das Fernbleiben des Kriegers war, konnte Rai nicht ermessen. Unmittelbar nach dem Entkommen aus dem Bergwerk und der Eroberung des Wachturms war Arton erstaunlich aufgekratzt gewesen und Rai hatte schon zu hoffen gewagt, dass der düstere Schwertfechter seine grimmige Verbissenheit ablegen und ein wenig offener werden würde. Aber spätestens nach dem Vorfall mit Kawrin begann Arton, wieder dazu überzugehen, sich nur noch um seine eigenen Angelegenheiten zu kümmern. Kawrin hatte bei dem Versuch, wichtige Informationen über Artons Verschleppung aus Seewaith zurückzuhalten, den Zorn des Kriegers zu spüren bekommen. Seitdem beschäftigte sich Arton hauptsächlich mit dem schwarzen Schwert, das ihm beim Kampf um die Festung in die Hände gefallen war. Außerdem stattete er dem immer noch bewusstlosen Hohepriester des Cittempels regelmäßige Besuche an dessen Krankenlager ab. Der Grund für dieses merkwürdige Interesse an dem betagten Glaubensführer blieb Rai jedoch ein Rätsel und ebenso wenig konnte er Artons Weigerung verstehen, sich an dem so entscheidenden Gespräch mit der Stadtbevölkerung am heutigen Tag zu beteiligen.

„Wo ist denn dieser große Held?", rief plötzlich jemand aus der Menge. „Warum hat ihn noch nie jemand gesehen? Gibt es ihn überhaupt?"

Ein Raunen lief durch die Halle und es war klar erkennbar, dass der Zwischenrufer bei den versammelten Andobrasiern Zweifel an Barats Worten gesät hatte.

„Er bewacht mit einigen Leuten die Festung", antwortete Barat ein wenig ungehalten, während er versuchte, den Zwischenrufer unter den Zuhörern auszumachen. „Und von den Minenarbeitern hat ihn jeder schon einmal gesehen. Nur hier unten in der Stadt war er noch nicht, deshalb habt ihr ihn bisher nicht zu Gesicht bekommen. Aber seid gewiss, mit seiner Schwertkunst und Kraft kann sich kein Zweiter messen. Durch Artons Hilfe gelang uns auch die Eroberung des Wachturms am Eingang der Mine und schließlich die Einnahme der Festung Andobras, die seit ihrer Erbauung noch niemals gefallen ist."

„Nichts weiter als Glück und Hinterlist", tönte es aus der Menschenmasse. Ein paar der Anwesenden nickten zustimmend.

Rai war sich ziemlich sicher, dass diese aufwieglerischen Einwürfe immer von demselben Sprecher stammten, fand es aber ebenso wie Barat unmöglich, den Störenfried unter den Hunderten von Menschen ausfindig zu machen. Aber selbst wenn ihm das gelungen wäre, was hätte es schon genutzt? Schließlich wollten sie die Städter für sich gewinnen und nicht einen von ihnen gleich zu Anfang gewaltsam aus der Markthalle werfen lassen.

Außerdem konnte man nie wissen, wie die Andobrasier bei solch einem Vorgehen reagieren würden. Rai musste sich in diesem Augenblick selbst daran erinnern, dass bei Weitem nicht alle ehemaligen Sklaven als verlässlich gelten konnten.

Abgesehen von den vielen, bei denen die Folgen der langen Zwangsarbeit die körperliche Beanspruchung eines Kampfes nicht zuließen, gab es unter Rais früheren Mitgefangenen immer noch die Gruppe der Raffer. Diese niederträchtigen Halsabschneider konnten sich nun zwar nicht mehr in der Dunkelheit verbergen, wohl aber in der Masse der Minenarbeiter. Dort würden sie so lange unentdeckt bleiben, bis sich ihnen eine günstige Gelegenheit bot, erneut zuzuschlagen. Bei solchermaßen eingeschränkt verlässlichen Verbündeten war die Vermeidung jeder gewaltsamen Auseinandersetzung mit der Stadtbevölkerung das einzig Ratsame.

Barat schien zu demselben Schluss gekommen zu sein, denn er ignorierte die Bemerkung ganz einfach, als er weitersprach: „Wir haben die Kontrolle über diese Insel an uns gebracht, weil wir wollen, dass die grausame und würdelose Sklavenarbeit im Bergwerk ein für alle Mal aufhört. Ebenso soll der Handel mit Sklaven für immer beendet werden. Überhaupt soll niemand auf dieser Insel mehr zu etwas gezwungen werden, das er nicht tun will."

„Dann senkt die Sperrkette!" Dieser Ausruf wurde gleich vielfach von den Anwesenden wiederholt und es dauerte eine Weile, bis wieder Ruhe in der Halle eingekehrt war.

Barat versuchte, die Menge zu beschwichtigen. „Die Sperrkette wird wieder gesenkt werden, sobald ihr alles gehört habt, was wir zu sagen haben."

Rai bewunderte Barat dafür, dass er so gelassen blieb, obwohl seine Ansprache alles andere als reibungslos verlief. Seine Ankündigung, den Hafen wieder freizugeben, verfehlte allerdings nicht ihre Wirkung und es war freudig überraschtes Murmeln unter den Andobrasiern zu hören.

„Wir wollen niemanden gegen seinen Willen hier festhalten", hob Barat von Neuem an. „Wir möchten euch aber wissen lassen, welch einzigartige Möglichkeiten sich zukünftig auf dieser Insel für euch bieten. Jeder hier soll absolut frei sein und kommen und gehen können, wie es ihm beliebt. Es wird keine Steuern geben, sondern nur anfangs eine geringe Abgabe von Nahrungsmitteln zur Versorgung der bedürftigen Minenflüchtlinge. Diese Abgabe wird sofort eingestellt, sobald alle sich wieder selbst ernähren können. Danach wandert jede Münze, die ihr durch Handel, Fischfang, Handwerk, Bewirtung und andere ehrliche Arbeit verdient, ausschließlich in eure eigene Tasche."

Das beifällige Getuschel, das diesen Worten folgte, wurde durch einen erneuten Zwischenruf übertönt: „Das ist doch ein Haufen Pferdemist! Die Insel braucht eine Garde. Die Festung, die Straßen, der Hafen müssen erhalten werden und ihr selbst werdet auch nicht nur von Luft und Wasser leben. Das kostet alles Geld. Wie wollt ihr das aufbringen, wenn ihr keine Steuern erhebt?"

Diesmal war es Rai beinahe gelungen, den Zwischenrufer zu entdecken. Die Stimme kam von jemandem innerhalb einer kleinen Gruppe auffällig dunkel gekleideter Gestalten, etwa zehn Schritt von der Rednertribüne entfernt. Nur welcher von ihnen gesprochen hatte, war Rai auch dieses Mal entgangen. Aber er hatte bereits einen Verdacht.

„Ganz einfach", erwiderte Barat, bemüht seine Fassung zu wahren. „Wir werden ebenso unser Brot verdienen müssen wie ihr. Im Bergwerk von Andobras wird auch weiterhin geschürft, allerdings nur noch mittels bezahlter freiwilliger Arbeitskräfte. Das Erz und die daraus hergestellten Schmiedewaren sollen verkauft werden und der Gewinn wird für die Bezahlung der Minenarbeiter, die Erhaltung der Stadt, den Unterhalt der Garde und alle sonstigen Ausgaben verwendet, die dem Allgemeinwohl dienen."

„Aber wer entschädigt uns dafür, dass wir euch in nächster Zeit alle durchfüttern müssen?" Die vielstimmigen Unmutsbekundungen, welche dieser eingeworfenen Frage folgten, zeigten deutlich, dass dies für die Stadtbevölkerung eines der drängendsten Probleme darstellte.

„Das wird sich aber später für euch auszahlen", beeilte sich Barat, zu versichern. „Dann, wenn die Minenflüchtlinge als neue Stadtbewohner Fische aus dem Meer holen, neue Felder anlegen oder das Erz aus den Minen zutage fördern. Das wird der ganzen Insel zu Wohlstand verhelfen, denn die neuen Einwohner werden ihr verdientes Geld in euren Geschäften ausgeben. Zudem sind wir nicht mehr so sehr auf Lieferungen vom Festland angewiesen, die Preise für Nahrung und andere Güter werden sinken, wenn wir sie selbst herstellen. Vorläufig gibt es natürlich keinen Ersatz für eure Aufwendungen, doch langfristig wird es sich für euch lohnen." Barat setzte ein gewinnendes Lächeln auf.

„Was ist mit dem Tempelgold?"

Nun war es um Barats Beherrschung wie auch um die mühsam aufrechterhaltene Ruhe in der Markthalle endgültig geschehen. Der Veteran ließ seinen Blick zornig über die aufgeregten Andobrasier schweifen, die offenbar durch die bloße Erwähnung des Wortes „Gold" vollkommen außer sich gerieten. Barat wusste, dass bei der Durchsuchung des Tempels außer einer großen Zahl von Kisten mit Waffen und Rüstungen keine weiteren Dinge von Wert gefunden worden waren. Wie dieser unliebsame Zwischenrufer darauf kam, dass in dem Cittempel innerhalb der Festung noch irgendwelche Goldschätze verborgen liegen sollten, blieb ihm schleierhaft. Aber natürlich weckten solche Gerüchte, ob nun wahr oder nicht, Begehrlichkeiten.

Indessen hielt Rai seinen Blick unverwandt auf einen

Mann in dunklem Mantel inmitten der Zuhörer gerichtet. Der letzte Satz war zweifelsohne von dieser zwielichtigen Gestalt gekommen. Außerdem begann für Rai die vage Vermutung, dass er diesen Aufwiegler bereits kannte, nun zur Gewissheit zu werden. Auch wenn das Gesicht unter der Kapuze des schweren Reitermantels, den der Mann trug, nicht zu erkennen war, so offenbarte das Kleidungsstück trotzdem ein körperliches Merkmal, das Rai den notwendigen Hinweis lieferte. Der rechte Mantelärmel hing nämlich schlaff herab, was darauf schließen ließ, dass dem Mann ein Arm fehlte. Da Rai auch die Ausdrucksweise und der Klang der Stimme bekannt vorkamen, blieb nun kaum noch ein Zweifel: Es war der Hundeführer Ferrag.

Rai nutzte die momentane Unruhe und trat nach vorn zu Barat, der erfolglos versuchte, die Menge mit strafenden Blicken zum Schweigen zu bringen.

„Der Zwischenrufer ist Ferrag", flüsterte Rai Barat ins Ohr. „Er steht da vorn, etwa zehn Schritt von der Tribüne entfernt. Er hat sich in einen langen Mantel gehüllt und wird von einigen dunkel gekleideten Männern umgeben. Das sind wahrscheinlich die Wurzelbalg-Jäger." Die Erinnerung, wie diese Männer mit ihrer Hundemeute Rai, Barat und auch einige Wurzelbälger durch den Wald gehetzt und schließlich auf ihr Sklavenschiff verschleppt hatten, erfüllte Rai noch immer mit Schrecken.

Barat kniff angespannt die Augen zusammen und suchte die von Rai beschriebene Gruppe inmitten der versammelten Städter. Bald schon heftete sich auch sein Blick in glühendem Zorn auf den verhassten Hundeführer.

„Diese widerliche Zecke", zischte Barat. „Ich dachte, der hätte uns während der Schiffspassage genug gepiesackt. Aber wie es scheint, sind wir ihn noch immer nicht los."

Barat räusperte sich und rief dann, so laut er konnte: „Gold!"

Augenblicklich verstummten die meisten Anwesenden, als handle es sich bei diesem Wort um eine Zauberformel.

„Gold", wiederholte Barat mit durchdringender Stimme, „haben wir bisher nicht finden können im Cittempel. Aber, bester Ferrag – so lautet doch Euer Name …?" Er deutete auf den Hundeführer. „Wenn Ihr schon so viel zu sagen habt, dass Ihr mit Euren Einwürfen jeden meiner Sätze begleiten müsst, so tretet doch nun vor und sprecht von Angesicht zu Angesicht aus, was Ihr so dringend loswerden wollt." Barat winkte Ferrag aufmunternd nach vorn.

Der Einarmige zögerte einen Moment, dann schlug er die Kapuze zurück und bahnte sich seinen Weg zur Rednertribüne bis kurz vor die dort postierten Wachen. Etwa zwei Schritt entfernt von den Tischen blieb Ferrag stehen und blickte herausfordernd zu Barat hinauf.

„Ich weiß genau", rief er selbstsicher, „dass die Citpriester massenweise Gold in ihrem Tempel gehortet haben. Und als Entschädigung für euer Auftauchen hier will ich davon einen Teil abhaben." Er blickte sich zu den anderen Stadtbewohnern um. „Ihr doch auch, oder?"

Die Andobrasier erwiderten diese Frage mit eifrigem Nicken und bestätigenden Rufen.

Barat lächelte und entgegnete bedächtig: „Ich kann mir denken, dass Ihr, verehrter Ferrag, sicherlich gut Bescheid wisst über die Reichtümer des Tempels, denn Ihr habt ja für Eure Dienste als Sklavenjäger schon reichlich Gold von den Citpriestern erhalten." Barat ließ seinen Blick nun eindringlich über die Anwesenden gleiten. „Aber ich kann nur noch einmal wiederholen, dass wir kein Gold im Tempel gefunden haben. Und selbst wenn", Barats Stimme gewann zunehmend an Schärfe, „würden wir es sicherlich nicht jemandem wie Ferrag überlassen, der bisher seinen Unterhalt mit der Sklavenjagd verdient hat und der Menschen schlechter behandelt als seine Hunde. Eben für solche Leute wie Euch, Ferrag, ist Andobras von jetzt an der falsche Ort. Ihr werdet einer der Ersten sein, die die Insel verlassen dürfen, das verspreche ich. Falls Ihr wider Erwarten bleiben wollt, so sei Euch auch das freigestellt, aber Euch muss klar sein, dass Ihr für jedes Eurer Vergehen von nun an zur Rechenschaft gezogen werdet. Ihr müsst ein völlig neues Leben beginnen, wenn Ihr weiterhin das Recht genießen wollt, ein Bürger von Andobras zu sein. Skrupellose Gesellen werden keinen Platz mehr auf Andobras finden, solange die Insel unter unserer Kontrolle ist!"

Ferrags Gesicht war rot vor Zorn. Doch noch bevor er etwas sagen konnte, drängte sich plötzlich ein weiterer Mann nach vorne, der wild mit dem Zeigefinger gestikulierte und immer wieder „Lügner" brüllte.

„Nun beruhigt Euch doch", versuchte Barat, den Näherkommenden zu beschwichtigen. „Wen bezeichnet Ihr als Lügner und weshalb?"

„Das, was Ihr hier erzählt, ist eine unverschämte Lüge!", schrie der Mann außer sich. „Wie könnt Ihr behaupten, dass keine Skrupellosen mehr auf Andobras geduldet werden? Unter Euch sogenannten neuen Stadtherren verbirgt sich ja selbst ein feiger Verbrecher! Ein dreister Lügner und ein heimtückischer Mörder! Und Ihr wollt mir erzählen, Andobras wird unter Eurer Herrschaft ein besserer Ort!" Er schnaubte verächtlich.

Barat runzelte verwirrt die Stirn und wollte gerade etwas fragen, doch der aufgebrachte Sprecher gab ihm keine Gelegenheit dazu.

„Dieser dort", kreischte der Mann beinahe hysterisch und zeigte mit dem Finger auf Rai, „der Kleine da, der ist schuld am Tod meines einzigen Sohnes! Belogen und betrogen hat er mein Kind! Er ist ein götterverfluchter Mörder und muss bestraft werden!"

Erschüttertes Schweigen herrschte in der Halle. Mit einem Mal fühlte Rai alle Augen auf sich ruhen. Die Farbe wich aus seinem Gesicht, als hätte er einen Geist gesehen. In gewisser Weise traf das auch zu, denn der Mann, der ihm die Schuld an dem Tod des jungen Warson wieder schmerzlich in Erinnerung rief, war niemand anderes als Nessalion – Warsons Vater. Wie ein Rachedämon schien er aus den Abgründen des Bergwerks emporgestiegen zu sein, um hier inmitten der Versammlung, im denkbar schlechtesten Moment, seine Anklage gegen Rai zu erheben.

„Rai", raunte ihm Barat zu, „was redet dieser Kerl da? Du kannst diese Beschuldigung nicht auf dir sitzen lassen!"

„Ich, ich …", stotterte Rai halblaut. „Das war doch keine Absicht."

„Habt Ihr das gehört?", rief Nessalion triumphierend und drängte sich bis an die Wachen heran, die die Tribüne umstanden. „Er hat es sogar zugegeben! Ich fordere Euch auf, diesen Verbrecher herauszugeben, damit er bestraft werden kann, wie er es verdient. Dann werde ich vielleicht glauben, dass jetzt Gerechtigkeit herrscht auf Andobras."

„Richtig so!", schaltete sich nun auch Ferrag ein, der diese willkommene Gelegenheit, weiter Unruhe zu stiften, nicht ungenutzt verstreichen ließ. „Zeigt, dass es Euch ernst ist, mit Euren schönen Worten. Lasst Taten sprechen! Gebt den Mörder heraus!" Aus der Menge kamen vereinzelte ähnliche Rufe, aber die meisten warteten gespannt, was nun geschehen würde.

„Schweigt, und zwar beide!“, brüllte Barat wütend. „Ihr seid doch verrückt! Rai hat niemandem etwas getan und daher braucht auch niemand bestraft zu werden.“

„Wir sollten gehen“, zischte Erbukas den anderen zu, „das wird hier zu brenzlig.“ Kawrin hatte bereits die Hände auf die Griffe der beiden Dolche gelegt, die unter seinem Hemd verborgen waren.

„Wenn ihr ihn nicht freiwillig herausgebt“, schrie Nessalion unbeirrt weiter, „dann werde ich ihn eben holen.“ Daraufhin machte er einen Satz vorwärts, brach zwischen zwei völlig verdutzten Wächtern hindurch und packte Rai am Bein, um ihn von der Tribüne zu zerren. Plötzlich blitzten an mehreren Stellen in der Menge Waffen auf. Auch Ferrag hatte auf einmal ein Schwert in der Hand, um damit einen der Wächter vor der Rednertribüne zu attackieren. Barat war wie gelähmt. Er konnte einfach nicht fassen, was sich da gerade vor seinen Augen abspielte. Nun geschah genau das, was er mit seiner Ansprache zu verhindern gehofft hatte.

Kawrin riss seine Dolche aus dem Gürtel, um Rai zu Hilfe zu eilen. Dieser war von dem wie besessen wirkenden Nessalion bereits von der Rednertribüne gezogen worden und versuchte vergeblich, wieder auf die Füße zu kommen. Beherzt sprang Kawrin von den Tischen hinab zu seinem Freund, doch prallte er dabei mit einem der gerüsteten Minenarbeiter zusammen, der gerade in diesem Moment einen Schritt vor den herandrängenden Angreifern zurückgewichen war. Mittlerweile wurden die vor dem Podest stehenden Wachen von wenigstens drei Dutzend bewaffneten Männern in die Zange genommen.

„Bleibt zusammen!“, rief Erbukas und packte Barat am Arm, der sich immer noch nicht gefangen hatte. „Wir müssen hier raus!“

Rai hörte die Worte des Bergmeisters, während er verzweifelt versuchte, seine Kehle aus Nessalions Umklammerung zu befreien. Der unbändige Hass auf den Mörder seines Sohnes schien Nessalions Kraft zu verdoppeln. Gleichzeitig bekamen die beiden am Boden Ringenden immer wieder Fußtritte und herbe Stöße von den Kämpfenden um sie herum ab. Plötzlich stolperte eine der Wachen rücklings über sie, weil er das Hindernis zu seinen Füßen im Getümmel nicht gesehen hatte. Der metallene Schulterpanzer des Mannes traf Nessalion mit voller Wucht am Kopf. Rai nutzte die Gelegenheit, um die Hand seines nun benommenen Gegners abzuschütteln. Er wollte aufspringen, doch ein weiterer Minenarbeiter riss Rai wieder um, als dieser, von einem Schlag getroffen, zurücktaumelte.

„Zum Ausgang! Geschlossene Formation!"

Rai wusste nicht, ob der Befehl von Erbukas oder Barat gekommen war, aber angesichts des bereits tobenden Tumults, in dessen Mitte er sich befand, hatte er wenig Hoffnung, dass die Minenarbeiter ein solches Manöver zustande bringen würden. Wieder unternahm er den Versuch, aufzustehen, doch diesmal bekam er einen Ellbogen ins Gesicht gerammt, was ihn abermals zu Boden zwang.

„Rai!", hörte er Kawrin aus nächster Nähe rufen. „Komm hoch!"

Unter anderen Umständen hätte Rai ihm darauf eine bissige Antwort gegeben, denn schließlich wusste er auch ohne die Aufforderung seines blonden Gefährten, dass er schnellstmöglich wieder auf die Beine kommen musste. Aber wenn eine solche Masse von Menschen unvermittelt damit begann, aufeinander loszugehen, wurde selbst eine solch einfache Angelegenheit wie Aufstehen zu einer Herausforderung.

Auf einmal kam Bewegung in die Minenarbeiter. Mit einem einstimmigen Kampfschrei fingen sie an, gemeinsam nach vorne zu drücken, und schufen so ein wenig Platz vor der Rednertribüne. Diese minimale Bewegungsfreiheit nutzte Kawrin, der bis jetzt zwischen einigen Kämpfenden regelrecht eingeklemmt gewesen war, um endlich zu seinem Freund Rai vorzudringen.

„Genug herumgebalgt", rief Kawrin mit einem schelmischen Grinsen, während er Rai aufhalf, „nichts wie raus hier." Damit heftete er sich an die Fersen der voranschreitenden Arbeiter, die nun endlich ihre Rüstung und Bewaffnung nutzten, um sich ihren Weg durch die wogende Menge in Richtung des nächstgelegenen Ausgangs zu erkämpfen. Rai blickte sich noch einmal nach Nessalion um, konnte ihn aber in dem Chaos nicht mehr ausmachen. Er hielt sich aber nicht allzu lange damit auf, Warsons Vater zu finden, sondern versuchte eilig, Kawrin und den anderen nach draußen zu folgen. Zwei Schritte neben sich konnte er Barat und Erbukas erkennen, die ebenfalls dem Eingang zustrebten. Inzwischen schien auch die Mehrheit der versammelten Städter ihr Heil in der Flucht zu suchen, denn eine wahre Menschenwalze schob sich unversehens auf die Tore der Markthalle zu. Auch der freie Bereich, der durch das Vorrücken der Minenarbeiter bei den Tribünentischen entstanden war, wurde bereits wieder von nachdrückenden Stadtbewohnern gefüllt. Es erfolgten jedoch keine weiteren Attacken, wahrscheinlich weil die bewaffneten Angreifer, die offenbar nur einen kleinen Teil der Versammelten ausgemacht hatten, mit diesem gewaltigen Menschenstrom ebenso wie Rai weitgehend machtlos in Richtung Türen gedrängt wurden.

Es war nur noch eine Frage der Zeit, bis Rai mit der Masse nach draußen gespült werden würde. Somit schien diese

Auseinandersetzung nun doch noch ein verhältnismäßig glimpfliches Ende zu finden. Angesichts des immer näher rückenden Ausgangs begann sich bereits eine gewisse Erleichterung einzustellen, als Rai plötzlich hinter sich eine gepresste Stimme vernahm:

„Du entkommst mir nicht, Mörder!“

Er wirbelte herum, sah noch Nessalions hasserfüllte Augen vor sich, dann traf ihn ein harter Schlag gegen die Schläfe. Rais Beine knickten ein, seine Sinne schwanden und er versank in der vorwärtsdrängenden Menge wie ein Stein in einem Fluss.

Der Erleuchtete

Arton lenkte seine Schritte, wie so oft in den letzten Tagen, in Richtung des Cittempels. Er kam aus der Kaserne der Festung Andobras, wo er das Kommandantenzimmer bezogen hatte, ohne dass irgendjemand gewagt hätte, dagegen Einspruch zu erheben. Eigentlich war Artons Wahl für eine Unterkunft nicht aus Überheblichkeit auf das Zimmer des Befehlshabers gefallen, sondern schlicht wegen seines Bedürfnisses nach Abgeschiedenheit. Denn das Zimmer des ehemaligen Kommandanten Garlan, der mittlerweile mit den anderen überlebenden Soldaten in den Zellen unter dem Tempel gefangen gehalten wurde, war das einzige, in dem nur ein Bett stand. Der begrenzte Platz in der Kaserne machte es notwendig, dass jede Schlafstatt belegt wurde, und in den meisten Zimmern ruhten zusätzlich noch einige Minenflüchtlinge auf Decken oder Strohlagern. Der Rest der über dreihundert ehemaligen Sklaven hatte eine bunte Zeltsiedlung auf dem Burgplatz errichtet, die aus Tüchern, Decken und Wagenplanen der Festungs-Vorratslager bestand.

Arton überquerte zielstrebig den Platz mit den nun verwaisten Stoffbehausungen. Normalerweise herrschte hier rege Betriebsamkeit, doch heute waren die meisten Bewohner des Zeltdorfes den selbst ernannten Stadtherren Barat, Rai, Erbukas und Kawrin zum Hafen gefolgt, wo den Stadtbewohnern und Minenflüchtlingen die Ideen des alten Barat verkündet werden sollten. Arton hatte sich in erster Linie deshalb geweigert, die vier zur Markthalle zu begleiten, weil er den Gedanken von der „freien Insel“ schlichtweg für ein Hirngespinst hielt. Es mochte ja sein, dass sich der eine oder andere durch Barats Träumereien von einem Ort ohne Willkür und Gewalt einwickeln ließ, aber Arton war sich sicher, dass solche naiven Luftschlösser durch die grundlegende Niedertracht der Menschen rasch zum Einsturz gebracht werden würden. Allein schon was er seit seiner Verschleppung aus Seewaith hatte erleben müssen, ließ ihn nicht mehr daran glauben, dass in jedem etwas Gutes schlummerte, das nur darauf wartete, erweckt zu werden. Im Gegenteil, er war davon überzeugt, dass es nur sehr wenige gab, die es fertigbrachten, die dunkle Seite ihres Wesens dauerhaft im Zaum zu halten. Er selbst, so gestand sich Arton offen ein, gehörte jedenfalls nicht dazu. Dasselbe galt mit größter Wahrscheinlichkeit auch für die meisten anderen ehemaligen Minensklaven, denn sonst hätten sie niemals zugelassen, dass aus dem Bergwerk von Andobras ein solch verdammungswürdiger Ort wurde. Die Raffer boten das beste Beispiel: Jeder von ihnen war nur auf seinen eigenen Vorteil bedacht und deshalb würden sie auch ihre neu gewonnene Freiheit nur wieder dazu nutzen, einander auszubooten, zu hintergehen und zu bestehlen.

Daneben gab es aber noch weitere Gründe, warum Arton in der Festung geblieben war. Zunächst einmal wurden die Tore momentan nur durch ein paar Mann bewacht und es konnte nicht schaden, wenn er hier oben nach dem Rechten sah, während die anderen in der Stadt waren. Zudem, und das stellte den eigentlich entscheidenden Beweggrund dar, wollte er die Zeit nutzen, um dem Hohepriester Nataol einen weiteren Besuch abzustatten. Nachdem der Priester vor ein paar Tagen in eine tiefe Ohnmacht gefallen war, hatte Arton beschlossen, noch so lange auf der Insel zu bleiben, bis der Gesundheitszustand des Citdieners eine eingehende Befragung erlauben würde. Dafür war Arton sogar bereit, die Rache an dem Verräter Megas noch ein wenig aufzuschieben.

Mittlerweile waren die verbliebenen drei Priester des Tempels, ebenso wie ihr Oberhaupt, in ihren privaten Quartieren untergebracht worden und durften sich auf dem Festungsgelände frei bewegen. Lediglich die Tore zu durchschreiten oder die Wehranlagen zu betreten, war den Gottesdienern verboten. Außer den Priestern gehörten zusätzlich noch zwei Novizen dem Tempel an, die als Anwärter auf das heilige Amt eines Citpriesters dort ausgebildet wurden. Diese beiden pflegten den altehrwürdigen Nataol, seit er bei der Unterredung mit Arton in der Gefängniszelle das Bewusstsein verloren hatte. Der junge Erenor hatte diese Verlegung der gesamten Priesterschaft in den Wohnbereich des Tempels aus zwei Gründen veranlasst: Erstens stufte er die Citdiener nicht mehr als Bedrohung ein, da sie ihnen ohne die Wurzelbälger kaum gefährlich werden konnten, und zweitens sorgte er sich ernsthaft um das Wohl des Hohepriesters. Dieser Mann stellte seine wichtigste oder, genauer gesagt, die einzige Informationsquelle dar, von der sich Arton ein paar erhellende Antworten bezüglich der mysteriösen Wurzelbälger und besonders des dunklen Schwerts versprach. Bei seinen Besuchen in den letzten Tagen war jedoch seine Hoffnung auf Erklärungen jedes Mal enttäuscht worden, denn der alte Nataol hatte nicht ein einziges Mal das Bewusstsein wiedererlangt. Wütend und frustriert, dass all die Antworten, nach denen er sich so verzweifelt sehnte, zum Greifen nahe und doch unerreichbar waren, hatte er danach stets die Einsamkeit seines Zimmers gesucht, wo er stundenlang in dumpfem Brüten versunken war. Aber dann heute Morgen war Arton durch die Novizen des Hohepriesters davon unterrichtet worden, dass der Erleuchtete – wie dessen offizielle Anrede lautete – endlich erwacht und in der Verfassung sei, Besucher zu empfangen.

Deshalb betrat Arton nun in gespannter Erwartung den Tempel und schritt eilig den Gang entlang, der ihn bis vor die Privatgemächer Nataols brachte. Er hatte sich mit dem schwarzen Schwert gegürtet, denn er beabsichtigte, Nataol heute abermals mit der Klinge zu konfrontieren, um mehr über sie herauszufinden. Arton klopfte dreimal, um der Höflichkeit Genüge zu tun, trat dann aber sofort ein, ohne eine Antwort abzuwarten. Der Erleuchtete lag noch immer in seinem breiten, mit blütenweißen Laken bespannten Bett. Als er den jungen einäugigen Krieger erblickte, wies er die Novizen durch Kopfnicken an, ihm beim Aufsetzen zu helfen. Während der eine der beiden den Hohepriester vorsichtig an den Armen nach vorne zog, schob der andere ihm ein großes Kissen hinter den Rücken, in das sich Nataol schließlich sichtlich angestrengt zurückfallen ließ.

„Setzt Euch, werter Arton“, lud ihn der Citdiener mit kraftloser Stimme ein. „Nehmt Euch einen Stuhl. Und ihr beide“, er nickte seinen Novizen zu, „lasst uns allein.“

Die beiden wagten nicht, zu protestieren, warfen Arton aber misstrauische Blicke zu, als sie den Raum verließen. Arton fragte sich im Stillen, ob die Novizen ihm wirklich zutrauten, einem alten, bettlägerigen Mann etwas zuleide zu tun, aber dann erinnerte er sich selbst wieder daran, welchen furchterregenden Eindruck sein vernarbtes Gesicht mit der leeren Augenhöhle auf die Priesteranwärter machen musste. Arton wurde wieder bewusst, wie sehr sich alles seit seiner Zeit als Leiter der Kriegerschule Ecorim verändert hatte. Zwar hatte er schon damals ganz gezielt seine Unnahbarkeit gepflegt, um anderen Respekt einzuflößen, aber vor allem auch, um niemandem zu viel von sich preisgeben zu müssen. Aber jetzt brauchte er diese Distanz nicht mehr durch sein Verhalten zu erzwingen – sein Äußeres war vollkommen ausreichend, um die Menschen in seiner Umgebung einzuschüchtern. Allerdings – so musste Arton sich eingestehen – war ihm dies seltsamerweise nicht wirklich angenehm.

Er zog sich schweigend einen Stuhl neben das Bett des Hohepriesters und wartete ungeduldig, bis die beiden Novizen den Raum verlassen hatten.

„Ich muss mich für das Verhalten meiner Schüler entschuldigen", meinte der Erleuchtete mit einem väterlichen Lächeln. „Sie sind wohl der Meinung, dass sie mich beschützen müssten. Ich denke aber", dabei fixierten seine graublauen Augen Arton unvermittelt, „dass dies nicht notwendig sein wird, denn Euch verlangt nach Antworten, nicht nach Vergeltung, richtig?" Nataol schien sich überaus sicher zu sein.

„Die Treue Eurer Schüler ist nichts, wofür Ihr Euch entschuldigen müsst", erwiderte Arton ruhig. „Und ja, ich habe einige Fragen an Euch, aber wahrscheinlich Ihr ebenso an mich."

Das blasse, eingefallene Gesicht des Hohepriesters überzog ein sanftes Lächeln. „Selbstverständlich verlangt es auch mich nach Erklärungen, denn ich kann nicht leugnen, dass die Umstände Eures Auftauchens hier und besonders die Waffe, die ihr tragt, mich mit Staunen erfüllt haben. Der dunkle Stahl in Eurer Hand war ein Anblick, von dem ich nicht gedacht hätte, dass ihn mir die Götter noch zu meinen Lebzeiten gewähren." Er betrachtete mit glücklichem Glänzen in den Augen die schwarze Klinge, die an Artons Seite hing.

Arton kniff misstrauisch sein verbliebenes Auge zusammen. „Warum?“, fragte er argwöhnisch.

Nataol räusperte sich und versuchte, sich ein wenig aufrechter hinzusetzen. „Das ist eine sehr lange und komplizierte Geschichte. Es wird viel Zeit in Anspruch nehmen, sie zu erzählen, und sie ist nur für einige ausgewählte Ohren bestimmt. Daher würde ich zuerst gerne von Euch mehr erfahren als nur Euren Namen. Wer seid Ihr genau? Was führt Euch hierher und, vor allem, wie seid Ihr in den Besitz der dunklen Klinge gekommen? Und warum versteht Ihr, sie zu nutzen?“

Arton überlegte einen Moment, ob er die Fragen des Priesters wirklich beantworten oder nicht vielmehr darauf bestehen sollte, dass dieser zunächst seinerseits ein paar Antworten lieferte. Er entschied sich dann aber, nicht darauf zu beharren. Schließlich war ihm nicht damit geholfen, gleich zu Beginn mit dem Erleuchteten darüber zu streiten, wer als Erster etwas preisgeben sollte. Daher berichtete er knapp, woher er kam, dass ihn ein Sklavenschiff nach Andobras gebracht hatte und wie er mithilfe des jungen Rai aus den Minen entkommen war. Auch bei der Schilderung des Angriffs auf die Festung Andobras beschränkte Arton sich nur auf das Notwendigste. Er beschrieb kurz, wie er dem Kommandanten Garlan das dunkle Schwert abgenommen hatte und wie es ihm nach dem Ergreifen dieser Waffe auf einmal möglich wurde, die vereinten Gedanken der Zarg zu erfassen.

„Alles Weitere habt Ihr am eigenen Leib erlebt“, bemerkte Arton abschließend. „Warum ich die Kraft des Schwertes nutzen konnte, müsst Ihr mir sagen.“

Nataol schwieg nachdenklich. Die Haut, die sich über seinen bis auf den vierzackigen Haarkranz kahlen Schädel spannte, wirkte beinahe so weiß wie das Laken. Da er seine Haare nicht wie während des Kampfes auf dem Festungsplatz golden eingefärbt, sondern diese in ihrem natürlichen hellgrauen, beinahe weißen Ton belassen hatte, wirkte die farblose Gestalt des Hohepriester fast durchscheinend, so als wäre er kein Wesen aus Fleisch und Blut.

„Ihr stammt also aus Seewaith", murmelte Nataol wie zu sich selbst, „und Ihr wisst nichts über die Kraft, die in Euch ruht. Bemerkenswert, das hätte ich nicht vermutet."

„Vielleicht wäre es jetzt einmal an der Zeit, dass Ihr Euch ein bisschen weniger schleierhaft ausdrückt." Arton runzelte ungehalten die Stirn. „Ihr habt selbst noch fast nichts verraten, obwohl Ihr bereits vieles von mir erfahren habt."

Nataol legte den Kopf schräg und hob die Augenbrauen. „Und doch habt Ihr mir noch etwas Wesentliches verschwiegen, nämlich wie der Name Eurer Familie lautet. Aber vielleicht kann ich das bereits erraten. Wäre es möglich, dass Ihr ein Mitglied des Hauses Erenor seid?" Er kniff gespannt seine Lippen zusammen und forschte nach einer verräterischen Reaktion im Gesicht seines Gegenübers. „Wie ist es", hakte er nach, „habe ich recht?"

Arton war überrascht. Warum vermochte dieser Gottesmann, solch weitreichende Schlussfolgerungen aus dem wenigen zu ziehen, das er ihm anvertraut hatte? Arton musste noch mehr auf der Hut sein – er wollte diesem Citpriester auf keinen Fall zu viel von sich preisgeben.

„Gut", sagte er deshalb bedächtig, „es ist Euch gelungen, mich zu verblüffen. Dennoch werdet Ihr nicht um ein paar Antworten herumkommen. Also, wie kommt Ihr darauf, dass ich ein Erenor bin?"

Nataol tippte sich höchst zufrieden mit dem Zeigefinger auf die Lippen. „Ich habe also recht", stellte er fest. „Ihr seid ein Erenor. Dann müsst Ihr ein heimlicher Sohn Ecorims sein, obgleich der große Held angeblich kinderlos verstarb. Das ist in höchstem Maße interessant." Er wackelte beeindruckt mit dem Kopf. „Bisweilen wählt der große Cit wahrlich sonderbare Wege."

In Arton stieg bei diesen Worten des Hohepriesters heiße Wut auf, wie jedes Mal, wenn seine Abstammung zur Sprache kam. Aber Nataol schien ein exzellenter Beobachter zu sein und gewann selbst aus den geringsten Andeutungen die für ihn wichtigen Erkenntnisse. Arton musste vorsichtig sein, um nicht alles Aufschlussreiche über sich zu verraten, bevor er auch nur irgendeine nützliche Information von dem Citdiener erhalten hatte. Es würde äußerst unerfreulich werden, dem Glaubensführer seine Geheimnisse zu entlocken, wenn Arton seinerseits keinerlei Antworten mehr anzubieten hatte. Dann konnte er nur noch auf den guten Willen des Priesters setzen – oder auf Gewalt. Auf beides wollte der junge Erenor jedoch gerne verzichten, deshalb entschloss er sich, das Gespräch nun ein wenig mehr nach seinem Willen zu gestalten.

„Schluss jetzt mit diesen Ratespielchen", fuhr er Nataol an. „Ich möchte Euch keine Gewalt antun, also zwingt mich nicht dazu. Es ist nun an der Zeit, meine Fragen zu beantworten, und zwar ohne Umschweife: Warum denkt Ihr, dass ich ein Erenor bin?"

Nataol blickte Arton ernst an. „Die Informationen, die Ihr von mir zu erlangen wünscht, scheinen Euch überaus wichtig zu sein, sonst wärt Ihr sicherlich nicht so aufgebracht und respektlos einem Älteren gegenüber. Meine Novizen haben mir zudem berichtet, dass Ihr Euch jeden Tag nach meinem Befinden erkundigt habt, was mir eindeutig zu erkennen gibt, dass Ihr auf mein Wissen angewiesen seid. Dadurch habt Ihr Euren Trumpf verspielt, mich unter Androhung von Gewalt gefügig zu machen. Denn Ihr wisst natürlich, dass in meiner schlechten Verfassung jede körperliche Behelligung rasch tödlich enden kann, und das dürft Ihr nicht riskieren, wenn Ihr weiterhin auf Antworten hoffen wollt. Ich kann mich also in der Sicherheit wiegen, dass Ihr mir nichts antun werdet. Welche Möglichkeit bleibt Euch dann noch, um mich zur Kooperation zu zwingen, werter Arton? Ich fürchte, Ihr seid nicht in der Lage, etwas von mir zu fordern, das ich Euch nicht aus freien Stücken geben will."

Artons verbliebenes Auge funkelte. „Wie wäre es", schlug er mit eisiger Stimme vor, „wenn ich Eure Novizen von der Festungsmauer hinab auf die Felsen werfen lasse? Würde das Eure Kooperationsbereitschaft steigern?"

Arton beabsichtigte nichts dergleichen, aber er begann, langsam Gefallen an dem Katz-und-Maus-Spiel mit dem Erleuchteten zu finden. Es ähnelte ein wenig einem Schwertkampf, nur dass Worte die Klingen ersetzten. Arton war gerade in der Defensive und deshalb hatte er seiner letzten Attacke etwas mehr Biss verliehen.

Nataol kniff die Lippen zusammen, dann schüttelte er den Kopf. „Ich glaube nicht, dass Ihr so etwas tun würdet. Ihr seid doch ein gesitteter junger Mann, das hat mir Euer bisheriges Verhalten bewiesen. Ihr würdet nicht andere für meine Verweigerung büßen lassen. Der allsehende Cit hat jeder seiner Kreaturen den Sinn für Gerechtigkeit eingepflanzt, man muss nur willens sein, sich danach zu richten."

„Ihr wollt Euer Leben und das Eurer Schüler aufs Spiel setzen, nur weil Ihr vermutet, dass ich über einen göttergegebenen Sinn für Gerechtigkeit verfüge, der mich davon abhält, jemanden umzubringen?", fragte Arton ungläubig. „Entweder Ihr seid skrupellos oder dumm."

„Allein Cit bemisst die Menge aller Gaben“, antwortete der Erleuchtete, während er sich mühte, die Arme gen Himmel zu erheben. „Es ist nicht an uns, über den Mangel an Geisteskräften oder einen charakterlichen Makel zu klagen. Wir müssen das Beste aus dem machen, was uns zu Gebote steht.“

Arton war von Nataol unbestreitbar fasziniert. Diese Mischung aus aufrichtiger Gottesfurcht, Scharfsinn und Willensstärke konnte er nur bewundern. Wenn er in seinem Leben häufiger Gottesmännern begegnet wäre, die auf solche Weise die Eigenschaften eines Glaubensführers mit denen eines weltlichen Herrschers vereinten, würde er heute den Göttern möglicherweise nicht so ablehnend gegenüberstehen. Trotzdem war immer noch sein oberstes Ziel, herauszufinden, welches Wissen Nataol vor ihm zurückhielt, und davon würde er sich auf gar keinen Fall abbringen lassen.

„Ich glaube nicht, dass Euer Gott zufrieden wäre mit den Schlussfolgerungen, zu denen Ihr mithilfe seiner Geistesgaben gelangt seid“, bemerkte Arton trocken. „Denn einige Eurer Schlüsse sind schlichtweg falsch. Falls ihr Euren Fehler berichtigen wollt, bleibt Euch nichts anderes übrig, als mir zunächst meine Frage zu beantworten.“

„Welche Folgerung sollte das gewesen sein?“, fragte Nataol leicht irritiert. „Seid Ihr am Ende nicht Ecorims Sohn?“ Der Hohepriester runzelte skeptisch die Stirn und murmelte leise vor sich hin: „Aber woher dann diese Kräfte? So jung – und schon so mächtig …! Wer außer Ecorim könnte der Vater eines solchermaßen Begabten sein?“ Plötzlich erstarrte Nataol. Nach einer kurzen Weile des Schweigens begannen seine Finger, wie von selbst unruhig an den Falten des Bettlakens herumzuzupfen.

„Gut, gut“, sagte er schließlich. „Ich werde Euch wohl zunächst ein paar Hintergründe erläutern müssen, aus denen ich meine Erkenntnisse schöpfe.“ Der Erleuchtete setzte sich noch einmal zurecht, seufzte laut und begann, zu erzählen:

„Diese Geschichte ist so alt wie die Zeit. Beginnen wir daher der Einfachheit und Kürze halber in der jüngsten Vergangenheit. Wie Ihr wisst, war Ecorim Erenor der einzige Mensch, der dem Herrscher von Arch Themur ebenbürtig war, jedoch nicht allein im Kampf mit dem Schwert, sondern auch in seinen Qualitäten als Anführer. Denn die eigentliche Stärke beider Feldherren bestand darin, immer wieder aufs Neue Mut und Zuversicht in ihren Gefolgsleute zu wecken, sodass beide Heerscharen in ungewöhnlicher Verbissenheit gegeneinander zu Felde zogen. Ecorim entschied den Kampf um die Eherne Feste letztlich nicht in erster Linie durch seinen großen persönlichen Einsatz – wie gerne dies auch in den Liedern berichtet wird –, sondern wegen der Todesverachtung seiner Truppen. Seine Gefolgsmänner zogen an seiner Seite in blinder Treue bis vor die nahezu uneinnehmbaren Tore von Arch Themur. Ich habe nie wieder jemanden getroffen, bei dem die Fähigkeit, solch bedingungslose Loyalität zu erzwingen, so ausgeprägt war wie bei Ecorim.“

„Ihr kanntet Ecorim?“, entfuhr es Arton. Gleich im nächsten Augenblick schalt er sich selbst dafür, dass er Nataol sein Erstaunen so offen zu erkennen gegeben hatte. Wer weiß, was er daraus wieder für Schlüsse ziehen würde.

„Oh ja, ich kannte ihn. Ich war damals noch ein einfacher Priester des Cit in den Reihen des vereinigten Heeres von Citheon und Jovena. Meine Aufgabe war es, dafür zu sorgen, dass sich die Soldaten des göttlichen Beistands allzeit bewusst waren. Dabei hatte ich auch des Öfteren die Ehre, mit dem Heerführer Ecorim persönlich zu sprechen.“

Arton gestand es nicht offen ein, aber er beneidete den Hohepriester für die Erfahrung, dem großen Helden von Angesicht zu Angesicht gegenübergestanden zu haben. Ecorim war schon immer Artons Vorbild gewesen und lange Zeit hatte er ihn ja sogar für den eigenen Vater gehalten. Dass dieser Traum wie eine Seifenblase zerplatzt war, minderte seine Bewunderung für den berühmtesten Feldherren und Schwertkämpfer des Südens nicht im Geringsten. Was hätte er darum gegeben, einige Worte mit ihm wechseln oder gar einen kleinen Probekampf gegen ihn ausfechten zu dürfen! Aber die glorreichen Tage des Helden Ecorim waren vorüber und sein Leichnam lag unwürdig irgendwo am Grunde des Meeres. Dessen ungeachtet hatte Arton hier die seltene Gelegenheit, mit einem Mann zu sprechen, der Ecorim mit eigenen Augen gesehen hatte und behauptete, ihn sogar gekannt zu haben. Natürlich hatte dies auch auf Maralon zugetroffen, jedoch was seinen Neffen Ecorim anging, war Artons Ziehvater immer äußerst wortkarg gewesen. Zu sehr hatte Maralon die Erinnerung an Ecorims Tod auch nach all den Jahren noch geschmerzt. Aber Maralon war inzwischen selbst schon seinem Neffen Ecorim durch Xelos' Feuer gefolgt. Und wenn es der Wahrheit entsprach, was die Priester immer wieder predigten, dann saß Artons Ziehvater vielleicht jetzt gerade an Ecorims Seite in den Hallen des Xelos und sie ergingen sich gemeinsam in Geschichten über die alten Zeiten. Zumindest war dies ein tröstlicher Gedanke, der den plötzlich zurückkehrenden Kummer über Maralons Tod für Arton ein wenig milderte. Fest stand jedenfalls, dass Arton nun niemanden mehr außer Nataol kannte, der ihm etwas über Ecorim hätte berichten können, und deshalb durfte er sich diese Möglichkeit nicht entgehen lassen.

„Wie war Ecorim denn, als Ihr ihm gegenübergetreten

seid?" Arton konnte sehr zu seinem Missfallen nicht verhindern, dass aus jedem Wort seiner Frage staunende Neugier herauszuhören war.

Nataol wirkte dementsprechend amüsiert. „Habt Ihr etwa schon das Interesse an der Beantwortung Eurer ersten Frage verloren? Jaja, die Rastlosigkeit der Jugend … Nun gut, ich werde versuchen, meinen Eindruck von Ecorim in Worte zu fassen." Der Erleuchtete strich sich über das beinahe kahle Haupt. „Sein Wuchs und seine Ausstrahlung waren gleichermaßen groß. Er gehörte zu jenen Menschen, die man ganz einfach bemerken muss, selbst wenn man sie nur flüchtig inmitten einer großen Ansammlung von Unbekannten sieht. Sein Gesicht wirkte meist freundlich und ungetrübt von Kummer oder Sorgen. Mit seinen strahlenden blauen Augen und dem langen blonden Haar glich er einem Gesandten der Götter – mit der heiligen Aufgabe betraut, gegen Verzagtheit und Gottlosigkeit zu kämpfen."

Artons Hände ballten sich unwillkürlich zu Fäusten. Denn Ecorims Ähnlichkeit zu Arden war so offensichtlich, dass der Hohepriester ebenso gut auch Artons Halbbruder hätte beschreiben können. Arton konnte einfach nicht den Tag vergessen, an dem er erfahren hatte, dass er – im Gegensatz zu Arden – nicht Ecorims Sohn war. Dieses niederschmetternde Gefühl, als unwürdig erachtet zu werden, das Erbe des großen Helden anzutreten, hatte sich tief in sein Gedächtnis gebrannt. Arton würde niemals sein wie Ecorim, das war ihm gerade wieder mit schonungsloser Deutlichkeit vor Augen geführt worden. Es fehlten ihm dazu nicht nur die Unbekümmertheit und die Gunst der Götter, sondern mittlerweile verliehen ihm seine Narbe und die eine leere Augenhöhle wohl eher das Aussehen eines Dämons aus der Zwischenwelt als das eines Göttergesandten. Arton hatte es bisher noch nicht gewagt, in einen Spiegel zu blicken. Aber er konnte sich gut vorstellen, wie abstoßend er aussehen musste.

„Was ist mit Euch?“, fragte der Erleuchtete und riss Arton damit aus seinen Überlegungen. „Missfällt Euch meine Beschreibung Ecorims? Erinnert sie Euch an jemanden, den ihr verachtet?“

Artons Blick richtete sich irritiert auf den leichenblassen Hohepriester. Es schien ihm, als könne der greisenhafte Gottesdiener seine Gedanken lesen. Dies beunruhigte ihn zutiefst, denn seine inneren Konflikte waren nun wirklich nicht dazu bestimmt, von anderen studiert zu werden. Schnell versuchte er, sich wieder auf etwas anderes zu konzentrieren.

„Das muss nicht Eure Sorge sein“, erwiderte er knapp. „Beantwortet lieber meine anfängliche Frage.“

„Ihr seid mir ins Wort gefallen“, entgegnete Nataol schulmeisternd, „deshalb konnte ich meine Erklärung nicht beenden. Wenn Ihr mich nicht mehr unterbrecht, werde ich sogleich Eure Wissbegierde stillen.“ Provozierend umständlich stopfte er ein weiteres Kissen als Stütze unter seine Beine, bevor er endlich weitersprach:

„Wie ich bereits sagte, war Ecorim ein Meister darin, bedingungslose Gefolgstreue einzufordern. Aber dies lag nicht etwa an seiner beeindruckenden Erscheinung oder der Kunst, im rechten Augenblick die richtigen Worte zu finden, sondern er verfügte über eine Fähigkeit, die es ihm ermöglichte, auf die Gedanken seiner Mitstreiter Einfluss zu nehmen und sie damit nach seinem Willen zu lenken.“ Nataol musterte Arton bei diesen Worten aufmerksam. „Es gibt in unserer Welt nicht viele, die auf diese Weise in den menschlichen Geist vorstoßen können. Voraussetzung dafür ist das Talent für etwas, das wir ‚Geistsprache‘ nennen und für das

Ecorim eine ganz außergewöhnliche Begabung besaß. Nun ist es sehr wahrscheinlich, dass diese Befähigung zur Geistsprache vom Vater an den Sohn weitergegeben wird. Da Ihr dargelegt habt, aus Seewaith zu stammen, wo Ecorim seine letzten Lebensjahre verbracht hat, und zudem über ähnlich erstaunliche Fähigkeiten verfügt, lag der Schluss für mich nahe, dass Ihr ein Sprössling ebenjenes Helden seid. Sollte ich damit etwa falsch liegen?“

Die Worte des Hohepriesters begannen, wild in Artons Kopf herumzutanzen. War er doch ein Sohn Ecorims? Hatte sich Maralon vielleicht all die Jahre geirrt? Wenn er nur von Ecorim seine Gabe – diese Geistsprache, wie es Nataol genannt hatte – geerbt haben konnte, müsste daraus dann nicht zwingend folgen, dass er nicht nur dem Namen nach ein Erenor war? Das musste doch Beweis genug für seine Abstammung von Ecorim sein! Aber ganz tief in seinem Inneren wusste Arton, dass dies nichts weiter als Wunschdenken war. Nicht nur sein Äußeres, auch sein ganzes Wesen war ein unumstößlicher Gegenbeweis. Doch dann blieb die alles entscheidende Frage, wer denn nun wirklich sein Vater war. Schließlich musste es, wenn Nataol die Wahrheit sprach, jemand sein, der ebenfalls über die Gabe zur Gedankenbeeinflussung verfügte. Da dies angeblich sehr selten war, wurde der Kreis möglicher Personen dadurch erheblich eingeengt. In diesem Fall würde dieser Citdiener wahrscheinlich sogar wissen, wer infrage kam.

„Ihr habt recht und irrt zugleich“, gab Arton daher vorsichtig zur Antwort. „Ich trage zwar den Namen Erenor, jedoch, soweit ich weiß, bin ich kein Sohn Ecorims. Tatsächlich weiß ich nicht, wer mein Erzeuger war. Ich wurde von Maralon Erenor, dem Onkel Ecorims, aufgezogen. Er war jedoch sicher nicht mein leiblicher Vater.“

Nataol starrte gedankenverloren ins Leere. „Das wird immer erstaunlicher“, brummte er. „Also kein Sohn Ecorims und doch hat Euch Maralon Erenor aufgezogen.“ Er sah Arton an. „Und wer war Eure Mutter?“

„Ihr Name lautete Siva, sie war mit Ecorim vermählt. Mehr weiß ich nicht von ihr“, antwortete Arton knapp.

„Hmm, Siva? Der Name sagt mir nichts. Und sie war die Frau Ecorims, der aber nicht Euer Vater war …? Merkwürdig, sehr merkwürdig.“ Nataol strich sich immer wieder nachdenklich übers Kinn, bis Arton das Warten zu lang wurde. Er entschied sich, die Frage, die ihn gerade am meisten bewegte, direkt zu stellen:

„Ihr sagtet, dass es nur sehr wenige gibt, die über diese Geistsprache verfügen, und wenn ich Euch richtig verstanden habe, dann muss mein Vater ebenfalls dazugehören. Könntet Ihr dann nicht eine Vermutung darüber anstellen, wer mein Vater gewesen ist?“

Die stahlblauen, eindringlichen Augen des Erleuchteten richteten sich wieder auf den jungen Erenor. „Ihr müsst meinen Worten sorgfältiger lauschen, guter Arton. Kundige der Geistsprache gibt es viele, äußerst selten hingegen ist die Befähigung, mithilfe der Geistsprache den Verstand von *Menschen* zu beeinflussen.“

Arton zog die Stirn in tiefe Falten. So wie der Hohepriester das Wort Menschen betont hatte, hörte sich seine letzte Bemerkung an, als gäbe es außer den Menschen noch andere Wesen, die zur Geistsprache in der Lage wären. Meinte er womöglich damit die Wurzelbälger – die Zarg? Aber was sollten diese eigenartigen Kreaturen mit seinem Vater zu tun haben?

In diesem Augenblick ertönte der dumpfe Klang eines Horns. Arton war so sehr mit seinen Gedanken beschäftigt, dass er das Geräusch zunächst nicht einordnen konnte. Dann fiel ihm siedend heiß ein, dass der Hornstoß das mit den Wachen am Tor vereinbarte Warnsignal darstellte, wenn irgendeine Gefahr drohte.

Ohne ein Wort der Erklärung sprang er auf und ließ den überraschten Nataol in seinem Zimmer alleine. Mit großen Schritten eilte Arton dem Ausgang des Tempels entgegen. Es konnte nur einen Grund für den Alarm geben: Irgendetwas war bei der Versammlung in der Stadt schiefgegangen. Arton verfluchte sich dafür, dass er diesem sinnlosen Unternehmen nicht energischer widersprochen hatte, schließlich bedeutete nun das, was auch immer die vier dort unten am Hafen angerichtet hatten, eine Unterbrechung seines Gesprächs mit dem Citpriester. Dabei war er nur noch einen Schritt davon entfernt gewesen, das Geheimnis seiner Herkunft zu erfahren!

Er hastete durch das Lager aus bunten Zelten dem Eingangstor entgegen, wo er bereits die aufgeregten Wachen sehen konnte, die dort Stellung bezogen. Nach wenigen Augenblicken hatte er sie erreicht.

„Was ist hier los?“, herrschte er den erstbesten der vier Wachposten an.

„Dort kommt eine riesige Masse an Menschen den Festungspfad herauf“, erwiderte der Angesprochene eingeschüchtert, „und es sieht so aus, als wären sie auf der Flucht. Vielleicht wollen sie aber auch angreifen, keine Ahnung. Ich kann nicht sehen, ob es sich um Burg- oder Stadtbewohner handelt. Jedenfalls stimmt irgendetwas nicht, deshalb habe ich das Horn geblasen.“

Arton trat noch ein paar Schritte weiter nach vorne, bis er den schmalen Pfad, der zwischen Felsen und Meer nach oben bis zum Burgtor führte, ganz überblicken konnte. Tatsächlich strömte eine große Menge Menschen den Weg herauf. Die Kolonne zog sich bis in den Hafen, wo in den Straßen und auf dem Platz vor der großen Markthalle ein regelrechter Tumult ausgebrochen war. Die Leute drängten alle in verschiedene Richtungen, hier und da schien auch ein kleineres Handgemenge im Gange zu sein. Tatsächlich war es vollkommen aussichtslos, die ehemaligen Minenarbeiter von der Stadtbevölkerung zu unterscheiden, denn alle hatten gegen das schlechte Wetter gleichermaßen Decken oder Mäntel umgehängt. Fest stand jedoch, dass die beiden Parteien irgendwie aneinandergeraten waren und ein Teil sich in großer Eile in Richtung Festung aufgemacht hatte. Vielleicht konnte Arton von den Tortürmen aus mehr erkennen.

Er packte eine der Wachen am Arm. „Hör zu, ich werde auf den Turm steigen und versuchen, zu erkennen, wer sich da der Burg nähert." Er sah sich nach den anderen drei Posten um, bis er denjenigen entdeckt hatte, der das Signalhorn trug. „Du, gib mir das Horn."

Der Angesprochene tat, wie ihm geheißen.

„Zwei von euch gehen in den Raum über dem Torweg, wo sich die Befestigung des Fallgitters befindet. Sobald ich merke, dass sich die Stadtbewohner Zutritt zur Festung verschaffen wollen, werde ich ins Horn stoßen. Ihr müsst dann augenblicklich das Gitter herablassen."

„Aber", wagte einer zu widersprechen, „wenn sich jemand unter dem Gitter befindet, dann wird er zerquetscht. Sollen wir nicht lieber die Tore schließen?"

Arton funkelte ihn böse an. „Wenn das auf dem Weg Minenarbeiter sind, die auf der Flucht vor irgendwelchen Truppen zur Burg zurückwollen, und wir schlagen ihnen einfach die Tore vor der Nase zu, dann liefern wir sie ihren Verfolgern ans Messer. Wenn wir sie aber einlassen, dann könnte es gut sein, dass die Angreifer ihnen im Nacken sitzen. Und wie glaubst du wohl, wirst du die Tore dann schließen können, wenn der Torweg voller Menschen ist? Zu viert schafft ihr das niemals rechtzeitig. Nein, es muss das Fallgitter sein, eben für solch einen Zweck wurde es dort angebracht. Und diejenigen von euch, die sich nicht bei der Gitterarretierung postieren, verschließen die Türen der Tortürme von innen. Falls doch ein paar Stadtbewohner in die Burg vordringen, wollen wir schließlich nicht, dass sie gleich die Kontrolle über die Torbefestigung an sich bringen. Wir selbst haben bereits bewiesen, wie verheerend sich das auswirken kann. Also los, ihr wisst, was ihr zu tun habt."

Als die Wachen eilig ihren angewiesenen Posten bezogen, bedachte Arton sie mit einem verächtlichen Kopfschütteln. War er denn der Einzige hier, der ein wenig Verstand besaß? Was würde geschehen, wenn er einmal nicht rechtzeitig zur Stelle sein konnte, um die nötigen Anweisungen zu erteilen? Warum verließen sich alle immerzu auf ihn? Sicherlich lag das an seinem vertrauenerweckenden Äußeren, dachte Arton und grinste böse.

Dann besann er sich wieder darauf, was nun zu tun war, und erklomm, zwei Stufen auf einmal nehmend, die Plattform des linken Torturmes. Von der zinnenbewehrten Turmspitze aus hatte er einen besseren Blick auf die heraufhastenden Menschen, von denen sich die ersten nun bereits dem Eingang der Burg näherten. Die Kolonne hatte sich ein wenig auseinandergezogen, da die vordersten den Hügel hinaufrannten, so schnell sie konnten, während der Großteil weiter unten sich eher im Schritttempo fortbewegte. Bei den Letzteren konnte Arton auch eine Gruppe von Gerüsteten erkennen, die maßgeblich für die Verlangsamung des Zugs verantwortlich war. Zunächst ließ sich schwer entscheiden, ob ihnen lediglich ihre schwere Rüstung kein schnelleres Fortkommen erlaubte oder ob es ein Zeichen für einen disziplinierten Rückzug war. Dann aber wurde deutlich, dass die Gepanzerten sich in zwei Reihen aufgeteilt hatten, um den Weg zu flankieren. Zwischen ihnen bildete sich auf diese Weise eine schmale Gasse, die alle auf ihrem Weg zur Burg passieren mussten. Arton vermutete hinter dieser taktisch klugen Aufstellung der Truppen Barats Wirken, der seine militärischen Kenntnisse schon bei der Einnahme der Festung unter Beweis gestellt hatte. Offensichtlich wollte er sicherstellen, dass keine Verfolger aus der Stadt bis zur Burg vordringen konnten, dabei aber gleichzeitig den fliehenden Minenarbeitern die sichere Passage ermöglichen.

Arton entspannte sich ein wenig. Es sah nicht danach aus, als würden die Städter eine ernsthafte Verfolgung der Burgbewohner versuchen. Außer der gut ausgerüsteten, kleinen Truppe unter Barats Befehl sah er kaum Bewaffnete in den Straßen der Stadt oder auf dem Weg herauf zur Burg. Und selbst wenn eine Gruppe der Stadtbewohner einen Angriff wagen sollte, waren zwischen der Stadt und dem offen stehenden Burgtor immer noch Barats gepanzerte Minenarbeiter postiert, die sich langsam und geordnet in Richtung Festungsplateau zurückzogen. Eine Gefahr für die Burg schien somit nicht zu bestehen. Dennoch entschied Arton, noch eine Weile auf der Turmplattform zu bleiben, um die Geschehnisse weiter im Auge zu behalten.

Es war keine angenehme Aufgabe, bei dem unablässigen Regen draußen auszuharren, besonders weil es einige Zeit in Anspruch nahm, bis endlich wieder alle Burgbewohner in der Festung Andobras waren. Aber Arton hatte schon so oft unter widrigsten Wetterverhältnissen den Wachdienst am Tor der Kriegerschule Ecorim übernehmen müssen, dass er das strömende Nass gar nicht mehr wahrnahm. Seine Aufmerksamkeit galt ganz und gar den Zurückgekehrten, die sich alle auf dem Burgplatz versammelt hatten und meist in unterschiedlich großen Gruppen zusammenstanden, um aufgeregt das Geschehene zu bereden. Der lange blonde Seewaither namens Kawrin war der Letzte gewesen, der das Burgtor passiert hatte, bevor es geschlossen wurde. Das Herablassen des Fallgitters war indes nicht nötig geworden, da es glücklicherweise keine Verfolger gab, denen der Zutritt zur Burg auf diese rasche Art und Weise hätte verwehrt werden müssen. Das Schließen der Tore war eine reine Vorsichtsmaßnahme.

Arton stieg die steilen Steinstufen des Torturms wieder hinab und trat auf das Burgplateau hinaus. Wenig entfernt standen Barat und Erbukas mit betroffenen Gesichtern, während Kawrin aufgeregt auf sie einredete.

„... eben noch hinter mir, dann war er plötzlich verschwunden. Ich hab überall gesucht, aber nichts!“, hörte Arton den blonden Seewaither sagen, als er die drei erreichte. Sobald Kawrin ihn bemerkte, verstummte er sofort und versuchte, Artons Blick auszuweichen. Seit jenem Tag, als Arton gewaltsam die Informationen über den Anschlag auf die Kriegerschule Ecorim aus Kawrin herausgepresst hatte, war ihm dieser so weit wie möglich aus dem Weg gegangen. Nicht dass dies den jungen Erenor sehr gestört hätte, aber er wusste, dass ihm der schlaksige Seewaither fortan feindlich gesinnt war.

„Was ist geschehen?“, fragte Arton schlicht.

Barat übernahm nach einem kurzen Blickwechsel mit den anderen das Sprechen: „Es kam zu einem Tumult bei der Versammlung in der Markthalle. Unter den Städtern gab es einige Aufrührer, aber offensichtlich waren auch unter den

Minenarbeitern mehrere Unzufriedene. Jedenfalls hat das zusammen ausgereicht, dass ein paar Leute mit Schwertern auf uns losgingen und … im Verlauf dieser Auseinandersetzung ist wohl Rai irgendwie verschwunden.“

Es war offensichtlich, dass Barat diese Geschehnisse weit mehr bewegten, als er in seinem knappen Bericht durchblicken ließ. Auch Arton selbst traf die Nachricht von Rais Verschwinden unerwartet hart, hatte er doch in den letzten Tagen kaum einen Gedanken an den kleinen Tileter verschwendet. Aber Rai war für Arton so etwas wie ein Licht in der Dunkelheit geworden, ein Anker aus Zuversicht, der ihn auch in Verbindung hielt mit den anderen. Rai zeigte als Einziger keine übermäßige Scheu oder Angst vor dem düsteren Schwertmeister, sondern schien ihn als das zu nehmen, was er war: einen übellaunigen Eigenbrötler, den man jedoch weder fürchten noch verachten musste. Denn genau dieses Gefühl der Abneigung nahm Arton ohne Ausnahme bei allen anderen Burgbewohnern wahr, wenn er mit ihnen verkehrte. Meist förderte er diese negativen Reaktionen noch zusätzlich durch sein herrisches Verhalten, da ihm nicht daran gelegen war, die Gunst anderer zu gewinnen, wenn sie ihm von Anfang an ablehnend gegenüberstanden. Ein wenig Respekt für seine Taten war alles, was er verlangte. Aber zwischen den Burgbewohnern und Arton hatte sich das gleiche unangenehme Spannungsverhältnis eingestellt wie damals während seiner Ausbildung in der Kriegerschule zu seinen Mitschülern, als er der Jüngste und Beste unter ihnen war: Er wurde nicht respektiert, sondern gefürchtet.

Nur zu Rai hatte sich eine andere Beziehung entwickelt, die fast mit einer Freundschaft gleichzusetzen war, auch wenn Arton dem in der letzten Zeit vielleicht zu wenig Bedeutung beigemessen hatte. Dies war sicherlich auch darauf zurückzuführen, dass er in letzter Zeit hauptsächlich damit beschäftigt war, verbissen nach ein paar Antworten zu suchen. Das hatte auch zu dem unangenehmen Zwischenfall mit Kawrin vor ein paar Tagen geführt. Rai schien jedoch kein rechtes Verständnis dafür aufzubringen, dass Arton es sich nicht leisten konnte, bei der Wahl seiner Mittel allzu zimperlich zu sein. Die Nachricht von Rais Verschwinden rief bei ihm nun allerdings unvermittelt ein Gefühl des Verlustes hervor, das Arton wieder bewusst machte, wie einsam er sich im Grunde seines Herzens fühlte. All das würde er natürlich sorgsam in seinem Inneren verschließen.

„Dann müssen wir ihn suchen", antwortete er daher.

Wieder übernahm Barat das Reden, obwohl auch Erbukas und Kawrin zweifelnd die Stirn runzelten.

„Kawrin sagte gerade, dass er schon versucht habe, Rai zu finden, aber ohne Erfolg. Außerdem ist es jetzt, glaube ich, keine gute Idee, hinunter in die Stadt zu gehen. Wir haben es gerade so mit heiler Haut wieder zurück in die Festung geschafft. Es sind zwar sicherlich nicht alle Stadtbewohner gewaltbereit, trotzdem möchte ich auf keinen Fall diesem Ferrag und seinen Männern über den Weg laufen, der die Leute gegen uns aufgewiegelt hat. Und diesem verrückten Minenarbeiter, der Rai des Mordes beschuldigt hat, traue ich auch alles zu. Wahrscheinlich stecken die beiden sowieso unter einer Decke."

Der junge Erenor wog rasch die Bedeutung dieser Informationen ab, kam aber zu dem Schluss, dass dies nichts Wesentliches an seiner Entscheidung ändern würde.

„Was glaubst du wohl, Barat, wie viel Respekt die Stadtbewohner zukünftig vor der Burgbesatzung haben werden, wenn wir uns nach diesem Vorfall wie feige Waschweiber hier oben verschanzen?"

Ungerührt erwiderte Barat Artons bohrenden Blick.

„Wir werden ein wenig warten, bis sich die Aufregung dort unten gelegt hat“, teilte Arton seinen Entschluss mit, „dann gehen wir mit allen vierzig Gerüsteten los und werden nach Rai suchen.“ Artons Worte klangen wie ein Befehl, nicht wie ein Vorschlag.

„Barat hat doch schon gesagt, dass ich Rai nicht finden konnte“, ließ sich nun Kawrin vernehmen, der es jedoch immer noch tunlichst vermied, Arton direkt anzusehen. „Und in den Straßen der Stadt können sie uns leicht hinter jeder Ecke auflauern.“

„Das sollen sie versuchen“, entgegnete Arton, während seine Finger wie von selbst nach dem Knauf des schwarzen Schwertes tasteten.

Kawrin schüttelte halb verständnislos, halb beeindruckt durch diese furchtlose Antwort den Kopf.

Barat zuckte indes nur die Schultern. „Auch ich will Rai nicht irgendwelchen machthungrigen oder rachsüchtigen Verrückten dort unten überlassen. Ich werde auf jeden Fall mitgehen. Aber wir sollten es zumindest den Minenarbeitern selbst überlassen, ob sie für den jungen Rai ihr Leben riskieren wollen oder nicht. Wer freiwillig nach ihm suchen möchte, ist in unseren Reihen willkommen, wer lieber hierbleiben will, dem sei auch das freigestellt.“

Der grimmige Erenor musterte Barat mit einem unbestimmbaren Ausdruck auf dem vernarbten Gesicht und erwiderte dann: „Gut, wie du willst.“

Heimkehr

Ein keulenförmiger Felsen markierte unverkennbar die Einfahrt zum Hafen von Lechia, der Hauptstadt der Insel Ho'Neb. Der hoch aufragende Steinklotz wirkte mit seinen von Moosen, Blattranken und Farnen überwucherten Flanken und dem kleinen windgebeugten Palmenwäldchen auf seiner Spitze wie das struppige Haupt eines Riesen, der über die Wasseroberfläche spähte. Megas Arud'Adakin war zweifelsohne endlich wieder zu Hause. Nirgendwo sonst an den Küsten der Ostlande ließ sich ein solch lebendiges Farbenspiel aus dem allgegenwärtigen Grün der üppigen Vegetation, dem verwitterten Grau des Steins, dem dunklen Blau des Ozeans und dem strahlenden Weiß der sandigen Strände finden. Als Megas' Schiff schließlich die enge Passage zum Hafen mit den zahlreichen tückischen Sandbänken hinter sich gebracht hatte, fiel sein Blick das erste Mal nach langer Zeit wieder auf das hufeisenförmige Tal, in dem sich die flachen Häuserreihen, palmengesäumten Straßen und bunten Gärten seiner Heimatstadt erstreckten.

Aber wie das Auge eines jeden Betrachters wurde auch Megas' Aufmerksamkeit unweigerlich auf das größte Gebäude der Stadt gelenkt – wie stets, wenn er mit dem Schiff in seinen Heimathafen einlief. Es war rechter Hand auf einer leichten Erhebung unmittelbar vor den steil aufsteigenden, pflanzenüberwucherten Hängen des Tals errichtet worden. Kaum zehn Schritt neben dem breiten und schneckenhausartig geformten Bauwerk rauschte ein breiter Wasserfall in mehreren Kaskaden herab, aber dies war nicht das eigentlich Bemerkenswerte. Im beinahe senkrecht einfallenden Licht der Sonne schillerten die Wände dieses Palastes so farbenfroh, als wäre es den Baumeistern dieses Gebäudes gelungen, einen Regenbogen auf das Mauerwerk zu bannen. Natürlich wusste Megas, welchem Material die Residenz seines Vaters, dem Inselherrn von Ho'Neb, dieses fesselnde Lichterspiel verdankte. Es nannte sich Perlmutt, war von einheimischen Künstlern in jahrzehntelanger Arbeit aus winzigen Einzelteilen zu unübertrefflichen Mosaiken zusammengefügt worden und schmückte nun die gesamte Fassade des Palastes wie auch die Wände mehrerer Innenräume. Die Verwendung solch verschwenderischer Mengen dieser wertvollen Substanz sollte zum Ausdruck bringen, über welch gewaltige Reichtümer die Insel verfügte. Der Fang der Perlschnecken in den Gewässern um die Stadt und das Verarbeiten ihrer regenbogenfarbenen Schalen zu allerlei Kunstwerken hatte Ho'Neb seinen Wohlstand und seine führende Stellung innerhalb des Inselreichs von Jovena eingebracht. Die Bedeutung dieser Tiere kam auch durch die außergewöhnliche Konstruktion des Palastes zum Ausdruck: So wand sich das gesamte Gebäude wie ein Schneckenhaus in die Höhe. Diese Spiralform wurde architektonisch dadurch erreicht, dass jedes der insgesamt vier kreisrunden Stockwerke einen geringeren Durchmesser aufwies als das vorige. Ganz oben beschirmte eine in den ganzen Ostlanden einzigartige, durch zahllose Fenster durchbrochene Kuppel den Thronsaal. Auf dem Dach des Palasts wehte stolz die Flagge des Inselstaats, die ebenfalls durch die Abbildung der Meeresschnecke geziert wurde.

Ein so sehr von den Schätzen der See abhängiges Land brauchte natürlich auch eine große Flotte zu seinem Schutz.

Einzig die Insel Tar'Tianoch, die Heimat des momentanen Königs von Jovena und Beherrschers von Citheon, Jorig Techel, konnte wegen ihrer Größe und der höheren Zahl an Einwohnern die Schlagkraft der ho'nebischen Seestreitkräfte noch überbieten. Deshalb war es auch nicht Megas' Vater Turael Arud'Adakin gewesen, der vor mehr als dreißig Jahren zum König des Inselreichs ausgerufen worden war, sondern sein schärfster Konkurrent: Jorig Techel. Allerdings war die Wahl damals mehr als knapp zu Ende gegangen. Letztlich fehlten dem Inselherrn von Ho'Neb nur zwei Stimmen, dann hätte er zum obersten Herrn Jovenas aufsteigen können. Dieser Umstand hatte Megas seit seiner frühen Kindheit keine Ruhe gelassen und deshalb war er entschlossen, den kinderlosen König Jorig baldmöglichst abzulösen. Dafür mussten aber noch einige entscheidende Dinge ins Rollen gebracht werden und dafür kehrte er heute in die Hauptstadt Lechia zurück.

Es dauerte eine Weile, bis der wendige Segler, der Megas von Tilet hierhergebracht hatte, in dem emsigen Hafenbecken einen Platz zum Festmachen gefunden hatte. Als das Schiff schließlich vertäut war, verlor Megas keine Zeit mehr und ging sogleich an Land, um einige der patrouillierenden Wächter über seine Ankunft zu informieren. Sie sollten die gute Nachricht so schnell wie möglich an seinen Vater weiterleiten. Dann winkte er ungeduldig nach dem Kapitän Josh Tabuk, der wie immer beim Anlegen neben dem Ruder stand und den Steuermann beaufsichtigte. In seinem unbeholfenen, staksenden Gang verließ der entstellte Schiffsführer daraufhin langsam das Achterdeck, wackelte die Planken auf den Kai hinunter und stellte sich wie befohlen zu seinem Herrn.

„Lass Wachen aufstellen und das Schiff fertig zum Ablegen

machen", raunte ihm Megas zu. „Ich weiß nicht, wie herzlich das Wiedersehen mit meinem Vater ausfallen wird."

„Selbstverständlich, mein Prinz", antwortete Josh Tabuk unterwürfig, „es ist bereits alles veranlasst."

„Gut", sagte Megas und nickte zufrieden. „Die Flotte steht bereit?"

„Sie ankert nur zwei Seemeilen ostwärts von hier", erwiderte der Kapitän mit seiner undurchschaubar samtigen Stimme.

„Und du bist dir sicher, dass sie jeden deiner Befehle ausführen werden, egal was du von ihnen verlangst?" Megas blickte seinem Flottenkommandeur forschend ins narbenversehrte Gesicht.

„Natürlich, mein Prinz", antwortete dieser ohne Zögern. „Jeder meiner Flottenkapitäne ist mir treu ergeben, sie sind alle absolut zuverlässig." Josh versuchte ein Lächeln. „Darf ich fragen, was Ihr vorhabt, Prinz Megas? Es wäre hilfreich, auf die kommenden Ereignisse vorbereitet zu sein."

Megas runzelte missbilligend die Stirn. „Ich habe gar nichts vor. Das sind alles reine Vorsichtsmaßnahmen für den Fall, dass mein geliebter Vater sich dafür entscheidet, mich, seinen geschätzten Sohn, der so unerwartet aus der Verbannung zurückgekehrt ist, auf die eine oder andere Weise wieder loszuwerden. Es wäre möglich, dass wir aus der Stadt fliehen müssen und vielleicht sogar verfolgt werden. Für diesen Fall benötige ich ein schnelles Schiff, besetzt mit treuen Verbündeten im Hafen, und einen kampfstarken Flottenverband nahebei, der sich im Notfall um die Verfolger kümmern kann. Mehr gibt es nicht zu wissen."

„Ja, mein Prinz", sagte Josh mit unbewegter Miene.

Der Prinz von Ho'Neb musterte seinen Kommandeur misstrauisch von der Seite. Natürlich hatte Megas einen

Plan. Nicht umsonst war er die letzten dreißig Tage seit dem unrühmlichen Ende seiner Kundschaftertätigkeit in Seewaith mit kaum etwas anderem beschäftigt gewesen als der Vorbereitung seiner Rückkehr in die Heimat. Dabei spielte Joshua Tabuk, der Flottenkommandeur von Ho'Neb, eine entscheidende Rolle, ohne dass ihn Megas jedoch ins Vertrauen gezogen hätte. Nur wer Kapitän Tabuk zu kontrollieren wusste, konnte sich der Flotte als wichtigstes Machtinstrument des Landes bedienen. Und Megas verstand es, den Kommandeur gefügig zu halten.

„Vielleicht sollte ich auf dem Weg zum Palast mal kurz bei Eurem Anwesen haltmachen", bemerkte Megas betont beiläufig. „Ich würde mich freuen, Eure Tochter wieder in die Arme schließen zu können. Wie alt ist sie jetzt? Siebzehn? Sie muss mittlerweile eine wahre Schönheit sein, wo sie doch schon früher eine äußerst reizvolle Erscheinung besaß. Ihr seid sicher sehr stolz auf sie."

Joshs Gesicht blieb eisern, aber in seiner Stimme schwang dennoch eine gewisse Anspannung mit, als er antwortete: „Ja, ich bin sehr stolz auf Ferim, mein Prinz. Sie ist das liebenswerteste Geschöpf, das ich kenne. Sie sieht in allem etwas Gutes."

Megas lächelte boshaft in sich hinein. Josh hatte die versteckte Drohung verstanden, so viel war gewiss. Seine Antwort zeigte, wie hilflos sich der Kapitän immer noch fühlte, angesichts der für ihn so misslichen Wahl seiner Tochter, was den Mann ihres Herzens – nämlich Megas – betraf. Ferim, dieses naive Dummchen, hatte anscheinend bis heute nicht begriffen, dass sie ihm nur als Druckmittel gegen ihren Vater diente, und Josh Tabuk liebte sein Kind zu sehr, als dass er es übers Herz gebracht hätte, ihr die Wahrheit zu sagen. Für Megas bedeutete diese einseitige Liebschaft nicht weniger als die uneingeschränkte Kontrolle über die Flotte und deshalb pflegte er sie, wann immer sich die Gelegenheit dazu bot. Da die junge Tabuk aufgrund ihrer liebreizenden Gestalt und hingebungsvollen Zuneigung diese Aufgabe alles andere als unangenehm machte, fiel es Megas auch nicht schwer, den sehnsüchtigen Liebenden zu spielen. Jedwede Skrupel wegen seiner Unaufrichtigkeit oder gar moralische Bedenken, weil er Joshs Tochter sozusagen als Geisel missbrauchte, waren Megas fremd. Nur die Starken erreichten ihr Ziel, und wenn der steile Weg zum Gipfel nur auf dem Rücken der Schwachen zu erklimmen war, dann sollte das eben so sein – das war sein Grundsatz.

Plötzlich galoppierten fünf Reiter in Gardeuniformen heran, die ein weiteres Pferd mit aufwendig gearbeitetem Sattel am Zügel führten.

„Prinz Megas!“, rief der vorderste Reiter, nachdem er gekonnt vom Pferd gesprungen und vor dem Sohn des Inselherrn auf sein Knie niedergesunken war. „Euer Vater erwartet Euch zur Audienz in seinem Palast.“

„Das ging ja schnell“, erwiderte Megas mit gespielter Freude. „Es scheint, als wäre ich wieder im Hause meines Vaters willkommen.“ Er stieg auf das mitgebrachte Pferd und sah von dort triumphierend zu Josh hinunter. „Aber bevor wir zum Palast reiten, müsst ihr mich noch zum Haus des Kapitäns Tabuk begleiten. Dort erwartet mich noch ein angenehmes Wiedersehen.“

„Aber Prinz Megas“, wagte einer der berittenen Wachen zu widersprechen, „Euer Vater erwartet Euch im Palast!“

Megas lachte laut auf. „Unser großmütiger Herrscher wird mir diese kleine Verspätung mit Sicherheit verzeihen, schließlich musste er schon mehr als zwei Jahre auf die Heimkehr seines Sohnes warten.“ Schlagartig kehrte grimmiger Ernst in Megas' Gesicht zurück. „Und jetzt stiehl mir mit deinen Belehrungen nicht länger die Zeit", herrschte er den Gardisten an. „Tu, was ich dir gesagt habe!"

Eingeschüchtert ritten die Soldaten los und Megas folgte ihnen, wobei er Josh Tabuk noch einmal hämisch zuwinkte. Zunächst folgten sie der Hauptstraße, die in einem weiten Bogen zum Palast hinaufführte, doch nach etwa der Hälfte der Strecke schwenkten sie in eine kaum weniger breite Seitenstraße ein, die von mehreren großen Gärten gesäumt wurde. Hinter dem vielen Grün verbargen sich die Anwesen der wohlhabendsten Bevölkerungsteile Lechias, zu denen sich auch Kapitän Tabuk zählen durfte. Wie es hier üblich war, wurde keines der Grundstücke durch einen Zaun oder ein Gitter eingefasst, sodass besonders in den noblen Vierteln der Eindruck entstand, Lechia bestünde hauptsächlich aus einem großen Park, in dem sich die vereinzelten Häuser beinahe verloren. Nicht umsonst trug die Hauptstadt Ho'Nebs den Beinamen „der grüne Hafen". Sie hatten noch keine hundert Schritt in dieser Straße zurückgelegt, als von links quer über eine Rasenfläche ein Mädchen in weißen, fließenden Gewändern herbeieilte und durch aufgeregtes Winken Megas' Aufmerksamkeit erregte. Sie hatte braunes, gewelltes Haar, das im Nacken durch ein Tuch zusammengefasst wurde und den ganzen Rücken bis beinahe zu den Hüften herabwallte. Ihre Augen leuchteten überschwänglich, als sie den Reitern barfuß über das Gras entgegenrannte.

„Megas!", rief sie. „Megas, du bist zurückgekehrt!" Tränen standen ihr in den Augen, während sie gleichzeitig lachte.

Megas setzte sein freundlichstes Gesicht auf und stieg vom Pferd. Er breitete die Arme aus. „Ferim! Du bist schöner als jemals zuvor."

Mit einem Freudenschrei fiel sie ihm in die Arme und drückte ihm einen leidenschaftlichen Kuss auf die Lippen. „Ich habe gerade erst gehört, dass dein Schiff hier festgemacht hat. Bei den Göttern, wie habe ich diesen Tag herbeigesehnt! Warum hast du keine Nachricht gesandt? Ich war jeden Tag am Hafen und hielt nach dir Ausschau. Kein Wort habe ich von den schlimmen Dingen glauben wollen, die über dich erzählt wurden. Du würdest niemals deinen Vater hintergehen oder gegen den König aufbegehren. Das habe ich auch allen gesagt, die mir so etwas weismachen wollten. Und jetzt bist du wieder da und alles wird gut." Sie schmiegte ihren Kopf vertrauensvoll an seine Brust.

„Sicher, Ferim", bestätigte Megas und strich ihr übers Haar. „Das sind alles böswillige Unterstellungen. Kein Wort davon ist wahr." Er drückte sie an den Schultern ein wenig von sich weg, um ihr in die Augen schauen zu können. „Ich bin froh, dass du zu mir hältst."

„Natürlich halte ich zu dir", sagte sie mit großen Augen, „du bist die Liebe meines Lebens, daran können auch irgendwelche Gerüchte und ein paar Jahre der Trennung nichts ändern! Ich wusste, dass König Jorig irgendwann erkennen wird, dass du unschuldig bist, und dich begnadigt. Aber ich hätte selbst dann auf dich gewartet, wenn deine Verbannung nicht zwei, sondern zwanzig Jahre gedauert hätte."

Megas lächelte. „Das weiß ich, meine Teure, das weiß ich. Deshalb bist du ja auch meine Auserwählte. Nur noch ein wenig Geduld und ich werde bei deinem Vater um deine Hand anhalten."

Voller Glück über diese lange herbeigesehnte Ankündigung umarmte Ferim ihren Geliebten ein weiteres Mal und löste ihre Umklammerung nur widerstrebend, als Megas sich schließlich zu verabschieden versuchte:

„Jetzt muss ich noch einige wichtige Dinge im Palast erledigen, die keinen Aufschub dulden. Ich bin zuerst zu dir gekommen, noch bevor ich dem Inselherrn meine Aufwartung gemacht habe. Er erwartet mich sicherlich schon."

„Bist du mit dem Schiff meines Vaters gekommen?", fragte Ferim, während sich Megas wieder in den Sattel schwang.

Megas nickte.

„Wie geht es ihm?", erkundigte sie sich besorgt. „Er war schon lange nicht mehr zu Hause und dabei sollte er sich doch ausruhen. Seine kaputten Beine müssen gepflegt werden und bestimmt schmerzen seine Narben wieder."

Megas zuckte die Achseln. „Auf mich hat er einen gesunden Eindruck gemacht", er räusperte sich, „soweit man das bei seinem Zustand sagen kann."

Ferim bekam einen verklärten Gesichtsausdruck. „Kann man sich einen aufrechteren Menschen vorstellen? Um meinen Geliebten zu schützen, hat er bereits die Folter ertragen und selbst jetzt erfüllt er noch seine Pflicht. Ich danke den Göttern, dass sie mir solch einen edelmütigen Vater beschert haben."

„Ja, er ist wahrlich ein tapferer Mann", bestätigte Megas. „Für die Seinen ist ihm kein Opfer zu hoch." Er entblößte seine Zähne zu einem selbstgefälligen Grinsen. „Ich werde jetzt gehen. Aber ich komme bald zurück und dann werden wir unser Wiedersehen ein wenig ausführlicher feiern, als es hier auf der Straße möglich war." Er hob vielsagend die Augenbrauen, worauf die junge Tabuk tief errötete.

Dann riss der Prinz sein Pferd herum und hieb ihm die Absätze in die Flanken. Der kleine Reitertrupp jagte die Straße hinunter und bog wieder in die große Allee ein, die sie zum Palast bringen würde. Die hohen Palmen zu beiden Seiten der Straße flogen an Megas vorbei, als er in vollem

Galopp durch seine Stadt preschte. Nach kurzem Ritt erreichte er die Anhöhe, wo weitläufige Wassergärten den Herrschersitz der Familie Arud'Adakin umgaben. Über zwei steinerne Brücken, die in einem verspielten Bogen einen Bachlauf überspannten, kam er auf den mit weißem Sand bedeckten Vorplatz des Palastes, ohne dass er ein einziges Tor oder einen Wachposten passieren musste. Lechia galt von der Seeseite aus wegen seiner langen, mit tückischen Untiefen gespickten Hafeneinfahrt als uneinnehmbar. Denn selbst wenn ein ortskundiger Kapitän eine feindliche Flotte in Richtung Hafen führen sollte, so konnte mittels einiger schwerer Katapulte jedes Schiff bei der Passage des schmalen Kanals in aller Ruhe versenkt werden. Mit einem einzigen Schiffswrack war der Zugang zum Hafen bereits blockiert, weshalb ein Angriff vom Meer her als vollkommen aussichtslos galt. Aber auch von der Landseite aus hatte die Hauptstadt Ho'Nebs wenig zu befürchten. Kilometerlange Steilküsten verhinderten vielerorts das Anlanden feindlicher Truppen und das ebenso unwegsame wie trockene Inselinnere machte jeden Vormarsch eines Heeres zu einer Tortur. Zudem gab es noch eine Reihe strategisch geschickt platzierter Wehrburgen, von denen aus alle gangbaren Pfade beherrscht wurden. Dieser umfassende Schutz verlieh dem Inselherrn von Ho'Neb die Freiheit, auf Mauern oder Gitterzäune rund um sein Heim verzichten zu können.

Megas ließ sein Pferd einfach auf dem Vorplatz zurück und ging entschlossenen Schrittes auf das Eingangsportal des schneckenförmigen Palastes zu. Erst dort waren zwei Wächter postiert, die allerdings bei seinem Erscheinen Haltung annahmen und ihm dann das Tor ins Innere öffneten. Dahinter begann ein breiter, mit Gemälden, Büsten, Perlmuttmosaiken, Teppichen und anderen Schaustücken überladener Gang, der in einer langen, stetig aufwärtsführenden Spirale durch das ganze Gebäude verlief. Aufgrund seiner schneckenhausartigen Bauweise konnten alle Räume des Palasts über diesen einen Gang erreicht werden. Er endete erst im obersten Stockwerk vor dem Eingang des Thronsaals.

Megas' Augen hatten sich gerade erst an das Halbdunkel im Inneren gewöhnt, als auch schon eine Abordnung, bestehend aus zwei Leibdienern und dem Kanzler seines Vaters, auf ihn zugeeilt kam.

„Prinz Megas, willkommen zu Hause", begrüßte ihn der Kanzler leicht außer Atem. „Ich hoffe, Ihr hattet eine gute Reise. Wenn Ihr mir bitte folgen wollt, Euer Vater und Euer Bruder erwarten Euch bereits."

„Mein Bruder?", rief Megas überrascht aus. „Haben sich in meiner Abwesenheit mein Vater und mein Bruder etwa wieder versöhnt?"

„Es hat den Anschein", erwiderte der Kanzler zurückhaltend, während er Megas zu einer schmalen Treppe führte, die eine Abkürzung zum Thronsaal darstellte. „Der Prinz Nagas Arud'Adakin traf erst vor einer Woche wieder in Lechia ein und seither hat er viel Zeit mit Eurem Vater verbracht."

Megas schwieg bestürzt. Dies waren äußerst unerfreuliche Neuigkeiten, hatte doch sein um drei Jahre jüngerer Bruder bis vor Kurzem noch weit entfernt in einer Stadt am anderen Ende der Insel gelebt, da ihr gemeinsamer Vater die Nähe seines zweiten Sohnes nicht ertragen konnte. Turael Arud'Adakin machte ihn insgeheim für den Tod seiner über alles geliebten Frau verantwortlich, die bei der Geburt ihres zweiten Kindes gestorben war. Ihr frühes Dahinscheiden hatte aus dem vorher kühnen Recken, umsichtigen Herrscher und liebevollen Vater in Megas' Augen einen gramgebeugten Weichling werden lassen, der für nichts und niemanden mehr irgendein Interesse aufzubringen vermochte. Wenn Megas darüber nachdachte, war er im Grunde nicht nur ohne Mutter, sondern auch ohne Vater aufgewachsen. Er hatte sich geschworen, sein Leben niemals in solch selbstzerstörerischer Weise an einen Menschen zu ketten wie sein Vater. Trauer, Reue, Mitleid, Liebe, all dies stellte für ihn nur nutzlosen Ballast auf dem ohnehin beschwerlichen Weg durchs Leben dar. Wahrhaft groß – so dachte er – wurden nur diejenigen, denen es gelang, solche Bürden abzulegen, um ungehindert ihr Ziel anstreben zu können. Megas selbst glaubte sich diesem Ideal schon sehr nahe, sein Vater hingegen verkörperte für ihn das genaue Gegenteil davon.

Umso bedenklicher fand Megas es deshalb, dass der Inselherr sich nun dazu durchgerungen hatte, seinen zweiten Sohn nach so langer Zeit wieder in den Palast zu bestellen. Megas kannte seinen jüngeren Bruder kaum, denn dieser war von seinem Vater schon kurz nach seiner Geburt in die Obhut einer befreundeten Familie gegeben worden, die so weit entfernt von der Hauptstadt Lechia wohnte, wie es auf der Insel Ho'Neb möglich war. Seine Rückkehr konnte eigentlich nur bedeuten, dass Turael die Pläne seines älteren Sohnes zumindest ansatzweise durchschaut hatte und ihnen mit diesem unerwarteten Schritt irgendwie zu begegnen versuchte. Megas beschlich eine gewisse Anspannung, denn dieses bevorstehende Wiedersehen versprach unerfreulicher zu werden, als er gedacht hatte.

Nachdem Megas und seine Begleiter auf kürzestem Weg über die schmale Verbindungstreppe von einem Stockwerk des schneckenförmigen Baus zum nächsten gelangt waren, befanden sie sich nun ganz oben vor dem Eingang in den Thronsaal, dessen breites, zweiflügliges Tor mit einem schillernden Schneckenmosaik geschmückt war. Auf beiden Seiten standen zwei Wachposten, die jeweils mit einem langen Spieß, einem Schwert und der reich verzierten Prunkrüstung der Palastgarde ausgestattet waren. Megas nahm diese ungewöhnlich starke Bewachung als weiteres Zeichen dafür, dass sein Vater die drohende Gefahr für seinen Thron sehr wohl vorhergesehen hatte.

„Darf ich jetzt um Euer Schwert bitten", forderte ihn der Kanzler höflich auf. „Ich werde es aufbewahren, während Ihr im Thronsaal seid."

Nach einem kurzen Blick auf die bereitstehenden Wachen zog Megas belustigt die Augenbrauen in die Höhe. „Vertrauen ist ein kostbares Gut, wer's dem Falschen schenkt, bezahlt mit Blut", zitierte er ein auf der Insel recht geläufiges Sprichwort, während er seinen Schwertgurt ablegte. „Die Frage ist nur, wer der Falsche ist …", fügte er vielsagend hinzu.

Der Kanzler nickte nur und gab das Schwert an einen der ihn begleitenden Diener weiter. Eine der Wachen öffnete das Tor zum Thronsaal, worauf der Kanzler nach vorne trat und mit klangvoller Stimme verkündete: „Eure Hoheit, Prinz Megas Arud'Adakin ist jetzt da." Danach zog er sich wieder dezent zurück und gab Megas mit einem Handzeichen zu verstehen, dass er jetzt eintreten dürfe.

Dieser tat, wie ihm geheißen, und durchschritt, ohne zu zögern, das Portal. Mit einem dumpfen, von den Wänden widerhallenden Schlag schloss sich die Tür hinter ihm. Nach der Düsternis des Vorraums wurde Megas durch die gleißende Helligkeit im Thronsaal regelrecht geblendet. Das Sonnenlicht flutete durch Dutzende von farbigen Fenstern im kuppelförmigen Dach des Saals herein und wurde von zahllosen Perlmutt- und Edelsteinsplittern gebrochen, die an langen Schnüren bis etwa zwei Schritt über seinem Kopf von der Decke hingen. Dadurch entstand ein verwirrendes Lichterspiel, das am ehesten mit dem Glitzern der Sonnenstrahlen auf der Meeresoberfläche zu vergleichen war.

Aber anders als die meisten Fremden ließ sich Megas durch diese kunstvolle Zurschaustellung der Pracht und Herrlichkeit des Palastes nicht beeindrucken. Der Thronsaal war ihm aus seiner Jugend bestens bekannt. Was ihn jetzt weit mehr interessierte, war, einen Blick auf seinen unverhofft zurückgekehrten Bruder zu werfen. Immerhin hatte er ihn seit vierzehn Jahren nicht mehr gesehen und bei ihrer Trennung war dieser noch ein Säugling gewesen.

Unmittelbar vor dem größten Fenster des Saals stand ein bei all dem Prunk überraschend schlicht gehaltener, gemauerter Thron, auf dem Megas die gebeugte Gestalt seines Vaters erkannte. Dreisterweise gleich daneben, auf einem etwas niedrigeren Sitz, der eigentlich ihm, dem ältesten Sohn und Thronfolger, vorbehalten war, saß ein schmächtiger Jüngling mit einem blassen, bartlosen Gesicht, der nervös in seine Richtung blinzelte. Die glänzende Rüstung des jüngsten Arud'Adakin saß schief, war viel zu weit und auch das Schwert an seiner Seite konnte nicht verhindern, dass er einen reichlich lächerlichen Eindruck vermittelte. Megas befand ihn nicht für würdig, weiter beachtet zu werden, und wandte sich stattdessen direkt an den Inselherrn.

„Vater!“, rief er voll beißendem Sarkasmus. „Wie musst du dich freuen, mich wiederzusehen. Du kommandierst die halbe Garde ab, um sie mir zu Ehren vor dem Thronsaal Spalier stehen zu lassen, und jetzt beglückst du mich sogar noch mit der Anwesenheit meines kleinen Bruders, den ich so lange nicht sehen durfte. Kann man sich eine schönere Heimkehr wünschen?“

„Ich kann nicht sagen, dass es ein frohes Wiedersehen ist", drang die dünne, brüchige Stimme von Turael Arud'Adakin unter seinem zerzausten Vollbart hervor. „Vielleicht bin ich nicht mehr so entschlusskräftig wie einst, aber wenn mein ältester Sohn die gesamte Flotte gegen mich aufwiegelt und in der Nähe meiner Hauptstadt zusammenzieht, dann weiß ich doch, dass es geboten ist, zu handeln. Hast du wirklich geglaubt, ich würde diesen Akt des Aufruhrs einfach hinnehmen?"

„Hast du wirklich geglaubt, ich würde dir deine Tatenlosigkeit verzeihen, als ich vom König in die Verbannung geschickt wurde?", konterte Megas mit einer Gegenfrage.

„Du warst schuldig", entgegnete der Inselherr, ohne seine Stimme zu heben. „Du hast die Ho'Toba-Rebellen mit Waffen aus unseren Rüstkammern unterstützt. Dein Glück, dass du nicht hingerichtet wurdest."

„Ich wette, selbst dann hättest du den Weinschlauch nicht aus der Hand gelegt, um deinem Sohn beizustehen", gab Megas boshaft grinsend zurück. „Nicht gerade erbaulich, in deiner Gunst hinter einer mit Rebensaft gefüllten Tierhaut zurückzustehen. Aber ich habe mich daran gewöhnt, einen verweichlichten Säufer zum Vater zu haben."

Selbst nach dieser Beleidigung geriet Megas' Vater nicht ernsthaft in Wut, sondern sprach mit derselben monotonen Gleichgültigkeit weiter wie zuvor: „Wenn deine Mutter diese lästerlichen Reden noch hören könnte, würde sie sich vor Gram in ihr Zimmer einschließen. Sie würde nicht glauben wollen, was für ein Mensch ihr geliebtes Kind von damals geworden ist."

„Wenn meine Mutter sehen könnte, wie du dich gehen lässt und was durch deine Schwäche aus unserem Reich geworden ist, dann würde sie sich wahrscheinlich in das nächste Schwert stürzen." Megas näherte sich seinem Vater, um ihn einer genaueren Musterung zu unterziehen. Turaels Haare hingen strähnig herab, seine Nase war dick und aufgequollen, sein Wanst wölbte sich über seinen Gürtel. Megas sah ihm in die rot geränderten Augen und auch heute konnte der Inselherr dem Blick seines Sohnes nicht standhalten.

„So wie du aussiehst", stellte Megas fest, „solltest du mir eigentlich dankbar sein, dass ich heute gekommen bin, um dich von der Bürde deines Amtes zu befreien. Warum widmest du dich nicht vollauf deinen Weinschläuchen und überlässt mir das Regieren, damit man sich nicht mehr schämen muss, ein Ho'Nebi zu sein?"

Der Inselherr versuchte, sich schnaufend ein wenig aufrechter hinzusetzen. „Weil du keinen Anstand hast", gab er leidenschaftslos zurück. „Du achtest nichts, keine Ehre, keine Gerechtigkeit, noch nicht mal deine Familie. Jemand wie du sollte kein Volk beherrschen dürfen, so viel steht fest."

„Das trifft mich jetzt wirklich hart", erwiderte Megas voller Hohn. „Ein trunksüchtiger Versager hält mich für moralisch unzureichend, sein Nachfolger zu sein. Ich weiß kaum, wie ich meinen Kummer über diese Zurückweisung bewältigen soll. Aber ich fürchte, dir wird nicht viel anderes übrig bleiben, als mir den Thron zu überlassen." Er sah zu seinem Bruder hinüber, der die ganze Zeit über furchtsam die Auseinandersetzung verfolgt hatte. „Denn du kannst unmöglich beabsichtigen, diesen Milchbart als deinen Nachfolger zu bestimmen. Warum lassen wir nicht gleich die Dienstmagd regieren?" Er machte eine beschwichtigende Geste in Richtung des empörten Jungen und fügte hinzu: „Nichts für ungut, kleiner Bruder."

„In der Tat ist das genau, was ich plane", bestätigte der Inselherr Megas' Befürchtung. „Ich habe deinen Bruder Nagas kommen lassen, weil ich nicht zulassen kann, dass du Herr über mein Reich wirst. Du hast den Eid gebrochen, der uns zur Treue gegenüber dem König von Jovena verpflichtet. Du bist ein Verräter und willst noch nicht einmal für deine Taten einstehen. Stattdessen lässt du zu, dass dein Flottenkommandeur durch die Folter zum Krüppel wird. Und du erpresst ihn mit dem Leben seiner Tochter. Das ist wahrhaft verwerflich. Du bist der letzte Abschaum."

Das erste Mal seit seiner Ankunft konnte Megas so etwas wie Zorn in den erschlafften Zügen des väterlichen Gesichts ausmachen. Offenbar meinte er es wirklich ernst. „Da hat sich unser guter Kanzler wohl ein wenig umgehört", bemerkte Megas ungerührt. „Ein fähiger Mann, du hättest öfter auf ihn hören sollen." Megas machte eine wegwerfende Handbewegung. „Wie auch immer, ich habe von Geburt an ein Recht auf diesen Thron. Dieser Hänfling dort ist der Zweitgeborene, wie also willst du mir die Nachfolge verwehren?"

Den Inselherrn schüttelte ein Hustenanfall, sodass er erst nach einer ganzen Weile und einigen erstickten Würgelauten zum Antworten in der Lage war: „Ich ...", er räusperte sich noch einmal, „werde über dich den Inselbann verhängen."

„Den Inselbann!", rief Megas ehrlich überrascht. „Aber meine Verbannung ist aufgehoben, ich bin durch den König persönlich begnadigt worden."

Turael Arud'Adakin stieß ein kehliges Geräusch hervor, das nur entfernt an ein Lachen erinnerte. „Der König hat damit nichts zu tun. Der Inselbann erstreckt sich nur auf mein Land, denn hier will ich dich nicht länger haben. Von heute an bist du kein Ho'Nebi mehr und folglich kannst du auch nicht den Thron besteigen. Der Zweite in der Rangfolge ist Nagas, also wird er der nächste Inselherr."

Sichtlich betroffen suchte Megas nach einer geeigneten Reaktion auf das soeben Gehörte.

„Ein geschickter Zug, Vater", räumte er ein. „Endlich einmal eine selbstbewusste Entscheidung von dir, das muss ich anerkennen." Megas zögerte einen Moment, so als müsse er sich erst überwinden, dann trat er auf seinen Bruder zu und hielt ihm die Hand entgegen. „So bleibt mir nichts weiter, als dem neuen Thronfolger zu gratulieren."

Nagas erhob sich verwirrt und ergriff Megas' Hand. Er brachte nichts weiter als ein gestammeltes „Danke" hervor, der erste Laut, welcher von ihm seit Megas' Auftauchen zu hören gewesen war. Daraufhin zog der Ältere ihn zu sich heran, um ihn zu umarmen. Unhörbar für den Inselherrn flüsterte Megas seinem jüngeren Rivalen ins Ohr: „Wir kennen uns kaum, deshalb darfst du das jetzt nicht persönlich nehmen, Bruder. Aber wenn du klug bist und an deinem Leben hängst, dann lässt du alles brav geschehen und sagst kein Wort."

Damit riss Megas das Schwert des vollkommen überrumpelten Nagas aus der Scheide und stieß zu.

Als die vor dem Tor postierten Wachen durch ein Poltern und laute Hilferufe alarmiert in den Thronsaal stürzten, bot sich ihnen ein Bild des Grauens. Das Licht huschte immer noch genauso verspielt über den Boden wie zuvor, doch nun bildeten die bunten Leuchtflecken einen makaberen Kontrast zu dem dunklen Blut, mit dem der gesamte Thron und auch Teile des Bodens besudelt waren. Der reglose Körper des Inselherrn Turael Arud'Adakin lag vor dem Herrscherstuhl.

Megas kniete mit schützend über dem Kopf erhobenen Händen am Boden, eine Schnittwunde zog sich über seinen linken Unterarm. Vor ihm stand völlig verstört Nagas mit seinem Schwert in der Hand, das über und über mit Blut beschmiert war.

„Wachen!", schrie Megas lauthals. „Ergreift diesen Verrückten. Er hat seinen Vater, den Inselherrn, erschlagen!"

Als Nagas diese Worte vernahm, zuckte er wie vom Blitz getroffen zusammen. Er sah die beiden Wachen und Entsetzen ließ jede Farbe aus seinem Gesicht weichen. Sein Schwert fiel klirrend zu Boden. Selbst als er von der Palastgarde ergriffen wurde, schien er unfähig, zu reagieren.

Megas rutschte inzwischen auf Knien zum Leichnam des Inselherrn hinüber. „Vater!", klagte er voller Verzweiflung. „Warum hast du nur diese falsche Schlange Nagas zurück in deinen Palast geholt?" Er wandte sich wieder an die fassungslosen Wachen. „Was für eine schreckliche Tragödie", rief er ihnen schluchzend zu. „Nagas hat sein Schwert gegen unseren Vater gerichtet, weil Turael sich doch noch eines Besseren besann und mich als Thronfolger belassen wollte. Mein Bruder muss den Verstand verloren haben! Er ist wie besessen auf uns losgegangen! Ich hatte nicht einmal ein Schwert zur Verteidigung und bin auch nur knapp dem Tod entronnen." Zum Beweis erhob er sich mühevoll und hielt den Gardisten seinen blutenden Arm vor die Nase. „Erst euer Kommen hat Nagas' Wahnsinn Einhalt geboten." Anklagend sah er seinem Bruder ins blutleere Gesicht.

Unterdessen war auch der Kanzler mit hochrotem Kopf herbeigeeilt, aber beim Anblick des blutigen Gemetzels blieb er wie angewurzelt stehen. „Warum sollte Nagas so etwas tun?", entfuhr es ihm, weil er nicht glauben wollte, was Megas da erzählte. „Euer Vater hatte die feste Absicht …"

In diesem Augenblick torkelte Megas wie kurz vor einem Ohnmachtsanfall nach vorn und klammerte sich Halt suchend an der Schulter des erschrockenen Kanzlers fest. „Überlegt Euch gut, was Ihr jetzt sagt“, raunte er diesem so leise zu, dass die anderen im Raum es nicht hören konnten. „Ich bin noch immer der legitime Thronfolger – der Inselbann wurde nie offiziell ausgesprochen. Ihr solltet Euch gutstellen mit Eurem zukünftigen Herrn, ich hoffe, Ihr denkt daran.“

Etwas lauter, sodass es auch die nahe stehenden Wachen mitbekamen, fügte er dann hinzu: „Verzeiht meinen Schwächeanfall, die Verwundung ist wohl doch ernster, als ich dachte. Was wolltet Ihr sagen, werter Kanzler?“

Der alternde Staatsdiener zögerte einen Moment, dann antwortete er leise: „Eine schlimme Tat. So etwas hätte man nie von Nagas erwartet.“

Megas nickte beipflichtend. „Das ist wahr. Wachen! Führt diesen Schuft ab, ich werde mich später um ihn kümmern. Jetzt muss ich mich erst einmal zurückziehen, meine körperlichen und seelischen Wunden sitzen tief. Bitte entschuldigt mich nun.“

Ohne ein weiteres Wort ließ Megas den erschütterten Kanzler hinter sich und verließ unbehelligt den Thronsaal. Ein überwältigendes Gefühl des Triumphs stieg in ihm auf. Er hatte abermals bewiesen, dass er in kritischen Situationen kühlen Kopf bewahren konnte und die Entschlossenheit besaß, das Notwendige zu vollbringen. Jetzt wollte er sich nur noch das Blut vom Körper waschen, neue Gewänder anlegen und dann durfte er sich auf ein erholsames Stelldichein mit der jungen Tabuk freuen. Sie würde sich sicherlich auch liebevoll der sich von ihm selbst beigebrachten, oberflächlichen Schnittwunde an seinem linken Arm annehmen.

Geisel eines Verrückten

Rai schlug die Augen auf. Das Licht einer Fackel war das Erste, woran sich sein suchender Blick klammern konnte. Der freundliche Schein des Feuers enthüllte jedoch zunächst nichts, außer das feucht glitzernde schwarze Mauerwerk eines Raumes, der allerdings merkwürdig auf dem Kopf zu stehen schien. Rais Körper umgab kalte Nässe, die er bis in die Knochen spürte. Seine Haut und Muskeln fühlten sich beinahe taub an. Er lag auf einem sehr harten Boden, so viel stand fest. Aber etwas war seltsam: Bei jedem Ausatmen durchzogen gekräuselte Wellen den düsteren Raum, als bestünden die Wände nicht aus Stein, sondern aus Flüssigkeit.

Noch etwas benommen versuchte Rai, die eigenartigen Bilder zu verstehen, die ihm sein Gesichtssinn vermittelte. Er schloss seine Augen in der Hoffnung, dass sich das, was er gerade gesehen hatte, vielleicht zu einem vernünftigeren Ganzen zusammensetzen würde, wenn er seine Lider wieder hob. Doch erst als er beim nächsten Augenaufschlag seinen Kopf ein wenig bewegte, begriff er, was er sah: Der Raum, in dem er sich befand, spiegelte sich in einer Wasserlache am Boden wider. Rai lag der Länge nach inmitten des modrigen Wassers und sein Kopf ruhte auf die linke Wange gebettet in der Lache, sodass das Erste, was er gesehen hatte, als er die Augen wieder öffnete, das Spiegelbild auf der Wasseroberfläche gewesen war. Die Pfütze schien glücklicherweise nur einen Finger tief zu sein, wodurch seine Augen und Nasenöffnungen frei geblieben waren. Ansonsten wäre er wahrscheinlich während seiner Besinnungslosigkeit jämmerlich ertrunken. Die Wassermenge war jedoch ausreichend gewesen, sodass sich seine gesamte Kleidung damit vollgesogen hatte und er sich nun fühlte, als habe er stundenlang in einem kalten See gelegen.

Ächzend stemmte er den Kopf hoch, was sofort ein dumpfes Pochen an seiner linken Schläfe hervorrief. Vorsichtig befühlte er die Stelle und stellte fest, dass dort eine offene Platzwunde prangte. Es fiel ihm überraschend schwer, seine steifen Gliedmaßen zielgerichtet zu bewegen. Rai erhob sich auf alle viere und bemühte sich, das massive Zittern, welches seine Beine und Arme bei der plötzlichen Anstrengung erfasste, unter Kontrolle zu bringen. Er fühlte sich wie ein Welpe bei den ersten Gehversuchen. Schließlich gelang es ihm, sich hinzuknien und ein weiteres Mal in seinem quadratischen Steinverlies umzusehen. Die Fackel, die für ein wenig Helligkeit sorgte, steckte in einem rostigen Eisenhalter unmittelbar neben einer breiten Holztür, welche den einzigen Ausgang aus dem Raum verschloss. Ansonsten waren nur noch einige Fässer an einer der Wände aufgestapelt. Es schien sich wohl um einen alten Lagerraum zu handeln, der wegen der Feuchtigkeit zu nichts anderem mehr zu gebrauchen war, als wasserdichte Behältnisse und gelegentlich einmal unglückliche Gefangene wie ihn darin aufzubewahren, dachte Rai.

Mit einer weiteren Kraftanstrengung kam er endlich auf die Füße, musste sich aber sogleich an der nächstgelegenen Wand abstützen, weil seine immer noch kraftlosen Beine ihm den Dienst verweigern wollten. Mühsam tastete er sich bis zu der Tür des Raumes, um sich das Schloss näher anzusehen. Eine Klinke fehlte, das Schlüsselloch war groß und der Schließmechanismus sah nicht allzu kompliziert aus – eben ein ganz simples Türschloss für einen bedeutungslosen Vorratsraum. Aber so einfach die Verriegelung auch sein mochte, ohne das geeignete Werkzeug erfüllte auch sie hundertprozentig ihren Zweck, nämlich ungebetene Gäste draußen und eventuelle Gefangene drinnen zu halten. Diesmal gab es keine Küche mit diversen nützlichen Utensilien wie bei Rais damaligem Eindringen in die Vorratskammer des Wachturms am Mineneingang. Wer auch immer ihn hier unten eingeschlossen hatte, war sehr gründlich beim Durchsuchen seiner Kleidung gewesen. Seine verborgenen kleinen Helfer, die er sich in den vergangenen Tagen aus den Lagern der Festung zusammengesucht hatte, waren allesamt verschwunden. Darunter wäre neben einem kurzen Messer, einem Angelhaken mit Schnur und zwei Eisennägeln auch ein zurechtgefeilter Schlüssel gewesen, der sich hervorragend als Dietrich hätte einsetzen lassen. Aber auch die anderen Werkzeuge hätten notfalls weiterhelfen können, so aber standen ihm lediglich die paar eingelagerten Fässer zur Verfügung, mit denen er in diesem Fall nun wirklich nichts anfangen konnte. Aber zumindest verdursten würde er in diesem Raum nicht, vorausgesetzt natürlich, die Fässer enthielten irgendein genießbares Getränk.

Rai presste sein Ohr gegen die Tür. Vielleicht konnte er wenigstens etwas über seine Kerkermeister erfahren. Der junge Tileter erinnerte sich an die Zeit vor seiner Ohnmacht nur noch äußerst dürftig. Eigentlich wusste er lediglich, dass es bei der Versammlung in der Markthalle irgendeine Auseinandersetzung gegeben hatte. Daher ging er davon aus, dass ihn dabei jemand niedergeschlagen hatte. Wie und warum er dann aber in diesem Kellerverlies gelandet war, blieb ein Geheimnis seines lückenhaften Gedächtnisses.

Zunächst hörte Rai durch die Holztür nichts außer dem Echo seines klopfenden Herzens. Dann vernahm er ganz leise eine Stimme aus dem dahinter liegenden Raum, die ihm sofort bekannt vorkam.

„... wirst du den Schlüssel nicht von mir bekommen, Nessalion. Lass gefälligst die Finger von dem kleinen Bastard." Es war Ferrag, der Hundeführer.

„Jetzt habe ich die Gelegenheit, mich zu rächen", widersprach die Stimme, die offenbar Nessalion gehörte. „Ich werde ihn zurück in die Minen bringen, wo dieser Mörder hingehört, und dort werde ich ihn so lange Rötelbrocken schleppen lassen, bis er tot umfällt! Er soll dort in einem finsteren Felsenloch sterben wie mein Sohn, ohne jemals wieder die Sonne zu sehen. Und seinen Leichnam wird der Fluss davonspülen, so wie die Leiche meines Sohnes, auf dass niemand je an seinem Grab stehen kann, um seiner zu gedenken."

Die Kälte, die seine Muskeln zittern ließ, schien nun auch nach Rais Herz zu greifen. So viel Hass! Wie ein Schwall Eiswasser trafen ihn die zurückkehrenden Erinnerungen. Nessalion hatte ihn niedergeschlagen! Anscheinend hatte er sich mit Ferrag verbündet und ihn mit dessen Hilfe hierhergebracht.

„Mir sind deine verrückten Rachespielchen so egal wie ein Haufen Hundedreck", grollte Ferrag. „Der Kleine wird uns als Druckmittel gegen die neuen Burgherren dienen und damit Schluss! Dein Auftritt bei der Versammlung war ganz hilfreich, um die Stadtbewohner auf unsere Seite zu ziehen. Aber jetzt gilt es, unseren erkämpften Vorteil auch zu nutzen. Und da werde ich nicht auf deine Privatabrechnung mit dem Bengel Rücksicht nehmen. Ihr werdet alle euren vereinbarten Lohn erhalten, wenn wir erst einmal die Festung besetzt und den Tempelschatz an uns gebracht haben. Das muss genügen."

„Du weißt genau", hörte Rai die schrille Stimme von Nessalion, „dass es mir nicht um Gold geht."

Ferrag lachte verächtlich. „Dir vielleicht nicht. Aber diesem raffgierigen Pack entflohener Minensklaven, das dir an den Hacken hängt, auf jeden Fall. Zu feige, um sich das Gold selbst zu holen, solange noch ein paar Wächter in der Festung sind, aber skrupellos genug, um ihre früheren Mitgefangenen zu verraten, damit die Drecksarbeit ein anderer macht. Ein schöner Haufen Abschaum, den du da mitgebracht hast. Ich glaube, denen würde es nicht gefallen, wenn das versprochene Gold ausbleibt."

„Diese Leute sind mir gleichgültig", schrie Nessalion zurück. „Ich habe sie nur geholt, weil du gesagt hast, wir bräuchten Verstärkung, wenn wir gegen die Besatzer vorgehen wollen."

„Ha, eine schöne Verstärkung ist das!", gab Ferrag zurück. „Eine feige Bande von Halsabschneidern, die dir lieber dreimal von hinten einen Dolch zwischen die Rippen jagen, als dir einmal direkt gegenüberzutreten. Aber ist ja auch egal, Hauptsache, sie kämpfen nicht auf der Seite der Festungsbesatzung. Dafür sollen sie ihr Gold erhalten und du auch. So war's abgemacht und dabei bleibt's, damit das klar ist!"

Rai hörte, wie jemand geräuschvoll Treppenstufen hinaufstieg, dann herrschte Stille hinter der Tür. Er fröstelte immer noch, aber jetzt hatte sich in seinem Inneren ein weit machtvolleres Gefühl eingestellt als bloße Kälte. Es war nackte Angst. Schlimm genug, dass er hier in diesem dunklen Kerker festsaß, dessen Enge ihn ohnehin wieder an die schmalen Stollen der Erzmine erinnerte. Wenn er diesen vollkommen wahnsinnigen Nessalion richtig verstanden hatte, dann wollte dieser ihn erneut an den Ort seiner schlimmsten Albträume bringen. Aus irgendeinem, wahrscheinlich nur seinem verrückten Verstand zugänglichen Grund glaubte Nessalion, sich besser zu fühlen, nachdem er den vermeintlich Schuldigen für den Tod seines Sohnes am gleichen lichtlosen Ort zu Tode geknechtet hatte, wo auch sein Kind gestorben war.

Diese Vorstellung war zu viel für Rai. Die Kraft seiner Beine erlahmte, er fiel nach hinten um und landete unsanft auf seinem Hosenboden. Er barg das Gesicht in den Händen und begann zu schluchzen. Wie hatte es nur so weit kommen können, dass ihn ein Mensch auf solch fanatische Weise hasste? Natürlich war es kein Ruhmesblatt, was er mit dem jungen Warson gemacht hatte. Aber Rai war damals selbst in einer Zwangssituation gewesen, schließlich hatte er für seinen Freund Barat und sich selbst um jeden Preis etwas zu essen beschaffen müssen. Wenn er selbst gegangen wäre, hätte das seinen sicheren Tod in den Fängen des Ungetüms Ulag bedeutet. Der Herrscher der Mine hatte es auf ihn abgesehen, also war es doch nur logisch gewesen, einen möglichst unauffälligen Mittelsmann für das Tauschen von Rais geschlagenem Erz zu finden. Sicher war Rai klar gewesen, dass dieser Dienst eine gewisse Gefahr mit sich brachte. Aber das Risiko war nach seiner damaligen Einschätzung durchaus noch vertretbar gewesen und es hatte schließlich niemand ahnen können, dass Ulag so genau aufpassen würde. Somit konnte man ihm vielleicht einen Vorwurf wegen seiner Leichtfertigkeit machen, möglicherweise musste er auch mit einer Teilschuld an Warsons Tod leben, aber wirklich umgebracht hatte ihn doch immer noch Ulag! Es war einfach ungerecht von Nessalion, seinen ganzen Hass auf Rai zu konzentrieren!

Rai wischte sich die Tränen aus dem Gesicht und starrte dann verzweifelt in die ruhig brennende Fackel. Um Warsons Vater zu verstehen, durfte er wahrscheinlich nicht so rational denken. Nessalion hatte der Tod seines Kindes regelrecht um den Verstand gebracht. Nachdem Ulag nicht mehr am Leben war und er gegen den Riesen auch schwerlich etwas hätte ausrichten können, blieb als Ziel für Nessalions Hass eben nur noch der einzig andere Beteiligte übrig.

Rai seufzte. Dies erklärte zwar Nessalions Verhalten, änderte aber nichts an der fatalen Lage, in der sich Rai nun befand. Wie es aussah, war er diesmal derjenige, der auf Hilfe angewiesen war – und zwar dringend. Er musste darauf bauen, dass sich die Minenarbeiter nun dafür erkenntlich zeigten, dass er sie aus dem Bergwerk befreit hatte.

Arton und Barat setzten sich an die Spitze des Zuges, der nur eine Stunde nach der überhasteten Rückkehr der meisten Burgbewohner erneut die Festung in Richtung Stadt verließ. Außer dem kampferprobten Trupp Gerüsteter unter Barats direktem Kommando hatten sich auch etwa zwei Dutzend weitere Arbeiter eine mehr oder weniger brauchbare Waffe beschafft, um bei der Suche nach Rai behilflich zu sein. Es war nicht in Vergessenheit geraten, was er für sie alle getan hatte. Obwohl widerwillig, hatte sich sogar Kawrin letztlich der Truppe angeschlossen, weil er bei der Suche nach seinem Freund natürlich nicht fehlen wollte. Trotzdem hielt er Artons Vorgehen immer noch für groben Leichtsinn und es missfiel ihm ganz einfach, dass sich jeder dem überheblichen Krieger widerstandslos unterordnete. Lediglich Erbukas fehlte, der bereit gewesen war, das Kommando über die wenigen zurückgebliebenen Bewacher der Festung zu übernehmen.

Barat, Arton und Kawrin hatten sich mit einigen Rüstungsteilen aus Leder gewappnet, die noch in der Waffenkammer der Festung aufzutreiben gewesen waren, denn sie verließen die Festung in der Erwartung, auf gewaltsamen Widerstand zu stoßen. Mittlerweile hatte es sogar zu regnen aufgehört, sodass die aus schwarzem Basaltgestein errichteten Gebäude der Stadt nicht mehr ganz so trostlos wirkten.

Barat lief zunächst schweigsam neben Arton her, der die Hand auf den Knauf des schwarzen Schwertes gelegt hatte und dessen Blick aufmerksam in den unter ihnen liegenden Straßen der Stadt nach eventuellen Auffälligkeiten forschte. Dort gab es jedoch nicht viel zu sehen, außer ein paar Stadtbewohnern, die von einem Haus zum nächsten hasteten. Offenbar hatten sich die meisten nach dem chaotischen Ende der Versammlung am Hafen eiligst in ihren eigenen vier Wänden verkrochen, um einem möglichen Straßenkampf oder anderem drohendem Unheil zu entgehen. Daher machte Andobras weniger einen kampfbereiten als vielmehr einen verschlossenen oder sogar eher verängstigten Eindruck.

„Ich weiß es zu schätzen, was du für Rai tust“, sprach Barat den neben ihm laufenden Arton an.

Dieser blickte ein wenig überrascht zu seinem Begleiter hinüber. „Ich schulde ihm einiges“, erwiderte Arton dann ungewöhnlich mild.

„Das tun wir alle“, bestätigte Barat, „und es freut mich, dass das auch die meisten nicht vergessen haben.“ Er sah über seine Schulter zurück auf die gut sechzig Minenarbeiter, die sich alle bereitwillig und im Bewusstsein der drohenden Gefahr dem Suchtrupp angeschlossen hatten. Dann wandte er sich wieder Arton zu. „Wie willst du vorgehen?“

„Du hast gesagt“, antwortete Arton, „ein gewisser Ferrag und ein Minenarbeiter seien die Wortführer bei dem Aufruhr vorhin gewesen. Also müssen wir jemanden finden, der uns sagen kann, wo sich die beiden aufhalten. Die Stadt ist nicht sehr groß, das sollte kein Problem sein. Wenn wir Ferrag und den anderen Mann gefunden haben, werden wir auch etwas über Rai und den Grund für sein Verschwinden erfahren, denn ich bin mir sicher, dass diese beiden Aufrührer etwas damit zu tun haben."

Barat nickte. „So ähnlich hatte ich mir das auch vorgestellt, allerdings weiß ich nicht, ob die Städter sonderlich kooperativ sein werden."

„Die reden schon", gab Arton mit einem grimmigen Grinsen zurück, „wenn der einäugige Riesenschlächter vor ihrer Tür steht."

Barat verschlug es zunächst die Sprache. Arton hatte mit solch bitterer Selbstironie gesprochen, dass es beinahe schien, als wäre ihm die Ehrfurcht gebietende Wirkung seines heldenhaften Rufs und seines rauen Äußeren regelrecht zuwider. Dies ließ den stählernen Kämpfer plötzlich für Barat in einem ganz neuen Licht erscheinen. Da schimmerte doch tatsächlich irgendwo etwas Menschliches durch die steinerne Fassade des Ulag-Bezwingers. Trotzdem wusste der Veteran nicht, was er darauf erwidern sollte, denn einerseits konnte er sich nicht vorstellen, dass Arton bemitleidet werden wollte, andererseits war sich Barat auch nicht sicher, ob er die Bemerkung einfach übergehen konnte. Deshalb schwieg er eine Weile unschlüssig, bis Arton ihm die Entscheidung abnahm, indem er das Thema wechselte.

„Rai hat erzählt, dass er das schwarze Schwert, das ich bei der Eroberung der Festung an mich genommen habe, schon einmal irgendwo gesehen hat. Weißt du etwas darüber?"

Barat musste lachen. „Na, in gewisser Weise ist es sein Schwert."

Arton erwiderte diese Bemerkung nur mit einem fragenden Blick.

„Na ja“, schob der Veteran schnell eine Erklärung nach, „er stahl es unter meiner Anleitung aus dem Palast von Tilet. Irgendwie setzte uns jedoch ein missgünstiges Schicksal auf dieser verwünschten Insel aus, wo das Schwert schließlich Ferrag in die Hände fiel. Demselben Ferrag, der uns auch jetzt wieder Schwierigkeiten bereitet. Der verkaufte es an irgendeinen Offizier der Garde und so gelangte es anscheinend in die Festung, wo du es wohl gefunden hast.“

Es war das erste Mal, dass Barat echtes Erstaunen auf dem vernarbten Gesicht des Schwertmeisters wahrnahm. Diesen seltenen Moment der Offenheit wollte er nutzen, um seinerseits eine Frage zu stellen:

„Ich hoffe, es ist nicht zu persönlich, aber wie ist das eigentlich mit deinem Auge passiert, Arton? Die Narbe sieht noch recht frisch aus.“

Der Krieger schwieg einen Moment lang und starrte geradeaus. „Ich war zu langsam“, gab er schließlich zur Antwort.

Barat beschloss, einen Vorschlag zu machen: „In Tilet gibt es ein paar Glasmaler, die können wahre Meisterwerke aus einer einfachen Glaskugel fertigen. Wenn man die in die Augenhöhle einsetzt, dann sieht das aus, als hätte man zwei gesunde Augen. Einige meiner ehemaligen Kameraden aus der Armee haben sich so was machen lassen. Es hat zwar ihre gesamten Ersparnisse verschlungen, aber sie haben alle gesagt, dass es jedes Kupferstück wert war. Vielleicht hilft dir das ja.“

„Du glaubst, ich brauche Hilfe?“, erkundigte sich Arton mit einem lauernden Unterton.

Aber Barat ließ sich nicht aus der Ruhe bringen. „Nun, offen gestanden, ich hatte den Eindruck, dass du nicht besonders glücklich mit deinem jetzigen Aussehen bist, und dachte, das wäre vielleicht etwas für dich. Lass es sein, wenn es dir nicht zusagt."

„Mal sehen", erwiderte Arton ohne eine weitere erkennbare Regung. Nach einer erneuten kurzen Pause fragte er abrupt: „Du warst also bei der Armee?"

„Ja, Infanterie, zweites Regiment, fünfte Kompanie", antwortete Barat erfreut über Artons Interesse. „König Karwanders Purpurköpfe, falls dir das etwas sagt. So nannte man uns, wegen unserer purpurroten Helmzier. Wir waren dem König persönlich unterstellt und mussten immer ran, wenn es besonders haarig wurde. Aber du bist wahrscheinlich zu jung, um die Purpurköpfe noch zu kennen, denn nach Arch Themur wurde unser Truppenverband vom neuen Machthaber Jorig Techel aufgelöst. Wir waren ja auch nicht mehr viele nach der Schlacht. Trotzdem hätte er uns anderen Kontingenten zuteilen können, aber weil wir dem alten Königshaus treu ergeben waren, wurden wir mit einer mageren Pension einfach nach Hause geschickt. Doch ich will dich mit diesen alten Geschichten nicht langweilen."

„Diese Arbeiter in unserem Gefolge, die du mit Schwert und Rüstung als Soldaten verkleidet hast, profitieren sehr von deiner Erfahrung", stellte Arton halb spöttisch, halb anerkennend fest. „Wie sie heute auf dem Weg zur Festung den Rückzug gedeckt haben, das sah schon fast nach einer echten Infanterieeinheit aus."

Es brauchte eine gewisse Zeit, bis sich Barat dazu entschließen konnte, diese Bemerkung als Lob und nicht als Kränkung einzuordnen. Eigentlich sollte Barat als altgedientem Soldaten diese Einschätzung eines wahrscheinlich nicht einmal zwanzigjährigen Grünschnabels vollkommen gleichgültig sein, ihn sogar eher belustigen. Aber Artons meisterliche Beherrschung der Kampfkunst und ebenso seine Fähigkeit, Situationen in kürzester Zeit richtig einzuschätzen, verliehen seinem Urteil auch in solchen Fragen ohne Zweifel Gewicht. Außerdem kam so selten ein Lob von seinen Lippen, dass dies allein bereits wie eine Ehre wirkte.

Bevor sich Barat allerdings bedanken konnte, hatten sie den gepflasterten Hafenkai erreicht, einen rechtwinkligen Platz, der zur Stadtseite hin durch eine lange Häuserzeile und die große Markthalle begrenzt wurde. Zwischen diesen Gebäudekomplexen führte die gewundene Hauptstraße von Andobras den steilen Hang hinauf und weiter in Richtung Inselinneres. Barat dachte mit Schaudern an den Tag zurück, als sie diesen Weg in Fesseln erklommen hatten, um schließlich in den finsteren Rachen des Erzbergwerks gestoßen zu werden.

Der Hafen und auch die Markthalle waren nun menschenleer, die Türen der eng zusammengedrängten Basalthäuser geschlossen und die Fensterläden zugeklappt, so als ahnten die Stadtbewohner bereits, dass es Ärger geben würde. Die Minenarbeiter versammelten sich hinter Barat und Arton, wobei alle misstrauisch die Häuserfassaden im Auge behielten.

„Was nun?“, fragte Kawrin und ging nach vorne zur Spitze des Trupps. Bisher hatte er es vermieden, Arton näher als unbedingt nötig zu kommen.

„Ich denke“, sagte Barat bedächtig, mit einem flüchtigen Blick auf Arton, „dass wir erst einmal höflich klopfen sollten. Vielleicht macht ja jemand auf.“

„Vielleicht schießt dir aber auch jemand einen Pfeil zwischen die Augen“, bemerkte Kawrin unwillig.

„Na, na“, erwiderte Barat belustigt, „wir wollen die Dinge mal nicht so schwarzsehen. Die meisten der Städter haben sich doch gar nicht an den Kämpfen bei der Versammlung beteiligt, also warum sollten sie gleich dermaßen harsche Maßnahmen ergreifen, wenn man nur mal dezent an ihre Tür pocht?"

Damit ging Barat ohne Zögern zum nächstbesten Haus und klopfte dreimal. Es geschah nichts. Niemand öffnete die Tür, kein Fensterladen wurde bewegt und auch kein Pfeil schwirrte auf ihn hernieder. Er wiederholte dies noch bei vier weiteren Häusern mit dem gleichen Ergebnis. Ratlos blickte er zu den anderen zurück und zuckte die Schultern.

Diese Geste nahm Arton zum Anlass, nun seinerseits zur Tat zu schreiten. Er ging bis zu der Haustür, vor der Barat gerade stand, brach sie mit drei kräftigen Fußtritten auf und verschwand im Inneren. Entsetzte Schreie drangen nach draußen, lautes Gepolter folgte, dann hörte man den Krieger vollkommen ruhig fragen: „Wisst ihr, wo Ferrag wohnt?"

Verängstigte Stimmen riefen durcheinander, bis sich schließlich nur noch ein Sprecher vernehmen ließ, der etwas von „letztes Haus in der obersten, linken Querstraße" stammelte.

„Ist Ferrag jetzt dort?", erkundigte sich Arton knapp.

„Jaja, er ist nach der Versammlung mit einem großen Trupp Bewaffneter dorthin gelaufen."

„Konntest du sehen, ob sie einen Gefangenen dabeihatten?", hörte man Arton weiterfragen.

„Einer war gefesselt, soweit ich das sehen konnte. Zwei von Ferrags Leuten haben ihn hinter sich hergeschleift."

Wenig später erschien Arton wieder in der Tür. Er nickte Barat zu und meinte: „Hatte ich es dir nicht gesagt? Einer Berühmtheit wie mir werden sie bereitwillig Auskunft geben." Dabei kräuselten sich seine Lippen zu einem leichten Lächeln.

Dann setzte Arton sich wieder an die Spitze des Arbeitertrupps, um der Hauptstraße den Hang hinaufzufolgen. Barat überzeugte sich noch rasch, ob im Haus, in das Arton so rüde eingedrungen war, auch niemand zu Schaden gekommen war, und fand die vier Bewohner zwar völlig verängstigt, aber wohlauf. Kopfschüttelnd beeilte er sich dann, den abrückenden Trupp Minenarbeiter einzuholen, konnte dabei aber ein heimliches Grinsen nicht unterdrücken. Arton wusste wirklich sehr genau, was er auf welche Weise erreichen konnte. Der Schwertkämpfer war ohne Frage ziemlich skrupellos in seinem Vorgehen, aber sein Handeln zeichnete sich auch durch eine bestechende Geradlinigkeit aus. Barat schätzte das.

Während sie der Straße weiter folgten, nahm Barat die Gelegenheit wahr, sich beim Gehen ein wenig umzuschauen. Sie passierten zahlreiche Querstraßen, die in jeder Kurve des serpentinenreichen Hauptwegs nach rechts und links abzweigten und auf den abgeflachten Felsenterrassen des Abhangs verliefen. Entlang den Querstraßen war in jede der treppenartigen Stufen des Berges eine Häuserreihe so hineingebaut worden, dass die Rückseite des Erdgeschosses von der Felswand gebildet wurde. Das obere Stockwerk befand sich dagegen bereits auf einer Höhe mit der nächsten Bergterrasse und konnte von der dort vorbeiführenden höher gelegenen Querstraße betreten werden. Die Steinhäuser fügten sich ohne Abstand aneinander und bildeten so eine breite Front, jedes einzelne für sich wirkte aber sehr hoch und schmal. Die zum Meer hin abfallenden Dächer waren ebenfalls mit grau verwitterten Basaltplatten gedeckt, welche zum Teil schon mit dicken Moospolstern überwachsen waren – die einzigen grünen Flecken in dieser Stadt aus dunklem Basaltgestein. Die große Zahl an Wohnhäusern, die

die Menschen in dieser Kargheit errichtet hatten, nötigte Barat unwillkürlich Respekt ab. Er wusste, wie schwer Basaltstein zu bearbeiten war, und konnte deshalb erahnen, wie viele Jahrzehnte es die Bewohner an harter Arbeit gekostet haben musste, diese Stadt zu errichten.

Schließlich erreichte der Trupp die Abzweigung der letzten Querstraße auf der linken Seite, in der laut dem befragten Stadtbewohner Ferrags Unterkunft liegen sollte. Die Stelle bezeichnete gleichzeitig das Ende der Stadt Andobras, da ab hier keine Häuser mehr zu finden waren und die Hauptstraße nur noch weiter bergauf kletterte, bis sie in ihrem Verlauf die Schmiedesiedlung und das Bergwerk erreichte. Barat gab das Kommando, haltzumachen, und ging mit Arton ein kurzes Stück in die schmale Seitengasse hinein, um sie sich genauer anzusehen. Linker Hand grenzte die Straße unmittelbar an die obersten Stockwerke der Häuser, die auf der tiefer gelegenen Felsenterrasse errichtet worden waren. Deshalb lagen die Dächer der Gebäude nur knapp über dem Straßenniveau und bildeten auf dieser Seite einen niedrigen, aber durchgehenden Wall. Die meisten Häuser besaßen hier eine Hintertür, allerdings waren keine Fenster zu erkennen. Zur Rechten gab es nur noch drei weitere Häuser, zwei zusammenhängende gleich am Anfang der Straße und ein im Verhältnis zu den anderen recht großes ganz am Ende. Allen drei war zu eigen, dass an der Rückseite keine Straße verlief, sondern stattdessen zackige Felsnasen in den Himmel ragten, die eine Art natürliche Begrenzung der Stadt bildeten. Zwischen den Gebäudekomplexen am Straßenanfang und -ende schob sich eine schroffe Steinwand bis an die Straße vor, sodass dort kein Platz für ein weiteres Gebäude blieb.

„Dahinten, das große Haus sollte es sein“, bemerkte Arton

nachdenklich. „Dieser Ferrag hat die Wahl seiner Unterkunft sorgfältig bedacht.“

Barat nickte. „Das Gebäude liegt zwischen den Felsen wie eine kleine Festung. Nichts kann sich durch diese schmale Straße nähern, ohne dass man es von den Fenstern des Hauses ausmachen kann. Sollte er wirklich hinter Rais Entführung stecken, ist er sicherlich nicht allein im Haus und dann hat er wahrscheinlich auch einige Bogenschützen postiert. Es könnte also sehr ungemütlich werden, wenn wir einfach so zu Ferrags Tür spazieren, selbst wenn wir nur mit ihm sprechen wollen.“

Arton schüttelte entschieden den Kopf. „Mit ihm zu reden, wird nichts bringen.“

„Aber wenn er Rai wirklich bei sich hat und wir angreifen, wird er ihn vielleicht töten“, gab Barat zu Bedenken.

„Rais Leben retten wir nicht durch Reden, sondern durch Handeln.“ Die Gewissheit in den Worten des Kämpfers bohrte sich unangenehm in Barats Bewusstsein. Arton hatte recht.

„Was hast du vor?“, fragte der Veteran vorsichtig.

Arton ließ seinen Blick bedächtig die Gasse entlangwandern, musterte eingehend die Türen der angrenzenden Häuser, um schließlich noch einmal gründlich das etwa hundert Schritt entfernte Steingebäude am Ende der Straße in Augenschein zu nehmen, das sich dort zur Rechten in die Felsen zu ducken schien.

„Es gibt keine Fenster im Erdgeschoss“, murmelte er wie zu sich selbst, „und die Tür sieht aus, als wäre sie mit Eisenbändern verstärkt.“

„Da werden wir nicht mit ein paar Fußtritten hineinkommen“, bestätigte Barat mit besorgter Miene. „Und ohne Schilde sind wir leichte Beute für die Bogenschützen hinter den Fenstern der oberen Stockwerke. Wir haben nichts, womit wir die Schützen angreifen können."

„Ich könnte zwei von ihnen mit meinen Dolchen erledigen." Kawrin hatte sich unbemerkt von hinten genähert. Als er so unvermittelt zu sprechen begann, fuhr Barat vor Schreck zusammen, wohingegen Arton noch nicht einmal mit der Wimper zuckte.

„Beim göttlichen Donnerschlag!", rief Barat aus. „Schleich dich gefälligst nicht so an, Kawrin."

Dieser grinste frech. „Ich wollte nur mal sehen, was ihr hier so lange treibt. Die Männer werden schon unruhig."

„Ich glaube eher, *du* wirst unruhig", entgegnete Barat ein wenig ungehalten. „Das wird nicht so einfach, Rai aus Ferrags Wohnburg herauszuholen – vorausgesetzt, er ist dort überhaupt. Jedenfalls wird es auch nicht viel helfen, wenn du zwei der Bogenschützen ausschalten kannst, denn Ferrag verfügt bestimmt über noch mehr Männer." Barat furchte die Stirn. „Aber wie willst du überhaupt an sie herankommen? Die Tür werden sie uns jedenfalls nicht freiwillig öffnen."

Schneller als es der altgediente Soldat für möglich gehalten hätte, zauberte Kawrin einen seiner Dolche aus dem Gürtel und schleuderte ihn auf die Tür des nächstgelegenen Hauses. Die Klinge blieb zitternd in dem spröden Holz stecken. Der schlaksige junge Blondschopf ging gemächlich zu der Haustür und zog seine Waffe wieder heraus.

„Sie sind ein wenig klobig und nicht gut ausbalanciert", meinte er beiläufig, während er seinen Dolch in der Hand wog. „Aber auf ein paar Schritt Entfernung wird es schon gehen. Wenn da einer im ersten Stock mehr als seine Nase im Fenster zeigt, dann erwische ich ihn." Kawrin klang absolut überzeugt.

„Nicht schlecht, Kawrin“, staunte Barat, „das kann auf jeden Fall nützlich sein. Aber dennoch werden wir immer noch schutzlos ihren Pfeilen ausgesetzt sein, ob nun zwei Schützen mehr oder weniger, wird kaum eine Rolle spielen. Und wenn wir nicht hineinkommen, ist das Ganze sowieso sinnlos.“

Während Barat sprach, war Arton zu der Holztür hinübergegangen, die Kawrin als Zielscheibe gedient hatte. Er untersuchte aufmerksam die kleine Kerbe, die das Wurfgeschoss hinterlassen hatte, dann nickte er zufrieden und drehte sich wieder zu den anderen um.

„Der Dolch hat das Holz kaum beschädigt, das wird auch den Pfeilen standhalten“, stellte Arton fest. „Nun brauchen wir nur noch etwas, um Ferrags Tür aufzubrechen.“

Kawrin und Barat sahen sich zunächst verständnislos an, blickten dann auf den wortkargen Schwertkämpfer und schließlich auf die hölzerne Pforte. Da fing Barat an, zu grinsen.

„Jetzt verstehe ich“, meinte er und schnippte begeistert mit den Fingern. „Dann werden wir wohl nicht umhinkommen, die Stadtbewohner noch einmal um ihre Mithilfe zu ersuchen.“

Kawrin sah immer noch so aus, als hätten die beiden in einer fremden Sprache mit ihm gesprochen.

Barat erbarmte sich schließlich und legte ihm väterlich die Hand auf die Schulter. „Der eine oder andere Bewohner in der unteren Häuserreihe“, erklärte er dem ratlosen Kawrin gut gelaunt und wies dabei auf die Dächer der linken Gebäudefront, „wird uns wohl seine Eingangstür als Schutzschild zur Verfügung stellen müssen. Und in einem der Häuser werden wir hoffentlich auch noch etwas finden, das wir als Rammbock benutzen können.“ Barat pfiff übermütig durch die Zähne. „Da wird die Zecke Ferrag aber Augen machen!“ Dann kehrte er mit Arton zu dem Arbeitertrupp zurück. Kawrin folgte mit skeptischer Miene.

Wenig später schob sich ein merkwürdiges Gebilde, bestehend aus vier ausgehängten Türflügeln, durch die schmale Gasse auf Ferrags Behausung zu. Jeweils zwei Minenarbeiter hatten eine Türe am Griff und an den Scharnieren gepackt. Zwei der Türblätter wurden so getragen, dass sie vorne schräg nach unten bis beinahe auf den Boden reichten, die beiden anderen Türen hielten die Arbeiter hinten einfach über ihre Köpfe. Dazwischen blieb noch genug Platz für Barat, Arton und Kawrin. Da der Trupp seitlich ungeschützt war, hielten sich die elf Männer nahe an der Felswand, um keine Schüsse auf ihre ungedeckte rechte Flanke abzubekommen. Ihre linke Seite war von Ferrags Unterschlupf aus nicht zu treffen.

Auf diese Weise erreichten sie schließlich den Eingang des Hauses, der tatsächlich mit einer durch Eisen verstärkten Tür verschlossen war. Sie verteilten sich entlang der Hauswand, die außer der Eingangspforte keine weiteren Öffnungen aufwies, und schützten sich mit den improvisierten Schilden gegen eventuellen Beschuss von oben. Kaum hatten sie angehalten, ertönte von einem der oberen Fenster aus eine laute Stimme:

„Was wollt ihr hier vor meinem Haus und warum lauft ihr herum wie Schildkröten?“

„Das ist Ferrag“, flüsterte Barat.

„Wartet hier“, sagte Arton und machte zwei Schritte von der Hauswand weg, wodurch er sich aus der Deckung der Schilde begab.

„Was macht er denn?“, zischte Kawrin.

Barat antwortete nur mit einem ratlosen Achselzucken und beobachtete gespannt, was nun folgen würde.

Arton wandte sich dem Haus zu und sah nach oben. „Haltet ihr einen Jungen namens Rai gefangen?“, fragte er unumwunden.

„Ich wusste nicht, dass die kleine Ratte Rai heißt“, kam Ferrags höhnische Antwort von oben, „aber ja, der ist hier.“

„Gebt ihn heraus!“, verlangte Arton mit unbewegter Stimme.

Gelächter ertönte aus dem oberen Stockwerk. „Einen feuchten Dreck werden wir tun“, rief der Einarmige herab. „Aber stattdessen habe ich eine Forderung an euch: Räumt die Festung und verzieht euch von dieser Insel, dann könnte ich vielleicht so gnädig sein und den dürren Hungerhaken freilassen. Falls nicht, könnte es passieren, dass ihm plötzlich ein Finger oder vielleicht gleich die ganze Hand fehlt. Und das wäre dann eure Schuld.“

„Hör zu“, entgegnete Arton kalt, „ich kenne dich nicht, aber sicherlich hast du schon von mir gehört. Du weißt, wozu ich alles fähig bin.“ Der drohende Blick seines einzelnen Auges schien jedes Wort zu unterstreichen. „Deshalb lass dir gesagt sein, wenn du Rai etwas antust, dann werde ich mich persönlich deiner annehmen. Kein Riegel, kein Tor, keine Mauer und keiner deiner Männer kann dich dann noch schützen. Du wirst dir nur noch den Tod wünschen, wenn ich mit dir fertig bin. Also lass Rai jetzt besser frei und ergib dich uns. Es ist nur in deinem Interesse.“

Diesmal war kein Lachen zu hören, auch eine Antwort ließ lange auf sich warten, so als kämpfe Ferrag noch verbissen mit der Angst, die Artons Worte in ihm geweckt hatte. Dann brüllte er plötzlich los: „Schießt! Spickt diesen fetzengesichtigen Bastard mit Pfeilen!“

Doch Arton warf sich im rechten Moment unter die Deckung der Türschilde an der Hauswand und die Pfeilsalve zerschellte auf den Pflastersteinen.

„Scheint, als hätte er verstanden", bemerkte Arton mit einem wölfischen Grinsen. Das Kampffieber ergriff ihn und wie immer genoss er es, wenn dieses aufregende Prickeln durch seine Adern schoss. In diesen Momenten fühlte er sich vollkommen lebendig.

Er blickte Barat und Kawrin an, die an seiner Seite gegen die Hauswand gepresst standen. „Ich denke, meine Worte haben ihren Zweck erfüllt, jetzt soll das Schwert sprechen."

Seine beiden Gefährten starrten ihn nur still an, zu sehr versetzte sie die Wandlung des Kriegers in Erstaunen. Noch wenige Augenblicke zuvor hatte er kaum ein überflüssiges Wort verloren und schien so unbeteiligt, dass sie sich bereits das eine oder andere Mal gefragt hatten, ob er nicht sogleich umkehren würde, um sich wieder in sein Zimmer auf der Festung zurückzuziehen. Nun vibrierte er förmlich vor Kampfeslust.

„Los jetzt!", rief Arton, ohne eine Antwort abzuwarten. „Bildet einen Tunnel."

Wie vorher abgesprochen begannen die Arbeiter nun, in Zweierreihen mit ihren schützenden Türschilden über den Köpfen quer über die Straße Aufstellung zu nehmen. Dabei entstand zwischen ihnen eine beschirmte Gasse, die von Ferrags Eingangspforte bis zu dem Hinterausgang des schräg gegenüberliegenden Hauses reichte. Nach einem kurzen Klopfzeichen flog die unmittelbar unter dem Dach liegende Tür des Gebäudes auf der anderen Straßenseite auf und vier Minenarbeiter kamen herausgelaufen, die eine umgedrehte Sitzbank an den Beinen gepackt hielten. Das Möbelstück bestand aus einem der Länge nach halbierten, etwa zweieinhalb Schritt messenden Abschnitt eines Baumstammes und war daher wie geschaffen, um als Rammbock eingesetzt zu werden. Der erste Schlag dieser Ramme ließ die Tür von Ferrags Unterschlupf erzittern. Das dumpfe Donnern am Eingang zu ihrem so sicher geglaubten Unterschlupf rüttelte Ferrag und seine Männer auf. Plötzlich erfüllte das Zischen zahlreicher Pfeile die Luft, die sich – zumeist wirkungslos – in die Türschilde bohrten. Doch der Schutz, den die Holztüren boten, war nicht vollkommen. An den Seiten blieb ein ungedeckter Bereich, den die Schützen von den Fenstern des Gebäudes jetzt ins Visier nahmen. Aber nicht umsonst waren für das Tragen der Schilde nur voll gerüstete Arbeiter ausgewählt worden, die auch an ihren Beinen durch Metallschienen gepanzert waren und so dem Pfeilhagel eine Weile widerstehen konnten.

Dennoch fand einer der Pfeile schließlich sein Ziel zwischen den Rüstungsteilen und fuhr tief in das Bein eines Schildträgers. Mit einem Schmerzlaut ging dieser in die Knie, wodurch sich das von ihm mitgestützte Türblatt schräg nach unten neigte, da es nur noch von einem Träger über Kopfhöhe gehalten wurde. Die Folge war eine klaffende Lücke im Schildwall, was die Männer am Rammbock ihrer Deckung beraubte. Gleich darauf traf eines der herabprasselnden Geschosse einen der hinteren Rammenträger am Hals. Erschrocken drückte der Mann seine Hand auf die stark blutende Wunde und ließ das Bein der Bank los. Dadurch kam unversehens der ganze Angriff zum Erliegen.

Ohne zu zögern, packte Barat die beinahe zu Boden gesunkene Holztür und brachte sie zusammen mit dem verbliebenen Schildträger wieder in Stellung. Arton nahm indes die freie Position an der Ramme ein und sorgte zusätzlich mit lauten Kommandos dafür, dass die Bank wieder in regelmäßigen Abständen krachend gegen die eisenbewehrte Tür getrieben wurde. Zudem rückten zur Verstärkung der Schildträger jetzt noch weitere Minenarbeiter aus dem Gebäude nach, von dem aus die schildbewehrte Passage zu Ferrags Bastion hinüberführte.

Kawrin wartete unterdessen eine weitere Pfeilsalve vom oberen Stockwerk ab, um danach aus seiner Deckung zu springen und in kurzer Folge beide Dolche auf zwei an den Fenstern stehende Schützen zu schleudern. Laute Schmerzensschreie verrieten, dass er sein Ziel nicht verfehlt hatte. Behände zog er sich wieder unter die schützenden Türschilde zurück. Da er nicht waffenlos gegen Ferrags Leute antreten wollte, nahm er kurzerhand das Schwert des Mannes an sich, der ins Bein getroffen worden war. Dieser versuchte bereits auf allen vieren, die Sicherheit des gegenüber von Ferrags Unterschlupf liegenden Hauses zu erreichen, und benötigte deshalb im Moment auch seine Waffe nicht mehr.

Wieder prallte die Ramme auf die vernehmlich ächzende Eingangspforte. Der Putz rieselte bereits aus den Mauerfugen. Ein paar Schläge noch, dann war der Weg frei.

Rai hörte das dumpfe Pochen über ihm, ohne dass er es genau einordnen konnte. Er saß noch immer schlotternd in seiner Zelle, die Arme um die angewinkelten Beine geschlungen, und versuchte verzweifelt, etwas Wärme in seine erstarrten Glieder zu bekommen. Das Denken fiel ihm schwer, denn das Einzige, was seine zusammengekauerte Haltung bisher bewirkt hatte, war, dass die Platzwunde an seiner Schläfe nun weitaus deutlicher zu schmerzen begonnen hatte.

Plötzlich war zu vernehmen, wie jemand polternd die Treppe zu Rais Gefängnis herunterkam. Dann wurde ein Schlüssel in das Schloss von Rais Zellentür geschoben und zweimal herumgedreht. Um aufzustehen, war Rai zu steif, deshalb versuchte er, sich sitzend mit Händen und Füßen so weit wie möglich von dem Eingang wegzuschieben. Schon flog die Tür auf. Angstvoll starrte er die Gestalt im Türrahmen an. Sie hielt einen Sack in der Hand und hatte nur einen Arm: Ferrag.

„Steh auf, du stinkender Haufen Pferdemist“, schrie ihn der Hundeführer an. „Wir müssen gehen!“ Offensichtlich war er äußerst aufgebracht, außerdem liefen ihm Schweißperlen die Stirn hinab.

Rai bemühte sich, auf die Beine zu kommen, aber Ferrag verlor rasch die Geduld. Er packte den jungen Tileter am Schopf und riss ihn in die Höhe. „Ein bisschen schneller, du Faulpelz, wir haben nicht den ganzen Tag Zeit.“

Als Rai endlich mit zitternden Knien stehen blieb, stülpte ihm Ferrag mit seiner einen Hand erstaunlich geschickt den mitgebrachten Sack über den Kopf und zog diesen mithilfe einer schlingenförmig eingearbeiteten Kordel auf Hüfthöhe zu. Somit konnte Rai weder seine Arme bewegen noch viel um sich herum erkennen. Das Einzige, was er durch das grobe Jutegeflecht des Sackes noch ausmachen konnte, war das flackernde Leuchten der Fackel, die immer noch an der Wand hing. Ferrag riss diese Lichtquelle aus der Wandhalterung und zerrte gleichzeitig Rai an der Sackkordel hinter sich her aus dem Raum.

„Dein Freund, dieses dreimal verfluchte Lochgesicht, glaubt wohl, alle Welt muss vor ihm zittern“, schimpfte Ferrag weiter und riss wütend an der Kordel, sodass Rai beinahe hingefallen wäre. „Aber wenn er glaubt, ich würde einfach tun, was er sagt, dann hat er sich geschnitten. Wir werden doch mal sehen, was passiert, wenn ich ihm deinen abgehackten Arm zur Festung schicke.“

Rai war so sehr damit beschäftigt, auf den Beinen zu bleiben, dass er erst mit einer gewissen Verzögerung begriff, dass sich Ferrags ungeheuerliche Ankündigung auf ihn bezog. Eine Panikwelle nach der anderen rollte durch seinen Körper, doch er konnte nichts tun – es gab keine Möglichkeit zur Flucht. Er hörte, wie der Einarmige eine weitere Tür aufstieß, hinter der ihn aufgeregtes Kläffen empfing. Wollte Ferrag ihn etwa den Hunden zum Fraß vorwerfen?

„Ja, meine Lieblinge", begrüßte Ferrag seine vierbeinigen Gefährten mit sanfter Stimme. „Ich habe heute leider keine Zeit für euch, aber ihr müsst etwas für euren Herrn tun. Bewacht den Eingang!" Seine Stimme hatte bei den letzten Worten Befehlston angenommen. „Hört ihr? Bewacht den Eingang! Lasst keinen rein!"

An ihrem Japsen und dem tapsenden Geräusch ihrer Pfoten auf dem Steinboden konnte Rai erkennen, dass die Jagdhunde ihrem Herrn gehorchten und sich auf den Weg zu dem befohlenen Ort machten. Er vermutete, dass der Eingang im nächsthöheren Stockwerk des Gebäudes lag, denn erneut drang ein lautes Krachen herab in die Kellerräume, so als würde jemand mit ganzer Kraft gegen die Tür hämmern. Waren das vielleicht schon seine Freunde, die kamen, um ihn zu retten? Augenblicklich war Rai von Sorge erfüllt. Wenn das tatsächlich seine Freunde dort oben waren, dann würden sie es gleich mit Ferrags Bluthunden zu tun bekommen, die darauf trainiert waren, ihre Gegner bis zum Tod zu bekämpfen. Ob Arton wohl dabei war? Er könnte diese Bestien bestimmt besiegen, da war sich Rai sicher. Doch dann dachte er traurig, dass sich der grimmige Kämpfer höchstwahrscheinlich nicht die Mühe machen würde, sich an Rais Befreiung zu beteiligen.

Erst jetzt wurde dem gebundenen Tileter bewusst, dass

Ferrag schon eine Weile nicht mehr an der Sackkordel gezogen hatte, die seine Handgelenke an den Hüften fixierte. Stattdessen vernahm er ein Quietschen und Schaben, so als würden schwere Metallgegenstände über den steinernen Fußboden geschoben. Dann ertönte wieder die Stimme seines Peinigers:

„Los jetzt, kleine Ratte, wir verschwinden von hier. Sollen sich die anderen mit dem Lochgesicht rumschlagen." Wieder riss er an dem Seil, das den über Rais Oberkörper gestülpten Sack verschlossen hielt. „Du gehst vor." Mit einem Fußtritt stieß er seinen Gefangenen vorwärts. Rai machte zwei stolpernde Schritte, dann spürte er auf einmal keinen Boden mehr unter seinen Füßen. Mit einem Angstschrei stürzte er in die Tiefe.

Splitternd barst Ferrags Eingangstür nach den beständigen Schlägen durch den improvisierten Rammbock. Mit einem einstimmigen Jubelschrei begrüßten die Minenarbeiter den Erfolg. Arton ließ die Sitzbank in seiner Hand los, doch noch bevor er den Befehl geben konnte, zurückzubleiben, hatten die drei Arbeiter an der Ramme schon ihre Schwerter herausgerissen und stürmten durch den nun offen stehenden Eingang in das Gebäude. Ein heiseres Knurren empfing sie. Schreie ertönten. Arton wollte gerade das dunkle Schwert ziehen, da taumelte einer der Männer rücklings aus dem Haus. Er stolperte über den am Boden liegende Rammbock und prallte mit dem Rücken gegen Arton, der nicht mehr rechtzeitig ausweichen konnte. Der stämmige Krieger wurde zwar nicht umgerissen, aber dennoch ein paar Schritte zurückgedrängt. Als der Mann vor ihm hart auf den Boden schlug, ließ der grauenvolle Anblick selbst Arton erstarren. Ein gewaltiger vierbeiniger Hund hatte seine Zähne in die ungeschützte Kehle des Minenarbeiters geschlagen. Schon löste die Bestie wieder ihre Kiefer aus dem Hals ihres nun reglosen Opfers und ließ von Neuem ein drohendes Knurren vernehmen. Die blutbesudelten, daumenlangen Eckzähne des Tiers und seine weit aufgerissenen roten Augen ließen selbst den tapfersten unter Artons Leuten erzittern. Es war, als hätte das Haus einen Dämon aus der Zwischenwelt ausgespien.

Dann postierten sich noch zwei weitere dieser Kreaturen auf der Türschwelle, ebenso mit blutverschmierter Schnauze und entblößten Fängen. Plötzlich sprang der erste Bluthund ohne Vorwarnung nach vorne. Sein Ziel war Artons Kehle. Nur ein unwillkürlicher Schutzreflex rettete den geübten Kämpfer vor einem todbringenden Biss in den Hals. Im letzten Moment riss Arton abwehrend seinen Arm hoch, sodass sich die gefährlichen Reißzähne stattdessen tief in seinen Unterarm bohrten. Er verlor das Gleichgewicht und wurde von dem massigen Hund nach hinten umgerissen. Das Tier verfügte über eine erschreckende Kraft. Wie von Sinnen verbiss es sich in Artons Fleisch. Der Bluthund schüttelte Artons Arm, der zwischen dem Kiefer wie in einem Schraubstock festsaß, hin und her, so als wolle er ihn gleich ganz aus dem Schultergelenk reißen. Arton versuchte, an sein Schwert zu kommen, aber der schwere Leib des Tieres auf seinem Brustkorb behinderte seine Bewegungen. Seine Faustschläge mit dem freien Arm blieben so wirkungslos, als würde er auf einen Felsen einhauen.

Plötzlich stand Barat über ihm. Mit einem wohlgezielten Stoß trieb er die ganze Länge seiner Klinge durch den kräftigen Hals der Bestie. Ein gurgelndes Winseln drang aus dem Maul, dann kippte der Bluthund zur Seite und blieb regungslos liegen.

„Das ist für mein Bein, das du im Wald der Wurzelbälger so zugerichtet hast, du räudiger Bettvorleger“, stieß der Veteran hervor.

Arton befreite seinen Arm und kam wieder auf die Beine. „Danke“, sagte er keuchend. Der blutende Unterarm schien ihn nicht weiter zu kümmern. Barat nickte nur. Sein Brustkorb hob und senkte sich in rascher Folge.

Arton zog das schwarze Schwert. „Mir nach!“, rief er. „Eng zusammenbleiben!“

Damit schien der Schreckensbann gebrochen. Auf Artons Kommando hin strömten jetzt alle Minenarbeiter hervor, die noch in dem gegenüberliegenden Gebäude gewartet hatten. Dicht gedrängt, geschützt durch die Türschilde ihrer Kameraden, überquerten sie die Straße. Die beiden verbliebenen Bluthunde bewachten immer noch mit gefletschten Zähnen den Eingang. Doch diesmal war Arton vorbereitet. Als der erste Hund lossprang, empfing ihn der schwarze Stahl von Artons Klinge. Tödlich getroffen fiel das Tier zu Boden. Der zweite konnte nicht einmal mehr zum Sprung ansetzen, als Artons Schwert bereits in seinen Schädel fuhr und seinem Dasein ein jähes Ende setzte.

Rai war hart aufgeschlagen. Sein Sturz durch das Loch war nicht tief gewesen, aber er schaffte es kaum, seinen Aufschlag abzufedern, so schwach waren seine Beine. Die Arme waren immer noch durch die Sackkordel fixiert und so hatte seine Landung auf dem feuchten Steinboden der eines Mehlsacks geglichen. Mit einigen Schwierigkeiten setzte er sich wieder auf. Über ihm war Ferrag zu hören, der, nach den Geräuschen zu urteilen, erneut einige schwere Metallgegenstände herumschob.

Dann vernahm er Ferrags verärgerte Stimme: „Wer zum

Henker …?“ Es folgte ein dumpfer Schlag und gleich darauf fiel etwas Schweres neben Rai auf den Boden. Mühsam gelang es ihm, eine seiner Hände trotz der Fesselung so weit auszustrecken, dass er den herabgestürzten Gegenstand betasten konnte. Erschrocken stellte er fest, dass es sich um einen Körper handelte.

„Barat?“, rief Rai mit dem Anflug von Hoffnung in seiner Stimme. „Kawrin, Arton, habt ihr Ferrag überwältigen können?“

Ein endlos stiller Augenblick verging, dann vernahm Rai ganz dicht neben seinem Ohr eine Stimme, die ihm das Blut in den Adern gefrieren ließ: „Nein, du Mörder, das war keiner deiner Komplizen. Nur der Vater des Jungen, den du in den Tod geschickt hast. Dich erwartet keine Rettung, sondern die gerechte Vergeltung für deine Taten.“

Rais Muskeln krampften sich zusammen, sein Atem geriet ins Stocken und sein Herz schien ein paar Schläge auszusetzen. Fast wünschte er sich, wieder Ferrags Gefangener zu sein. Stattdessen war er nun endgültig in der Gewalt eines Verrückten.

Göttlicher Wille

Nachdem Ferrags Bluthunde überwunden waren, kostete die Eroberung des restlichen Gebäudes kaum noch nennenswerte Anstrengung für Arton und seine Truppe. Zwar war die Zahl der Verteidiger überraschend hoch gewesen, doch ihr Widerstand war rasch gebrochen worden. Vor allem die zu Ferrag übergelaufenen Minenarbeiter, die nach ihrer Beteiligung am Aufruhr gegen die neuen Stadtherren in Ferrags Haus Zuflucht gefunden hatten, waren kaum als ernsthafte Gegner zu bezeichnen. Barat vermutete, dass diese Verräter im Bergwerk allesamt der Gruppe der Raffer angehört hatten, die dort ebenfalls immer dem offenen Kampf ausgewichen waren und sich stattdessen auf das blitzschnelle Überfallen Wehrloser spezialisiert hatten. Die Gegenwehr von Ferrags eigenen Leuten war jedoch auch nicht viel stärker gewesen, denn so wie es aussah, hatte sich ihr Anführer aus dem Staub gemacht und seine Männer als unfreiwillige Rückendeckung missbraucht. Dies hatte sich nicht gerade zuträglich auf die Kampfbereitschaft der Männer ausgewirkt.

Allerdings war Ferrag nicht weit gekommen, denn Kawrin hatte ihn letztlich besinnungslos in einem drei Schritt tiefen Kellerloch gefunden. Der blonde Seewaither war erst nach einer geraumen Weile auf den versteckten Schacht gestoßen, als er den Kellerraum durchsucht hatte, der offenbar als Hundezwinger verwendet worden war. Dort, verborgen unter einem eisernen Tierkäfig, führten einige eingemauerte

Leitersprossen in die Tiefe zu einem Gang, der in den Basaltfelsen hineingeschlagen war. An dieser Stelle hatte er den bewusstlosen Ferrag entdeckt, mit einer immer noch blutenden Wunde quer über der Schädeldecke. Wahrscheinlich hatte ihm jemand mit etwas Hartem auf den Kopf geschlagen, als er gerade dabei war, in das Loch hinabzusteigen. Wer durch diese beherzte Tat die Flucht des Einarmigen verhindert hatte, blieb unklar, ebenso wohin dieser Jemand verschwunden war. Zwar lag es nahe, dass dieser Unbekannte wie auch Rai durch den unterirdischen Tunnel aus dem Haus entkommen war, aber dennoch hatten Kawrins und Barats Erkundungen des Ganges nichts ergeben. Der Fluchttunnel führte zunächst von der Stadt weg in Richtung Felsen, wo er nach einem kurzen Stück auf eine schräg nach oben verlaufende Spalte traf. Diese mündete zwischen zwei scharfkantigen Basaltbrocken an der Oberfläche, von wo aus mit ein wenig mühseliger Kletterei die nahe gelegene Straße erreicht werden konnte. Dort waren jedoch keine weiteren Hinweise darauf zu finden, ob sich Rai mit seinem Begleiter wieder in Richtung Stadt gewandt hatte oder ob sie vielleicht gar auf dem Weg zur Schmiedesiedlung und dem Bergwerk waren. Da der Tag aber bereits seinem Ende zuging und Rai bislang noch nicht wieder aufgetaucht war, vermuteten Kawrin und Barat inzwischen, dass der Unbekannte Ferrag nicht niedergeschlagen hatte, um Rai zu befreien, sondern nur, um den jungen Tilcter in seine Gewalt zu bekommen. Ihre lange Suche nach dem Geheimgang hatte dem Entführer genügend Zeit verschafft, seinen Gefangenen an jeden beliebigen Ort der Stadt oder weit ins Inselinnere zu bringen. Damit hatten sie das eigentliche Ziel ihres Angriffs auf Ferrags Bastion verfehlt.

Der größte Teil der Minenarbeiter-Truppe war bereits mit

den Gefangenen abgerückt, um sie im weitläufigen Kerker unterhalb des Tempels unterzubringen. Natürlich hätte man die Männer auch hier in Ferrags Haus festhalten können, aber Barat wollte, dass alle Bewohner der Stadt Zeugen wurden, was den Aufrührern widerfahren war. Ferrag hingegen lag immer noch bewusstlos auf einem Bett im ersten Stock, wo ihm Arton gerade notdürftig den Kopf verband. Der Einarmige musste unbedingt am Leben bleiben, wenn sie etwas über Rais Verbleib und die Ereignisse erfahren wollten, die zu Ferrags Kopfverletzung geführt hatten. Da Arton als Einziger grundlegende Kenntnisse in der Wundversorgung besaß, blieb diese Aufgabe ihm überlassen. Barat und Kawrin, die die Durchsuchung des Hauses inzwischen erfolglos abgebrochen hatten, saßen hingegen tatenlos daneben und sahen zu, wie Arton Ferrags Verband fertigstellte. Außer ihnen hielten sich im Haus nun nur noch zwei Wachposten am Eingang auf.

„Wo könnten sie Rai denn hingebracht haben?", fragte Kawrin unvermittelt und brach damit das nachdenkliche Schweigen, das bis dahin in dem kleinen Raum geherrscht hatte.

Barat verzog ungehalten das Gesicht. „Du kannst genauso unsinnige Fragen stellen wie Rai. Wenn ich wüsste, wo sie ihn hingebracht haben, glaubst du, ich säße dann noch hier?" Um die Laune des Veteranen war es nicht zum Besten bestellt, denn er hasste Fehlschläge und er machte sich große Sorgen um seinen jungen Tileter Freund. Er hätte gerne durch die heutige Befreiung Rais einen kleinen Teil der Schuld beglichen, in der er stand, seit der junge Draufgänger ihm in der Mine gleich mehrfach das Leben gerettet hatte. „Wenn unser lieber Freund Ferrag hier", Barat warf dem Einarmigen einen verächtlichen Blick zu, „einmal geruhen würde, wieder aufzuwachen, dann könnten wir vielleicht von ihm etwas in Erfahrung bringen. Aber so stehen wir da wie die Maus vor der Käseglocke.“

Kawrin schwieg. Er konnte verstehen, dass Barat wütend war, denn ihm erging es nicht anders. Warum benutzte die Göttin Bajula ausgerechnet Rai dazu, ihn ein weiteres Mal zu prüfen? Hatte er nicht durch die Befreiung der Minensklaven schon ihren Willen zur Genüge erfüllt? Musste die Göttin denn gerade Rai in solch eine gefahrvolle Situation bringen, wo er doch derjenige gewesen war, der Kawrin den Willen Bajulas hatte begreifen lassen? Aber alles Klagen und Hadern half nichts. Er würde ihren Willen einfach akzeptieren und sich ihren Prüfungen stellen müssen.

Sein Blick wanderte zu Arton hinüber, der nach der Vollendung von Ferrags Verband auf dem Bett sitzen geblieben war und versonnen an dem Knauf seines schwarzen Schwertes spielte. Kawrins Gesicht verfinsterte sich. Der einäugige Kämpfer jagte ihm jedes Mal kalte Schauer über den Rücken, wenn er in dessen vernarbtes Gesicht blickte. Sich selbst eingestehen zu müssen, dass er sich vor dem fast gleichaltrigen Arton fürchtete, versetzte Kawrin beinahe ebenso sehr in Wut wie der Gedanke an die rüde Behandlung durch diesen aufgeblasenen Schwertschwinger. Kawrin war sich wie ein kleiner Junge vorgekommen, den man in aller Öffentlichkeit bloßstellt, als Arton ihn vor seinen Freunden gezwungen hatte, sein Wissen über den Überfall auf die Kriegerschule Ecorim preiszugeben. Es gab grundsätzlich nichts daran auszusetzen, einmal klein beizugeben, aber so eine Demütigung, wie er durch Arton erfahren hatte, pflegte Kawrin eigentlich nicht auf sich sitzen zu lassen. Eine scharfe Klinge in einem unachtsamen Moment an der rechten Stelle hatte schon manch einem großmäuligen Schnösel Respekt gelehrt. Aber zusätzlich zu seiner nicht zu leugnenden Furcht vor dem düsteren Krieger hatte er ja auch der Göttin Bajula versprochen, nicht mehr als Meuchelmörder tätig zu werden, sondern nur noch ihrem Fingerzeig zu folgen. Leider musste er zugeben, dass Arton bei allem, von dem Kawrin glaubte, in Bajulas Sinne gehandelt zu haben, eine wichtige, wenn nicht gar entscheidende Rolle gespielt hatte. Besonders die Befreiung der Sklaven aus der Mine, was Kawrin als den wichtigsten Schritt auf seinem Weg zur Läuterung ansah, wäre ohne den Krieger niemals geglückt. In Anbetracht dessen konnte er es nicht mit seinem Gewissen vereinbaren, gegen den unliebsamen Schwertfechter vorzugehen. Hinzu kam noch, dass Arton sich bislang äußerst tatkräftig an der Suche nach Rai beteiligt hatte, was Kawrin ihm widerwillig zugutehalten musste. Wenn er auch Artons Methoden ablehnte, er konnte nicht abstreiten, dass sie äußerst effektiv waren. Dennoch störte sich Kawrin nach wie vor an Artons unerträglicher Überheblichkeit.

„Wie sieht es denn mit Ferrag aus, Arton?“, erkundigte sich Barat, nachdem sonst niemand etwas sagte. „Wann glaubst du, wird er wieder zu sich kommen?“

Der junge Erenor blickte auf und erwiderte kurz angebunden: „Vielleicht gleich, vielleicht nie. Zu meiner Ausbildung als Krieger gehörte nur das Verbinden von Wunden, das macht mich noch nicht zum Heilkundigen.“ Er erhob sich, wobei seine Hand den Schwertgriff fest umschloss. „Ich werde jetzt zur Festung gehen.“ Damit schritt er zur Zimmertür.

„Und was ist mit Rai?“, rief Kawrin erzürnt. „Wird er jetzt einfach seinem Schicksal überlassen?“

Arton blieb stehen und drehte sich dann langsam um. Sein einzelnes Auge verengte sich zu einem Schlitz. „Ich denke nicht, dass Rai damit geholfen ist, wenn ihr hier herumsitzt und ihn betrauert, als wäre er schon tot. Ich werde versuchen, in Erfahrung zu bringen, wo er ist, aber dabei könnt ihr mir nicht helfen. Also werde ich jetzt gehen, und zwar allein." Mit diesen Worten verließ er das Zimmer und schritt die Treppe hinab ins Erdgeschoss. Kawrin blieb grollend mit Barat und dem ohnmächtigen Ferrag zurück.

Arton machte sich raschen Schrittes auf seinen Weg durch die Straßen von Andobras. Der Nieselregen hatte wieder eingesetzt und die Wolkendecke hing beinahe bis zu den Dächern der höchsten Häuserreihe herab. Seine Gedanken drehten sich um eine Idee, die ihm in Zusammenhang mit dem schwarzen Schwert gekommen war. Möglicherweise konnte er Rai ausfindig machen, aber dazu brauchte er weitere Informationen über die seltsame Klinge, die ihm nur ein Einziger würde geben können. Deshalb hatte er es nun sehr eilig, wieder zur Festung zurückzukommen.

Wenig später trat er durch das offene, aber gut bewachte Burgtor und stellte zu seiner Zufriedenheit fest, dass die Wachen auch innerhalb der Festungsanlage alle wieder auf ihren Posten waren. Er musste den Minenarbeitern wirklich Respekt zollen dafür, wie sie ihre mangelnde Erfahrung als Soldaten durch ihren Eifer wieder wettmachten. Anscheinend glaubten sie tatsächlich an das, wofür sie kämpften.

Zielstrebig durchquerte er das Zeltlager, ohne den vielen Blicken, die er bei seinem Erscheinen auf dem Burghof stets auf sich zog, irgendeine Beachtung zu schenken. Er betrat den Tempel, ging bis zu der Kammer des Hohepriesters Nataol und riss die Tür, diesmal ohne anzuklopfen, einfach auf. Die erstaunten Gesichter Nataols und der beiden Novizen blickten ihm entgegen. Die beiden Priesteranwärter waren gerade dabei, ihrem Glaubenslehrer das schwarze Ordensgewand mit den weißen Ärmeln anzulegen. Offenbar fühlte sich Nataol wieder stark genug, um sein Krankenlager längere Zeit verlassen zu können, und dies wollte er, wie es schien, auch angemessen gekleidet tun.

„Diesmal brauche ich ein paar klare Antworten von Euch, Nataol“, begann Arton ohne Umschweife, „ich werde keine Ausflüchte mehr dulden.“

„Ihr müsst ihn mit ‚Erleuchteter‘ ansprechen!“, korrigierte ihn einer der Novizen, verstummte allerdings sofort, als ihn der Blick des Einäugigen wie eine Speerspitze traf.

„Ihr –“, Arton wies auf die beiden jungen Glaubensschüler, „raus!“

Nataol rückte sich gemächlich sein Gewand an den Schultern zurecht, dann nickte er den Novizen zu und diese verließen schweigend den Raum.

„Warum so aufgebracht, werter Arton?“, erkundigte sich Nataol, als er mit dem Schwertkämpfer alleine war. „Ist etwas Unerwartetes geschehen?“

„Fangt nicht schon wieder so an“, knurrte Arton gereizt, „ich stelle die Fragen und Ihr gebt Antwort, sonst werdet Ihr mich gleich von meiner unzivilisierten Seite kennenlernen. Ich kann Euch nur raten, in Bezug auf mich nicht zu sehr auf Eure Menschenkenntnis zu vertrauen, sonst werde ich Euch beweisen müssen, dass auch Ihr Euch irren könnt.“

Der Erleuchtete, dessen Gesicht nach wie vor eine ungesunde Blässe aufwies, setzte sich behutsam auf sein Bett und strich sorgfältig die Falten seiner Robe glatt. „Unfehlbar ist nur Cit allein“, bemerkte er leise. „Ich würde mich niemals erdreisten, zu behaupten, ich könnte nicht irren. Aber wer mit solcher Vehemenz zu Werke gehen muss wie Ihr, der handelt nicht im Bewusstsein seiner eigenen Überlegenheit. Insofern erlaube ich mir, zu vermuten, dass Ihr in einer misslichen, vielleicht sogar ausweglosen Lage seid, aus der nur mein Wissen Euch befreien kann.“ Der Hohepriester sah dem Schwertmeister freundlich ins Gesicht.

In einer fließenden Bewegung riss Arton das schwarze Schwert heraus und platzierte die Spitze unmittelbar vor Nataols Kehle. Der greise Glaubensdiener zeigte jedoch keinerlei Reaktion.

„Mithilfe dieser Klinge“, sagte Arton drohend, „habe ich Eure Kontrolle über die Zarg beziehungsweise die Themuraia, wie Ihr sie nennt, gebrochen und das trotz meiner Unerfahrenheit. Glaubt Ihr nicht, dass das ein Zeichen der Überlegenheit war?“

Nataol lächelte. „Da sprecht Ihr zweifellos die Wahrheit, schließlich zwang mich Euer geistiger Angriff tagelang auf mein Lager nieder. Allerdings seid Ihr Euch dieser Überlegenheit nicht wirklich bewusst, denn Ihr versteht nicht, diesen Quell der Kraft nach Eurem Willen auszuschöpfen, noch wisst Ihr, wo sein Ursprung liegt. Ihr seid wie der Wanderer in der Wüste, der zufällig eine kleine Pfütze entdeckt und versucht, an dem bisschen feuchten Sand seinen Durst zu stillen, dabei aber die Oase hinter der nächsten Düne übersieht.“ Der Glaubensführer betrachtete bei seinen Worten interessiert die schwarze Klinge, deren Spitze auf seinen Hals gerichtet war.

Der junge Erenor ließ die Waffe sinken. So kam er nicht weiter. „Nun gut, dann bin ich eben ein unwissender Wüstenwanderer, den man zu der Oase führen muss. Wie auch immer, ich möchte mehr über dieses Schwert erfahren und lernen, es richtig zu benutzen.“

Der Hohepriester nickte zufrieden. „Bescheidenheit ebnet den Weg zu wahrer Größe. Ein wenig mehr Demut steht Euch gut zu Gesicht.“

Arton entfuhr ein verächtliches Lachen. „Demut? Vor Euch?“

Das erste Mal während ihrer Unterhaltung zog eine Wolke der Verärgerung über Nataols Gesicht. Erleichtert stellte Arton fest, dass es doch möglich war, den Glaubensmann aus der Ruhe zu bringen.

„Nicht vor mir als Person“, entgegnete Nataol streng, „aber dem heiligen Amt, das ich verkörpere, solltet Ihr ein wenig mehr Respekt entgegenbringen. Schließlich diene ich dem höchsten aller Götter und Cit wird es begrüßen, wenn Ihr seinem Würdenträger Ehre erweist.“

Jetzt war es an Arton, den Citpriester mit einem nachsichtigen Lächeln zu bedenken. „Ich glaube, dass der große Cit meinem Tun höchstens so viel Interesse entgegenbringt wie wir Menschen einer Ameise, die einen Stein erklimmt. Aber ich will jetzt keine Glaubensfragen mit Euch diskutieren.“ Er seufzte und ließ sich auf einem Stuhl nieder.

Als er weitersprach, klang seine Stimme kühl und beherrscht. „Einer meiner Gefährten, sein Name ist Rai, wurde von einigen Aufrührern verschleppt. Da ich bisher schon mehrmals die Kraft des Schwertes gespürt habe und dabei stets das Gefühl hatte, auch die Gedanken der Menschen in meiner Umgebung erfassen zu können, hatte ich die Idee, mithilfe des Schwerts nach Rais Entführer zu suchen oder vielmehr nach dessen Gedanken. Ich habe das auch schon versucht, als wir in das Versteck der Aufrührer eingedrungen sind, aber es fiel mir sehr schwer, die vielen undeutlichen Bilder – eben die ‚Geistsprache‘, wie Ihr dazu sagen würdet – der zahlreichen Menschen zu ordnen oder mich auf einen einzelnen zu konzentrieren. Es war alles durcheinander und kaum zu verstehen. Bei den Themuraia war dies ganz anders, da stand mir jeder Gedankengang so deutlich vor Augen, als wären es Bilder in einem Buch. Aber um Rai zu finden, muss ich die Gedanken eines Menschen aufspüren, der sich irgendwo in oder nahe der Stadt aufhält, und das schaffe ich momentan noch nicht. Deshalb will ich lernen, mit dieser Geistsprache gezielter umzugehen." Arton blickte Nataol direkt ins Gesicht. „Nun wisst Ihr also, worum es geht, und ich habe es auch nicht an Respekt mangeln lassen. Werdet Ihr nun auch mir durch die Beantwortung meiner Fragen die gleiche Höflichkeit zukommen lassen?"

Nataol hatte ernst und aufmerksam Artons Ausführungen gelauscht. Es trat nun eine längere Pause ein, die der Gottesdiener augenscheinlich dazu verwendete, Artons Worte noch einmal zu überdenken. Der Krieger musste seine ganze Selbstdisziplin aufbringen, doch er wollte um keinen Preis durch drängendes Nachfragen eine erneute Lawine an Belehrungen lostreten, unter der seine eigentliche Frage ein weiteres Mal begraben werden würde.

Schließlich faltete Nataol die Hände in seinem Schoß und ergriff endlich wieder das Wort: „Es betrübt mich zutiefst, dass Ihr den prüfenden Blick des himmlischen Auges nicht fühlen könnt, der zu jeder Zeit auf jedem von uns liegt. Aber auch wenn Ihr seine Aufmerksamkeit und Anteilnahme nicht spürt, so lasst Euch doch versichert sein, dass auch Eure Handlungen sowie deren Folgen dem Himmelsherrscher nicht entgehen werden. So seid Ihr bereits jetzt Teil seines göttlichen Plans, den noch nicht einmal seine höchsten Diener in aller Vielgestaltigkeit zu begreifen vermögen. Mir scheint, schon um Eurem schwankenden Glauben wieder ein festes Fundament zu geben, ist es nun wahrlich an der Zeit, Euch die Herkunft und Macht der Klinge zu offenbaren, die durch nichts anderes als Cits Willen in Eure Hand gelangt ist. Wenn Ihr dieses Ereignis als Zufall abtut, seid

Ihr wie der Blinde, der behauptet, es gäbe keine Sonne, weil er sie nicht sehen kann.“ Der Hohepriester richtete sich ein wenig auf und stützte die Hände auf die Oberschenkel.

„Der Ursprung dieser dunklen Waffe an Eurer Seite geht zurück in die Zeit, als noch die ersten Kinder der Götter in den Ostlanden weilten, die göttlichen Nauraín. Ich hoffe, dieses erste aller Völker ist Euch ein Begriff, Arton?“

Der Schwertkämpfer zog geringschätzig eine Augenbraue nach oben. „Können wir diese alten Geschichten bitte überspringen und gleich auf das Wesentliche kommen? Ich kenne die Nauraín-Legenden, darin kommen auch Drachen und allerlei andere Fantasiewesen vor. Was soll das mit dem Schwert zu tun haben?“

„Das ist keine Legende“, erwiderte Nataol scharf. „Damit beginnt alles, ohne die Nauraín gäbe es weder Euch noch mich. Sie waren es, die das Volk der Menschen erschaffen haben, und auch die Themuraia sind ihre Schöpfung.“

Arton runzelte die Stirn. „Warum nennt Ihr sie eigentlich immer Themuraia und nicht Zarg?“

„Weil das ihr wahrer Name ist, wie er ihnen von den Nauraín gegeben wurde. Die Bezeichnung Zarg stammt von den Menschen und ist weit jünger“, antwortete der Priester geduldig.

„Nun gut, diese Geschichten sind zwar interessant“, stellte Arton fest. „Den Zusammenhang mit meiner Frage nach dem Schwert verstehe ich aber immer noch nicht.“

Beschwörend heftete der Erleuchtete die klaren grauen Augen auf sein Gegenüber: „Ihr müsst erst begreifen, dass wir alle, die wir hier stehen, ein Werk dieses göttlichen Volkes sind. Nie wieder gab es Wesen auf dieser Welt, in deren Innerem der göttliche Funke so rein und hell strahlte wie bei den Nauraín. Ihre Existenz nicht anzuerkennen, heißt, unseren Ursprung zu verleugnen. Diese Wurzeln unseres Daseins sind so unentbehrlich für das Verständnis unserer selbst, dass jedes weitere Wort über die Geschichte der Ostlande sinnlos wäre, wenn Ihr diese Tatsache nicht akzeptiert."

„Ist ja gut", antwortete Arton beschwichtigend. „Die Nauraín haben also die Menschen erschaffen und noch dazu die Themuraia. Schon verstanden. Sprecht weiter."

Nataol schien nicht ganz zufrieden mit dieser halbherzigen Beteuerung, entschied sich dann aber, es für den Augenblick dabei bewenden zu lassen. „Die Themuraia", begann der Hohepriester erneut, „sind die Werkzeuge der Götter, geschaffen, um ihren Schöpfern in bedingungsloser Treue zu dienen. Sie verfügen nicht über einen eigenen Willen, sondern folgen den Weisungen ihrer Herren."

„Ich habe aber bei den Zarg, die Ihr bei unserem Kampf zur Verteidigung des Tempels eingesetzt habt, durchaus einen ganz bestimmten Wunsch gespürt, als ich mithilfe des schwarzen Schwertes ihre Geistsprache wahrnehmen konnte", warf Arton ein. „Es wirkte allerdings so, als habe nicht jedes Wesen einen individuellen Willen, sondern als würde die ganze Gruppe einfach dasselbe denken. Wenn ich jetzt so darüber nachdenke, kommt es mir vor wie die Geistsprache eines einzigen Wesens, dessen Gedankengänge und Erinnerungen jedoch viel komplizierter waren als die eines Menschen. Diese Kreaturen haben mir klar zu verstehen gegeben, dass sie es missbilligten, unter Eurer Kontrolle zu stehen, und lieber die Festung verlassen würden, um sich in den Wald zurückzuziehen."

Zweifelnd starrte ihn der Erleuchtete an. „Ihr müsst Euch irren! Warum sollten die göttlichen Werkzeuge unzufrieden damit sein, ihrer Bestimmung zu folgen?"

„Vielleicht wollen diese Werkzeuge Euch gar nicht dienen, sondern einfach nur leben“, bemerkte Arton nüchtern.

„Die Themuraia wurden nur zu einem einzigen Zweck geschaffen“, widersprach Nataol ein wenig verunsichert, „nämlich, um zu dienen. Sie kennen kein ‚Ich‘. Der Einzelne zählt bei ihnen nichts und jeder opfert sich bereitwillig, wenn es den anderen oder seinem Herrn nützt. Sie beherrschen noch nicht einmal eine Lautsprache, sondern verständigen sich ausschließlich über die Geistsprache. Dadurch wird es sehr leicht, auch eine größere Zahl von ihnen zu kontrollieren, wenn man über die Fähigkeit verfügt, mit ihnen in Verbindung zu treten. All das macht sie zu vollendeten Werkzeugen, genau wie es dem Willen der göttlichen Nauraín entsprach.“

„Meine Erfahrung mit diesen Wesen widerspricht Euren Worten“, entgegnete Arton. „Wie auch immer, bisher kam in Eurer Geschichte noch immer kein schwarzes Schwert vor.“

Tatsächlich schienen Nataol die Bemerkungen des Kriegers über die Themuraia nachdenklich gestimmt zu haben, denn eher widerwillig löste er sich aus seinen Überlegungen, um schließlich weiterzusprechen: „Um das Wesen des Schwerts zu erfassen, müsst Ihr erst die Hintergründe seiner Entstehung kennen. Da die Themuraia den göttlichen Nauraín zwar treue Diener waren, aber ihnen aufgrund ihrer einmütigen Duldsamkeit keine anregende Geistesnahrung bieten konnten, erschufen die Nauraín ein weiteres Volk, das sich durch edlen Wuchs und großen Erfindungsreichtum, aber auch durch den Hang zu Eigensinn und Selbstüberschätzung auszeichnete. Weil die Gottesgleichen hofften, sich mit diesen Wesen auf erfrischende Weise austauschen zu können, nannten sie sie Fendi, was ‚Freunde‘ bedeutet. Die Wesen selbst aber wählten, so wie es ihrer eigenwilligen

Natur entsprach, einen anderen Namen für ihresgleichen: Sie bezeichneten sich als Menschen." Der Priester forschte nach einer Regung in Artons zerfurchtem Gesicht, konnte dort aber nur zurückhaltende Aufmerksamkeit ausmachen.

„Aber auch die Gesellschaft der Fendi", sprach Nataol weiter, „vermochte die Nauraín nicht dauerhaft zu erfüllen, zu streitbar und roh war ihr Wesen. Die Göttlichen strebten die Erschaffung eines vollkommenen Volkes an, das Anmut und Schaffenskraft der Fendi mit Treue und Sanftmut der Themuraia verband. Diese letzten von den Nauraín ins Leben gerufenen Kreaturen trugen den Namen Fardjani – das vollendete Volk. Äußerlich glichen sie den Menschen, aber ihre Natur war milder, reiner und von größerer Verbundenheit zu ihren Schöpfern durchdrungen. Zudem hatten sie von den Themuraia die Fähigkeit zur Geistsprache übernommen, verfügten aber auch über eine Lautsprache, was sie dazu befähigte, sich mit jedem ihrer beiden Brudervölker zu verständigen."

Diesmal fand Nataols prüfender Blick den jungen Erenor weit weniger gelassen vor, denn die Bedeutung der priesterlichen Worte begann, ihre Wirkung zu entfalten. Arton hatte zwar noch immer nicht das erfahren, weswegen er hier war, dafür wurde ihm nun unvermittelt der Ursprung dieser mysteriösen Geistsprache enthüllt. Doch dies zog unweigerlich die nächste Frage nach sich: Wenn die Geistsprache eine Fähigkeit war, die von den Themuraia auf die Fardjani übergegangen war, warum konnte er dann ebenfalls auf diese Weise zu den Gedanken anderer vorstoßen, ähnlich wie Nataol? Der Priester hatte ja bereits bei ihrem ersten Gespräch an diesem Tag angedeutet, dass eine gedankliche Verbindung durch die Geistsprache bei Menschen überaus selten vorkam, es aber noch eine weitere Art von Lebewesen gab, die über eine ausgeprägtere Befähigung verfügte. Gehörte dann Nataol etwa diesem Volk an? Und was war dann mit Arton selbst?

„Ihr seht so aus“, durchbrach die sanfte Stimme des Erleuchteten die nachdenkliche Stille, „als würdet Ihr gerne etwas fragen. Nur zu!“

Aber Arton wollte sich von dem Glaubensführer nicht schon wieder in die Position eines wissbegierigen Schülers zwingen lassen. Je mehr er durch Nachfragen seine Unwissenheit zu erkennen gab, desto sicherer konnte sich der Hohepriester in seiner überlegenen Rolle als Schulmeister fühlen. Arton musste sich Respekt verschaffen.

„Ich habe bereits eine Frage gestellt“, erwiderte er kalt, „und warte immer noch auf eine Antwort.“

Nataol nickte ein wenig überrascht. „Also gut, kommen wir nun zu den heiligen Klingen. Lange Zeit lebten die Völker der Ostlande in Frieden miteinander. Aber die strahlenden Werke der Nauraín erfüllten andere Kreaturen mit Neid, die nicht mit solchen schöpferischen Gaben gesegnet waren. Tief im Gebirge lebten sie, entstanden aus Schatten und Stein, durchdrungen von Bosheit und Zerstörungswut. Gewaltig waren sie wie die Berge selbst, aber nicht verwurzelt mit den Grundfesten der Welt, sondern dazu befähigt, sich in die Lüfte zu erheben, um Schrecken, Chaos und Tod zu verbreiten. Sie stellten den finsteren Widerpart der göttlichen Nauraín dar und ihr Name allein säte Furcht in die Herzen der guten Völker. Sie nannten sich Skardoi, die Drachen.“

„Drachen?“, stieß Arton unwillkürlich hervor. „Was für ein Unsinn! Ich halte mich gerne an Tatsachen und bin nicht an Märchen über irgendwelche Fabelgestalten interessiert. Wenn Ihr mir nichts weiter zu erzählen habt als diesen Humbug, dann gehe ich jetzt.“

Nun wirkte der Hohepriester ehrlich betroffen. „Natürlich kommen Drachen in vielen alten Geschichten vor“, bemühte er sich hastig um eine Erklärung, „und werden daher gerne für schauerliche Erfindungen der Barden gehalten. Aber Ihr wisst selbst nur zu gut, dass diese Legenden fast immer einen wahren Kern enthalten. Und die Drachen waren wirklich die Widerstreiter der göttlichen Nauraín, so steht es geschrieben in dem Heiligen Buch des Cit, das seit Jahrhunderten von der Priesterschaft des Himmelsherrschers gehütet wird und dessen Original sich heute in den Händen seiner Heiligkeit, des Citarims, höchstpersönlich befindet. Ich brauche Euch nicht zu sagen, dass das himmlische Auge es nicht billigen würde, wenn in seinem Namen Lügen verbreitet werden würden, und das Heilige Buch ist daher über jeden Zweifel erhaben!“

Arton schüttelte resignierend den Kopf. „Und weiter?“

„Bald schon entbrannte ein schrecklicher Kampf der guten Völker gegen die geflügelten Echsen“, setzte Nataol seine Erzählung fort. „Dieser erste Drachenkrieg verheerte die Ostlande wie noch kein Ereignis zuvor. Die Drachen verfügten über die Fähigkeit, Flammen herabregnen zu lassen, und gegen diese Waffe waren selbst die Nauraín machtlos, sodass sie sich zunehmend in unterirdische Behausungen zurückziehen mussten, fern von Cits Licht. Mithilfe der Fardjani, die die Fendi und Themuraia anführten, gelang es zwar, einige der Geschuppten in ihren Wohnhöhlen im Gebirge aufzuspüren und dort, wo sie nicht in die Weite des Himmels entfliehen konnten, zu vernichten. Aber derartige Angriffe verschlangen eine solche Unzahl an Leben, dass vor allem die Menschen bald schon von Verzagtheit und Furcht befallen wurden und sich weigerten, weiterzukämpfen. Die Themuraia wiederum zeigten sich zwar willig, weil sie durch die Geistsprache der Fardjani kontrolliert wurden, aber weil die zaudernden Menschen von der heiligen Allianz gegen die Drachen abgefallen waren, wurde nun eine gewaltige Masse an Themuraia benötigt, um gegen die Echsen zu Felde zu ziehen. Diese große Zahl an Themuraia vermochten die Fardjani aber nicht mehr durch ihre Geisteskräfte zu beherrschen. Deshalb drohten die guten Völker den Drachen zu unterliegen." Nataol seufzte, als betrübe ihn dieser Teil seiner Geschichte zutiefst. Dann lächelte er und wies ehrfürchtig auf die dunkle Klinge, die Arton immer noch in der Hand hielt.

„Deshalb wurde das Schwert Themuron geschmiedet. Cit persönlich soll hinabgestiegen sein in die Unterwelt zu Xelos, dem Hüter der Totenhallen, und ihm befohlen haben, den heiligen Willen der Götter in Stahl zu schmieden und ihm die Form einer Klinge zu geben, auf dass unübersehbar zum Ausdruck gebracht werde, dass auch die Götter den zerstörerischen Echsen den Krieg erklärt hatten. Xelos machte sich mit großem Eifer ans Werk, um in den Feuern der Unterwelt eine unübertroffene Waffe zu fertigen. Diese sollte es ihrem Träger ermöglichen, den Willen der Götter – gebannt in einem Schwert – zu nutzen, um alle Themuraia gleichzeitig gegen die Drachen führen zu können. Er wählte dazu das Stück eines Sterns, der vom Himmel fiel, als die Welt noch jung war. Xelos fachte die Schmiedefeuer zu so großer Hitze an, dass sich die zunächst hell glänzende Klinge schwärzte, bis sie so dunkel war wie die Schatten der Unterwelt. Auf diese Weise manifestierte sich der Wille der großen Götter zu einer Klinge aus schwarzem Metall – Themuron war geboren. Erst später, als offenbar wurde, über welch gewaltige Massen an Themuraia ihr Träger gebieten konnte, erdachten sich die Menschen einen Namen, der in ihrer

Sprache die Macht dieses Schwertes angemessen beschrieb: Tausendsturm."

Arton saß stumm auf seinem Stuhl und starrte auf das schwarze Schwert, das er locker in der Rechten hielt und dessen Spitze zu Boden wies. Unscheinbar wirkte die Waffe, regelrecht schlicht, kein Glanz, kein Schnörkel, keine Verzierung. Nur ebenmäßige Formen, Griff, Parierstange, Klinge, keine überflüssigen Augenfälligkeiten waren zu erkennen. Ein Schwert, das nicht erschaffen worden war, um durch edles Aussehen seinem Träger zu schmeicheln, sondern zu dem einzigen Zweck, die Feinde der Götter zu bezwingen.

Der junge Krieger war sich schon in dem Moment, als er die schwarze Klinge Tausendsturm das erste Mal in der Hand gehalten hatte, im Klaren über ihre Außergewöhnlichkeit gewesen. Jedes Wort Nataols, so unglaublich es auch klingen mochte, schien nun perfekt zu diesem Gefühl zu passen. Auch wenn sich sein Verstand noch sperrte, so wusste er doch intuitiv, dass der Citpriester die Wahrheit sprach – und damit wurde Artons gesamtes Weltbild in den Grundfesten erschüttert. Die Götter existierten, sie griffen sogar ein in die Geschicke der Menschen und, was ihn am meisten bewegte, sie hatten ihm, Arton Erenor, dem verbitterten Schwertmeister, der nicht an die lenkende Güte der Himmelsherrscher glauben wollte, ihre göttliche Waffe anvertraut. Welchen Zweck sie damit verfolgten, konnte er natürlich nicht wissen, aber es bestand nicht der leiseste Zweifel, dass es mehr als Zufall war, dass er an diesem entlegenen Ort im Nirgendwo auf das heilige Schwert Themuron getroffen war. Machten dann all die schlimmen Erlebnisse, die ihn hierhergebracht hatten, möglicherweise auch noch unversehens einen Sinn?

Plötzlich klopfte es leise an der Tür.

„Das ist kein günstiger Moment", rief Nataol ein wenig ungehalten, ohne den vor der Tür Wartenden hereinzubitten. „Kommt später wieder."

„Aber Erleuchteter", drang eine gedämpfte Stimme von draußen durch die geschlossene Zimmertür, „es ist Zeit für die Abendandacht."

Nataol hob überrascht die Augenbrauen. „Ist es schon so spät?", murmelte er, um dann zu rufen: „Ich komme gleich!"

Er wandte sich an Arton. „Diese Unterbrechung tut mir leid, aber auf ausdrücklichen Wunsch meiner Tempelbrüder und auch einiger Minenarbeiter sollen die Messen anlässlich des Sonnenauf- und -untergangs ab heute wieder zelebriert werden. Dieser Gottesdienst musste wegen meinem schlechten Gesundheitszustand die letzten Tage entfallen. Doch ich habe mein Versprechen gegeben, dass ich heute die Andacht persönlich leiten werde."

Arton nickte abwesend. Seine Gedanken kreisten noch immer um das schwarze Schwert.

„Ihr könnt mich begleiten, wenn Ihr wollt", schlug der Citpriester vor. „Die Andacht findet unter freiem Himmel auf dem Dach des Tempels statt. Wir versammeln uns alle um den goldenen Altarstein, der dem Sonnenrund nachempfunden ist, und begleiten mit unseren Gebeten Cits helles Auge, wie es am Horizont versinkt. Ihr werdet es nicht bereuen, wenn Ihr Euch entschließt, daran teilzunehmen."

Arton zwang sich, seine Aufmerksamkeit wieder dem Glaubensführer zuzuwenden, um nicht unhöflich zu wirken. „Verzeiht, aber mir ist jetzt nicht nach Beten zumute. Ich will meinen Freund finden."

Nataol lächelte nachsichtig. „Dann begleitet mich wenigstens bis zum Dach, denn ich werde ein wenig Hilfe beim Treppensteigen benötigen. Diesen kleinen Gefallen könnt Ihr mir doch erweisen."

Arton sah Nataol überrascht an, weil er nicht erwartet hatte, dass der willensstarke Gottesmann ausgerechnet ihn um Hilfe bitten würde.

„Das kann ich selbstverständlich tun“, willigte Arton ein und bot Nataol seinen Unterarm als Stütze.

Der Priester nahm dankend an. Sie verließen das Zimmer und machten sich auf den Weg in Richtung Treppe.

„Versteht Ihr nun, wie Cits sanfte Hand Euch unbemerkt bis zu diesem Tag der Erkenntnis geführt hat?“, bemerkte Nataol schließlich, als sie sich langsam dem Treppenabsatz näherten. „Ihr seid der auserwählte Träger der heiligen Waffe.“

Doch ein Schatten zog plötzlich über das Gesicht des Schwertkämpfers. „Wollt Ihr damit sagen, dass ich nicht mehr als ein weiteres Werkzeug bin“, fragte Arton monoton, „das nicht selbst bestimmen kann?“

Der Erleuchtete blieb stehen, blickte Arton ins Gesicht und schüttelte mit einem väterlichen Lächeln den Kopf. „Jeder von uns hat stets die Wahl, ob er dem Weg der Götter folgen will oder nicht. Uns allen ist tief im Inneren die Fähigkeit eingepflanzt, zwischen den rechten und den falschen Pfaden zu unterscheiden. Manchmal gelangen wir aber auch über Umwege zum Ziel, denn Cit lässt uns immer die Möglichkeit, einen eingeschlagenen Irrweg wieder zu verlassen. Dabei gilt es oftmals, einige Dornenfelder zu durchqueren, und ich nehme an, eben eine solche dornenreiche Strecke liegt hinter Euch.“

Arton starrte die breite Treppe hinauf, weil er den Blick des Hohepriesters nicht zu erwidern vermochte. Er hasste es, wenn es anderen gelang, ihn solchermaßen in inneren Aufruhr zu versetzen. Er behielt gerne die Kontrolle, egal, ob es den Umgang mit Menschen, mit der Waffe oder mit seinen eigenen Gefühlen betraf. Wenn er diese Kontrolle verlor, dann war es so, als ob ihm jemand den Boden unter den Füßen wegriss. Und so schien er seit dem Überfall auf seine Kriegerschule unablässig im Fallen begriffen zu sein. *Vielleicht*, flüsterte eine leise Stimme in seinem Inneren, *wenn du es nur zulassen würdest, könnte dich der Glaube an die göttliche Vorsehung auffangen und dir wieder Halt und Sicherheit geben ...*

„Ich muss darüber nachdenken, Erleuchteter“, gestand Arton ein, „Eure Worte haben ... sie haben mich tief beeindruckt.“

Es hatte keinen Sinn mehr, dem Citdiener den selbstsicheren, harten Schwertkämpfer vorzuspielen, eine Rolle, die ihm der Glaubensführer ohnehin nie wirklich abgenommen hatte. Arton wollte sich auch nicht mehr verstellen, denn im Grunde war er es leid, ständig auf der Hut zu sein, damit niemand seine Schwächen und Ängste erkannte. Mit Tarana hatte es einen Moment gegeben, in der Nacht am Meer, als ihn das überwältigende Gefühl überkommen hatte, alles mit ihr teilen zu können. Doch seit sie tot war, gab es niemanden mehr, zu dem er so viel Vertrauen aufzubauen vermochte, nicht einmal Rai. Auch wenn der lebensfrohe Tileter den grimmigen Schwertfechter aus irgendeinem Grund zu schätzen schien, Arton hatte niemals den Eindruck gewonnen, dass Rai ihn wirklich verstand. Bei Nataol war das anders. Der Hohepriester blickte in Artons Innerstes, als bestünde der junge Krieger aus Glas. Zudem war es dem Glaubensführer gelungen, Arton durch seine weisen Worte auch wirklich anzurühren, ihm einen Sinn zu vermitteln, wo bisher nur Platz für Zerstörung und Rachedurst gewesen war. Danach hatte sich Arton insgeheim immer gesehnt.

Nataol setzte behutsam einen Fuß auf die unterste Treppenstufe. „Wer auf die Götter vertraut, schenkt sich selbst Zufriedenheit. Es freut mich sehr, dass Ihr die Bedeutung des Schwertes Themuron in Euren Händen nun zu ermessen beginnt. Schon allein diese Verständigkeit zeigt, dass Ihr auf dem richtigen Weg seid."

Arton schwieg eine Weile, während er versuchte, Nataol bei dem beschwerlichen Aufstieg zum Dach so gut wie möglich zu unterstützen. „Dennoch weiß ich immer noch nicht genau, wie ich die Macht der Klinge gezielt einsetzen kann, um meinen Gefährten Rai zu finden", gab er schließlich zu bedenken.

Nataol schüttelte betrübt den Kopf. „Mir war es noch nicht vergönnt, die göttliche Waffe Themuron in Händen zu halten. Ich kann Euch daher nicht sagen, ob Ihr damit Euren Freund finden könnt. Ich gebe allerdings zu bedenken, dass Themuron zur Führung der Themuraia geschaffen wurde, nicht für das Auffinden einzelner menschlicher Gedanken. Daher fürchte ich, dass Euch die Klinge dabei nicht weiterhelfen wird."

„Aber jedes Mal, wenn ich Themuron in Händen halte, scheint es, als verbessere sich meine Wahrnehmung für alle fremden Gedanken", wandte Arton ein, „wenngleich auch die Gedanken der Menschen chaotisch und undurchdringbar erscheinen, während ich die der Themuraia klar und deutlich wahrnehmen kann."

Der Erleuchtete seufzte und strich sich über die Stirn. „Ich bin mir nicht sicher, ob ich wirklich kompetent genug bin, um hier zu Eurer Zufriedenheit Auskunft zu geben. Aber ich will es versuchen, so gut ich kann. Zunächst sollte Euch bewusst werden, dass die Themuraia auf völlig andere Art und Weise miteinander kommunizieren als die Menschen. Da sie keine Laut-, sondern nur die Geistsprache verwenden, ist es für sie nicht notwendig, ihre bewussten Gedanken in Worte zu kleiden, sondern sie sprechen in Bildern miteinander, was wesentlich effektiver und einfacher zu verstehen ist. Weil sie zudem nicht als Einzelwesen, sondern als Gesamtheit denken, entsteht bei ihnen selbst in größeren Gruppen nicht das von Euch beschriebene Gedankengewirr wie bei den Menschen, sondern jeder in einer Gruppe, gleich wie groß diese ist, denkt dasselbe. Offenbar macht Euch Themuron dafür empfänglich.

Anders verhält es sich bei den Menschen, die ihren Verstand in ihrem Kopf so gründlich verschließen, dass ihre nur schwach entwickelte Geistsprache dieses Gefängnis kaum verlassen kann. Die wenigen Gedanken, die nach außen dringen, sind jene diffusen Fetzen, die Ihr mit Themurons Hilfe wahrnehmen könnt, und weil natürlich niemals zwei Menschen das Gleiche denken, ist dies alles für Euch so verwirrend.

Eine weit schwierigere Sache ist es wiederum, nicht nur der Geistsprache anderer zu lauschen, sondern auch selbst zu sprechen, das heißt, Euren Geist auszusenden, um damit andere Wesen zu beeinflussen. Bei den Themuraia ist dies aufgrund ihrer ständigen Verbindung durch die Geistsprache verhältnismäßig einfach, man muss sich sozusagen nur unter die Sprecher mischen und sie in eine bestimmte Richtung lenken. Allerdings wird es bei einer wachsenden Anzahl von Themuraia zunehmend schwerer, die Kontrolle zu behalten, aber genau für diesen Zweck wurde Themuron geschaffen. Wenn sich ein Träger der Waffe durch seine außergewöhnliche Geistesstärke als würdig erweist, dann ist es ihm als Cits Auserwähltem erlaubt, mithilfe des göttlichen Schwertes die Themuraia in unbegrenzter Zahl als Werkzeuge zu vereinnahmen.

Doch, soweit es mir bekannt ist, wirkt bei den Menschen diese direkte Einflussnahme durch die Geistsprache gewöhnlich nicht, zu widerspenstig ist ihre Natur, zu sehr sind sie auf ihr eigenes Wohl und Wesen bedacht. Ihr geistiger Schutzwall, jene Barriere, die verhindert, dass ihre Gedanken aus ihrem Kopf entfliehen können, beschirmt sie auch weitgehend vor dem Eindringen eines fremden Geistes."

Mittlerweile waren die beiden vor der großen Tür angekommen, die aufs Dach hinaufführte. Arton versuchte sichtlich angestrengt, all diese neuen Erkenntnisse mit seinen eigenen Erfahrungen in Einklang zu bringen. „Dennoch ist es mir möglich, anderen Menschen Furcht oder Mutlosigkeit einzuflößen, wenn ich dies wünsche. Und Ihr sagtet doch, auch Ecorim war in der Lage, die Menschen durch seine Geisteskraft zu lenken." Der Krieger schüttelte verwirrt den Kopf.

Nataol hob entschuldigend die Schultern. „Nicht umsonst hielt ich Euch anfänglich für einen Sohn Ecorims, denn Eure Geistsprache scheint ähnlich stark ausgeprägt zu sein. Welche Fähigkeit genau Ecorim in die Lage versetzte, seine Gefolgsleute so bedingungslos seinem Willen zu unterwerfen, weiß ich nicht."

Artons Miene verdüsterte sich abermals. „Von wem ich letztlich meine Begabung für die Geistsprache in die Wiege gelegt bekam, werden wir noch klären müssen. Aber dafür ist später Zeit. Im Moment ist nur wichtig, meinen Freund Rai zu finden. Ihr haltet es also für vollkommen zwecklos, mithilfe der Geistsprache nach ihm zu suchen?"

Nataols Blick glitt bedächtig über das schwarze Schwert. „Ich verfüge nicht über dieselben Fähigkeiten wie Ihr, Arton, daher seid Ihr der Einzige, der herauszufinden vermag, wo die Grenzen Eures Könnens liegen."

„Ich verstehe“, antwortete der Krieger schlicht.

„Ihr seid sicher, dass Ihr nicht an der Messe teilnehmen wollt?“, erkundigte sich der Priester ein letztes Mal.

„Rai braucht mich“, erwiderte Arton. Mit einem kurzen Nicken verabschiedete er sich und lief mit großen Schritten die weit ausladende Treppe hinunter, die er Nataol gerade nach oben begleitet hatte. Der Citdiener sah ihm nachdenklich hinterher. Erst als der Krieger aus Nataols Blickfeld verschwunden war, wandte der Hohepriester sich um und öffnete die Tür zum Dach. Dort warteten bereits zahlreiche Tempeldiener und Gläubige, die sich um den Altarstein versammelt hatten, um den Worten des Glaubensführers lauschen zu können.

Spurensuche

Die Blätter der nahen Bäume wisperten wie Tempelbesucher vor dem Morgengebet. Durchdringend übertönte der Ruf eines Waldvogels das Laubgeflüster. Aber seine eigenen, schlurfenden Schritte auf der gepflasterten Straße erschienen Rai in der stickigen Dunkelheit, die ihm der übergestülpte Jutesack aufzwang, als das bei Weitem lauteste Geräusch. Rai konnte seine Füße kaum noch einen Fingerbreit weit anheben. Er war einfach zu erschöpft. Schon zu Beginn des Marsches hatte es um seine Kräfte nicht zum Besten gestanden, aber nachdem er von Nessalion zuerst durch einen engen, nasskalten Gang und einen schrecklich steilen scharfkantigen Felsspalt gezwungen worden war, hatte er auch noch eine Kletterpartie über einige große Felsen absolvieren müssen, an deren Kanten er sich wiederholt die Haut an den Beinen aufgerissen hatte. Ohne diesen muffigen Sack über dem Kopf hätte er den messerscharfen Felszähnen wohl problemlos ausweichen können, aber hinter dem grobmaschigen Jutegeflecht konnte er so gut wie nichts erkennen.

Nun, da sie sich auf der gepflasterten Straße bewegten, fanden zwar seine Füße wieder sicheren Tritt, aber der Weg führte ständig bergauf, sodass seine Beine sich anfühlten, als hätte jemand Sand hineingekippt. Zu allem Überfluss wies das Ansteigen der Straße auch unverkennbar darauf hin, dass Nessalion tatsächlich seinen aberwitzigen Racheplan wahr machen und seinen Gefangenen zurück ins Bergwerk bringen wollte. Aber Rai durfte jetzt seine Gedanken nicht an die vor ihm liegenden Schrecken verschwenden, denn er hatte genug damit zu tun, einen Schritt nach dem anderen zu machen, ohne zusammenzubrechen. Er versuchte, sich auf Nessalion zu konzentrieren, von dem außer einem gelegentlichen Ziehen an der Sackkordel kaum etwas zu bemerken war. Vielleicht würde er irgendetwas Aufschlussreiches von sich geben, das Rai half, seinen Entführer doch noch zur Umkehr zu bewegen. Schließlich war alles verhandelbar, das hatte Rai auf der Straße gelernt, man musste nur etwas entdecken, das man dem Verhandlungspartner als Gegenleistung anbieten konnte.

Aber was sollte das in Nessalions Fall sein? Jemand, dem alles genommen worden war, für das er je gelebt hatte, ließ sich schwer davon überzeugen, sein Interesse auf etwas anderes zu richten. Diese Erfahrung hatte Rai bereits mit Arton machen müssen, dennoch war es ihm schließlich gelungen, ein gewisses Vertrauensverhältnis zu dem verbissenen Kämpfer aufzubauen, auch wenn dies bisher noch nicht zu einer echten Freundschaft gereicht hatte. Letztlich war es Rais beherztem Rettungsversuch bei der Überflutung des Bergwerks zu verdanken gewesen, dass Arton sich in der Folge ein wenig zugänglicher gegeben und den kleinen Tileter letztlich sogar vor Ulags Zorn bewahrt hatte. Mit Hartnäckigkeit und großem persönlichem Einsatz war Rai in diesem Fall an sein Ziel gelangt und vielleicht könnte er auf die gleiche Weise auch bei Nessalion Erfolg haben. Er durfte sich einfach nicht von dessen verblendetem Hass abschrecken lassen, sondern er musste all seine Überredungskunst aufbieten, damit sein Bewacher den Tod Warsons als bedauerliches Unglück erkannte und nicht Rai dafür die Schuld zuschob. Allerdings schränkten sowohl sein schlechtes Gewissen in Bezug auf Warson als auch die festgeknotete Sackfessel seinen Bewegungsspielraum bei diesem Unterfangen massiv ein.

„Nessalion?“, begann Rai vorsichtig.

„Was?“, knurrte dieser unwillig.

„Könntest du den Sack ein wenig öffnen“, säuselte Rai. „Ich bekomme kaum noch Luft.“

„Nichts da“, erwiderte sein Bewacher kalt. „Ich weiß, dass du schnell wie ein Wiesel bist. Ich werde dir nicht die Gelegenheit geben, deiner Bestrafung zu entgehen.“

„Ich meine ja nicht, dass du meine Arme befreien sollst“, versuchte es Rai weiter, „sondern nur, dass du vielleicht einen kleinen Schlitz oben hineinmachst, damit ich besser atmen kann und auch etwas sehe. Ich kann ja verstehen, dass Ferrag mir den Sack übergestülpt hat, damit ich nicht erkennen kann, wo sein Fluchttunnel liegt, aber jetzt weiß ich sowieso, wohin es geht, also kannst du mir doch ruhig einen kleinen Blick gewähren. Schließlich werde ich jetzt das letzte Mal ein bisschen Grün zu sehen bekommen, oder?“

Es dauerte einen kurzen Moment, dann fuhr auf einmal eine Schwertspitze durch das Sackgeflecht und hätte ihm um ein Haar die Nase in zwei Hälften gespalten. Rai blieb erschrocken stehen, während Nessalion den Schlitz im Sack so weit erweiterte, dass der Tileter wenigstens den Kopf durch die entstandene Öffnung stecken konnte.

„Du weißt also, wo ich dich hinbringe“, bemerkte Warsons Vater, als er seinen Marsch in Richtung Bergwerk fortsetzte und Rai unsanft hinter sich herzog.

„Nun ja“, antwortete dieser zögerlich. Dabei ließ er seinen Blick über die Umgebung schweifen und musste feststellen, dass sie bereits wieder die dichten Wälder des Inselinneren erreicht hatten und es bereits zu dämmern begann. „Ich habe deinen Streit mit Ferrag vor meiner Zelle mit angehört. Dabei kam ich in den Genuss, zu erfahren, was du mit mir vorhast."

„Du sollst das gleiche Schicksal erleiden wie mein Sohn", zischte Nessalion. „Du wirst deine letzten Tage in der Finsternis der Mine fristen, Rötelbrocken schleppen und das Licht des Tages allenfalls durch den fernen Spalt in der Höhlendecke erblicken. Sieh dich nur satt an der grünen Pracht um dich herum, bald wird kahler Stein dein einziger Gefährte sein."

Rai horchte auf. Es keimte die Hoffnung in ihm, dass seinen Begleiter der Verstand so vollständig verlassen hatte, dass er den Fluchtweg aus der Mine vergaß.

„Du wirst mich einfach allein in die Mine hinablassen und dann verschwinden?", erkundigte sich Rai mit gespieltem Entsetzen.

Nessalion wandte ihm abrupt den Kopf zu. „Du denkst wohl, ich wäre einfältig?" Seine Stimme bebte gefährlich. „Ich bin nicht so unbedarft wie mein Sohn, den du auf so schändliche Weise ausnutzen konntest! Natürlich werde ich mit dir in die Mine steigen und dich persönlich beaufsichtigen, damit du nicht durch den Hinterausgang der Mine entwischst. Und ich werde mich davon überzeugen, dass du auch wirklich bis zu deinem letzten Atemzug Rötel zu schleppen hast, genauso wie Warson dein Bündel getragen hat, bis ihn deswegen der Tod ereilte."

„Aber es war doch Ulag, der deinen Sohn umgebracht hat, nicht ich", protestierte Rai diesmal in echter Verzweiflung. „Ich hatte Warson doch nur um einen kleinen Gefallen gebeten, damit ich und Barat nicht verhungern! Ich konnte doch unmöglich ahnen, welche Folgen das haben wird."

Nessalion blieb stehen, sodass auch Rai anhalten musste,

wenn er nicht mit seinem Entführer zusammenstoßen wollte. „Du hast seine Gutgläubigkeit missbraucht", fauchte dieser ihn an. „Du hast ihn stellvertretend für dich in die Gefahr geschickt, weil du dich davor gefürchtet hast!"

Rai kam nicht umhin, diesen Worten zumindest teilweise recht zu geben. „Aber für Warson war das Risiko, entdeckt zu werden, doch viel geringer als für mich", entgegnete er daher nur halbherzig.

Ein galliges Lachen drang aus Nessalions Kehle. „Auch ein kleiner Stein ist immer noch zu groß, wenn dir jemand damit den Schädel einschlägt. Vielleicht hatte mein Sohn ja nur Pech, von Ulag entdeckt zu werden. Aber es steht fest, dass dieses Monster nichts entdecken hätte können, wenn Warson nicht dein Bündel getragen hätte. Und wie kommst du überhaupt dazu, einfach das Leben meines Kindes aufs Spiel zu setzen, als wäre es eine Münze beim Würfeln? Aber du wirst deine Schuld begleichen, dafür werde ich sorgen." Wütend riss Warsons Vater an Rais Fesseln und setzte sich wieder in Bewegung.

Der kleine Tileter wollte widersprechen und suchte verzweifelt nach den geeigneten Worten, um zu widerlegen, was Nessalion gesagt hatte, aber – er fand keine. Ihm fiel nichts mehr ein, was er zu seiner Verteidigung noch hätte vorbringen können. Im Grunde sprach Nessalion die Wahrheit. Aber war sein Verhalten wirklich so abscheulich gewesen, dass er dafür zu sterben verdiente?

„Wahrscheinlich kannst du überhaupt nicht ermessen, was du mir damit angetan hast", begann Nessalion nach einer Weile von Neuem zu sprechen. Hin und wieder wischte er sich mit dem Handrücken über die Augen. „Warson war das Einzige, was ich noch hatte. Seine Mutter, möge Xelos sie in seiner Halle willkommen heißen, ist schon von uns gegangen, als er noch ganz klein war. Ich musste dann zusehen, wie wir über die Runden kommen, deshalb habe ich ihn, als er gerade erst laufen konnte, mit auf das Schiff genommen, auf dem ich angeheuert hatte. Das ist ein harter Ort für einen Jungen, um groß zu werden, aber Warson hatte immer ein Strahlen auf dem Gesicht und mit seiner Freundlichkeit hat er die ganze Mannschaft, ja sogar den Käpt'n um den Finger gewickelt."

Nessalion schwieg, in seinen Erinnerungen gefangen. Wenn er Rais Gewissensqualen ins Unermessliche steigern wollte, dann war Nessalion mit diesen wehmütigen Geschichten über seinen Sohn auf dem richtigen Weg – Rai war jetzt schon am Boden zerstört.

„Dann kamen diese verfluchten Piraten. Wie aus dem Nichts tauchten ihre Schiffe plötzlich auf: drei, vier, ich weiß es gar nicht mehr. Unser lahmer Handelskahn hatte nicht den Hauch einer Chance gegen sie. Sie enterten unser Schiff, noch ehe wir wussten, was geschah. Die Gefangenen verkauften sie nach Andobras, wo wir in dieses steinerne Dämonenloch gesteckt wurden, mit Ulag als Aufseher. Warson und ich schafften es, zusammenzubleiben. Fast ein Jahr waren wir dort unten, sind beinahe verhungert, wurden verschüttet, von Raffern ausgeraubt, verprügelt, gedemütigt, getreten und mussten arbeiten, bis uns die Finger bluteten. Ich schwöre, ich habe nur wegen meines Sohnes überlebt, nur der Blick in sein ausgemergeltes, dreckverschmiertes, aber immer noch freundliches Gesicht gab mir die Kraft, weiterzumachen. Ein Jahr lang. Und dann kamst du."

Rai schnürte es die Kehle zu. Das war zu viel. Er sank auf den Boden und rührte sich nicht mehr.

„Los, komm weiter", schimpfte Nessalion, „dein Schicksal erwartet dich."

Rai schüttelte den Kopf. „Ich kann nicht mehr.“ Er rang mit den Tränen. „Wenn du weitergehen willst, dann musst du mich tragen.“

Nessalion schien einen Moment zu überlegen, zuckte dann die Achseln und sagte: „Meinetwegen, machen wir eine Pause. Aber wehe, du versuchst, zu fliehen.“

Doch Rai hatte sich bereits erschöpft zusammengerollt und dämmerte in das gnädige Vergessen des Schlafes hinüber.

Arton trat vom Cittempel auf den Burghof hinaus. Die Nacht hatte Einzug gehalten zwischen den kleinen Zeltbehausungen und die meisten Arbeiter begaben sich bereits in ihre provisorischen Lagerstätten, um der feuchtkalten Luft, die vom Meer her über die Stadt kroch, zu entgehen. Der junge Erenor hingegen genoss diese kalte Frische, lockerte sie doch wohltuend das Gedankengespinst, das sich während der langen Unterhaltung mit Nataol in seinem Kopf aufgetürmt hatte. Noch immer war er sich nicht im Klaren, welche Schlüsse er für sich aus den mannigfaltigen neuen Erkenntnissen ziehen sollte. Natürlich war es verlockend, sich selbst als wichtigen Teil der göttlichen Vorsehung zu betrachten, denn damit ließ sich ein Sinn hinter jeder noch so absonderlichen Wendung des Schicksals entdecken. Andererseits sah sich Arton nicht gerne als bloßen Handlanger des göttlichen Willens ohne Einfluss auf das eigene Leben. Aber so, wie Nataol es ausgedrückt hatte, war es scheinbar jedem selbst überlassen, ob er dem Weg der Götter folgen wollte oder nicht. Wie sollte dann jedoch Cits Vorsehung zu ihrem Ziel führen, wenn sich doch jeder seiner Anhänger plötzlich dazu entschließen konnte, nicht mehr den vorgezeichneten Pfaden zu folgen? Für den Krieger waren göttliche Vorsehung und freie Entscheidung ein Widerspruch in sich, denn was würde geschehen, wenn er das schwarze Schwert Themuron einfach einem anderen überließe? Würde dann der göttliche Plan ins Wanken geraten oder war Arton als Person doch nicht so wichtig, wie ihn Nataol glauben machen wollte? Aber im Grunde hatten alle diese weltfremden Gedankenspiele keine Bedeutung. Wer konnte schon sagen, ob es einen göttlichen Plan gab oder nicht, ob er Teil dieses Plans war, ob er frei in seinen Entscheidungen blieb oder doch nur eine Marionette der Götter darstellte? Wichtig war im Moment nur, dass er in Nataol einen Mentor gefunden hatte, der ihn anscheinend wirklich zu verstehen schien, der begriff, wie es in seinem Inneren aussah, wie verloren sich Arton fühlte, und der versuchte, ihm einen neuen Orientierungspunkt zu geben. Ob der junge Erenor dieses Vertrauen in die Götter, das ihm der Citpriester nahegelegt hatte, nun tatsächlich zu fassen vermochte oder ob er weiterhin in skeptischer Distanz zu den Himmelsfürsten verharren würde, war nicht entscheidend. Allein das Bemühen des Glaubensführers, seine Überzeugung, dass Arton aller äußeren und inneren Makel zum Trotz ein Erwählter des Cit sein könnte, flößte dem einsamen Kämpfer wieder mehr Lebensmut ein, als er seit dem Tod Taranas in seinem Herzen gefühlt hatte.

Nur bei dem drängendsten Problem, dem Aufspüren des entführten Rai, hatte ihn Nataol im Stich gelassen. Allerdings schien der Erleuchtete großes Vertrauen in Artons Fähigkeiten zu setzen, was den Krieger nun bewog, in der Abgeschiedenheit seines Kasernenzimmers einen weiteren Versuch zu unternehmen, um die Gedanken Rais oder seines Entführers zu erfassen. Wie ihm dies jedoch genau gelingen sollte, würde sich noch zeigen müssen, denn Arton hatte noch nie eine geistige Verbindung zu jemandem hergestellt, der nicht einmal in Sichtweite war. Bislang hatte er seine Gabe überhaupt nicht auf diese behutsam forschende Art und Weise genutzt, sondern eigentlich nur, um möglichst rasch in den Geist eines anderen einzudringen und diesen zu überwältigen. Die Geistsprache im eigentlichen Sinne, so wie Nataol sie beschrieb, hatte Arton nur ein einziges Mal erfolgreich bei den Themuraia angewendet, aber dabei war ihm Tausendsturm behilflich gewesen. Die Klinge würde ihm nun allerdings nicht viel nützen, wenn er den Worten des Erleuchteten glauben durfte, denn Themuron war ausschließlich zur geistigen Führung der Theumraia geschaffen worden. Hatte es dann überhaupt einen Sinn, Rai auf diese Weise finden zu wollen? Vielleicht, überlegte Arton, war es Erfolg versprechender, zuerst noch einmal nach Ferrag zu sehen, denn möglicherweise hatte er das Bewusstsein bereits wiedererlangt und konnte befragt werden.

Während er noch unschlüssig vor dem Tempel verharrte und seinen Blick in Gedanken über den Burghof und das Zeltdorf wandern ließ, wurde er plötzlich auf eine Gestalt aufmerksam, die unweit vom Tempeleingang zwischen zwei Stoffhütten stand. Das fahle Licht aus einer der Behausungen enthüllte ein bartloses Gesicht, wirres, langes Haar und einen knochigen, aber dennoch unverkennbar weiblichen Körper in einem groben Kleid. Die Frau schien ihn eindeutig zu beobachten, aber als sie sich seiner Aufmerksamkeit bewusst wurde, wich sie rasch in den Schutz der Zelte zurück und verschwand aus seinem Blickfeld. Arton konnte sich nicht erklären, warum diese ehemalige Sklavin so viel Interesse für ihn zeigte, aber irgendetwas sagte ihm, dass er sie eigentlich kennen sollte. Dann fiel es ihm wieder ein: Es war die ältere der beiden Frauen gewesen, die er zusammen mit Rai aus Ulags Wohnhöhle befreit hatte. Dennoch nahm ihm diese Erkenntnis nicht die Unruhe, die ihr Auftauchen bei ihm auslöste. Es musste noch eine weiter zurückliegende Erinnerung geben, die er mit ihr verband, welche aber nicht an die Oberfläche seines Bewusstseins kommen wollte.

Schließlich gab er es auf. Es galt, sich um wichtigere Dinge zu kümmern als eine rätselhafte nächtliche Beobachterin. Er entschloss sich, zunächst einmal zu Ferrag zurückzukehren, bevor er sich auf eine gedankliche Suche nach Rai begab. Dabei kam ihm die Idee, dass es doch möglich sein müsste, auch wenn Ferrag noch ohne Besinnung war, in dessen Gedanken einzudringen und dort nach aufschlussreichen Informationen zu suchen. Natürlich hatte er auch dies noch nie bei einem Menschen versucht, schon gar nicht bei einem Bewusstlosen, und der Erleuchtete hatte ja sogar bezweifelt, dass eine derartige Verbindung mit einem Menschen überhaupt möglich war. Aber zum einen wusste Arton, dass ihn seine Gabe befähigte, in den menschlichen Verstand einzudringen, wenngleich dies auch bislang auf eher brachiale Art und Weise geschehen war, zum anderen hatte Nataol selbst ihn ermutigt, die Grenzen seines Könnens auszuloten. Daher erschien es ihm wesentlich vielversprechender, sich erst einmal an Ferrag zu versuchen, als mit seiner Gabe Rai aufspüren zu wollen. Nachdem er diese Entscheidung gefällt hatte, lenkte er seine Schritte in Richtung Stadt, und noch bevor er das Burgtor durchschritten hatte, war die Begegnung mit der seltsamen Frau beim Arbeiterlager schon vergessen.

Auf Artons Klopfen hin öffnete eine der Wachen im Inneren die notdürftig instand gesetzte Tür zu Ferrags Haus und ließ ihn ein. Der junge Erenor registrierte anerkennend, dass offenbar die beiden Türwächter bereits abgelöst worden waren, denn es handelte sich nicht mehr um dieselben Männer wie am Nachmittag, als er das Gebäude verlassen hatte. Die Minenarbeiter hatten sich bestens organisiert.

Er ging hinauf ins erste Stockwerk und betrat das Schlafzimmer, wo er Ferrag nach dem Verbinden zurückgelassen hatte. Dort fand er alles weitgehend unverändert vor, außer dass sich Kawrin eine Decke und ein Kissen besorgt hatte und damit auf einem Teppich in der Nähe des Fensters schlief. Barat saß noch immer auf dem gleichen Stuhl wie am Nachmittag und starrte durch das dunkle Zimmer auf den reglos im Bett liegenden Ferrag, dessen Kopfverband bereits wieder helle Blutflecken aufwies.

„Hier ist weiter nichts passiert", brummte der Veteran missmutig, ohne seinen Blick von dem besinnungslosen Einarmigen abzuwenden. „Ich hoffe, du bringst gute Neuigkeiten oder wenigstens überhaupt Neuigkeiten, denn unser verbeulter Patient hier hat sich kein einziges Mal gerührt. Ich dachte schon, er wäre bereits auf seinem Weg zu Xelos' ewigem Feuer, aber er atmet noch. Zecken sind eben zähe Biester."

Arton nickte stumm. Er setzte sich neben Ferrag auf das Bett und betastete prüfend dessen Hals auf der Suche nach jenem sachten Pochen, das ihm verraten würde, ob das Herz des Verletzten noch schlug. Tatsächlich schien der Hundeführer noch am Leben zu sein, wenn auch nicht in bester Verfassung.

„Barat", sagte Arton leise, „ich werde nun etwas versuchen, bei dem ich nicht gestört werden will. Daher muss ich allein sein."

Barat stutzte überrascht, dann sah er sich nach Kawrin um. „Soll ich ihn wecken?"

„Ja", bestätigte Arton, „und schließt die Tür hinter euch."

Einigermaßen verwirrt kratzte sich der alte Soldat am

Kopf, dann stieß er Kawrin an. „He, wach auf, sehen wir mal, ob wir in Ferrags hübschem Heim etwas zu essen finden."

Während Kawrin erstaunlich schnell auf die Füße kam, wandte sich Barat wieder an Arton und fragte: „Brauchst du Licht? Ich kann unten eine Öllampe entzünden und sie dir bringen."

Arton schüttelte den Kopf. „Nicht nötig."

Als Kawrin und Barat ein wenig verstimmt wegen Artons Geheimniskrämerei endlich den Raum verlassen hatten, atmete der Krieger erst einmal tief durch. Er wusste immer noch nicht genau, wie er vorgehen sollte, aber um einen Anfang zu machen, musste er seinen Geist wohl einfach in Richtung seines Gegenübers treiben lassen. So hatte er es zumindest immer getan, wenn es galt, einem Gegner Angst einzuflößen. Nur diesmal durfte er den Verstand seines Gegenübers nicht einfach mit roher Gewalt niederzwingen, sondern er musste ganz behutsam nach den gesuchten Erkenntnissen forschen. Ferrags Geist durfte nur ertastet, nicht erschlagen werden.

Gerade das fiel Arton unerwartet schwer. Seine geistige Kraft auf diese Weise zu zügeln, erschien ihm etwa so schwierig, wie den Lauf eines Flusses aufzuhalten. Verbissen bemühte er sich, seinen Verstand nur langsam vorwärtsdringen zu lassen, bis er schließlich glaubte, die Präsenz des Hundeführers mit seinem Geist wahrnehmen zu können. Vorsichtig streckte er seine Gedanken weiter aus, umschloss den fremden Verstand, stets bemüht, keinen unkontrollierten Vorstoß zuzulassen. Quälend langsam gab er nach und nach seine Zurückhaltung auf und verstärkte zunehmend den Druck auf Ferrags Geist, um eine Stelle zu finden, an der ein Eindringen möglich war. Doch der Einarmige setzte ihm erstaunlich viel Widerstand entgegen.

Obwohl ohne Besinnung, schien Ferrag seinen unbeugsamen Willen behalten zu haben, mit dem er sich gegen die fremden Gedanken abschottete. Arton hatte solcherlei Widerstandskraft schon bei einigen Menschen erlebt, bei denen es ihm einfach nicht möglich war, ihren Willen zu brechen. Maralon hatte beispielsweise zu diesen Unbeugsamen gezählt. Während Artons Ausbildung zum Schwertkämpfer war er des Öfteren, wenn er seinem strengen Ziehvater grollte, der Versuchung erlegen, ihn mit seiner Gabe ein wenig einzuschüchtern. Aber dies war stets misslungen, weil er Maralons geistigen Widerstand, eine Art gegenläufige Kraft, nicht hatte überwinden können. Erst als ihn dann der unkontrollierte Zorn über Maralons Weigerung, ihm den Namen seines wahren Vaters zu verraten, gepackt hatte, war es Arton gelungen, diese Sperre einfach hinwegzufegen. Das war ein Tag, bevor Maralon bei der Zerstörung der Kriegerschule durch Megas' Meuchlerhorde den Tod gefunden hatte … und Tarana mit ihm. Unversehens traf ihn die Wucht der Erinnerung wie ein Faustschlag. Ferrags bewusstloser Geist bebte unter Artons heftigen Gefühlsregungen. Schnell schob der junge Krieger die grausamen Bilder jener Nacht zur Seite – er musste sich jetzt auf Ferrags Gedanken konzentrieren. Offenbar verstärkten starke Gefühle der Wut oder vielleicht auch Verzweiflung die Kraft seiner Gabe, machten sie aber zugleich auch unberechenbar und zerstörerisch, was er nun zum Erlangen der gesuchten Informationen keinesfalls gebrauchen konnte.

Obwohl Ferrag somit nicht der Erste war, der sich Artons geistiger Einflussnahme entzog, erschien es dem Krieger merkwürdig, dass es in tiefer Ohnmacht möglich sein sollte, solchen Widerstand zu leisten. Aber vielleicht spielte es keine Rolle, ob Ferrag bei Bewusstsein war oder nicht, sein

Wille als Hüter seines Geists blieb davon unberührt. Nach einiger Zeit verlor Arton zunehmend die Geduld. Er hatte keine Zeit dafür, hier endlos mit halber Kraft den Geist dieses Abschaums zu berennen. Es galt, Rai zu finden, und der Einarmige wusste vermutlich, wo man ihn hingebracht hatte. Aber was nützte es, wenn Arton aus Wut die ganze Kraft seiner Gabe entfesselte und es ihm damit tatsächlich gelang, Ferrags Geist zu überwältigen und zu einer furchtsamen, widerstandslosen Masse zu machen? Ein verängstigter Ohnmächtiger würde wahrscheinlich noch weniger zu Rais Rettung beitragen können. Daher entschied sich Arton zu einem anderen Vorgehen.

Er brachte seine ganze verbliebene Konzentration auf, um in seinem Verstand einen einzigen Gedanken zu formen, ihn zu bündeln und schließlich mit ganzer Macht auf Ferrags verschlossenen Geist zu schleudern: Wach auf!

Zunächst zuckte der Einarmige nur zusammen, was für Arton ein sicheres Zeichen dafür war, dass ihn der Befehl erreicht hatte. Dann begannen jedoch Ferrags Augenlider zu zittern, bis er plötzlich wie aus einem inneren Zwang heraus die Augen aufschlug. Als er Artons Gesicht in der Dunkelheit des Zimmers erblickte, verzogen sich seine Mundwinkel, als würde ihm dieser Anblick Schmerzen bereiten.

„So bist du also endlich erwacht, Ferrag“, begann Arton, mit einem bedrohlichen Lächeln zu sprechen. Tatsächlich war er ebenso erstaunt wie erfreut über den vollkommen unverhofften Erfolg seines Gedankenrufs. Aber nun musste er das Erwachen des Hundeführers auch nutzen, um von ihm die gewünschten Informationen zu erhalten: „Das letzte Mal, als du mich gesehen hast, standen noch eine stabile Tür und deine bewaffneten Männer zwischen uns, aber ich habe dir gesagt, dass dich das nicht schützen wird.“

Der Einarmige schluckte einige Male, bevor er einen Laut hervorzubringen vermochte. „Welches Dämonenloch hat dich eigentlich ausgespuckt, Einäugiger?", krächzte er bitter. „Was willst du überhaupt von mir? Ich habe mit dir keinen Streit."

„Du hast meinen Freund Rai entführt", antwortete Arton gelassen. „Das war nicht besonders klug. Ich will von dir wissen, wo er ist."

Ferrag betastete vorsichtig seinen Kopfverband, während er sich im Zimmer umsah. „Was weiß ich, wo er ist, vielleicht haben ihn die Fische gefressen."

Diese unbedachten Worte lieferten Arton den Anlass, seine Gabe nun ungebremst über Ferrags unnachgiebigen Geist hereinbrechen zu lassen. *Er ist wach und zeigt sich weder reuevoll noch kooperativ – damit fordert er es im Grunde heraus, in seine Schranken verwiesen zu werden*, dachte Arton. Außerdem wollte er auch einfach herausfinden, ob Ferrags Wille tatsächlich stark genug war, um seiner ganzen geistigen Macht zu widerstehen. Diesmal hielt Arton sich nicht mehr zurück und seine Gabe fand ungezügelt ihr Ziel.

Kawrin und Barat durchstöberten gerade die Küche im Erdgeschoss nach etwas Genießbarem, um ihre knurrenden Mägen zu besänftigen, als sie durchdringende Schreie aus Ferrags Zimmer im ersten Stockwerk vernahmen. Sie hasteten erschrocken die Treppe hinauf, um dort nach dem Rechten zu sehen, doch auf dem oberen Absatz kam ihnen bereits Arton entgegen. „Wir müssen zum Bergwerk", sagte der Krieger völlig ruhig und begann, die Treppe hinabzusteigen.

„Was ist denn passiert?", rief Barat vollkommen überrumpelt. „Wer hat da so geschrien?"

„Das war Ferrag, er ist erwacht", sagte Arton, ohne sich umzudrehen. „Er hat mir freundlicherweise verraten, dass es dieser abtrünnige Minenarbeiter Nessalion war, der ihn niedergeschlagen hat. Auch den Grund dafür glaubt er zu kennen: Nessalion macht Rai für den Tod seines Sohnes im Bergwerk verantwortlich und deshalb wollte er Rai gegen Ferrags Willen in die Mine zurückbringen, um sich dort an ihm zu rächen. Kommt jetzt, wir müssen gehen."

Ausgeliefert

Unsanft rüttelte jemand an Rais Schulter. Es fühlte sich an, als würde ihn dieser unerbittliche Störenfried aus einer tiefen, wohligen und sicheren Höhle zurück in eine kalte, harte Wirklichkeit zerren. Ob er wollte oder nicht, Rai erwachte. Benommen schlug er seine Augen auf und sah über sich das hagere Gesicht seines Entführers, dessen verbitterte Züge ihm einen frostigen Schauer über den Rücken jagten.

„Weiter jetzt“, befahl Nessalion, „du hast lange genug geschlafen.“

Stöhnend versuchte Rai, sich herumzudrehen, musste jedoch feststellen, dass dies mit an den Hüften fixierten Händen nicht gerade einfach war. Schließlich gelang es ihm, sich hinzuknien. Stechende Schmerzen hämmerten auf ihn ein, die von der Wunde an seiner Schläfe, den zahlreichen Schnitten und Aufschürfungen an seinen Beinen und nicht zuletzt von seinen ausgelaugten Muskeln herrührten. So elend hatte er sich das letzte Mal gefühlt, als er noch ein Sklave im Bergwerk gewesen war, dabei waren sie noch gar nicht dort angekommen.

Nessalion zwang ihn durch kräftiges Ziehen an der Sackkordel zum Aufstehen und sie setzten ihren Weg zu Rais Hinrichtungsort fort. Genauso fühlte er sich: wie ein zum Tode Verurteilter auf dem Weg zum Henker. Nur dass seine Vollstreckung nicht kurz und weitgehend schmerzlos vonstattengehen, sondern sich so lange hinziehen würde, bis sein Körper die ihm abverlangten Strapazen nicht mehr länger ertragen konnte. Trotzdem hatte Rai die Hoffnung nicht gänzlich verlassen, denn er war zäh und bis zu seinem vollständigen Zusammenbruch würde sich möglicherweise noch die eine oder andere Gelegenheit ergeben, seinem Henker sozusagen vom Richtblock zu springen. Wenn er sich Nessalion genauer betrachtete, wirkte dieser ebenfalls nicht gerade so, als wäre er im Vollbesitz seiner körperlichen Kräfte. Vielmehr vermittelte dessen ausgemergelte Gestalt eher den Eindruck, als wären es nur noch Hass und Rachedurst, die ihn auf den Beinen hielten. Der Versuch, seinen Entführer durch Worte von dessen Vorhaben abzubringen, musste Rai wohl als gescheitert ansehen, zu groß war die Verachtung, die Nessalion für den Mörder seines Sohnes empfand. Also musste der kleine Tileter das bisschen an neu gewonnener Kraft, das ihm sein kurzer Schlaf geschenkt hatte, sparsam einteilen, um es im rechten Moment für seine Flucht nutzen zu können.

Mittlerweile hatten sie den ansteigenden Teil des Weges hinter sich gebracht und folgten jetzt dem ebenen Abschnitt der Straße, der zwischen den nächtlichen Silhouetten der flankierenden Baumriesen hindurchführte. Nessalion lief mit der Sackkordel in der Hand vor Rai her. Beide schwiegen und konzentrierten sich darauf, nicht über ihre müden Füße zu stolpern. Schließlich erreichten sie den Rand der Talsenke, in deren Mitte der Eingang des Bergwerks und die Schmiedesiedlung lagen.

Unglücklicherweise konnten nach der Befreiung der Minensklaven keinerlei Wachen in dem Turm vor der Mine zurückgelassen werden, die Rai nun hätten helfen können, da das Gebäude damals weitgehend ausgebrannt war. Außerdem hatte auch niemand eine Notwendigkeit darin gesehen, den Wachturm wieder zu bemannen, nachdem die Festung am Hafen eingenommen worden war. Lediglich ein blasses Leuchten aus dem Inneren einiger Hütten der Schmiedesiedlung zeigte, dass dort noch ein paar Bewohner zurückgeblieben waren, wenngleich auch kein Erz mehr zur Bearbeitung zur Verfügung stand. Es hatte den Anschein, als ob einige der Schmiede, trotz der Unwirtlichkeit dieser Ansiedlung, den Ort als ihr Zuhause betrachteten und ihn nicht verlassen wollten. Es war eine absonderliche Vorstellung für Rai, dass man die kahle Ebene am Eingang jener unterirdischen Folterstätte, aus der das Erz gefördert wurde, als Heimat ansehen konnte. Allerdings war es natürlich ungleich angenehmer, in den schäbigen Hütten am Rande der Mine zu wohnen, als im Inneren des Bergwerks den jämmerlichen Rest seines Daseins zu fristen. Eigentlich konnte Rai es noch immer nicht fassen, dass Nessalion tatsächlich so verrückt war, sie beide ein weiteres Mal in diesen Dämonenschlund hinabzubefördern. Aber genau dorthin, auf diesen großen Riss im felsigen Untergrund am tiefsten Punkt der Senke, marschierte sein Bewacher zu.

Der Förderkorb, der trotz der nächtlichen Dunkelheit erkennbar wurde, baumelte nicht mehr über dem Abgrund, sondern war von den Minenarbeitern nach dem Verlassen des Bergwerks auf der hölzernen Plattform abgestellt worden, die vom Rand ungefähr zwei Schritt über den klaffenden Spalt ragte. Eigentlich sollte dieser breite Steg den Abstand zwischen dem normalerweise frei hängenden Korb und dem Spaltenrand überbrücken, damit ein leichteres Zu- und Entladen der Transportgondel möglich war. Da das Zugseil der Gondel jedoch nicht mehr von den eingespannten Ochsen gehalten wurde, hatte der Korb auf der Plattform gesichert werden müssen, denn sonst wäre er von seinem eigenen Gewicht nach unten gezogen worden. Dies brachte Rai auf einen Gedanken.

„Wie sollen wir nun eigentlich in die Mine gelangen", fragte er behutsam. „Die Ochsen zum Bewegen der Gondel wurden alle in die Stadt gebracht."

Nessalion, der sich anscheinend gerade dasselbe gefragt hatte, blieb verunsichert stehen. Dann zuckte er mit den Schultern. „Das wird schon gehen", sagte er gleichgültig und setzte seinen Weg fort.

Jetzt stieg mit unaufhaltsamer Macht die Angst in Rai hoch. Er widersetzte sich energisch dem Vorwärtsziehen seines Entführers. „Was meinst du damit, es wird schon gehen?", rief er aufgeregt. „Willst du springen? Bist du vollkommen verrückt geworden?"

Nessalion wandte sich wieder zu ihm um. „Du wirst jetzt mitkommen", knurrte er. „Steig einfach in den Korb, dann schiebe ich ihn von der Plattform und springe auf."

Rais Augen weiteten sich ungläubig. „Aber dann rast die Gondel ungebremst mit uns nach unten. Wir werden beim Aufprall sterben!"

Nessalion zeigte ein dämonisches Grinsen. „Sei doch froh, dann ist es für dich schneller vorbei!"

Damit hatte Warsons Vater den Bogen überspannt. Rai ließ sich noch zwei weitere Schritte ziehen, dann wirbelte er plötzlich herum. Mit seiner ganzen Kraft versuchte er, sich loszureißen. Aber der Zeitpunkt war nicht gut gewählt. Nessalion hatte seinen Griff um die Sackkordel schon verstärkt. Der Fluchtversuch seines Gefangenen traf ihn nicht unerwartet. Es gelang ihm, das Seil festzuhalten. Er packte mit seiner zweiten Hand zu, stemmte sich mit den Schuhen in den Boden und wartete gelassen, bis sich Rais Kräfte bei seinem verzweifelten Befreiungsversuch erschöpften.

Als der kleine Tileter nach kurzem, vergeblichem Kampf auf die Knie sank, verlor Nessalion keine Zeit und zwang ihn durch rücksichtsloses Ziehen am Seil erneut dazu, ihm zu folgen. Es gelang Rai gerade noch, stolpernd wieder auf die Beine zu kommen, ansonsten hätte er seinem Entführer vermutlich auf Knien folgen müssen oder wäre von diesem einfach liegend mitgeschleift worden. Er hatte die Kraft, welche der Hass Nessalion verlieh, schlichtweg unterschätzt.

Ehe Rai noch einen weiteren Gedanken fassen konnte, wurde er auch schon in die Transportgondel gestoßen und Nessalion begann keuchend, den massiven Flechtkorb von der Plattform zu schieben. Gleich würde sie in den Abgrund stürzen. Rai versuchte, auf die Beine zu kommen, aber schon begann der Korb, sich über die Plattformkante nach unten zu neigen. Ein letzter Ruck, Nessalion sprang hinein, die Konstruktion gab ein gequältes Ächzen von sich, dann ging es hinab in den aufgerissenen Rachen des Bergwerks.

Finsternis hüllte sie ein, als wären sie am Grunde des Ozeans angekommen. Der Aufschlag des Förderkorbs am Boden der Eingangshöhle hatte Rai umgeworfen, dennoch war die Wucht der Landung nicht so groß gewesen, wie er erwartet hatte. Tatsächlich war ihr Fall seltsam abgebremst worden, so als wären sie wirklich durch Wasser hinab in die Tiefe gesunken. Der kleine Tileter brauchte eine Weile, bis er begriff, was geschehen war. Vermutlich hatte das Zugseil der Gondel, das immer noch um die für das Anschirren von Ochsen gebaute Winde geschlungen war, beim Abwickeln ihren Sturz so weit gebremst, dass sie ihn unverletzt überstanden hatten. Rai fragte sich, ob Nessalion dies schon oben erkannt hatte oder ob es ihm in seiner Todessehnsucht einfach egal gewesen war.

Aber es zeigte sich, dass Nessalion nicht so kopflos handelte, wie sich angesichts seines verrückten Racheplans hätte vermuten lassen. Denn in diesem Augenblick nahm Rai ein leises Klopfen neben sich wahr, als schlüge jemand zwei Steine gegeneinander. Gleichzeitig waren winzige Funken zu sehen, die in der Dunkelheit der Höhle so hell wie ein Sonnenstrahl wirkten. Wenig später fing der Docht einer mitgebrachten Öllampe Feuer und schuf eine kleine Blase aus Licht in dieser mit Schatten gefüllten Kammer. Nun konnte Rai erkennen, dass Nessalion nicht nur an eine Lampe sowie an Feuerstein und Zunder zum Entzünden des Lichts gedacht hatte, sondern dass er in einer Tasche unter seinem Mantel auch einige Nahrungsvorräte mit sich führte.

Gleich darauf hatte Nessalion alles, was zum Feuermachen nötig war, wieder unter seinem Mantel verstaut, nahm die Lampe in die linke Hand und zog mit der rechten an Rais Fessel.

„Komm, steh auf!“, sagte er barsch.

Doch Nessalion hatte Rai inzwischen an einen Punkt gebracht, an dem Verzweiflung und Wut mit solcher Macht Besitz von dem jungen Tileter ergriffen, dass die Angst vor dem, was sein Entführer mit ihm vorhatte, in den Hintergrund gedrängt wurde. Was konnte ihm Nessalion denn noch Schlimmeres antun, als ihn wieder an diesen Ort des Schreckens zu bringen, wo Rai tagelang um sein Überleben gekämpft hatte, quälenden Hunger, Erschöpfung und Schmerzen hatte erdulden müssen? Er hatte nichts mehr zu verlieren.

„Ich rühr mich hier nicht weg!“, schrie Rai seinem Peiniger entgegen. Seine Stimme hallte gespenstisch von den Höhlenwänden wider. „Mach, was du willst, aber ich werde keinen Schritt mehr tun! Du kannst mich ja an dem Seil über den Boden schleifen, bis ich tot bin."

Nessalion sah ihn aus dunklen Augen an. „Du wirst jetzt mit mir in die zweite Sohle hinuntersteigen, dort Steine klopfen, diese dann hier heraufschleppen und das so lange, bis du nicht mehr kannst. Du sollst das erleiden, was auch mein Sohn erleiden musste."

„Ich habe selbst lang genug Rötel geklopft und ihn zur Tauschhöhle getragen", fauchte Rai außer sich, „du brauchst mir nicht zu zeigen, wie schlimm das ist."

„Nein, du weißt nicht, was es bedeutet, beinahe ein Jahr hier unten zu sein", rief Warsons Vater mit zitternder Stimme. „Du warst nur ein paar Tage hier. Weißt du denn, wie lange ein Jahr sein kann? Ein Jahr hat mein Sohn dieses Schicksal ertragen müssen, und kurz bevor wir befreit werden, muss er hier unten sterben. Nichts weißt du! Du weißt nicht, was es heißt, sein Kind zu verlieren, mit ansehen zu müssen, wie Ulag das Leben aus ihm quetscht. Du hast keine Ahnung, wie es ist, den zuckenden Körper deines Sohnes im Arm zu halten, und wie es sich anfühlt, wenn du noch nicht einmal verhindern kannst, dass sein Leichnam von den Fluten davongespült wird wie wertloses Treibgut."

„Das ist alles nicht meine Schuld", schrie Rai so laut zurück, dass sich seine Stimme überschlug. „Ulag hat deinen Sohn getötet, nicht ich, und du würdest das begreifen, wenn dich Warsons Tod nicht völlig um den Verstand gebracht hätte."

„Nimm seinen Namen nicht in den Mund, du Stück Dreck!", kreischte Nessalion und begann vollkommen von Sinnen, an der Sackkordel zu ziehen. Rai versuchte, sich in blanker Verzweiflung an den Wänden des Transportkorbes festzukrallen, obwohl er seine Hände wegen der Fessel kaum bewegen konnte. Doch Nessalion zerrte mit solcher Gewalt, dass sich Rais Finger lösten und er über den Höhlenboden geschleift wurde. Mit Händen und Füßen suchte er nach Halt, aber er fand nichts außer blankem Fels.

Dennoch forderte diese anstrengende Fortbewegung auch von Nessalion ihren Tribut. Bald schon keuchte er vor Anstrengung und schließlich, als er mit seiner widerspenstigen Last kaum noch vom Fleck kam, sackte er einfach in sich zusammen und blieb als leise wimmerndes Bündel am Boden liegen.

Rai rappelte sich mühsam auf. Vorsichtig versuchte er, die schlingenförmige Sackkordel, die seine Arme an den Hüften fixierte, zu lockern, was jetzt, da Nessalion das Seil nicht mehr unter Zug hielt, erstaunlich einfach war. Ein wenig verwirrt durch den plötzlichen Zusammenbruch seines Entführers, behielt Rai ihn misstrauisch im Auge, bis er endlich den muffigen Sack abgestreift und damit seine volle Bewegungsfreiheit zurückerlangt hatte. Dann blieb der kleine Tileter unschlüssig stehen, weil das Triumphgefühl, sich endlich aus der Gewalt seines Peinigers befreit zu haben, überschattet wurde von dem Mitleid, welches er plötzlich für den verzweifelten Mann empfand. Bewegungslos kauerte Nessalion auf dem kalten Felsenboden. Im Licht der Öllampe, die er immer noch mit einer Hand umklammert hielt, konnte Rai erkennen, dass sein Körper in unregelmäßigen Abständen von stummem Schluchzen erschüttert wurde. Vielleicht hatte ihm die Erkenntnis, dass sein Racheplan undurchführbar war, wenn sein Opfer sich weigerte, mitzuspielen, das brüchige Gerüst seines Verstandes endgültig in sich zusammenstürzen lassen. Rai rang eine Weile mit sich, doch da er immer noch von Schuldgefühlen geplagt wurde, entschloss er sich schließlich, seinen Entführer anzusprechen.

„Nessalion …?“

Rai wusste eigentlich nicht, was er sagen sollte.

„Alles in Ordnung?“

Ihm war klar, dass das eine dumme Frage an jemanden war, den die Trauer um seinen verlorenen Sohn an den Rande des Wahnsinns gebracht hatte, aber es fiel ihm nichts Besseres ein. Dementsprechend bekam er auch keine Antwort.

Rai beugte sich zu Nessalion hinunter und legte ihm, immer noch auf der Hut, eine Hand auf die Schulter. „Warson war wirklich ein sehr freundlicher Junge und es tut mir unendlich leid, was ihm widerfahren ist. Ich fühle mich schuldig dafür, dass ich ihn für meine Zwecke eingespannt habe, aber du musst mir glauben, dass ich es niemals für möglich gehalten hätte, dass Ulag ihn nur wegen der größeren Rötelmenge, die Warson tauschen wollte, einfach so …“, suchte Rai nach Worten, die das Ganze möglichst schonend umschrieben, „… dass er ihn dir einfach so wegnimmt. Ulag war ein Dämon in Menschengestalt und wahrscheinlich spukt er nach seinem Tod bis ans Ende aller Zeiten in der Zwischenwelt herum, da er wegen seiner Taten niemals Xelos' Feuer passieren wird. Dein Sohn ist hingegen mit Sicherheit in die Hallen der Unterwelt eingelassen worden und hat dort bestimmt seine Mutter getroffen, mit der er jetzt unbeschwert tafeln und über seinen geliebten Vater sprechen kann. Und du wirst sie dort wiedertreffen, wenn deine Zeit gekommen ist. Ich glaube fest daran, dass das so sein wird, und ich kann nur hoffen, dass es dir ein kleiner Trost ist.“

Nessalion hatte aufgehört, zu schluchzen. Er kniete am Boden, nach vorne gebeugt wie ein verkrümmter Ast. Als Rai schon dachte, Warsons Vater würde sich nie wieder bewegen, wandte ihm der verzweifelte Mann sein aschfahles

Gesicht zu und öffnete seine Lippen, um etwas zu sagen. Dann aber blickte er unvermittelt an Rai vorbei und stammelte nur: „Xelos' Feuer!"

Rai verstand zunächst überhaupt nichts, sondern schaute sich verwundert um. Dann sah er es selbst: Eine Reihe flackernder Lichter bewegte sich in der Dunkelheit auf sie zu, so als hätten Rais vorherige Worte über das Totenreich die Feuer der Unterwelt heraufbeschworen. Eine Flamme an der Spitze des Zuges schwebte in größerer Höhe als die anderen, und als die Lichter sich näherten, erkannte Rai, dass das vorderste Feuer am oberen Ende eines langen Stabes brannte. Dieser Anblick kam einem Tritt in die Magengrube gleich. Jetzt wusste Rai, wer die Träger dieser Fackeln waren. Wie hatte er das nur vergessen können? Die Xeliten! Sie waren die Einzigen, die nach der Befreiung der Sklaven freiwillig in der Mine zurückgeblieben waren.

„Steh auf, Nessalion", rief er, während er erfolglos versuchte, seine Panik niederzukämpfen, „wir müssen weg hier!" Er packte Warsons Vater am Arm und versuchte, ihn hochzuziehen. Aber dieser starrte nur unbeteiligt den nahenden Trupp an und machte keine Anstalten, sich zu bewegen. Schließlich gab Rai auf. Aber wenigstens sich selbst musste er retten. Blindlings rannte er los. Allerdings hatte er in seiner Panik übersehen, dass sich bereits weitere Xeliten ohne Fackeln von der Seite genähert hatten. So lief er einem von ihnen direkt in die Arme. Rai trat und schlug nach Leibeskräften um sich, aber in seinem geschwächten Zustand vermochte er sich nicht zu befreien. Seine geringen verbliebenen Kräfte erlahmten rasch und so ergab er sich schließlich in sein Schicksal.

Der Xelit mit dem brennenden Stab in der Hand, der den Fackelzug anführte, kam langsam näher. Rai wurde sofort klar, dass es sich dabei um jenen Anführer der Xelosjünger handelte, mit dem er in seiner Zeit als Minensklave vor Ulags Tauschhöhle aneinandergeraten war, als er versucht hatte, sich als Xelit zu tarnen. Offensichtlich hatte sich der fanatische Anhänger des Feuergottes einen neuen Stock beschafft, nachdem sein alter von Arton zerbrochen worden war. Jetzt senkte er die Spitze des Stabes und näherte sich bedrohlich Rais Gesicht.

„Du kommst mir bekannt vor", murmelte der Xelitenanführer, während Rai bereits die Hitze der Stabflamme an seiner Wange spürte.

„Xelos möge mich erleuchten", bat der Anführer dann leise, der wie all seine Gefolgsleute in einen dunklen Umhang mit Kapuze gehüllt war. Er besah sich Rai einige Augenblicke, bis sich seine stechenden Augen plötzlich in freudiger Überraschung weiteten.

„Meine Brüder", sprach er die Umstehenden an, „werdet Zeuge eines weiteren Wunders unseres Herrn. Diesen Frevler, der es wagte, sich unrechtmäßig als einer der Unseren auszugeben, und der die Frechheit besaß, sich mir zu widersetzen, hat uns Xelos in seiner unfehlbaren Gerechtigkeit wieder zugeführt, auf dass wir ihn nach seinem Willen richten. Dies ist eine weitere Möglichkeit, Xelos' Wohlgefallen zu erringen und uns als würdig zu erweisen. Deshalb verzagt nicht, der Herr der ewigen Flamme ist mit uns und die Bestrafung dieses Frevlers und seines zweifelsohne nicht weniger sündhaften Gefährten wird uns Xelos' Gunst sichern. Packt sie und nehmt sie mit zu den heiligen Hallen des Feuers!"

Damit sammelten sich die Fackelträger hinter ihrem Anführer und marschierten los in Richtung des östlichen Stolleneingangs, der schräg gegenüber von dem Tunnel lag, dem

Rai zu seinem früheren Schlag hatte folgen müssen. Nachdem einer ihrer Bewacher Nessalions immer noch brennende Öllampe aufgehoben hatte, wurden beiden Gefangenen die Arme gewaltsam auf den Rücken gedreht und, flankiert von jeweils zwei Xeliten, mussten sie losmarschieren. Wiederum war Rai sein Schicksal aus den Händen geglitten wie ein schlüpfriger Fisch. Er hatte keinerlei Hoffnung mehr, dass er auch ein zweites Mal die Tiefen des Bergwerks von Andobras lebend verlassen würde.

Der erste Königsrat

Nach dem Verzehr eines mehrere Tage alten Fisches hätte Tarana sich kaum elender fühlen können. Ihre Wunden an Hand und Brust, die sie bei dem Überfall auf die Kriegerschule erlitten hatte, verheilten gut und bereiteten ihr kaum noch Schmerzen. Stattdessen hing sie aber bereits den ganzen Morgen mit dem Kopf über der Waschschüssel oder hockte zusammengekrümmt auf ihrem Bett, unfähig, etwas Vernünftiges anzufangen. Wenn sie noch irgendwelche Zweifel gehegt hatte, dass sie ein Kind erwartete, dann waren diese nun endgültig ausgeräumt. Die Anzeichen waren in ihrer Deutlichkeit kaum zu übertreffen. Allein der Gedanke an Essen reichte schon aus, damit sich ihr Magen erneut zusammenkrampfte. Da sie deshalb schon seit mehreren Tagen keine feste Nahrung mehr zu sich genommen hatte, fühlte sie sich so ausgelaugt wie nach einem stundenlangen Schwertgefecht. Zudem wirkte sich der beständige Wechsel zwischen Hunger und Übelkeit, ebenso wie das Gefühl der Hilflosigkeit, welches sie angesichts der unwägbaren Veränderungen ihres Körpers überkam, verheerend auf ihre Stimmung aus. Schon seit einigen Tagen duldete sie in dem kärglich eingerichteten Zimmer des Ratsgebäudes, das sie zusammen mit Daia bewohnte, nur noch die kleine Thalia in ihrer Nähe. Die ernsthafte Anteilnahme des schweigsamen Mädchens tat ihr gut, denn Thalia musste sie nichts erklären, sondern das Kind schien trotz seiner jungen Jahre instinktiv zu verstehen, was in Tarana vorging. Manchmal legte Thalia ihr nur die Hand auf die Schulter oder musterte sie aufmerksam aus ihren klaren graugrünen Augen, so als wolle sie ihr Mut einflößen. Aber noch immer war keine Silbe über ihre Lippen gekommen, was Tarana unter anderen Umständen wahrscheinlich zunehmend mit Sorge erfüllt hätte. In ihrem momentanen Zustand empfand sie Thalias wortlosen Zuspruch jedoch als Wohltat.

Daia hatte es indes nach wiederholten vergeblichen Versuchen aufgegeben, sich der reizbaren Istanoit in freundschaftlicher Fürsorge zu nähern, und war in ein anderes Zimmer umgezogen, das ein wenig mehr Sicherheit vor Taranas tückisch wechselnden Launen bot. Im Grunde tat es Tarana leid, wie sie Daia gelegentlich anfuhr, aber gerade ihre Art, sie wie eine Kranke zu behandeln und entsprechend zu bemitleiden, ließ sie regelmäßig aus der Haut fahren. Sie wollte nicht bedauert werden, jetzt noch weniger als nach den tragischen Ereignissen mit Arton und Derbil. Sie war eine Frau vom stolzen Volk der Istanoit und außerdem eine fähige Schwertkämpferin. Tarana konnte niemanden gebrauchen, der sie unentwegt daran erinnerte, dass sich ihr eigener Körper ihrem sonst so starken Willen widersetzte. Trotzdem wusste sie, dass Daia es nur gut mit ihr meinte, denn selbst nach dem fluchtartigen Wechsel in ein anderes Zimmer schien die junge Adelige nicht eingeschnappt zu sein, sondern sah regelmäßig nach ihrer „neuen Freundin", wie Daia die Istanoit gerne bezeichnete. Tarana scheute noch davor zurück, diese recht frische Verbundenheit, die sich zwischen den beiden Frauen entwickelte, bereits als Freundschaft zu bezeichnen, denn für sie hatte der Begriff einen sehr hohen Stellenwert. Allerdings durfte sie auch nicht jede derartige Beziehung an ihren Gefühlen für Derbil messen, denn schließlich hatte Tarana beinahe ihr gesamtes Leben mit ihrer Stammesschwester verbracht, und eine solche geschwisterliche Zuneigung zu einem Menschen würde es nach Derbils Tod nie wieder geben. Von daher schuldete sie Daia auch ein gewisses Maß an Offenheit, zumal sie sich selbst eingestehen musste, dass dringend wieder jemand in ihrem Leben vonnöten war, mit dem sie bedenkenlos Kummer und Sorgen teilen konnte, ohne dass dieser sie gleich für schwach hielt. Aber in ihrer augenblicklichen körperlichen und geistigen Verfassung schien das einfach nicht möglich.

Während sie verbissen versuchte, ihren rebellischen Magen zur Ruhe zu bringen, beobachtete sie die still in einer Ecke spielende Thalia. Mittlerweile hatten sich zu den hölzernen Spielfiguren des Mädchens dank Eringars unermüdlicher Schnitzarbeit noch eine Reihe weiterer Tiere und Gebäude hinzugesellt. Das Mädchen beschäftigte sich oft stundenlang mit diesem kleinen Bauernhof, sodass man beinahe vergessen konnte, dass sie sich ebenfalls im Zimmer aufhielt. Dies war für eine Vierjährige, wie die Istanoit sehr wohl von den Kindern ihres Stammes wusste, sehr ungewöhnlich. Als Taranas Gedanken gerade dabei waren, weiter in die heimatliche Steppe der Istaebenc abzuschweifen, richtete Thalia ihre Augen plötzlich aufmerksam auf die geschlossene Zimmertür. Tarana, die die rasche Kopfbewegung ihres Schützlings bemerkt hatte, folgte erstaunt Thalias Blick, konnte dort jedoch nichts Besonderes erkennen. Im nächsten Moment klopfte es.

Irritiert sah Tarana ihrem Pflegekind dabei zu, wie es nun ganz selbstverständlich zur Tür hinüberging und diese öffnete. Draußen stand Eringar, der sich bei Thalias Anblick sofort auf die Knie herabließ und ihr freudestrahlend sein neustes Schnitzwerk präsentierte. „Hallo, kleine Thalia“, sprach er das Mädchen in einem sanften Tonfall an, „hier habe ich dir noch zwei Gänse gemacht, die gehören zu einem richtigen Bauernhof unbedingt dazu. Ich hoffe, die gefallen dir."

Mit kritischer Miene betrachtete Thalia die beiden hölzernen Neuankömmlinge. Schließlich schien sie diese für vertrauenswürdig genug zu befinden, um in ihre Spielwelt aufgenommen zu werden. Einen kurzen Moment schenkte sie Eringar einen tiefen Blick aus ihren kreisrunden Augen, dann wandte sie sich um und kehrte in ihre Ecke zurück, wo sie dem geschnitzten Federvieh einen Platz im Stall des Bauernhofs zuwies.

Eringar stand auf und wandte sich an Tarana. „Thalia ist wirklich süß", stellte er verzückt fest, „wenn sie auch nicht gerade fröhlich wirkt. Hat sie schon etwas gesagt?"

„Nein", antwortete die Istanoit abwesend, da ihre Gedanken immer noch um Thalias rätselhaftes Verhalten kreisten. Hatte sie etwa Eringars Schritte durch die Tür hören können? Angesichts der massiven Holztür hielt sie dies für sehr unwahrscheinlich. Aber wie hatte Thalia dann wissen können, dass jemand vor der Tür stand?

Eringar blickte unsicher über seine Schulter, als warte er noch auf jemanden, dann räusperte er sich voller Unbehagen. „Also, ich will nicht lange herumreden. Ich weiß von Daia, in was für besonderen Umständen du bist und dass sie deshalb nicht wagt, dich etwas zu fragen, ohne vorher deine Laune zu prüfen. Aus diesem Grund hat sie mich vorgeschickt. Sie steht derweilen draußen im Gang und lauscht."

„Eringar!", ertönte ein zorniger Ruf vom Flur her. Gleich darauf erschien Daia mit hochrotem Kopf in der Tür. „Du bist ein Ekel."

„Ich habe dir gleich gesagt, dass ich kein guter Lügner bin", verteidigte sich dieser lauthals. „Aber du hast so lange an deinen hübschen Löckchen herumgespielt und mich mit deinen Unschuldsaugen beklimpert, dass ich nicht mehr ablehnen konnte."

Daia warf ihm einen vernichtenden Blick zu und näherte sich dann beschwichtigend Tarana. „Hör nicht auf das, was dieser Wüstenlurch von sich gibt", meinte sie mit ihrem sonnigsten Lächeln, „ich wollte nur vermeiden, dass wir dich gleich zu zweit überfallen. Eringar sollte erst einmal sein Geschenk loswerden und dann …"

„Seid mir nicht böse", wurde sie von Tarana unterbrochen, „aber ihr verhaltet euch reichlich merkwürdig. Bin ich denn wirklich so schlimm, dass ihr euch nicht mehr ohne Vorwand in mein Zimmer traut?" Sie furchte missbilligend ihre Stirn.

„Nein", erwiderte Daia hastig, „es … ich … wir versuchen nur, dich nicht unnötig aufzuregen."

„Also um ehrlich zu sein, bist du in letzter Zeit schon ganz schön anstrengend, Tarana", bemerkte Eringar trocken, während Daia peinlich berührt von Eringars forscher Offenheit die Augen zu Boden senkte.

Die Istanoit hingegen musste lachen – das erste Mal seit Langem. „Ich weiß ja, ihr habt es nicht leicht mit mir", räumte sie augenrollend ein, „und dabei gebt ihr euch solche Mühe. Aber ich habe es so satt, hier herumzusitzen. Mein Zimmer will ich dennoch nicht verlassen, weil ich befürchte, dass ich sonst das ganze Ratsgebäude mit meinen Übelkeitsanfällen verunstalte."

Erleichtert, dass Tarana so heiter gestimmt war, fiel nun auch Daia in das Lachen ihrer Freundin mit ein. „Siehst du und genau deswegen sind wir gekommen. Wir haben uns überlegt, dass du ein wenig Abwechslung brauchst, und dafür würde sich der Königsrat heute in der großen Schreibstube bestens eignen."

„Königsrat? Was ist denn das für ein hochtrabender Begriff?“, erkundigte sich Tarana skeptisch.

Daia hob vielsagend die Augenbrauen. „Das ist natürlich ein wenig übertrieben formuliert, aber Arden hat doch alle Ecorimkämpfer zu seinen Beratern erklärt, und nachdem er plant, sich bald zum König krönen zu lassen, ist ihm diese großspurige Bezeichnung eingefallen. Eigentlich war es eine Idee von Meatril, dass wir jetzt, da alle wieder in Seewaith weilen, im Abstand von einigen Tagen immer wieder zusammenkommen, um die wichtigsten Ereignisse und unser gemeinsames Vorgehen zu besprechen. Arden hat sich nur den Namen für dieses Treffen einfallen lassen, ansonsten zeigt er sich wenig begeistert.“

„Wann ist Arden schon mal von etwas begeistert, das nichts mit Festlichkeiten und schönen Frauen zu tun hat?“, warf Eringar missmutig ein.

Daia nickte bestätigend. „Ja, er nimmt die ganze Sache nicht besonders ernst. Wenn man seinem Verhalten nach urteilt, kommt man zu dem Schluss, dass er nur König werden will, weil ihm dann so viele Leute zujubeln.“

„Ganz genau“, pflichtete Eringar ihr kopfnickend bei, „unser Triumphzug durch die Städte Fendlands, wo die Menschen ihn schon als neuen Herrscher gefeiert haben, ist ihm, glaube ich, zu Kopf gestiegen. Seither sind seine Eitelkeit und Arroganz unerträglich. Ich bin bloß froh, dass er seinen Humor nicht verloren hat und immer noch meine kleinen Seitenhiebe verträgt, sonst hätte ich schon längst ein gewaltiges Problem mit ihm.“

Tarana war mittlerweile wieder zu ihrer reservierten Ernsthaftigkeit zurückgekehrt. „Ihr wisst doch, dass ich nicht gut auf Arden zu sprechen bin“, erwiderte sie. „Dass er über Arton gesagt hat, er wäre in jener Unglücksnacht von einem

Dämon besessen gewesen und hätte mich absichtlich in Lebensgefahr gebracht, werde ich ihm nie verzeihen. Deshalb halte ich es für keine gute Idee, wenn ich an diesen Gesprächen teilnehme, ich würde ihn in diesem sogenannten Königsrat nur vor den Kopf stoßen."

„Aber genau das braucht er ja!", kam Eringar Daia mit seiner Antwort zuvor. „Jemand muss ihm einmal seinen blonden Wirrkopf zurechtrücken. Jemand, der sich nicht von seiner Ausstrahlung blenden lässt. Ich bin der Jüngste, weder Arden noch die anderen nehmen mich wirklich ernst."

„Und wenn ich etwas sage", ergänzte Daia, „dann gerate ich immer gleich mit Meatril aneinander. Er ist so vernarrt in seinen Meister, dass er keine noch so kleine Kritik an ihm gelten lässt, schon gar nicht von mir. Targ und Deran sind sowieso Feuer und Flamme für alles, was Arden macht, weil er ihnen Rache am Mörder ihres Bruders versprochen hat, und somit gibt es keinen, der wirklich einmal Ardens Verhalten hinterfragt." Daia ergriff behutsam Taranas Hand. „Wir brauchen dich. Auf dich werden die anderen hören, dich respektieren sie. Ich weiß, dass es dir gerade nicht gut geht und dass es viel verlangt ist, dein Krankenlager in diesem Zustand zu verlassen, aber bitte tu es für uns."

Taranas Miene verdüsterte sich, als würde sie von einer Wolke überschattet. „Ich bin nicht krank!", knurrte sie. „Und wenn ihr jemanden braucht, um Arden den Kopf zu waschen, dann bin ich dazu genau in der richtigen Stimmung. Wann ist denn dieses Treffen?"

„In einer halben Stunde", erwiderte Eringar erfreut.

„Gut", sagte Tarana bestimmt. „Thalia kann inzwischen hierbleiben und spielen, das macht sie sowieso die meiste Zeit. Und ich werde versuchen, bis dahin meinen rebellischen Magen unter Kontrolle zu bringen."

Tarana erschien mit ein wenig Verspätung in der großen Schreibstube, wo sich bereits alle Ecorimkämpfer eingefunden hatten, und ließ sich mit einem Stöhnen in einen der samtbespannten Stühle fallen.

„Na, auch schon da?“, fragte Targ mit einem spöttischen Augenzwinkern.

Die Istanoit verkniff sich eine Antwort und schenkte ihm nur einen wütenden Blick.

„Also ich glaube, wir fangen jetzt besser an“, schlug Meatril vor. Er sah zu Arden hinüber, der lässig die Füße auf den Schreibtisch gelegt hatte und mit seinem Stuhl nach hinten wippte.

„Möge der erste Königsrat beginnen“, verkündete Arden daraufhin feierlich, was angesichts seiner ungezwungenen Körperhaltung geradezu albern wirkte. „Vielleicht sollten wir uns das nächste Mal im Ratssaal treffen. Dieser Raum hier ist zwar hübsch ausgestattet, aber doch ziemlich eng. Das ist eines solch geschichtsträchtigen Ereignisses nicht würdig.“

„Das bringt uns gleich zu der Beschwerde einiger Mitglieder des Stadtrats“, nahm Meatril Ardens Bemerkung auf, „und zwar, dass wir ohne ihre Zustimmung das Seewaither Ratsgebäude in Beschlag genommen haben. Sie vertreten die Ansicht, dass das Bauwerk der ganzen Stadt gehört und wir daher …“

„Es ist mir gleich, was diese Stadträte meinen“, unterbrach ihn Arden unwirsch. „Die sollen froh sein, dass ich den Rat nicht schon längst aufgelöst habe. Bis unsere Kriegerschule wieder aufgebaut ist, werden wir hier wohnen. Das sind im Moment die einzigen angemessenen Räumlichkeiten für den noch ungekrönten König Fendlands. Also Schluss damit. Was gibt es sonst noch?“

Meatril hatte einen ganzen Stoß mit Papieren auf seinem

Schoß liegen, den er nun eilig durchzusehen begann. „Nun ja, die meisten Schwierigkeiten gibt es wegen der immer noch stockenden Versorgung mit Nahrungsmitteln. Ich habe zahllose Gesuche erhalten, in denen du als neuer Herrscher um Hilfe gebeten wirst. Zwar sorgt das anhaltend gute Wetter für einen regen Schiffsverkehr und bald werden auch die Landwege wieder offen sein, aber alles, was man im Moment auf den Märkten bekommt, ist noch ziemlich überteuert. Das können sich die einfachen Leute nicht leisten. Die Armenspeisungen, die noch auf Artons Betreiben hin vom Stadtrat durchgeführt werden, reichen bei Weitem nicht aus, um alle Hungernden satt zu bekommen. Wenn das ausgegebene Essen zur Neige geht, kommt es deshalb regelmäßig zu Tumulten, weshalb sich die Bajulapriesterinnen, die die Speisungen durchführen, inzwischen weigern, diese Aufgabe zu erfüllen."

„Dann schicken wir eben Soldaten zu ihrer Bewachung", meinte Arden mit einem unterdrückten Gähnen.

„Vielleicht wäre es besser", schlug Daia vor, „wenn wir einfach zusätzliche Gelder vom Stadtrat erwirken, mit denen wir den Händlern die teuren Nahrungsmittel abkaufen, um sie dann billiger an die Armen abzugeben."

Meatril schüttelte entschieden den Kopf. „Die Gelder der Stadt sind bereits restlos aufgebraucht und bis zur nächsten Steuererhebung liegt noch fast ein ganzes Jahresviertel vor uns. Dein Vorschlag wäre nur mithilfe freiwilliger Spenden der Adelsfamilien durchführbar, aber die meisten sind ohnehin schon äußerst ungehalten wegen ihrer Verpflichtung, die Armenspeisungen finanziell zu unterstützen. Ich denke, da wird sich nichts mehr holen lassen."

„Kurz gesagt, wir brauchen dringend Geld", fasste Arden Meatrils Erläuterungen zusammen. „Ich bin es nämlich ohnehin leid, ständig bei diesen reichen Geldsäcken betteln zu gehen." Plötzlich erfüllte ein begeistertes Leuchten Ardens blaue Augen. „Wir werden einfach eine neue Abgabe einführen, die einzig und allein an den König geht! Diese Königssteuer müssen alle Bewohner Fendlands entrichten, egal, ob sie in Seewaith, Riffstadt oder in irgendeinem Dorf auf dem Land wohnen. Sie soll, sagen wir, einen Zehnt des Vermögens betragen. Mit diesem Geld können wir dann unser Heer aufbauen, um gegen Tilet zu ziehen!"

„Na endlich!", begrüßte der ansonsten recht schweigsame Deran diesen Vorschlag. „Ich dachte schon, du würdest nie mehr davon sprechen. Wenn wir erst mal Tilet eingenommen und diesen Mörder Jorig Techel vom Thron gestoßen haben, dann wird es genug Beute geben, um allen Armen Seewaiths körbeweise Essen zu kaufen."

„Bis dahin sind sie schon längst verhungert", warf Tarana ein, „damit ist das Problem natürlich auch gelöst."

Deran sah sie überrascht an, so, als könne er diese Bemerkung nicht richtig einordnen, entschied sich aber dann angesichts ihres grimmig vorgeschobenen Unterkiefers zum Schweigen.

An seiner Stelle sagte Targ: „Aber wir sind uns doch einig, dass es unser erstes und oberstes Ziel ist, Rache an den Drahtziehern des Überfalls auf unsere Schule zu nehmen, oder? Und wenn wir König Jorig irgendwie beikommen wollen, dann brauchen wir mehr Soldaten. Die paar Hundert Stadtgardisten, die es auf Fendland gibt, reichen nicht aus, um es mit dem Heer der Inselherren aufzunehmen. Also müssen wir neue Truppen organisieren und dazu benötigen wir Geld. So einfach ist das."

Ungehalten rief Tarana: „In Fendland gibt es weder genug Menschen, noch werdet ihr ausreichend Geld für die Aufstellung eines Heeres auftreiben können, das groß genug ist, Tilet einzunehmen! Ist euch das nicht klar? Allein schon die Kosten für die Ernährung so vieler Leute während des langen Marsches nach Süden würde alles verschlingen, was ihr vorher an Steuern einnehmen könntet! Glaubt mir, ich weiß von zu Hause, was für gewaltige Mengen an Nahrung man braucht, um eine vielköpfige Stammesgemeinschaft satt zu bekommen. Und das sind gerade einmal knapp hundert Seelen! Wir reden aber von einer Armee, die mehrere Tausend Häupter zählt. Wenn ihr mit solch einer Unmenge an Leuten einfach loszieht, um die Hauptstadt von Citheon anzugreifen, dann schwöre ich euch, dass diese Schlacht schon verloren sein wird, bevor ihr Citheons Grenzen erreicht."

„Und wie lautet dein Vorschlag, oh weise Nomadentochter?", erkundigte sich Arden mit spöttisch erhobenen Augenbrauen. „Bislang mussten wir ja unglücklicherweise auf deinen militärischen Sachverstand verzichten, weil du es vorgezogen hast, dich lieber in dein Zimmer zurückzuziehen."

Tarana funkelte ihn böse an und wollte gerade zu einer hitzigen Erwiderung ansetzen, als ihr Eringar zuvorkam: „Es ist ja wohl mehr als verständlich, dass Tarana nach den vergangenen traurigen Ereignissen eine Weile Ruhe brauchte. Außerdem war ihre Anwesenheit bei deinem eitlen Triumphzug durch die Städte Fendlands wohl kaum vonnöten, oder?" Der jüngste der Schwertschüler baute sich vor dem Schreibtisch auf, hinter dem es sich Arden gemütlich gemacht hatte. Die Heftigkeit seiner Worte verfehlte sogar bei dem selbstzufriedenen Erenor ihre Wirkung nicht.

„Schau an", antwortete dieser mit einem erstaunten Nicken, „wie unser Wüstensohn in selbstgerechtem Zorn entbrennt. Ich kann mich allerdings nicht erinnern, dass du sonderlich unzufrieden ausgesehen hast, als wir auf dem Balkon des Rathauses in Riffstadt von Tausenden bejubelt wurden. Eigentlich sahst du eher so aus, als wärst du selbst vor Stolz fast geplatzt." Er nahm die Füße vom Tisch und stützte sich mit den Ellbogen auf das Schreibpult. Lange fixierte er den zunehmend nervös wirkenden Eringar, bis schließlich ein versöhnliches Lächeln sein Gesicht erhellte. „Das war nämlich nicht mein Triumphzug", fuhr Arden mit großer Eindringlichkeit fort, „das war unser Triumphzug! Eine Entschädigung für alles, was wir gemeinsam durchleiden mussten. Außerdem ist es wichtig, dafür zu sorgen, dass die Menschen Fendlands mit Begeisterung ihrem neuen König und seinen Getreuen folgen, denn schließlich werden wir sie alle noch brauchen, wenn es gilt, Jorig Techel zu stürzen. Und dafür ist es unerlässlich, dass sie uns sehen, uns bestaunen, uns bejubeln können. Von daher finde ich die Bezeichnung ‚eitel' doch ziemlich fehl am Platz." Arden machte ein Gesicht, als habe man ihm gerade schweres Unrecht zugefügt.

„Ich denke, das hat Eringar sicherlich nicht so gemeint", bemerkte Meatril versöhnlich, während er seinem jüngeren Mitschüler die Hand auf die Schulter legte. Er wollte nicht, dass sich Arden und Eringar stritten. Natürlich sah Meatril in Arden seinen Anführer, den er respektierte und sogar verehrte, aber der junge Eringar war ihm während ihrer gemeinsamen Ausbildung wie ein kleiner Bruder ans Herz gewachsen. Daher hatte Meatril immer das Gefühl, den sechs Jahre jüngeren Etecrari vor allem beschützen zu müssen.

„Und Arden meinte das sicher auch nicht so, was er vorhin zu Tarana gesagt hat", fügte Daia mit einem Anflug von Trotz in ihrer Stimme hinzu. „Oder, Arden?"

Der Blick des blonden Erenors ruhte lange auf Daias Gesicht, bis er schließlich entschuldigend den Kopf zur Seite legte. „Ich wollte sie nur ein wenig necken, es sollte kein Vorwurf sein. Man muss ja auch nicht jedes meiner Worte gleich auf die Goldwaage legen. Trotzdem bleibe ich dabei, dass ich gerne alle Ecorimkämpfer bei unserem Zug durch Fendland dabeigehabt hätte – Tarana gehört schließlich auch dazu. Ich fand es schade, dass sie lieber in Seewaith bleiben wollte, das spricht nicht gerade für unseren Zusammenhalt und unsere Einigkeit, die ich dem Volk demonstrieren wollte. Natürlich hast du, Tarana, wie wir alle, schlimme Verluste erlitten, aber genau deshalb ist es doch umso wichtiger, gemeinsam auf das gleiche Ziel hinzuarbeiten, nämlich Rache an Jorig Techel zu nehmen. Heute beglückst du uns zwar einmal mit deiner Anwesenheit, aber ich habe bislang nur gehört, welche unserer Pläne deiner Meinung nach aussichtslos sind. Wäre es jetzt nicht an der Zeit, uns zu verraten, Tarana, wie denn dein glorreicher Plan aussieht?“

Die Istanoit sprang erbost von ihrem Stuhl auf, woraufhin ihr Gesicht augenblicklich alle Farbe verlor und sie Halt suchend nach der Lehne tastete. Daia trat eilig heran und wollte ihre Freundin stützen, doch diese wehrte die gebotene Hand ab wie ein lästiges Insekt.

„Was ist los, bist du krank?“, erkundigte sich Arden.

„Ich bin nicht krank!“, grollte Tarana und setzte sich behutsam wieder hin. „Du willst wissen, wie mein Plan aussieht?“, wiederholte sie zähneknirschend. „Ich habe keinen! Ich habe auch nie behauptet, einen zu haben, und ich brauche auch keinen, denn ich will keine Rache. Besonders dann nicht, wenn dabei noch mehr Menschen sterben müssen. Das ist doch alles vollkommen verrückt! Was glaubst du denn, wird Jorig Techel machen, wenn er hört, dass sich in Seewaith jemand zum Gegenkönig erklärt hat, weil er angeblich ein Sohn Ecorims ist?“

„Wenn er klug ist, dann dankt er ab und verschwindet zurück auf seine Insel“, erwiderte Arden mit einem breiten Grinsen, was ihm ein paar beifällige Lacher von Targ, Deran und Meatril einbrachte.

Tarana stieß ein verächtliches Zischen aus. „Solltest du das Glück oder vielmehr das Pech haben, dass dich König Jorig tatsächlich ernst nimmt, dann wird er sein Heer entsenden, um diesem ärgerlichen Aufstand in der kleinsten Provinz des Reiches so schnell wie möglich Einhalt zu gebieten. Und er braucht seine Truppen nicht erst zu rekrutieren wie ihr, er muss keine Steuern einführen, um die Soldaten bezahlen zu können, und das Volk von Citheon ist nicht kurz vor dem Verhungern. Sein Heer steht, ist kampferprobt, bestens ausgerüstet und wird von einem ganzen Tross an Versorgungswagen begleitet. Spätestens nachdem von euch die Garnison in Nordhafen gestürmt wurde, wird er von eurem leichtsinnigen Aufstand erfahren haben. Also können wir getrost davon ausgehen, dass er in spätestens zwei Monaten hier sein wird. Versteht ihr? Es ist vollkommen lächerlich, Pläne zu schmieden, wie ihr Tilet einnehmen könnt. Macht euch lieber darüber Gedanken, wie ihr Seewaith verteidigen wollt, wenn König Jorig mit zehntausend Soldaten ans Stadttor klopft.“

Meatril war der Erste, der nach dieser verstörenden Rede der Istanoit wieder das Wort ergriff: „Ich würde dem gerne widersprechen, Arden, aber ich fürchte, Taranas Sorge ist durchaus berechtigt. Deshalb finde ich es gerade wichtig, dass wir zusehen, dass es dem Volk gut geht. Denn ansonsten kann es passieren, dass die Stimmung ganz schnell wieder zugunsten Jorig Techels kippt. Wir werden aber die bedingungslose Gefolgstreue eines jeden Mannes und jeder Frau dringend brauchen, wenn es gilt, Techel zu schlagen.“

„Das ist doch wunderbar!“, mischte sich Targ ein. „Wenn Techel zu uns kommt, dann brauchen wir nicht zu ihm kommen. Er erspart uns damit einen Fußmarsch durch den halben Kontinent. Außerdem können wir ihn auf heimischem Boden bekämpfen, das ist ebenfalls ein Vorteil. Denkt nur an den großen Sieg von Melessen Leonmar, der die vereinigten Heere Skardoskoins bei Melessens Finger zurückschlug. Genau dort werden auch wir triumphieren. Nicht die Größe eines Heeres ist entscheidend, sondern seine Entschlossenheit. Und vielleicht ein wenig Taktik.“

„Gerade darin seid ihr ja alle so erfahren“, stichelte Tarana.

„Unser Vater hat größten Wert darauf gelegt, dass wir sämtliche Manöver Melessens bei jeder einzelnen Schlacht schon im zarten Alter von sieben Jahren auswendig aufmalen konnten, stimmt's Bruder?“, erwiderte Targ und blinzelte seinem älteren Bruder zu.

Deran nickte. „Vater war ganz versessen auf Taktik und alles, was mit Krieg zu tun hatte. Ich glaube, deswegen hat er uns auch an die Kriegerschule geschickt.“

Tarana verdrehte die Augen. „Das ist ja wohl nicht ganz dasselbe! Jorig Techel war in Arch Themur, da lernt man vielleicht ein bisschen mehr als bei euren Sandkastenspielchen.“ Sie fuhr sich entnervt mit der Hand durch die Haare. „Aber der Schaden ist ohnehin schon angerichtet, Techel wird kommen. Also müssen wir nun darüber nachdenken, wie wir Fendland am besten verteidigen können.“

„Zunächst einmal werden wir an so etwas wie einer Königssteuer nicht vorbeikommen“, stellte Meatril entschieden fest. „Da stimme ich Ardens Vorschlag vollauf zu. Wir brauchen unbedingt mehr Geld, und zwar sowohl, um den Hunger zu bekämpfen, als auch, um neue Truppen auszuheben.

Ach übrigens, Targ, als du deinen Vater erwähnt hast, ist mir ein Gedanke gekommen. Ihr seid doch irgendwie mit dem Herrscher von Nordantheon verwandt, richtig?"

„Mein Vater und Fürst Soldarin sind Vettern", antwortete Targ. „Allerdings sind die beiden nicht besonders gut aufeinander zu sprechen, seit sie sich um dieselbe Frau bemüht haben und einer dabei den Kürzeren gezogen hat." Targ grinste hämisch. „Es ging um meine Mutter."

„Verstehe", sagte Meatril seufzend. „Dann kann ich das also vergessen. Ich hatte gehofft, ihr könntet vielleicht eure Beziehungen spielen lassen und vom Fürsten ein wenig Unterstützung erbitten."

Targ überlegte einen Moment. „Hm, eigentlich eine gute Idee, aber bei der Familie Soldarin sind solche Dinge nicht so einfach. Es gibt wegen jedem Häufchen Kuhdung Streit, das kann man sich als Außenstehender gar nicht vorstellen. Einig sind wir uns nur, wenn jemand unsere gemeinsamen Handelsinteressen bedroht." Targ strich sich nachdenklich übers Kinn. „Vielleicht könnte man aber dem Fürsten das Herannahen von Techels Heer als eine solche Bedrohung verkaufen. Einen Versuch wäre es wert."

„Warum glaubt ihr eigentlich, dass Fürst Soldarin uns helfen würde?", wollte Eringar wissen. „Soviel mir bekannt ist, gehört Nordantheon genauso wie Fendland zum Reich von Citheon. Von daher ist der Fürst doch dem König zur Treue verpflichtet, oder?"

„Ach, in Nordantheon haben wir schon immer unser eigenes Süppchen gekocht", erklärte Targ in beiläufigem Tonfall. „König Jorig war noch nie besonders angesehen, da er von uns als Emporkömmling betrachtet wird, der zu Unrecht auf dem Thron von Citheon sitzt. Der Fürst hielt es schon immer mit dem alten Königshaus und hat dies nur aus finanziellen Erwägungen ein wenig zurückgestellt. Im Grunde wird Techel von allen gehasst."

Meatril warf einen vorsichtigen Seitenblick auf Arden, der jedoch nicht den Anschein erweckte, irgendetwas beitragen zu wollen. Stattdessen ruhte dessen ganze Aufmerksamkeit auf Taranas kalkweißem Gesicht. Offenbar beschäftigte ihn der rätselhafte Zustand der angeschlagenen Istanoit weit mehr als die Verteidigung des Landes, zu dessen König er sich hatte ausrufen lassen. Tarana hingegen presste verbissen ihre Lippen aufeinander, während sie versuchte, der Unterhaltung zu folgen, und schien daher Ardens eindringliche Musterung nicht zu bemerken.

„Dürfte ich euch dann bitten", wandte sich Meatril schließlich an Deran und Targ, „dass ihr nach Hause reist und seht, was sich dort machen lässt. Wir können wirklich jede Hilfe gebrauchen und gerade Fürst Soldarin wäre ein ungeheuer machtvoller Verbündeter."

Deran ließ seufzend sein Haupt sinken. Auf Meatrils fragenden Blick hin bemühte sich Targ um eine Erklärung: „Eigentlich wollten wir erst nach Hause zurückkehren, wenn wir unserem Vater die schmerzliche Nachricht über den Tod seines jüngsten Sohnes ein wenig erträglicher machen können, indem wir ihm gleichzeitig den Kopf seines Mörders überbringen. Aber das scheint wohl momentan nicht möglich zu sein." Er holte tief Luft. „Nun gut, vielleicht macht uns auch die Enthüllung, dass vom König bezahlte Meuchler für den Tod eines Soldarin verantwortlich sind, den Fürsten eher gewogen. Außerdem habe ich geschworen, alles zu tun, um Techel zu stürzen, also bin ich einverstanden, auch ohne Megas' Kopf nach Hause zu fahren. Und du, Bruder?"

„Vater wird das nicht gut aufnehmen", brummte Deran. „Wir waren für Estol verantwortlich und er ist – war – Vaters

Liebling.“ Langsam hob er den Kopf. In seinem Gesicht zeichnete sich ein tiefer Schmerz ab, wie man ihn bei einem eher grobschlächtig wirkenden Menschen wie Deran nicht vermutet hätte. „Aber irgendwann müssen wir Vater ohnehin gegenübertreten, denn besser er erfährt es aus unserem Mund als durch einen Brief oder einen Boten.“ Er nickte schwermütig. „Wohlan, gehen wir heim.“

Betroffenes Schweigen erfüllte für einen Moment den Raum, bis schließlich Tarana in deutlich sanfterem Ton als zuvor einen weiteren Vorschlag unterbreitete: „Ich bin zwar noch immer nicht begeistert von diesen ganzen Kriegsplänen, aber da es so aussieht, als ließen sich Kämpfe gar nicht mehr vermeiden, will auch ich meinen Beitrag leisten. König Techel muss auf dem Landweg durch die Istaebene ziehen und dort könnte sein Heer von den Istanoit zumindest ausgekundschaftet werden. Ich kann zwar nichts versprechen, aber vielleicht ist es mir möglich, die Stämme der Istanoit als Späher oder sogar für eine noch tatkräftigere Unterstützung zu gewinnen. Immerhin ist es nicht ausgeschlossen, dass Techel uns plötzlich auch für tributpflichtig erklärt, wenn er schon mal hier ist. Das hat er nämlich schon früher versucht. Nur konnte er seine Forderungen bisher niemals durchsetzen, weil der Aufwand, ein ganzes Heer zu entsenden, um uns in der weiten Ebene aufzuspüren und Zahlungen zu erzwingen, sich nicht gelohnt hätte. Das könnte sich aber rasch ändern, wenn seine Armee sozusagen gleich nebenan in Fendland lagert. Auch ich werde daher in die Heimat zurückkehren“, sie schluckte schwer, „zudem habe auch ich eine ähnlich unerfreuliche Nachricht zu überbringen wie Targ und Deran.“

Beide Soldarin nickten verständnisvoll, während Daia neben ihre Freundin trat und ihr sanft die Hand auf die Schulter legte. „Du solltest nicht allein gehen, Tarana“, sagte Daia schüchtern. „Lass mich dich begleiten.“

Tarana sah überrascht auf, doch es war Meatril, der als Erster einen Einwand vorbrachte: „Wir sind dir alle dankbar für dieses selbstlose Angebot, Tarana, aber es wird doch sicherlich nicht notwendig sein, dass Daia dich begleitet.“ Er tauschte einen flüchtigen Blick mit seiner Verlobten. „Ich meine, du bist doch eher die Stadt gewöhnt, Daia, und es kann ziemlich beschwerlich werden, den ganzen Tag im Sattel durch die Steppe zu reiten.“

Ein zorniges Rot erschien nach dieser Bemerkung auf Daias Wangen. „Willst du damit sagen, dass ich Tarana eher eine Last als eine Hilfe wäre auf ihrer Reise?“

Meatril, dem die Situation sichtlich unangenehm war, machte eine beschwichtigende Geste. „Das müssen wir ja nicht hier besprechen, Daia. Lass uns das später klären.“

„Wieso?“, fragte sie giftig. „Du hast doch schon allen zu verstehen gegeben, dass du mich für unfähig und nutzlos hältst. Nun können sie auch noch den Rest hören.“

Es kam nicht häufig vor, dass Meatril keinen Rat mehr wusste, aber nun war es so weit. Hilflos zuckte er die Schultern. „Das habe ich doch gar nicht gemeint“, murmelte er, wobei seinen Worten die übliche Überzeugungskraft fehlte.

In diesem Moment erhob sich Tarana ein wenig schwankend. „Wenn ich euch kurz unterbrechen darf“, sie schluckte und sprach dann eilig weiter. „Daia, ich glaube, du wärst eine gute Begleiterin, also kannst du gerne mit mir reiten. Meatril macht sich nur Sorgen um dich, sei ihm nicht böse deswegen.“ Tarana hielt sich die Hand vor den Mund. „Entschuldigt mich jetzt bitte.“ Sie hastete zur Tür und verschwand aus dem Versammlungsraum.

Die Zurückgebliebenen sahen ihr verwundert nach.

„Ich denke, ich weiß jetzt, was sie hat“, ließ sich Arden vernehmen. „Sie ist in anderen Umständen, richtig? Sie erwartet ein Kind. Aber von wem?“ Er wandte sich an Daia. „Ihr scheint doch neuerdings viel Umgang miteinander zu haben, seid sogar richtige Freundinnen geworden. Wenn ihr unter euch seid, dann gibt es bestimmt keine Geheimnisse und jeder Fehltritt wird gebeichtet.“ Arden lächelte bedeutungsvoll.

Daia errötete von Neuem, diesmal allerdings nicht aus Wut, sondern wegen Ardens Anspielung auf ihre gemeinsame Nacht, in der sie ihren Verlobten Meatril mit dem betörenden Erenor betrogen hatte. Sie forschte ängstlich in Meatrils Gesicht nach einer entsprechenden Reaktion, doch glücklicherweise schien dieser den zweideutigen Hinweis nicht verstanden zu haben. Daia blinzelte ein paarmal und begann, an einer Locke ihres langen blonden Haars herumzunesteln, wie sie es häufig tat, wenn sie unsicher war.

Schließlich kam ihr Eringar zu Hilfe: „Arton ist der Vater“, verkündete er knapp.

„Arton!“, wiederholte Arden ungläubig.

„Das ist doch eine wundervolle Schicksalsfügung“, platzte Targ heraus. „So kann Arton in seinem Kind weiterleben und hat uns nicht völlig verlassen!“

Die anderen nickten alle zustimmend, nur Arden schien aus irgendeinem Grund wenig erbaut über diese Nachricht. „Wer hätte das gedacht“, murmelte er wie zu sich selbst.

Als Arden jedoch der fragenden Blicke seiner Gefährten gewahr wurde, verzog er seinen Mund wieder zu seinem ansteckenden Siegerlächeln. „In der Tat, eine großartige Neuigkeit! Wenngleich es auch ein eigenartiger Gedanke ist, dass ich Onkel werde.“ Er schüttelte belustigt den Kopf. „Wie dem auch sei, ich finde, dass dieser erste Königsrat ein großer Erfolg war. Wir können auf Unterstützung von Nordantheon und den Istanoit hoffen, wir werden unsere Geldnöte mit der Königssteuer aus der Welt schaffen und ich habe feststellen dürfen, dass ich mit den besten Beratern gesegnet bin, die sich ein angehender König nur wünschen kann." Er erhob sich, kam hinter seinem Schreibtisch hervor und klopfte Meatril freundschaftlich auf die Schulter. „So wie du die Dinge im Griff hast, brauche ich mich ja um fast nichts mehr kümmern. Ich weiß eben, dass ich mich auf dich verlassen kann, Meatril, so wie auf euch alle. Aber jetzt sind genug große Reden geschwungen worden, ich hätte Lust, ein bisschen auf die Jagd zu gehen. Wer will mitkommen?"

Obwohl sich durchaus nicht alle Ecorimkämpfer besonders begeistert zeigten, die angesichts der heraufziehenden Ereignisse knapp bemessene Zeit mit solcherlei Müßiggang zuzubringen, gelang es Arden nach einer Weile, doch beinahe jeden zu überzeugen. Zurück blieben letztlich nur die beiden Kriegerinnen. Tarana wurde erneut von ihrem nervösen Magen gepeinigt, während Daia Arden nach seiner taktlosen Anspielung auf ihre kurze gemeinsame Liebelei heute unbedingt meiden wollte. Auf den Rest der Ecorimkämpfer, selbst auf den durchaus kritischen Eringar, schien Arden eine Wirkung auszuüben wie schwerer Wein: Sie konnten nicht von ihm lassen, auch wenn er auf die Dauer nicht gut für sie war.

Ins Herz des Berges

Arton, Kawrin und Barat erreichten die Talsenke, wo der Eingang zum Bergwerk lag, als die Sonne gerade aus dem Morgennebel kletterte, der träge über den Wipfeln der Bäume hing. Die Strahlen des himmlischen Auges waren eine Wohltat nach den vergangenen tristen Regentagen. Dennoch stand es um die Stimmung der drei nicht zum Besten, weil sie alle einen anstrengenden Nachtmarsch hinter sich hatten und ihre hastig zusammengesuchten Vorräte bereits verspeist waren. Nun plagten Barat ebenso wie Kawrin Hunger und Erschöpfung, während Arton die kleine Gruppe ohne jegliche Ermüdungserscheinungen beständig vorwärtstrieb. Da der junge Erenor es zum wiederholten Male nicht für nötig befunden hatte, die beiden anderen in seine Entscheidungen mit einzubeziehen oder irgendwelche Erklärungen abzugeben, hatte er sich vor allem Kawrins Groll aufs Neue zugezogen. Der ehemalige Meuchler hasste es, sich Autoritäten unterordnen zu müssen. Wenn ihm schon Gehorsam abverlangt wurde, dann wollte er wenigstens eine vernünftige Begründung dafür haben. Aber Arton hatte weder zu Ferrags wundersamem Erwachen noch zu dessen plötzlich so bereitwilliger Geständigkeit ein erläuterndes Wort verloren. Ebenso wenig hatte er einen guten Grund angeführt, warum sie Ferrags Hinweis auf das Bergwerk Glauben schenken sollten. Lediglich auf die Frage, weshalb sie nicht ein paar Männer mehr mitnähmen, hatte Arton irgendetwas gemurmelt, dass sie Nessalion doch wohl alleine überwältigen könnten und sie zu dritt schneller wären. Das mochte zwar der Wahrheit entsprechen, jedoch hätte ein wenig mehr Vorbereitung auf diese Wanderung verhindern können, dass sie nun ohne einen Bissen zu essen durch die Landschaft stapften. Wenigstens hatten sie neben ihren Waffen auch noch ein paar Fackeln aus Ferrags Haus mitgenommen, die sich bei ihrer nächtlichen Wanderung bereits bestens bewährt hatten.

Als sie sich schließlich der Eingangsspalte des Bergwerks näherten, fiel allen der fehlende Förderkorb auf. Kawrin musste sich daraufhin zähneknirschend eingestehen, dass dies wohl die Aussage Ferrags bestätigte, Nessalion habe Rai in die Mine gebracht. Folglich hatte Arton ein weiteres Mal recht behalten, was ihn für Kawrin allerdings nicht sympathischer machte.

„Da hat uns die alte Zecke Ferrag doch tatsächlich die Wahrheit gesagt", brummte Barat halb zu sich selbst. „Offensichtlich hat sich jemand mit dem Korb in die Mine abgeseilt." Mittlerweile standen alle am Rand des Spaltes und folgten mit den Augen dem Zugseil der Gondel, das von der Schwärze des Abgrunds verschluckt wurde.

„Dass jemand, der schon einmal da unten war, freiwillig wieder dorthin zurückkehrt, erscheint mir vollkommen absurd", bemerkte Kawrin. „Mal davon abgesehen, dass ich diesen Ort noch nicht einmal im Traum wieder besuchen würde, sind doch auch immer noch die Xeliten dort unten."

Barat schlug sich gegen die Stirn. „Bei den Göttern, du hast recht! Diese Verrückten wollten ja nach der Befreiung nicht aus der Mine gebracht werden, haben irgendetwas von heiligen Hallen und verbotenem Sonnenlicht gefaselt. Aber die müssen doch schon fast verhungert sein, denn außer den Vorräten, die wir in der Tauschkammer zurückgelassen haben, stehen ihnen keinerlei Nahrung und wahrscheinlich auch nur wenig Wasser zur Verfügung."

„Tja", erwiderte Kawrin unwillig, „trotzdem kann es gut sein, dass wir uns mit ihnen auseinandersetzen müssen, wenn wir Rai finden wollen. Da wäre es vielleicht doch ganz hilfreich gewesen, wenn wir ein wenig mehr Männer mitgenommen hätten." Er sah mit finsterer Miene in Artons Richtung, aber der Krieger würdigte weder Kawrins Bemerkung noch dessen bösen Blick mit irgendeiner Reaktion.

„Wenn wir uns Tücher um die Hände binden, können wir uns an dem Seil nach unten lassen", sagte Arton stattdessen.

„Und wie kommen wir dann wieder hoch?", fragte Barat skeptisch. „Ich habe wahrlich keine Lust, noch einmal durch den unterirdischen Flusslauf zu tauchen."

„Wir können am Seil auch wieder heraufklettern", antwortete Kawrin.

„Das ist nicht dein Ernst!", rief Barat bestürzt. „Das sind doch mindestens sechzig Schritt! Das schafft ihr jungen Hüpfer vielleicht und auch nur dann, wenn ihr vollkommen schwindelfrei seid und klettern könnt wie eine Baumkatze. Aber in meinem betagten Alter hievt man sich nicht eben mal sechzig Schritt weit senkrecht in die Höhe – das kannst du vergessen!"

„Es muss ohnehin jemand Verstärkung holen", erwiderte Arton unvermittelt.

Bei diesen Worten konnte Kawrin seine Überraschung nicht verbergen. Hatte ihm Arton etwa, wenn auch indirekt, recht gegeben?

„Wenn wir uns dort unten mit einer unbestimmte Zahl Xeliten herumschlagen müssen", fuhr Arton fort, ohne Kawrin zu beachten, „dann kann es leicht sein, dass einer von uns oder auch Rai verletzt wird. Dann werden wir das Seil nicht mehr erklimmen können, daher brauchen wir genügend Leute hier oben, um die Winde zu bedienen. Acht sollten ausreichend sein. Barat, es wird deine Aufgabe sein, diese acht dort drüben aus der Schmiedesiedlung zu holen und sie hier an der Winde zu versammeln, damit sie den Korb im Notfall heben können. Wenn sie dir Schwierigkeiten machen, sag ihnen einfach, ich würde sie für ihre Weigerung persönlich zur Verantwortung ziehen. Einen weiteren schickst du als Boten in die Stadt, um einen Trupp Arbeiter als bewaffnete Unterstützung anzufordern. Inzwischen seile ich mich mit Kawrin in die Mine ab."

Barat lag ein sarkastisches „Jawoll, mein Kommandant" auf der Zunge, aber er schluckte die Bemerkung unausgesprochen hinunter. Auch ihm missfiel es, dass sich Arton nicht damit aufhielt, Vorschläge zu unterbreiten, sondern direkt Befehle erteilte, aber das musste er wohl oder übel stillschweigend akzeptieren, schließlich waren alle Entscheidungen des Kriegers gut durchdacht und hatten sich bisher stets als richtig erwiesen. Außerdem war er zutiefst erleichtert, dass es ihm auf diese Weise erspart blieb, ein weiteres Mal in das Minenverlies hinabsteigen zu müssen.

„Von mir aus können wir es so machen", antwortete er daher. „Kawrin? Bist du einverstanden?"

Kawrin nickte entschlossener, als er tatsächlich war. Zwar würde er bewaffnet und leidlich vorbereitet in das Bergwerk zurückkehren, aber er hatte auch nicht vergessen, dass sein letzter, unfreiwilliger Aufenthalt in diesem grauenhaften Felsenloch nur dank Bajulas unverhoffter Gnade zu einem glücklichen Ende gekommen war. Damals hatte die Mine über ihn triumphiert, ihm jeden Lebenswillen geraubt, bis er letztendlich nicht einmal mehr vor Selbstmord zurückgeschreckt war, um die endlose Marter seiner Gefangenschaft zu beenden. Er musste nun einfach auf Bajula vertrauen, dann würde sich eine solch vollkommene Niederlage nicht wiederholen, dachte er. Jetzt hatte er die Gelegenheit, sich selbst und seiner Göttin zu beweisen, dass er in der Lage war, den Ort seines Scheiterns erneut zu betreten und ihn aus eigener Kraft wieder zu verlassen, ohne dass er sich von seiner Furcht überrollen ließ.

Rai wusste nicht, wie weit sie mittlerweile ins Herz des Berges vorgedrungen waren, aber er glaubte, dass das Niveau der zweiten Westsohle, wo er mit Barat Rötel geschlagen hatte, schon längst unterschritten war. Möglicherweise befanden sie sich jetzt etwa auf Höhe des unterirdischen Flusses, der aus dem Bergwerk ins Freie führte, vielleicht waren sie aber auch schon viel tiefer. Jedenfalls hatte der Stollen, dem sie bislang gefolgt waren, unablässig abwärtsgeführt. Seitlich zweigten immer wieder mehr oder weniger große Querschläge ab, aber der Hauptgang bohrte sich fast ohne Biegung beständig weiter durch den schwarzen Stein, ohne dass ein Ende abzusehen war. Bei dieser eintönigen Strecke fiel es Rai schwer, abzuschätzen, wie weit sie schon gegangen waren, allerdings gab es ein deutliches Zeichen, dass sie stetig vorwärtskamen: Mit zunehmender Tiefe wurde es merklich wärmer. Dies empfand Rai durchaus nicht als unangenehm, im Gegenteil. Wenn er an seine kalten Nächte in der Westsohle dachte, überkam ihn fast ein Gefühl von Neid, dass man hier in den Oststollen durch solch komfortable Temperaturen verwöhnt worden war. Indes war es für harte körperliche Anstrengungen schon beinahe wieder zu warm und aufgrund des forschen Marschtempos, das die Xeliten vorlegten, bildeten sich bereits die ersten Schweißperlen auf seiner Stirn. Ein rückwärtsgerichteter Blick über die

Schulter verriet ihm, dass Nessalion immer noch in starrer Teilnahmslosigkeit hinter ihm hergeführt wurde.

Nach einer geraumen Weile erreichten sie endlich das Ende des Stollens. Dort musste Rai allerdings feststellen, dass dies keineswegs das Ziel ihres Marsches durch die Mine war, sondern es durch einen Blindschacht nur noch weiter in die Tiefe ging. Als der kleine Tileter am Rande der senkrecht nach unten verlaufenden Röhre stand, erfasste ihn ein ungeahntes Schwindelgefühl. Auf mindestens einem halben Dutzend Leitern, die jeweils auf kleinen Absätzen innerhalb des Schachts abgestellt waren, ging es gut dreißig Schritt in die Tiefe. Unter normalen Umständen wäre Rai das gesamte Ausmaß dieses nach unten führenden Verbindungstunnels erspart geblieben, hätten die Xeliten, welche bereits vor ihm über die Leitersprossen hinabgestiegen waren, nicht mit ihren Fackeln für eine mehr als hinlängliche Beleuchtung gesorgt. Schließlich zwang Rai sich, mit zitternden Knien auf die erste Leiterstufe zu steigen.

Es stellte wahrlich eine Tortur dar, diesen wackeligen Klettersteig hinter sich zu bringen, denn wenn nur einer in dem Schacht den Halt verlor, konnte er alle unter sich mitreißen. Außerdem behagte es Rai ganz und gar nicht, so weit ins Innere des Berges vorzustoßen, da ihn einerseits die unermessliche Gesteinslast über seinem Kopf mit einem beklemmenden Gefühl erfüllte und sie andererseits möglicherweise bald auf ein paar Geister der Zwischenwelt treffen würden, wenn der Abstieg noch lang währte. Wie man erzählte, begann diese Welt irgendwo tief unter der Oberfläche zwischen dem Reich der Lebenden und den Hallen der Verstorbenen. Die Seelen aller Toten mussten diese Zwischenwelt durchqueren, um das Feuer des Xelos zu erreichen. Die Zwischenwelt wurde nicht nur von den Geistern derjenigen bevölkert, denen es aufgrund der Schwere ihrer Verfehlungen versagt war, die reinigenden Flammen am Eingang des Totenreichs zu durchschreiten, sondern bildete auch ein Gefängnis für allerlei Dämonen, die stets auf der Suche nach einem Fluchtweg aus der Zwischenwelt waren. Deshalb versuchte auch so mancher, den Umgang mit Bergleuten zu vermeiden, besonders mit solchen, die allzu gierig in der Tiefe nach den Reichtümern der Erde gruben und der Zwischenwelt gefährlich nahe kamen. Schließlich war es immer möglich, dass ein Dämon vom Körper eines Bergmannes Besitz ergriff, um aus der Zwischenwelt an die Oberfläche zu gelangen. Natürlich waren dies bloß Geschichten, die Rai irgendwo auf den Märkten und in den Schenken Tilets aufgeschnappt hatte, aber dennoch bereitete ihm diese Vorstellung erhebliches Unbehagen. Als sie endlich den Blindschacht hinter sich gelassen hatten und einem weiteren abwärtsführenden Gang folgten, spähte der junge Tileter daher besonders sorgfältig in jeden abzweigenden Querschlag oder anderen dunklen Winkel, damit ihm auch ja nichts Bedrohliches entging.

Aber die gefürchteten Wesen aus der Zwischenwelt blieben unsichtbar, stattdessen wurde der Gang, der unentwegt weiter abfiel, plötzlich so niedrig, dass selbst der klein gewachsene Rai den Kopf einziehen musste. Anders als bisher fühlten sich die Wände hier roh und scharfkantig an, so, als wäre der Stollen erst kürzlich durch den Fels getrieben und die Bruchkanten noch nicht durch das häufige Passieren von Arbeitern stumpf geschliffen worden. Ihr Fortkommen verlangsamte sich nun ganz erheblich, wobei die gebückte Haltung und die weiter zunehmende Hitze allen in der Gruppe den Schweiß aus den Poren trieb.

Unvermittelt mündete der Tunnel in eine kleine, spindelförmig nach oben zulaufende Höhle, aus deren Wänden bizarre, steinerne Auswüchse hervorragten. Im Licht der Fackeln warfen diese sonderbar geformten Felsen zackige Schatten an die Wände, in denen Rai sämtliche Geister der Unterwelt zu erkennen glaubte. Um seine Furcht nicht überhandnehmen zu lassen, heftete er seinen Blick stur auf den Rücken des vor ihm gehenden Xeliten und versuchte, die zuckenden Schattenwesen zu beiden Seiten zu ignorieren. Sie passierten einen weiteren gemeißelten Verbindungsgang, bis sie schließlich in eine größere Höhle gelangten, deren Aussehen der ersten glich. Die Hitze war hier so drückend, dass eine kurze Pause eingelegt wurde und sich mehrere der Xeliten ihrer Oberkleider entledigten. Unter ihren verhüllenden Kapuzenmänteln kamen jene flammenförmigen Brandmale auf Oberkörper, Gesicht und ihren weitgehend kahl rasierten Schädeln zum Vorschein, die Rai schon bei seiner ersten Auseinandersetzung mit dem Xelitenanführer aufgefallen waren. Allerdings bedeckten die eingebrannten Symbole die Haut bei niemandem so lückenlos wie bei dem obersten Xelosjünger. Außerdem fiel Rai bei dieser Gelegenheit auf, dass der Anführer mit seinen geschätzten vierzig Jahren offenbar bei Weitem der Älteste in der Gruppe war, während wohl keiner seiner Glaubensbrüder bereits das zwanzigste Lebensjahr erreicht hatte.

Einige der Xeliten traten nun unter die herabhängenden Felsnasen, öffneten den Mund und warteten geduldig, bis ihnen ein paar spärliche Wassertropfen in den Mund liefen. Offenbar fand das Oberflächenwasser selbst bis in diese Tiefe seinen Weg durchs Gestein, wenngleich es auch nicht viel war, was hier unten ankam.

Als Rai sich zaghaft in der gewaltigen, zerklüfteten Höhle umsah, fiel ihm ein weiteres Mal ein Schatten an der über ihnen liegenden Decke auf, der sich eigenartig zu bewegen schien. Natürlich wusste Rai, dass Angst selbst den harmlosesten Schattenfleck zum Leben erwecken konnte, aber diese dunkle Form zuckte nicht wie die anderen im Rhythmus der Fackelflammen hin und her, sondern sie schien zielstrebig von der rechten Seite der Höhlendecke zur linken hinüberzuwandern. Dabei wechselte der Schatten zwischen schneller Fortbewegung und regungslosem Abwarten, so, als würde er in der Deckung der Felszacken verharren, bis er einen weiteren Streckenabschnitt zurückzulegen wagte. Rai vermochte seine Augen nicht von diesem mysteriösen Etwas zu lösen. Hatte nun doch ein Dämon ihre Fährte aufgenommen und wollte sich in einem unachtsamen Moment eines ihrer Körper bemächtigen? Aber diese Xeliten waren doch eindeutig schon öfter hier gewesen, warum waren sie dann nicht mehr auf der Hut?

In diesem Moment kehrte einer der Xelosanhänger, der seinen Durst notdürftig an den tropfenden Steinen gestillt hatte, zur Gruppe zurück und der Schein seiner Fackel streifte das Wesen, das Rai über ihren Köpfen ausgemacht zu haben glaubte. Was sich dem jungen Tileter dabei enthüllte, jagte ihm trotz der Hitze einen kalten Schauer über die Haut: Mindestens acht lange, behaarte Beine waren erkennbar. Und zwar an einem zweigliedrigen Körper, bestehend aus einem fahlen weißlichen Hinterleib so groß wie ein Kürbis und einem schmalen Vorderleib mit einer unüberschaubaren Zahl von glänzenden dunklen Augen und zwei furchterregenden Greifklauen im Bereich des Mundes. Für einen Moment vergaß Rai, zu atmen. Sein Magen rebellierte, seine Nackenhaare stellten sich auf und seine Augen schienen aus ihren Höhlen springen zu wollen. Eine Spinne – so groß wie ein Hund! Und keiner der Umstehenden schien etwas zu bemerken!

„Da … da … oben ist …“, versuchte Rai, den nächstbesten Xeliten zu warnen.

„Wenn wir in die nächste Höhle kommen, dann atme möglichst wenig, und wenn du schon Luft holen musst, dann nur durch den Stoff deines Hemdes“, befahl dieser, ohne sich um Rais Gestotter zu kümmern. „Wir passieren nun Xelos' Schlot, die Atemluft ist dort von giftigen Dämpfen erfüllt.“

Ohne dass Rai die Gelegenheit zu einer weiteren Bemerkung bekam, setzte sich die kleine Gruppe wieder in Bewegung. Rai versuchte, nicht weiter an dieses grauenvolle Spinnenwesen über seinem Kopf zu denken, sondern zwang sich stattdessen, sich mit aller Macht auf den dunklen Weg vor ihm zu konzentrieren. Die Höhle hatte wahrlich gewaltige Ausmaße, sodass es eine kleine Ewigkeit dauerte, bis sie endlich ihr Ende erreichten. Dort sah es beinahe so aus, als wären sie in eine Sackgasse geraten, denn es war kein weiterer Tunnel auszumachen, dem sie hätten folgen können. Doch bald wurde deutlich, dass es nun bäuchlings weitergehen würde, denn die Xeliten verschwanden kriechend der Reihe nach in einem engen, schräg nach unten führenden Spalt. Notgedrungen tat Rai es ihnen gleich, robbte auf allen vieren eine kurze Strecke abwärts und folgte dann einem Knick, der ihn wieder bergauf führte.

Als er sich so keuchend über die scharfkantigen Felsen arbeitete, stach ihn urplötzlich etwas in die Nase. Erschrocken wischte er sich mit der Hand übers Gesicht. Die Spinne!, dachte er panisch. Bei seinem nächsten Atemzug wurde ihm jedoch klar, was den Stich in seiner Nasenhöhle verursacht hatte. Ein beißender Gestank fuhr wie eine Nadelspitze bis in seine Lungen und hinterließ eine leichte Benommenheit in seinem Kopf. Es stank wie eine ganze Wagenladung voll fauler Eier. Das mussten die giftigen Dämpfe sein, von denen der Xelit vorhin gesprochen hatte. Hustend zog er das Hemd übers Gesicht und versuchte, nur noch so wenig und flach wie möglich zu atmen. Schließlich zwängte er sich auf der anderen Seite des Spalts wieder heraus und stand unvermittelt in einer weiteren Höhle, die von der Größe her der letzten kaum nachstand. Im Licht der Fackeln bot sich Rai nun allerdings ein Anblick, der ihn alles andere vergessen ließ. Die Wände der Höhle erfüllte krabbelndes Leben. Beindicke bleiche Tausendfüßler liefen geschäftig zwischen den Felszacken hin und her und machten mit ihren kräftigen Kieferzangen Jagd auf kleine grillenartige Insekten. Doch die Höhlendecke wurde nicht nur von diesen riesigen Tausendfüßlern und ihrer Beute, sondern von noch weit mehr Lebewesen bevölkert, deren Vielgestaltigkeit Rais Vorstellungskraft bei Weitem übertraf. Es gab hüpfende, kriechende, sich schlängelnde Wesen in allen Formen und Größen, Kreaturen, die an Krabben, Skorpione und Asseln erinnerten, und Abermillionen Winzlinge, die man nur aufgrund ihrer gewaltigen Zahl überhaupt ausmachen konnte. Einzig Spinnen wie in der Höhle zuvor waren hier zu Rais großer Erleichterung nicht auszumachen, sodass er zumindest von diesem Übel befreit zu sein schien.

Den Fels überzog eine graubraune, schleimig wirkende Schicht, die zum Teil auch in großen Fransen von der Decke hing. Anscheinend bildete dieser Bewuchs eine Art Grundlage, auf der all das wuselnde Leben in der Höhle gedeihen konnte. Das Ganze vermittelte den Eindruck eines merkwürdig farblosen Urwaldes, der aus unerfindlichen Gründen in dieser lichtlosen Tiefe entstanden war und eine Vielzahl von skurrilen Lebensformen beherbergte.

Durch das ungeduldige Stoßen seines Bewachers wurde Rai in seinem fassungslosen Staunen unterbrochen. Auch der Xelit atmete nur durch sein Hemd, das er in der vorigen Höhle abgelegt hatte und nun mit der Hand vors Gesicht gepresst hielt.

„Geh weiter", rief er, wobei der Stoff vor dem Mund seine Stimme dumpf klingen ließ, „wenn wir zu lange hierbleiben, werden uns die Dämpfe töten. Diese Kreaturen können hier leben, wir nicht."

Rai tat, wie ihm geheißen, und stolperte vorwärts, wobei er seinen Blick nicht von dem gespenstischen Leben in der Höhle abwenden konnte. Bald begriff er, warum dieser Ort zu der Bezeichnung „Xelos' Schlot" gekommen war. Über ihren Köpfen führten nämlich immer wieder lange Röhren nach oben durch den dunklen Fels, die unweigerlich an das Innere eines großen Kamins erinnerten. Dadurch konnte ein Großteil der Dämpfe in höher gelegene Höhlenteile entweichen und vermutlich allein dadurch wurde dieser Bereich überhaupt für Menschen passierbar. Erst als Rai noch ein wenig weitergegangen war, bemerkte er, dass ihr Weg zu beiden Seiten von dampfenden Tümpeln gesäumt wurde, deren Ränder im Fackellicht in beinahe allen Farben des Regenbogens leuchteten. Aus diesen kristallklaren Wasserlöchern stiegen ohne Unterlass dicke Blasen empor, die eine Weile an der Oberfläche trieben, bevor sie dann geräuschvoll zerplatzten. Das schmatzende Blubbern, das die Höhle dadurch erfüllte, erinnerte fast an eine kochende Suppe in der Küche des Hauses Scherwingen, wo Rai eine Weile ausgeholfen hatte. Allerdings wollte der stechende Geruch nicht so recht dazu passen, der ihm die Sinne vernebelte und mittlerweile ein schmerzhaftes Pochen in seinem Schädel ausgelöst hatte. Diese immer stärker werdenden Kopfschmerzen kündeten bereits davon, was geschehen würde, wenn er sich hier noch länger aufhielt.

Glücklicherweise war recht bald ein weiterer schmaler Spalt erreicht, der steil abwärts aus dieser wimmelnden Brutstätte hinausführte. Dankbar registrierte Rai, dass schon wenige Schritte nach Verlassen der Höhle der Gestank auf ein erträgliches Maß zurückging und auch keine krabbelnden Monstrositäten mehr an der Decke hingen. Schließlich kamen sie an eine Gabelung. Linker Hand führte ein weiterer Gang waagrecht in die Dunkelheit, rechts verlief die Strecke weiter abfallend und leicht gebogen, sodass man auch im Licht der Fackeln nicht besonders weit sehen konnte. Als jedoch die meisten Xeliten bereits in dem linken Tunnel verschwunden waren und die Helligkeit ihrer Fackeln weitgehend mit sich genommen hatten, konnte Rai einen schwachen goldenen Schimmer wahrnehmen, der die Wände dieses Ganges überzog. Zunächst sah es so aus, als würde der Fels selbst leuchten, doch dann begriff Rai, dass er auf den Tunnelwänden den Widerschein einer hellen Lichtquelle erblickte, die irgendwo in dem Teil des Ganges sein musste, den er von seiner Position aus nicht einsehen konnte. Beim Anblick dieses warmen Glimmens musste Rai unwillkürlich an das Glühen eines Kohlefeuers denken und der heiße Lufthauch, der ihm aus dieser Felsröhre entgegenwehte, unterstrich noch diesen Eindruck. Rührten diese Hitze und der Lichtschein vielleicht am Ende von Xelos' ewigem Feuer her? Hatten die Xeliten etwa das Tor zu den Hallen der Toten gefunden? Waren sie bereits so tief?

Aber er bekam keine Gelegenheit, dieser ungeheuerlichen Vermutung nachzugehen, denn seine Bewacher drängten ihn in den linken Gangabschnitt, in dessen Schutz sich die Hitze wieder auf ein erträgliches Maß reduzierte. Nach kurzer Wegstrecke öffnete sich der Gang zu einer weiteren Höhle, die von den widerhallenden Stimmen einiger Menschen erfüllt war. Rai konnte erkennen, dass sie offenbar auf eine zweite Gruppe von Xelosanhängern getroffen waren, mit denen der Anführer gerade sprach. Dabei deutete dieser immer wieder auf die beiden Gefangenen und hob einige Male beschwörend seinen brennenden Stab in die Höhe, so als wolle er seinen Zuhörern damit Respekt einflößen. Schließlich kam er entschlossenen Schrittes auf Rai und Nessalion zu.

„Werft sie solange ins Loch", befahl er ihren Bewachern, „dort werden sie bleiben, bis das Ritual für die Opferung vorbereitet ist."

Ohne das geringste Zögern wurden die beiden Gefangenen von den vier Xeliten durch einen kurzen Verbindungstunnel aus dieser Höhle in die nächste gebracht, die sich weit hinein in den Fels erstreckte. Die Wände wiesen hier zahlreiche Risse und Vertiefungen auf, die an die Oberfläche eines Schwammes erinnerten. Vor einer dieser Spalten, die gerade mannshoch und nicht einmal halb so breit war, machten ihre vier Bewacher halt. Mit knappen Gesten gaben sie ihnen zu verstehen, dass sie sich in diesen engen Zwischenraum hineinzwängen sollten. Nachdem sich Rai und Nessalion ohne Widerstand gefügt hatten, verschlossen die Xeliten das Gefängnis durch einen schweren Felsen, den sie mit vereinten Kräften vor den Eingang wälzten. Daraufhin entfernten sich die Xelosdiener und mit ihnen entschwand auch das letzte bisschen Licht.

Rai war todmüde. Trotzdem zwang er sich, ihre Felsenzelle auf eine eventuelle Fluchtmöglichkeit hin zu überprüfen. Wie er bereits vermutet hatte, war der Stein, der den Spalt verschloss, so schwer, dass er ihn wahrscheinlich nicht einmal mit Nessalions Hilfe hätte bewegen können, selbst wenn sich sein Mitgefangener aus seiner stummen Gleichgültigkeit gelöst hätte. Die größte Lücke war gerade einmal eine Hand breit, was selbst für den schmalen Tileter nicht ausreichte, um hindurchzuschlüpfen. Rai gab seine Hoffnung auf. Eigentlich hätte jetzt von Neuem eine Welle der Angst über ihn hinwegrollen müssen, besonders nachdem der Anführer der Xeliten zuvor von der Vorbereitung einer „Opferung" gesprochen hatte, aber Rais Erschöpfung verhinderte dies. Statt sich von Verzweiflung und Furcht übermannen zu lassen, kauerte er sich einfach, mit dem Rücken an die Höhlenwand gepresst, auf den warmen Steinboden und gab sich dem gnädigen Vergessen des Schlafes hin.

Arton hielt einen groben Sack in Händen, den man durch das Zusammenziehen einer eingenähten Kordel verschließen konnte und dessen Boden aufgeschlitzt worden war. Nachdenklich besah er sich das unscheinbare Fundstück, bis schließlich Kawrin mit einer brennenden Fackel in der Hand vor ihn trat und niedergeschlagen verkündete: „Ich habe keine weiteren Spuren finden können, sie könnten überallhin gegangen sein."

Arton schwieg und starrte weiter auf das Jutegeflecht in seiner Hand.

„Ich schlage vor, dass wir die einzelnen Stollen der Reihe nach absuchen", fügte Kawrin ungeduldig hinzu. „Fangen wir in der Westsohle an, da kenne ich mich am besten aus und außerdem können wir hoffen, dass wir dort nicht auf Xeliten treffen."

Der Krieger machte immer noch keine Anstalten, sich zu bewegen.

„Also was ist nun", erkundigte sich Kawrin zunehmend ungehalten, „stehen wir hier noch eine Weile herum oder suchen wir nach Rai?"

Langsam, aber entschieden schüttelte Arton endlich den Kopf. „Wir sollten nicht mit der Westsohle beginnen", sagte er bedächtig. „Wir müssen in die Oststollen." Damit ließ er den Sack zu Boden gleiten und ging in die besagte Richtung los.

Doch nun konnte sich Kawrin nicht mehr beherrschen. „Wieso zum Henker glaubst du eigentlich, dass du solche Entscheidungen allein treffen kannst?", rief er dem wortkargen Kämpfer so laut zu, dass seine Stimme von den Höhlenwänden zurückhallte. „Die Osttunnel sind schon immer in der Hand der Xeliten gewesen, da ist es für uns am Gefährlichsten! Es gibt hingegen keinen guten Grund, warum wir Rai nicht in der Westsohle suchen sollten, außer dass es mein Vorschlag war und nicht deiner. Musst du denn wirklich immer allen deinen Willen aufzwingen? Ich habe das so was von satt!"

Arton blieb stehen und wandte sich nach dem erzürnten Kawrin um, woraufhin dieser unwillkürlich einen Schritt zurückwich. Der verächtliche Blick des Kämpfers machte mehr als deutlich, dass er diesen Ausbruch seines Begleiters bestenfalls als zeitraubenden Unsinn betrachtete. Dennoch rang er sich zu einigen erklärenden Worten durch:

„Wenn du den Sack genauer betrachtet hättest, dann wären dir die Blutspuren an der Verschlusskordel aufgefallen. Es sieht so aus, als hätte sich dort jemand wund gescheuert, was darauf schließen lässt, dass dieser Sack als Fessel verwendet wurde. Der Schlitz könnte gemacht worden sein, damit der Gefangene besser atmen kann. Die Tatsache, dass dieser Sack nun hier auf dem Höhlenboden liegt, kann eigentlich nur bedeuten, dass sich der damit Gebundene befreit hat oder befreit wurde. Wenn dieser Gefangene Rai war, wovon ich ausgehe, dann wäre er, um zu entkommen, mit größter Wahrscheinlichkeit hier das Seil der Transportgondel nach oben geklettert, da er Nessalion an Geschicklichkeit bei Weitem überlegen sein müsste und ihn auf diesem Fluchtweg mit Leichtigkeit hätte abhängen können. Da wir Rai am Eingang der Mine aber nicht angetroffen haben, muss etwas anderes geschehen sein, nachdem er sich befreit hat. Ich sehe es als die naheliegendste Möglichkeit an, dass er den Xeliten in die Hände gefallen ist. Deshalb werde ich als Erstes die Oststollen erkunden, wo sich diese Fanatiker verkrochen haben. Falls er nicht dort ist, haben wir lediglich ein paar Stunden verloren und können danach woanders suchen. Wenn sich Rai jedoch in der Gewalt dieser unberechenbaren Glaubensmänner befindet, ist größte Eile geboten, denn ich habe selbst miterlebt, wie wenig ihnen das Leben anderer bedeutet. Es steht zu hoffen, dass ich nicht bereits zu viel Zeit damit vergeudet habe, dir meine Entscheidung zu erklären. Du kannst natürlich tun, was immer du willst, es zwingt dich keiner, mir zu folgen." Damit wandte sich Arton um und setzte seinen Weg zum Eingang der Oststollen fort.

Kawrin schwankte zwischen Zorn und Erstaunen. Einerseits hatte ihm Arton nun die längste Erklärung geliefert, die jemals von dem schweigsamen Schwertfechter zu vernehmen gewesen war, andererseits hatte er sich wiederum nicht damit aufgehalten, nach Kawrins Meinung zu fragen. Allerdings hatte Arton tatsächlich stichhaltige Argumente geliefert, warum sie zuerst in den östlichen Tunneln nach Rai suchen sollten, und damit fehlte Kawrin nun eigentlich eine gute Begründung für seinen Unmut. Er durfte einen vernünftigen Vorschlag nicht ablehnen, nur weil er einen tiefen Groll gegen Arton hegte, denn damit würde er letztlich Rai schaden. Diesen zu befreien, musste aber Vorrang vor seiner

Wut haben, und wenn er etwas in seiner Zeit als Assassine gelernt hatte, dann war es, seine eigenen Empfindungen dem zu erreichenden Ziel unterzuordnen. Also schluckte er seinen Ärger ein weiteres Mal hinunter und folgte dem herrischen Krieger in die Oststollen. Doch eines wusste er: Irgendwann würde er sich Arton nicht mehr widerspruchslos unterordnen, irgendwann würde er sich ihm entgegenstellen – und zwar mit aller Macht.

Xelosfeuer

Rai träumte. Er fegte die Küche im Hause Scherwingen. Es war ein guter Tag, denn der brutale Aufseher Kaster Tjolmar hatte außerhalb des Anwesens zu tun und so konnte sich Rai in aller Ruhe seinen Aufgaben widmen und sich dabei noch in der Nähe der von ihm angehimmelten Küchenmagd Nera aufhalten. Allein ihr betörender Duft versetzte ihn in einen Zustand der Verzückung, doch als sie ihn dann mit ihrer lieblichen Stimme ansprach, war er so verwirrt, dass es ihm nicht gelang, ein vernünftiges Wort zu äußern. Unvermittelt verschwanden die vertrauten Räumlichkeiten und Schwärze senkte sich über seine Augen. Erschrocken blinzelte er mehrmals, doch die Dunkelheit ließ sich nicht vertreiben. Wieder hörte er leise Neras Stimme: „Hallo! Wach auf."

Verdutzt drehte er den Kopf in die Richtung, aus der er die sanfte Aufforderung vernommen hatte, und dort erkannte er das Gesicht eines jungen Mädchens, das von dem schwachen Schein einer Kerze in unheimliche Schatten getaucht wurde. Das war nicht seine Nera! Und hier befand er sich auch nicht im Hause Scherwingen, sondern in einem steinernen Gefängnis tief unter der Oberfläche. Wie ein Schwall kalten Wassers trafen ihn die Erinnerungen, sodass er sich augenblicklich wieder sehnlichst in seinen Traum zurückwünschte. Aber er war hier, an diesem Ort aus Finsternis und Felsen, und wie es aussah, gab es kein Entrinnen.

„Ich bringe euch ein wenig Wasser und etwas zu essen",

sagte das Mädchen am Zelleneingang mit gedämpfter Stimme. „Es ist nicht viel, aber vielleicht hilft es ja, den ärgsten Hunger zu stillen.“ Sie schob eine Hand durch einen schmalen Spalt auf Kniehöhe zwischen dem Verschlussstein und der Höhlenwand und hielt Rai einen beinahe leeren Wasserschlauch hin, sowie ein faustgroßes Stück einer merkwürdigen weißlichen Masse.

Rai überlegte nicht zweimal. Er stürzte das Wasser seine ausgedörrte Kehle hinunter und besann sich, erst kurz bevor er den letzten Tropfen aus dem Schlauch gesaugt hatte, darauf, dass er ja nicht allein in diesem Felsenkerker saß. Er blickte sich nach Nessalion um, der immer noch regungslos mit geschlossenen Augen auf dem Höhlenboden kauerte, und legte den Wasserschlauch neben ihn. Dann wandte er sich dem weißen Brocken zu, der anscheinend etwas zu essen darstellen sollte. Da seinem Magen bereits seit einem vollen Tag nichts Nahrhaftes mehr zugeführt worden war, schlang Rai die unbekannte Speise ohne genauere Prüfung einfach hinunter und machte sich diesmal auch nicht die Mühe, etwas für Nessalion aufzusparen. Es schmeckte grauenhaft. Die Konsistenz erinnerte am ehesten an Hühnerfleisch, aber geschmacklich musste der kleine Tileter diese Substanz irgendwo zwischen altem Ziegenkäse und verdorbenen Eiern einordnen. Zumindest füllte es die klagende Leere in seinem Bauch, wenn auch nicht vollständig.

Während er versuchte, den von der weißlichen Speise ausgelösten Würgereiz zu unterdrücken, besah er sich seine Wohltäterin genauer. Bis auf einige kurze Haarbüschel war auch ihr Kopf wie bei allen Xeliten kahl und die Stirn wurde durch zwei Flammenmale verunziert. Ansonsten hatte die Fremde, soweit dies in dem schwachen Schein ihrer Kerze auszumachen war, eine etwas dunklere Hautfarbe als Rai und das Weiß ihres Augapfels wirkte im Kontrast zu ihren schwarzen Pupillen so hell, dass es beinahe aus sich heraus zu leuchten schien. Zudem erkannte Rai nun bei einer genaueren Betrachtung, dass diese Xelosanhängerin wohl kaum älter war als er selbst.

„Du hättest es dir besser einteilen sollen“, ermahnte sie ihn flüsternd mit einem vorsichtigen Blick über ihre Schulter. „Mehr wird es nicht geben. Wir haben selbst nicht gerade viel zu essen.“

Rai nahm sich vor, auf der Hut zu sein. So beunruhigt wie sich die Xelitin umsah, lag die Vermutung nahe, dass sie verbotenerweise gekommen war. Vielleicht hatte sie ihn nur aus reiner Freundlichkeit gegen den Willen ihres Anführers mit Vorräten versorgt, wahrscheinlicher schien hingegen, dass sie noch etwas anderes mit dieser Gefälligkeit bezweckte. Somit stimmte ihn ihre unverhoffte Hilfsbereitschaft eher misstrauisch. „Was war das denn eigentlich, was du mir da gebracht hast?“, erkundigte sich Rai. „Es schmeckte irgendwie … komisch.“

„Ich weiß“, nickte die Xelitin, „das Fleisch schmeckt furchtbar. Aber hier unten gibt es nun mal nicht so viel Auswahl an jagdbaren Tieren.“

Die Augen des jungen Tileters weiteten sich zu großen Kreisen und seine Mundwinkel wanderten voller Ekel nach unten. „Willst du mir etwa sagen, dass ich gerade eines dieser Krabbelviecher aus der stinkenden Höhle gegessen habe?“ Er schluckte. Übelkeit stieg in ihm auf.

Das Gesicht der Xelitin verfinsterte sich. „Du meinst Xelos’ Schlot“, korrigierte sie ihn ungehalten. „‚Stinkende Höhle‘ ist kein angemessener Ausdruck für dieses Wunder unseres Herrn.“

Rai verzog angewidert sein Gesicht. „Wie auch immer ihr

das nennt, dort kreucht jedenfalls eine ganze Menge Unappetitliches an den Wänden herum, das nach meinem Geschmack entschieden zu viele Beine besitzt. Oder habe ich am Ende gar eine dieser widerlichen Spinnen gegessen?" Rai wurde von Ekel geschüttelt.

„Jetzt stell dich nicht so an", wies ihn die Xelitin zurecht, „wir essen das fast jeden Tag und bisher hat es uns nicht geschadet. Aber ich kann dich beruhigen, es war keine Spinne. Die taugen nicht als Nahrung, sondern ganz im Gegenteil, wir müssen vor den Spinnen gehörig auf der Hut sein, damit wir nicht zu deren Nahrung werden. Einzeln sind sie ziemlich harmlos und auch zu mehreren wagen sie sich nicht an eine Gruppe Menschen heran. Aber wehe, du bist allein, dann bringen sie dich im Rudel zur Strecke."

„Aber du bist doch gerade alleine hierhergekommen", wandte Rai alarmiert ein.

„Vielleicht bin ich ja mutiger als die anderen", erwiderte sie schnippisch. „Wenn man vorsichtig ist und die Warnzeichen richtig zu deuten weiß, passiert einem nichts", fügte sie erklärend hinzu. „Normalerweise jagen die Spinnen andere Tiere, meist die großen Tausendfüßler, wenn sich diese zu weit von ihren Artgenossen entfernen. Menschen gehören wohl nicht zu ihrer bevorzugten Beute, aber sie nehmen eben, was sie kriegen können, so wie wir ja auch." Sie quittierte Rais Ekel mit einem spöttischen Lächeln.

„Deshalb habe ich dir das Fleisch eines Tausendfüßlers gebracht", verkündete die Xelitin nun genüsslich. „Die sind zwar auch recht wehrhaft, aber wenn sie ihre Jagdhöhle einmal verlassen und nicht vorher von den Spinnen erwischt werden, dann können wir sie mit ein wenig Glück erlegen. Xelos' Schlot mag dir unwirtlich erscheinen, aber dennoch versorgen uns die Kreaturen dieser Höhle mit lebensnotwendiger Nahrung. Damit ist es der Gnade unseres Herrn zu verdanken, dass du etwas zu essen bekommen hast, denn all das ist sein Werk. Also zeige wenigstens ein bisschen Dankbarkeit."

„Na, wenn das Xelos' Gnade war", erwiderte Rai, ohne nachzudenken, „dann möchte ich nicht erleben, wenn er einmal ungnädig wird."

Mit einem wütenden Zischen wandte sich die Xelosanhängerin zum Gehen.

„Halt, warte!", rief Rai ihr hinterher. „Es tut mir leid. Ich wollte nichts gegen euren Gott sagen. Aber du bist doch bestimmt nicht nur gekommen, um mir etwas zu essen zu bringen, oder?"

Die Xelitin drehte sich um und näherte sich wieder dem Spalt, durch den sie in Rais Felsenzelle blicken konnte. Ihre Augen hatten sich zu zornig funkelnden Schlitzen verengt. „Ich hätte dir nichts zu essen bringen müssen, aber ich habe es getan und als Dank verspottest du das, woran ich glaube. Man sollte meinen, jemand in deiner Situation würde mehr Respekt zeigen."

„Ich sagte doch bereits Entschuldigung", gab Rai zurück, „aber meine guten Manieren sind mir angesichts meines baldigen Endes irgendwie abhandengekommen."

Der Gesichtsausdruck der Xelitin wurde ein wenig milder. „Ja, unser Anführer beabsichtigt, dich Xelos als Opfer darzubringen, damit der Herr der läuternden Flamme uns befreit. Aber sei versichert, es wird ein ehrenvoller Tod sein."

Rai lachte verächtlich. „Glaub mir, ich könnte auf Ehre und Tod gut verzichten. Aber ich verstehe nicht, warum ihr jetzt darauf wartet, dass Xelos euch befreit. Ulag ist tot, die Gardisten sind besiegt, die Insel ist unter der Kontrolle der ehemaligen Minenarbeiter. Ihr hättet doch nur wie alle anderen das Bergwerk verlassen brauchen, als es euch angeboten wurde.“

Die Xelitin schüttelte ernst den Kopf. „Unser Anführer – sein Name ist Breolm, aber er will, dass wir ihn Feuerherold nennen – hat uns untersagt, in die Eingangshöhle zu gehen, weil wir das grelle und kalte Licht der Sonne meiden sollen. Es verdirbt den Charakter, sagt er, wenn man nicht gezwungen ist, eine Lichtquelle zu entzünden, um etwas zu sehen. Nur der Widerschein von Xelos' Feuer enthüllt, was wirklich ist, das helle Tageslicht verschleiert dagegen den Blick auf das wahre Wesen der Dinge, so lautet seine Lehre. Zur Eingangshöhle darf deshalb nur eine kleine Gruppe von Auserwählten, die dem Feuerherold treu ergeben sind und den Versuchungen des Tageslichts zu widerstehen vermögen. Der Rest von uns muss hier unten bleiben.“

„Ohne Essen, ohne Wasser, ohne Licht, völlig abgeschnitten von der Außenwelt?“ Rai glaubte seinen Ohren nicht zu trauen. „Das ist ja wie im Kerker! Warum lehnt ihr euch dagegen nicht auf?“

Die Xelosdienerin schüttelte den Kopf. „Du magst das so empfinden, aber der Feuerherold steht in direkter Verbindung zum Herrn der Unterwelt. Ein Aufbegehren gegen ihn wäre ein schlimmer Frevel an unserem Gott. Außerdem ist es gar nicht so schrecklich hier unten, denn etwas Wasser sowie Nahrung gewährt uns Xelos ja in seiner Güte. Bevor die Mine verlassen wurde, ist unser Anführer mit seinen Auserwählten zwar regelmäßig in die Tauschkammer gegangen, um zusätzliche Vorräte für unser geschlagenes Erz einzutauschen, aber das geht nun nicht mehr. Daher müssen wir eben mit dem zufrieden sein, was der Herr uns schenkt. Der Feuerherold hat gesagt, dass uns Xelos nur prüfen will und uns erretten wird, sobald wir die Festigkeit unseres

Glaubens bewiesen haben. Also brauchen wir nur noch etwas Geduld."

Rai blickte sie verständnislos an. „Woher will denn euer Feuerherold so etwas wissen? Und warum glaubt ihr denn alles, was er sagt? Ich meine, versteh mich nicht falsch, aber er könnte doch auch einfach nur verrückt sein."

Die Xelitin taxierte Rai eine Weile, so, als überlege sie, ob seine Bemerkung als Lästerung auszulegen war. Schließlich wanderte ihr Blick zu Boden. „Wir alle verdanken dem Feuerherold unser Leben. Er kam einst als Gelehrter im Dienste der Xeloskirche in dieses Bergwerk, um tief unter der Oberfläche nach dem ewigen Feuer zu suchen, das am Eingang des Totenreichs brennt. Es gab wohl einige Anzeichen, dass unter Andobras ein solches Tor existieren könnte. Jedenfalls war er nie ein Minenarbeiter, sondern kam freiwillig in das Bergwerk. Schon früh erregte die große Zahl von Kindern, die zum Erzschürfen eingesetzt wurde, seinen Unwillen. Er versuchte, dagegen vorzugehen, indem er beim Kommandanten der Insel Beschwerde einlegte. So kam es, dass er nicht im Bergwerk war, als Ulag die Macht an sich riss. Nachdem er aber davon gehört hatte, war er der Einzige, der es wagte, trotzdem zurückzukehren. Dann sammelte er so viele Kinder um sich, wie er finden konnte, und stieg hinab in die tiefsten Tunnel der Ostsohle, wo alle vor den Übergriffen Ulags oder räuberischer Gruppen wie den Raffern sicher waren. Dort gründete er den Orden der Xeliten. Er war überzeugt, dass Xelos ihm einen Weg weisen würde, wie er trotz der Hitze und der geringen Erzvorkommen an diesem Ort überleben könnte, und so kam es dann auch. Er erzählte uns, dass die Stimme Xelos' ihn leitete, als er sich ohne Unterlass durch den Fels grub, bis er auf die Reihe von natürlichen Hohlräumen stieß, in der wir jetzt wohnen. Wie du auf deinem Weg hierher vermutlich selbst gesehen hast, tropft in einer der äußeren Höhlen Wasser von der Decke. Es ist nicht viel, aber es bewahrt uns vor dem Verdursten. Und die Kreaturen aus Xelos' Schlot versorgen uns mit Fleisch, wenngleich das auch keine besonders wohlschmeckende Nahrung darstellt. Aber wir sind alle noch am Leben."

„Wie lange seid ihr denn schon hier?", fragte Rai erstaunt.

„Das weiß ich nicht so genau. Ich war bereits ein knappes Jahr in der Mine, als der Feuerherold mich mit in die Tiefe nahm. Danach gab es keine Möglichkeit mehr, die Tage zu zählen. Ich denke aber, ich bin jetzt etwa so alt wie du, und als ich hierherkam, war ich neun."

„Dann bist du seit sechs Jahre hier unten?", rief der junge Tileter und verschluckte sich vor Überraschung.

Das Mädchen nickte. „Ich habe inzwischen fast vergessen, wie es an der Oberfläche aussieht. Seit uns der Feuerherold hierhergebracht hat, habe ich keinen Sonnenstrahl mehr erblickt." Sie sprach diese Worte mit einer eigenartigen Mischung aus Stolz und Bedauern. „Ich glaube, es gibt nicht viele, die so lange im Bergwerk von Andobras überlebt haben, und das verdanke ich allein unserem Anführer. Wäre er nicht gewesen, hätte ich wahrscheinlich nicht einmal das erste Jahr in der Mine überstanden."

Rai schwieg zutiefst erschüttert. Er hatte gerade einmal wenige Tage unter Ulags brutaler Herrschaft verbracht und es war ihm bereits wie eine Ewigkeit vorgekommen. Er konnte sich kaum vorstellen, was es bedeutete, so viele Jahre von frischer Luft, grünen Pflanzen und dem Licht der Sonne abgeschnitten zu sein und dann noch wegen Ulags Grausamkeit ständig im Verborgenen leben zu müssen.

„Eigentlich", fügte die Xelitin vorsichtig hinzu, „war das auch ein Grund für mein Kommen. Ich habe schon so lange die Oberfläche nicht mehr gesehen, dass ich hoffte, du könntest mir ein wenig davon berichten. Erzähle mir ein wenig vom Blau des Himmels und der strahlenden Sonne! Welche Jahreszeit herrscht gerade?" Sie richtete ihren Blick erwartungsvoll, fast flehentlich auf Rai. Jede Spur ihrer anfänglichen Schroffheit war verschwunden.

„Hm, ich weiß nicht, was soll ich dir denn genau erzählen?", erwiderte der Tileter verwirrt. „Der Himmel ist blau und die Wiesen sind grün. Es ist tagsüber überall hell und man kann weit schauen, nicht so wie hier."

Sie wurde ganz aufgeregt. „Regnet es eigentlich viel auf Andobras? Und ist der Regen immer noch so kühl und erfrischend, wie ich ihn in Erinnerung habe?"

Rai musste lachen. „Ja", nickte er, „regnen tut es ziemlich viel auf Andobras."

„Ich kann mich erinnern, dass wir übers Meer herkamen", erzählte die junge Xelitin versonnen, „und dass die Wellen rauschten und der Wind blies. Warst du am Meer?"

Langsam kam sich Rai ein wenig seltsam dabei vor, die Alltäglichkeiten des Lebens auf der Insel zu beschreiben, wenngleich auch diese unbefangene Neugier der Xelitin sie gleich viel sympathischer machte.

„Na ja, sicher war ich am Meer", bestätigte er, „und es rauscht und windet da auch immer noch genauso sehr wie in deiner Erinnerung. Die Sonne geht jeden Morgen auf und am Abend wieder unter, in der Nacht scheint der Mond vom Himmel herab und die Sterne funkeln, es gibt Bäume und Gras, Vögel singen im Geäst und alle möglichen kleinen und großen Pelztiere laufen im Wald herum."

Die Xelosdienerin seufzte tief. Ihr Gesicht wirkte so verklärt, als beschriebe Rai gerade eine unerreichbare Traumwelt, die so nur in der Fantasie existieren konnte.

„Aber wenn dir das alles so fehlt“, sprach Rai in einem möglichst beiläufigen Tonfall weiter, „dann verlasse doch einfach diesen dunklen Ort und kehre zurück an die Oberfläche.“

Augenblicklich wich die sanfte Verträumtheit aus ihrem Gesicht, stattdessen schüttelte das Mädchen verbissen den Kopf. „Ich darf mich dem Wort des Feuerherolds nicht widersetzen, denn nur er kennt den Willen des Herrn. Der Feuerherold sagt, dass Xelos unsere Gebete bald erhören und uns von diesem harten Los befreien wird, wie er es schon einmal getan hat, als er unserem Anführer den Weg zu diesen Höhlen gewiesen hat. Ich vertraue seinem Wort.“

„Aber du hast dich doch schon seinem Wort widersetzt, als du zu mir gekommen bist!“, erwiderte Rai beharrlich. „Du verschwendest eure spärlichen Nahrungsvorräte an einen Todgeweihten, und das noch gegen den Willen deines Anführers, nur um ein bisschen über die Oberfläche zu erfahren. Das zeigt doch ganz klar, wie unzufrieden du mit deiner Lage hier bist, nur deshalb redest du überhaupt mit mir, oder nicht?“

Die Xelitin sah Rai aus ihren glänzenden Augen so durchdringend an, dass diesem abwechselnd heiß und kalt wurde. Er konnte nicht wirklich einordnen, was er empfand, aber die junge Frau löste eine seltsame innere Unruhe in ihm aus.

„Du bist unverschämt“, schleuderte sie ihm unvermittelt entgegen. „Ich wollte nur nett sein, deshalb habe ich dir etwas zu essen gebracht. Aber bilde dir bloß nicht ein, ich würde daran denken, meinen Anführer oder gar den Herrn Xelos zu hintergehen bloß wegen dir oder dem, was du mir erzählst. Mein Leben und mein Geschick lege ich vertrauensvoll in die Hände des Feuerherolds, denn er kennt den Willen Xelos’. Wenn der Herr der Unterwelt uns aus diesem

Bergwerk führen will, dann wird er uns ein Zeichen geben. Wenn nicht, dann müssen wir eben warten."

„Hast du schon einmal daran gedacht", konterte Rai aufgebracht, „dass ihr vielleicht ein ganz offensichtliches Zeichen eures Herrn übersehen habt?"

„Wie meinst du das?", erkundigte sich die Xelosdienerin misstrauisch, so als erwarte sie eine weitere Unverschämtheit von Rai.

„Wegen Ulag", antwortete Rai, „hat euch der Herr der Unterwelt doch hier Zuflucht gewährt. Aber nun ist es mit der Hilfe der Götter gelungen, dieses haarige Monster zu überwinden. Ihr jedoch sitzt immer noch hier und verkriecht euch vor jemandem, der euch nichts mehr anhaben kann. Vielleicht hat euer Feuerherold ein bisschen zu viel Gefallen daran gefunden, euch herumzukommandieren, und stellt sich taub und blind für die Zeichen, die euer Gott euch schickt."

Ein empörtes Zischen war alles, was er von der Xelitin noch vernahm, dann war sie mit ihrer kleinen Kerze in der Dunkelheit verschwunden.

Rai seufzte tief und lehnte sich frustriert gegen den warmen Fels. Offenbar war die Xelosanhängerin für solche recht naheliegenden Überlegungen nicht zugänglich. Er konnte ja verstehen, dass sie sich ihrem Anführer verpflichtet fühlte, weil er ihr einst das Leben gerettet hatte. Aber sie musste doch auch erkennen, dass er nun offensichtlich nicht mehr ihr Wohl im Sinn hatte, wie es vielleicht früher einmal der Fall gewesen war. Die Entbehrungen im Bergwerk von Andobras zehrten an der guten Gesinnung eines Menschen und ließen meist außer Stumpfsinn nichts mehr zurück, so hatte es auch Rai während seiner Zeit in der Mine oft gesehen. In einigen Fällen führte das trostlose Leben unter Tage auch zu blankem Wahnsinn, wie man an Nessalion erkennen konnte.

Rai war überzeugt, dass auch der Feuerherold zu dieser Kategorie zählte: ein Mann mit ursprünglich guten Absichten, den Leid und Grausamkeit den Verstand gekostet hatten.

„Unglaublich“, flüsterte plötzlich jemand in der Dunkelheit.

Rai fuhr zusammen, als hätte einer der Geister der Unterwelt das Wort an ihn gerichtet. „Wer spricht da?“

„Unglaublich“, ertönte die leise Stimme von Neuem. „Das Mädchen ist schon seit sechs Jahre hier unten, einfach unfassbar.“

„Nessalion?“, fragte Rai in die undurchdringliche Schwärze hinein. „Bist du das?“

„Das ist doch vollkommen verrückt!“, fuhr die Stimme fort. „Sie vergeudet ihr Leben hier unten. Was für eine Verschwendung … sie ist noch so jung.“

Jetzt war sich Rai sicher, dass die Worte von seinem Mitgefangenen kamen, auch wenn er diesen in der Dunkelheit immer noch nicht ausmachen konnte. Aber sowohl die Richtung, aus der die Stimme kam, als auch ihr Klang ließen eindeutig auf Nessalion schließen. Sein Mitgefangener hatte gerade das erste Mal, seit sie von den Xeliten aufgegriffen worden waren, etwas gesagt. Anscheinend empörte ihn die stille Duldsamkeit der Xelosdienerin, mit der Rai eben gesprochen hatte, so sehr, dass ihn dies sogar aus seiner Starre zu reißen vermochte. Rai überlegte kurz, ob er Nessalion darauf hinweisen sollte, dass es ebenso verrückt war, nur um sich zu rächen, wieder an diesen Ort der Knechtschaft zurückzukehren, aber er entschied sich letztlich dagegen. Was nützte es, wenn er nun seinerseits Nessalion mit Vorwürfen bedachte, schließlich teilten sie das gleiche Schicksal und würden beide alsbald ein gemeinsames Ende finden, wenn ihnen nicht möglichst schnell etwas einfiel.

„Gut, dass du aufgewacht bist", sagte Rai daher vorsichtig. „Wir sollten versuchen, gemeinsam den Stein am Eingang unseres Gefängnisses wegzudrücken. Vielleicht schaffen wir es zu zweit."

Zunächst erfolgte keine Reaktion, aber nach einer Weile begann Nessalion, wieder zu sprechen: „Warum sollte ich dir helfen, zu entkommen?"

„Na ja", gab der junge Tileter zur Antwort, „vielleicht weil du dann auch freikommst?"

„Glaubst du wirklich, dass mir noch irgendetwas daran liegt?"

Nessalions Worte zeigten eine solche Verbitterung und Geringschätzung gegenüber seinem eigenen Leben, dass er den Anschein erweckte, er hätte sich bereits auf den langen Weg zu Xelos' Feuer begeben.

„Aber … aber …", bemühte sich Rai um eine Antwort, „Warson wird doch auch nicht wieder lebendig, wenn du hier unten stirbst!"

„Das nicht", erwiderte Nessalion ohne eine Regung in der Stimme, „aber wenn ich es schon nicht fertiggebracht habe, dich einer angemessenen Bestrafung zuzuführen, weil mein Herz zu weich und mein Wille zu schwach waren, dann müssen das eben diese Xeliten für mich erledigen. Und sollte das auch mein Leben fordern, dann sei es so."

Rai biss sich vor Wut auf die Unterlippe und ballte in stiller Verzweiflung die Fäuste. Was sollte er gegen so viel Starrsinn ausrichten? Er hatte wirklich geglaubt, Nessalion habe eingesehen, wie übertrieben und sinnlos seine Vergeltung war. Aber Warsons Vater schien nicht anders zu denken als vor seinem Zusammenbruch in der Eingangshöhle des Bergwerks. Nessalion hatte lediglich den Plan, persönlich Rache zu üben, verworfen.

„Warum tötest du mich nicht selbst, gleich hier und jetzt?“, fragte Rai trotzig. „Dann hast du, was du willst.“

Der Tileter musste lange warten, bis sich Nessalion wieder vernehmen ließ. Seine Stimme klang nun deutlich verändert, fast so, als würde er mit den Tränen ringen: „Weil ich es, aus welchem verfluchten Grund auch immer, nicht kann. Ich bin einfach zu schwach, ich kann nicht einmal den Tod meines Sohnes rächen, ebenso wenig wie ich sein Leben beschützen konnte! Ich habe versagt – vollkommen.“

Nach dieser Feststellung fehlten sogar Rai für einen Moment die Worte. Ihm wurde klar, dass Nessalion seinen Racheplan nur aufgegeben hatte, weil er nicht in der Lage war, seinem Gefangenen Gewalt anzutun. Und offenbar war Nessalion genau dies bewusst geworden, als ihn vorhin in der Eingangshöhle die Verzweiflung übermannt hatte. Sosehr sich Rai auch Vergebung und vielleicht sogar eine Aussöhnung mit Warsons Vater wünschte, von diesem hasserfüllten Mann, der sich mit Selbstvorwürfen zerfleischte, würde er nichts dergleichen erhalten.

Aber Rai durfte sich nicht von Nessalions Hass ablenken lassen, wenn er überleben wollte. Er würde einen Ausweg finden und dafür brauchte er nicht die Absolution dieses selbst ernannten Schuldrichters. Fest entschlossen stemmte er sich gegen den Stein, der ihre Zelle verschloss, bis Schweißperlen seine Stirn hinabliefen. Es musste nur eine kleine Lücke entstehen, durch die Rai nach draußen kriechen konnte. Doch der Fels rührte sich nicht.

Noch einmal mobilisierte er seine ganze Kraft, warf sich mit geballtem Zorn gegen den unnachgiebigen Stein, doch alles blieb vergebens. Als er schließlich keuchend und schwitzend zusammensank, überfiel ihn das erste Mal seit seiner letzten Auseinandersetzung mit Ulag echte Todesangst. Es gab keinen Ausweg! Er konnte noch nicht einmal um sein Leben kämpfen oder laufen – nichts! Er saß hier fest und musste auf sein Ende warten wie ein Huhn auf dem Schlachtblock.

Plötzlich erblickte Rai einen schwachen Lichtschimmer außerhalb ihres Gefängnisses, der stetig heller wurde. Zunächst keimte in ihm die Hoffnung, dass vielleicht die Xelosanhängerin zurückgekehrt war, weil sie sich doch eines Besseren besonnen hatte, aber bald erkannte er, dass die Helligkeit unmöglich von einer einzigen Kerzenflamme stammen konnte, sondern die Höhle vom Schein mehrerer Fackeln erleuchtet wurde. Dies konnte nur eines bedeuten: Die Xeliten kamen, um ihn wie angekündigt ihrem Gott als Opfer darzubringen. Sein Leben war so gut wie verwirkt. Rai wollte nicht glauben, dass nun alles zu Ende sein sollte. Auf gar keinen Fall wollte er sich in dieses Schicksal fügen! Er hatte zu viel durchgestanden, um hier für die Wahnvorstellungen einiger Fanatiker in den Tod zu gehen.

Als draußen die Stimmen mehrerer Männer laut wurden, die sich an dem Eingangsstein zu schaffen machten, ging er in die Hocke und presste seine Hände auf den felsigen Untergrund. Er musste wie ein Pfeil losschnellen, sobald die Lücke groß genug war. Schnaufend wälzten die Xeliten den Stein eine Handbreit zur Seite. Rais Muskeln spannten sich. Der Spalt wurde größer und größer … jetzt!

Wie eine Katze sprang Rai nach vorn. Schmerzhaft schrammte er an einem Felsvorsprung entlang und nur mit knapper Not gelang es ihm, zwischen dem Eingangsstein und der Felswand hindurchzugleiten. Hinter dem Stein musste er sogleich den Beinen eines Xeliten ausweichen, der direkt am Zelleneingang stand. Ein überraschter Ausruf verriet Rai, dass die Xeliten sein Fluchtmanöver nun bemerkt hatten. Eine Hand packte sein Wams am Rücken. Rai riss sich mit aller Kraft los, machte eine Rolle nach vorne und kam endlich wieder auf die Füße. Er begann zu laufen. Eine wilde, triumphierende Freude bemächtigte sich seiner: Er hatte es tatsächlich geschafft, seine Bewacher zu übertölpeln!

Die Höhle, in der er sich befand, fiel zum Ausgang hin leicht ab, was ihm zusätzlichen Schwung verlieh. Weit hinter sich hörte er die Stimmen seiner Verfolger. Sie würden ihn sicherlich nicht so schnell einholen. Da kam auch schon der Verbindungsgang zur nächsten Höhle in Sicht, wenngleich auch nicht viel davon zu erkennen war, da das Fackellicht der Xeliten kaum noch bis hierher drang. Warum blieben sie denn so weit zurück?

Er rannte durch den kurzen Tunnel, der ihn eigentlich wieder in die Höhle bringen sollte, wo sie vorher auf den zweiten Xelitentrupp getroffen waren. Zu spät wunderte er sich darüber, dass der Gang wesentlich höher war, als er ihn in Erinnerung hatte. Da prallte er auch schon in vollem Lauf gegen eine Wand. Ohne zu begreifen, was geschehen war, taumelte er zurück und fand sich gleich darauf am Boden sitzend wieder. Etwas Warmes, Klebriges lief ihm übers Gesicht. Eine klaffende Wunde prangte auf seiner Stirn, er blutete. Noch immer verstand er nicht, was gerade geschehen war. Orientierungslos starrte er geradeaus, wo eigentlich der Durchgang zur nächsten Höhle hätte sein müssen, doch dort war nur schwarzer Fels. Er fühlte sich wie versteinert, so als wäre er durch den Zusammenprall mit der unnachgiebigen Wand selbst ein Teil des Bergs geworden.

Rai versuchte, die Benommenheit abzuschütteln. Nachdem sich der Nebel in seinem Kopf ein wenig verzogen hatte, dämmerte ihm auch langsam, was passiert war. Er hatte die Seiten verwechselt! Er war wie ein aufgescheuchtes Kaninchen am falschen Ende der Höhle in eine der Spalten gelaufen, die er für den Ausgang gehalten hatte. Eine götterverfluchte Sackgasse hatte ihn genarrt! Ihn, der schon Dutzende Male bestohlenen Händlern, aufgebrachten Hausbesitzern und der Tileter Garde entwischt war! Beschämend! Konnte das eigene Ende noch unrühmlicher vonstattengehen? Gleich würden ihn die Xeliten einholen. Er würde in dem Bewusstsein sterben, dass er sein Leben durch eigene Dummheit verspielt hatte.

Doch trotz der erdrückenden Schmach war sein Überlebenswillen immer noch ungebrochen. Hinter sich hörte er jetzt deutlich die Rufe seiner Verfolger. Es musste doch irgendwo einen Ausweg geben! Er rappelte sich ächzend auf und torkelte wie ein Betrunkener an der Wand entlang. Hektisch tastete er nach irgendeiner Öffnung, die ihm zur Flucht verhelfen konnte. Da! In Kopfhöhe gab es einen Riss im Fels, groß genug für ihn, um hindurchzukriechen. Ohne zu überlegen, zog er sich hoch und rollte in den Spalt hinein. Spitze Felsdorne bohrten sich in seine Rippen, aber jetzt gab es kein Zurück. Halb kriechend, halb auf allen vieren arbeitete er sich vorwärts, bis er endlich die enge Passage hinter sich gebracht hatte und die Deckenhöhe wieder groß genug war, um sich aufzurichten.

Rai lauschte angestrengt, doch er konnte kein verräterisches Geräusch wahrnehmen, das auf eine anhaltende Verfolgung durch die Xeliten hindeutete. Der Tileter atmete auf. Die Wunde an seinem Kopf schmerzte zwar, aber sie schien nicht weiter schlimm zu sein. Trotzdem wirkte sein Schädelinneres immer noch träge und dumpf, als wäre es in Watte gepackt. Das größte Problem war jedoch, dass es hier kein Licht gab. Ohne den Fackelschein seiner Verfolger war er in der Dunkelheit so gut wie verloren. Schon ein kleines Loch im Boden konnte zur tödlichen Falle werden. Aber was blieb ihm anderes übrig, als auf sein Glück zu vertrauen und abzuwarten, wohin es ihn führen würde?

Vorsichtig nahm er mit seiner Hand Kontakt zu der rauen Felswand an der rechten Seite auf und begann, sich langsam vorwärtszutasten. Dabei prüfte er jedes Mal, bevor er den Fuß aufsetzte, sorgfältig, ob der Untergrund möglicherweise Risse oder Spalten aufwies. Konzentriert legte er auf diese mühsame Weise ein gutes Stück Weg zurück, bis ihm auffiel, dass er plötzlich die Spitze seines Schuhs sehen konnte. Überrascht blickte er nach oben. Schemenhaft ließen sich die Umrisse einer weiteren großen Kammer ausmachen. Erst jetzt wurde ihm bewusst, welch drückende Schwüle in diesem Bereich des Höhlensystems herrschte. Zu der allgegenwärtigen stickigen Wärme hatte sich noch eine unangenehme Feuchtigkeit hinzugesellt, was den Aufenthalt an diesem Ort nicht eben angenehmer machte. Aber ein Erklärung für die sanfte Erleuchtung seiner Umgebung konnte Rai nicht finden.

Dann hob er den Kopf und schaute an die Decke. Einen winzigen Moment lang ließ ihn sein benebelter Verstand glauben, er sähe die leuchtenden Sterne am Nachthimmel. Doch es war ein Trugbild, wie er kurz darauf erkannte. Denn an der Höhlendecke hingen keine Sterne, sondern große Spinnen – und zwar Hunderte davon! Es handelte sich um die gleichen vielbeinigen Kreaturen wie das einzelne Exemplar, das Rai schon vor Xelos' Schlot erblickt hatte. Allerdings vollführten diese Wesen merkwürdige winkende Bewegungen mit ihren Vorderbeinen, die von innen heraus weißlich leuchteten. Weil es so viele von ihnen gab, überzogen sie auf diese Weise die gesamte Höhle mit einem ungesunden, kalten Schimmer. Die regelmäßigen Lichtwellen, die durch die Spinnenkolonien liefen, wirkten geradezu hypnotisch.

Rai konnte seinen Blick nicht abwenden. Er blieb reglos stehen, als wäre er in einem Netz aus Licht gefangen.

Zwischen den vielen leuchtenden, etwa hundegroßen Spinnen gab es auch noch ein einzelnes deutlich größeres Exemplar mit einem riesigen Hinterleib. Dieses saß inmitten der anderen Tiere und schien einen gut zwei Schritt langen, mit weißen Fäden eingesponnenen Kokon zu bewachen, der an einem dünnen Strang an der Decke befestigt war. Innerhalb dieses Gespinsts konnte Rai ab und an ein Zucken wahrnehmen, als würde darunter etwas Lebendiges pulsieren. Überall baumelten auch noch kleinere Kokons herab, in denen der verängstigte Tileter die sterblichen Überreste von verschiedensten Wesen ausmachen konnte, die meisten davon wohl Tausendfüßler. Es zeichneten sich aber auch andere Formen unter einigen der seidigen Geflechte ab, bei denen Rai lieber nicht wissen wollte, was dies früher einmal gewesen war.

Während Rai weiterhin von dem schaurigen Anblick gefesselt blieb, beendeten einige Spinnen plötzlich die wogenden Bewegungen mit ihren Beinen, worauf bei den Tieren in der Mitte der Kolonie das weiße Licht rasch zu verblassen begann. Dunkelheit breitete sich wieder in der Höhle aus. Lediglich ein gutes Dutzend Spinnen am äußersten Deckenrand hatte das Leuchtsignal aufrechterhalten. Dieses Rudel krabbelte nun leichtfüßig die senkrechte Höhlenwand hinab, verteilte sich fächerförmig am Boden und strebte dann in einem weiten Halbkreis auf Rai zu. Das Glühen ihrer Beinsegmente tauchte die näher kommenden Spinnen in ein unwirklich anmutendes Schattenspiel, so als wären es achtbeinige Jagddämonen aus der Zwischenwelt. Rai war in größter Gefahr und begriff das beinahe zu spät.

Endlich kam Bewegung in seine erstarrten Glieder. Das

Spinnenrudel ließ ihm nur eine Möglichkeit zur Flucht: den Weg, den er hergekommen war. Also drehte er sich um und rannte, so schnell ihn seine Beine trugen. Diesmal achtete er nicht auf eventuelle Stolperfallen am Boden. Lieber wollte er sich das Genick brechen, als in einem dieser Kokons zu enden. Zudem konnte er durch den weißlichen Schimmer, den seine krabbelnden Verfolger ausstrahlten, zumindest einigermaßen sehen. Die Höhle vor ihm verengte sich trichterförmig und irgendwo an ihrem Ende musste der Spalt sein, durch den er in diese abscheuliche Nistkammer vorgedrungen war.

In diesem Augenblick nahm er ein sanftes Leuchten unmittelbar über seinem Kopf wahr. Reflexartig ließ er sich fallen. Etwas Zähes spannte sich um seinen Körper. Er rollte sich ab und wollte sofort wieder aufspringen, doch geriet dabei ins Stolpern. Er konnte seine Arme kaum noch von seinem Körper lösen. Auch seine Beine bewegten sich nicht mehr, wie sie sollten, so als hätte jemand seine Hosenbeine zusammengenäht. Rai sah an sich herunter. Dünne, glänzende Fäden umgaben ihn wie eine zweite Haut. Er konnte sie zwar ein wenig dehnen, aber ihm fehlte die Kraft, sie zu zerreißen. Er sah zur Decke. Nur zwei Schritt über ihm hockte eine der Glühspinnen und sah ihn mit dunklen, empfindungslosen Augen an. Offenbar hatte sie hier gelauert, bis das Rudel ihr Opfer in diesen Hinterhalt trieb.

Er warf sich zur Seite. Schmerzhaft prallte er gegen die Wand und fiel dann zu Boden, ohne dass er seinen Sturz mit den umsponnenen Armen hätte abfangen können. Ein weiterer Fadenstrahl der Spinne an der Decke verfehlte ihn knapp und überzog stattdessen den Boden mit klebrigen Fäden. Das restliche Spinnenrudel war inzwischen schon auf wenige Schritte herangekommen. Rai wälzte sich auf den

Rücken, hob beide Beine in die Höhe und katapultierte sich mit Schwung wieder auf die Füße. So gut er es in seinem Zustand konnte, lief er vorwärts. Im ständig heller werdenden Spinnenlicht entdeckte er endlich den rettenden Riss, durch den er gekommen war. Er warf sich auf den felsigen Untergrund und begann, auf den Spalt zuzukriechen. Irgendetwas packte ihn an der Ferse. Panisch trat er nach hinten und kroch weiter. Dann spürte er, wie eine der Spinnen seinen Rücken entlanglief. Mit einem Angstschrei bäumte er sich auf. Das Tier wurde gegen die spitzen Felsen gepresst und ließ von ihm ab. Überall konnte er nun tastende Spinnenbeine auf seinem Körper fühlen. Endlich hatte er den Spalt erreicht. Ohne Zögern stürzte er sich in die Höhle hinab, deren Boden beinahe eineinhalb Schritt tiefer lag. Schmerzhaft schlug Rai auf, dennoch riss er sofort den Kopf hoch, um zu sehen, ob ihm die Spinnen durch das Loch folgen würden. Immer mehr wimmelnde Lichter quollen daraus hervor, gleich würde ihn das weiß glimmende Chaos verschlingen, das wusste er.

Doch auf einmal hielten die Spinnen in ihren Bewegungen inne. Irgendetwas irritierte sie. Plötzlich sah Rai Fackellicht. Jemand rief laute Befehle. Starke Arme packten ihn unter den Achseln und schleiften ihn fort von dem grauenhaften Glühen. Es waren die Xeliten und das erste Mal empfand Rai so etwas wie Erleichterung bei ihrem Auftauchen. Alles schien ihm besser, als zu einer Spinnenmahlzeit zu werden.

Während zwei der Xelosanhänger versuchten, mit Fackeln in der Hand und unter lautem Rufen die Spinnen wieder zurück in ihre Bruthöhle zu scheuchen, wurde Rai durch einen der Glaubensmänner von den klebrigen Fäden befreit und dann wieder zu dem schmalen Gefängnis gebracht, wo Nessalion von einem weiteren Xeliten bewacht wurde.

„Beinahe hätten die Spinnen den Feuerherold um sein Opfer gebracht", bemerkte Rais Bewacher mit hörbarer Erleichterung in der Stimme. „Das hätte ihm sicher nicht gefallen."

Der andere Xelit nickte und sah den drahtigen Tileter mit einer Mischung aus Missbilligung und Mitleid an. „Du hättest nicht weglaufen sollen. Wenn man sich hier unten nicht auskennt, kann das leicht tödlich enden. Andererseits steht es jetzt für dich auch nicht besser …" Er geriet ins Stocken, suchte nach Worten und verstummte schließlich ganz. Offensichtlich ließ ihn das Schicksal seines Gefangenen nicht unberührt, dennoch veranlasste ihn dieses Mitgefühl nicht, Rai in irgendeiner Weise zu helfen. Das Wort des Feuerherolds war hier unten Gesetz, dagegen gab es kein Auflehnen.

Nachdem die Spinnen endgültig vertrieben waren, wurden Rai und Nessalion von den vier Xeliten in den an das Gefängnis angrenzenden Raum gebracht, den Rai eigentlich bei seiner überstürzten Flucht hatte erreichen wollen. Dort bogen sie rechts ab und folgten dem Gang, bis sie wieder an jener Abzweigung anlangten, von der aus das geheimnisvolle Glimmen in dem weiter abwärtsführenden Tunnel zu sehen gewesen war. Und genau dorthin wurden die beiden Gefangenen nun gebracht.

Ein heißer Wind blies Rai mit zunehmender Macht entgegen, je weiter sie dem Gang in die Tiefe folgten. Ähnliche Temperaturen kannte er von zu Hause nur an den heißesten Tagen im Jahr, wenn der Südwind aus den Wüsten von Eteccrar durch Tilets Straßen pfiff. Da es bei solcher Hitze nicht ratsam war, sich lange draußen aufzuhalten, zog sich in dieser Zeit jeder in den kühlen Schutz der Häuser zurück. Wie gerne wäre Rai nun wieder daheim. Er sehnte sich nach den schmutzigen Hinterhöfen und schmalen Gassen, in denen er sich auskannte, wo er wusste, was hinter der nächsten Biegung auf ihn wartete. Hier fühlte er sich hingegen ständig wie in einem Albtraum, aus dem es einfach kein Erwachen gab. Jeder Schritt barg eine neue Gefahr, jedes noch so große Schrecknis wurde sogleich durch ein schlimmeres überboten. Aber konnte es noch etwas Grauenvolleres geben, als das, was er gerade erlebt hatte? Vielleicht würde er wirklich bald vor Xelos' ewigem Feuer stehen, aber dieser Gedanke vermochte ihn nicht mehr wirklich zu beunruhigen. Nichts, was das kranke Gehirn des Feuerherolds imstande war, auszubrüten, konnte den Horror der furchtbaren Spinnenmeute übertreffen, so viel schien sicher. Daher wurde Rai angesichts seiner bevorstehenden Opferung nicht in erster Linie von Furcht erfüllt, sondern ihn überkam eher so etwas wie trotziger Zorn, dass er nun doch noch den Tod finden sollte, obwohl er bereits ein viel schrecklicheres Erlebnis überstanden hatte. Das empfand er als äußerst ungerecht.

Das Leuchten wurde heller. Bald löschten die Xeliten ihre Fackeln, weil sie als Lichtquelle überflüssig waren. Die große Hitze ließ die Schweißtropfen auf Gesicht und Händen sofort verdunsten, sodass die Haut sich bei jeder Bewegung über Knöcheln und Wangen spannte wie ein trockenes Pergament. Unablässig musste Rai blinzeln, denn auch seine Augen waren vor dem heißen Wind aus der Tiefe nicht gefeit.

Der Gang verlief weiter abwärts und bog in einer sanften Kurve nach links ab. Dann öffnete sich der Stollen plötzlich und entließ sie auf eine breite Felsenplattform, die in eine Kaverne hineinragte, deren Größe selbst die riesige Eingangshöhle des Bergwerks noch übertraf. Die Decke dieser mächtigen Höhle lag mindestens zehn Meter über ihren Köpfen, während sie von ihrer Position aus noch gar nicht erkennen konnten, wie weit der Abgrund unterhalb der Plattform in die Tiefe reichte. In andächtiger Ruhe hatten sich bereits etwa vierzig Xeliten dicht gedrängt am Rande der Plattform versammelt und starrten regungslos hinab. Aus der Tiefe kam ein rotgoldenes Glühen. Gleich würde der geschundene Tileter erfahren, welcher wundersamen Quelle der warme Schein entsprang. Obwohl er es selbst nicht für möglich gehalten hätte, regte sich allen Widrigkeiten zum Trotz seine Neugier. Welches göttliche Geheimnis verbarg sich in diesem Abgrund?

Kurz nachdem die Xeliten mit den Gefangenen die Höhle betreten hatten, kam plötzlich Bewegung in die Umstehenden. Es bildete sich eine Gasse, durch die Rai und Nessalion bis kurz vor den Abgrund herangeführt wurden. Dort erwartete sie mit versteinerter Miene der Feuerherold mit seinem brennenden Stab in der Hand.

„Bringt die Frevler zu mir, auf dass sie in Xelos' reinigenden Flammen Läuterung erfahren!" Seine Stimme wurde untermalt von einem tiefen Grollen, das tief aus der Erde zu kommen schien, so als bestätige der Gott Xelos selbst die Worte seines Dieners. „Ihr verirrten Seelen", wandte sich der Xelitenführer direkt an die Gefangenen, „werdet nun Zeuge der göttlichen Pracht, sehet die heilige Halle des Feuers! Erstarrt in Ehrfurcht, denn dies wird der großartigste und zugleich letzte Anblick eures sündigen Lebens sein."

Daraufhin wurden die beiden Gefangenen bis an die Kante der Felsenplattform geführt. Rai sah hinab. Er hatte leichtfertig geglaubt, nach seinem Erlebnis mit den Spinnen könnte ihn nichts mehr ernsthaft schockieren. Dennoch brachen bei seinem Blick in den Abgrund Entsetzen und Faszination mit aller Macht über ihn herein: Das Tor zur Unterwelt – es lag zu seinen Füßen. Obwohl er noch lebte, befand er sich jetzt bereits nur etwa fünfzig Schritt von Xelos' Feuer entfernt, eine Fläche so groß wie ein Marktplatz, direkt unter ihm. Rot glühende Gesteinsklumpen trieben auf einem See aus zähflüssigem Licht. Rai wusste nicht, ob es sich bei dieser hellgelb leuchtenden Substanz um geschmolzenes Gestein oder geronnenes Feuer handelte, denn er hatte etwas Derartiges noch niemals gesehen. In der Mitte des gewaltigen Schmelztiegels wurde die Oberfläche immer wieder nach oben gewölbt, so als lebe eine riesenhafte Kreatur unterhalb der zähen Glut. Wie siedendes Öl begann nun die leuchtende Masse zu brodeln und mit einem ohrenbetäubenden Donnern wurde eine flammende Fontäne aus dem Feuersee in die Höhe geschleudert. Xelos schien bereits nach seinen Opfern zu greifen.

Rai wusste nicht, wie er das, was er sah, begreifen sollte. Es war einfach zu mächtig, als dass es sein Verstand zur Gänze hätte erfassen können. Doch es gab einige Dinge, die er sehr gut verstand: So majestätisch dieses Tor zur Unterwelt auch sein mochte, es stellte eine Passage ohne Wiederkehr dar. Und bevor man die Hallen der Toten betreten durfte, musste in den heiligen Flammen eine Reinigung von allen Sünden erfolgen. Dies konnte je nach Grad der Verfehlung unterschiedlich lange dauern, so erzählten es die Alten. Trotz aller Entschuldigungen, die Rai für seine verschiedentlichen Missetaten auch vorzubringen hatte, war ihm bewusst, dass er in seinem kurzen Leben zumindest aus göttlicher Sicht wohl doch eine ganze Menge Schuld auf sich geladen hatte. Das bedeutete, dass er voraussichtlich sehr, sehr lange in Xelos' Flammen bleiben musste. Trotz aller Ehrfurcht, die ihn beim Anblick der heiligen Feuerhalle ergriff, wollte er jedoch keineswegs auf unbestimmte Zeit in diesem Glutofen dort unten schmoren, bis Xelos seine Frevel als gesühnt ansah. Er bevorzugte es, lieber noch ein wenig länger zu leben, um alles wieder gutzumachen.

Aber jeder Gedanke an Flucht wurde von den starken Armen seiner Bewacher bereits im Keim erstickt. Hilfe suchend blickte er sich um. Nur wenige Schritte von ihm entfernt konnte er unter den Xeliten das Mädchen ausmachen, das ihm das Essen in sein Gefängnis gebracht hatte. Das unverwechselbare Strahlen ihrer Augen hatte sich in seinem Gedächtnis als das einzig Freundliche an diesem feindseligen Ort verewigt. Zunächst versuchte sie, seinem Blick auszuweichen, doch schließlich konnte sie den flehentlichen Ausdruck in Rais Augen nicht mehr länger ignorieren. Rai legte seine ganze Verzweiflung in zwei schlichte Worte, die er lautlos mit seinen Lippen formte: „Hilf mir!"

Sie starrte ihn einen Moment lang an. Ganz offensichtlich rang die Xelitin mit sich, ob sie Rai helfen sollte oder nicht, doch letztlich ließ sie ihren Blick sinken. Damit erlosch Rais einzige Hoffnung – es war vorbei.

„Höre uns, Xelos, Wächter der ewigen Flamme", intonierte der Feuerherold, „wir opfern dir das Leben dieser beiden Frevler. Empfange sie in deinen heiligen Flammen, wo du sie läutern magst, bis all ihre Sünden ausgebrannt und ihre Seelen so rein wie das lodernde Feuer selbst sind. Blicke dagegen wohlwollend auf deine Kinder, die diese Missetäter deiner unfehlbaren Gerechtigkeit überantworten, um dein Gefallen zu finden und …"

„Lasst ihn los!" Der Ruf kam aus den hinteren Reihen der versammelten Xeliten.

Alle fuhren herum und versuchten, zu erkennen, wer die dreisten Worte gesprochen hatte. Ein hochgewachsener, blonder Kerl hatte einem der Xelosanhänger mit der Linken den Kopf am Kinn nach hinten gerissen und presste mit der Rechten einen langen spitzen Dolch gegen dessen Kehle. Ein stämmiger, junger Krieger mit einem dunklen Schwert in seiner rechten Hand deckte dem Dolchträger wortlos den Rücken.

„Kawrin! Arton!", schrie Rai außer sich vor Freude. „Ihr … uff, das war verdammt knapp."

Kawrin ließ sich zu einem grimmigen Lächeln hinreißen. „Du hast dich gut versteckt hier unten." Dann wurde er sofort wieder ernst. „Wenn sich einer von euch bewegt", drohte er an die Xeliten gewandt, „dann schneide ich diesem Mann die Kehle durch." Vorsichtig bewegte er sich ein paar Schritte auf Rai und seine Bewacher zu. „Gebt Rai jetzt frei, dann wird keinem etwas passieren."

Als daraufhin keine Reaktion erfolgte, nahm Kawrin die linke Hand vom Kinn seiner Geisel, ließ dabei jedoch die Dolchklinge am Hals des Xeliten. Er schob den Xelosanhänger ein Stück nach vorne, sodass er Rai mit der freien Hand am Arm packen konnte, und zog ihn aus der Umklammerung seiner Bewacher. Irritiert ließen ihn diese gewähren.

„Gehen wir", sagte Kawrin angespannt, während er versuchte, die Umstehenden im Auge zu behalten.

Doch Rai zögerte. „Nessalion muss auch mitkommen", verlangte er unvermittelt. „Wir können ihn nicht einfach hierlassen."

„Was?", zischte Kawrin zurück. „Warum das denn?"

„Das erkläre ich dir später", erwiderte Rai. „Nessalion, komm!"

Doch Warsons Vater starrte ihn nur regungslos an.

„Ihr werdet die Hallen des Feuers nicht lebendig verlassen", ertönte plötzlich die schneidende Stimme des Feuerherolds. „Xelos duldet keine Entweihung seiner heiligen Stätte durch Ungläubige.“

Kawrin fixierte den Anführer und verschanzte sich noch ein wenig mehr hinter seiner Geisel. „Wenn du auch nur einen Schritt machst, stirbt dieser Mann, das sollte dir klar sein.“

In den großen dunklen Augen des Xelitenführers glänzte die Glut des Feuersees. „Was ist schon ein einzelnes Leben im Vergleich zu Xelos' Größe! Ich werde nicht zulassen, dass ihr seine Halle beschmutzt!“

Damit riss er seinen Stab in die Höhe, um ihn mit aller Kraft auf Kawrin niedersausen zu lassen. Doch der geübte Assassine duckte sich im richtigen Moment, sodass die volle Wucht des Schlages den Xeliten traf, dem er immer noch den Dolch gegen die Kehle presste. Augenblicklich sackte dieser in sich zusammen. Offenbar hatte der Feuerherold die Tötung seines Gefolgsmanns bewusst in Kauf genommen, um an Rai heranzukommen.

„Packt sie!“, kreischte der Xelitenführer. „Werft sie alle in die göttlichen Flammen.“

„Bleibt nah bei mir“, ließ sich Arton das erste Mal vernehmen, der sich bislang damit begnügt hatte, Kawrin mit seinem Schwert zu decken. „Haltet mir den Rücken frei!“

Rai starrte entsetzt auf Kawrins niedergeschlagene Geisel, Artons Anweisung nahm er dabei gar nicht wahr. Aber auch die Xeliten verharrten einerseits gelähmt von den sich überstürzenden Ereignissen, andererseits eingeschüchtert von Artons drohend erhobenem Schwert. Voller Zorn wirbelte der Feuerherold mit einem Schrei seinen Stab herum und legte seine ganze Kraft in einen vernichtenden, seitwärts geführten Hieb, der Rais Kopf galt. Er wollte ihn mit einem einzigen Schlag in den Abgrund fegen. Im letzten Moment wehrte Kawrin mit seinem Dolch den Angriff auf seinen Freund ab. Der Stab krachte auf die scharfe Klinge, die brennende Spitze brach ab und wurde nach unten in den Feuersee geschleudert. Aber auch Kawrin konnte wegen der Wucht des Zusammenpralls seinen Dolch nicht mehr festhalten. Die Klinge folgte der brennenden Stabspitze in den Abgrund, während Kawrin mit einem Aufschrei seine geprellte Hand umklammerte.

Der Xelitenführer schien durch diese misslungene Attacke nur noch mehr in Rage zu geraten. Mit dem abgebrochenen Stumpf stach er nach Rai, allerdings hatte dieser endlich zu seiner gewohnten Reaktionsschnelligkeit zurückgefunden. Er wich dem Stock durch eine seitliche Drehung aus und griff nach der Waffe des Xeliten. Zu seiner eigenen Überraschung hielt er den Stock auf einmal in seinen Händen, während der Feuerherold, durch Rais plötzliche Gegenwehr aus dem Gleichgewicht gebracht, an Rai vorbeistolperte und von einigen seiner Jünger aufgefangen werden musste. Als der Xelitenführer schäumend vor Wut wieder herumfuhr, fand er die Spitze eines tiefschwarzen Schwertes direkt vor seinem Gesicht.

„Schluss jetzt", knurrte Arton mit dem Schwert in der Hand. „Du wirst uns gehen lassen, sonst kannst du deinem Gott gleich persönlich gegenübertreten, weil du dann nämlich nicht mehr am Leben sein wirst."

Es hatten sich nun zwei klare Fronten gebildet. Rai, Kawrin und Arton standen mit dem Rücken zum Abgrund, die Xeliten in einem kleinen Halbkreis ihnen gegenüber. Lediglich Nessalion hatte sich nicht bewegt und befand sich daher noch immer zwischen den beiden Xeliten, die ihn als Bewacher hierhergebracht hatten.

„Drängt sie hinab", schrie der Xelitenführer, ohne sich um

Artons Drohung zu kümmern. „Tötet die Frevler, nehmt keine Rücksicht auf mein Leben oder euer eigenes!"

„Hört auf damit", ertönte plötzlich eine helle Stimme aus den Reihen der Xelosanhänger. „Das ist doch Wahnsinn!" Ein Mädchen drängte sich zwischen die Kontrahenten, sodass Arton notgedrungen sein Schwert senken musste, um sie nicht zu verletzen. Rai erkannte in ihr sofort seine großherzige Wohltäterin, die ihm Wasser und Essen in sein Gefängnis gebracht hatte. „Ihr müsst doch erkennen, dass es nicht Xelos' Wille ist, dass die Gefangenen getötet werden! Hätte er sonst zugelassen, dass die Gefährten dieser angeblichen Frevler bis hierher gelangen in seine geheiligten Hallen? Hätte er den heiligen Stab des Feuerherolds zerbrechen lassen? Hätte er seinem obersten Diener nicht den Sieg schenken müssen?"

Hass loderte in den Augen des Xelitenführers. „Schweig, du elende Verräterin! Dein Geist war von jeher rebellisch und nun ist er rettungslos dem Unglauben verfallen."

„Das ist er nicht!", spie sie ihm entgegen. „Ich glaube vielmehr, dass Ihr nicht länger Xelos' Willen folgt. Ihr habt einen Glaubensbruder niedergeschlagen! Jetzt wollt Ihr noch mehr unserer Brüder und Schwestern sinnlos opfern. Es ist nicht mehr Xelos' Stimme, die Ihr hört, sondern nur noch das Echo Eurer eigenen verwirrten Gedanken."

Mit einer schallenden Ohrfeige streckte der Feuerherold das Mädchen nieder. „Dafür wirst auch du brennen", brüllte er bebend vor Zorn.

In diesem Augenblick geschah etwas, womit niemand der Umstehenden gerechnet hatte. Nessalion, der sich bislang teilnahmslos abseitsgehalten hatte, war unbemerkt näher an den Feuerherold herangetreten. Seine Bewacher bemerkten es nicht, weil all ihre Aufmerksamkeit auf die Auseinandersetzung zwischen ihrem Anführer und ihrer aufsässigen Glaubensschwester gerichtet war. Ohne ein einziges Wort stürzte sich Nessalion plötzlich von der Seite auf den Feuerherold und riss ihn von den Füßen. Der überrumpelte Xelitenführer schrie laut auf, dann nahm ihn Nessalion mit über die Kante in den glühenden Abgrund.

Annäherung

Es war vorüber. Schockiert von dem plötzlichen Tod ihres Anführers hatten sich alle Xeliten zu einem stillen Gebet an der Abbruchkante über dem Feuersee versammelt. Nicht ein einziger war auf den Gedanken gekommen, noch eine Hand gegen die Eindringlinge zu erheben, so als hätte der Verlust ihres herrischen Glaubensführers ihnen jeden Grund für Feindseligkeiten genommen. Auch Rai saß erschöpft am Rande des Abgrunds und starrte hinab, bis die aufsteigende Hitze seine Augen so sehr ausgetrocknet hatte, dass es schmerzte. Trotzdem konnte er seinen Blick nicht von der wogenden Glut abwenden, in der Nessalion zusammen mit dem Feuerherold verschwunden war.

„Irgendwie kann man schon verstehen, dass diesen Xelosanbetern dieser Ort heilig ist", sagte Kawrin, der unmittelbar neben seinem Tileter Freund stand und ebenfalls fasziniert in die Tiefe blickte.

„Trotzdem", meldete sich Arton zu Wort, „sollten wir die Zeit nutzen, in der die Xeliten um ihren Anführer trauern, und uns auf den Weg zur Oberfläche machen." Auch den jungen Erenor hatte der Anblick des wallenden Feuersees kurzzeitig gefesselt, allerdings gestattete er sich nicht, allzu lange in staunender Untätigkeit zu verharren. Während Arton gleichzeitig die betenden Xelosjünger im Auge zu behalten versuchte, unterzog er Rais Kopfverletzung einer flüchtigen Inspektion. „Kannst du alleine laufen, Rai? Diese Wunde an deiner Stirn sieht übel aus."

„Das stimmt", bestätigte Kawrin. „Wer hat dir denn eine solche Platzwunde verpasst? Und überhaupt, du siehst aus, als wärst du durch ein Feld mit Dornbüschen gejagt worden. Haben sie dich verprügelt?"

Rai schien gar nicht zuzuhören. „Er ist einfach gesprungen", murmelte er, ohne sich zu seinen Freunden umzudrehen. „Einfach so. Das war doch überhaupt nicht notwendig."

„Sprichst du von diesem Nessalion?", erkundigte sich Kawrin ein wenig verwirrt. „Wieso bist du denn über seinen Tod so betrübt? Immerhin hat er dich doch gegen deinen Willen hierhergebracht."

Rai rieb sich die brennenden Augen und stand auf. „Das stimmt schon, aber er war kein böser Mensch. Der Verlust seines Sohnes hat ihn nicht mehr klar denken lassen, das war alles." Er blickte Kawrin eindringlich an. „Einen solchen Tod hat er jedenfalls nicht verdient."

„Na ja", erwiderte Kawrin mit einem Achselzucken, „immerhin hat er uns von diesem verrückten Xelosfanatiker befreit. Ihn mit sich in die Tiefe zu reißen, war wohl die beste Möglichkeit, sicherzustellen, dass der Xelit auch wirklich den Tod findet. Natürlich ist das eine recht – hm, wie soll ich sagen – ‚rustikale' Methode."

Rai seufzte und ließ den Kopf sinken. „Ich hatte einfach gehofft, dass wir Nessalion wieder zurück an die Oberfläche bringen können, damit er dort neuen Lebensmut schöpfen kann und … und …"

„… du hattest dir Vergebung von ihm erhofft", vollendete Arton den Satz.

Überrascht blickte der kleine Tileter den Krieger an. Manche Empfindungen schien Arton besser zu verstehen, als seine kühle Unnahbarkeit vermuten ließ. Nach kurzem Zögern nickte Rai betrübt. „Ich fühle mich immer noch schuldig an dem Tod seines Sohnes Warson. Vielleicht hätte Nessalion mir ja irgendwann verziehen, aber so …“

„Du solltest einmal darüber nachdenken, warum er den Xelitenführer und nicht dich mit in den Tod nahm“, bemerkte Arton auf seine gewohnt nüchterne Art.

Rai musterte ihn wortlos aus seinen runden und von der trockenen Hitze geröteten Augen. Er verstand, worauf Arton hinauswollte, denn offenbar hatte Nessalion den Feuerherold als größeres Übel betrachtet und Rai daher verschont.

„Ich glaube, er wollte die Xelitin beschützen, die der Anführer geschlagen hat“, erwiderte Rai zögernd. „Irgendwie hat sie ihn wohl an Warson erinnert. Wahrscheinlich wollte er wenigstens ihr beistehen, wenn er schon seinem Sohn nicht helfen konnte.“

„Wer ist sie eigentlich?“, fragte Kawrin interessiert. „Sie hat ziemlich viel Mut bewiesen, wie sie sich da vor ihren zornigen Anführer gestellt und versucht hat, seinem Irrsinn Einhalt zu gebieten.“

„Ich weiß gar nicht, wie sie heißt“, antwortete Rai. „Sie ist ein ziemlich störrisches Ding, aber sie hat mir zumindest Essen und Trinken zu der Höhle gebracht, in der ich gefangen saß. Dafür wollte sie ein paar Dinge über die Oberfläche wissen, denn sie war schon seit sechs Jahren nicht mehr dort. Ich glaube, dass sie gerne wieder zurück nach oben will, sich aber wegen ihres Anführers nicht getraut hat, zu gehen.“

Kawrin zog erstaunt die Augenbrauen in die Höhe. „Seit sechs Jahren ist sie schon hier? Dann wird sie jetzt wohl so schnell wie möglich wieder frische Luft schnuppern wollen.“

„Wie auch immer“, warf Arton ungeduldig ein, „wir sollten

nicht abwarten, was geschieht. Immerhin ist es gut möglich, dass die Xeliten letztlich uns für den Tod ihres Anführers verantwortlich machen und daher nach Abschluss ihres Gebets Vergeltung üben wollen. Da es Rai so weit gut zu gehen scheint, sollten wir jetzt aufbrechen."

Unschlüssig warf Rai einen Blick auf die immer noch einträchtig beisammenstehenden Xelosdiener. „Ich glaube nicht, dass sie uns etwas tun werden, Arton. Sie sind dem Willen ihres Anführers bedingungslos gefolgt, weil er sie zumeist noch als Kinder vor den zahlreichen Gefahren der Mine bewahrt hat. Aber ich denke, dass die meisten im Grunde hier wegwollen, so wie die Xelitin, die mir geholfen hat."

„Willst du aufgrund dieser vagen Vermutung wirklich eine gewaltsame Auseinandersetzung riskieren?", fragte Arton mit gerunzelter Stirn. „Es wird dabei auf jeden Fall Tote geben und ich kann bei dieser Überzahl an Gegnern nicht garantieren, dass dies nur Xeliten sein werden."

„Schon gut", lenkte der Tileter ein, „dann gehen wir eben. Mir ist heute wahrlich nicht nach noch mehr Aufregung zumute."

Als die drei bereits kurz vor dem Ausgang der großen Höhle angekommen waren, blickte Rai noch einmal über die Schulter zurück auf die Gruppe der Xelosjünger. Alle hielten ihre Köpfe nach wie vor gesenkt, starrten hinab in die Feuerfluten und murmelten unverständliche Sätze vor sich hin. Nur ein einzelnes Gesicht war ihm zugewandt, es gehörte der jungen Xelitin. Als Rai sie anblickte, fiel ihm auf, wie klein und zierlich sie für ihr Alter war. Tränen glänzten trotz der Hitze in ihren Augen, sie sah verzagt und verletzlich aus. Rai blieb abrupt stehen, so als hätte ihn jemand an der Schulter gepackt. Er wusste nicht genau, was ihn in diesem Moment zurückhielt, ob er nur Mitleid empfand oder etwas anderes. Jedenfalls war er sich absolut sicher, dass er nicht einfach so verschwinden konnte.

„Was ist los, Rai?“, erkundigte sich Kawrin.

„Ich ... ich muss wenigstens ihren Namen erfahren“, murmelte der Tileter abwesend und begann, zielstrebig auf die Xeliten zuzusteuern.

„Rai!“, rief ihm Arton hinterher, doch dieser reagierte nicht. „Verflucht“, zischte der Krieger ärgerlich, unternahm aber weiter nichts, um Rai aufzuhalten. Zusammen mit Kawrin blieb er am Höhlenausgang stehen und beobachtete angespannt, was nun geschehen würde.

Als Rai nur noch einige Schritte von der Xelitin entfernt war, wischte sich diese eilig über die Augen und kam ihm dann mit ernster Miene entgegen.

„Ich glaube, es wäre besser, wenn ihr jetzt geht“, sagte sie kühl. „Wir müssen uns von unserem Anführer verabschieden. Trotz allem war er ein großer Mann und wir wollen dafür Sorge tragen, dass unsere Gebete ihn rasch durch die läuternden Flammen in Xelos' Hallen geleiten. Dabei stört ihr nur.“

Nach diesen unerwartet abweisenden Worten verfiel Rai zunächst in betroffenes Schweigen. „Eigentlich“, brachte er schließlich hervor, „wollte ich mich nur bedanken, dass du dich vorhin für uns eingesetzt hast. Und ich kenne deinen Namen gar nicht“, er räusperte sich verlegen. „Also, ich heiße Rai und bin aus Tilet.“

Die junge Xelitin schenkte ihm ein mildes Lächeln. „In unserem Orden werde ich nur ‚Dritte Flammenschwester‘ genannt“, gab sie leise zur Antwort, „aber mein richtiger Name ist Selira. Ich komme aus einem kleinen Dorf an der Küste von Etecrar.“ Damit erstarb jedoch ihr freundlicher Gesichtsausdruck. „Und es ist nicht notwendig, dass du dich bedankst, denn ich habe nur eingegriffen, weil ich verhindern wollte, dass meine Glaubensbrüder und -schwestern verletzt werden. Unglücklicherweise hat gerade das einem von euch die Möglichkeit gegeben, den Feuerherold anzugreifen."

„Na, jetzt aber mal langsam", entrüstete sich Rai, den dieser geradezu vorwurfsvolle Ton ziemlich unvorbereitet traf. „Euer Anführer wollte euch alle ohne Rücksicht auf Verluste in unsere Klingen laufen lassen, nur damit Xelos ein Opfer bekommt. Du warst doch diejenige, die dem widersprochen hat, weshalb er dich dann gleich niederschlug und ebenfalls ins Feuer werfen wollte. So gesehen hat dich Nessalion gerettet und dafür sogar sein Leben geopfert."

„Habe ich ihn denn darum gebeten?", fauchte Selira. „Es war niemals meine Absicht, dass dem Feuerherold etwas geschieht, im Gegenteil, ich wollte genau das mit meinem Widerspruch verhindern. Aber ich konnte es nicht, weil ihr euch eingemischt habt!"

„Nessalion hat sich für dich geopfert und du bezeichnest das als Einmischung?" Rai verschränkte aufgebracht die Arme vor der Brust. „Das nenne ich undankbar."

Sie kniff ihre Lippen zusammen und rang verbissen um Fassung. „Verstehst du denn nicht?", gab sie mit zitternder Stimme zurück. „Er war wie ein Vater für uns, streng, aber auf seine Weise auch gerecht. Ich wusste, was ich riskierte, als ich mich gegen ihn stellte. Das war meine Entscheidung und ich hätte die Folgen akzeptiert."

„Aber ich wollte die Folgen nicht akzeptieren und Nessalion offenbar auch nicht", erwiderte Rai hitzig. „Warum sollte für die wirren Vorstellungen dieses fanatischen Feueranbeters ein so tapferes und hübsches Mädchen wie du sterben?" Der Tileter geriet ins Stocken, als ihm bewusst wurde, was er da gerade gesagt hatte. Tatsächlich begriff er erst jetzt, dass Selira eine unbestreitbar faszinierende Ausstrahlung besaß, die nicht zuletzt von ihrer Schönheit herrührte. Um aber seinem versehentlich herausgerutschten Kompliment etwas weniger Gewicht zu verleihen, fügte er hastig hinzu: „Und genauso wenig wollte ich es hinnehmen, dass er mich einfach in den Feuersee wirft."

Der Ausdruck in dem Gesicht der Xelitin schwankte zwischen Verwunderung, Zorn und Kummer. Offenbar wusste sie nicht recht, wie sie Rais Bemerkung einordnen sollte. Schließlich wischte sie sich verstohlen über die Augen und begann, deutlich gefasster zu sprechen:

„Ich will dir ja gar keinen Vorwurf machen, es ist eben geschehen, was geschehen ist. Vielleicht war das alles ja sogar Xelos' Wille, ich weiß es nicht. Aber wir brauchen jetzt etwas Zeit, um damit zurechtzukommen, vor allem ich. Deshalb lasst uns alleine unsere Gebete vollenden und danach werden wir weitersehen."

„Wollt ihr denn nicht mit zur Oberfläche kommen?", erkundigte sich Rai erstaunt. „Endlich wieder die Sonne sehen, den Wind spüren und dem Rauschen des Meeres lauschen? Jetzt hält euch doch keiner mehr hier unten!"

Wieder verdunkelte sich die Miene der Xelitin. „Du scheinst es wirklich nicht zu verstehen. Nicht die Verbote des Feuerherolds haben mich hier unten gehalten, sondern es war Xelos' Wille, von dem ich lange Zeit glaubte, ihn durch den Mund unseres Anführers zu vernehmen. Nachdem der Feuerherold nun von uns gegangen ist, müssen wir erst gemeinsam herausfinden, was der wahre Wille von Xelos ist, und erst dann können wir eine Entscheidung treffen. Wenn wir alle der Meinung sind, unser Gott möchte, dass wir bleiben, dann wird das so geschehen."

Damit wandte sich Selira um und ließ Rai beeindruckt, aber auch ein wenig enttäuscht stehen. Nach einer Weile kehrte er nachdenklich zu Kawrin und Arton zurück, die beide die Unterhaltung mit angehört hatten.

„Das war wohl nichts", bemerkte Kawrin mit einem breiten Grinsen.

Rai sah zu dem Größeren hoch. „Warum grinst du denn so aufdringlich?", fragte er etwas ungehalten. „Wenigstens habe ich es versucht."

„Ich kann schon verstehen, dass du diese Xelitin gerne mit an die Oberfläche nehmen möchtest", fuhr Kawrin mit gleichbleibender Fröhlichkeit fort. „Bis auf die Glatze und die komischen Brandmale auf der Stirn ist sie wirklich vom Allerfeinsten."

Die dunklen Brauen des kleinen Tileters zogen sich zornig über seinen Augen zusammen. „Wenn du glaubst, dass es mir nur darum geht", polterte er los, „dann hast du nichts kapiert! Ich will, dass diese Menschen endlich hier rauskommen und wieder Cits Licht erblicken, und ich dachte, ich könnte diese Selira überzeugen, weil sie mir so viele Fragen deswegen gestellt hat. Das hat überhaupt nichts mit ihrem Aussehen zu tun!"

Kawrins Lächeln wurde noch eine Spur spöttischer. „Na, dann kann ich sie ja haben, wenn sie sich doch noch entschließt, an die Oberfläche zurückzukehren."

„Was heißt denn hier, du kannst sie haben?", grollte Rai. „Da wird sie ja wohl auch noch ein Wörtchen mitreden wollen und ich glaube nicht, dass sie unbedingt von einem dummen blonden Sprücheklopfer geträumt hat."

Auf diese Bemerkung hin war Kawrins Lächeln wie weggeblasen. „Aber nach einem zu kurz geratenen Straßenjungen wird sie sich ganz bestimmt auch nicht gesehnt haben ..."

„Ich werde jetzt gehen“, unterbrach Arton den Streit. „Entweder ihr kommt mit oder ihr bleibt hier und zankt euch weiter, mir ist das egal.“ Der Gesichtsausdruck des Kriegers verriet nicht, ob er nun eher ärgerlich oder amüsiert über diese sinnlose Auseinandersetzung der beiden war, allerdings bestand kein Zweifel daran, dass er ernst meinte, was er sagte. Daher folgten Rai und Kawrin dem Schwertkämpfer widerspruchslos, als dieser die Höhle nun endgültig durch den aufwärtsführenden Gang verließ. Hinter seinem Rücken jedoch tauschten Rai und Kawrin noch einige böse Blicke. Nach wenigen Schritten hob Arton eine beinahe heruntergebrannte Fackel vom Boden auf, die sie beim Anschleichen dort hatten liegen lassen, und entzündete daran ein weiteres der mitgebrachten ölgetränkten Hölzer.

Das Verlassen der Xelitenhöhlen gestaltete sich noch beschwerlicher als der Weg hinab, da die starke Hitze in Verbindung mit dem steilen Anstieg nicht nur Rai das Äußerste abverlangte. Nach dem eiligen Passieren von Xelos' Schlot mussten sie in der folgenden Kammer erst einmal eine Pause einlegen, um den größten Durst an dem herabrinnenden Wasser zu stillen und wieder ein wenig zu Atem zu kommen. Da Rai nach Kawrins Neckereien von vorhin keine Lust hatte, mit ihm zu sprechen, aber nach seiner zweitägigen Gefangenschaft das dringende Bedürfnis verspürte, sich über das Erlebte mit jemandem auszutauschen, wandte er sich letztlich an Arton, auch wenn dieser für gewöhnlich keinen allzu bereitwilligen Gesprächspartner abgab.

„Die Höhle, die wir gerade passiert haben, wird von den Xeliten wegen der stinkenden Dämpfe Xelos' Schlot genannt“, begann er die Unterhaltung mit dem schweigsam zu Boden starrenden Arton. „Dieses Viehzeug an der Decke sieht ziemlich Respekt einflößend aus, oder? Aber das ist noch gar nichts gegen diese Glühspinnen. Die sind ein echter Albtraum."

Arton blickte auf, so als wäre er mit seinen Gedanken gerade weit entfernt gewesen. „Was für Spinnen? Auf unserem Weg hierher sind wir nichts Derartigem begegnet", meinte er mit einem Schulterzucken. „Schon gar nichts, das glüht." Er hob fragend eine Augenbraue.

„Wahrscheinlich haben sie sich versteckt, weil ihr zu zweit wart und Fackeln dabeihattet", erklärte Rai. „Aber als ich den Xeliten entwischen konnte, bin ich allein und ohne Licht in ihre Bruthöhle geraten. Das war gar nicht schön." Er schüttelte sich angewidert. „Diese Monster geben ein weißliches Leuchten von sich, wenn sie eine Beute entdecken. Und dann treiben sie dich in eine Ecke, wo du dann mit Klebefäden beschossen wirst, bis du dich nicht mehr bewegen kannst."

„Hier gibt es menschenfressende Bestien, die auch noch leuchten können?", fragte Kawrin bestürzt, während sein Blick besorgt in der Höhle umherzuwandern begann. Dann sah er Rai mit unverhohlener Bewunderung ins Gesicht. „Wie bist du den Spinnen entwischt?"

Rai durchlief ein weiterer Schauer, als er wieder daran dachte. „Nur mit knapper Not", erwiderte er leise, „tretend, rollend und … nicht gerade heldenhaft. Letztlich habe ich den Xeliten meine Rettung zu verdanken, auch wenn sie das nur gemacht haben, um mich gleich darauf ihrem Feuergott zu opfern."

„Wie können diese verrückten Xeliten nur hier unten leben?", wunderte sich Kawrin. „Ungeheuer überall, kein Licht, kaum Wasser, keine Nahrung."

„Oh, Nahrung gibt es genug", korrigierte ihn Rai grinsend. „Wir haben sozusagen gerade die Vorratskammer durchquert. Auch wenn sie ziemlich widerlich schmecken, aber das Fleisch der Tausendfüßler aus Xelos' Schlot ist essbar."

„Du hast davon gekostet?", fragte Arton ungläubig, während Kawrin nur ein unterdrücktes Würgen herausbrachte.

Rai nickte gequält. „Hunger ist ein schlechter Ratgeber. Ich habe gar nicht darüber nachgedacht, was das sein könnte, als ich es von Selira gereicht bekam. Jedenfalls scheinen diese halb genießbaren Tiere der Grund zu sein, warum die Xeliten so lange hier unten überleben konnten, auch ohne Vorräte von draußen."

Rai zögerte ein wenig, bevor er weitersprach: „Ich finde es erstaunlich, dass ihr noch weitergegangen seid, als ihr Xelos' Schlot erreicht habt. Der Gestank und dieses wimmelnde Ungeziefer hätten mich an eurer Stelle bestimmt abgeschreckt."

„Ich wusste", erwiderte Arton, „dass die Xeliten irgendwo hier unten sein müssen, und ich bin davon ausgegangen, dass sie dich in ihre Gewalt gebracht haben. Daher blieb mir gar keine Wahl, als nachzusehen, ob dieser Xelosschlot, wie du ihn nennst, auch noch einen Ausgang hat. Von da an war es leicht. Wir mussten nur der Stimme des Xelitenführers folgen."

Rais Blick wanderte ein wenig scheu zunächst zu Arton und nach kurzer Überwindung auch zu Kawrin.

„Ich wollte mich noch einmal anständig bei euch bedanken", sagte er leise, „dass ihr mich da unten rausgeholt habt. Ich verdanke euch, wieder einmal, mein Leben. Ohne euch würde ich jetzt mit Sicherheit schon in diesem Feuersee schwimmen. Ihr seid wirklich gute Freunde."

Weder Kawrin noch Arton fanden zunächst die rechte Erwiderung auf Rais überraschend herzliche Dankesworte, sodass sich nach einiger Zeit eine unbehagliche Ruhe ausbreitete. Dann war es ausgerechnet Arton, der endlich das Schweigen brach: „Du brauchst dich nicht zu bedanken, Rai, du hast für mich schon einmal dasselbe getan und ich weiß, du würdest es wieder tun. Es ist schwer genug, Menschen zu finden, die es wert sind, dass man für sie kämpft, und zu oft kann man trotz aller Bemühungen nichts für sie tun. Man muss froh sein, wenn ein solcher Versuch mit Erfolg belohnt wird. Es ist gut, dass du noch am Leben bist." Der Krieger sah Rai nicht ein einziges Mal an, während er sprach, so als wären ihm seine ungewöhnlich warmen Worte unangenehm. Dennoch hatte er sie ausgesprochen.

Kawrin, der selbst nach einer passenden Antwort gesucht hatte und dem Arton jetzt zuvorgekommen war, zeigte sich von dieser milderen, geradezu freundlichen Seite des Schwertkämpfers vollkommen verblüfft. In seinem Umgang mit Kawrin hatte Arton bisher niemals solch einen verbindlichen Tonfall angeschlagen, wahrscheinlich wäre Kawrin sonst mit dem Krieger besser zurechtgekommen. Nach dessen wohl gewählten Worten blieb Kawrin nun aber nichts weiter übrig, als Rai kameradschaftlich die Hand auf die Schulter zu legen und ein schlichtes „Gern geschehen" zu murmeln.

„Gehen wir weiter?", fragte er dann, um diesen ungewohnt gefühlsbetonten Moment nicht noch weiter auszudehnen.

Rai und Arton nickten und so setzten sie ihren langen Weg zurück an die Oberfläche fort. Da die Temperaturen nun stetig abnahmen, kamen sie auch zunehmend besser voran und so standen sie schließlich wieder in der Eingangshalle, wo sie in das gleißende Licht der Mittagssonne blinzelten, das durch den Deckenspalt stach. So beeindruckend die Unterwelt des Bergwerks mit ihren Feuerseen und Hohlräumen auch gewesen sein mochte, die frische Luft und das überreichliche Strahlen von Cits Himmelsauge schienen in diesem Moment wie ein Geschenk der Götter.

„Jetzt wird sich zeigen, ob Barat die Verstärkung organisieren konnte", sagte Kawrin mit einem skeptischen Blick nach oben. „Ansonsten müssen wir das Seil hinaufklettern."

Rais unglücklicher Gesichtsausdruck verriet, dass er diese Option nicht gerade zu begrüßen schien.

„Barat!", rief Kawrin so laut er konnte. „Hallo! Holt uns rauf!"

Nach einem kurzen Augenblick des Wartens erschien ein Kopf in dem Spalt hoch über ihnen. Aufgrund des Gegenlichts war allerdings nicht zu erkennen, um wen es sich handelte. Offenbar hatte dieser Jemand aber die drei Gefährten am Höhlenboden erkannt, denn es schallte augenblicklich eine wohlbekannte Stimme zu ihnen herab: „Dann steigt schon mal in den Korb, wir ziehen euch hoch." Es war eindeutig Barat und seine überschwängliche Freude über den Anblick der Zurückgekehrten ließ sich nicht überhören.

Die Gondel war kaum an der Oberfläche angekommen, da sprang Barat auch schon hinein und stürzte sich auf Rai, als wolle er ihn erdrücken. Tatsächlich fiel die Umarmung so stürmisch aus, dass der überrumpelte Rai sich schon bald in Barats kräftigen Armen zu winden begann. „He, ich ersticke!", protestierte er.

„Die Götter müssen einen ganzen Topf mit Glück über dir ausgekippt haben", rief Barat lachend und lockerte seine Umklammerung ein wenig. „Ich habe dich schon für tot gehalten."

„Das bin ich auch gleich, wenn du mich nicht loslässt", keuchte Rai, während er sich halbherzig zu befreien versuchte.

Barat entließ ihn, allerdings nicht bevor er, sehr zum Unwillen des kleinen Tileters, übermütig dessen Haare gezaust hatte. „Und gleich wieder beschweren“, feixte Barat, „das ist Rai, wie ich ihn kenne.“

Rai versetzte seinem Freund einen scherzhaften Stoß. „Da habe ich mein Zusammentreffen mit den verrückten Fackelanbetern gerade noch überlebt und dann werde ich von dir bei der Rückkehr erdrosselt“, sagte er über beide Ohren grinsend, während er sich beeilte, aus dem schwankenden Transportkorb zu klettern.

„Du bist den Xeliten in die Hände gefallen?“, erkundigte sich Barat besorgt und folgte seinem jüngeren Gefährten zurück auf den soliden Fels. „Das musst du mir alles genau berichten. Und wo ist eigentlich Nessalion?“

Bei der Erwähnung seines Entführers schwand Rais Ausgelassenheit mit einem Mal und er erzählte Barat, was sich im Bergwerk zugetragen hatte. Neugierig näherten sich auch einige der Arbeiter, die Barat aus der Stadt zu Hilfe geholt hatte und die zum Heben der Fördergondel die Winde bedient hatten.

„Selira hat mir zum Abschied gesagt“, beendete Rai seinen Bericht, „dass sie und ihre Leute sich erst noch einig werden müssen, was ihr Gott von ihnen erwartet. Erst dann werden sie entscheiden, ob sie an die Oberfläche kommen oder nicht. Aber ich glaube, nach dem Tod ihres Anführers haben wir von den Xeliten nichts mehr zu befürchten.“

Barat zeigte sich tief beeindruckt von dem Gehörten und erst nach einer Weile bemerkte er nachdenklich: „Es könnte sich wahrlich als ein Segen erweisen, dass die Xeliten keine Gefahr mehr darstellen, denn früher oder später müssen wir im Bergwerk wieder Erz schürfen. Immerhin sind wir auf das Eisen angewiesen, wenn wir auf dieser Insel dauerhaft überleben wollen. Natürlich wäre es nicht schlecht, wenn noch ein paar ehemalige Mineninsassen mehr in die Stadt kämen, um dort das Kräftegleichgewicht zu unseren Gunsten zu verschieben. Aber ich denke, das Wichtigste ist, dass die Xeliten uns in Ruhe lassen, wenn wir wieder mit Rötelklopfen anfangen."

„Trotzdem sollten wenigstens ein paar von uns hierbleiben", entgegnete Rai, „falls die Xelosdiener sich doch dazu entschließen, das Bergwerk zu verlassen. Die meisten waren schon jahrelang nicht mehr an der Oberfläche und haben keine Ahnung, wie es von hier aus zur Stadt geht oder an wen sie sich hier oben wenden können. Der Vorstellung, jetzt noch bis zum Hafen zurückzulaufen, kann ich gerade ohnehin nicht viel abgewinnen, stattdessen würde ich lieber ein ausgiebiges Nickerchen in der wunderbar warmen Sonne machen. Deshalb schlage ich vor, dass ich und vielleicht noch einer von euch mit einem kleinen Trupp der Arbeitermiliz hier warten und die Xeliten, für den Fall, dass sie auftauchen, zur Stadt begleiten."

Barat sah ein wenig unglücklich drein. „Eigentlich hatte ich gehofft, heute Nacht wieder in einem richtigen Bett zu schlafen und mir nicht irgendwo ein Plätzchen zwischen den Ruinen des Wachturms oder in einer verlassenen Schmiedehütte suchen zu müssen. Aber ich werde dich auf keinen Fall schon wieder allein lassen. Nicht, dass du gleich wieder in das nächste Schlamassel schlitterst. Also muss ich wohl mit dir hier ausharren."

„Ich bleibe auch hier", warf Kawrin hastig ein. Es war überdeutlich, dass er nicht mit Arton als einziger Begleitung zur Stadt zurückgehen wollte. Beinahe entschuldigend fügte er daher noch hinzu: „Ich bin ebenfalls ziemlich erschöpft."

Wenn der junge Erenor etwas an Kawrins Verhalten auszusetzen hatte, so ließ er es sich mit keiner Miene anmerken.

„Dann werde ich alleine aufbrechen“, erklärte er gelassen. „Ich möchte in der Festung nach dem Rechten sehen. Zur Sicherheit kann der Arbeitertrupp bei euch bleiben, falls es doch noch irgendwelche Schwierigkeiten gibt.“ Er nickte Rai noch einmal zu und machte sich, ohne ein weiteres Wort zu verlieren, wieder auf den Rückweg zum Hafen.

Gnadenlose Wahrheit

Tatsächlich war Arton froh darüber, endlich wieder allein zu sein, denn es galt, über vieles nachzudenken. Obwohl auch er eine volle Nacht keinen Schlaf gefunden hatte und die Strapazen des Bergwerkaufenthalts auch an ihm nicht spurlos vorübergegangen waren, fühlte er sich dennoch frisch und unbeschwert. Diese Beschwingtheit gründete ohne Frage vor allem in der erfolgreichen Befreiung Rais, was ihn mit großer Genugtuung erfüllte. Jedes Wort, das er dem kleinen Tileter bei ihrer Rast in einer der Höhlen mitgeteilt hatte, entsprach der Wahrheit und entstammte Artons tiefstem Inneren. Er war froh, dass er Rai hatte retten können. Natürlich hatte er dabei auch an Tarana denken müssen, bei der es ihm nicht gelungen war, sie vor dem Tod zu bewahren, aber umso mehr erschien ihm die geglückte Rettung des entführten Rai wie eine Wendung seines Geschicks zum Guten. Endlich war die verhängnisvolle Abfolge von Verlust und Zerstörung, die ihn seit dem Überfall auf die Kriegerschule heimgesucht hatte, durchbrochen. Zwar hatte er schon vorher mit der Eroberung des Wachturms und der Festung von Andobras einige Erfolge erzielen können, aber dabei war es ihm niemals um etwas gegangen, dem er persönlich große Bedeutung beigemessen hatte. Selbstverständlich genoss er den Triumph, den diese Siege mit sich brachten, doch zumindest bisher war dieses Hochgefühl nie von langer Dauer gewesen.

Rai nun dank seiner Hilfe wohlauf und in Sicherheit zu

wissen, hinterließ bei dem jungen Kämpfer eine anhaltende Zufriedenheit, wie er es in seinem Leben bisher nur selten erlebt hatte. Er begann, Gefallen an diesem Gefühl zu finden. Umso befremdlicher empfand er daher die feindselige Haltung Kawrins, der sich ihm bei jeder Gelegenheit zu widersetzen versuchte, selbst wenn sie beide das gleiche Ziel anstrebten. Arton war sich durchaus bewusst, dass er recht hart mit dem blonden Dolchwerfer umgesprungen war, als dieser ihm die Hintergründe des Assassinenangriffs in Seewaith hatte verschweigen wollen, aber seither bemühte sich Arton darum, Kawrin möglichst nicht mehr allzu grob anzugehen. Er hegte keinen wirklichen Groll gegen den ehemaligen Handlanger der Silbergilde, auch wenn diese Verbrecher die Verantwortung für den Tod Taranas und die Vernichtung seiner Schule trugen. Kawrin traf keine Schuld daran, schließlich hatte er zu dieser Zeit schon in der Mine von Andobras festgesessen.

Dennoch ließ sich schwerlich übersehen, dass der blonde Seewaither Artons Bemühungen um ein friedliches Nebeneinander nicht zu würdigen wusste. Selbst wenn sich Arton ihm zuliebe die Mühe machte, seine Entscheidungen zusätzlich noch mit einer ausführlichen Erklärung zu versehen, schien Kawrin dies nicht als Entgegenkommen, sondern vielmehr als Schulmeisterei zu empfinden. Wenn Arton es jedoch unterließ, einen seiner Entschlüsse zu erläutern, dann fühlte sich der streitlustige Blondschopf übergangen. Der Schwertmeister war es nicht gewohnt, in solcher Weise Rücksicht auf jemanden zu nehmen, denn er hatte schon früh die meisten wichtigen Entscheidungen alleine treffen müssen. Kawrin hingegen wollte sich weder Artons Argumenten noch seiner Autorität beugen. Eigentlich schätzte der Krieger solche Unbeugsamkeit als Zeichen eines festen

Willens, denn auch er selbst ordnete sich nicht gerne unter. Aber im Gegensatz zu Kawrin war er in der Lage, zu erkennen, wenn jemand für eine bestimmte Aufgabe bessere Voraussetzungen mitbrachte als er selbst. So hatte er bei ihrem Befreiungsmanöver in der Mine ohne Widerspruch Kawrins Vorschlag zugestimmt, in der Feuerhöhle einen der Xeliten als Geisel zu nehmen, um damit Rais Freilassung zu erwirken. Obwohl dies nicht seinem üblicherweise recht direkten Vorgehen entsprach, war er in dieser Situation zu dem Schluss gekommen, dass eine eher heimliche Herangehensweise Erfolg versprechender war. Da Kawrin ganz offensichtlich mit seinen Dolchen umzugehen verstand und sich zudem auch leiser bewegen konnte als der stämmige Schwertfechter, hatte Arton ihm den entscheidenden Teil des Plans, das Anschleichen und Bedrohen eines der hinten stehenden Xeliten, überlassen. Der Krieger selbst hatte sich damit begnügt, Kawrin den Rücken zu decken. Aber auch dieser Vertrauensbeweis milderte anscheinend nicht die Abneigung, die der Dolchwerfer für Arton empfand.

Eigentlich bedauerte der junge Erenor das schlechte Verhältnis zu dem beinahe gleichaltrigen Kawrin ein wenig, denn er schätzte dessen Fähigkeiten und respektierte dessen Eigensinn. Wäre dieser schwelende Konflikt nicht gewesen, hätte man fast von einer gewissen Harmonie sprechen können, die sich zwischen ihm und den anderen zu entwickeln begann. Überhaupt fand Arton, dass er sich im Gegensatz zu früher anderen Menschen schon sehr viel mehr öffnete und sogar zuließ, dass gewisse Bindungen entstanden. In Rai hatte er beispielsweise schon fast einen Freund gewonnen, wenngleich sich diese Tatsache auch noch sehr ungewohnt anfühlte, denn er hatte noch nie zuvor einen wirklichen Freund besessen. Und der alte Barat trug sein Herz mit Sicherheit ebenfalls auf dem rechten Fleck, wenn er auch bezüglich der Zukunft der Insel Andobras ein paar Ansichten vertrat, die Arton nicht unbedingt teilte. Barat hatte sich in ihren kurzen Gesprächen als zuverlässig, offen und vor allem ehrlich erwiesen und verfügte ganz nebenbei noch über äußerst nützliche militärische Kenntnisse. Deshalb achtete ihn Arton sehr. Lediglich bezüglich Erbukas war sich Arton nicht ganz im Klaren, was aber wohl vor allem daran lag, dass er bislang mit ihm noch kaum gesprochen hatte.

Trotzdem hatte ihn niemand zurück zur Festung begleiten wollen – er musste alleine gehen. Seine langen Schritte trugen ihn inzwischen bereits wieder hangabwärts, dem Hafen entgegen. Ein Grund für seine rasche Rückkehr zur Festung stellte sicherlich die Notwendigkeit dar, dort nach dem Rechten zu sehen, aber noch weit mehr trieb ihn das Bedürfnis, ein weiteres Gespräch mit dem Erleuchteten Nataol zu führen. Den jungen Erenor verlangte es vor allem danach, dem Citpriester zu erzählen, wie es ihm gelungen war, Ferrag mithilfe der Geistsprache aus seiner Ohnmacht zu wecken. Schließlich hatte Nataol behauptet, Menschen seien nicht zugänglich für diese Art der Gedankenbeeinflussung. Und außerdem gab es immer noch die wichtigste aller Fragen zu klären: nämlich die nach Artons Vater.

Als die Sonne bereits in einer heraufziehenden Wolkenbank zu verschwinden begann, durchschritt Arton endlich das Tor zur Festung von Andobras. Unten in der Stadt war alles ruhig gewesen, möglicherweise etwas zu ruhig für eine Hafenstadt, die den Großteil ihres Verdienstes durch den Seehandel erzielte. Da aber die Sperrkette im Hafen aufgrund der jüngsten Vorfälle noch immer nicht gesenkt worden war, fiel diese wichtige Einnahmequelle für die Andobrasier nach wie vor weg und so gab es schlichtweg keinen

Grund, den Marktplatz oder die Kaistraße aufzusuchen. Außerdem war es auch gut möglich, dass das entschiedene Vorgehen gegen die Rebellen und deren demonstratives Abführen in Fesseln die durchaus beabsichtigte einschüchternde Wirkung nicht verfehlt hatte und deshalb so wenig Menschen auf den Straßen waren. Jedenfalls erforderte weder die Situation in der Stadt noch die in der Festung Artons Eingreifen, sondern im Gegenteil, es schien alles unter Kontrolle zu sein.

Nach einem knappen Gruß an die Torwächter überlegte Arton kurz, ob er nicht zunächst ein wenig Rast in seinem Quartier machen sollte, denn der lange Marsch von der Mine bis hierher hatte ihn ein wenig erschöpft. Allerdings war sein Verlangen nach Antworten größer als seine Müdigkeit, was ihn schließlich den Weg in Richtung Tempel wählen ließ.

Durch höfliches Klopfen an der Kammertür des Priesters machte Arton auf sich aufmerksam und wartete dann geduldig, bis eine leise Stimme von drinnen ihm das Eintreten gestattete. Nachdem er die Tür geöffnet hatte, erblickte er Nataol, der in einfachen Leinengewändern gekleidet an einem kleinen Tisch saß und aß. Mittlerweile schien der Citdiener sich etwas erholt zu haben, denn er wirkte lange nicht mehr so fahl und zerbrechlich wie noch tags zuvor. Der Erleuchtete unterbrach sein Mahl, als der junge Erenor eintrat, und winkte ihn freundlich zu sich an den Tisch.

„Tretet heran, werter Arton“, ermunterte er den Krieger. „Ich hatte schon geglaubt, Ihr würdet mich am heutigen Tag nicht mehr mit Eurem Besuch beehren. Nehmt Euch dort drüben einen Stuhl und setzt Euch, leistet mir Gesellschaft bei meinem einsamen Mahl.“

Arton erkannte, dass der Priester offenbar in einem Buch gelesen hatte, während er die köstlich duftenden Speisen, die dort auf seinem Teller angerichtet waren, zu sich nahm. In diesem Moment wurde Arton bewusst, dass er bereits einen vollen Tag lang nichts Richtiges mehr gegessen hatte.

„Seid Ihr hungrig?", erkundigte sich Nataol sofort, als er sah, wie der junge Kämpfer auf den vollen Teller starrte. „Ich kann Euch etwas zu essen aus der Tempelküche bringen lassen. Meine Novizen bemühen sich sehr darum, dass es mir an nichts mangelt, obwohl die Versorgung mit Vorräten zunehmend schwieriger wird und auch das Küchenpersonal nicht mehr in der Festung erscheint. Vielleicht ist noch etwas mehr von dem da, was ich gerade esse. Ich werde mal nachfragen, wenn Ihr wollt."

„Gerne", erwiderte Arton mit einem dankbaren Nicken.

Daraufhin erhob sich Nataol ein wenig schwerfällig von seinem Stuhl und öffnete eine Seitentür, die sich in geschlossenem Zustand kaum sichtbar in der Wandtäfelung befand. Er verschwand für einige Augenblicke durch diesen Ausgang und tauchte kurze Zeit später mit einem zufriedenen Lächeln wieder auf.

„Sie werden ihr Möglichstes tun", sagte Nataol. „Ihr müsst Euch allerdings noch ein wenig gedulden." Er nahm wieder Platz und klappte das dicke Buch zu, das neben seinem Teller lag. Erst jetzt waren der schwere Ledereinband und die Bronzespangen zu erkennen, die das offensichtlich wertvolle Werk schützten. „Was führt Euch diesmal zu mir, Meister Erenor?"

Während Arton einen Stuhl nahm und sich zu dem Citpriester an den Tisch setzte, begann dieser, wieder zu essen.

„Ihr erinnert Euch sicherlich noch daran", begann der Krieger ohne Umschweife, „dass ich bei meinem letzten Besuch unter anderem deshalb Euren Rat suchte, weil ich meinen Freund mithilfe der Geistsprache finden wollte."

Nataol nickte, wobei er sich sorgfältig den Mund mit einem Tuch abtupfte, das auf seinem Schoß gelegen hatte. „War Eure Suche denn von Erfolg gekrönt?“, wollte der Priester interessiert wissen.

„Nun, kurz gesagt, ja“, antwortete Arton, „wenn ich auch anders vorging, als ursprünglich geplant. Nach dem letzten Gespräch mit Euch hatte ich Zweifel, ob ich es wirklich schaffen könnte, allein durch ziellose Gedankensuche meinen Gefährten wiederzufinden. Daher entschied ich mich, meine Fähigkeiten zuerst an unserem Gefangenen Ferrag auszuprobieren.“

„Ferrag?“, rief Nataol überrascht. „Was hat denn unser Hundeführer mit dem Verschwinden Eures Freundes zu schaffen?“

Arton zögerte kurzzeitig, denn er hatte nicht bedacht, dass Ferrag im Tempel bestens bekannt war. Er entschied sich dann aber, ganz offen zu sein: „Ferrag hat den Aufstand gegen uns angeführt. Zusammen mit seinen Getreuen und einigen verräterischen Minenarbeitern gelang es ihm, meinen Kameraden Rai bei einer Versammlung in der Markthalle der Stadt in seine Gewalt zu bringen. Er hatte vor, ihn als Druckmittel gegen uns zu verwenden, damit wir von der Insel verschwinden und er selbst die Macht übernehmen kann. Bei der Erstürmung seines Unterschlupfs haben wir ihn gefangen nehmen können. Allerdings trug er bei den Kämpfen eine so schwere Kopfverletzung davon, dass er lange Zeit besinnungslos blieb. Da er uns somit keinen Hinweis auf Rais Verbleib liefern konnte, schien seine Gefangennahme zunächst völlig nutzlos.“

Nataol fingerte nachdenklich an seiner Serviette herum. „Ferrag war sich schon immer selbst der Nächste. Wenn er gegen euch vorgegangen ist, dann mit Sicherheit, weil er sich davon einen guten Profit oder anderweitige Vorteile versprach. Er verfügte über ein paar sehr nützliche Fähigkeiten, aber ich glaube nicht, dass ich ihn vermissen werde."

„Er ist nicht tot, falls Ihr das annehmt", fügte Arton hinzu, „aber ich habe versucht, ihm trotz seiner Ohnmacht mithilfe der Geistsprache ein paar Informationen zu entlocken."

Jetzt wurde Nataol hellhörig. Er schob seinen Teller weg und beugte sich in gespannter Erwartung ein wenig nach vorn.

„Zunächst versuchte ich, direkt in seinen Geist einzudringen", erzählte der Krieger weiter, „aber wie Ihr schon bei unserem letzten Gespräch angekündigt habt, war es mir nicht möglich, seinen inneren Widerstand zu überwinden."

„Das war jene geistige Barriere", bestätigte der Erleuchtete, „die den menschlichen Verstand schützt. Zudem hat Ferrag eine verblüffende Willensstärke – das macht es sicherlich nicht einfacher, seine Gedanken zu erspüren. Aber sprecht weiter."

„Als ich bei meinen Versuchen zunehmend die Geduld verlor", setzte Arton seinen Bericht fort, „formulierte ich eine Art stillen Ruf, in den ich meinen gesammelten Zorn legte, und befahl Ferrag, aufzuwachen." Der junge Erenor forschte im Gesicht des Priesters nach einer Reaktion, doch dessen tief gefurchte Stirn ließ nichts als angespannte Konzentration erkennen. „Und tatsächlich, Ferrag schreckte hoch aus seiner Ohnmacht, sodass ich endlich Antwort auf meine drängenden Fragen erhielt."

„Ferrag erklärte sich ohne Gegenleistung bereit, sein Wissen über den Verbleib Eures Freundes preiszugeben?" Nataols Augen verengten sich skeptisch.

„Natürlich musste ich ihm mit meiner Gabe ein wenig Angst einflößen, um ihn gefügig zu machen", ergänzte Arton beiläufig, „aber danach hat er mir bereitwillig alles mitgeteilt, was er wusste.“

Nun hielt es den Gottesmann nicht länger auf seinem Stuhl und er begann, im Zimmer auf und ab zu schreiten. Arton konnte nicht verhindern, dass sein Blick ein wenig bedauernd auf dem restlichen Mahl haften blieb, das dort auf Nataols Teller zu erkalten begann. In diesem Moment klopfte es an der Seitentür, und nachdem Nataol zum Eintreten aufgefordert hatte, kamen die beiden Novizen mit einem silbernen Tablett in den Raum, auf dem sich allerlei unterschiedliche Speisen befanden. Diese bunte Mischung stellte allerdings keine solch liebevoll zubereitete Mahlzeit dar, wie sie der Erleuchtete gereicht bekommen hatte, sondern die Priesteranwärter schienen vielmehr alles zusammengesucht zu haben, was noch in der Tempelküche zu finden gewesen war. Der wesentliche Zweck, nämlich Artons Hunger zu stillen, würde damit aber allemal erfüllt werden. Während der Erleuchtete seine Glaubensschüler eilig wieder hinauswinkte, begann der junge Erenor, mit großem Appetit zu essen.

„Ich hoffe, es mundet Euch“, bemerkte Nataol lächelnd. „Entschuldigt, wenn ich nicht mit Euch esse, aber Eure Worte beschäftigen mich zu sehr, als dass noch Raum für die Nahrungsaufnahme bliebe. Allerdings verspürt man in meinem Alter ohnehin nicht mehr jenen unstillbaren Hunger der Jugend.“ Verschmitzte Fältchen, die bei diesen Worten seine klaren blauen Augen umrahmten, verrieten, dass sich seine Äußerung nicht nur auf das Bedürfnis nach Nahrung bezog.

Arton nickte wortlos und ließ sich von Nataol eine Weile beim Essen beobachten, bis dem Krieger diese abschätzende Musterung durch den Citpriester unangenehm zu werden begann. „Was haltet Ihr denn nun von dieser Geschichte mit Ferrag?", fragte er zwischen zwei Bissen.

„Das weiß ich noch nicht genau", gab Nataol zu. „Es steht jedoch fest, dass diese starke Beeinflussung eines Menschen durch die Euch geläufige Geistsprache als ganz außergewöhnlich angesehen werden muss." Nachdenklich legte er einen Finger auf den Mund. „Aber Ihr spracht von Eurer ‚Gabe' so, als wäre es eine Fähigkeit, über die Ihr schon länger verfügt. Es war also nicht das erste Mal, dass Ihr einem Menschen auf diese Art Euren Willen aufgezwungen habt?"

Der junge Erenor schüttelte kauend den Kopf. Nachdem er eilig den Bissen heruntergeschluckt hatte, entgegnete er: „Ich verfüge über diese Gabe seit meiner frühen Jugend."

Der Erleuchtete nickte nachdenklich. „Wisst Ihr, welches Buch dort vor Euch auf dem Tisch liegt?", fragte er unvermittelt.

Arton zog überrascht die Augenbrauen in die Höhe und schüttelte abermals den Kopf. Er hatte dem gewichtigen Wälzer bisher keine besondere Aufmerksamkeit geschenkt.

„Dies ist das Buch Ralinat", verkündete Nataol feierlich, „die Worte des Lichts. Dabei handelt es sich um die Heilige Schrift der Citpriesterschaft. Dort wird von den Göttern und der Erschaffung der Welt berichtet, so wie es uns seit Urzeiten überliefert ist."

Mittlerweile hatte Arton sein Mahl beendet, nahm diese Eröffnung aber dennoch nur schweigend zur Kenntnis.

„Bei diesem Buch dort vor Euch auf dem Tisch handelt es sich jedoch um eine ganz besondere Ausgabe", fuhr der Citdiener fort, ohne sich von der mangelnden Begeisterung seines Zuhörers irritieren zu lassen, „denn dieses Werk wurde zum zweihundertsten Jahrestag der Gründung des Reichs von Citheon verfasst. Es gibt davon nur eine sehr begrenzte

Anzahl von Exemplaren und ich schätze mich glücklich, eines davon zu besitzen. Die althergebrachte Überlieferung von der Entstehung der Welt wurde durch ein zusätzliches Kapitel ergänzt, das von den beiden Schwertern der Götter berichtet.“

Damit hatte sich Nataol die Aufmerksamkeit des Kriegers gesichert. „Zwei Schwerter?“, fragte dieser neugierig.

„So ist es, werter Arton, *zwei* Schwerter“, wiederholte der Erleuchtete bestätigend. „Ich habe gerade noch einmal die entsprechenden Zeilen studiert, um mein Wissen aufzufrischen. In diesem zusätzlichen Kapitel steht geschrieben, dass mit der Macht der Klinge Themuron, genannt Tausendsturm, die die Führung aller Themuraia durch eine einzige Person ermöglichte, die fürchterlichen Drachen zwar dezimiert, nicht aber bezwungen werden konnten. Die unablässigen Kämpfe forderten eine schreckliche Zahl von Todesopfern unter den Themuraia, sodass es unmöglich schien, die gefährlichen Echsen endgültig vom Antlitz der Welt zu tilgen und damit einen anhaltenden Frieden zu sichern. Somit musste ein Weg gefunden werden, um die ebenso zaudernden wie widerspenstigen Menschen mit gleicher Einigkeit und Entschlossenheit gegen die Feinde der Götter zu führen wie die Themuraia. Daher wurde ein weiteres Schwert geschmiedet, wieder in den Feuern der Unterwelt und abermals durch die Hand des Gottes Xelos. Jeder der vier Götter brannte eine seiner göttlichen Eigenschaften in die Klinge. Xelos gab sein unerreichtes Waffengeschick, Bajula ihre betörende Schönheit, Kaloqueron seine mitreißende Kraft und Cit schließlich schenkte der Waffe seinen niemals wankenden Mut. So schufen sie gemeinsam ein Schwert, das in der Hand des richtigen Trägers alle Menschen im Kampf vereinen und auch den feigsten unter ihnen zu einem unerschrockenen Streiter machen konnte. Die Klinge erhielt den Namen Fendralin, *Licht der Menschen*, denn sie sollte den Fendi, also den Menschen, ein flammender Fingerzeig der göttlichen Macht und Größe sein. Diesen beiden Waffen, Themuron und Fendralin, folgten die Heere der Themuraia und Fendi bedingungslos. Jenem großmütigen Geschenk der Götter verdanken wir letztendlich den Sieg über die Drachen." Nataols Augen leuchteten, als könne er Fendralins Licht in diesem Moment selbst erblicken.

„Versteht Ihr, Arton?", sprach er mit großer Eindringlichkeit weiter. „Kaum einer weiß genau, über welche Macht das Schwert Fendralin wirklich verfügt. Die Vermutung liegt jedoch nahe, dass es seine Kraft in ähnlicher Weise entfaltet wie die Klinge Themuron, nämlich zur Stärkung einer bereits vorhandenen Fähigkeit des Trägers. Und nur ein Fardjani und nicht ein Mensch ist stark genug, Fendralin oder Themuron zu führen. Der Überlieferung zufolge gab es damals nur zwei Fardjani, die über genügend Geistesstärke verfügten, um den Klingen gerecht zu werden. Sie allein brachten die nötigen Voraussetzungen zum Führen der heiligen Waffen mit sich: die Brüder Caras und Torion aus dem Geschlecht Ikarion. Sie gaben ihre Fähigkeiten an ihre Nachkommen weiter, aber erst Generationen später sollte es wieder jemanden geben, der vergleichbare Kräfte besaß: Ecorim. Was ihn auszeichnete, war seine Fähigkeit, Menschen trotz ihres geistigen Widerstands auf den rechten Weg zu geleiten. Das war etwas Besonderes, was außer ihm kaum jemand vermochte. Ecorims außergewöhnliche Geisteskraft war Eurer sehr ähnlich und dies lässt mich vermuten, dass ebendeshalb die Götter Euch nun zum Träger von Themuron erwählt haben. Denn Ihr seid wie Ecorim mit der Gabe gesegnet, Macht über den menschlichen Geist auszuüben."

Arton schluckte. Das war alles ein wenig viel für ihn. Der Kämpfer versuchte, die Vielzahl an neuen Erkenntnissen zu begreifen, doch sie entglitten ihm immer wieder wie ein Schwarm kleiner Fische. Es gab also neben Themuron ein weiteres, gleichwertiges Schwert mit Namen Fendralin – so viel verstand er. Aber warum erinnerte ihn Nataols Beschreibung vom Aussehen und der Macht dieser Klinge so sehr an die Waffe, die Maralon von Ecorim geerbt hatte? An jenes Schwert, das Maralon nach dem Tod des Helden mit nach Seewaith gebracht und das dort lange Zeit ungenutzt in einer Truhe gelegen hatte? Das Schwert, nach dem sich Arton so lange gesehnt hatte und das ihm von Maralon verwehrt worden war? Zuletzt hatte Arton diese Klinge in den Händen seines Bruders Arden gesehen, als dieser damit wie ein entrückter Halbgott ohne die geringste Anstrengung einen der Assassinen erschlug. Gab es einen Zusammenhang zwischen Fendralin und dem Schwert in der Kriegerschule?

Und wie passte er selbst in dieses verwirrende Gefüge? Mühsam hatte er sich gerade an den Gedanken gewöhnt, dass er offenbar von den Göttern ausersehen war, das heilige Schwert Themuron zu führen. Warum aber zog Nataol immer wieder Ecorim für Vergleiche bezüglich Artons Fähigkeiten heran, obwohl der große Held doch niemals Themurons Träger gewesen war? Zudem hatte Arton doch klargestellt, dass Ecorim nicht sein Vater sein konnte. Somit musste er doch seine außergewöhnliche Begabung von jemand anderem geerbt haben! Und was hatte es mit Nataols Behauptung auf sich, dass nur jemand aus dem Volk der Fardjani die beiden heiligen Klingen führen konnte? War er, Arton Erenor, vielleicht am Ende gar ein Abkömmling dieses geheimnisvollen Volkes? Rührte daher seine Befähigung zur Geistsprache und zur gedanklichen Beeinflussung von Menschen? Wie Arton es auch drehte und wendete, letztendlich lief alles auf eine einzige Frage hinaus:

„Wer war mein Vater?"

Ein wenig überrumpelt kostete es den Erleuchteten einen kurzen Moment, um sich für eine Antwort zu sammeln: „Ich bin mir nicht vollkommen sicher …", erwiderte er mit einem entschuldigenden Achselzucken.

Arton erhob sich. Verbissen kämpfte er seinen aufwallenden Zorn nieder. „Dann sagt mir, was Ihr vermutet", stieß er mit bebender Stimme hervor.

Erstaunt von der plötzlich so feindseligen Haltung des jungen Schwertfechters, versuchte Nataol, ihn zu beschwichtigen: „Es bedarf eines Kundigeren, als ich es bin, um die letzten Rätsel Eurer Herkunft und Fähigkeiten aufzudecken. Deshalb möchte ich Euch den Vorschlag unterbreiten, seine Heiligkeit, den Citarim, aufzusuchen. Keiner verfügt in diesen Dingen über ein vergleichbares Wissen. Seine Weisheit wird alle dunklen Winkel Eurer Vergangenheit erleuchten und er wird Euch Euren Platz in der göttlichen Vorsehung weit besser erläutern können, als ich das kann."

Mühsam beherrscht umklammerte Arton mit einer Hand die Tischplatte. Er war es so unendlich leid, in Bezug auf seine Herkunft ständig hingehalten zu werden, zuerst von seinem Ziehvater Maralon und jetzt von diesem Priester, den er eigentlich schon zu schätzen begonnen hatte. Allerdings wusste Arton auch, dass ihn weder sein Jähzorn noch etwaige Drohungen bei dem Erleuchteten weiterbringen würden. All das hatte er schon ausprobiert und war damit nicht einmal an einen Bruchteil der Informationen gelangt, die er nun mittels respektvoller Höflichkeit bekommen hatte. Deshalb musste er sich jetzt, so gut es eben ging, zurückhalten.

„Hört zu", sagte Arton, so ruhig wie möglich, „ich verlange

nicht von Euch, mir irgendwelche absoluten Wahrheiten zu offenbaren. Ich will nur, dass Ihr mir sagt, was Ihr denkt. Ich weiß nicht, über welche Weisheiten Euer Citarim verfügt, noch habe ich die Absicht, das herauszufinden. Aber ich vertraue Eurem Urteil und daher bitte ich Euch, mir endlich einen Anhaltspunkt zu liefern, wer denn nun mein Erzeuger war."

Betroffen senkte der Erleuchtete seinen Blick. „Das ist nicht so einfach, Arton", erwiderte er leise. „Es handelt sich nur um eine Vermutung und es fällt mir schwer, diese auszusprechen, ohne abschließende Gewissheit zu haben." Nataol seufzte tief. „Also gut, aber damit Ihr den größeren Zusammenhang versteht, müsst Ihr zunächst noch den Rest der Geschichte hören." Und Nataol erzählte Arton von der Allianz des letzten Drachen mit dem Fardjan Caras, der Auslöschung der heiligen Nauraín und wie Elban, ein Nachkomme von Caras, den Drachenbund zerstörte, so wie es im Heiligen Buch der Citpriesterschaft aufgezeichnet war.

„Elban Ikarion hat wirklich gelebt", sagte Nataol dann, „nur ist seine Rolle sehr viel tragischer, als die volkstümliche Liebessaga über den Königssohn und das Nomadenmädchen Irina glauben machen will. Nachdem der letzte Drache lange Zeit in seiner Höhle um sein von Elban erschlagenes Junges getrauert und seine Wut genährt hatte, brach er plötzlich aus seinem Unterschlupf hervor, um Rache an den Bewohnern von Skardoskoin zu nehmen, die ihn so schmählich verraten hatten. Bevor auch nur eine einzige Waffe aus den Rüstkammern geholt worden war, lag bereits ein Großteil der königlichen Festung in Schutt und Asche, die meisten Soldaten starben in ihren Betten. In der Folge gelang es Skardoskoin nie wieder, ein schlagkräftiges Heer gegen das geflügelte Unheil zusammenzustellen, und alles, was blieb, war die rasche Flucht. Schutz für die Königsfamilie boten nur die alten Drachenfestungen der Nauraín, deren noch immer erhaltenen, eisengegürteten Mauern und spitzen Zinnen als einzige dem Drachen widerstehen konnten. Deshalb machten die Herren von Skardoskoin das größte dieser uralten Bollwerke zu ihrem Herrschersitz und nannten es Arch Themur, was in Anbetracht ihrer Gottlosigkeit geradezu grotesk anmutet, denn die Wörter bedeuten Götterschild. Noch jahrelang verheerte der zornige Drache das Land. Der Fluch ihres Frevels gegen die Götter traf Skardoskoin, das Land des Drachenbunds, mit voller Härte.

Unterdessen hatte sich im Süden der Geheimbund der Fardjan-Torion gebildet. Diesem schlossen sich alle Fardjani an, die noch reinen Glaubens waren und sich den Helden Torion Ikarion zum Vorbild nahmen, der bis zuletzt treu an der Seite der Nauraín gefochten hatte. Lange zur Heimlichkeit verurteilt, nutzten die Fardjan-Torion die Schwäche ihres alten Feindes, um im sicheren Süden ein eigenes Reich zu gründen, das sie zu Ehren des größten aller Götter Citheon, Land des Cit nannten. Damit auch die anderen Götter angemessene Verehrung erfuhren, wurde die heilige viergöttliche Kirche geschaffen. Im Schutze dieser gesegneten Institution und geführt von weisen, götterfürchtigen Königen erblühte das Land des Sonnengottes bald und gewann an Größe und Macht.

Aber auch Skardoskoin kam wieder zur Ruhe, als der Drache sich endlich wieder in seine Berge zurückzog. Allerdings fehlte es dem verwüsteten Norden nun an Stärke, um das neu entstandene südliche Reich von Citheon niederzuzwingen. So existierten die beiden Länder lange Zeit Seite an Seite in immerwährender stiller Feindseligkeit." Nataol klopfte mit der flachen Hand auf das Buch vor ihm. „So weit wurde es im Buch Ralinat zu Ehren des Cit aufgezeichnet. Wie es von da an weiterging, wisst Ihr selbst. Nach dem Wiedererstarken des Reichs begann der Herrscher von Skardoskoin einen Krieg gegen Citheon, den er wohl auch gewonnen hätte, wenn nicht Ecorim Erenor als Heerführer des großen Königs Noran Karwander die Inselherren von Jovena als Verbündete gewonnen hätte. Aber das ist nicht die ganze Wahrheit. Denn auch das Heer der Inseln hätte machtlos vor den Toren Arch Themurs gestanden, wenn Ecorim nicht von den Göttern mit dieser ganz und gar außergewöhnlichen Art der Geistsprache gesegnet worden wäre, die seine Truppen selbst im Angesicht des sicheren Todes nicht wanken ließ. Aber auch Caras' Nachfahre Hador Badach, der Herr von Arch Themur und König von Skardoskoin, verfügte über diese besondere Gabe der Geistsprache. So stellten sich auch seine Truppen in Todesverachtung den Angreifern entgegen, weshalb es vor Arch Themur zu den erbittertsten Schlachten seit den Drachenkriegen kam." Nataol schüttelte seufzend den Kopf, dann sprach er weiter: „Die Gegner schienen sich vollkommen ebenbürtig zu sein. Hador Badach beendete dieses Gleichgewicht der Kräfte jedoch schlagartig, als er das Schwert Themuron an sich nahm, das in Arch Themur aufbewahrt worden war. Damit machte er sich ein riesiges Heer von Themuraia untertan, das nun ebenfalls gegen die vereinigten Truppen von Citheon und Jovena zu Felde zogen. Zudem geriet der tapfere König Noran auch noch in die Gefangenschaft von Hador Badach und wurde von diesem auf grausige Weise hingerichtet. Dadurch schienen die Armeen von Citheon und Jovena dem Untergang geweiht, aber die Götter ließen ihre treuen Anhänger nicht im Stich. Durch eine unerklärliche Fügung, die man wohl getrost als eines der größten Wunder jüngerer Zeit bezeichnen darf, erhielt in der Nacht nach König Norans Tod der neue Befehlshaber Ecorim Erenor das heilige Schwert Fendralin.“

Arton vergaß bei diesen Worten für einen kurzen Augenblick, dass ihn der Priester bisher immer noch über die Identität seines Vaters im Unklaren gelassen hatte. „Aber Ecorims Schwert hieß Cor“, wandte er verwirrt ein, „und das war die Klinge Noran Karwanders. Sie wurde nach dem Tod Ecorims durch meinen Ziehvater Maralon in unserer Kriegerschule verwahrt.“

Langsam, aber entschieden schüttelte Nataol den Kopf. „Das Schwert Cor wurde geschmiedet, als das Reich Citheon gegründet wurde, und stellte die traditionelle Waffe der Könige des Landes dar. Es wurde anhand von überlieferten Beschreibungen der Klinge Fendralin nachempfunden, da der Herrscher Citheons sich vor allem als Herr der dort lebenden Menschen verstand. Daher sollte diese Kopie des göttlichen Schwertes, das zur Führung der Fendi geschaffen worden war, als königliche Insignie diesen Anspruch verdeutlichen. Aber Cor verfügte über keinerlei göttliche Macht. Das Schwert, welches Ecorim nach dem Tod Karwanders trug und mit dem er den letzten Sturm auf die eherne Festung befehligte, muss daher Fendralin gewesen sein.“

Der junge Krieger barg sein Gesicht in den Händen. „Ich kann das nicht begreifen“, murmelte er in seine Handflächen hinein, blickte jedoch sogleich wieder auf. „Warum behauptete Ecorim dann, dass sein Schwert die Klinge Cor von Noran Karwander wäre? Und warum glaubt Ihr, dass das nicht der Wahrheit entspricht?“

Nataol faltete die Hände vor der Brust. „Als Ecorim am Morgen nach Karwanders Tod mit seinem Schwert in der

Hand zum Heer sprach, konnte ich spüren, dass dies nicht die gleiche Waffe war, die König Noran getragen hatte. Die göttliche Macht, die aus dem Schwert zu uns sprach, wirkte überwältigend. Mir war sofort klar, dass es sich um Fendralin handeln musste. Ich habe Ecorim sogar nach der Schlacht befragt, woher so plötzlich dieses großartige Schwert gekommen sei, doch er wollte es nicht sagen." Nataol sah Arton durchdringend an, so als wolle er erforschen, ob der Schwertkämpfer mehr darüber wüsste.

„Ich kann nur vermuten", sprach er dann weiter, „dass es taktische Überlegungen waren, die den jungen Helden zu dieser Lüge bewogen haben. Möglicherweise wollte er verhindern, dass die Inselherren und allen voran König Jorig erfuhren, um was für eine außergewöhnliche Waffe es sich tatsächlich handelte. Ein anderer Grund könnte gewesen sein, dass für die einfachen Soldaten im Heer die Klinge Fendralin kein Begriff war, wohl aber das Schwert Cor. Schließlich war es das Königsschwert, welches das Heer eigentlich schon verloren glaubte. Allein ihren Heerführer mit dem königlichen Schwert in der Hand zu sehen, versetzte die Männer in Begeisterung."

„Ihr wollt also sagen", versuchte Arton, seine Gedanken zu ordnen, „dass es die ganze Zeit das göttliche Schwert Fendralin war, welches in der Truhe meines Ziehvaters herumlag und das nun wahrscheinlich mein nichtsnutziger Halbbruder Arden hat?" Das Entsetzen über diese Erkenntnis stand Arton deutlich ins Gesicht geschrieben.

Um Nataols Mundwinkel spielte ein Lächeln. „Mit dieser kurzen Äußerung habt Ihr mir gerade enthüllt, was die Citpriesterschaft seit zwei Dekaden zu ergründen versucht. Zum einen weiß ich nun, dass das Schwert Fendralin nicht verloren, sondern immer noch im Besitz der Familie Erenor ist. Zum anderen habt Ihr von Eurem Halbbruder gesprochen. Da ich bereits von Euch erfahren durfte, dass Eure Mutter mit Ecorim verheiratet war, verrät mir dies, dass es sich bei Eurem Halbbruder um den leiblichen Sohn Ecorims handeln muss. Nach einem solchen Erben haben wir lange Jahre vergeblich gesucht."

„Ihr … Ihr habt nach meinem Bruder Arden und unserem Schwert gesucht?" Arton blickte Nataol ungläubig an. „Warum sind die Citpriester nicht einfach zu uns gekommen und haben gefragt?"

Der Erleuchtete schien nicht zu bemerken, dass er Arton mit jeder seiner Enthüllungen in immer tiefere Verwirrung stürzte. „Selbstverständlich wussten wir", erklärte er zufrieden lächelnd, „dass Ecorim die Klinge, welche wir als Fendralin identifiziert hatten, mit nach Seewaith nahm. Als der große Held jedoch zu Tode kam, wurde von königlicher Seite aus verbreitet, dass er zusammen mit seinem Schwert im Meer versunken war und keine Nachkommen hinterlassen hatte. Sein Unfall auf See erfüllte uns von Anfang an mit Misstrauen, denn wir wussten, dass sich König Jorig nur ohne einen legitimen Thronfolger Ecorims seines Thrones wirklich sicher sein konnte. Deshalb strengten wir heimlich Untersuchungen an, die die Umstände von Ecorims Tod klären sollten. Ihr könnt Euch sicherlich vorstellen, dass dies selbst für die heilige viergöttliche Kirche große Risiken barg, denn wäre dem König zugetragen worden, dass wir durch solche Nachforschungen sein Wort in Zweifel stellten, hätte er dies sicherlich als Verrat ausgelegt. Das Verhältnis zwischen Thron und Kirche war ohnehin äußerst gespannt, weil Jorig Techel sich durch unsere Macht und unser Festhalten am alten Königshaus herausgefordert sah. Somit durften wir nicht einfach in Seewaith herumfragen oder gar Kontakt zu den noch lebenden Erenor aufnehmen, denn dies hätte nicht nur Euch in höchste Gefahr gebracht, sondern auch dem König einen willkommenen Anlass geliefert, gegen die Kirche vorzugehen. Wir mussten daher vollkommen unauffällig und diskret vorgehen, was uns letztlich aber keine gesicherten Erkenntnisse einbrachte. Lediglich die Erzählung eines alten Fischers in einer Hafenkneipe konnte belauscht werden, der ein großes Schiff gesehen haben wollte, das sich rasch von der Stelle entfernte, wo Ecorims Boot gerade versank. Dies beweist natürlich nicht viel, dennoch legt es den Schluss nahe, dass es sich bei diesem tragischen Ereignis nicht um ein Unglück handelte. Wenn man dann noch in Betracht zieht, wer vom Tod des einzigen rechtmäßigen Thronfolgers am meisten profitierte, kann es als wahrscheinlich gelten, dass König Jorig die Ermordung Ecorims befahl.

Seither suchen wir nach einem möglichen Thronfolger, mit dessen Hilfe wir den kirchen- und götterfeindlichen Inselherrn Jorig Techel entmachten können. Und gerade erfahre ich von Euch, dass es sich bei Eurem Bruder nicht nur um jenen gesuchten Erben des Ecorim handelt, sondern dass er sogar noch das verschollen geglaubte Schwert Fendralin mit sich führt. Wenn das heute kein großer Tag ist! Und wenn das keinen unumstößlichen Beweis für das wundersame Wirken der Götter darstellt, dann will ich nicht länger ein Priester des herrlichen Cit sein!"

Arton brachte keine Erwiderung zustande. Die Kiefermuskeln spannten sich unter den Wangen des Kriegers wie Taue. Aber die schwerwiegendste Eröffnung stand ihm noch bevor und eine dunkle Vorahnung hatte sich bereits über sein Gemüt gelegt.

„Mein Vater?", fragte er gepresst.

Die Begeisterung des Hohepriesters erstarb augenblicklich. „Ich habe nicht vergessen, was Ihr von Anfang an von mir zu erfahren wünschtet. Ich wollte Euch aber zunächst begreiflich machen, wie außergewöhnlich Euer Talent für die Geistsprache ist und welche jahrhundertealte Geschichte dahintersteht. Es bleibt kein Raum für Zweifel daran, dass Ihr, wie auch Ecorim und König Noran, das edle Blut der Fardjani in Euch tragt. Auch ich gehöre diesem Volk an, aber meine Begabung kann sich schwerlich mit der Euren messen. Ihr scheint, ebenso wie Ecorim, den Geist von Menschen öffnen zu können, auf eine Art und Weise, die mir unverständlich bleibt. Und dennoch, obwohl Ihr dieselbe Gabe teilt, ist nicht Ecorim Euer Erzeuger. Es gibt aber neben Ecorim Erenor nur noch einen weiteren Fardjani, der Euch solche Fähigkeiten in die Wiege gelegt haben könnte. So bedrückend das auch für Euch sein mag, er war ein direkter Nachfahre des Caras und gehörte dem Hause Ikarion an. Besser bekannt ist er jedoch unter seinem Kriegsnamen, den er als Herrscher von Skardoskoin annahm. Er lautet: Hador Badach."

Nun, da es ausgesprochen war, fühlte sich Arton wie betäubt. Er hatte sich bis zuletzt gegen diese schreckliche Ahnung gewehrt, hatte die offensichtlichen Schlussfolgerungen, welche sich aus den Erzählungen des Erleuchteten ergaben, zu ignorieren versucht, hatte gehofft, es gäbe noch eine andere Möglichkeit. Aber jetzt konnte er es nicht mehr leugnen. Er hatte die Worte gehört, jene schreckliche Vermutung des Hohepriesters, die sich mit seinen eigenen geheimen Befürchtungen vollkommen deckte. Er war der Nachkomme des größten Fluchs, der die Ostlande in den letzten hundert Jahren heimgesucht hatte. In ihm floss das Blut des Frevlers Caras, der die Menschen zur Rebellion gegen die Götter angestiftet, mithilfe des letzten Drachen die Stadt der göttlichen Nauraín zerstört und ihre Bewohner vertrieben hatte. Es kam Arton vor, als wäre ihm gerade eröffnet worden, dass alles Übel der Welt in seiner Person Gestalt angenommen hätte.

„Bitte“, versuchte Nataol, zu beschwichtigen, dem die Erschütterung des jungen Erenor nicht entgangen war, „zieht keine voreiligen Schlüsse. Euer Erbe ist sicherlich eine schwere Last, dennoch spricht nichts dagegen, Euch mithilfe der Götter von diesem Mühlstein Eurer Abstammung zu befreien. Verzagt nicht, sondern vertraut auf die Güte Cits. Denn er führte Euch hierher, er vertraute Euch das Schwert Themuron an und er sorgte für unser Zusammentreffen. All das muss eine Bedeutung haben, für die jedoch mein Verständnis nicht ausreicht. Daher kann ich Euch nur noch einmal nahelegen, mit mir den Citarim in Tilet aufzusuchen, denn er wird den Willen des Cit zu deuten wissen. Ich bitte Euch inständig, vertraut Euch dem Citarim an, ergründet mit seiner Hilfe den Sinn hinter diesen verwirrenden Begebenheiten.“

Aber Arton fühlte sich innerlich so zerrissen, dass er die Gegenwart des Priesters nicht länger ertragen konnte. Es sollte niemand Zeuge werden, wie er seine Fassung vollends verlor. Als wäre er auf der Flucht vor einem unsichtbaren Feind, verließ Arton hastig Nataols Zimmer.

Schätze der Unterwelt

Die Xeliten kamen am folgenden Morgen. Rai war gerade erst erwacht, nach einer ungemütlichen Nacht im ehemaligen Lagerhaus neben dem ausgebrannten Wachturm. Er kehrte eben aus einem nahen Gebüsch vom Wasserlassen zurück, als er aus der Eingangsspalte zum Bergwerk Rufe vernahm. Überrascht warf er einen Blick in die Tiefe und entdeckte unten eine Gruppe der Xelosanhänger, die offensichtlich beabsichtigten, ihr selbst gewähltes Exil das erste Mal seit Jahren zu verlassen. Ob sich Selira darunter befand, vermochte Rai wegen der schlechten Lichtverhältnisse am Grund der Höhle nicht zu beurteilen. Dennoch versetzte ihn das Auftauchen der kleinen Schar in Aufregung, war es doch vermutlich vor allem seinem Drängen zu verdanken, dass sich zumindest ein Teil der Xeliten zu diesem entscheidenden Schritt entschlossen hatte.

Nachdem er mit großem Nachdruck seine Gefährten und die Arbeitermiliz zur Eile angespornt hatte und endlich alle an der Winde versammelt waren, wurde der auf der Holzplattform abgestellte Transportkorb zunächst leicht angehoben, damit er über den Spalt schwingen konnte. Danach ließen sie die Gondel langsam in die Tiefe. Rai lief zum Spalt und wies die Xeliten an, dass höchstens fünf auf einmal den Korb betreten sollten, da das Gewicht sonst für die Männer an der Winde zu groß werden würde, um es zu heben. Die Gottesdiener taten, wie ihnen geheißen, und so wurden in drei Fuhren vierzehn der Xelosanhänger ans Tageslicht befördert. Zu Rais großer Freude befand sich bei der letzten Gruppe auch Selira.

Die Xeliten blinzelten ungläubig und fast ängstlich in den hellen, weiten Himmel über ihren Köpfen und besahen sich staunend die Umgebung. Manche strichen auch mit ihren Händen über ein Grasbüschel, das aus einer Felsritze wuchs, oder gingen vorsichtig zu einem der umstehenden Bäume hinüber, um Rinde und Laub zu befühlen. Andere legten sich einfach vollkommen überwältigt auf den steinigen Untergrund und schienen sich mit nichts anderem zu beschäftigen, als einfach nur die frische Luft in ihre Lungen strömen zu lassen.

„Selira", sprach Rai die Xelitin nach einem kurzen Moment des Zögerns an. „Ich bin froh, dass du und deine Gefährten euch doch noch entschlossen habt, an die Oberfläche zurückzukehren." Zwar war Rai unten in der Mine aufgefallen, dass Selira wohl einem eher südländischen Menschenschlag angehörte, aber erst jetzt, im Licht des Tages, erkannte Rai, dass ihre Haut die rotbraune Farbe von gebranntem Ton besaß. Dies verwunderte ihn ein wenig, wenn er so darüber nachdachte. Bei ihm selbst und allen anderen, die er kannte, führte langer Aufenthalt fernab des Sonnenlichts zu einer merklichen Aufhellung der Hautfarbe, bis hin zu einer eher kränklich anmutenden Blässe. Bei Selira hatten die vielen Jahre in den finsteren Minenschächten jedoch keineswegs zu einem solchen Erblassen geführt. Es schien fast so, als hätte auch in den Tiefen des Bergwerks Cits Licht zu ihr gefunden. Rai gefiel diese Vorstellung, denn er fand ohnehin, dass es eine Schande war, ihr Antlitz nicht stets im vollen Glanz der Sonne erstrahlen zu lassen.

„Wir haben hier auf euch gewartet", verkündete er fröhlich, ohne der noch leicht verwirrt wirkenden Selira Zeit zu geben, all die ungewohnten Eindrücke in sich aufzunehmen. „Wenn ihr bereit seid, dann bringen wir euch zur Stadt, dort kannst du das Meer sehen."

„Ich muss erst einmal ein wenig rasten", brachte die Xelitin stockend hervor. „Das ist alles so … groß." Ihr Blick verlor sich im grenzenlosen Himmel, wo am heutigen Tag keine einzige Wolke zu finden war. Die Sonne erhob sich gerade majestätisch über den nahen Baumwipfeln, Vögel begrüßten mit ihrem Gesang den Morgen und ein sanfter Wind trug die salzige Luft vom Meer heran.

Rai gelang es nur kurz, sich für die Schönheit der Umgebung zu begeistern. „Von der Festung Andobras aus hat man einen großartigen Blick über das Meer", versuchte er, wieder Seliras Aufmerksamkeit zu gewinnen, „und man kann die Wellen gegen die Felsen schlagen hören. Davon hast du doch gesprochen, unten in der Mine."

„Rai", ertönte Barats mahnende Stimme hinter ihm, „das eilt doch nicht. Vielleicht sollten wir tatsächlich erst ein wenig hierbleiben, bis sich alle zurechtgefunden haben. Außerdem solltest du uns auch erst einmal vorstellen. Gehe ich recht in der Annahme, dass es sich bei dieser jungen Dame um Selira handelt, von der du so viel erzählt hast?"

Dem kleinen Tileter stieg die Schamesröte bis über beide Ohren. „Ähm, ja …", stotterte er, „Selira, das ist mein Freund Barat."

„Willkommen zurück im Licht", begrüßte dieser sie freundlich, „ich hoffe, du hast deine Entscheidung, die Oberfläche aufzusuchen, noch nicht bereut."

Mit sichtbarer Mühe löste Selira ihren Blick von der gerade wiederentdeckten Welt um sie herum und schenkte dem alten Soldaten ein zurückhaltendes Lächeln. „Nein, das natürlich nicht, auch wenn es eine schwere Entscheidung war, die heiligen Hallen zu verlassen. Viele meiner Brüder konnten sich nicht dazu durchringen und sind zurückgeblieben. Sie werden Xelos' Heiligtum in der Tiefe des Berges weiterhin bewachen. Vielleicht werden wir bald wieder zu ihnen stoßen. Es ist schwer, sich an all das hier zu gewöhnen. Vor allem das Gefühl, nicht ständig von schützenden Felswänden umgeben zu sein, ist sehr … wie soll ich sagen … man kommt sich sehr klein und verloren vor. Aber ich danke Euch für Eure netten Worte, Barat."

„Ihr wollt wieder zurück?", fragte Rai entgeistert. „Das kann doch nicht dein Ernst sein!"

Seliras Brauen zogen sich ärgerlich zusammen. „Doch, natürlich ist das mein Ernst, auch wenn du das nicht verstehen kannst. Wir haben unser halbes Leben im Bergwerk verbracht. Als wir die Oberwelt verlassen haben, waren wir noch Kinder. Dort unten befindet sich unsere Heimat, die Umgebung, die uns vertraut ist. Das heißt nicht, dass wir die Oberfläche weiterhin meiden wollen, aber möglicherweise werden viele von uns nur zu kurzen Aufenthalten für die Nahrungsbeschaffung und Ähnliches nach oben kommen."

„Aber …", Rai suchte verzweifelt nach Argumenten, „hier ist es hell, hier seid ihr frei, es gibt so viel Wasser, wie ihr wollt, und ihr könnt andere Menschen kennenlernen. Interessiert dich das gar nicht?"

„Jetzt lass sie doch in Ruhe", schaltete sich Kawrin ein und trat neben sie. „Ich würde vorschlagen, dass wir erst einmal alle ins Vorratslager gehen. Dort seid ihr wieder von Mauern umgeben und könnt euch sicher fühlen. Dann sehen wir mal, ob sich da nicht noch etwas Nahrhaftes auftreiben lässt. Ihr werdet wahrscheinlich schon ewig nichts Vernünftiges mehr gegessen haben, stimmt's?"

Dieser Vorschlag wurde von Selira mit einem erfreuten

Nicken begrüßt. „Das ist wahr", bestätigte sie lachend und blickte sich nach ihren Glaubensgenossen um. „Ich vermute, die Aussicht auf etwas wirklich Genießbares hat so manchen meiner Brüder und Schwestern überhaupt erst hierhergelockt." Ihr Blick fiel dabei auf einen Xeliten, der in unmittelbarer Nähe stand und das Gespräch aufmerksam verfolgt hatte. Augenblicklich verflog ihre Fröhlichkeit.

„Darf ich euch bei dieser Gelegenheit Herak vorstellen", sagte sie, während sie respektvoll auf den etwa achtzehnjährigen Xelosdiener wies, dessen Gesicht von mindestens einem Dutzend Brandmalen gezeichnet war. „Er ist nun der Älteste unter uns und wurde daher zum neuen Anführer bestimmt."

Herak nickte den Umstehenden höflich zu, musterte sie dann aber weiterhin nur schweigend und mit unverhohlenem Misstrauen. Mindestens ebenso grimmig blickte unterdessen Rai in die Runde, dem es nach Barats bloßstellender Äußerung gegenüber Selira und der unverschämten Einmischung Kawrins bei dem Versuch, die Xelitin von den Vorteilen des Lebens an der Oberfläche zu überzeugen, gar nicht mehr zum Lachen zumute war. Wie kam es nur, dass Rai ständig mit Selira in eine Auseinandersetzung geriet, obwohl er sich doch eigentlich um ihre Gunst bemühte? Und warum nutzte Kawrin Rais Unbeholfenheit so schamlos aus, um seinerseits bei der schönen Xelosdienerin Sympathien zu wecken? So etwas taten Freunde nicht und schließlich war Kawrin doch sein Freund oder etwa nicht?

„Ich denke, es gibt einiges zu besprechen", bemerkte Barat, „deshalb halte ich es für eine gute Idee, wenn wir uns alle in dem Lagerhaus versammeln. Wir sollten da genug Platz haben, denn das meiste, was dort stand, ist sowieso mitgenommen worden. Ich befürchte allerdings, dass dort kaum noch Nahrung zu finden ist, denn als wir nach dem Ausbruch aus der Mine mit allen befreiten Arbeitern hier gelagert haben, wurden so ziemlich alle Vorräte aufgebraucht. Aber vielleicht können Kawrin und Rai im Wald etwas Essbares besorgen, damit unsere Gäste", dabei schenkte er Selira und Herak ein gewinnendes Lächeln, „wieder in den Genuss von frischen Früchten oder Beeren kommen." Damit wandte er sich an seine beiden jüngeren Gefährten. „Unter Umständen lässt sich ja sogar irgendein Wild erlegen, was meint ihr?"

Weder Kawrin noch Rai machten einen sonderlich begeisterten Eindruck über die Aufgabe, die Barat ihnen zugedacht hatte, stimmten jedoch schließlich zu. Während sich die Xeliten, Barat und die Minenarbeiter zum Lagerhaus hinaufbegaben, trotteten Kawrin und Rai in Richtung des nahen Waldes. Lange sagte keiner der beiden ein Wort, bis Kawrin dann, wohl hauptsächlich aus Langeweile, eine Unterhaltung anzufangen versuchte: „Und, was hältst du von diesem Herak? Seltsamer Geselle, oder was meinst du? Ich glaube, der ist kaum besser als der alte Anführer."

„Kann schon sein", brummte Rai missmutig zurück.

„Aber man muss ja schon froh sein", fuhr Kawrin fort, „dass die Xeliten überhaupt aus ihren Löchern gekommen sind, wobei ich nicht genau weiß, ob uns das eigentlich irgendetwas nützt, außer dass wir noch mehr Leute durchfüttern müssen."

„Na ja", erwiderte Rai angriffslustig, „dir nützt es schon etwas, oder?"

Der blonde Seewaither runzelte die Stirn. „Wie meinst du das?"

„Du weißt schon, was ich meine", fuhr Rai ihn an. „Du kannst dich jetzt ungestört an Selira ranmachen."

Kawrin musste lachen. „Darf ich jetzt nicht einmal mehr ein Wort mit ihr sprechen, ohne dass du gleich eifersüchtig wirst? Es ist ja nicht so, dass ihr ein Paar seid, oder? Und selbst dann wäre das ziemlich übertrieben."

Zornig funkelte Rai seinen groß gewachsenen Gefährten an. „Du kannst gerne mit ihr sprechen, aber wenn du mich dabei dumm aussehen lässt, dann wird dir das schlecht bekommen."

Unbeeindruckt winkte Kawrin ab. „Jetzt mal ganz ruhig. Ich habe mich vorhin eingemischt, weil du sie ziemlich unter Druck gesetzt hast, um sie davon abzubringen, wieder in die Mine zurückzukehren. Dabei hatte sie diese Absicht noch gar nicht geäußert, sondern nur von der Möglichkeit gesprochen. Aber glaubst du nicht auch, dass sie im Moment nicht so recht weiß, was sie tun soll? Wahrscheinlich gibt es einige unter den Xeliten, denen es gar nicht recht wäre, wenn einzelne die Gemeinschaft verlassen, um an der Oberfläche zu leben. Hast du mal daran gedacht, dass sie vor den anderen vielleicht nicht ihre wahren Absichten preisgeben wollte?"

Der Tileter sah ein wenig betreten aus. „Meinst du, dieser neue Anführer würde sie zwingen, im Bergwerk zu bleiben, so wie es der Feuerherold getan hat?"

„Ich weiß es nicht", antwortete Kawrin, „aber ich kann mir kaum vorstellen, dass dieser Feuerherold der einzige Fanatiker dort unten war. Und wenn mich meine Menschenkenntnis nicht trügt, dann haben wir von diesem Herak nichts Gutes zu erwarten. Aber vielleicht gibt es auch eine ganze Reihe von Xeliten, die eigentlich an die Oberfläche wollen, sich aber deswegen nicht mit dem Rest der Gemeinschaft überwerfen möchten. Es steht zu hoffen, dass Selira zu dieser Gruppe gehört."

Rai schaute misstrauisch. „Warum hoffst du das?"

Nachsichtig lächelnd schüttelte der Seewaither den Kopf. „Mein lieber Rai, du benimmst dich wie ein liebeskranker Kater. Ich werde dir Selira nicht wegnehmen, aber wenn ich schon so rücksichtsvoll sein soll, dann überleg dir mal, ob du nicht doch ein klein wenig in sie verliebt bist."

Nachdenklich starrte Rai zu Boden, während er mit seinem Schuh unablässig gegen eine aus dem Boden ragende Wurzel klopfte. „Ich weiß nicht ...", entgegnete er langsam, „... vielleicht. Sie hat schon was Besonderes an sich, aber irgendwie scheinen wir uns nicht wirklich zu verstehen. Immer wenn ich mit ihr rede, dann sage ich irgendetwas, was sie wütend macht." Er sah seinem Gefährten prüfend in die Augen. „Warst du schon mal verliebt?"

„Eigentlich nicht", gab Kawrin zurück, „wenn man einmal von der Liebe absieht, die ich für die Göttin Bajula empfinde. Es mag dir seltsam erscheinen, aber ich verspüre eine Verbundenheit zu meiner Göttin, als wäre es die Dame meines Herzens."

Erstaunt schwieg Rai eine Weile, bis Kawrin ihn plötzlich am Arm packte und auf einen Busch zeigte. Zunächst verstand der Tileter nicht, aber als Kawrin seine Dolche zückte, bemerkte Rai, dass Kawrin im Unterholz ein Tier erspäht hatte und sich nun daran machte, es zu erlegen.

Wenig später kehrten die zwei Gefährten gut gelaunt und voller Tatendrang zum Lagerhaus zurück. Sie hatten mithilfe von Kawrins Wurfdolchen einen etwa schweinegroßen, behäbigen Laufvogel erlegt, der so sehr damit beschäftigt gewesen war, am Boden nach Nahrung zu scharren, dass er die beiden Jäger zu spät bemerkt hatte und sich nicht mehr rechtzeitig in Sicherheit hatte bringen können. Zur Ergänzung dieses Festmahls trugen sie voll behängte Trauben aus rotgelben daumengroßen Früchten unter den Armen, von denen Kawrin behauptet hatte, dass sie äußerst wohlschmeckend wären. Als sie den Eingang zum Vorratslager erreichten, hörten sie bereits Barats ungewöhnlich angespannt klingende Stimme. Offenbar befand er sich gerade mitten in einer Diskussion mit dem neuen Glaubensführer der Xeliten.

„… müsst Ihr doch verstehen, dass es für uns überlebenswichtig ist, wieder das Erz aus den Minen fördern zu können. Selbstverständlich werden wir uns dabei von euren Stollen fernhalten.“

Abweisend schüttelte Herak den Kopf. „Ich sagte bereits, dass Xelos nicht wünscht, dass die Schätze seines Heiligtums von ungeweihten Händen entfernt werden. Der ganze unterirdische Komplex ist ein Wunder des Herrn der Unterwelt. Die Anwesenheit von respektlosen Menschen, die Tunnel in das Fleisch des Berges graben und das Erz stehlen, erfüllt ihn mit Zorn, besonders wenn Kinder zu dieser frevlerischen Aufgabe gezwungen werden. Niemand sollte gegen seinen Willen dazu getrieben werden, ein Heiligtum der Götter zu entweihen und damit der ewigen Verdammnis anheimzufallen.“

Barat kniff verbissen die Lippen zusammen, während er versuchte, seine Gelassenheit zu bewahren. „Ich kann Euch nur noch einmal versichern, dass ausschließlich gut bezahlte Freiwillige für diese schwere Arbeit eingesetzt werden. Es liegt in unserem eigenen Interesse, die Sklaverei auf Andobras nicht wieder aufleben zu lassen, und ganz gewiss wollen wir auch keine Kinder mehr in die Minen schicken. Ihr dürft nicht vergessen, dass wir selbst vor Kurzem noch Gefangene des Bergwerks waren, wir wissen also, wie hart das Rötelklopfen ist.“

„Auch wenn Ihr nur Freiwillige schickt“, beharrte der Xeli-
tenführer, „entweihen diese schon durch ihre Anwesenheit
die heiligen Hallen. Wir werden das nicht dulden.“

„Aber wenn sie ohnehin nur in den Stollen graben, die be-
reits angelegt wurden“, erwiderte Barat, der seinen wach-
senden Ärger kaum noch unter Kontrolle halten konnte,
„dann entweihen sie doch nichts, denn die bereits existie-
renden Tunnel sind von Menschen angelegt und können
demnach schwerlich irgendwie heilig sein.“

„Das sind Spitzfindigkeiten, für die sich der Herr der ewi-
gen Flamme nicht interessiert“, entgegnete Herak unge-
rührt. „Ich bleibe dabei, Xelos wünscht keine Erzförderung
in seinen heiligen Hallen.“

„Woher wisst ihr Kerle eigentlich immer so genau, was die
Götter wollen?“, explodierte Barat nun. „Bekommt ihr von
Xelos etwa eine Botschaft in brennenden Lettern überreicht,
in der steht, dass ihr uns das Erzschürfen verbieten sollt?
Oder lest ihr das aus dem Zucken eurer Fackeln heraus?“
Aufgebracht erhob sich der Veteran.

„Vielleicht sollten wir erst einmal etwas essen“, beeilte sich
Kawrin, vorzuschlagen, ehe die Verhandlungen noch weiter
eskalieren konnten. Rai hatte sich unterdessen vor Barat ge-
stellt, um seine Aufmerksamkeit auf die mitgebrachten Le-
ckereien zu lenken.

„Ja gut“, antwortete der alte Kämpe mürrisch, „ein Früh-
stück schadet sicher nicht.“ Damit stapfte er wütend davon.

Während sich Kawrin und einige Minenarbeiter daran-
machten, ein Feuer für die Zubereitung des erlegten Vogels
zu entfachen, und die Xeliten einen engen Kreis bildeten,
um sich zu beraten, stand Rai ein wenig unschlüssig herum
und versuchte, zu verstehen, was hier gerade geschah. Ei-
gentlich hatte er damit gerechnet, dass die Xelosdiener nach

ihrer Befreiung von dem tyrannischen Feuerherold keine Zeit verlieren und alle an die Oberfläche zurückkehren würden. Er hatte ihr Auftauchen am Minenausgang als ein sicheres Zeichen gedeutet, dass ein Großteil der Glaubensgemeinschaft zur Vernunft gekommen war und ein dauerhaftes Leben unter Cits hellem Auge anstrebte. Stattdessen musste er nun erkennen, dass die Xeliten anscheinend nur einen kurzen Ausflug zur Oberfläche unternehmen wollten, um zu erkunden, was sich nach der Entmachtung der Gardisten hier verändert hatte und wo sie Vorräte herbekommen konnten. Zu allem Überfluss beanspruchten sie nun auch noch die Oberhoheit über die Mine, deren Erzvorkommen die einzige Verdienstquelle darstellte, welche sich für die neuen Inselherren anbot.

Rai verspürte das dringende Bedürfnis, mit Selira zu sprechen, und zwar unter vier Augen. Zum einen wollte er überprüfen, ob Kawrin mit seiner Vermutung, dass sie vor den anderen Xeliten ihre wahre Meinung für sich behielt, wirklich richtig lag, zum anderen verlangte es ihn danach, die Verstimmung zwischen ihnen wegen seiner unbedachten Worte von vorhin aus der Welt zu schaffen. Die Schwierigkeit war jedoch, einen Vorwand zu finden, unter dem er Selira von ihren Glaubensgenossen wegholen konnte, ohne dass dies den Verdacht des neuen Anführers Herak erregte.

„Selira", fragte Rai schüchtern, „willst du zusehen, wie wir den Vogel zubereiten? Wenn ihr mit dieser Art von Tieren euren Speiseplan ergänzen wollt, dann solltet ihr wissen, wie man so ein Federvieh rupft und brät."

Die Xelitin wirkte zunächst ein wenig ungehalten, warf dann einen flüchtigen Blick auf Herak und nickte. Sie folgte Rai aus dem Vorratslager zu der Stelle, wo zwei Minenarbeiter gerade dabei waren, Holz für ein Lagerfeuer zusammenzutragen. Der Anblick von Kawrin entlockte Selira ein kurzes Lachen, denn er war gerade dabei, den Vogel von seinem Federkleid zu befreien, und verschwand zunehmend in einer Wolke aus schneeweißen Daunen.

„An Vögel kann ich mich noch erinnern", erzählte sie merklich gelöst, „allerdings nicht an so gewaltige. Wir hatten zu Hause nur ein paar magere Hühner und am Strand gab es natürlich die ganzen Wasservögel. Die konnte man aber, soviel ich weiß, nicht essen. Das sieht ziemlich anstrengend aus, die ganzen Federn zu entfernen. Kann man die denn nicht dranlassen, wenn man das Tier brät?"

„Ich glaube nicht", antwortete Rai ohne großes Interesse. Schließlich wollte er nicht über Geflügelzubereitung reden. „Kannst du mir verraten, was dieser Herak eigentlich vorhat?", erkundigte er sich mit gesenkter Stimme. „Will er tatsächlich einen Streit mit uns vom Zaun brechen?"

Überrascht von diesem unvermittelten Themenwechsel wandte sich Selira dem Tileter zu. „Wie meinst du das? Er hat doch nur gesagt, dass wir die Anwesenheit von Minenarbeitern in Xelos' Hallen als störend empfinden."

„Was heißt denn ‚wir'?", bohrte Rai nach. Dass sie Herak verteidigte, ließ den Tileter seinen Vorsatz, sich diesmal nicht mit ihr zu streiten, sogleich wieder vergessen. „Ich kann einfach nicht glauben, dass du seine Meinung teilst! Es ist doch total unsinnig, dass er die bereits gegrabenen Gänge nun plötzlich als heilig betrachtet."

„Das hat er ja auch nicht gesagt", entgegnete Selira nun ihrerseits aufgebracht, „aber wir glauben eben, dass das Rötelmeißeln in der Nähe der heiligen Hallen nicht nach Xelos' Wunsch ist."

„Da war schon wieder dieses ‚wir'!", bemerkte Rai verächtlich. „Hast du denn keine eigene Meinung?"

Sie stemmte wütend die Hände in die Hüften. „Natürlich habe ich die, nur kann in einer Gemeinschaft eben nicht immer jeder seinen Willen durchsetzen. Dass das jemand wie du nicht begreift, ist mir schon klar."

„Was soll denn das jetzt heißen?", erkundigte sich Rai beleidigt.

„Nun ja, Rücksichtnahme und Kompromissbereitschaft scheinen nicht gerade zu deinen Stärken zu zählen. Offenbar warst du nie gezwungen, deinen Eigensinn zu überwinden, um in einer größeren Gruppe zusammenleben zu können."

„Entschuldige bitte", entrüstete sich Rai, „aber ich bin nicht derjenige, der sich gegen eine gemeinsame Nutzung des Bergwerks sperrt. Verstehst du das unter Rücksichtnahme?"

Selira schnaubte unwillig. „Wir haben lange und zum Teil auch durchaus hitzig darüber diskutiert, was nach dem Tod des Feuerherolds zu tun sei. Einig waren wir uns aber schnell darüber, dass unsere Glaubensgemeinschaft nicht zerbrechen soll. Xelos' heilige Hallen müssen weiterhin vor Entweihung geschützt werden. Wir wollen ihm dadurch Ehre erweisen und unsere Dankbarkeit zeigen. Tatsächlich waren nicht alle der Ansicht, dass wir dazu weiterhin dort unten leben oder jeden anderen aus dem Bergwerk verbannen müssen. Aber die Mehrheit hat entschieden und ich muss mich fügen."

Rai ließ nicht locker. „Das heißt also, du würdest lieber bei uns bleiben und hättest auch nichts gegen eine weitere Ausbeutung der Mine einzuwenden?"

Die Xelitin sah sich unsicher nach eventuellen Zuhörern um, aber von ihren Glaubensgenossen ließ sich niemand außerhalb des Lagerhauses blicken. „Wenn du es schon so genau wissen musst“, zischte sie Rai immer noch ärgerlich entgegen, „dann lautet die Antwort Ja. Aber das hat keine Bedeutung, denn mein Leben gehört Xelos und ich werde unsere Gemeinschaft nicht einfach so verlassen. Das musst du endlich einsehen!“

Rais Betroffenheit nach dieser endgültig klingenden Äußerung war so offensichtlich, dass Selira ihn erstaunt betrachtete. „Warum ist dir das denn so wichtig? Ich kann ja verstehen, dass ihr das Erz braucht, um Handel zu treiben, aber weshalb spielt es eine Rolle, ob wir nun hier oben oder in unseren Höhlen leben?“

„Du hast recht“, antwortete Rai betrübt, „es ist bedeutungslos. Du kannst natürlich leben, wo es dir gefällt oder eben wo es diesem Herak gefällt. Alles andere spielt keine Rolle.“ Mit diesen Worten ließ er sie allein und suchte in der Abgeschiedenheit des nahen Waldes Zuflucht.

Der verführerische Duft, der von dem über dem Feuer brutzelnden Vogelbraten ausging, lockte einige Stunden später alle wieder vor das Lagerhaus. Die Xeliten hatten zwar bereits mit großer Begeisterung die rotgelben Früchte vertilgt, die von Kawrin und Rai aus dem Wald mitgebracht worden waren, dies hielt sie jedoch nicht davon ab, sich voller Freude auf das saftige Fleisch zu stürzen, das Kawrin mithilfe seiner Dolche in kleinen Portionen heruntersäbelte. Das schwere Tier reichte kaum aus, um den Hunger der annähernd dreißig Personen, die sich um das Lagerfeuer versammelt hatten, hinlänglich zu stillen. Dennoch herrschte nach dieser herzhaften Mahlzeit besonders unter den Xeliten wohlige Zufriedenheit, schließlich hatten sie solch einen Genuss seit Jahren nicht mehr schmecken dürfen. Anscheinend bewirkte ihr gefüllter Magen sogar, dass sie ihr Unwohlsein angesichts der ungewohnten Weite außerhalb des Vorratslagers vergessen konnten. Selbst Herak ließ sich zu einigen knappen Dankesworten an ihre Gastgeber hinreißen, was Barat sogleich zum Anlass nahm, die ins Stocken geratenen Verhandlungen mit dem Xelitenführer wieder aufzunehmen:

„Nachdem wir nun alle diese willkommene Stärkung erfahren haben", begann er mit einem versöhnlichen Lächeln, „würde ich doch gerne ein paar Dinge von Euch erfahren, Herak, die mir bislang noch unklar sind. Offenbar wünscht ihr, nicht dauerhaft an der Oberfläche zu bleiben, sondern nur gelegentlich zur Beschaffung von Vorräten heraufzukommen. Aber wie habt ihr Euch das vorgestellt, wenn ich fragen darf? Sollen Eure Leute im Wald jagen gehen oder wollt ihr in der Stadt Vorräte erwerben?"

Herak missglückte der Versuch, seine Ratlosigkeit zu überspielen. Es war offensichtlich, dass er sich über diesen Aspekt noch keinerlei Gedanken gemacht hatte. „Wir werden jagen gehen", antwortete er dann mit vorgeblicher Entschlossenheit.

„Aber um solche Tiere wie diesen Vogel zu erlegen, der Euch offenbar so vorzüglich gemundet hat, benötigt man Waffen, am besten einen Bogen oder einen Spieß. Selbst um Früchte zu ernten, ist meist ein scharfes Messer erforderlich. Soviel ich gesehen habe, verfügt aber keiner von euch über eine derartige Ausstattung, geschweige denn über irgendwelche Erfahrung in solchen Dingen. Wie also wollt Ihr das bewerkstelligen?"

Der junge Xelitenführer setzte ein strenges Gesicht auf, um seine Unsicherheit zu überspielen. „Nun, dann werden wir eben alles Nötige an Ausrüstung und Anleitung von euch erbitten müssen."

Rai, der wegen Seliras Zurückweisung immer noch trübselig an einem Flügelknochen nagte und dem Gespräch bislang wenig Aufmerksamkeit entgegengebracht hatte, horchte auf. Es war wirklich immer wieder beeindruckend, wie Barat es verstand, mithilfe seiner Worte genau an den von ihm gewünschten Punkt zu gelangen, dachte er. Denn so gut kannte Rai seinen Tileter Kameraden inzwischen, dass er wusste, worauf der gerissene Veteran gerade abzielte. Offenbar hatte er die längere Verhandlungspause, in der das Essen zubereitet worden war, zu nutzen gewusst, um seinen Ärger über den engstirnigen Xelitenführer herunterzuschlucken und sich stattdessen einen neuen Schlachtplan zurechtzulegen, wie er bei den Verhandlungen doch noch sein Ziel erreichen konnte.

„Euer Vertrauen ehrt uns natürlich", erwiderte Barat in ausgesucht höflichem Tonfall, „und wir würden mit Freuden helfen, wenn nicht unsere eigene angespannte Lage eine solche Hilfsbereitschaft vereiteln würde. Denn noch gibt es nichts, womit die früheren Minenarbeiter in der Stadt ihr Brot verdienen könnten, und somit haben wir selbst kaum genug zum Überleben. Auch wenn wir das noch so gerne tun würden, aber im Moment können wir es uns unmöglich erlauben, allzu freigiebig mit unseren Vorräten, Waffen oder Kenntnissen zu sein – zumindest ohne dass dies mit einer entsprechenden Gegenleistung abgegolten wird."

Misstrauisch kniff Herak die Augen zusammen. „Was hattet Ihr Euch denn als Gegenleistung vorgestellt? Ihr wisst doch sehr gut, dass wir außer der göttlichen Gnade kaum etwas unser Eigen nennen dürfen."

Barat faltete die Hände und setzte ein unschuldiges Gesicht auf. „Das kann ich Euch natürlich nicht vorschreiben, aber läge es nicht nahe, uns etwas anzubieten, an dem wir großes Interesse haben."

Erzürnt verschränkte der Xelit die Arme vor der Brust. „Das ist nicht verhandelbar. Ich habe schon mehrfach gesagt, dass wir keine Entweihung der heiligen Hallen dulden werden, und das gilt für das gesamte Bergwerk."

Der alte Soldat hob beschwichtigend die Hände. „Ich weiß, ich weiß, das sagtet Ihr bereits, aber der Aufenthalt Eurer Glaubensgemeinschaft in den Minen erzürnt Xelos doch nicht, richtig?"

„Selbstverständlich nicht", bestätigte Herak mit ärgerlich gefurchter Stirn.

„Wie wäre es dann", schlug Barat vor, „wenn Ihr den Rötel selbst schlagt und gegen all das eintauscht, wonach es Euch verlangt?"

Zunächst herrschte bei allen am Lagerfeuer erstauntes Schweigen, dann jedoch begannen einige unter den Xeliten, die sich mittlerweile dicht um Herak geschart hatten, empört die Köpfe zu schütteln und untereinander zu flüstern.

„Habt Ihr nicht vorhin verkündet, dass es keine Sklaven mehr im Bergwerk geben soll?", kam Selira dem Xelitenführer mit ihrer Frage zuvor. „Und doch wollt Ihr wieder Ulags Tauschhandel einführen und uns zum Steineklopfen verdammen?"

„Ich habe kein Wort von Sklavenarbeit gesagt", entgegnete Barat ruhig, „ihr könnt so viel arbeiten, wie ihr wünscht, ihr könnt das Bergwerk verlassen, wann immer ihr wollt, ihr könnt sogar ein Schiff besteigen und Andobras gänzlich den Rücken kehren. Aber wie alle auf dieser Insel und überall sonst auf dieser Welt werdet ihr für euren Lebensunterhalt arbeiten müssen, denn niemand kann es sich hier leisten, irgendetwas zu verschenken. Das Erz bietet sich in eurem Fall doch bestens als einfach zu beschaffende Tauschware an."

Erneut folgte ein nachdenklicher Moment des Schweigens, bis schließlich Herak mit ernster Miene wieder das Wort ergriff: „Es mag vielleicht sein, dass Ihr mich aufgrund meiner Jugend für sehr unerfahren haltet, und vielleicht habt Ihr damit sogar recht, aber ich bin nicht einfältig. Wir werden einer solchen Vereinbarung niemals zustimmen, solange die Kontrolle über den Förderkorb in eurer Hand liegt. Denn damit verfügt ihr über die Möglichkeit, uns jederzeit den Zugang zur Oberfläche und damit zu Nahrung und Ausrüstung zu verwehren, wenn wir uns einmal nicht eurem Willen fügen. Das ist auf keinen Fall akzeptabel."

Rai, der gespannt verfolgte, wie sich die Unterredung entwickelte, hatte plötzlich einen Einfall. Er wusste auf einmal, wie er gleichzeitig zur Lösung des Konflikts mit den Xeliten beitragen und Selira einen Anlass geben konnte, für längere Zeit das Bergwerk zu verlassen.

„Dann richtet doch einfach den abgebrannten Wachturm her", platzte er mit seiner Idee heraus, „und lasst dort ein paar Posten zurück. Damit könnt ihr sicherstellen, dass der Förderkorb in eurer Hand bleibt."

Auch diese Äußerung wurde von den Xeliten zunächst nur mit abwägendem Schweigen beantwortet, aber ihren Gesichtern war überwiegend Zustimmung zu entnehmen. Dafür wechselten nun die Minenarbeiter besorgte Blicke miteinander, während in Barats Augen unverkennbare Missbilligung und sogar Wut zu lesen war.

„Darf ich dich mal kurz unter vier Augen sprechen, Rai?", zischte der alte Soldat seinem jüngeren Gefährten zu.

Barat packte Rai ziemlich unwirsch an der Schulter und führte ihn ein paar Schritte weg vom Lagerfeuer und den Xeliten, zwischen denen nun ebenfalls eine leise, aber umso hitzigere Diskussion entbrannte.

Als sie weit genug gegangen waren, damit sie nicht mehr belauscht werden konnte, herrschte Barat den Jüngeren mit gedämpfter Stimme an:

„Könntest du vielleicht deine voreilige Zunge ein wenig im Zaum halten, du Sohn eines geschwätzigen Marktweibes? Ich versuche gerade, diesem Quadratschädel Herak in höflichen Worten nahezubringen, dass er es sich nicht leisten kann, uns das Erz der Mine zu verweigern, solange er bei allem anderen auf uns angewiesen ist, und da bietest du ihm einfach die ganze Mine mit Wachturm zur freien Verfügung an! Hast du eigentlich einen Kopf zum Denken zwischen deinen Schultern oder ist das ein Ballon, in dem du lediglich Wasser speicherst? Wenn die Xeliten erst einmal die Kontrolle über den Wachturm haben, dann ist nicht nur ihr Zugang zur Oberfläche gesichert, sondern sie können damit die ganze Senke beherrschen mit Erzöfen, Essen, Schmiedewerkstätten und allem. Das heißt, du gibst ihnen damit die Möglichkeit, selbst Waffen zu produzieren, und wenn sie erst einmal in den Besitz von Waffen gelangen, sind sie in der Lage, jagen zu gehen, womit ihr Nahrungsproblem gelöst ist. Außerdem können sie sich im Ernstfall verteidigen, was bedeutet, dass es für sie weder einen Grund gibt, ihre Isolation aufzugeben und langsam auch zu einem Teil unserer freien Insel zu werden noch ihr Erz mit uns zu tauschen. Nicht mal die Androhung, den Minenausgang zu sperren oder Gewalt anzuwenden, bliebe uns als Option, um sie zu einem Umdenken zu bewegen. Dann können wir gleich zurück nach Tilet fahren und die Leute wieder um Kupfermünzen anbetteln."

Eingeschüchtert von dem unerwartet harschen Wortschwall, der sich gerade über ihn ergossen hatte, blinzelte Rai ein paarmal ungläubig, bis sich schließlich doch noch Widerspruch in ihm zu regen begann: „Du willst die Xeliten wirklich wieder im Bergwerk einsperren oder gewaltsam gegen sie vorgehen, wenn sie nicht bereit sind, uns das Erz zu geben?", fragte er empört.

„Nein, das will ich selbstverständlich nicht", gab Barat gereizt zurück, „aber dir wird doch hoffentlich klar sein, wie wichtig der Rötel und die daraus hergestellten Schmiedewaren für uns sind, um unsere freie Insel hier wirklich am Leben zu erhalten. Wir brauchen etwas, um Handel zu treiben, sonst werden wir weder den Erhalt noch die Verteidigung der Insel dauerhaft bezahlen können, geschweige denn ein angenehmes Leben auf Andobras führen. Und es schadet nie, das eine oder andere Druckmittel im Notfall zur Verfügung zu haben, auch wenn man eigentlich nicht bereit ist, davon Gebrauch zu machen. Dennoch trägt es ungemein zum Erhalt eines friedlichen Zusammenlebens bei, wenn der Gegner sich bewusst ist, dass er im Fall einer Auseinandersetzung den Kürzeren ziehen wird. Wenn sie aber den Wachturm in die Finger bekommen, dann ist unsere Überlegenheit hinfällig."

Da Rai zwar einsehen musste, dass er sein Angebot an die Xeliten wirklich ein wenig übereilt vorgebracht hatte, dies jedoch Barat gegenüber nicht so einfach eingestehen wollte, antwortete er trotzig:

„Na und? Deswegen brauchst du mich noch lange nicht so anzuraunzen wie irgendeinen dahergelaufenen Straßenköter. Ich hatte eben gedacht, dass es für manche Xeliten vielleicht ganz schön wäre, wenn sie auch an der Oberfläche leben könnten, und dazu würde sich der Wachturm doch gut eignen! Die Xelosdiener sind nämlich nicht einfach nur unsere Gegner, wie du sie nennst, sondern Menschen wie wir, die die gleichen Freiheiten bekommen sollten wie alle anderen auf deiner ‚freien' Insel auch."

Obwohl Rai zu seiner Verteidigung das Erstbeste vorgebracht hatte, das ihm in den Sinn gekommen war, schien das Gesagte seinen älteren Gefährten nachdenklich zu stimmen. Beflügelt von diesem unerwarteten Erfolg setzte der kleine Tileter nach: „Dieser Herak ist ja auch nicht dumm. Der weiß ganz genau, dass er den Zugang zur Oberfläche für sich und seine Leute sicherstellen muss, wenn er nicht völlig von uns abhängig bleiben will. Also solltest du ihm schon was anbieten, das er auch annehmen kann, wenn wir mit den Xeliten ins Geschäft kommen wollen. Wir könnten ja zum Beispiel den Turm gemeinsam bemannen, jeweils gleich viele von ihnen und uns. Dann kann keiner den anderen übervorteilen."

Barat rieb sich gedankenvoll die Nase. „Du denkst schnell, aber auch bisweilen reichlich wirr, junger Rai. Mit einigem hast du schon recht, wenngleich es besser gewesen wäre, das vorher mit mir zu besprechen. Jetzt muss ich nämlich zusehen, wie ich deinen Vorschlag mit dem Wachturm so umbiege, dass sowohl die Xeliten als auch wir damit leben können."

„Das wirst du schon schaffen", erwiderte Rai erleichtert über Barats versöhnlichen Tonfall. Er grinste verschmitzt. „Es sei denn, du hast all deine schmeichelhaften Worte gerade an mich vergeudet. Aber wir müssen jetzt sowieso wieder zurück zu den anderen, die schauen nämlich schon so komisch zu uns herüber."

Barat schnitt eine Grimasse und kehrte dann mit Rai im Gefolge zum Lagerfeuer zurück. Dort setzte er wieder sein gewinnendstes Lächeln auf und wandte sich von Neuem an die Xeliten: „Nach dieser kurzen Unterbrechung möchte ich noch einmal auf den Vorschlag meines jungen Gefährten zu sprechen kommen. Selbstverständlich können wir nachvollziehen, dass es für euch unerlässlich ist, den Förderkorb am Ausgang der Mine in sicherer Obhut zu wissen. Genauso werdet ihr zweifellos Verständnis dafür aufbringen, dass wir ein ausreichendes Maß an Sicherheit für unsere Leute in der Schmiedesiedlung gewährleisten müssen. Daher wäre unser Vorschlag zur Güte, dass wir gemeinsam den Wachturm wieder instand setzen und bemannen. Dort soll ein Ort des Handels zwischen uns und euch und eine Basis für eure Besuche in der Stadt entstehen. Dazu würde jeder von uns ständig vier Wachen abstellen, die im Turm Unterkunft beziehen und in regelmäßigen Abständen abgelöst werden. Zu keiner Zeit darf einer von uns mehr Wächter im Turm unterbringen als der andere, kurzzeitige Besucher müssen im Lagerhaus bleiben. Wir garantieren euch jederzeit einen freien Zugang zur Oberfläche und werden das Bergwerk nicht mehr betreten, wenn ihr im Gegenzug das Erz aus der Mine fördert und dafür alles, was ihr zum Leben braucht, bei uns eintauscht. Damit bliebe euch auch das Jagen erspart. Was haltet ihr davon?“

Herak sah sich zunächst zweifelnd nach seinen Gefolgsleuten um, aber als diese ihm beinahe ausnahmslos durch Nicken zu verstehen gaben, dass sie keine Einwände gegen den Vorschlag vorzubringen hatten, räusperte sich der Xelitenführer und antwortete: „In Übereinstimmung mit meinen Brüdern und Schwestern, die mich hierher begleitet haben, kann ich sagen, dass ich dies für eine annehmbare Lösung halte. Allerdings müssen wir die Angelegenheit noch mit denen besprechen, die in den Hallen des Feuers zurückgeblieben sind und noch keine Gelegenheit hatten, sich dazu zu äußern. Wir werden euch dann zu gegebener Zeit unsere endgültige Entscheidung mitteilen.“ Sein Blick fiel auf das inzwischen beinahe gänzlich abgenagte Gerippe des Vogels, das immer noch an einem Spieß über dem Feuer hing. „Für die Übergangszeit wären wir euch sehr dankbar, wenn ihr uns mit ein paar Vorräten aushelfen könntet, damit wir nicht mit leeren Händen zu unseren Gefährten in die heiligen Hallen zurückkehren." Herak sprach ein wenig stockend, so als falle ihm das Formulieren dieser ungewohnt höflichen Bitte äußerst schwer.

„Wir werden sehen, was sich da machen lässt", erwiderte Barat zufrieden und reichte dem Xeliten seine Hand. „Bei uns ist es üblich, erfolgreiche Verhandlungen mit einem Handschlag zu besiegeln."

Herak konnte sein Misstrauen nicht verbergen, als er zögernd Barats Hand ergriff. „Wie gesagt, ich kann noch nicht versprechen, dass auch wirklich alle unseres Ordens dieses Abkommen gutheißen, aber ich glaube doch, dass die meisten die Vorteile für beide Seiten erkennen werden."

„In diesem Sinne", antwortete Barat feierlich, während er die Hand des Xeliten kräftig schüttelte, „auf ein dauerhaftes Bündnis!"

Herrscherpflichten

Vom Giebelfenster des Rathauses aus ließ sich die ganze Stadt Seewaith überblicken. Im Hafen herrschte hektisches Treiben, die Straßen wurden von Händlerkarren, Packtieren und Menschentrauben verstopft und die Marktplätze schienen vor Leben regelrecht überzuquellen. Dazwischen gab es nur einige wenige idyllische Inseln der Ruhe, wie den kleinen, blumenbestandenen Platz vor dem Bajulatempel oder den König-Melessen-Park nahe dem Hafen, wo die zahlreichen Bäume ihr noch zartgrünes Laub der Sonne entgegenstreckten. Einst hatte auch die Kriegerschule Ecorim zu diesen friedvollen Orten gezählt, aber in dem weiten Areal wurde nun emsig hantiert, sollte doch bald ein neues, noch größeres Gebäude das alte ersetzen, welches in der Nacht des Überfalls den Flammen zum Opfer gefallen war.

Eigentlich schätzte Arden rege Betriebsamkeit und nur selten kam es vor, dass er sich wie jetzt in die Stille eines abgelegenen Raumes zurückzog. Aber in den letzten Tagen seit seiner Rückkehr von dem triumphalen Siegeszug durch Fendland, bei dem ihn sämtliche Städte der Halbinsel begeistert als neuen König empfangen hatten, war Arden auch zunehmend mit den weniger angenehmen Seiten der Königswürde konfrontiert worden. Wie er feststellen musste, gab es so viel kleinlichen Papierkram, um den sich ein Herrscher zu kümmern hatte, dass er sich mittlerweile schon zu fragen begann, wie er noch Zeit für irgendetwas anderes finden sollte. Dabei war er noch nicht einmal offiziell gekrönt worden, denn damit wollte er noch bis zum Sieg über Jorig Techel warten. Die Fendländer hatten ihn zwar bereitwillig zu ihrem König ausgerufen, aber als Sohn Ecorims wollte Arden mehr als bloß eine kleine Halbinsel beherrschen. Nach der Einnahme Tilets sollte nichts Geringeres als die Krone von Citheon sein Haupt schmücken, schließlich stellte es sein Geburtsrecht dar, zum alleinigen Herrn der Ostlande erhoben zu werden. Trotzdem verhielten sich die Seewaither Bürger so, als gäbe es für ihn, den baldigen Herrscher von Citheon, nichts Wichtigeres zu tun, als sich mit ihren nichtigen Problemchen zu befassen. Gerade jetzt wartete schon wieder eine Abordnung im Ratssaal darauf, ihrem zukünftigen König irgendwelche langweiligen Anliegen vorzutragen, mit denen sie im Rat kein Gehör fanden. Natürlich war Arden nicht ganz unschuldig an dieser mangelnden Verfügbarkeit der Ratsmitglieder, denn es hatte zu seinen ersten Anweisungen gehört, dass der Seewaither Rat nur noch viermal im Jahr tagen sollte und nicht mehr viermal im Jahresviertel wie bisher. Außerdem übte die Versammlung nur noch beratende Funktion aus, jegliche Entscheidungsgewalt lag von nun an bei ihm. Damit war es Arden gelungen, den Einfluss der lästigen Gilden und Adelsfamilien wesentlich zu beschneiden, allerdings hatte er sich auf diese Weise auch eine Fülle unvorhergesehener Arbeit aufgehalst.

Weil er gerade nicht die geringste Lust verspürte, sich mit den aufdringlichen Bittstellern im Ratssaal zu befassen, hatte Arden die Flucht in das oberste Stockwerk des Gebäudes angetreten. Hier würde ihn wohl nicht einmal Meatril aufspüren, der Arden gewöhnlich in geradezu penetranter Gewissenhaftigkeit seine vermeintlich wichtigen Aufgaben als neuer Machthaber hinterherzutragen pflegte. Arden vermutete insgeheim, dass ihn Meatril um die Königswürde beneidete, denn warum sollte er sonst versuchen, ihm sein Amt derartig zu vergällen. Zu allem Überfluss hatte Meatril es auch noch irgendwie fertiggebracht, dass Daia keinerlei Interesse mehr an Arden zeigte, was den jungen Erenor zunehmend frustrierte. Hinzu kam noch die unerwartete Nachricht, dass wohl tatsächlich ein folgenreiches Stelldichein zwischen Tarana und Arton stattgefunden hatte, was sich Arden beim besten Willen nicht erklären konnte. Tarana war eine der faszinierendsten Frauen, die er kannte. Sie vermochte, sogar einem Frauenkenner wie ihm noch Rätsel aufzugeben, was sie natürlich nur umso reizvoller für ihn machte. Doch dass ausgerechnet seinem verdrießlichen Bruder gelungen war, was er selbst über lange Zeit vergeblich versucht hatte, ärgerte Arden gewaltig. Aber vielleicht ließ sich das Versäumte ja noch nachholen, jetzt wo Arton nicht mehr im Weg stand.

Wenn er allerdings über seinen Bruder nachdachte, dann stiegen plötzlich die widersprüchlichsten Gefühle in ihm hoch. Er hätte es selbst nie für möglich gehalten, aber er vermisste Arton ein wenig. Gerade jetzt, da so viel Verantwortung auf Arden zu lasten begann, hätte er gerne wie früher das meiste davon auf seinen Bruder abgewälzt. Zwar übernahm nun beinahe wie von selbst Meatril diese Funktion, sodass viele unangenehme Aufgaben weiterhin von Arden ferngehalten wurden, jedoch hielt Meatril viel zu häufig Ardens persönliche Kenntnisnahme oder gar Beteiligung für notwendig. Arton hatte in diesen Fällen eher dazu geneigt, seinen kleineren Bruder aus allem herauszuhalten, das er für bedeutend erachtete, und ihm damit ein sorgenfreies Leben ohne belastende Pflichten ermöglicht. Sich so bequem auf das Polster der brüderlichen Bemühungen zu betten und dazu nichts beitragen zu müssen, das fehlte Arden doch sehr. Wenn ihm Arton auch stets verbissen und übellaunig vorgekommen war, so hatte er dennoch einen wichtigen Teil seines Lebens ausgemacht. Sein älterer Bruder war der Schatten gewesen, Arden das Licht. Aber jetzt war Arton für immer aus seinem Leben verschwunden.

„Ach, hier bist du!“, rief Meatril und kletterte vollends durch die Speicherluke nach oben.

Arden fuhr zusammen, als hätte ihn jemand mit der Hand im Honigtopf erwischt.

„Was machst du denn hier oben?“, erkundigte sich Meatril erstaunt. „Die Abordnung der Seewaither Bürger hat ganze zwei Stunden auf dich gewartet!“

„Na und?“, erwiderte Arden verstimmt. „Ich werde ja wohl als König das Recht haben, mich an einen ruhigen Ort zurückzuziehen, um mich zu sammeln. Vielleicht gibt es noch wichtigere Dinge zu bedenken als die Torzölle für Kohlköpfe und Möhren.“

Meatril sah Arden verständnisvoll an. „Das was Tarana gestern im Königsrat gesagt hat, beschäftigt dich, nicht wahr? Dass Techel mit einem großen Heer nach Fendland zieht, ist ein beunruhigender Gedanke.“

„Ja, das auch“, antwortete Arden, obwohl er an die drohende Schlacht mit den Armeen Citheons noch kaum einen Gedanken verschwendet hatte.

„Aber nun haben wir ja einiges in die Wege geleitet, um dieser Gefahr angemessen begegnen zu können“, stellte Meatril fest. „Wenn Targ und Deran die Unterstützung Nordantheons erwirken können und dazu noch Tarana die Istanoit auf unsere Seite bringt, dann stehen unsere Chancen gar nicht so schlecht. Das mit der Königssteuer ist auch schon auf den Weg gebracht. Heute Morgen habe ich bereits der Garde den Befehl erteilt, entsprechende Aushänge am Marktplatz anzubringen, damit sich die Leute darauf einstellen können. Die gleiche Anweisung ging per Botenreiter an alle Städte Fendlands. Jeder soll mit einem Zehnt seines Vermögens den Krieg gegen Jorig Techel unterstützen. Nahrung und Behausung werden bei der Ermittlung der Steuerlast nicht angerechnet, somit trifft es die Armen weniger hart als die Reichen. Ich denke, das ist in deinem Sinne."

„Jaja, bestens", bemerkte Arden fahrig. „Warten diese Nörgler jetzt immer noch im Ratssaal auf mich?", fragte er unvermittelt.

„Nein", gab Meatril lächelnd zurück, „sie sind gerade enttäuscht abgezogen. Aber vorhin ist noch ein Bote eingetroffen, der eine wichtige Nachricht überbringen sollte. Das dürfte dich interessieren."

Arden verdrehte die Augen. „Worum geht es denn diesmal? Hat einer der Rundadeligen Wind von der Königssteuer bekommen und will sich beklagen?"

Meatril schüttelte den Kopf. „Der Bote wurde vom Cittempel geschickt."

Nun schlichen sich unversehens erste Zeichen von Überraschung und Neugier auf Ardens Gesicht. „Vom Tempel? Was könnten denn diese kuttentragenden Freudenhasser von mir wollen?"

„Offensichtlich sind die Priester des Cit erlesenen Gaumen- und Augenfreuden durchaus nicht abgeneigt", erwiderte Meatril nachdenklich, „denn der Bote überbrachte eine Einladung in die Goldene Grotte, wo du dich mit irgendeinem Tempeloberen treffen sollst. Vor dem Ratsgebäude wartet bereits eine Kutsche, die dich hinbringen soll."

„Die Grotte!", rief Arden erfreut. „Das nenne ich eine ausgezeichnete Wahl. Dort war ich schon eine ganze Weile nicht mehr und das ist eigentlich eine Schande. Die Tänzerinnen können einen regelrecht um den Verstand bringen, da vergisst man sogar das hervorragende Essen."

„Findest du nicht auch", gab Meatril zu bedenken, „dass das ein reichlich seltsamer Ort ist, um sich mit einem Gottesmann zu treffen? Du musst vorsichtig sein, schließlich wärst du nicht der Erste, den Jorig Techel heimlich beseitigen lässt."

„Ach was", widersprach Arden, „verdirb mir nicht mein Vergnügen. Wenn du darauf bestehst, kannst du ja mitkommen und mich beschützen." Der junge Erenor bedachte Meatril mit einem spöttischen Grinsen.

„Wenn du nichts dagegen einzuwenden hast", erklärte dieser ernst, „dann wäre ich tatsächlich gerne dabei. Wenn es hart auf hart kommt, gibt es wenigstens jemanden, der deinen Rücken deckt."

„Bei den Göttern", seufzte Arden theatralisch, „was müsst ihr alle nur immer so schwarzsehen! Lass uns dort einen netten Nachmittag verbringen, neuerdings bleibt für solche Sachen ohnehin viel zu wenig Zeit. Wir werden sehen, was dieser Priester zu sagen hat, und wenn er mir komisch kommt, dann wird er Ecorims Klinge zu spüren bekommen." Er legte seine Hand großspurig auf den Knauf des makellos glänzenden Schwertes, das seit dem Überfall auf die Schule sein ständiger Begleiter war.

Meatril nickte erleichtert darüber, dass sich Arden wenigstens auf diese minimale Sicherheitsvorkehrung eingelassen hatte. „Gut. Wann willst du aufbrechen?"

„Wenn wir in die Grotte wollen", gab Arden überschwänglich zurück, „dann kann ich da nicht in meinen ältesten Lumpen hin!" Er sah naserümpfend an sich herunter. „Ich brauche schon ein wenig Zeit, mich dem Anlass entsprechend zu kleiden."

„Was soll ich dann dem Boten sagen, wann wir kommen?", wollte Meatril wissen.

Arden machte eine wegwerfende Handbewegung, während er zielstrebig auf die Speicherluke zusteuerte. „Sag ihm gar nichts! Der wird schon warten, wenn er nicht den Groll des zukünftigen Königs auf sich ziehen will." Er lachte unbekümmert und kletterte die Leiter hinab, die ins darunterliegende Stockwerk führte.

Die Goldene Grotte lag zwei Straßenzüge entfernt vom Hafen, in einem Viertel von Seewaith, wo zu dieser frühen Stunde noch wenig Betrieb herrschte. Erst wenn die Sonne hinter dem Horizont verschwunden war, erwachten die Straßen in dieser Gegend zum Leben, denn dann öffneten die meisten der Spelunken, die sich hier aneinanderreihten wie Weinkrüge auf einem Wirtshaustresen. Schon der Eingang der Goldenen Grotte unterschied sich in mehrerer Hinsicht von den allgegenwärtigen, eher schmuddelig wirkenden Schankstuben. Zunächst einmal suchte man hier vergeblich nach einer Tür, stattdessen führte lediglich eine steile Treppe nach unten. Nur ein kleines, aber auf Hochglanz poliertes Messingschild an der Seitenwand neben der Treppe verriet den Namen dieser Einkehr und wies darauf hin, dass dort nur geladene Gäste willkommen waren.

Der Bote, welcher zugleich auch die Kutsche gelenkt hatte, in der Arden und Meatril zu ihrem Treffpunkt mit dem Citpriester gebracht worden waren, schritt als Erster die Treppen hinab, vergewisserte sich jedoch mehrfach, dass die Ecorimkämpfer auch wirklich folgten. Die letzte Stufe endete unmittelbar vor einem rot bemalten und mit Blattgold verzierten Tor, das nach oben hin spitz zulief. Der Bote klopfte dreimal, worauf sich eine kleine Klappe in Kopfhöhe auftat. Nachdem er durch die entstandene Öffnung ein paar geflüsterte Worte mit einer Person hinter der Tür gewechselt hatte, wurde das Tor schließlich von innen entriegelt und schwang geräuschlos auf. Graue Nebelschwaden trieben ihnen aus der Goldenen Grotte entgegen. Ein schwerer, süßlicher Duft hing in der Luft. Wände und Decken waren allesamt mit rotem Brokatstoff verhangen, dessen eingewobene Gold- und Silberfäden geheimnisvoll im Licht der vereinzelten Öllampen glitzerten. Eine eigentümliche Melodie, begleitet vom bedächtig stampfenden Takt dumpfer Trommelschläge, drang durch den Dunst an ihre Ohren, was der ganzen Szenerie die beklemmende Faszination eines Fiebertraums verlieh.

Der Bote geleitete sie tiefer hinein in diese rauchumwaberte Schattenwelt, während hinter ihnen die schweren Torflügel wieder ins Schloss glitten. Sie erreichten einen runden Raum, in dessen Mitte eine grazile Schönheit im Rhythmus der Musik ihre Hüften wiegte. Die Tänzerin war nur mit einem weißen Tuch bekleidet, das aber so kunstvoll um ihren Körper geschlungen war, dass nichts unbedeckt blieb. Dennoch konnten weder Meatril noch Arden ihren Blick von der anmutigen Gestalt lösen, denn jede ihrer Bewegungen schien einen Zauber über den Raum zu legen, dem sich kaum ein Zuschauer zu entziehen vermochte. Ringsherum gab es durch schwere Samtvorhänge abgetrennte Logen mit zahlreichen weichen Kissen und niedrigen Tischen darin. Vereinzelt hatten dort bereits Gäste Platz genommen, um die Darbietung zu genießen. Vor einigen dieser Nischen waren auch die Vorhänge zugezogen, damit die Gäste darin ungestört sein konnten.

Mit offenkundigem Bedauern mussten die beiden Ecorimkämpfer schließlich das hypnotische Hüftenspiel der Tänzerin hinter sich lassen. Sie folgten dem Boten durch einen weiteren, ähnlich gestalteten Raum, in dem jedoch weder Gäste noch eine Tänzerin zugegen waren, bis zu einer ebenfalls in Rot und Gold gehaltenen Tür am Ende eines langen Ganges.

„Hier hinten war selbst ich noch nicht", raunte Arden seinem Begleiter Meatril zu. „Das sind die Gemächer für ganz private Feierlichkeiten." Er zog bedeutungsvoll die Augenbrauen nach oben.

Unterdessen hatte der Bote sanft geklopft und nach einem bestätigenden „Ja" aus dem Inneren des Raumes die Tür geöffnet. Mit einer höflichen Geste bedeutete er den Ecorimkämpfern, einzutreten, folgte selbst jedoch nicht, sondern zog leise die Tür hinter sich zu. Während sich Arden interessiert die Ausstattung des luxuriösen Hinterzimmers besah, wirkte Meatril zunehmend angespannt, als vermute er jeden Moment einen Hinterhalt. Auf der linken Seite dieses rechteckigen und mit teuren Stoffen und Teppichen ausgehängten Raumes führten zwei Stufen in einen tiefer gelegenen Bereich, der an allen Wänden mit dunklen Fließen ausgekleidet war. Dort befand sich, eingelassen im ebenfalls gefliesten Boden, ein wassergefülltes Bassin, aus dem wohligen Tannenduft verströmende Dämpfe aufstiegen. Rechter Hand türmten sich dutzendweise rote Samtkissen, die um einen quadratischen Marmortisch gruppiert waren, auf dem erlesene Speisen und einige Karaffen mit Wasser und Wein angerichtet waren. In dem dämmrigen Schein zweier Öllampen hätte man beinahe die gedrungene Gestalt übersehen können, die es sich dort, halb versunken in einem der Polsterberge, bequem gemacht hatte.

„Ich muss zugeben“, begann der Unbekannte, „dass es sich auch so fern von der Hauptstadt durchaus gut leben lässt.“ Er steckte etwas in seinen Mund und begann, geräuschvoll darauf herumzukauen. „Von solch einem Provinznest hätte man das gar nicht vermuten wollen.“ Er stemmte sich schwerfällig schnaufend aus den Polstern hoch und kam den beiden Ecorimkämpfern entgegen.

„Ihr müsst Arden Erenor sein“, er verbeugte sich ehrerbietig vor seinem Gast, „der zukünftige König von Citheon.“

Diese respektvolle Begrüßung verfehlte ihre einschmeichelnde Wirkung bei Arden nicht. Ein erfreutes Lächeln glitt über dessen Gesicht.

„Und das ist Euer Leibwächter?“, erkundigte sich der Unbekannte mit einem beiläufigen Seitenblick auf Meatril.

Als Arden keine Anstalten machte, dem zu widersprechen, antwortete sein Begleiter ein wenig verstimmt: „Ich heiße Meatril Westmarken und berate den zukünftigen König. Dürfen wir denn auch Euren werten Namen erfahren?“

„Ich bin der Erhabene Malun, Priester des strahlenden Cit und Sondergesandter seiner Heiligkeit des Citarim“, erwiderte der Glaubensdiener an Arden gewandt, ohne Meatril eines weiteren Blickes zu würdigen. „Ich denke, Ihr werdet mir zustimmen, ehrenwerter Erenor, dass die bedeutungsvollen Dinge, die es zwischen uns zu bereden gibt, eine höchst vertrauliche Atmosphäre erfordern. Darf ich daher vorschlagen, dass Eure Begleitung zwischenzeitlich die mannigfaltigen anderen Möglichkeiten der Zerstreuung nutzt, die dieses Haus zu bieten hat?“

Arden hinderte Meatril an einem empörten Widerspruch, indem er ihm freundschaftlich die Hand auf die Schulter legte. „Schau dir einfach noch ein bisschen die Tänzerin an“, schlug Arden beschwichtigend vor, „du wirst sehen, es lohnt sich. Ich unterhalte mich hier derweilen mit dem Erhabenen, und wenn wir fertig sind, werde ich dir noch Gesellschaft leisten."

Meatril stand die Demütigung offen ins Gesicht geschrieben. Er öffnete ein paarmal den Mund, um etwas zu erwidern, drehte sich dann jedoch wortlos um und verließ den Raum.

Malun lächelte, als Meatril gegangen war. „Ein treuer Mann, aber nicht besonders gehorsam, wie mir scheint. Wollen wir uns setzen?"

Arden nickte und folgte dem Priester zum Essenstisch, während er nicht umhinkonnte, sich den beleibten Gottesmann etwas genauer zu betrachten. Maluns Wangen, Kinn und Hals verschmolzen zu einem schwammigen Ring, der die untere Hälfte seines Gesichts unverhältnismäßig groß wirken ließ. Dagegen schienen die von den herabhängenden Lidern halb begrabenen Augen des Citdieners zu eng zusammenzustehen und auch die Stirn sah im Vergleich zum Rest des Kopfes ungewöhnlich schmal aus. Seine dunklen, kurz gehaltenen Haare verstärkten noch das seltsame Ungleichgewicht zwischen der oberen und unteren Gesichtshälfte. Er trug ein weites, fließendes Gewand, das, wenn Arden sich nicht sehr täuschte, aus reiner Etecrarseide gewirkt war. Offenbar verstand dieser Mann, wie es sich gut leben ließ, und ebenso unbestreitbar musste er nicht auf sein Geld achten, das bewies schon die Wahl der Goldenen Grotte als Lokalität für ihr Zusammentreffen.

„Greift zu, greift zu!", forderte ihn der Erhabene auf, nachdem sich Arden in die Polster hatte sinken lassen. „Diese gebratenen Muschelkrabben sind einfach köstlich!" Als wolle er seinen Gast ermutigen, bediente sich Malun selbst ohne jede Zurückhaltung.

„Es überrascht mich ein wenig“, bemerkte Arden, während er grinsend beobachtete, wie die kleinen Meerestiere im fettverschmierten Mund des Priesters verschwanden, „dass ein Diener des Sonnengottes ein solches Haus für ein Treffen wählt. Ist das hier nicht ein wenig zu … ausschweifend?“

„Es steht nirgendwo geschrieben“, antwortete Malun, nachdem er sich genüsslich die Finger abgeschleckt hatte, „dass ein Priester des Cit in Enthaltsamkeit leben müsste. Ich denke, das himmlische Auge sieht es gern, wenn seine treuen Diener das Leben und dessen Erbauungen zu schätzen wissen.“

„Nun gut“, antwortete Arden mit sanftem Spott, „so kann man es sicherlich auch sehen. Aber wäre nicht der Cittempel der angemessenere Ort gewesen für unser Treffen? Immerhin habt Ihr selbst mich als den zukünftigen König von Citheon bezeichnet und Ihr seid ein Gesandter des höchsten Kirchenfürsten. Da erscheint mir eine solche Örtlichkeit nicht gerade passend.“

Malun nahm einen langen Zug aus einem der bereitstehenden Kelche und sah Arden dann direkt in die Augen. „Wärt Ihr denn gekommen, wenn ich Euch in den Tempel zu einer Audienz gebeten hätte?“

Arden stutzte kurz, dann zog er belustigt die Augenbrauen in die Höhe. „Es hat sich wohl mittlerweile herumgesprochen, dass der neue König nicht allzu versessen auf Empfänge ist. Ihr habt recht, wahrscheinlich hätte ich eine solche Einladung abgelehnt – aus Zeitmangel selbstverständlich.“

Der Erhabene prostete seinem Gast aufmunternd zu, worauf Arden ebenfalls einen der reich verzierten Zinnkelche ergriff.

„Seht Ihr“, erwiderte Malun nach einem weiteren Schluck, „genau deswegen habe ich mich für einen Treffpunkt entschieden, der es Euch erlaubt, wohlverdiente Entspannung von Euren zahlreichen neuen Pflichten zu finden, während wir uns gleichzeitig ein wenig unterhalten können. Die Goldene Grotte wurde mir als der geeignetste Ort für einen solchen Zweck empfohlen und zudem durfte ich erfahren, dass Ihr selbst auch bereits mehrmals dieses Haus besucht habt. Da Ihr somit schon Euren ausgezeichneten Geschmack wie auch das Bedürfnis nach erlesener Unterhaltung fernab der Provinzödnis bewiesen habt, kam ich zu dem Schluss, dass diese Wahl Euer Gefallen finden würde. Ich hoffe, damit bin ich keinem Trugschluss erlegen."

Arden schüttelte erstaunt den Kopf. „Es scheint Euch ja wahrlich an meinem Wohlbefinden gelegen zu sein. Ich weiß das zu schätzen, denn in diesen Tagen verlieren das die meisten Bittsteller gerne aus den Augen, wenn es darum geht, ihre oft dreisten Wünsche vorzubringen."

„Ihr werdet bald der mächtigste Mann der Ostlande sein, also habt Ihr jedes Recht, von Euren zukünftigen Untertanen den gebotenen Respekt zu fordern", bestätigte Malun. „Die geheiligte viergöttliche Kirche, ihr höchster Diener der Citarim und meine Wenigkeit als sein ermächtigter Sprecher zollen Euch hiermit diesen Respekt und bestätigen Euren Anspruch als Sohn Ecorim Erenors auf den Thron von König Noran Karwander."

Beeindruckt pfiff Arden durch die Zähne und leerte dann in einem Zug seinen Kelch. „Ich muss zugeben, dass Eure Worte mir sehr gefallen", sagte er, während der dunkle Rebensaft seinen Magen mit samtiger Wärme zu fluten begann. „Nur sehr schade, dass Jorig Techel nicht zu der gleichen Ansicht gelangt ist. Das würde die Dinge erheblich vereinfachen. Wie kommt es, dass die Kirche sich in dieser Angelegenheit gegen den König stellt?"

Der Erhabene schob sich ein mit Kresse ummanteltes Käseröllchen in den Mund und antwortete kauend: „Mag sich Jorig Techel auch vorgeblich zu unseren Göttern bekannt haben, er bleibt ein Ungläubiger. In seiner Heimat Jovena werden Felsen, Meerestiere oder gar nur schnödes Gold angebetet. Die Kirche hat ihn von jeher nur geduldet, weil er der einzige Garant für ein friedliches, stabiles Citheon war, solange es keinen Erben aus der Königslinie gab. Dies hat sich nun geändert und daher wäre es als Statthalter des citheonischen Herrschers eigentlich seine Pflicht, zugunsten des rechtmäßigen Thronfolgers abzudanken. Stattdessen rüstete er zum Krieg. Sein Heer ist bereits in Marsch gesetzt und er persönlich wird es anführen."

„Bei den Göttern", entfuhr es Arden, der nun Taranas Vermutung tatsächlich bestätigt sah und in Unruhe verfiel. „Wisst Ihr, wie viele Köpfe seine Armee zählt?"

„In der letzten Nachricht, die ich aus Tilet erhielt, war von mehr als zehntausend die Rede", antwortete Malun, während sein Blick über den Tisch wanderte, auf der Suche nach einer Leckerei, die er noch nicht gekostet hatte. „Aber das sind nur die Truppen, die Euch auf dem Landweg entgegenziehen. Zusätzlich wird noch ein Großteil der Kriegsflotte von Jovena über das Meer angreifen. Ihr müsst mit annähernd hundert Schiffen rechnen, die schwere Geschütze, Brandsätze und Sturmtruppen an Bord haben. Wollt Ihr noch etwas zu trinken?"

Inzwischen sah Arden nicht mehr so aus, als würde ihm sein Aufenthalt in der Goldenen Grotte noch sehr gefallen. Selbst er in seiner Unbekümmertheit begriff, dass es nichts gab, was Fendland einer solchen Übermacht entgegensetzen konnte. Allein die Größe von Jovenas Flotte würde schon ausreichen, um sämtliche Städte der Halbinsel dem Erdboden gleichzumachen. Arden musste erkennen, dass er die Entschlossenheit und Stärke Jorig Techels vollkommen unterschätzt hatte.

„Das sind ziemlich viele“, erwiderte er schlicht, ohne den Versuch zu unternehmen, seine Niedergeschlagenheit zu verbergen. „Ich hätte nicht gedacht, dass Techel in so kurzer Zeit derart viele Truppen mobilisieren kann. Eigentlich bin ich bisher davon ausgegangen, dass er uns hier in Fendland gar nicht weiter beachtet.“

Malun füllte Ardens Trinkgefäß bis zum Rand und goss sich dann selbst noch etwas nach. „Oh, da wurdet ihr anscheinend falsch beraten“, gab der Citdiener unbeschwert zurück. „Techel hat gar keine Wahl, als mit ganzer Härte gegen diese Infragestellung seiner Macht vorzugehen. Bei seinen Landesfürsten ist er nicht sehr beliebt, die Kirche steht ihm ablehnend gegenüber, selbst in seinem eigenen Land Jovena regt sich Unmut. Sein Rückhalt bröckelt überall, da muss er jetzt Stärke demonstrieren, sonst könnte es geschehen, dass sich plötzlich alle gegen ihn erheben.“

Der junge Erenor blickte den Priester sichtlich verunsichert an. „Aber wie sollen wir denn gegen so eine riesige Streitmacht bestehen? Techel verfügt über mehr als zehnmal so viele Männer, wie wir zurzeit aufbringen können. Wir werden gnadenlos untergehen!“

Das erste Mal seit sie sich an den Tisch gesetzt hatten, wandte der Erhabene seine Aufmerksamkeit vom Essen ab und richtete sie vollends auf seinen Gast. „Wenn ich nicht den Sohn Ecorims vor mir hätte, würde ich jetzt wohl antworten: ‚Das hättet Ihr Euch überlegen sollen, bevor Ihr Euch zum Gegenkönig habt ausrufen lassen.‘“ Ein nachsichtiges Lächeln durchschnitt sein massiges Gesicht. „Da Ihr aber der Nachkomme des größten Helden dieses Zeitalters seid, habe ich Gewissheit, dass Eure Fähigkeiten und der Segen der Götter das Unmögliche möglich machen werden. Das Schicksal hat sich bereits zu Euren Gunsten gewendet, denn Cit hält schützend seine Hand über Euch."

„Dieses Gefühl hatte ich schon öfter", bekannte Arden. „Als würde eine höhere Macht mein Geschick in die rechten Bahnen lenken."

„Und Euer Gefühl trügt nicht", stimmte Malun zu. „Ihr seid ein Günstling der Götter, ebenso wie Ecorim. Aus ebendiesem Grund wird sich, wenn Ihr weiterhin den Weg der Götter beschreitet, die Flotte nicht an dem geplanten Angriff auf Fendland beteiligen."

Arden blinzelte verwirrt. „Ich verstehe nicht. Ihr sagtet doch gerade, es würden auf jeden Fall hundert Schiffe kommen ...?"

Maluns herabhängende Lider hoben sich kurz, sodass Arden von seinem unvermutet intensiven Blick getroffen wurde. „Und Ihr sagtet gerade, dass Ihr die lenkende Hand der Götter spüren könnt. Also vertraut der göttlichen Weisheit und lasst Euch von ihr leiten. Cit wird Euch niemals im Stich lassen, wenn Ihr Euch ohne Vorbehalt seinem Willen fügt. Ebenso wird die viergöttliche Kirche Euch immer treu zur Seite stehen, solange Ihr nicht den Pfad Eurer Vorsehung verlasst. Ehrt Ihr die Götter, allen voran den mächtigen Cit, und respektiert Ihr die Autorität der Kirche als Gesandtschaft der Götter in den Ostlanden?"

Durch den plötzlichen Wandel der Unterhaltung vom beiläufigen Geplauder hin zu der prüfenden Frage nach seiner Götterfurcht fühlte sich Arden ziemlich überrumpelt. Wie über so vieles hatte er sich noch kaum Gedanken darüber gemacht, was er eigentlich vom Wirken und Wesen der Götter hielt oder was dies für seine eigene Existenz bedeutete.

Solange er auf der Sonnenseite des Lebens stand, hatte es für ihn keinerlei Bedarf an himmlischem Beistand gegeben. Erst jetzt, da er sich durch den Erhabenen unvermittelt mit dem ganzen Ausmaß der drohenden Gefahr für seine eigene Person und sein Land konfrontiert sah, schien göttliche Hilfe auf einmal höchst erstrebenswert zu sein. Außerdem war er tatsächlich schon vor Längerem zu der Überzeugung gelangt, dass ihn irgendeine höhere Macht zu großen Taten ausersehen hatte. Wie sonst war sein plötzlicher Aufstieg zum Thronanwärter zu erklären? Daher erschien ihm eine Hinwendung zu Kirche und Glauben in diesem Moment nur logisch, zumal Malun ihm offenbar einen leichten Ausweg aus der Misere anbieten konnte, in die sich Arden gebracht hatte. Solche schnellen Ausflüchte ohne großen eigenen Aufwand waren schon immer nach Ardens Geschmack gewesen.

„Selbstverständlich achte ich die Götter", verkündete er daher mit nachdrücklicher Überzeugung in der Stimme. „Und dies wird sich auch nicht ändern, wenn ich einmal König von Citheon bin."

Malun nickte zufrieden. „Seid Ihr also bereit, Euch vom Citarim die Krone des Südens auf Euer Haupt setzen zu lassen, und gelobt Ihr, Euch die Interessen und Ziele der Kirche vom Beginn Eurer Regentschaft an zu eigen zu machen, als wären es die Euren?"

Arden zögerte kurz, denn diese Worte des Erhabenen hörten sich nun ein wenig so an, als wolle ihn Malun zu einem willfährigen Handlanger der Citkirche machen. Andererseits konnte Arden diese Bedingung des Citarimgesandten kaum ablehnen, denn eines hatte der junge Erenor trotz seiner Unerfahrenheit in solchen Verhandlungen durchaus begriffen: Maluns Gerede von Vorsehung und göttlichem Beistand mochte zwar zutreffend sein, dennoch konnten seine Worte nicht die Tatsache verschleiern, dass es hier um ein Geschäft ging. Für die Hilfe der Citkirche, auf die Arden, wie es schien, unmöglich verzichten konnte, musste er als zukünftiger König gewisse Versprechen leisten und diese nach seiner Krönung einlösen. Da sich Arden nicht in der Position befand, um zu verhandeln, blieb ihm nichts anderes übrig, als zuzustimmen. Insgeheim nahm er sich allerdings vor, den genauen Wortlaut seiner Zusagen recht bald wieder zu vergessen, schließlich gab es keine Zeugen, die bestätigen konnten, womit er sich die Unterstützung der Kirche gesichert hatte.

„Dazu bin ich gerne bereit", antwortete Arden somit feierlich, „wenn Ihr Euch im Gegenzug um die heranrückenden Truppen kümmert."

Der Erhabene ließ ein volltönendes Lachen hören. „Ihr seid ein Mann nach meinem Geschmack!", rief er aus. „Euer Vertrauen in Götter und Kirche ist wirklich grenzenlos. Aber ein wenig Arbeit müsst Ihr selbst schon auch verrichten. Wir werden sicherstellen, dass Euch die Flotte keine Unannehmlichkeiten bereitet, um das Landheer müsst Ihr Euch jedoch selbst kümmern."

„Aber das sind immer noch weit mehr Soldaten, als ich aufbieten kann", protestierte Arden enttäuscht. „Verfügt Ihr nicht über irgendwelche Hilfstruppen, die Ihr uns schicken könnt?"

Malun schüttelte sein mächtiges Haupt. „Die Kirche gebietet nicht über irgendwelche Truppen, sonst hätten wir es schließlich nicht nötig, so heimlich vorzugehen."

„Aber wie wollt Ihr dann die Flotte aufhalten?", erkundigte sich Arden misstrauisch.

„Das lasst unsere Sorge sein", erwiderte der Erhabene,

„aber seid versichert, dass es nicht auf militärischem Wege geschehen wird, sondern auf ähnliche Weise, wie wir auch gewährleisten konnten, dass Jorig Techel nicht von seinen Landesfürsten unterstützt wird. Den Himmelsherrschern sei Dank, reichte es aus, an ihre Gottesfurcht und Kirchentreue zu appellieren, andernfalls würde nämlich genau in diesem Augenblick über der hübschen Stadt Seewaith das Banner Nordantheons wehen und Ihr wäret bereits in Ketten."

Arden schluckte. „Dennoch sind zehntausend Mann ein ganze Menge. Ich weiß nicht, ob wir eine solche Armee stoppen können."

Malun schenkte sich aus einer anderen Karaffe Wein nach und nippte dann genüsslich an seinem Kelch. „Ein ausgezeichneter Tropfen", stellte er begeistert fest, „noch besser als der letzte. Ihr müsst unbedingt probieren." Er stürzte das Getränk seine Kehle hinunter, worauf er sogleich wieder nachfüllte und die Kanne vor Arden hinstellte. „Wie ich bereits sagte", fuhr er übergangslos fort, „Ihr seid ein Sohn Ecorims. Sein Blut fließt durch Eure Adern und dadurch verfügt Ihr über Fähigkeiten, die Euch zu einem geborenen Anführer machen. Die Menschen werden Euch folgen, was auch immer Ihr von ihnen verlangt. Jorig Techels Heer hingegen wird erschöpft sein von dem langen Marsch durch den halben Kontinent. Zudem werden sich seine Soldaten fragen, ob ihr Herrscher das Richtige tut, wenn er gegen den Sohn Ecorims zu Felde zieht, und ob man eine solche Schlacht überhaupt gewinnen kann. Um ihre Moral wird es trotz ihrer Überzahl nicht zum Besten bestellt sein, außerdem fehlt ihnen die Ortskenntnis und, nicht zu vergessen, der Segen der Kirche. All dies wird Euch zugutekommen."

„Ihr habt recht", sagte Arden mit großem Ernst, „ich werde diese Schlacht gewinnen, denn ich bin der Sohn von Ecorim, der selbst vor den Mauern Arch Themurs nicht wankte. Und ich trage sein Schwert, das sogar die Tore der Ehernen Feste sprengte. Ich kann nicht unterliegen.“

Aufmerksam musterte Malun den jungen Erenor, der sich gerade in solch großspuriger Manier von seiner eigenen Unbesiegbarkeit zu überzeugen versuchte. Das Augenmerk des Priesters richtete sich schließlich auf die Klinge, die an Ardens Seite hing. „Das ist Ecorims Schwert?“, erkundigte sich der Erhabene. Er wirkte plötzlich angespannter als während ihrer gesamten Unterhaltung zuvor. „Darf ich es vielleicht mal sehen?“

„Selbstverständlich“, antwortete Arden, geschmeichelt durch das unverhohlene Interesse an seiner Waffe. Er zog das kunstvolle Schmiedewerk aus der Scheide und bettete es ehrfürchtig auf das Kissen neben ihm. Im Dämmerlicht des Raumes schien die silbrige Schneide ein sanfter Glanz zu umgeben. Exakt zwischen Klinge und Heft wölbte sich eine goldene Sonnenkugel, aus der vier breite, ebenfalls aus Gold gefertigte Strahlen hervortraten. Zwei dieser Zacken bildeten zu beiden Seiten die Parierstangen, einer überzog die Klinge, ein weiterer das Heft. Das einzig Dunkle an dieser Waffe stellte der Knauf dar, der aus einem blutroten, beinahe schwarz wirkenden Edelstein geschnitten war. Nur bei genauerem Hinsehen konnte man erkennen, dass dem Knauf die Form eines liegenden, merkwürdig verkrümmten Drachenkörpers geben worden war.

Malun schien von dem Anblick wie behext. Lange Zeit brachte er kein Wort heraus, sondern betrachtete nur andächtig das vollendete Stück Metall, das vor ihm auf dem roten Samtpolster lag.

„Das ist Cor“, erklärte Arden voller Stolz, „ehemals das Schwert Noran Karwanders, dann die Waffe des Helden

Ecorim und nun in meiner Hand, auf dass ich es zu ebenso großem Ruhm führe wie meine Vorgänger."

„Cor, sagt Ihr?" Malun gelang es endlich, seinen Blick von der Klinge loszureißen. „Ihr glaubt also, das sei Karwanders Schwert?"

Arden furchte verständnislos die Brauen. „Genau genommen gebührt die Klinge Ecorim, denn er hat damit die größten Heldentaten vollbracht. Mein Vater hat das Schwert aber von König Noran übernommen, nachdem dieser vom Herrscher von Skardoskoin bei lebendigem Leibe verbrannt worden war. Das weiß doch jedes Kind."

Um die Lippen des Erhabenen spielte ein eigentümliches Lächeln, aus dem etwas wie mitleidige Überlegenheit herauszulesen war. „Ihr habt natürlich recht, das ist das Schwert Ecorims. Ihr solltet aber nicht vergessen, dass auf dieser Waffe der ganz besondere Segen des Cit ruht. Haltet das Schwert stets in Ehren."

„Darauf braucht Ihr mich nicht hinzuweisen", entgegnete Arden ein wenig gekränkt, nicht nur wegen dieser überflüssigen Ermahnung, sondern auch aufgrund der merkwürdigen Überheblichkeit, die der Citdiener plötzlich an den Tag legte. Er wurde das Gefühl nicht los, dass ihm Malun etwas Wesentliches verschwieg.

„Ich bin wirklich zuversichtlich", sprach der Priester nun wieder in gewohnt verbindlichem Tonfall weiter, „dass sich alles zum Besten wendet. Ihr werdet Techel schlagen und die Krone von Citheon für Euch und für die heilige viergöttliche Kirche erobern." Er rieb sich vergnügt die Hände. „Aber nun genug von diesen gewichtigen Dingen. Gestärkt seid Ihr ja bereits, also wird es nunmehr Zeit für ein wenig Entspannung. Was haltet Ihr von einem Bad? Ich habe es schon zuvor genossen und ich kann Euch sagen, es ist eine

Wohltat. Selbstverständlich wurde das Wasser inzwischen gewechselt." Er wies ermutigend in Richtung des tiefer liegenden Bassins.

Ziemlich überrascht zog Arden die Augenbrauen in die Höhe und gab zunächst keine Antwort.

„Aha, ich verstehe", erwiderte Malun grinsend. „Ihr seid nicht leicht zufriedenzustellen. Wie wäre es mit einer kleinen Nackenmassage, während Ihr Euch im warmen Wasser erholt?" Er klatschte ein paarmal in die Hände, worauf die Tür aufging und zwei ansehnliche, junge Damen den Raum betraten. „Diese beiden holden Schönheiten vermögen jede Verspannung im Handumdrehen zu beseitigen", pries Malun ihre Fähigkeiten. „Genießt es, Ihr habt es Euch verdient."

Angesichts der höchst erfreulichen Entwicklung dieses Treffens waren Ardens ohnehin nur sachte Zweifel an Malun und ihrem gerade geschlossenen Bündnis wie weggeblasen. Der Priester verstand wirklich, ihn bei Laune zu halten, das musste er dem Erhabenen lassen. „Also gut, warum nicht", stimmte Arden zu, wobei es ihm schwerfiel, seine Vorfreude nicht allzu deutlich durchblicken zu lassen.

„Viel Vergnügen", wünschte Malun beim Hinausgehen, „wir werden uns bald wiedersehen. Und Eurem Leibwächter werde ich sagen, dass er sich noch ein wenig gedulden muss."

Moment der Schwäche

Als Rai, Barat und Kawrin kurz nach Sonnenuntergang in der Festung Andobras eintrafen, wurden sie bereits am Tor von einer Traube von Menschen begrüßt. Es hatte sich rasch herumgesprochen, dass der Trupp der Arbeitermiliz, der die Stadt tags zuvor in Richtung des Bergwerks auf der Suche nach Rai verlassen hatte, nun endlich zurückgekehrt war. Umso erfreuter zeigten sich die erwartungsvollen Minenflüchtlinge, als sich jetzt herausstellte, dass die Rettungsmission erfolgreich gewesen war und der klein gewachsene Tileter, dem sie alle ihre Befreiung aus der Mine zu verdanken hatten, wieder wohlbehalten in der Burg eintraf. Obwohl die meisten gar nicht genau wussten, weshalb Rai eigentlich verschwunden, noch wie es zu seiner Befreiung gekommen war, wollte ihm doch jeder einmal auf die Schulter klopfen und ein paar freundliche Worte sagen.

Rai, um dessen Laune es eigentlich nicht zum Besten stand, war von diesen unerwarteten Freudensbekundungen anlässlich seiner Rückkehr durchaus gerührt, auch wenn er im Grunde lieber auf direktem Weg sein Bett aufgesucht hätte, anstatt sich hier händeschüttelnd einen Weg durch die Menge bahnen zu müssen. Der Tag war überaus anstrengend gewesen, schließlich hatten sie nach den Verhandlungen mit den Xeliten noch für deren Proviant sorgen müssen, weshalb sie einige Stunden im Wald herumgepirscht waren, um ausreichend Wild und Früchte zusammenzutragen. Zu Rais großer Enttäuschung hatte sich Selira nicht dazu entschlossen, als einer der vier vereinbarten Posten der Xeliten beim Wachturm zu bleiben, sondern war ohne jede Erklärung mit Herak in die Feuerhöhlen zurückgekehrt. Demnach hatte auch Rai seinen Platz in dem Wehrgebäude gerne einem der Arbeiter überlassen und war frustriert mit seinen Freunden und den verbliebenen vier Männern der Miliz in Richtung Festung marschiert. Der triumphale Empfang, den ihm die einstmaligen Sklaven hier bereiteten, ließ ihn jedoch sein Bedauern über Seliras Entscheidung zumindest kurzzeitig vergessen.

Nachdem Rai, Kawrin und Barat eine Weile vergeblich versucht hatten, auf die vielen neugierigen Fragen der Leute erschöpfend Antwort zu geben, tauchte schließlich Erbukas zwischen den Minenflüchtlingen auf und geleitete die drei eilig zum Speisesaal hinüber, um sie vor der wissbegierigen Menge in Sicherheit zu bringen.

„Rai, ich freue mich wirklich über deine glückliche Rückkehr!“, begrüßte Erbukas den jungen Tileter mit einem warmen Lächeln, als sie endlich in der Ruhe des großen Raums angekommen waren und er die Tür hinter ihnen geschlossen hatte. „Auch wenn dich die Leute da draußen fast zu Tode beglückwünscht hätten. Du musst mir unbedingt berichten, was vorgefallen ist, und ich werde keine Rücksicht darauf nehmen, dass du der Geschichte wahrscheinlich schon langsam überdrüssig wirst.“

Ohne Murren schilderte Rai seine Erlebnisse ein weiteres Mal und erntete dafür auch von Erbukas ungläubiges Staunen. Nach einigem Nachfragen, besonders was das Abkommen mit den Xeliten und ihrem neuen Anführer betraf, begann Erbukas schließlich, selbst zu berichten, was sich in ihrer Abwesenheit in Stadt und Festung zugetragen hatte:

„Heute Morgen hat uns eine kleine Abordnung der Städter

in der Burg besucht. Sie verlangten friedlich, aber dennoch recht nachdrücklich, die neuen Herren der Insel zu sehen. Als ich mich bereit erklärte, mit ihnen zu sprechen, bedauerten sie den Aufstand vor zwei Tagen ausdrücklich, trugen aber gleich im Anschluss ihr Anliegen vor, dass doch unter allen Umständen endlich die Sperrkette, die den Hafen immer noch blockiert, gesenkt werden solle, damit sie zumindest wieder zum Fischen hinausfahren könnten. Natürlich ist zu erwarten, dass einige diese Gelegenheit nutzen werden, um schleunigst das Weite zu suchen, aber ich glaube, bei vielen geht es schlichtweg darum, ihre Familien ernähren zu können. Auch einige Handelsschiffe sind bereits wieder unverrichteter Dinge nach Hause gesegelt, als sie den Hafen verriegelt vorfanden. Das ist wirklich eine Sache, die wir möglichst bald entscheiden müssen."

Barat rang sich zu einem müden Nicken durch. „Es wird auf jeden Fall notwendig sein, dass wir die Hafensperrung aufgeben, ich wollte eigentlich nur noch ein paar Worte an die Stadtbevölkerung richten, damit, sobald die Zufahrt wieder offen ist, nicht plötzlich die Hälfte der Leute ihr Heil in der Flucht sucht. Aber Ferrag und seine Spießgesellen haben mir das gründlich verdorben und ich weiß nicht, ob die Andobrasier sich nach den Vorfällen bei der letzten Versammlung noch einmal zu so einem Zusammentreffen wagen. Demnach können wir die Kette auch einfach senken und sehen, was passiert."

„Ich denke nicht, dass es so viele sein werden, die die Insel verlassen", entgegnete Erbukas. „Schon allein deswegen, weil es ihnen an hochseetauglichen Schiffen fehlt. Also werde ich Befehl geben, den Hafen morgen bei Sonnenaufgang wieder zu öffnen, oder hat jemand etwas dagegen?" Sein Blick wanderte fragend zu Rai und Kawrin hinüber.

„Was ist denn mit Arton?“, erkundigte sich Rai. „Sollten wir seine Meinung nicht auch hören? Wo ist er überhaupt? Er müsste doch eigentlich schon gestern in der Festung eingetroffen sein.“

„Ja, das ist er auch“, bestätigte Erbukas, wobei er unwillig die Nase rümpfte. „Gleich nach seiner Ankunft betrat Arton den Tempel, und als er wieder herauskam, verschwand er ohne ein Wort in den Übungsräumen unter der Kaserne. Dort wütete er die halbe Nacht wie von Sinnen, sodass wegen des Lärms keiner in dem Gebäude ein Auge zumachen konnte. Es wagte aber auch niemand, nachzusehen, was er dort treibt. Irgendwann zog er sich dann in sein Quartier zurück und dieses hat er bislang nicht mehr verlassen. Die Leute in der Burg reden schon über ihn, sie glauben, das viele Kämpfen hätte ihm den Verstand geraubt, manche vermuten auch, das schwarze Schwert, das er seit der Festungseroberung trägt, hätte auf magischem Wege Besitz von ihm ergriffen. Es wird sogar von Dämonen- und Hexenwerk gemunkelt, kurzum, den Leuten ist Artons Verhalten ziemlich unheimlich und ich muss gestehen, mir ist er auch nicht ganz geheuer.“

„Ich habe schon immer gesagt, dass man sich vor diesem Kerl hüten muss“, pflichtete ihm Kawrin mit grimmiger Miene bei. „Arton ist gefährlich, es ist nur eine Frage der Zeit, bis er einen Anlass findet, sich gegen uns zu wenden.“

„Jetzt mal langsam“, meldete sich Rai alarmiert von diesen geradezu feindseligen Äußerungen zu Wort. „Ihr wisst doch überhaupt nicht, was vorgefallen ist! Vielleicht gibt es ja einen guten Grund, warum er sich so verhält.“

„Ich glaube kaum, dass sich ein vernünftiger Grund dafür finden lässt, wenn jemand wie ein Berserker die Kasernenräume verwüstet“, widersprach Kawrin bissig. „Das ist schon einzig und allein auf den ganz speziellen Charakter unseres geschätzten Schwertkämpfers zurückzuführen."

Irritiert wandte sich Rai an Erbukas. „Hat sich mal einer die Mühe gemacht, nach Arton zu sehen?"

„Wie gesagt", antwortete dieser mit einem Schulterzucken, „bisher war noch niemand, mich eingeschlossen, bereit, das Risiko einzugehen und dem narbengesichtigen Wüterich gegenüberzutreten. Warum auch? Die Dinge laufen mittlerweile auch ohne ihn. Die Arbeitermiliz ist bestens eingespielt, die Wachablösungen funktionieren, ohne dass ich das noch anordnen oder kontrollieren muss, selbst der Küchendienst wird abwechselnd von verschiedenen Arbeitern übernommen. Bisher ist es ihnen trotz der schwindenden Vorräte gelungen, immer alle satt zu bekommen. Allerdings wird sich das Ernährungsproblem in den kommenden Tagen sicherlich zunehmend verschärfen, wenn nicht Nachschub an Vorräten eintrifft. Das ist übrigens auch etwas, um das wir uns unbedingt kümmern müssen."

„Jaja", seufzte Barat, „aber morgen ist auch noch ein Tag. Ich würde vorschlagen, wir lassen Arton einfach in Frieden, der wird sich schon wieder beruhigen. Und alles Weitere besprechen wir morgen. Oder ist noch was Dringendes?"

„Nun ja", erwiderte Erbukas nach kurzem Überlegen, „wir sollten bald einmal beschließen, was mit den Gefangenen geschehen soll. Der Festungskommandant Garlan und mehr als drei Dutzend seiner Männer sowie eine Handvoll Citpriester sitzen noch immer in den Zellen unter dem Tempel und warten seit Tagen darauf, zu erfahren, was mit ihnen geschehen wird."

Barat stöhnte. „Richtig! Die Ereignisse haben sich dermaßen überstürzt, dass ich unsere Gefangenen ganz vergessen habe. Wir müssen sie natürlich freilassen, am besten gleich morgen, wenn die Sperrkette gesenkt wird. Mir wäre es zwar wesentlich lieber, wenn zumindest ein Teil von ihnen auf der Insel bliebe, aber zwingen will ich sie nicht." Barat schwieg für einen Moment und rieb sich nachdenklich das Kinn. „Vielleicht spreche ich noch einmal mit dem Kommandanten. Mal sehen, ob er wirklich so großes Verlangen verspürt, in die Hauptstadt zurückzukehren, um dem König den Verlust der Erzminen von Andobras zu beichten."

„Dann ist da ja auch noch dieser Ferrag", stellte Erbukas fest, „der in seinem Haus unter Bewachung steht. Das wird auf Dauer nicht so bleiben können, denn dort, am anderen Ende der Stadt, sind unsere Männer sehr angreifbar."

„Der gute Ferrag", knurrte Barat. „Am liebsten würde ich diese schmierige Küchenschabe am nächsten Baum aufknüpfen. Aber wir sollten gar nicht damit anfangen, Leute hinzurichten, denn dann können wir auch gleich wieder die Sklaverei einführen. Also wird Ferrag Andobras verlassen müssen – er darf nicht mehr hierbleiben, da er Rai entführt und somit ein Unrecht begangen hat. Das dient auch als mahnendes Beispiel für die anderen Bewohner, damit sie begreifen, wie es hier zukünftig abläuft. Seid ihr damit einverstanden?"

Die anderen nickten.

Daraufhin gähnte Barat herzhaft. „Jetzt muss ich mich aber ein wenig hinlegen, sonst schlafe ich gleich hier unter dem Tisch ein."

„Na gut", erwiderte Erbukas, „ich werde das mit der Sperrkette veranlassen und über alles andere können wir ja morgen nach dem Frühstück noch einmal sprechen."

Damit erhoben sich alle, verließen den Speisesaal und machten sich auf den Weg zu ihren gemeinsamen Schlafquartieren im Kasernenbau. Allein Rai betrat das Gebäude nicht mit den anderen, sondern erklärte, er wolle sich noch am Brunnen auf dem Burghof ein wenig erfrischen. In Wahrheit verlangte es ihn jedoch nicht nach einem Bad, sondern er beabsichtigte, Arton einen Besuch in dessen Zimmer abzustatten, allerdings ohne dass die anderen etwas davon mitbekamen. Gemächlich schlenderte er zu dem Brunnen im Burghof hinüber, der sich inmitten der Zeltstadt der Minenflüchtlinge befand. Mittlerweile hatten sich die meisten Bewohner in ihre Zeltbehausungen zurückgezogen, sodass Rai bei seiner Umrundung des Brunnens unbehelligt blieb. Er ließ sich dabei so viel Zeit, bis er sicher sein konnte, dass Barat, Kawrin und Erbukas ihre Schlafstätten erreicht hatten und er ihnen nicht mehr auf dem Weg zu Artons Quartier über den Weg laufen würde.

Die Reaktionen seiner Gefährten auf Artons Verhalten hatten Rai nachhaltig erschüttert, denn besonders seit Kawrin und Arton ihn zusammen aus den Fängen der Xeliten befreit hatten, hegte er insgeheim die Hoffnung, sie würden sich alle langsam zu einer Gemeinschaft zusammenfinden. Aber gerade Kawrin zeigte sich ganz und gar unversöhnlich, was Arton betraf, und erweckte sogar den Eindruck, den Krieger am liebsten loswerden zu wollen. Rai empfand dies als zutiefst undankbar, denn schließlich könnte keiner von ihnen heute Nacht in einem warmen Kasernenbett ruhen, wenn Arton nicht das Unmögliche vollbracht und sie zum Sieg über die Garnison geführt hätte. Im Grunde musste man Arton als Helden bezeichnen, auch wenn sein Vorgehen manchmal nicht nach jedermanns Geschmack sein mochte und die Motive seines Handelns oftmals zweifelhaft blieben. Letztlich zählte doch nur, was seine Hilfe für sie alle bewirkt hatte, das durfte allein wegen eines Wutausbruchs und ein paar verwüsteter Räumlichkeiten nicht in Vergessenheit geraten. Im Grunde hätte er das den anderen auch ins Gesicht sagen sollen, aber er wollte keinen Streit riskieren, ohne vorher von Arton selbst gehört zu haben, was vorgefallen war. Dazu fühlte sich Rai schon aufgrund der simplen Tatsache verpflichtet, dass er Arton spätestens seit dessen offenen Worten nach dem Verlassen der Xelitenhöhlen als Freund betrachtete. Und einen solchen ließ man nicht unbeachtet mit irgendwelchen Sorgen allein, schon gar nicht, wenn sie ihn dermaßen aufzuwühlen schienen.

Der Tileter hatte die Umrundung des Brunnens abgeschlossen und machte sich wieder auf den Weg in Richtung Kaserneneingang. Als er nur noch wenige Schritte von der Tür entfernt war, überfiel ihn plötzlich das unbestimmte Gefühl, beobachtet zu werden. Er fuhr herum, doch in der gestaltlosen Dunkelheit des Festungsplatzes ließ sich nichts ausmachen außer den schemenhaften Lichtschimmern, die aus einigen Zelthäusern drangen. Rai schalt sich leise für seine Schreckhaftigkeit, wandte sich entschlossen wieder um und betrat die Kaserne.

Das Zimmer des ehemaligen Kommandanten Garlan, das nun von Arton bewohnt wurde, befand sich am Ende eines langen düsteren Ganges im Erdgeschoss des Gebäudes. Nachdem Rai vor dem Quartier angelangt war, lauschte er zunächst angestrengt an der Tür, ob vielleicht ein Poltern oder Schreien dahinter zu hören war. Denn auch wenn Rai es sich vielleicht nicht eingestehen wollte, aber auch er hatte seine Furcht vor Arton noch nicht gänzlich abgelegt. Deshalb hegte er nicht die Absicht, dem Krieger ausgerechnet während eines Wutanfalls unter die Augen zu treten. Doch er hörte nichts.

Rai atmete tief durch und klopfte. Wieder herrschte Stille. Vorsichtig drückte er die Klinke herunter und öffnete langsam die Tür. Es bot sich ihm ein vollkommen unspektakulärer Anblick. Die Schreibstube mit Tisch, einem Hocker und einigen Bücher- und Kartenregalen an den Wänden wirkte aufgeräumt, es ließ sich keine Spur von Verwüstung entdecken. Rechter Hand gab es einen Durchgang zu einem weiteren Raum, der halb durch einen Vorhang verdeckt war.

„Hallo, Arton?“, rief Rai verhalten. „Bist du hier drin? Ich bin es – Rai!“

„Was willst du?“ Die Stimme des Kriegers drang dumpf aus dem abgetrennten Nebenraum.

„Kann ich reinkommen?“, erkundigte sich der Tileter behutsam.

„Tu, was du willst“, ertönte die barsche Antwort hinter dem Vorhang.

Rai schloss die Tür hinter sich und ging zu dem Durchgang hinüber. Er schob den kratzigen Wollvorhang ein wenig mehr zur Seite, damit er in den dahinter liegenden Raum spähen konnte. Es handelte sich dabei um eine nicht eben große Schlafkammer, deren einzige Einrichtungsgegenstände eine große Holztruhe und eine am Boden liegende Matratze darstellten. Auf Letzterer hockte Arton mit angewinkelten Beinen, den Rücken gegen die Wand gelehnt, die Ellbogen auf die Knie gestützt und das Gesicht in den Händen verborgen. Das schwarze Schwert lag zu seinen Füßen. Der sonst so hart wirkende Krieger bot ein derart bedauerliches Bild der Verzweiflung, dass es Rai zunächst die Sprache verschlug. Erst als Arton aufblickte und den jungen Tileter herausfordernd mit seinem einzelnen Auge fixierte, rang sich dieser zu ein paar gestammelten Worten durch:

„Ähh, ich wollte nicht stören, aber …“ Er suchte angestrengt nach einer überzeugenden Begründung für sein

Kommen, da er es im Moment nicht für klug hielt, Arton den wahren Anlass zu nennen. „Die Xeliten …“, stieß Rai hastig hervor, „… wir haben ein Abkommen mit ihnen geschlossen. Das wollte ich dir erzählen. Sie werden das Erz in der Mine abbauen und mit uns gegen Nahrung und Ausrüstung tauschen.“

Arton verzog die Mundwinkel zu einem Lächeln, das eher an die gefletschten Zähne eines Raubtiers erinnerte. „Lass die Ausflüchte, Rai. Haben sie dich vorgeschickt, weil sich sonst keiner getraut hat, nach dem Verrückten zu sehen?“

„Ich … na ja, um ehrlich zu sein“, Rai räusperte sich, weil ihm die Stimme zu versagen drohte, „also eigentlich hat mich niemand geschickt. Die anderen haben vorgeschlagen, dich in Ruhe zu lassen.“

„Und warum tust du es nicht?“, fragte der Krieger kalt. „Hat die Neugier wieder über deine Vernunft gesiegt?“

Diese Äußerung traf den jungen Tileter hart, denn damit unterstellte Arton, dass Rai eigennützige Motive hierhergeführt hatten. „Nein“, antwortete er daher gekränkt, „aber ich habe gehört, dass ein Freund von mir die ganze Nacht damit verbracht hat, die Übungsräume auseinanderzunehmen, und seither sein Quartier nicht mehr verlassen hat. Und du magst es glauben oder nicht, ich will nur wissen, was ihn zu diesem eigenartigen Verhalten getrieben hat und ob ich helfen kann.“

„Ein Freund?“, wiederholte Arton spöttisch, jedoch nicht mehr ganz so feindselig. „Wenn du damit mich meinst, dann überlege es dir noch einmal. Jemanden wie mich sollte man nicht zum Freund haben.“

„Auf dieser kleinen Insel gibt es aber nicht so viel Auswahl“, gab Rai mit dem gleichen Maß an Ironie zurück, „man muss nehmen, was man kriegt.“

Diesmal stahl sich ein echtes Lächeln auf das entstellte Gesicht des Kriegers, doch es verschwand ebenso schnell wieder hinter seiner üblichen Maske der Verschlossenheit. „Ich weiß es zu schätzen, Rai, was du hier versuchst, aber sei versichert, dass mir mit einem einfachen Gespräch in diesem Fall nicht geholfen ist. Es gibt nun mal Dinge, die lassen sich durch nichts aus der Welt schaffen. Mein Schicksal wurde mir so tief ins Leben gemeißelt, dass ich dem unmöglich entrinnen kann."

„Du redest wie mein Großvater", bemerkt Rai.

Arton sah ihn indes nur stumm an und für einen Moment glaubte Rai, sogar leichte Belustigung in der dunklen Tiefe seines Auges zu erkennen.

„Ich wollte sagen", beeilte sich der Tileter zu erklären, „mein Großvater hat auch immer so düstere Lebensweisheiten von sich gegeben, dass keiner seinem Schicksal entfliehen kann und dass jeder sein Bündel zu tragen hat und solche Sachen. Deine Worte haben mich irgendwie daran erinnert."

„Was hatte denn dein Großvater für ein schlimmes Schicksal zu tragen?", erkundigte sich Arton ohne erkennbare Gefühlsregung.

Rai begann, an dem Vorhang herumzuspielen, neben dem er immer noch stand. „Zunächst einmal wurde er von schwerer Gicht geplagt, die ihm zunehmend die Freude an seinem über alles geliebten Beruf nahm. Er führte lange Zeit eine Artistentruppe an, die im ganzen Land für ihre Kunststücke berühmt war. Die Schmerzen in seinen Gelenken verdammten ihn jedoch bald zur Untätigkeit und er musste seinem einzigen Sohn die Verantwortung übertragen."

„Das war dann wohl dein Vater", stellte Arton fest. „Du bist also beim fahrenden Volk groß geworden?"

„Nein, eigentlich nicht", antwortete Rai leise. „Meine Eltern hatten ein Kunststück einstudiert, bei dem mein Vater ein Dutzend Messer auf eine Holzwand schleudern musste, ohne dabei meine Mutter zu treffen, die mit dem Rücken an dieser Zielscheibe stand. Bei einer unserer Vorführungen in Tilet bestand ein betrunkener Edelmann darauf, ebenfalls sein Wurfgeschick zu erproben und traf meine Mutter dabei in den Bauch. Als mein Vater auf ihn losging, wurde er von den Wächtern des Mannes erschlagen. Meine Mutter starb wenig später an der Messerwunde. Daraufhin zerbrach unsere Truppe und ich musste mich mit meinem Großvater allein durchschlagen."

Immer noch zeigte Arton keinerlei Anteilnahme, außer dass er eine Weile in nachdenkliches Schweigen verfiel. „Das muss sehr schwer für dich gewesen sein", bemerkte er schließlich bedächtig, „ohne Vater aufzuwachsen. Bist du deshalb zum Dieb geworden?"

Rais Blick richtete sich finster auf den Schwertkämpfer. „Du sagst das so, als wäre es etwas Schlechtes, ein Dieb zu sein. Es war meine einzige Möglichkeit, zu überleben, schließlich musste ich etwas zu essen beschaffen. Deshalb bin ich stolz darauf, was ich getan habe."

„Bist du nie auf den Gedanken gekommen, einen ehrbaren Beruf zu ergreifen?", erkundigte sich Arton provozierend. „Ich meine, warum hast du nicht deinem Vater nachgeeifert und bist Artist geworden? Jeder versucht doch normalerweise, in die Fußstapfen seines Vaters zu treten."

„Ich war zu jung" erwiderte Rai beleidigt. „Die Kunststücke eines Vierjährigen bringen die Leute nicht dazu, ihre Geldbörsen zu öffnen. Tatsächlich habe ich es auch einmal als Küchenhilfe versucht und es endete in einem Desaster. Aber das ist eine andere Geschichte." Er furchte ärgerlich die

Stirn. „Und jetzt verrat mir doch mal, was du denn eigentlich als ‚ehrbaren' Beruf ansiehst! Ist es denn ein Verbrechen, dass ich denen ein wenig weggenommen habe, die sowieso mehr besaßen, als sie jemals brauchen würden? Ist es wirklich besser, zu lernen, wie man Menschen mit einem Schwert größtmöglichen Schaden zufügen kann, so wie du?" Rai wurde mit jedem Wort wütender. „Warum ist die Kunst, zu töten, ehrbarer als das Handwerk des Diebstahls? Nur weil dein Vater ebenfalls ein Meister im Leuteerschlagen war?"

Plötzlich hielt Rai inne. Er wusste, dass er zu weit gegangen war, sobald er seinen letzten Satz ausgesprochen hatte. Aber wie immer, wenn er sich geringschätzig behandelt sah, gelang es ihm nicht, seinen Zorn zu zügeln. Arton in dessen momentaner Verfassung so zu reizen, kam an Leichtsinnigkeit in etwa einem Schlag auf die Nase eines verwundeten Wolfes gleich. Doch nichts geschah, Arton verzog keine Miene.

„Ich wollte dich nicht beleidigen, Arton", murmelte Rai entschuldigend. „Aber ich hatte nun einmal nicht das Glück, mir meinen Beruf aussuchen zu können. Ich wäre gerne ein Artist wie mein Vater geworden, doch ich schäme mich auch nicht dafür, ein Dieb zu sein."

„Du bist stolz auf deine Fähigkeiten", erwiderte Arton, ohne Rai dabei anzusehen, „und darauf, dass du aus eigener Kraft dein Leben gemeistert hast. Das verstehe ich und ich will dir diese Leistung gar nicht absprechen." Er zögerte eine Weile, bevor er weitersprach. „Es ist nur so, dass ich seit über einem Jahr zu erfahren versuche, wer mein wirklicher Vater war. Für mich sind die Taten und das Wesen eines Vaters ein Orientierungspunkt so wie das Feuer eines Leuchtturms, dem man zustreben oder von dem man sich wenigstens bewusst abwenden kann. Wenn dies fehlt, fällt es sehr schwer, den richtigen Pfad im Leben zu finden. Du hattest zumindest für kurze Zeit einen Vater, deshalb haben mich die Gründe dafür interessiert, warum du ein anderes Handwerk ergriffen hast als er."

Dieses freimütige Bekenntnis des sonst so abweisenden Schwertkämpfers versetzte Rai in Erstaunen. Er hätte es nicht für möglich gehalten, dass ihm Arton jemals einen solch offenen Einblick in seine Gefühlswelt erlauben würde. Irgendetwas war nach Artons Rückkehr in die Festung vorgefallen, was den Krieger nicht nur zu einem jähen Gewaltausbruch getrieben hatte, sondern ihn auch mit einem nachhaltigen Schmerz erfüllte, der ihn nun ungewöhnlich mitteilsam stimmte. Laut Erbukas war es zu Artons Wutausbruch gekommen, nachdem der Krieger den Tempel besucht und dort, wie Rai folgerte, wahrscheinlich ein weiteres Mal den Hohepriester getroffen hatte. Was also konnte dieser alte Citdiener gesagt oder getan haben, das den Krieger in solchem Maße aufgewühlt hatte?

„Hast du mit dem Tempelvorsteher auch über deinen Vater gesprochen?", fragte Rai geradeheraus. Er folgte nur einer vagen Ahnung, aber er war es gewohnt, seiner Intuition zu vertrauen.

Ruckartig hob Arton den Kopf und sein Blick traf Rai wie ein Pfeil. „Wie kommst du darauf?", verlangte der Krieger zu wissen.

„Na ja, ich dachte eben", Rai kratzte sich nervös am Handrücken, „weil du dich so genau nach meinem Vater erkundigst und mir gerade erzählt hast, dass du den deinen nicht kennst. Das scheint dich offenbar zu beschäftigen und unmittelbar vor deinem … bevor du so ungehalten wurdest, hast du den Citpriester besucht, da drängte sich mir die Vermutung sozusagen auf."

Der Kämpfer musterte Rai eine kleine Ewigkeit, als könne er sich nicht entscheiden, ob er nun beeindruckt oder erbost sein sollte. Schließlich ließ er seinen Blick wieder zu Boden sinken und begann gedankenvoll, die Linien seiner Handfläche nachzuzeichnen. „In diesen Tagen bin ich recht leicht zu durchschauen, wie mir scheint." Er seufzte tief. „Du hast recht, es ging unter anderem um meinen Vater. Der Erleuchtete Nataol verfügt über erstaunliche Kenntnisse, was sowohl die Vergangenheit als auch die Gegenwart betrifft. So hatte er auch eine Vermutung darüber, wer mein Erzeuger sein könnte."

Rais Herz begann, vor Aufregung schneller zu schlagen. Würde ihn der wortkarge Kämpe etwa bei solch einer wichtigen Angelegenheit ins Vertrauen ziehen? War es ihm endlich gelungen, Artons abweisende Zurückhaltung zu überwinden?

„Und?" Rai bemühte sich vergeblich darum, gelassen zu klingen. „Was hat er gesagt?"

„Ich musste heute lernen, dass es manchmal besser ist, nicht allen Dingen auf den Grund zu gehen", bemerkte der Krieger tonlos. „Wenn das väterliche Leuchtfeuer dich in einen bodenlosen Abgrund führt, dann wäre es weiser gewesen, niemals danach Ausschau zu halten."

„Aber wenn es so furchtbar war, was du über deinen Vater herausgefunden hast", konterte Rai diese unheilvolle Andeutung, „dann kannst du dich doch immer noch davon abwenden, wie du vorhin selbst gesagt hast."

„Möglicherweise ist es aber von den Göttern vorherbestimmt, dass ich diesem Pfad in den Abgrund folge." Arton deutete auf seine Stirn. „Es ist alles schon eingepflanzt, tief in meinem Kopf, in meinem Wesen. So wie die Motte, die nichts anderes kann, als dem Schein des Feuers ins Verderben zu folgen. Vielleicht gibt es keinen freien Willen, keine Entscheidungsmöglichkeiten, vielleicht laufen wir alle nur an unsichtbaren Schnüren den himmlischen Puppenspielern, die sich Götter nennen, hinterher." Arton blickte abermals auf und wieder sah sich Rai dem düster forschenden Blick des Einäugigen ausgesetzt. „Sieh mich an, Rai, schau mir ins Gesicht und sage mir, dass du nicht den Fluch meiner Geburt erkennen kannst, dass du nicht die Dunkelheit in mir spürst, dass du nicht jedes Mal Furcht empfindest, wenn du mir ins Auge blickst."

„Aber, aber …", der Tileter suchte nach Worten, „ja, es mag schon sein, dass du manchmal ganz schön Furcht einflößend bist. Doch genau das willst du doch auch sein. Du umgibst dich mit einer Wolke aus Angst wie ein Schild, damit niemand dir zu nahekommt und erkennt, dass auch du nur ein ganz normaler, mit ein paar Schwächen behafteter Mensch bist."

„Sei dir da mal nicht so sicher", murmelte Arton zwischen seinen zusammengebissenen Zähnen hindurch.

Rai stutzte einen Augenblick, entschloss sich dann aber, diese merkwürdige Aussage einfach zu ignorieren. „Was ich meine, ist, dass du dich doch ganz gezielt dafür entscheidest, durch dein Verhalten andere abzuschrecken. Das ist kein Fluch oder Schicksal, sondern schlicht deine eigene Wahl. Dabei hättest du das doch gar nicht nötig, denn wenn du nicht permanent den unnahbaren Finsterling mimen würdest, dann würden dich wahrscheinlich alle als Helden verehren. Denn genau das bist du in meinen Augen auch. Du hast den beinahe unbezwingbaren Ulag besiegt und damit unsere Flucht aus dem Bergwerk überhaupt erst ermöglicht. Du hast die übermächtigen Gardisten zweimal geschlagen, obwohl das vorher niemand für machbar gehalten hätte. Du hast mir mindestens dreimal das Leben gerettet und uns allen unsere Freiheit zurückgegeben. Ganz gleich, wer auch immer dein Vater war, ich kann bei dir keine Dunkelheit und keinen Fluch erkennen, nur einen mürrischen Kerl, der verbissen versucht, seine Heldentaten zu verleugnen, um aus unerfindlichen Gründen weiterhin mit sich hadern zu können."

„Du kennst mich nicht, Rai", antwortete Arton bitter. „Du weißt nicht, wozu ich alles fähig bin."

„Das ist mir egal", gab Rai hitzig zurück. „Ich werde dich nach dem beurteilen, was du getan hast, seit wir uns begegnet sind. Und in dieser Zeit hast du nur Gutes bewirkt."

Arton verzog das Gesicht, so als bereite ihm Rais Freundlichkeit Unbehagen. „Ob das Kawrin auch so sieht?"

„Na gut, das mit Kawrin war ein wenig unglücklich", räumte der Tileter ein, „du hast ihn damit sicherlich nicht zum Freund gewonnen. Aber ein Streit kommt in den besten Familien mal vor und selbst Kawrin bewundert dich für deine Heldentaten."

„‚Heldentaten'", schnaubte der Krieger verächtlich. „Weißt du, was meine größte ‚Heldentat' war? Als die Assassinen mein Heim überfielen und Tarana, die einzige Frau, für die ich jemals etwas empfunden habe, in ihre Gewalt brachten, was glaubst du, habe ich da getan? Ich jagte meiner Geliebten einen Pfeil in die Brust, ließ meine Kriegerschule abbrennen und den Verräter Megas, der für all das verantwortlich war, entkommen." Arton schoss die Zornesröte ins Gesicht und unvermittelt schlug er mit der blanken Faust so fest gegen die Wand des kleinen Raums, dass seine Knöchel zu bluten begannen. „Klingt das nach einem Helden?", stieß er wutentbrannt hervor. „Sind das die Taten eines Mannes, dem die Götter wohlgesinnt sind?"

Fassungslos über diese Enthüllung starrte Rai den Krieger an. „Das war doch sicher keine Absicht“, brachte der kleine Tileter schließlich eine beschwichtigende Antwort zustande. „Deine Geliebte ist durch einen Unfall gestorben, das war eben Schicksal.“

„Schicksal, göttliche Vorsehung – was auch immer!“ Arton sprang auf. „Ich habe nie darum gebeten, eine Rolle in diesem kranken Spiel der Himmelsherrscher zu übernehmen. Ich wurde niemals gefragt, ob ich bereit bin, meine große Liebe aufzugeben, um auf dieser verfluchten Insel das Schwert Themuron zu erhalten.“ Er gab der dunklen Klinge zu seinen Füßen einen Tritt, sodass sie klirrend in die gegenüberliegende Zimmerecke schlidderte.

„Das dunkle Schwert heißt Themuron?“, fragte Rai.

„Ja, Rai“, entgegnete Arton sarkastisch, „auch du bist ein Teil des himmlischen Marionettenspiels. Du hast die heilige Klinge Themuron, genannt Tausendsturm, aus dem Palast von Tilet entwendet, damit ich sie hier auf Andobras in Empfang nehmen kann. Auch deine Zukunft wurde somit auf dem Altar der göttlichen Vorsehung geopfert. Alles ist vorherbestimmt.“

Rai schüttelte den Kopf. „Ich verstehe das nicht. Warum sollten die Götter wollen, dass ich ausgerechnet dir das dunkle Schwert bringe?“

„Das ist sehr einfach. Das göttliche Schauspiel braucht einen Bösewicht.“ Bedrohlich kam Arton auf Rai zu und fasste ihn an den Schultern. „Du weißt, wer dieses Schwert einst führte?“

Eingeschüchtert nickte Rai.

Artons Auge glänzte in kalter Wut. Ein unheimliches Lächeln umspielte seine Lippen. „Dann weißt du jetzt auch, wer mein Vater war.“

Zunächst verstand Rai nicht, was der Schwertkämpfer damit meinen könnte. Aber wie ein Katapultstein, der aus großer Höhe auf sein ahnungsloses Opfer herniedersaust, traf ihn schließlich die Erkenntnis. Seine Augen wurden groß, Schweißtropfen bildeten sich auf seiner Stirn, Angst wühlte sich durch seinen Körper. Sein Entsetzen war so überwältigend, dass er sich Artons festem Griff entwand und Hals über Kopf aus der Tür hinaus in den dunklen Kasernengang stürzte.

Erst als er das Gebäude verlassen hatte und wieder draußen in der kühlen Nachtluft auf dem Burghof stand, hielt er inne. Er konnte es noch immer kaum fassen. Arton war der Sohn des Herrschers von Arch Themur, dessen Name allein bereits als Fluch galt! Welche grausame Fügung des Schicksals hatte den Kämpfer auf diese Weise gestraft? Konnten die Götter so unbarmherzig sein? Es war kein Wunder, dass Arton die Beherrschung verloren und die Kellerräume kurz und klein geschlagen hatte. Rai wäre es wahrscheinlich genauso ergangen, wenn ihm jemand eine solche Ungeheuerlichkeit über seine Abstammung offenbart hätte. Diesen dunklen Tyrannen zum Vater zu haben, das stellte eine so unerträgliche Last dar, dass es sich Rais Vorstellungskraft entzog. Mitleid erfüllte sein Herz, aber auch Furcht, denn zu welchen Gräueltaten wäre Arton als Nachkomme des Schreckens von Skardoskoin imstande?

Doch es war immer noch Arton, machte sich Rai bewusst – der Freund, dem er so vieles zu verdanken hatte. Machte ihn seine Abstammung wirklich zu einem anderen Menschen? Ließ das Wissen um die wahre Identität von Artons Vater die heldenhaften Taten des jungen Kriegers auf einmal ungeschehen werden?

Rai machte kehrt. Er durfte sich nicht von seiner Angst

daran hindern lassen, für Arton da zu sein. Wenn dieser je einen Freund gebraucht hatte, dann jetzt. Es war nicht gerecht, ihn für die Frevel seines Erzeugers zu verurteilen. Solange der Kämpfer nicht durch sein eigenes Handeln Schuld auf sich lud, würde Rai ihm treu zur Seite stehen, ganz gleich, wie sehr Arton ihn auch durch sein bedrohliches Gehabe wegzustoßen versuchte. Manchmal schien es fast, als würde der Schwertmeister mit aller Macht versuchen, seinen Selbsthass zu rechtfertigen, indem er auch andere davon überzeugte, wie verachtenswert er doch sei. Kurzzeitig hatte dies auch bei Rai funktioniert, aber ihm war es gelungen, sich wieder den Menschen hinter der finsteren Fassade ins Gedächtnis zu rufen. Und diese Person war nicht böse, da war sich Rai sicher.

Rai folgte eilig dem Gang, der ihn zurück zu Artons Quartier führte. Bei seiner überstürzten Flucht hatte der Tileter die Zimmertür offen gelassen, sodass nun das Licht aus dem Inneren des Raumes ein helles Rechteck in den Korridor zeichnete. Ansonsten herrschte Finsternis. Mitten in diesem erhellten Ausschnitt erkannte Rai plötzlich den Schatten einer Person, die sich in Artons Zimmer befinden musste. Zunächst dachte er, es wäre Arton selbst, doch der Schattenriss war viel zu zierlich. Konnte es ein Zarg sein? Vielleicht hatte er in einem dunklen Winkel des Ganges gewartet, bis Rai das Zimmer verließ, um dann die günstige Gelegenheit zu nutzen, Arton anzugreifen. Aber warum sollte ein Zarg das tun? Rai sah, wie die Gestalt einen Arm erhob. Der Umriss von etwas Länglichem, Spitzzulaufendem wurde sichtbar: ein Dolch! Rai begann, loszulaufen. Endlich erreichte er den offen stehenden Eingang – und erstarrte. Der Krieger stand, mit beiden Armen auf den Schreibtisch gestützt, vornübergebeugt, den Rücken zur Tür. Unbemerkt näherte sich ihm von hinten eine zerlumpte Gestalt. Ein langes Messer blitzte in ihrer Hand. Nur noch wenige Augenblicke, dann würde die Klinge in Artons Rücken fahren.

Rai hielt sich nicht damit auf, eine Warnung zu rufen. Er sprang los und warf sich auf den Angreifer. Der Schwung seines Ansturms ließ beide nach vorn stolpern, sodass sie an Arton vorbei gegen die Tischplatte prallten. Das Messer fiel dem Unbekannten aus der Hand und landete unmittelbar vor dem überraschten Krieger auf dem Schreibtisch. Rai riss seinen Gegner zur Seite und rang ihn zu Boden. Ohne große Schwierigkeiten setzte er sich auf dessen Brustkorb und fixierte die Arme des Besiegten mit seinen Knien.

Erst als die Aufregung des Kampfes ein wenig nachzulassen begann, begriff Rai, dass er den Angreifer kannte. Es handelte sich weder um einen Zarg noch um irgendeinen namenlosen Attentäter aus der Stadt, sondern das knochige Gesicht und die angstgeweiteten Augen, die ihm daraus entgegenstarrten, gehörten eindeutig der Minenarbeiterin, die er und Arton vor noch nicht allzu langer Zeit aus Ulags Wohnhöhle befreit hatten. Es handelte sich um jene tapfere Frau, welche trotz oder gerade wegen der schrecklichen Qualen in der Gefangenschaft des haarigen Unholds die Erste gewesen war, die damals nach vorne trat, als es galt, Freiwillige zur Erstürmung des Wachturms am Mineneingang zu finden. Ausgerechnet sie trachtete nun nach dem Leben ihres Befreiers.

„Bist du von Sinnen?“, schrie Rai außer sich vor Wut die unter ihm liegende Frau an. „Wir haben dich aus den Klauen von Ulag befreit und du dankst es uns mit einem feigen Mordanschlag auf Arton? Bist du von einem Geist der Zwischenwelt besessen oder einfach nur verrückt geworden?“

„Ich wäre niemals in die Minen gekommen“, spie sie ihm

hasserfüllt entgegen, „wenn dieses skrupellose Monster nicht gewesen wäre." Verzweifelt bäumte sie sich noch einmal auf, aber Rai drückte mit seinen Knien unablässig ihre Oberarme auf den Boden.

„Wen meinst du denn?", fragte Rai verwirrt. „Ulag?"

„Nein, nicht Ulag!", schrie sie mit Tränen der Wut in den Augen und richtete ihren Blick voller Verachtung auf Arton. „Ihn meine ich! Er trägt die Schuld daran, dass ich nach Andobras kam."

Rai sah verständnislos zu dem Krieger auf, der reglos neben ihnen stand und noch immer kein Wort gesagt hatte. „Aber das ist Arton", erwiderte der Tileter zögernd, „er war selbst im Bergwerk gefangen und hat uns dort befreit."

„Ja, das ist Arton Erenor", bestätigte die junge Frau voller Bitternis. „Niemals werde ich diesen verfluchten Namen vergessen. Er hat mich ins Verlies werfen lassen, nur weil ich mich nicht von meinem geliebten Kind trennen wollte. Von dort wurde ich als Sklavin verkauft. Er ist ein Ungeheuer!" Sie wandte sich wieder an den schweigsamen Schwertmeister. „Was habt ihr mit meiner Tochter gemacht, sagt es! Lebt sie noch? Wo ist sie?" Wieder versuchte die ausgezehrte Frau erfolglos, sich zu befreien.

„Was redet sie denn da, Arton?", wollte Rai beunruhigt wissen. „Was für ein Kind? Wer ist diese Frau?"

Artons Gesicht wirkte leblos wie ein Stein. „Belena", sagte er so leise, dass es kaum zu vernehmen war.

„Ja, ich bin Belena Sogwin aus Seewaith und meine Tochter heißt Thalia!", rief die Frau. „Schön, dass Ihr Euch wenigstens noch an meinen Namen erinnert."

„Du kennst sie aus deiner Heimatstadt?", fragte Rai zweifelnd. „Warum hast du sie denn dann nicht gleich erkannt, als wir sie befreit haben?"

Als Arton beharrlich schwieg, übernahm Belena das Antworten: „Der feine Herr hat mich doch keines Blickes gewürdigt! Nachdem er mir mein Kind entrissen hatte, wurde ich weggeworfen wie ein Stück Dreck. Wahrscheinlich hat er vergessen, dass ich überhaupt existiere. Aber ich habe ihn nicht vergessen! Als ihr mich befreit habt, konnte ich es zunächst nicht glauben, wer da vor mir stand. Ich habe ihn beobachtet, lange gezweifelt, ob er der Richtige ist. Die Narbe, die einfachen Gewänder, die Zeichen von Hunger und Entbehrungen haben mich lange getäuscht. Aber sein arrogantes, selbstherrliches Gehabe hat ihn verraten. Die überhebliche Art, wie er die einfachen Arbeiter behandelte, das war unverkennbar. Schon oft bin ich nachts vor seine Tür geschlichen, habe es aber bisher nicht gewagt, in seine Kammer einzudringen. Ich hatte damals geschworen, dass der Fluch seiner Tat ihn eines Tages einholen würde. Und heute bot sich endlich eine Gelegenheit für meine Rache", sie warf Rai einen grimmigen Blick zu, „und es hätte funktioniert, wenn du nicht zurückgekehrt wärst."

Der Tileter konnte nicht fassen, was er da hörte. Zutiefst erschüttert sah er erst Belena und dann wieder den Krieger an. „Bitte sag mir, dass das nicht stimmt, Arton! Du hast ihr das Kind weggenommen und sie dann in die Sklaverei geschickt? Das kann – nein, das will ich nicht glauben."

„Ich habe dir gesagt, dass du keine Ahnung hast, wozu ich fähig bin", erwiderte Arton dem Anschein nach völlig ungerührt. „Jetzt wirst du das wohl einsehen müssen."

Mitgenommen schüttelte Rai den Kopf. „Und was ist mit ihrem Kind geschehen?"

„Ich weiß es nicht." Der Schwertmeister zuckte teilnahmslos die Schultern. „Die Kriegerschule Ecorim, wo Thalia untergebracht war, ist abgebrannt. An welchem Ort sie sich jetzt befindet oder ob sie überhaupt noch lebt, weiß ich leider nicht."

Auf diese Feststellung hin begann Belena, leise zu schluchzen, während Rais Körper von einem Schauer geschüttelt wurde. Er hatte das Gefühl, als ob in ihm gerade etwas erfroren sei.

Rai erhob sich und bot Belena seine Hand, um ihr aufzuhelfen. Dann geleitete er die weinende Frau nach draußen. Der Tileter schloss hinter sich und Belena die Tür und ließ Arton allein in seinem Quartier zurück. Wenn es wirklich Artons Ziel gewesen war, Rai davon zu überzeugen, dass es etwas zutiefst Hassenswertes in dem Krieger gab, das zwangsläufig jede Freundschaft vergiften würde, dann hatte dieser Versuch nunmehr zum Erfolg geführt.

Entscheidungen

Er erwachte schweißgebadet. Ruckartig setzte er sich auf, fuhr sich durchs wirre Haar und versuchte, die verstörenden Bilder wieder aus seinem Kopf zu vertreiben: riesenhafte Mauern, gespickt mit metallgepanzerten Zacken wie gefletschte Zähne, dunkle Tore, so unnachgiebig wie ein Berg, Verderben und Tod überall, ganze Heerscharen an Feinden, Schwärme von todbringenden Geschossen, Feuer und Rauch. Barat plagten diese Albträume neuerdings wieder häufiger, obwohl er eigentlich schon geglaubt hatte, die Schrecken von Arch Themur überwunden zu haben. Aber da war er anscheinend im Irrtum gewesen. Warum ausgerechnet jetzt diese alten Erinnerungen wieder ihre hässliche Fratze zeigten, konnte Barat sich nicht erklären. Natürlich war gerade in den letzten Tagen vieles vorgefallen, was ihm die vergangenen Ereignisse von Neuem ins Gedächtnis rief, aber im Gegensatz zu damals waren die Kämpfe der letzten Zeit vergleichsweise glimpflich abgelaufen, denn die meisten seiner Kameraden lebten noch. Möglicherweise lag der Grund für die hartnäckig wiederkehrenden Traumbilder in der ungeahnten Verantwortung, die seit der Eroberung der Insel auf ihm lastete. Vielleicht sollten sie ihm als Warnung dienen, für das, was ihm noch erwartete.

Als die Gräuel des Albtraumes sich zunehmend zu verflüchtigen begannen, stand Barat auf und humpelte ächzend zum Fenster. Wie jeden Morgen fühlten sich seine Knochen an, als habe jemand Sand zwischen Wirbel und Gelenke gestreut, und Barat wusste, dass dieser knirschende Schmerz erst nach längerer Zeit der Bewegung wieder verschwinden würde. Zusätzlich machte sich immer wieder seine aus der Mine stammende Verletzung am Knöchel bemerkbar, obwohl sie äußerlich gut verheilt zu sein schien. Aber der Veteran war diese Abnutzungserscheinungen seines alternden Körpers inzwischen gewohnt und versuchte, sie weitestgehend zu ignorieren.

Gähnend blickte er von seinem Kasernenzimmer hinaus auf den Burghof, der zu dieser frühen Stunde noch vollkommen ruhig wirkte. Das erste sachte Grau des Morgens zeigte sich gerade erst am Himmel, dennoch veranlasste Barat diese Feststellung zu plötzlicher Eile. Hastig kleidete er sich an, warf noch einen wärmenden Wollumhang über und machte sich dann auf den Weg zur Festungsmauer. Am heutigen Tag bei Sonnenaufgang sollte die Kette, welche die Zufahrt zum Hafen versperrte, gesenkt werden und er wollte unbedingt verfolgen, wie die Stadtbewohner darauf reagieren würden.

Wenig später hatte er den Wehrgang erreicht, der auf der oberen Mauerkante verlief. Er nickte Erbukas zu, der in einen dicken Mantel gehüllt auf ihn gewartet hatte. Nach ihrer kurzen Begrüßung ging der Bergmeister zu einigen Arbeitern hinüber und verschwand mit ihnen in dem nahen Eckturm der Burg, wo eine Treppe tief unter das Festungsgelände führte. In einem kleinen Raum auf Höhe des Hafens befand sich dort die gewaltige, senkrecht stehende Winde, auf die die Sperrkette aufgewickelt werden konnte. Um das Bewegen der zahllosen, zusammengeschmiedeten Eisenglieder überhaupt bewältigen zu können, war an dem Ende der Kette, das von der Winde herabhing, ein massives Gegengewicht angebracht worden, das sich beim Heben der

Kette in einen Schacht absenkte und beim Herunterlassen entsprechend angehoben wurde. Dennoch bedurfte es mindestens vier Männer, um die gewaltige Winde zu bedienen.

Während Barat die Vorgänge im Hafen verfolgte, wühlte der raue Wind vom Meer unablässig in seinen Haaren und Kleidern. Bei dieser steifen Brise würden die Schiffe, die Andobras verlassen wollten, gute Fahrt machen, dachte der alte Soldat betrübt. Langsam verschwand die Sperrkette unterhalb der Wasseroberfläche, sodass die Hafeneinfahrt das erste Mal seit der Einnahme der Festung wieder frei war. Angespannt spähte Barat über die Festungszinnen nach unten. Viele Andobrasier waren zu dieser Zeit bereits auf dem Kai unterwegs, wollten möglicherweise Zeuge sein, wie sie ein wesentliches Stück ihrer Freiheit zurückerhielten.

Den Anfang machten die Fischer. Zahlreiche kleinere Boote mit Netzen und Fischlanzen an Bord verließen Andobras in Richtung offenes Meer. Allerdings hatte Barat in diesem Fall die Hoffnung, dass die Boote nach einem erfolgreichen Fang in ihre Heimatstadt zurückkehren würden. Kurze Zeit später folgten zwei größere Segler, beides Handelsschiffe, die seit der Machtübernahme durch die Minenflüchtlinge im Hafen festgesessen hatten. Natürlich war es möglich, dass auf diesen Schiffen neben der Mannschaft auch noch einige Andobrasier an Bord waren, die der Insel endgültig den Rücken kehren wollten. Aber Barat hatte von vorneherein damit gerechnet, dass nicht alle Menschen hier ihnen, den neuen Herren von Andobras, Vertrauen schenken würden. Solange jedoch die überwiegende Mehrheit der Inselbewohner bereit zu sein schien, die Fähigkeiten der einstmaligen Sklaven als Machthaber zu erproben, hatte Barat keinen Grund zur Klage. Und danach sah es momentan aus, denn es hielten sich zwar viele Stadtbewohner am Hafen auf, jedoch gingen die wenigsten von ihnen an Bord eines der sieben größeren Schiffe, die dort noch vor Anker lagen.

Nach einer knappen Stunde begann sich endgültig abzuzeichnen, dass die befürchtete Massenflucht von der Insel ausblieb. Erleichtert wechselte Barat noch ein paar Worte mit Erbukas, der inzwischen zurückgekehrt war, dann stieg der Veteran von der Festungsmauer hinab auf den Burghof. Sein Magen verlangte bereits seit einer ganzen Weile nach einem Frühstück, deshalb machte er einen kurzen Umweg über die Küche, wo er sich ein wenig hartes Brot und trockenen Käse von den zum Küchendienst eingeteilten Arbeitern besorgte. Diese waren bereits damit beschäftigt, das Frühstück für die Burgbesatzung vorzubereiten, hatten jedoch nichts dagegen einzuwenden, einem ihrer Anführer schon ein wenig früher seine Ration auszuhändigen.

Barat war unter den Arbeitern ausgesprochen beliebt. Zwar genoss er nicht den gleichen Heldenruhm wie Rai, dennoch war es immer Barat, der das Wort an die Minenflüchtlinge richtete, wenn es etwas Neues zu verkünden gab. Ihm vertrauten sie, denn ihm schienen ihre Interessen wirklich am Herzen zu liegen und er verhielt sich ihnen gegenüber stets offen und freundlich. Gerade bei den ehemaligen Sklaven war seine Idee von der freien Insel auf fruchtbaren Boden gefallen und seither verfolgten die meisten gespannt, wie er seine Vorstellungen in die Tat umsetzen wollte.

Barat hielt sich jedoch nicht lange mit seinem kargen Mahl auf, sondern besorgte sich im Vorratsraum ein paar saubere Tücher und eine Flasche hochprozentigen Rum. Nachdem der Tag einen sehr frühen, aber doch höchst vielversprechenden Anfang genommen hatte, fühlte sich Barat nämlich beflügelt, gleich noch ein weiteres Problem anzupacken, das wie so vieles von den sich überstürzenden Ereignissen einfach in den Hintergrund gedrängt worden war: die Gefangenen. Seit der Eroberung der Festung saßen beinahe vierzig Gardisten eingekerkert in den zahlreichen Zellen unter dem Cittempel. Da es aber zu Barats Plan von der freien Insel gehörte, dass niemand gezwungenermaßen auf Andobras bleiben sollte, schon gar nicht in einer Kerkerzelle, musste er all diese Weggeschlossenen nun wählen lassen, ob sie als freie Bürger auf Andobras bleiben oder in ihre Heimat zurückkehren wollten. Natürlich stellten diese Soldaten in beiden Fällen eine mögliche Gefahr dar, denn wenn sie in Freiheit gelangten und die Insel verließen, wären sie sicherlich die ersten, die König Techel detailliert berichten würden, was auf Andobras vorgefallen war. Blieben sie jedoch in der Stadt, konnten diese Besiegten leicht zu einem neuen Kern des Widerstands gegen die neuen Herren der Insel werden, falls es nicht gelang, mit ihnen zu einer Übereinkunft zu gelangen. Folglich wäre der eleganteste Ausweg aus dieser Zwangslage, wenn Barat die ehemaligen Feinde auf seine Seite ziehen könnte. Zu diesem Zweck beabsichtigte er, den Hebel ganz oben, beim ehemaligen Kommandanten der Festung, anzusetzen.

Deshalb ging Barat nun hinüber zum Cittempel, wo er über die enge Treppe zu den unterirdischen Verliesen gelangte. Vor der Zelle, in der Kommandant Garlan gefangen saß, machte er halt und spähte zunächst vorsichtig durch das kleine Sichtfenster der Kerkertür in den engen Raum hinein. Dort fand er den Kommandanten ausgestreckt auf einem aufgeschütteten Strohhaufen vor, augenscheinlich in tiefem Schlaf. Den Stumpf der rechten Hand, die dem Offizier beim Kampf um die Festung abgetrennt worden war, schützte ein blutgetränktes Stück Tuch, welches reichlich schlampig um die Wunde gewickelt worden war. Offenbar hatte diesen unzureichenden Verband seit der Eroberung der Burg niemand mehr gewechselt und es grenzte an ein Wunder, dass der Kommandant nicht längst von Wundfieber geschüttelt wurde. Eben um diese Verstümmelung angemessen zu versorgen, hatte sich Barat zuvor mit Tüchern und Rum eingedeckt. Einerseits zwang ihn als Veteran der königlichen Armee seine Soldatenehre, einem so hochgestellten Offizier wenigstens eine grundlegende Behandlung seiner Verletzung angedeihen zu lassen, andererseits wollte er sich Garlan natürlich auch gewogen stimmen für ihr bevorstehendes Gespräch.

Nachdem Barat mit seinem Verbandszeug unter dem Arm die muffige Zelle betreten hatte, setzte sich der Kommandant mit erstaunlicher Gewandtheit kerzengerade auf und fixierte Barat mit kühler Verachtung in den Augen. Barat nickte ihm kurz zu und begann dann, wortlos den alten Verband abzunehmen. Garlan ließ die Behandlung ebenso schweigend und beinahe ohne ein Zeichen des Schmerzes über sich ergehen, selbst das Beträufeln mit Rum nötigte ihm nur ein unterdrücktes Stöhnen ab.

Als Barat fertig war, meinte er zufrieden: „Die Blutung ist gestoppt, kein Anzeichen für eine Entzündung, alles deutet daraufhin, dass der Arm gut verheilen wird."

Feindselig kniff Garlan die Augen zusammen. „Dann wird meine Hand wieder nachwachsen?", erkundigte er sich sarkastisch.

Barat räusperte sich peinlich berührt. „Zumindest werdet Ihr nicht auch noch wegen Wundfieber Euren Arm oder Euer Leben verlieren. Ist die Wunde nach dem Kampf ausgebrannt worden?"

Der Kommandant verzog das Gesicht. „Das war ein echter Spaß", erwiderte er. „Das könnte ich jeden Tag haben."

„Ich weiß“, bestätigte Barat mit einem mitfühlenden Lächeln, „aber das hat Euch vermutlich das Leben gerettet. Natürlich sind das unglaubliche Schmerzen, ich kenne das.“

„Ach ja?“ Garlan zog zweifelnd eine Augenbraue hoch.

Barat öffnete kurzerhand sein Hemd und deutete auf eine knotige Narbe auf seiner Brust. „Ein Pfeil vor Arch Themur. Hat meinen Harnisch durchschlagen, als wäre er aus Butter. Eine Handbreit weiter links und er hätte mein Herz getroffen. Der Wundarzt hat die Spitze rausgezogen, ein glühendes Eisen reingehalten und ist dann zum nächsten Patienten gegangen. Die ganze sogenannte Behandlung hat nur wenige Augenblicke gedauert, alles bei vollem Bewusstsein. Aber ich hab's überlebt und die Genesungszeit ersparte mir zwei Wochen Kampf.“

Garlan zögerte kurz, dann nickte er anerkennend. „Ihr habt bei Arch Themur gedient? Welche Einheit?“

„Karwanders Purpurköpfe“, antwortete Barat nicht ohne Stolz.

Der Kommandant pfiff leise durch die Zähne. „Die persönlichen Infanterietruppen des Königs. Sind die nicht bei der Erstürmung der Ehernen Feste fast vollkommen aufgerieben worden?“

„Von der ganzen Kompanie haben elf überlebt“, erklärte Barat mit gesenktem Blick. „Einer aus zwanzig. Nach der Schlacht wurden wir vom neuen König aus dem Heer entlassen, ohne Ehrung, nur mit einer kleinen Abfindung. Ich bin im Rang eines Gefreiten ausgeschieden.“

„Und habt Euch dann dazu entschlossen, ein räuberischer Halunke zu werden“, stellte der Kommandant geringschätzig fest. „Damit erweist Ihr Eurer Truppe wahrlich keine Ehre.“

„Techel hat mich dazu gebracht“, entgegnete Barat und

zeigte sich angesichts dieser Anschuldigung ungerührt. „Sein schändliches Umspringen mit dem rechtmäßigen Thronfolger Ecorim und allen, die ihm verbunden waren, ist der Grund dafür, dass ich heute hier bin. Aber ich kann mir vorstellen, dass auch Ihr Euren Aufenthalt auf der schönen Insel Andobras dem guten König Jorig zu verdanken habt. Wahrscheinlich war das die Strafe dafür, dass Ihr ihm das schwarze Schwert nicht wiederbringen konntet."

Garlan dachte einen Augenblick angestrengt nach, bis er schließlich überrascht die Augen aufriss. „Ich wusste doch, dass ich Euch irgendwoher kenne. Ihr wart der dreiste Kerl, der sich in der Nacht, als das Schwert verschwand, als Weinhändler ausgab und mich mit der Geschichte von den betrunkenen Wachleuten zum Narren hielt!" Der Kommandant ließ ein ärgerliches Knurren hören. „An Euch ist wahrlich ein Schauspieler verloren gegangen."

„Danke", erwiderte Barat mit einem verschmitzten Grinsen, „ich tat mein Bestes."

„Und was soll jetzt mit mir und meinen Männern geschehen?", wollte Garlan unvermittelt wissen. „Gewährt Ihr uns eine ordentliche Hinrichtung oder lasst Ihr uns einfach in diesem Loch verfaulen?"

„Oh, nichts dergleichen", antwortete Barat. „Ihr werdet freigelassen."

Misstrauisch musterte Garlan den alten Soldaten, der da so selbstsicher neben ihm auf dem Strohlager saß, als empfinge er den Kommandanten in der Wohnstube bei sich zu Hause. „Ist das Euer Ernst?"

„So, wie ich es sage", beteuerte Barat. „Ihr könnt als freier Mann auf Andobras bleiben oder mit einem Schiff zurück nach Tilet reisen, ganz wie es Euch gefällt."

„Euch ist schon klar", meinte Garlan argwöhnisch, „dass

wir dann in Kürze mit Verstärkung zurückkommen werden, oder etwa nicht?"

Barat zuckte die Schultern. „Ja, das ist mir klar, auch wenn wahrscheinlich nicht Ihr es sein werdet, der diese Truppen bei der Wiedereroberung von Andobras anführt."

Garlan zögerte. „Nein?"

„Ich glaube nicht, dass Euch Techel Euer wiederholtes Versagen so einfach verzeihen wird. Nach dem Verschwinden des schwarzen Schwertes hat er Euch schon die Höchststrafe verpasst und Euch nach Andobras ins Exil geschickt. Und gleich nachdem Ihr hier das Kommando übernommen habt, geht die Insel an flüchtige Minensklaven verloren und Ihr büßt das Schwert, welches gerade durch einen glücklichen Zufall in Eure Hände gefallen ist, wieder ein. Das wird sich in Eurem Bericht an den König nicht gut machen." Barat schüttelte besorgt den Kopf. „Nicht ganz unerheblich dürfte auch sein, wer nun das dunkle Schwert in seinen Besitz gebracht hat. Der Einäugige, der Euch auf dem Festungsplatz im Zweikampf besiegt hat und der jetzt die Klinge des einstmaligen Herrschers von Skardoskoin trägt, heißt Arton Erenor."

Was sich bei diesen Worten auf dem Gesicht des ansonsten so diszipliniert wirkenden Kommandanten abzeichnete, ließ sich bestenfalls als blankes Entsetzen beschreiben. Barat bekam schon fast Gewissensbisse, weil er den armen Mann in einem einzigen Satz vermutlich gleich mit zwei erschütternden Wahrheiten konfrontiert hatte. Zum einen dürfte Garlan nicht bewusst gewesen sein, dass es sich bei dem schwarzen Schwert, dem er so lange vergeblich hinterhergejagt war, um die Waffe des Herrn von Arch Themur handelte. Zum anderen wurde ihm jetzt natürlich klar, dass er auf jeden Fall hätte verhindern müssen, dass eine solch mächtige Klinge ausgerechnet einem Mitglied des Hauses Erenor in die Hände fiel. Schließlich handelte es sich dabei, und das wusste sogar Garlan, um jene Familie, der auch Ecorim angehört hatte und die eine ständige Bedrohung für König Jorigs Thron darstellte.

„Wenn das stimmt“, rang sich der Kommandant endlich zu einer Antwort durch, „kann ich froh sein, wenn ich nicht mit dem Kopf auf dem Richtblock ende.“ Resignierend fuhr er sich mit der linken Hand durch sein kurzes, ergrautes Haar. „Also, was habt Ihr anzubieten?“

Barat staunte, wie schnell sich der Kommandant nach diesen schlechten Neuigkeiten wieder gefangen hatte und sich ganz sachlich auf die neue Situation einzustellen versuchte. Aber das war wohl eine Fähigkeit, die sich ein ranghoher Offizier im Laufe seiner Dienstzeit aneignen musste, sonst konnte er es in der Armee nicht weit bringen. „‚Anbieten‘ ist hier das falsche Wort“, entgegnete Barat vorsichtig. „Andobras ist sicher auf den ersten Blick kein allzu einladender Ort …“

„Es ist das tristeste, windigste und regnerischste Stückchen Land, das sich finden lässt“, unterbrach ihn der Kommandant unwillig, „und zudem so abgelegen, dass selbst die Ratten hier nicht freiwillig von Bord gehen. Warum sollte ich also hierbleiben, wenn ich mich genauso gut in irgendeinem hübschen Küstenstädtchen auf dem Festland zur Ruhe setzen könnte?“

„Weil Ihr hier eine Aufgabe zu erfüllen habt“, erwiderte Barat mit fester Stimme. „Ihr würdet dabei helfen, aus diesem grauen Felsennest einen Ort der Freiheit und des Wohlstands zu machen, eine Zuflucht für jeden, der Willkür und Grausamkeit entkommen will, eine Stadt, für die es sich zu kämpfen lohnt. Niemand wird Euch hier für Fehler zur Rechenschaft ziehen, die Ihr nicht zu verantworten habt, und niemals werden wir Euch Eure Treue mit dem Richtschwert vergelten wie Jorig Techel. Es wird Gerechtigkeit herrschen auf Andobras."

„Ich soll Euch als militärischer Berater dienen, verstehe ich das richtig?", hakte Garlan nach.

„Ihr werdet zum Kommandanten der Streitkräfte von Andobras ernannt und seid einzig mir und meinen drei Gefährten unterstellt", erklärte Barat.

„‚Streitkräfte'", schnaubte Garlan, „ein Haufen entflohener Sträflinge, weiter nichts. Wisst Ihr, was passiert, wenn der König seine Flotte nach Andobras entsendet? Die werden eine halbe Meile vor der Küste ankern, Euch dann zwei Tage und Nächte mit Katapultgeschossen eindecken, bis es hier aussieht wie auf der Ebene von Arch Themur und schließlich zwei Kompanien Schwarzlanzer an Land schicken, um alles aufzuspießen, was noch zuckt."

„Seht Ihr", gab Barat gelassen zurück, „genau wegen solcher Informationen brauchen wir Euch. Jetzt weiß ich schon, dass die Reichweite der königlichen Geschütze etwa eine halbe Meile beträgt. Wenn Ihr Euer Wissen in den Dienst der Verteidigung dieser Insel stellt, dann steigen unsere Chancen auf einen Sieg."

„Einen Sieg?", wiederholte der Kommandant ungläubig. „Ihr wollt also wirklich abwarten, bis die königliche Flotte hier auftaucht und es dann mit ihnen ausfechten? Das ist tollkühn, um nicht zu sagen dumm."

„Hättet Ihr es denn vorher für möglich gehalten", hielt Barat entgegen, „dass wir mit einem Haufen schlecht ausgebildeter, halb verhungerter Minensklaven Eure uneinnehmbare Festung stürmen? Kommandant Garlan, Ihr mögt ein wackerer Kämpfer und geschickter Stratege sein, aber vom

Geist der Menschen versteht Ihr nicht viel. Es ist die Hoffnung, die die Menschen antreibt und die ihnen Kraft gibt, über sich selbst hinauszuwachsen. Von dieser Hoffnung auf eine bessere Zukunft wurdet Ihr besiegt und diese Hoffnung wird letzten Endes auch die königlichen Truppen niederringen."

Der Kommandant schenkte Barat einen langen, abschätzenden Blick. „Ich bezweifle immer noch, dass diese Hoffnung, von der Ihr dauernd sprecht, den Harnisch eines Schwarzlanzers durchschlagen oder den Stein eines Katapults aufhalten kann. Aber ich mag Herausforderungen und eine solche stellt die Verteidigung dieser Insel zweifellos dar. Was jedoch gibt Euch die Gewissheit, dass ich nicht überlaufen werde, sobald die königliche Flotte in diesen Gewässern ankommt?"

„Ihr werdet mir Euer Soldatenehrenwort geben", erklärte Barat wie selbstverständlich. „Das genügt mir."

Garlan lachte. „Ihr wollt mich bei meiner Ehre packen? Wer sagt Euch, dass ich die überhaupt besitze?"

Barats Gesicht wurde vollkommen ernst. „Ich war lange genug selbst Soldat, da erkennt man einen Mann mit Ehre im Leib auf hundert Schritt im Vorbeireiten."

Nachdenklich nickte der Kommandant. „Ich werde das irgendwann bereuen, aber gut, Ihr habt mein Ehrenwort als Soldat. Ich werde nicht überlaufen und ich unterstütze Euch nach bestem Wissen, diese verfluchte Insel zu verteidigen. Dafür müsst Ihr mir aber Euer Wort geben, dass meine Männer ebenso wählen dürfen wie ich, ob sie bleiben oder gehen wollen."

„Das verspreche ich", bestätigte Barat lächelnd. „Dann haben wir eine Übereinkunft?"

„Ja", brummte Garlan. „Nach Tilet kann ich nicht zurück,

mir fehlt das Geld, um mich irgendwo anders zur Ruhe zu setzen, und als Söldner wird mich ohne meine Schwerthand auch niemand haben wollen. Also, warum nicht einem verrückten Gauner helfen, seine gestohlene Insel zu verteidigen?“ Garlan musste schmunzeln. „Immerhin kann ich auf diese Weise wenigstens noch Techel ein wenig ärgern, bevor ich abtrete.“

„Mögen die Götter geben, dass bis dahin noch viele Jahre ins Land gehen“, meinte Barat aufmunternd.

„Ich glaube nicht an eure Götter“, entgegnete der Kommandant nüchtern, „ich komme aus Jovena. Daher werde ich wohl nicht auf ihren Beistand vertrauen können, sondern muss mich auf die weltlichen Hilfsmittel konzentrieren, die mir für meine Aufgabe zur Verfügung stehen. Wie sieht es also zum Beispiel mit unserer Bewaffnung, den Rüstungen und der Versorgung mit Nahrung aus? Wie viele Waffenfähige gibt es, wie schätzt Ihr deren Fähigkeit an der Waffe ein? Stehen uns vielleicht Geldmittel zur Verfügung, um zusätzliche Söldner anzuheuern?“

Barat räusperte sich zunächst überrascht von dieser großen Zahl Fragen, die der Kommandant so unvermittelt an ihn gerichtet hatte, bemühte sich dann jedoch, im gleichen sachlichen Tonfall zu antworten: „Unsere Bewaffnung ist gut, wir haben hier in den Kellerräumen des Tempels mehr Schwerter gefunden, als es Wehrfähige auf Andobras gibt. Ebenso sind einige Bogen und Armbrüste vorhanden. Rüstungen sind dagegen etwas knapp. Unsere Nahrungsvorräte neigen sich bereits dem Ende zu, aber wir hoffen, bald einen Handelskontakt zum Festland aufzubauen, und bis dahin werden wir in den Wäldern Wild jagen und Früchte sammeln. Die Zahl der Kampffähigen unter den Minenflüchtlingen dürfte kaum die Hundert übersteigen und von diesen verfügen nur etwa vierzig mittlerweile über eine gewisse Erfahrung. Hinzu kommen noch die Stadtbewohner, wobei ich deren Kampferfahrung und -bereitschaft nicht einschätzen kann. Über bedeutendere Geldsummen verfügen wir natürlich nicht, woher sollten die auch kommen?"

„Habt ihr denn nicht den Tempel nach Gold durchsucht?", wollte Garlan wissen.

„Jetzt fangt Ihr auch noch mit diesem Tempelschatz an!", stöhnte Barat. „Ja, wir haben im Tempel gesucht, aber rein gar nichts gefunden, außer der vergoldeten Kugel auf dem Dach. Aber die ist ein wenig groß, um sie als Zahlungsmittel zu benutzen."

„Nein, nein, ich spreche von Münzen, Golddublonen", beharrte der Kommandant. „Ich war zwar nicht lange auf Andobras, aber dass in diesem Tempel höchst merkwürdige Geschäfte getätigt wurden, ist mir nicht entgangen. Es wurden ganze Wagenladungen mit Schmiedegütern wie die Schwerter, die ihr im Keller gefunden habt, in den Tempel geschafft und mit barer Münze bezahlt. Die Lieferungen kamen aus der Schmiedesiedlung hier auf Andobras, und zwar meistens nachts. Wozu die Priester solche Unmengen an Waffen brauchen, weiß ich nicht, scheint fast so, als rüsten sie sich für einen Krieg. Jedenfalls wurden die diensthabenden Wachen bestochen, damit sie in die andere Richtung schauen. Das Ganze war anscheinend unter dem alten Kommandanten schon zu einer Art Selbstverständlichkeit geworden, sodass sich die Männer gar keine große Mühe gaben, ihr verwerfliches Tun vor mir zu verbergen. Ich hatte eigentlich vor, den Tempelvorsteher und meine Offiziere deswegen zur Rede zu stellen und nach meiner Rückreise dem König über diese Unregelmäßigkeiten Bericht zu erstatten, aber dazu ist es ja dank Euch nicht mehr gekommen."

Barat rieb sich nachdenklich die Stirn. „Ihr meint also, zum Bezahlen all dieser Waren müssten die Priester hier irgendwo Gold versteckt haben. Aber wo sollte das sein?"

„In solch einem großen Gebäude gibt es immer Mittel und Wege, wichtige Dinge verschwinden zu lassen." Garlan zuckte die Schultern. „Am besten, Ihr fragt den Erleuchteten Nataol, wo er das nötige Kleingeld für seine dubiosen Machenschaften aufbewahrt hat. Und wenn er leugnet, etwas davon zu wissen, dann sagt Ihr einfach, ich hätte ihn eines Nachts bei einem solchen Geschäft selbst beobachtet und auch gesehen, wie seine Priester meinen Soldaten mehrere Golddublonen zugesteckt haben."

„Dann kommt doch gleich mit", schlug Barat vor. „Schließlich seid Ihr ab jetzt ein freier Mann. Oder fühlt Ihr Euch noch nicht stark genug, für solch eine Angelegenheit?"

„Ha! Diesen selbstgefälligen Hohepriester um das Gold zu erleichtern, mit dem er meine Leute bestechen wollte, wird mir ein Vergnügen sein." Der Kommandant erhob sich schwerfällig, aber ohne die von Barat gebotene Hand zu ergreifen. „Der Schatz wird uns das Leben hier wesentlich erleichtern, denn wie sagt man so schön: ‚Gold ist des Glückes Sold.' Vielleicht ist Eure Idee gar nicht so verrückt, Andobras dauerhaft unabhängig zu machen."

Barat klopfte Garlan freundschaftlich auf die Schulter. „So gefallt Ihr mir."

Damit verließen sie die Zelle.

Ausgefranste weiße Wolken trieben über den blauen Himmel. Das Meer erstreckte sich unter Cits leuchtendem Auge glitzernd bis zum Horizont. Einige kleine Segel waren auf dem Wasser auszumachen, aber sie schienen angesichts der Weite des Ozeans so unbedeutend wie Stofffetzen, die der

Wind vor sich hertrieb. Tief unten lagen die Häuser der Stadt Andobras. Dunkel und schäbig wirkten sie vor der gleißenden Meereskulisse.

Arton saß auf dem Gipfel eines kahlen Hügels, der die Stadt Andobras von dem Urwald im Inselinneren trennte. Der Krieger war nach dem Vorfall mit Belena und Rai einfach ziellos dem Weg zur Mine gefolgt und hatte sich dann irgendwann linker Hand über Geröllfelder und durch Gestrüpp bis zu dieser felsigen Erhebung durchgeschlagen, die er dann kurzerhand erklommen hatte. Von hier aus konnte man weite Teile der Insel überblicken: Auf der dem Meer zugewandten Seite lag am Fuße des Hügels die Stadt Andobras, auf der anderen, vom Meer abgewandten Seite erhob sich weiter im Inselinneren und etwas zur Rechten majestätisch die Gebirgskette, in deren Sockel die Stollen des Erzbergwerks getrieben worden waren. Der Rest des Eilands schien hauptsächlich von endlosen Urwäldern bedeckt zu sein, lediglich ganz im Westen gab es ein Gebiet, wo der Wald sich lichtete und die Sonnenstrahlen von mehreren kleinen Wasserflächen zurückgeworfen wurden. Möglicherweise handelte es sich dabei um ein ausgedehntes Sumpfgebiet.

Dieser Hügel, auf dem Arton nun schon seit Sonnenaufgang saß, war ein eigenartig zweigeteilter Ort. Er markierte eine Trennlinie zwischen den farblosen, kantigen Felsenterrassen, die zum Meer hin abfielen, und dem grünen, vor Leben strotzenden Inneren der Insel. Selbst der Wind schien hier nicht einheitlich zu wehen, denn über das Meer wurde kalte, salzige Luft herangetragen, während von den Wäldern, die unweit des Hügels begannen, ein feuchtwarmer Luftstrom zu Arton emporstieg. Vielleicht war das der Grund, warum sich der Schwertmeister ausgerechnet diese Stelle ausgesucht hatte, um in sein gespaltenes Inneres hineinzuhören. Denn Arton wusste, es konnte nicht so weitergehen. Er war an einem Punkt angelangt, an dem er den Kampf gegen Schuld, Hass und Schicksal verloren geben musste. Es gab nur noch zwei Möglichkeiten für ihn: Untergang oder Rückzug. Wenn er sich weiterhin zwischen Menschen aufhalten musste, die ihn für das, was er war, verurteilten, dann würde er früher oder später daran zerbrechen. Die vage Illusion eines Freundes, die er eine Zeit lang in Rai gesehen hatte, war durch die harte Wahrheit in Gestalt der geschundenen Belena hinweggefegt worden wie ein schlecht verspanntes Zelt im Sturm. Im Grunde war Arton der Seewaitherin dankbar, dass sie ihn auf diese Weise wieder auf den Boden der Tatsachen zurückgeholt hatte. Es gab schlichtweg niemanden unter den Menschen auf Andobras oder sonst wo auf der Welt, der ihn, sein Handeln und seine Beweggründe wirklich verstehen konnte, das musste er endlich akzeptieren. Nur Gutmütigkeit und die Bereitschaft, über eine Reihe von Dingen einfach hinwegzusehen, hatten es Rai überhaupt erlaubt, ein Vertrauensverhältnis zu Arton aufzubauen. Aber nun war auch Rai eines Besseren belehrt worden und letztendlich war das auch gut so. Dies ermöglichte es dem Schwertmeister, das letzte Band zu zerschneiden, endgültig loszulassen, sich von den Menschen und ihren Belangen für immer abzuwenden. Denn Arton wusste jetzt: Er war kein Mensch.

Diese Erkenntnis kristallisierte sich erst jetzt langsam in seinem Kopf, doch sie ließ sein ganzes Leben in einem neuen Licht erscheinen. Er hatte stets verbissen um die Anerkennung seiner Mitmenschen gekämpft, wollte ein von allen bewunderter Held sein, geachtet und geehrt. Stattdessen hatte er immer nur Vorurteile, Unverständnis, Missgunst und zum

Teil sogar offene Feindseligkeit erfahren. Die wenigen Menschen, die ihm Freundlichkeit oder gar Liebe entgegenbrachten, kannten nicht sein wahres Wesen. Ihre Zuneigung gründete auf Unwissenheit, denn selbst Tarana hätte sich wahrscheinlich von Arton abgewandt, wenn sie gestern bei der Konfrontation mit Belena zugegen gewesen wäre, dachte Arton traurig. Aber Xelos hatte Tarana ja in seiner Gnade zu sich berufen, bevor sie die abstoßende Wahrheit über ihren vermeintlichen Geliebten hatte herausfinden müssen. Überhaupt schienen die Götter Arton mit jedem einzelnen Schicksalsschlag, den sie ihm versetzten, die Annäherung an die Menschen austreiben zu wollen. Taranas Tod, die Zerstörung seiner Schule, die Trennung von seinen Adepten, deren Anerkennung er genossen hatte, die Verunstaltung seines Gesichts, das plötzliche Auftauchen Belenas, all das wirkte nun wie eine Vielzahl unmissverständlicher Fingerzeige. Vielleicht hatten ihm die Himmelsherrscher auf diese schmerzliche Weise begreiflich machen wollen, dass er inmitten der Menschen zwar notgedrungen toleriert, aber niemals willkommen geheißen würde. Und seit seinem Gespräch mit Nataol kannte er auch den Grund: Er war keiner von ihnen, Arton trug das Blut der Fardjani in seinen Adern. Er konnte sich noch so sehr bemühen, aber diese Barriere zwischen ihm und den Menschen würde er niemals überwinden können. Wenn jedoch seine Andersartigkeit bei den Menschen Verachtung oder sogar Furcht auslöste, dann blieb ihm nur eine Möglichkeit – Rückzug. Er musste die Gesellschaft von Menschen in Zukunft meiden.

Aber wohin sollte er gehen? Er dachte an den Citpriester. Nataol hatte ihm einen möglichen Weg aufgezeigt, der Arton von den Göttern vorgegeben wurde. Es galt nur noch, den von ihnen gesteckten Wegmarken zu folgen. Eine davon wies eindeutig nach Tilet, wo Arton dem mächtigsten Kirchenfürsten gegenübertreten sollte, den es in den Ostlanden gab: dem Citarim. Aber was für andere möglicherweise eine unvergleichliche Ehre gewesen wäre, stellte für den innerlich zerrissenen Krieger lediglich eine Gelegenheit dar, weitere Antworten zu erhalten. Die Frage war allerdings, ob er dies auch wirklich wollte. Jetzt, da er endlich herausgefunden hatte, wer sein Vater war, wünschte er sich sehnlichst seine Unwissenheit von früher zurück. War er wirklich bereit für noch weitergehende Erkenntnisse? Wollte er tatsächlich mehr über das Volk der Fardjani erfahren, dem er angeblich angehörte? Was, wenn diese Eröffnungen sich als ähnlich niederschmetternd erweisen würden wie die Wahrheit über seine Abstammung? Vielleicht würden ihn andere noch lebende Fardjani gar nicht in ihrer Mitte aufnehmen wollen, denn schließlich war er ein Nachkomme ihres Erzfeindes Hador Ikarion, der wiederum von dem Götterverräter Caras abstammte. Es lag durchaus im Bereich des Möglichen, dass beispielsweise der Citarim ihn als jüngsten Spross Hadors gleich bei seiner Ankunft in Ketten legen ließ.

Außerdem regte sich immer noch Widerstand in Arton, dem vorgegebenen Weg der Götter ohne Aufbegehren zu folgen. Warum glaubten diese fernen Himmelsherrscher eigentlich, dass sie ihn hier unten wie eine Murmel so lange herumstoßen konnten, bis er schließlich die von ihnen gewünschte Richtung einschlug? Arton war ein Kämpfer, ein freier, unbeugsamer Mann. Er wollte selbst über sein Leben entscheiden. Sollten sich die Götter doch einen anderen Laufburschen für ihre Pläne suchen!

In diesem Moment erfasste ihn eine sanfte Welle aus vielen verschiedenen Bildern und Sinneseindrücken, die seine sorgenvollen Gedanken mit sich nahm und seine Aufmerksamkeit auf etwas völlig anderes lenkte. Er hörte auf einmal ganz deutlich das tausendfache Zwitschern von Vögeln, erblickte vor seinem inneren Auge Bäume, Blätter, Gras, seine Finger ertasteten knorrige Rinde, er roch Harz, Blumen und Erde. Ein Gefühl der Zufriedenheit durchströmte seinen Geist und er empfand auf einmal eine tiefe Verbundenheit zu allen lebendigen Dingen, was in vollkommenem Gegensatz zu den zerstörerischen Gefühlen stand, die gerade eben noch sein Denken dominiert hatten.

Arton wusste, dass ein Wurzelbalg neben ihm saß, noch ehe er den Kopf drehte und ihn erblickte. Das Wesen, welches nicht weiter als eine Armlänge entfernt saß, musterte ihn aus seinen kreisrunden dunklen Augen. Es hatte sich unbemerkt genähert, seine Gedanken jedoch konnte oder wollte es nicht vor dem Krieger verbergen. Mildes Bedauern und tiefes Mitgefühl schien von dem kindlich anmutenden Waldbewohner auszugehen, so als hätte es Artons finstere Gedanken gelesen und wollte ihm nun Trost spenden. Der Krieger hatte in den letzten Tagen gar nicht mehr an die kleinen Waldwesen gedacht, so sehr war er von seinen Gesprächen mit Nataol und Rais Entführung in Atem gehalten worden. Dabei hatte er die Wurzelbälger sogar noch darum gebeten, sich nicht zu weit in den Wald zurückzuziehen, damit er sie bei Bedarf finden konnte. Doch nun hatten sie ihn gefunden.

„Was machst du denn hier?“, sprach Arton die kleine Kreatur an, bemüht um einen freundlichen Tonfall. Gleich darauf tadelte er sich selbst für diese Dummheit. Er wusste doch bereits von Nataol und aus eigener Erfahrung, dass die Wurzelbälger über Gedankenbilder kommunizierten, was also nützte es da, wenn er sie mit menschlicher Sprache empfing. Aber wie ließ sich ein Gruß als Bild ausdrücken, das für diese Wesen auch eine Bedeutung hatte?

Arton überlegte eine Weile, während ihn das Waldwesen weiterhin geduldig beobachtete. Schließlich versuchte er, einfach das Verschwinden und Wiederauftauchen des Wurzelbalgs vor seinem geistigen Auge ablaufen zu lassen. Er musste sich konzentrieren, um solch ein konkretes geistiges Bild entstehen zu lassen. Seine bisherigen Ausflüge in die Gedankenwelt der Themuraia hatten eher einem hastigen Erkundungsgang geglichen, während dessen er zwar vieles wahrgenommen, aber nur weniges begriffen hatte. Eine bewusste Auswahl an Bildern aus dem vorbeischießenden Gedankenstrom zu treffen, war ihm als vollkommen unmöglich erschienen. Das Schwert Tausendsturm erlaubte ihm zwar, seinen eigenen Willen so vehement zum Ausdruck zu bringen, dass die Wurzelbälger sich ihm fügen mussten; dies war jedoch nicht wirklich förderlich, wenn er verstehen wollte, was die fremden Wesen dachten, ohne dass sein Willen sie beeinflusste. Themuron verstärkte allerdings auch seine Wahrnehmung, wenn er beabsichtigte, ihren Gedanken nur zu lauschen oder vielmehr ihre geistigen Bilder zu betrachten. Deshalb legte er nun die Hand um den Griff der dunklen Klinge, versuchte dabei aber behutsamer vorzugehen als beim letzten Mal und sich nur langsam tastend dem unbekannten Geist der Kreaturen zu nähern.

Zunächst erfolgte auf seine unbeholfene Begrüßung keine Reaktion seitens des Wurzelbalgs. Doch dann begannen einige Bilder aus dem nie versiegenden Fluss von Wahrnehmungen und Gedanken in den Vordergrund zu gleiten, als würden sie Arton unmittelbar vor das Gesicht gehalten, damit er sie eingehend studieren konnte. Er sah eine kleine Höhle, die die Themuraia offenbar im Bereich einer Lichtung in den weichen Waldboden gegraben hatten. Darin befand sich ein Tümpel, der mit unzähligen Holzsplittern bedeckt war. Ein dichter grüner Pelz überzog diese Späne im vorderen Bereich der Höhle, während weiter hinten das zerkleinerte Holz noch unbefleckt aussah. Arton konnte einige Wurzelbälger dabei beobachten, wie sie die grünlichen Matten ernteten und in eine noch tiefer gelegene Höhle schafften, in der beinahe vollkommene Dunkelheit herrschte. Ein Gefühl von Geborgenheit und Frieden war mit diesem Ort verbunden, wie Arton es noch nie gespürt hatte. Er konnte sich gut vorstellen, wie die Themuraia das grünliche Geflecht aus der oberen Höhle als Nahrung verspeisten, wie sie ruhten oder ihr Nest mit Laub und Gras polsterten, um es auf die baldige Ankunft ihres Nachwuchses vorzubereiten. Dort im dichten Urwald von Andobras war ihre neue Heimat, die sie in nur wenigen Tagen erschaffen hatten. Durch ihre Gedanken gewährten sie dem Krieger einen Einblick in diese Stätte der Abgeschiedenheit und Ruhe, was Arton als große Ehre empfand. Sie übermittelten ihm ein Gefühl der Dankbarkeit dafür, dass er sie hatte gehen lassen. Ihre Bedürfnisse waren so einfach und doch schenkte ihnen dieses Dasein eine Zufriedenheit, um die sie der Schwertmeister zutiefst beneidete.

Je länger er sich in dieser körperlosen Welt aufhielt, desto klarer wurde ihm, dass die Bilder nicht den einzigen Weg darstellten, wie die Wurzelbälger Informationen austauschten. Auch Emotionen schienen ein wichtiger Bestandteil ihrer Geistsprache zu sein, wobei es bemerkenswert war, dass Arton die meisten dieser Empfindungen tatsächlich zu deuten vermochte. Offenbar unterschied sich die Beschaffenheit seiner Gefühle nicht sehr stark von den Themuraia, deshalb war es auch kein Wunder, dass die Waldwesen durch sein trübsinniges Grübeln angelockt worden waren. Was er fühlte, fühlten auch sie. Für sie musste Artons Verzweiflung fast wie ein Hilferuf gewirkt haben, ein Gedanke, der dem Krieger nicht wirklich gefallen wollte.

Er musste diese Gelegenheit nutzen, um mehr über die faszinierenden Wesen zu erfahren. Woher kamen sie? Was hatten sie mit den Citpriestern zu schaffen? Was wussten sie überhaupt von der Welt um sich herum? Behutsam begann er, nach etwas in ihrem Geist zu forschen, das mit einem Gedächtnis gleichzusetzen war. Damals beim Kampf auf dem Festungsplateau hatte er schon einmal einen Einblick in die Fülle ihrer Erinnerungen erhalten, doch in ihrer schieren Masse hatte er sich beinahe verloren. Als endlich die Stelle gefunden war, wo der gemeinschaftliche Geist der Themuraia die Bilder der Vergangenheit aufbewahrte, konnte Arton zwar verhindern, dass diese wie eine Flut über ihn hereinbrachen wie beim letzten Mal, aber das, was er suchte, fand er nicht. Schließlich versuchte er, dem Wurzelbalg mittels eines Gedankenbildes zu verstehen zu geben, dass er wissen wollte, wie sie auf diese Insel gekommen waren.

Augenblicklich begann eine rasche Abfolge von Szenen auf Artons Geist einzuprasseln, von denen er aber nicht alle gleichzeitig zu erfassen vermochte. Die paar Bilder, die in seinem Gedächtnis haften blieben, reichten jedoch aus, um eine erschreckende Geschichte des Leids zu zeichnen, welches die Wurzelbälger während ihrer gewaltsamen Verschleppung hatten erdulden müssen. Arton erkannte in einem der Bilder eine Hundemeute, geführt von einem Einarmigen, offensichtlich Ferrag, aber da gab es auch jemanden in einer weiten schwarzen Robe, der ein großes goldenes Sonnensymbol um den Hals trug. Dabei konnte es sich eigentlich nur um einen Citpriester handeln. Also waren die Citdiener letztlich doch dafür verantwortlich, dass die Themuraia hierher nach Andobras gebracht worden waren, stellte Arton fest. Aber warum? Was bezweckten die Priester damit, die friedlichen Waldwesen von ihrem Stamm zu trennen und auf diese Insel zu bringen? Arton konnte in den verwirrenden Erinnerungswolken, die ihm aus dem Geist der Wurzelbälger entgegentrieben, nichts Aufschlussreiches mehr erkennen. Er nahm sich vor, bei passender Gelegenheit den Erleuchteten deswegen eingehend zu befragen.

Arton versuchte, noch weiter im Gedächtnis der Themuraia zurückzugehen. Immerhin bestand die ebenso verlockende wie beängstigende Möglichkeit, dass ihm im Geist der Wurzelbälger ein ganz neuer Blickwinkel auf das Wirken seines Vaters eröffnet würde. Laut Nataols Erzählungen hatten die Themuraia für den Herrn von Arch Themur gekämpft, als er gegen die Heere des Südens zu unterliegen drohte. Davon musste noch etwas in ihrer Erinnerung zurückgeblieben sein, denn durch ihr gemeinsames Gedächtnis wurde das Erlebnis Einzelner zu einer Erfahrung des ganzen Stammes. Selbst wenn die an dem Krieg beteiligten Wurzelbälger bereits tot waren, würden ihre Erlebnisse von den anderen im Gedächtnis bewahrt werden, als seien sie selbst dabei gewesen.

Und tatsächlich fand Arton, wonach er suchte. Die Eindrücke ergossen sich über ihn in einem unvermittelten Schwall aus Farben, Gerüchen, Geräuschen und Gefühlen. Mauern so scharfkantig wie die Reißzähne eines Wolfes erhoben sich vor seinem inneren Auge, davor Menschen mit blinkenden Waffen, eine weite, steinige Ebene, schneebedeckte Berge. Er fühlte sich als Teil einer unüberschaubaren Masse an Themuraia, er hörte Kampflärm, Schreie, roch das Blut der Gefallenen, fühlte ihren Tod. Es gab keinen Baum, keine Ruhe, keinen Rückzug, nur einen einzigen stählernen Willen, der alles verband, der alles dominierte, wie eine

Stimme inmitten des Tumults, die jedes andere Geräusch übertönte. Es war der Wille von Hador Badach, es war der Geist seines Vaters, der sprach.

Arton wurde überwältigt von den Erinnerungen der Themuraia, er glitt in den Strom ihrer Gedanken und ließ sich einfach mittreiben. Sein Vater hatte Zehntausende Wurzelbälger beherrscht, wenn nicht gar Hunderttausende. Die unwiderstehliche Macht seines Willens lag über jeder einzelnen Erinnerung aus dieser Zeit. Dabei waren jedoch keinerlei negative Emotionen mit dieser alles beherrschenden Kraft verbunden, es gab keinen Hinweis auf etwas Böses, das den Wurzelbälgern Anlass gab, sich zu fürchten. Die Themuraia schienen diese Geisteskraft stattdessen eher als etwas Unausweichliches hinzunehmen, wie eine Naturgewalt, der sie sich ganz einfach beugen mussten. Die Eindrücke wirkten auf Arton regelrecht berauschend.

Der Fluss ihrer Erinnerungen, in den Arton eingetaucht war, nahm ihn mit sich in eine noch weiter zurückliegende Vergangenheit. Widerwillig musste Arton sich von den Gedankenspuren seines Vaters verabschieden. Stattdessen folgten nun in stetig wachsendem Tempo Wahrnehmungen, die ohne einen erkennbaren Zusammenhang aufblitzten und wieder verschwanden. Es handelte sich beinahe ausschließlich um Kampfszenen und immer waren Menschen die Gegner. Dann wandelte sich mit einem Schlag das Bild. Feuer und Flammen beherrschten nun die Erinnerungen der Wurzelbälger, zugleich wurden die Eindrücke aber auch immer verwirrender. Schatten glitten umher, unbegreiflich riesige Körper regten sich in der Dunkelheit: Zähne wie Schwerter, Klauen wie Wagenräder, glutrote Augen, lederne Schwingen, Haut aus Stein, Tausende Leben fortgerafft innerhalb eines Herzschlags. Das erste Mal empfing Arton deutliche

Anzeichen von Furcht, die mit diesen Erinnerungen der Wurzelbälger verbunden waren, die Angst für immer ausgelöscht zu werden bis auf den letzten Gedanken.

Dann endeten die Wahrnehmungen so abrupt, dass es beinahe schmerzte. Arton saß allein auf dem felsigen Hügel, der Wurzelbalg war verschwunden. Es dauerte eine geraume Weile, bis sich der junge Krieger mit der erneuten Einsamkeit in seinem Verstand abgefunden hatte. Aber auch wenn ihn jetzt nichts mehr von seinen eigenen unerfreulichen Gedanken abzulenken vermochte, so schien sich durch seinen Ausflug in die Erinnerungen der Themuraia dennoch sein Blickwinkel geändert zu haben, seine Perspektive zurechtgerückt worden zu sein. Die gewaltige Spanne ihrer Geschichte ließ sein eigenes Leben wie einen winzigen Augenblick erscheinen, machte sein missliches Schicksal zu einer Nichtigkeit im großen Weltenlauf. Vielleicht war es völlig gleichgültig, ob er nun gewillt war, seine Rolle im göttlichen Plan zu spielen oder nicht. Gewiss hatten die Himmelsherrscher in ihrer Weisheit alle Eventualitäten bedacht und würden im Fall seiner Weigerung einen anderen Weg finden, damit sich ihr Wille erfüllen konnte, da war sich Arton inzwischen sicher. Die eigentliche Frage lautete eher, ob er bereit war, die Folgen zu akzeptieren, die ein bewusstes Abwenden vom Pfad der göttlichen Vorsehung mit sich brachte. Was würde geschehen, wenn er Themuron den Citpriestern überließe, um sich dann an irgendeinem Ort zu verkriechen, wo er sein schreckliches Erbe vergessen könnte?

Die Antwort war ebenso hart wie einfach: Er wäre zur Bedeutungslosigkeit verdammt. Er könnte niemals selbst Geschichte schreiben, sein Name wäre nach seinem Tod für immer vergessen. Sein Vater lebte dagegen in den Gedanken der Themuraia fort, und auch wenn er von den meisten anderen Bewohnern der Ostlande gehasst wurde, hatte er sich dennoch in ihrer Erinnerung verewigt. War es nicht besser, dunkle Spuren in der Geschichte zu hinterlassen als gar keine? Wo auch immer ihn das Gängelband der Götter hinführen würde, alles wies darauf hin, dass ihn ein bedeutendes Schicksal erwartete. Abseits vom göttlichen Plan gab es dagegen nichts außer einem langweiligen, sinnentleerten Leben um seiner selbst willen. Und er wollte auf gar keinen Fall abseits stehen. Ihn verlangte es danach, Teil eines Ganzen zu werden, seinen Platz im Leben zu finden und eine wichtige Aufgabe zu erfüllen, die ihm Zufriedenheit schenken würde. Er wollte mehr über sein Volk, die Fardjani, herausfinden und lernen, auf welche Weise er seine Geisteskräfte einsetzen musste, um wie sein Vater ganze Heerscharen von Themuraia anführen zu können. Denn auch die kleinen Waldgnome hatten ihre Bestimmung, die untrennbar mit Artons Geschick verknüpft war, so viel hatte er nach der heutigen Begegnung mit dem Wurzelbalg begriffen. Zwar blieb ihm der Zweck hinter all diesen Begebenheiten noch weitgehend verborgen, aber um die Absichten der Götter in ihrer Gesamtheit zu erfassen, musste er zunächst die großen Zusammenhänge begreifen. Nataol hatte ihm bereits einen Teil dieses komplexen Geflechts aus Ursache und Wirkung offengelegt, aber der Krieger wollte mehr wissen. Die Drachen aus den Erzählungen des Erleuchteten existierten, das wusste Arton nun. Denn welches andere Wesen hätte solch bedrohliche Schatten im Gedächtnis der Themuraia hinterlassen können? Aber woher waren sie gekommen und was war mit ihnen geschehen? Lebte etwa noch eine dieser Schreckenskreaturen? Und welche Rolle spielten die Priester des Sonnengottes bei all diesen Wirrungen? Mit Sicherheit folgten auch sie dem göttlichen Plan, aber ob sie nun bei den kommenden Ereignissen Artons Verbündete oder Gegner sein würden, ließ sich nur auf eine einzige Art herausfinden: Arton musste nach Tilet gehen und dem Citarim gegenübertreten. Nur dieser konnte, als höchster sterblicher Diener der Götter, Arton den Willen der Weltenschöpfer offenbaren. Der Krieger musste bereit sein, das eigene Schicksal, wie auch immer es aussah, anzunehmen, nur dann würde er zu seiner wahren Größe finden. Und wenn es tatsächlich seine Bestimmung war, seinem Vater als Fluch der Ostlande nachzufolgen, dann sollte es so sein.

Arton erhob sich. Er hatte sich entschieden und dies brachte ihm eine wohltuende Ruhe. In diesem Moment fiel ihm plötzlich wieder eine Redewendung ein, die er einmal, als er noch klein war, von dem Anführer einer Söldnertruppe in Seewaith gehört hatte: „Besser ein dämonischer Herrscher als ein himmlischer Diener." Der Mann hatte wahr gesprochen, erkannte Arton jetzt. Es wurde Zeit, die Insel zu verlassen.

Nataol war gerade dabei, seine wenigen Habseligkeiten in eine Truhe zu verpacken, als ihn Arton in den Priestergemächern aufsuchte. Der junge Schwertkämpfer wirkte gefasst, keine Spur von der gestrigen Zerrüttung ließ sich mehr auf seinem Gesicht ausmachen.

„Arton!", begrüßte ihn der Erleuchtete erfreut. „Ich wollte eben jemanden nach Euch schicken."

„Was tut Ihr da?", fragte der junge Erenor erstaunt.

„Ich packe die wichtigsten Dinge zusammen", erwiderte Nataol mit einem flüchtigen Blick auf die offen stehende Reisetruhe. „Gerade hatte ich Besuch von Eurem Gefährten Barat und dem früheren Kommandanten der Festung. Garlan hat offenbar die Seiten gewechselt und steht nun in den

Diensten der neuen Machthaber. Ein rechtes Fähnlein im Wind, wie mir scheint.“ Nataol runzelte missbilligend die Stirn. „Um sich bei seinen neuen Herren beliebt zu machen, verriet er ihnen, dass die Citpriesterschaft auf Andobras über einen großen Tempelschatz verfügt, der seiner Meinung nach in diesem Gebäude versteckt sein müsste. Die beiden forderten mich daher auf, dieses Vermögen herauszugeben, und ich willigte unter der Bedingung ein, dass wir unbehelligt die Insel verlassen dürfen.“

„Ihr bewahrt hier einen Schatz auf?“, fragte Arton ungläubig. „Aber der Tempel wurde durchsucht, nachdem wir die Festung eingenommen hatten!“

Der Erleuchtete wiegte nachsichtig sein Haupt. „Sobald die ersten Kämpfe im Burghof begannen, habe ich meinen Priestern die Anweisung erteilt, alles Wertvolle in unsere geheime Kammer zu schaffen. Der Eingang dorthin ist sehr gut verborgen und es braucht Tage, um ihn zu finden, selbst wenn man weiß, dass er existiert.“

„Da ich nicht annehme, dass Ihr mir verraten werdet, wo sich dieses Versteck befindet, spare ich mir die Frage danach“, bemerkte Arton mit einem Achselzucken. „Ich fürchte allerdings, ihr habt grundlos für Eure Freiheit bezahlt. Soviel ich weiß, wollte Barat sowieso alle Gefangenen freilassen, das ist so eine fixe Idee von ihm. Er hat die Absicht, diese Insel zu einem Ort der Freiheit zu machen, und ein solcher Vorsatz wirkt nicht besonders überzeugend, wenn die Kerkerzellen voller Gefangenen stecken.“

Der Erleuchtete schürzte nachdenklich die Lippen. „Dieser Barat ist gerissen, das muss man ihm lassen.“ Ein überlegenes Lächeln überzog daraufhin sein Gesicht. „Nur gut, dass er nicht weiß, wie groß unsere Mittel wirklich sind.“

Arton begriff sofort. „Ihr werdet Barat also nur einen Teil

des Tempelschatzes überlassen und den Rest auf Euer Schiff schmuggeln? Es erstaunt mich, dass Ihr mir das sagt, denn schließlich geht Ihr damit das Risiko ein, dass ich es Barat und den anderen verrate." Er ließ seinen Blick zu Boden sinken. „Aber Euer Vertrauen in mich ist gerechtfertigt", fügte er nach kurzem Schweigen hinzu. „Ich bin den Minenflüchtlingen nichts schuldig." Er räusperte sich und sah wieder den Hohepriester an. „Wann also brecht Ihr auf?"

Nataols Augenbrauen schnellten in die Höhe. „Sollte Eure Frage nicht besser lauten: ‚Wann brechen wir auf?'"

Arton wirkte überrascht. „Wie kommt Ihr darauf?"

„Als Ihr gerade so unverzagt mein Zimmer betreten habt", erklärte der Hohepriester, „konnte ich mich des Eindrucks nicht erwehren, dass Ihr nun bereit seid, der Wahrheit ins Auge zu blicken. Dazu werdet Ihr an meiner Seite nach Tilet reisen müssen. Ich habe bereits für diesen Fall Vorsorge getroffen, indem ich mit Barat ausdrücklich vereinbarte, dass sich jeder, der den Wunsch dazu verspürt, uns anschließen darf. Damit wird sich Euch niemand in den Weg stellen."

„Ich denke nicht, dass das notwendig gewesen wäre", erwiderte Arton bemüht beiläufig, „denn keiner hier wird mich aufhalten wollen, wenn ich die Insel verlasse. Trotzdem habt Ihr ein weiteres Mal Euren Weitblick bewiesen, denn es ist tatsächlich mein Wunsch, den Citarim zu treffen. Deshalb werde ich mit Euch nach Tilet gehen."

Zufrieden nickte Nataol und begann von Neuem, Kleidungsstücke in seine Reisetruhe zu schichten. „Seine Heiligkeit wird größtes Interesse daran haben, Eure Bekanntschaft zu machen. Uns allen steht ein denkwürdiges Zusammentreffen bevor, dessen bin ich mir sicher." Der Citdiener blickte wieder zu Arton. „Dabei fällt mir ein, dass ich Euch schon längst fragen wollte, was eigentlich mit den Themuraia geschehen ist, die wir zur Verteidigung des Tempels eingesetzt haben. Eigentlich würde ich sie gerne mit nach Tilet nehmen, denn es hat viel Mühe bereitet, sie einzufangen.“

Arton starrte eine Weile ins Leere, bis er schließlich entschlossen erwiderte: „Nein. Die Themuraia haben hier in den Wäldern ein neues Zuhause gefunden, ich werde sie nicht zwingen, es schon nach dieser kurzen Zeit wieder zu verlassen. Erst muss ich alle Zusammenhänge besser verstehen und den höheren Zweck erkennen, dem wir uns alle unterzuordnen haben. Dann werde ich die Themuraia unter meiner Führung vereinen und unser aller Schicksal soll sich erfüllen.“

Nach diesen Worten musterte Nataol den Schwertmeister eindringlich, als habe er gerade erst etwas an diesem entdeckt, das ihm bisher entgangen war. „So ist es, Arton, alles steht bereits geschrieben im göttlichen Buch der Vorsehung. Unsere Aufgabe besteht nur darin, das uns zugedachte Los zu entziffern, um es dann anzunehmen. Ihr scheint auf diesem Weg bereits ein gutes Stück vorangekommen zu sein und Eure Reise nach Tilet geht weiter in die richtige Richtung.“

Segel voraus

„Nun gut, Shyrali, ich hoffe, du hast ein paar Antworten für mich.“ Abaks Blick lag misstrauisch auf der attraktiven, jungen Frau, die ihm gegenüber in seiner Kajüte an Bord des Seglers „Tamir“ saß. „Woher hast du gewusst, dass mein Schiff in Richtung Ho'Toba unterwegs ist?“

„Das wusste ich nicht“, gab die rothaarige Schönheit namens Shyrali mit gespielter Scheu zurück. „Als mich in Seewaith die Nachricht von einem bevorstehenden Angriff Citheons erreichte, bestieg ich sofort das erstbeste Boot, um Euch meine gesammelten Erkenntnisse so schnell wie möglich zuzutragen. Wie Euch natürlich bekannt sein dürfte, führt die Schiffsroute von Seewaith nach Tilet südlich vor der Küste Ho'Nebs vorbei und bei dieser Passage entdeckte ich Euren Flottenverband, der wegen seiner Größe auch schwerlich zu übersehen war. Ich erkannte das königliche Flaggschiff und bin davon ausgegangen, dass Ihr wie immer, wenn die Tamir in See sticht, mit dem König an Bord seid. Daher habe ich den Kapitän meines Schiffes gebeten, mich bei Euch abzusetzen.“

Abak überlegte kurz und nickte dann. „König Jorig ist zwar nicht anwesend, da er seine Truppen auf dem Landweg nach Fendland führt, aber mich hast du ja jetzt gefunden. Was also sind das für wichtige Informationen, die dich zwingen, deine Spitzeldienste in Seewaith vorzeitig und ohne Befehl abzubrechen?“

Shyrali schob in einer gespielten Geste der Unschuld die

gefalteten Hände zwischen die Knie, was sie wie ein argloses Mädchen wirken ließ, obwohl sie inzwischen bestimmt schon achtzehn Jahre alt sein musste. Abak beglückwünschte sich selbst, dieses gerissene und mit einem seltenen schauspielerischen Talent gesegnete ehemalige Straßenmädchen angeworben zu haben. Hätte er sie nicht damals in Tilet praktisch aus der Gosse aufgelesen und zu einem seiner nützlichsten Spione geformt, wäre sie vermutlich inzwischen verhungert oder einem noch unangenehmeren Schicksal zum Opfer gefallen. Stattdessen saß sie nun vor ihm, anmutig wie ein Mädchen aus adeligem Hause, und versuchte, ihn mit ihrem Liebreiz um den Finger zu wickeln. Den Beweis, dass ihre Nachricht ebenso fesselnd war wie ihr Äußeres, musste sie ihm allerdings erst noch erbringen.

„Ich hätte natürlich niemals durch meine Abreise meine Tarnung gefährdet, wenn es nicht wirklich wichtige Neuigkeiten aus Seewaith gäbe“, versicherte Shyrali mit einem treuherzigen Augenaufschlag.

„Hör auf, mich so anzuklimpern mit deinen großen Mandelaugen“, meinte Abak streng. „Ich bin schon lange über das Alter hinaus, in dem ich mich noch von einer hübschen jungen Frau habe bezirzen lassen. Außerdem solltest du nicht vergessen, dass ich für deine Ausbildung bezahlt habe. Jede einzelne deiner kleinen Verführungstechniken verdankst du somit mir. Also spar dir den Kleinmädchencharme und komm zum Punkt.“

„Natürlich“, antwortete Shyrali, ohne dabei im Geringsten aus der Fassung zu geraten. Schließlich war sie eine Meisterin ihres Fachs und wusste vermutlich sehr genau, dass die reizvolle Mischung aus Verführung und Unschuld, die sie so vollkommen zu verkörpern verstand, auch den königlichen Berater nicht gänzlich kaltließ. Dennoch bemühte sich Abak, ihre Fertigkeiten eher von dem distanzierten Standpunkt eines Lehrmeisters zu betrachten, was ihm jedoch nicht immer gelang.

„Leider“, fuhr sie mit leicht gesenktem Kopf fort, „hat Arden Erenor die Goldene Grotte in letzter Zeit nur noch selten besucht. Bislang konnte ich ihn ja einfach aushorchen, während ich mich bei seinen ausschweifenden Feiern dort in meiner Funktion als Gesellschafterin um ihn gekümmert habe. Da er aber nicht mehr zu mir kam, musste ich mir notgedrungen eine andere Informationsquelle suchen. Es ergab sich schließlich, dass ich tagsüber, wenn in der Grotte nicht viel los war, als Gehilfin bei einem Schneidermeister arbeiten konnte, bei dem eine der Schülerinnen der Kriegerschule Ecorim regelmäßig ihre Kleider anfertigen lässt.“ Shyrali lächelte verschmitzt. „Ihr Name ist Daia Ehrenfels und sie ist ganz verrückt nach der neusten Mode. Sie kommt alle drei oder vier Tage in dem Geschäft vorbei und fast jedes Mal kauft sie etwas. Meine Aufgabe ist es dann, ihre Maße zu nehmen oder mit ihr eine Auswahl an Stoffen durchzugehen oder den Schnitt zu besprechen, jedenfalls ist immer reichlich Zeit für ein kleines Schwätzchen zwischendurch. Wir haben uns also über dies und das unterhalten und schließlich hat sie auch angefangen, von sich und den anderen Adepten der Kriegerschule zu erzählen. Aus ihren Worten konnte ich so zum Beispiel schließen, dass sie eine heimliche Beziehung zu Arden hatte, die sie aber zugunsten ihres Verlobten Meatril beenden wollte.“

Abak begann, ungeduldig mit den Fingern auf die Platte seines Schreibtisches zu trommeln. „Das weiß ich bereits alles“, grollte er, „denk daran, dass du nicht mein einziger Spitzel in Seewaith bist. Ich hoffe, du hast auch noch ein paar weniger abgestandene Meldungen zu bieten.“

„Worauf ich eigentlich hinauswollte", beeilte sich Shyrali hinzuzufügen, „war die Tatsache, dass Daia bei ihrem letzten Besuch in der Schneiderei kein Kleid für einen Ball oder dergleichen wollte, sondern eine praktische, robuste Reisegarderobe. Das ist für sie sehr ungewöhnlich, denn, wie soll ich sagen", Shyrali kicherte, „sie gehört zu der Sorte Frau, die schon nach dem Überqueren einer Straße über schmerzende Füße klagt. Ich habe sie dann nach dem Grund für diese ungewöhnliche Bestellung gefragt und sie sagte, sie müsse mit ihrer Freundin in die Istaebene reiten. Ich habe noch ein wenig nachgebohrt und dabei stellte sich heraus, dass es sich bei ihrer Freundin um Tarana handelt, die, wie ihr ja wisst, eine Istanoit ist, und dass Tarana ihre Stammesgenossen als Verbündete gewinnen will für einen möglichen Krieg gegen Citheon."

„Nun gut", brummte Abak wenig angetan von dieser Neuigkeit. „Das bedeutet lediglich, dass sie über unsere heranrückenden Truppen Bescheid wissen und verzweifelt nach Unterstützung suchen. Ein paar Nomadenreiter bereiten mir allerdings nicht unbedingt Kopfzerbrechen. Ist das alles an Neuigkeiten?"

„Keineswegs", erwiderte die junge Frau freudestrahlend. „Daia hat mir auch verraten, warum sie ihre Freundin auf dem kurzen Ritt in die heimatliche Steppe unbedingt begleiten will: Tarana erwartet nämlich ein Kind. Daia wollte zwar den Vater nicht nennen, aber sie ließ durchblicken, dass er wohl nicht mehr lebt. Von Arden weiß ich, dass es Gerüchte gab, Tarana hätte die Bajulanacht in diesem Jahr mit Arton verbracht. Und wie Ihr natürlich ebenfalls wisst, ist der ältere Erenor bei dem Überfall auf die Schule ums Leben gekommen. Damit ist so gut wie sicher, dass es sein Kind ist, das Tarana unter dem Herzen trägt." Shyralis Blick heftete sich erwartungsvoll auf ihren Lehrmeister, da sie eine deutliche Reaktion in Abaks Gesicht zu finden hoffte.

Tatsächlich wurde sie nicht enttäuscht. Der Berater des Königs kniff ärgerlich die Lippen zusammen und begann, mit den Fingern durch seinen strähnigen Bart zu streichen. „Das ist in der Tat interessant, dieses Problem gilt es – wie so manch anderes –, nach der Eroberung Fendlands zu beseitigen." Er fixierte von Neuem die junge Frau vor sich. „Das war eine wertvolle Nachricht, Shyrali, allerdings nichts, wofür du Seewaith so übereilt hättest verlassen müssen. Also was gibt es sonst noch?"

„Ich habe mich nach meinem Gespräch mit Daia ein wenig vor der Kriegerschule Ecorim herumgetrieben", erzählte Shyrali weiter, „und dabei mit angesehen, wie Daia und Tarana aufbrachen. Zur gleichen Zeit sind aber auch die Soldarin-Söhne Targ und Deran losgeritten und ich konnte hören, wie sie sich über die Heimat unterhielten."

Abak entblößte seine gelben Zähne zu einem Grinsen. „So, so, die Herren Soldarin kehren nach Hause zurück. Das wird wohl heißen, dass auch sie sich wie Tarana aus der Heimat Hilfe versprechen." Er schnaubte verächtlich. „Das ist eine höchst eigentümliche Familie, dieses Fürstengeschlecht von Nordantheon. Die meiste Zeit sind sie damit beschäftigt, sich gegenseitig mit Schmutz zu bewerfen, aber wenn sie von außen bedroht werden, dann halten sie zusammen wie Pech und Schwefel. Nicht umsonst habe ich den Fürsten Feldak nach seinem Besuch im Königspalast in Gewahrsam nehmen lassen, denn somit besteht keine Gefahr, dass Fendland von Nordantheon Unterstützung erhalten könnte, auch wenn Targ und Deran eine solche Bitte vorbringen. Sie werden sicherlich nicht das Leben ihres Landesherrn riskieren wollen."

„Da gibt es noch etwas“, sagte Shyrali und senkte dabei geheimnisvoll ihre Stimme. „Kurz vor meiner Abreise kam Arden Erenor doch wieder einmal in der Grotte vorbei, allerdings diesmal auf Einladung eines anderen Gastes, den ich bis dahin noch nie gesehen hatte. Dieser Unbekannte mietete eines unserer Hinterzimmer, um sich dort ungestört mit Arden zu unterhalten. Leider habe ich nicht hören können, was gesprochen wurde, da ständig der Kutscher des Mannes vor dem Zimmer aufgepasst hat. Allerdings traf ich im Gästebereich auf Meatril Westmarken, der Arden zur Grotte begleitet hatte, jedoch offensichtlich nicht zu der geheimen Besprechung eingeladen worden war. Darüber schien er sehr ungehalten zu sein und versuchte, seinen Ärger mit Wein herunterzuspülen. Ich gesellte mich zu ihm, um mich schließlich vorsichtig nach der Ursache für seinen Ärger zu erkundigen. Darauf begann Meatril, über einen ebenso arroganten wie fetten Citpriester zu schimpfen, der ihn als ‚Leibwächter‘ bezeichnet und dann mehr oder weniger aus dem Besprechungszimmer geworfen hätte. Er sagte wörtlich: ‚Wenn Arden nicht gewesen wäre, hätte ich diesem Dickwanst das Fell gegerbt und es wäre mir dabei völlig egal gewesen, dass er ein Sondergesandter des Citarim ist.‘“

Diesmal wartete Shyrali vergeblich auf Abaks Antwort. Das Gesicht des königlichen Beraters war wie erstarrt. Schließlich erhob er sich ächzend, um dann langsam in der Kajüte auf und ab zu schreiten. Er schien seine Informantin völlig vergessen zu haben.

„Ich dachte mir schon, dass Ihr das wissen wollt“, richtete Shyrali zaghaft wieder das Wort an Abak. „Das war der Hauptgrund für meine schnelle Abreise aus Seewaith. Es gab aber noch einen weiteren. Zwar kommt man auf dem Seeweg von Seewaith nach Tilet tatsächlich an der Insel Ho’Neb vorbei, die gewöhnliche Passage verläuft aber eigentlich weiter südlich, abseits der Untiefen der Küstengewässer. Daher hätte ich Eure Flotte auf ihrem Weg zur Bucht von Lechia wahrscheinlich im Süden passiert, ohne sie zu bemerken, wenn ich nicht einem anderen Boot bis Lechia gefolgt wäre. An Bord befand sich ein Mann, der den Cittempel in Seewaith nur wenige Stunden nach dem Treffen zwischen dem Priester und Arden verlassen hatte, von dort auf direktem Weg zum Hafen marschierte und ein Schiff bestieg. Der Verdacht lag nahe, dass es sich dabei um einen Boten handelte, der möglicherweise wichtige Ergebnisse der Unterredung mit Arden Erenor übermitteln sollte. Die Frage war nur: an wen? Zunächst vermutete ich, dass er zum Citarim nach Tilet unterwegs war, aber zu meiner Überraschung steuerte er direkt auf Lechia, die Hauptstadt von Ho'Neb zu."

Abak blieb stehen. „Weshalb sollte denn ein Bote der Kirche nach Lechia wollen?", überlegte er laut. „Für den Citarim sind wir aus Jovena doch alles Ungläubige, kaum wert, beachtet zu werden." Seine trüben blauen Augen verengten sich argwöhnisch. „Gibt es da etwa eine Verbindung zwischen Ho'Neb und der Citkirche, von der ich nichts weiß?" Der Berater des Königs zauste energisch seinen Bart, bis er seine Aufmerksamkeit unvermittelt wieder Shyrali zuwandte.

„Wie lange ist es her, dass dieser Bote Lechia erreicht hat?", erkundigte er sich angespannt.

„Das war gestern Nachmittag", antwortete Shyrali, „etwa zwei Stunden vor Sonnenuntergang. Obwohl ich darauf bestanden habe, gleich weiterzusegeln, wollte der Kapitän meines Schiffes die Nacht lieber in der Bucht von Lechia verbringen, weil er die Passage in den Quasul-Hor im Dunkeln für zu gefährlich hielt. Am nächsten Morgen sind wir dann beim ersten Sonnenlicht aufgebrochen. Schon nach kurzer Fahrt trafen wir auf Eure Flotte, die in entgegengesetzter Richtung unterwegs war."

Abak starrte eine Weile ins Leere. „Du hast hervorragende Arbeit geleistet, Shyrali." Das unvermittelte Lob zauberte ein glückliches Lächeln auf das Gesicht seiner Schülerin. „Es war klug, mir diese Nachrichten sofort zu bringen", fuhr Abak fort. „Du wirst dafür angemessen entlohnt werden. Es könnte allerdings sein, dass ich deine Dienste schon sehr bald wieder in Anspruch nehmen muss. Doch jetzt lass mich allein, ich habe über vieles nachzudenken."

Shyrali erhob sich erfreut und vollführte eine höfische Verbeugung. „Immer gerne, mein Meister", flötete sie und verließ mit einem leisen Kichern den Raum.

Nachdem sie gegangen war, glitt ein sanftes Lächeln über Abaks Gesicht. Dieses Mädchen besaß wirklich den Zauber der Unbefangenheit, in ihrer Nähe fühlte sich jeder irgendwie leichter. Natürlich stellte diese besondere Ausstrahlung auch Shyralis größtes Kapital dar, denn ebendeshalb war sie als Spitzel so erfolgreich. Niemand hielt es für möglich, dass sich hinter ihrer lieblichen Fassade die kühle Berechnung eines professionellen Spions verbarg.

Aber Abak musste sich nun den äußerst beunruhigenden Neuigkeiten widmen, die Shyrali überbracht hatte. Es durfte bereits als bedenklich eingestuft werden, wenn sich ein Unterhändler des Citarim mit Arden Erenor, dem momentan gefährlichsten Feind des Reiches, traf und möglicherweise geheime Abkommen aushandelte. In höchstem Maße alarmierend war es jedoch, wenn ebenjener Unterhändler Boten auf direktem Weg nach Ho'Neb schickte, wo sich ein weiterer höchst gefährlicher Unruhestifter befand: Megas Arud'Adakin. Glücklicherweise hatte Abak bereits Vorkehrungen getroffen, um den machthungrigen und vollkommen skrupellosen Sohn des Inselherrn von Ho'Neb für immer kaltzustellen. Zwar hatte dieser ihm als Spitzel in der Kriegerschule Ecorim gute Dienste geleistet, aber dem königlichen Berater war sehr wohl klar, dass Megas' Charaktereigenschaften, welche für den Spionageauftrag in Seewaith sehr nützlich gewesen waren, den Prinzen auf Dauer zu einer Gefahr werden ließen. Deshalb hatte Abak einen Plan ausgeheckt, mit dem er zu verhindern hoffte, dass Megas jemals über Ho'Neb herrschen konnte.

Er musste den Inselherrn Turael Arud'Adakin, Megas' Vater, nicht lange überreden, einem solchen Vorgehen zuzustimmen, denn der trunksüchtige Herrscher fürchtete sich schon lange vor einer Entmachtung durch seinen ehrgeizigen Sohn. Die Schwierigkeit stellte jedoch Megas' unanfechtbare Position in der herrschaftlichen Rangfolge dar, die es ihm nach dem Gesetz der Inseln von Jovena sogar offiziell erlaubte, seinen noch lebenden Vater auf dem Thron abzulösen, wenn dieser sich als unfähig erwies, seinen Amtsgeschäften in angemessener Weise nachzukommen. Diese Entscheidung oblag zwar letztlich Jorig Techel, aber das jüngste Verhalten des ständig betrunkenen Inselherrn Turael zeigte ein ums andere Mal, dass er seine Herrscherpflichten mehr schlecht als recht erfüllte. Folglich hätte der König eine Machtübernahme auf Ho'Neb durch den legitimen Thronfolger Megas kaum verhindern können, ohne die bestehenden Gesetze zu brechen. Dieses Vorgehen erschien jedoch bei der derzeitigen angeheizten Stimmung in Jovena ganz und gar nicht ratsam.

Daher war Abak auf die Idee gekommen, Turael zu überreden, den Inselbann über seinen Sohn zu verhängen. Aufgrund von Megas' vielfacher Verletzung seiner Gefolgstreue sowohl gegenüber dem Inselkönig als auch seinem Vater war dies absolut gerechtfertigt. Da Megas durch die Verbannung auch nicht mehr als Einwohner Ho'Nebs galt, konnte ihm auf diese elegante und völlig legale Weise die Thronfolge verwehrt werden. Als weit härteres Stück Arbeit erwies es sich allerdings, den gesundheitlich angeschlagenen Inselherrn dazu zu bringen, seinen Zweitgeborenen als Nachfolger anzuerkennen. Offenbar hegte Turael einen gänzlich vernunftlosen Hass auf seinen jüngeren Sohn, weil bei dessen Geburt die über alles geliebte Gattin des Inselherrn gestorben war. Dennoch bestand Abak darauf, den Verstoßenen als Thronfolger einzusetzen, da der Inselbann nur so lange bestehen blieb, bis Turael starb. Wenn dann kein neuer Machthaber die Verbannung bestätigte, würde niemand Megas daran hindern können, zurückzukehren und seine Ansprüche auf den Thron geltend zu machen. Nebenbei war der völlig unerfahrene zweite Sohn des Inselherrn auch jemand, den Abak nach Belieben würde manipulieren können.

Es stand also zu hoffen, dass diese geplante Entmachtung Megas' bereits stattgefunden hatte. In diesem Fall wäre der Bote der Citkirche mit seinen wie auch immer gearteten Nachrichten in Lechia lediglich auf den betrunkenen Turael und seinen ahnungslosen Zweitgeborenen gestoßen, welche beide dem königlichen Ratgeber für seine Hilfe verpflichtet waren und sich keinerlei anderweitige Bündnisse erlauben konnten. Bislang hatte Abak aber weder von offizieller Seite noch über seine Spione die Meldung erhalten, dass Megas unschädlich gemacht worden war, und dies versetzte den königlichen Berater zunehmend in Unruhe. Wenn Megas, die Citkirche und Arden gemeinsame Sache gegen den König machten, dann wäre das eine Katastrophe.

Dieser Gedanke trieb Abak dazu, seine Kajüte eilig zu verlassen, um sich an Deck der Tamir einen Überblick zu verschaffen. Während seines Gesprächs mit Shyrali waren die fünfundzwanzig Schiffe der königlichen Kriegsflotte, die zusammen mit dem Flaggschiff Tilet verlassen hatten, in Sichtweite der Hafeneinfahrt von Lechia vor Anker gegangen. Die weitläufige, trichterförmige Bucht verengte sich hier bis auf etwa viertausend Schritt und sollte als wind- und wellengeschützter Treffpunkt mit dem etwa siebzig Schiffe starken Flottenverband von Ho'Neb dienen. Aufgrund dieser von Turael Arud'Adakin zugesicherten Unterstützung hatte sich Abak entschlossen, den Angriff auf Fendland nur mit einem knappen Drittel der königlichen Flotte durchzuführen. Ein weiteres Drittel konnte er somit zur Bewachung Tilets zurücklassen, die restlichen Schiffe sollten zur Sicherung des Heimatlandes, der Insel Tar'Tianoch, abkommandiert werden, von wo sowohl der König als auch Abak ursprünglich kamen. Gerade in letzter Zeit wollten die kritischen Stimmen dort nicht mehr verstummen, die einen größeren Einsatz Jorig Techels für sein Stammland Jovena und besonders auch für seine Heimatinsel forderten. Mit der Entsendung der Seestreitkräfte plante Abak, diese Kritiker für den Moment zum Schweigen zu bringen, damit sie nicht den Krieg des Königs gegen Fendland als willkommene Gelegenheit für einen offenen Aufruhr ansahen. Jetzt fragte er sich unvermittelt, ob diese Aufteilung der Flotte nicht ein fataler Fehler gewesen war.

Abak ließ aufmerksam seinen Blick schweifen. Die stattlichen drei- und viermastigen Segler, deren Fahnen die Wappen Citheons, Jovenas und Tar'Tianochs zeigten, schaukelten sanft im leichten Seegang im Zentrum der Bucht. Die Sonne strahlte ungetrübt vom Himmel herab und das kristallklare Wasser gab den Blick bis zum sandigen Meeresgrund frei, der wohl noch gute zwanzig Schritt unterhalb der Schiffsrümpfe lag. Die malerischen, pflanzenbewachsenen Felskappen, die sich hier und da aus dem Meer erhoben, und die ebenso grün gesprenkelte Steilküste, von der die Bucht eingerahmt wurde, wirkten völlig friedlich, so als könne an diesem beschaulichen Ort nichts Schlimmes geschehen. Dennoch vermochte Abak seine Nervosität, die ihn nach dem Gespräch mit Shyrali überfallen hatte, nicht abzuschütteln.

„Kapitän Lessard!“, rief er aufs Achterdeck hinauf. „Hat der Ausguck irgendwelche Schiffe gemeldet?“

Der Kapitän kam zum königlichen Berater auf das Zwischendeck hinunter. „Nein, ehrwürdiger Ratgeber, bisher keine Sichtung.“

Abak beobachtete eine Weile die Hafeneinfahrt von Lechia, die aufgrund der unverkennbaren Landmarke, nämlich einem großen palmenbestandenen Felsen, auch aus weiter Ferne nicht zu übersehen war. Zwar ließ sich die Stadt selbst wegen ihrer verborgenen Lage in einem Talkessel nicht überblicken, aber die Hafenpassage war gut erkennbar und dort regte sich rein gar nichts.

„Habt Ihr, während wir uns Lechia näherten, irgendwelche Schiffe gesehen, die den Hafen verließen?“, erkundigte sich Abak beim Kapitän, der noch immer geduldig neben ihm stand.

„Nein, Herr“, erwiderte Kapitän Lessard pflichtschuldig, „keine Schiffe, weder gerudert noch unter Segel, seit wir den Quasul-Hor verlassen haben. Mit Ausnahme des Schiffes der jungen Dame natürlich, die wir an Bord genommen haben.“

„Es ist verdächtig ruhig in der Hauptstadt Ho'Nebs“, murmelte Abak gedankenvoll vor sich hin. Eigentlich war vereinbart worden, dass sich der Inselherr Turael persönlich bei Abak zu melden hatte, sobald die königliche Flotte in den Gewässern vor Lechia ankam, und bei dieser Gelegenheit sollte auch der Oberbefehl über die einzelnen Flottenteile an Abak übertragen werden. Aber von den zugesicherten Schiffen Ho'Nebs fehlte jede Spur, ebenso wie vom Inselherrn oder einer etwaigen Abordnung zu ihrer Begrüßung, wie es bei solch einem Anlass eigentlich angemessen gewesen wäre.

„Ist es möglich, dass siebzig Schiffe auf einmal im Hafen von Lechia liegen?", wandte sich Abak von Neuem an seinen Schiffsführer.

Der Seemann schüttelte entschieden den Kopf. „Auf keinen Fall, Herr. Zwanzig, dreißig vielleicht, aber siebzig niemals. So groß ist Lechias Hafen nicht."

„Gibt es Schwierigkeiten?", fragte plötzlich eine Stimme hinter ihnen. Shyrali hatte sich unbemerkt genähert.

Abak wiegte sein ergrautes Haupt. „Das kann ich noch nicht sagen. Hast du auf deiner Fahrt hierher irgendwelche Schiffe gesehen, Shyrali? Irgendwelche Spuren der Flotte Ho'Nebs?"

„Nein, das hätte ich Euch natürlich gesagt", antwortete sie erstaunt.

In diesem Augenblick ertönte ein Ruf aus dem Mastkorb eines der anderen Schiffe, die unweit der Tamir ankerten. Gleich darauf wurde die Meldung von ihrem eigenen Ausguck wiederholt: „Mehrere Segel backbord achtern!"

Gleichzeitig fuhren Abak, Shyrali und Kapitän Lessard herum und eilten zur gegenüberliegenden Reling, um über das Heck des Schiffes in die vom Ausguck gemeldete Richtung zu spähen. Zunächst konnten sie außer dem funkelnden Wasser der Bucht kaum etwas anderes erkennen, doch dann deutete der Kapitän auf einen kleinen weißen Punkt am Horizont. „Dort drüben, nahe der westlichen Küste!"

Dann sahen es auch die anderen. Dutzende Segel tanzten über den Wellen, unverkennbar eine große Flotte.

„Tja, jetzt wissen wir wenigstens, wo sie sind", bemerkte Shyrali leichthin.

Abak schwieg zunächst, bis er seine junge Schülerin schließlich mit ernster Miene zur Seite nahm. „Ich brauche jetzt die Dienste meines besten Spitzels", raunte er ihr so leise zu, dass die Schiffsbesatzung nichts verstehen konnte.

Ihre Augen leuchteten belustigt. „Zu viel der Ehre. Ihr glaubt also, die Ho'Nebis könnten etwas im Schilde führen?"

„Ich weiß es nicht", gab Abak angespannt zurück. „Eigentlich halte ich den Inselherrn Turael für verlässlich, aber sein Sohn Megas bereitet mir Kopfzerbrechen. Meine Spione hätten mir zwar berichten müssen, wenn irgendetwas Unvorhergesehenes in Lechia vorgefallen wäre, aber die Tatsache, dass ein Kirchenbote aus Seewaith hierher unterwegs war, verheißt nichts Gutes. Ich muss herausfinden, was in Lechia vor sich geht."

„Ich bin zu allem bereit", erwiderte Shyrali eifrig.

Der Ratgeber des Königs musterte sie scheinbar zweifelnd. „Vielleicht sollte ich doch besser einen der Matrosen oder einen Soldaten schicken."

„Ich habe mehr Erfahrung darin, mich unauffällig zu bewegen, als jeder andere an Bord und ich verstehe auch, mit meinen Dolchen umzugehen", widersprach Shyrali empört. „Ich bin genau die Richtige für diese Aufgabe."

Abak zögerte ein wenig, dann nickte er. „Also gut. Aber es darf niemand sehen, wie du das Schiff verlässt, also geh am besten durch das Fenster meiner Kajüte. Du musst schwimmend die Küste dort drüben erreichen, dann schlägst du dich bis zur Stadt durch und siehst dich dort um. Ich will über jede Auffälligkeit unterrichtet werden, von besonderem Interesse für mich ist jedoch, ob Megas mittlerweile von der Insel verbannt wurde. Aber gib acht, es könnte sein, dass am Ufer Wachen postiert sind! Wenn sie dich erwischen, dann war der ganze Aufwand umsonst."

„Ich weiß – ich bin einfach unersetzlich." Shyrali grinste und auch über Abaks Gesicht huschte ein Lächeln.

„Geh jetzt", befahl Abak. „Ich erwarte dich in drei Stunden bei Sonnenuntergang wieder zurück."

„Bis dahin werden diese Schiffe aber bereits hier sein", gab Shyrali zu bedenken.

Abak winkte ab. „Lass das mal unsere Sorge sein, bring mir nur die gewünschten Informationen."

„Hab ich Euch denn jemals enttäuscht?" Mit einem kecken Seitenblick auf ihren Lehrmeister verschwand sie wie befohlen in Abaks Kajüte.

Der königliche Berater seufzte. Seiner Schülerin schien diese Art Abenteuer sichtlich Spaß zu machen, dennoch fand er es manchmal äußerst leichtfertig, wie sie ihr Leben aus reinem Vergnügen aufs Spiel setzte. Es hatte allerdings keinen Sinn, sich einzureden, dass ihn nur wegen der großen Menge an Zeit und Geld, die er in sie investiert hatte, die Sorge um ihr Wohlergehen plagte. Er wusste es besser. So eigenartig es war, die lebenslustige Shyrali berührte sein Herz. Und gerade deshalb hatte er sie nun auf diese vollkommen sinnlose Mission geschickt. Denn wenn sie zurückkehrte, würde hier niemand mehr sein, dem sie ihre Informationen überbringen konnte.

„Kapitän Lessard, auf ein Wort." Er winkte den Schiffsführer zu sich heran. „Ich habe Grund zu der Annahme, dass die Flotte von Ho'Neb, die sich dort nähert, einen Angriff gegen uns unternehmen wird."

Der Unterkiefer des erfahrenen Seefahrers klappte bei diesen Worten unwillkürlich nach unten. Er brachte jedoch keinen Laut über die Lippen.

„Ihr tätet gut daran“, fuhr Abak vollkommen gelassen fort, „wenn Ihr alle Schiffe kampfbereit macht.“

„Das ist nicht Euer Ernst!“ Der Kapitän hatte schließlich seine Sprache wiedergefunden. „Ich dachte, wir sollen uns hier mit der Flotte Ho'Nebs vereinigen, nicht gegen sie kämpfen!“

„Wie es scheint, haben die Ho'Nebis ihre Meinung geändert“, entgegnete Abak.

„Was bringt Euch zu dieser Vermutung, wenn die Frage gestattet ist?“

„Verschiedenes“, antwortete der königliche Berater knapp. „Das Offensichtlichste ist aber, dass sich die Schiffe Ho'Nebs eindeutig vor uns versteckt hielten, bis wir sie passiert haben. Wir sollten glauben, dass sie bei Lechia auf uns warten, stattdessen haben sie aber wahrscheinlich irgendwo weiter südlich im Verborgenen gelegen, um hinter uns die Bucht abzuriegeln. Oder wisst Ihr eine andere Erklärung dafür, dass die Schiffe Ho'Nebs beim Näherkommen immer weiter über die ganze Bucht auffächern? Ich denke, dass sie uns damit jede Fluchtmöglichkeit nehmen wollen.“

Der Kapitän warf einen kurzen Blick auf den herannahenden, zunehmend breiter werdenden Schwarm an Segeln und fand Abaks Worte bestätigt. „Ist Euch bewusst, dass wir es mit einer fast dreifachen Übermacht zu tun bekommen, wenn das dort vorne die ganze Flotte Ho'Nebs ist?“ Kapitän Lessard sprach monoton und stockend. „Und sie werden in einer guten Stunde hier sein.“

„Wenn Ihr einen besseren Vorschlag habt, als unsere Schiffe kampfbereit zu machen, dann lasst ihn mich hören“, schlug Abak vor. Er senkte seine Stimme, um sicherzustellen, dass kein anderes Besatzungsmitglied ihn hören konnte. „Ich fürchte, wir waren von dem Moment an verloren, als wir in diese verfluchte Bucht hineingefahren sind. Alles, was jetzt noch bleibt, ist, zu versuchen, dass wenigstens ein paar unserer Schiffe entwischen können. Die Aussichten dafür sind allerdings nicht gut."

Der Kapitän schwieg und starrte betreten zu Boden. Ermutigend legte Abak ihm seine dürre Hand auf die Schulter. „Seht es einmal so. Wenigstens haben wir noch die Möglichkeit, diesen Verrätern einen heißen Empfang zu bereiten. Das ist immer noch besser, als völlig ahnungslos von ihnen auf den Meeresgrund geschickt zu werden." Er lächelte. „Wenn Ihr mich braucht, ich werde mich vorläufig in mein Quartier zurückziehen. Im Moment bin ich hier wohl eher im Weg."

Abak bemühte sich um eine aufrechte Haltung, soweit das in seinem Alter noch möglich war, bis er seine Kajütentür hinter sich geschlossen hatte. Dann ließ er sich erschöpft auf einen nahen Stuhl fallen und barg das Gesicht in den Händen. Von draußen schallten die gebrüllten Befehle des Kapitäns zu ihm herein, doch die folgende Hektik an Bord der Tamir, die alsbald auch auf die anderen Schiffe übergreifen würde, vermochte nicht, in das Quartier des königlichen Ratgebers vorzudringen.

Eigentlich hatte sich Abak nichts vorzuwerfen, denn es war nicht vorherzusehen gewesen, dass sich die Dinge auf diese denkbar ungünstige Weise entwickeln würden. Mit der Wegbereitung für Megas' Verbannung waren Abaks Möglichkeiten, Ho'Nebs Bündnistreue sicherzustellen, ausgeschöpft. Mehr Einflussnahme auf das zweitmächtigste Teilreich Jovenas ließ sich kaum erreichen. Lediglich die Entmachtung

Megas' durch seine Spitzel bestätigen zu lassen, darauf hatte er nicht warten wollen – eine kleine Nachlässigkeit mit wahrscheinlich tödlichen Konsequenzen. Es schien naheliegend, dass es Megas irgendwie gelungen war, seinen Vater vom Thron zu stoßen, worauf der machtbesessene Sohn des Inselherrn jetzt vermutlich selbst alle Fäden in der Hand hielt. Ihm war auch ein Bündnis mit der Citkirche zuzutrauen, wenn es seinen Zielen nützte. Wäre Abak nur einen Tag später in See gestochen, dann hätte ihn Shyralis Nachricht über diese Verbindung zwischen dem Tempel und Ho'Neb erreicht, bevor sie in die Bucht von Lechia eingefahren waren. Aber was nutzte alles Hadern, wenn die Steine dieses mörderischen Spiels bereits unverrückbar auf dem Spielfeld standen, dachte Abak resigniert.

Wenigstens hatte er dafür gesorgt, dass Shyrali eine Möglichkeit bekam, sich in Sicherheit zu bringen. Zwar würde es für sie nicht einfach werden, den Soldaten Ho'Nebs, die mit Sicherheit am Ufer patrouillierten, zu entgehen, aber ihre Erfolgsaussichten standen dort erheblich besser als auf der Tamir.

Abak wäre ihr in diesem Moment selbst gerne gefolgt, aber natürlich hätte es verheerende Auswirkungen auf die Moral der Truppen, wenn sich ihr Anführer vor Beginn der Schlacht aus dem Staub machte. Immerhin bestand bei disziplinierter Vorgehensweise wenigstens die Möglichkeit, dass einige ihrer Schiffe durchbrechen und entkommen würden. Allerdings musste Abak sich auch eingestehen, dass er die lange Schwimmstrecke bis zum Ufer in seinem Alter ohnehin nicht mehr bewältigen könnte. Ein Beiboot zu nehmen, wäre hingegen so auffällig, dass sich ohne Zweifel sämtliche feindlichen Bogenschützen an der Landestelle zu einem Zielschießen einfinden würden. Deshalb war der königliche

Berater wie alle anderen an Bord dazu verdammt, dem über das Meer heransegelnden Tod ins Auge zu blicken.

Nachdem Abak noch eine Weile mit sich ins Gericht gegangen war, beschloss er, wieder an Deck zu gehen, um sich der Mannschaft zu zeigen. Wenn er schon sonst nichts tun konnte, um die Folgen seiner Entscheidungen für die Besatzung abzumildern, dann wollte er wenigstens versuchen, ihnen durch seine Anwesenheit und demonstrative Zuversicht etwas Mut einzuflößen. Nachdenklich verließ er seine Kajüte und kletterte mit Mühe auf das Achterdeck am hinteren Ende des Schiffes hinauf, wo der Kapitän und sein Steuermann bereits am Ruder standen. Inzwischen waren die gegnerischen Schiffe schon erschreckend nahe gekommen. Sie hatten sich nun über die ganze Breite der Bucht verteilt und eine halbmondförmige, versetzte Doppelreihe gebildet, die ein Durchbrechen einzelner Schiffe der Citheonen vereiteln sollte.

Kapitän Lessard hatte ihre Flotte dagegen mit der Tamir an der Spitze in Keilformation gebracht, um sich mithilfe der massiven Rammsporne am Bug der Schiffe einen Weg durch den zahlenmäßig überlegenen Gegner zu bahnen. Unglücklicherweise stand der Wind ebenfalls gegen sie, sodass es keinen Sinn machte, die Segel auszurollen. Stattdessen mussten die Schiffe durch die Kraft Dutzender Ruderer vorangetrieben werden. Ein Zug Bogenschützen hatte sich auf beiden Seiten an der Reling hinter mannshohen Turmschilden verschanzt, die auf Dreibeinen ruhten, damit die Schützen ungehindert ihre Pfeile verschießen konnten. Am Bug befand sich das Schiffskatapult, welches wahlweise kopfgroße Steine oder brennende Ballen aus ölgetränktem Stroh und Leinen auf den Gegner schleudern konnte. Allerdings war es nicht ratsam, die feindlichen Segler vor einem

Durchbruchversuch in Brand zu setzen, da das Feuer dabei leicht auf das eigene Schiff überspringen konnte.

Alle Vorbereitungen waren getroffen. Auf der Tamir herrschte angespannte Ruhe. Abak bezog Stellung neben dem Kapitän. Aufmunternd nickte er diesem zu, doch Lessard blickte ihm nur mit versteinerter Miene ins Gesicht.

„An die Ruder, schnellster Takt!“, rief der Kapitän schließlich, worauf der Bootsmann unter Deck verschwand und gleich darauf auf beiden Flanken des Schiffs jeweils gut ein Dutzend Ruder aus den Luken auftauchte. Ein weiteres kurzes Kommando war zu vernehmen. Die Ruderblätter tauchten alle gleichzeitig ins Wasser ein und trieben die Tamir dann mit einem kräftigen Schub nach vorn.

Unbewusst krallten sich Abaks knochige Finger in die Reling, während er zusah, wie der Abstand zu den Schiffen Ho'Nebs weiter schmolz. Seltsamerweise begann angesichts der kompakten Formation der königlichen Flotte und der disziplinierten Handlungsweise der Besatzung, die Hoffnung in Abak zu keimen, dass sie diese Auseinandersetzung möglicherweise doch überleben könnten. Anscheinend war selbst sein rationaler Verstand nicht in der Lage, das bevorstehende Lebensende einfach als unabwendbar hinzunehmen. Unter anderen Umständen hätte er über sich selbst den Kopf geschüttelt, aber für eine derart selbstkritische Sichtweise fehlte ihm gerade die Zeit. Denn der Zusammenprall der beiden Flotten rückte unausweichlich näher. Schon ließen sich auf den gegnerischen Schiffen Einzelheiten unterscheiden. Rüstungen blinkten in der Sonne, Menschen schienen sich geschäftig am Bug der Segler zu schaffen zu machen.

Dann erhoben sich wie ein Schwarm aufgescheuchter Seevögel Geschosse vom Deck der feindlichen Schiffe in die

Luft. Regelrecht träge mutete es an, wie sie heranschwirrten und sich in einer weiten Bahn auf ihr Ziel hinabsenkten. Abak hörte noch irgendjemanden „Deckung“ brüllen, aber viel zu groß erschien ihm das Bedürfnis, das fatale Geschehen bis zu seinem verheerenden Ende im Auge zu behalten. Er blieb aufrecht stehen. Spritzend trafen die Geschosse die Wasseroberfläche, doch keines der Schiffe Citheons wurde getroffen.

„Ihr hattet tatsächlich recht, diese Hundesöhne greifen uns an!“, fluchte der Kapitän an Abak gewandt. „Und die kommen verdammt weit mit ihren Geschossen.“

Abak antwortete nichts, denn das erste Mal in seinem Leben hätte er gerne einmal nicht recht behalten.

„Ladet die Katapulte!“, rief Lessard zur Geschützmannschaft nach vorn. „Zehnpfünder, rund, einfach bestückt! Maximale Reichweite!“

Doch schon hatte der Feind eine neue Salve Gesteinsbrocken abgeschickt und diesmal trafen sie ihr Ziel. Wie riesige Hagelkörner prasselten die Felskugeln auf die Schiffe der königlichen Flotte herab. Wagenradgroße Löcher klafften plötzlich im Deck. Takelage regnete von den Masten. Drei Bogenschützen wurden durch ein Geschoss einfach über Bord gefegt. Unmittelbar neben dem königlichen Berater stanzte ein Katapultstein einen hüftbreiten Abschnitt aus der Reling. Wäre der Stein nur etwas weiter links eingeschlagen, hätte er Abaks Arm zertrümmert. Abak blickte nach oben: Schon fiel der nächste tödliche Steinschauer herab.

Aber auch die Katapulte auf den Schiffen des Königs schleuderten ohne Pause vernichtende Felsbrocken in Richtung der feindlichen Blockadelinie. Das Ziel war das Zentrum des Flottenverbands, das Kapitän Lessard durchbrechen wollte. Obwohl die Geschosse der citheonischen Schiffe nicht so groß waren wie die der Ho'Nebis, schienen sie dennoch erheblichen Schaden anzurichten, denn plötzlich teilte sich die ho'nebische Angriffsformation. Die mittleren Segler schwenkten zu beiden Seiten weg, sodass sich auf den ersten Blick eine schmale Fluchtpassage bildete.

„Steuermann", befahl der Kapitän sofort, „halte auf diese Lücke zu!"

„Das ist zu leicht", stieß Abak hervor. „Sie werden uns nicht einfach so entkommen lassen!"

„Natürlich nicht", fuhr ihn der Kapitän an. „Sie weichen einer Kollision aus, um uns bequem von beiden Seiten beschießen zu können. Aber es ist die einzige Möglichkeit, die uns bleibt. Wir müssen eben schnell sein." Er beugte sich über die Reling und schrie nach unten: „Bootsmann, wir brauchen mehr Fahrt!"

Die Schlagfrequenz der Ruder erhöhte sich noch ein wenig und die Tamir durchschnitt die Wellen wie ein Schwert. Abak warf einen prüfenden Blick nach hinten und stellte erleichtert fest, dass die anderen Schiffe Anschluss halten konnten. Um durch die schmale Lücke zu schlüpfen, die die Ho'Nebis ihnen gelassen hatten, mussten die fünfundzwanzig citheonischen Segler ihre Keilformation aufgeben und versuchen, die enge Passage Schiff für Schiff zu bewältigen.

Als Abak wieder nach vorne blickte, stand das gereffte Hauptsegel der Tamir in Flammen. Überall an Deck lagen unförmige brennende Ballen herum. Die Bogenschützen versuchten verbissen, die lodernden Brandsätze mit ihren Schilden über Bord zu befördern, aber es waren einfach zu viele. In die zusammengerollten Segel waren inzwischen ebenfalls einige der Feuerbälle gefallen, an mehreren Stellen stand bereits das Segeltuch in Flammen. Das Schiff brannte lichterloh.

Auf einmal erfüllte ein Zischen die Luft. Erste Schreie wurden laut. Abak begriff nicht, was geschah, bis unversehens ein Pfeilschaft aus seinem Oberarm ragte. Der Schmerz ließ ihn zur Seite taumeln. Er hörte noch den Kapitän irgendwelche Anweisungen rufen, dann brach er zusammen. Verschwommen sah er zwei Schildträger, die ihn und den Kapitän vor den Pfeilen zu schützen versuchten. Flammenwolken flogen vorbei und dichter Rauch hüllte das Schiffsdeck ein. Erschütterungen liefen durch den Rumpf der Tamir, als sei sie auf ein Riff gelaufen.

Abak schloss seine Augen. Nur kurz, dachte er, nur ein wenig ausruhen.

Als Abak wieder erwachte, war es Nacht. Das Feuer war weg, ebenso fehlte der Rauch, keine Schreie waren zu hören und auch keine Katapultgeschütze gingen mehr nieder. Sein Körper fühlte sich unendlich leicht an, aber auch entsetzlich kalt. Er schmeckte Salz auf seinen Lippen – dunkles, gluckerndes Wasser umspülte ihn. Es brauchte noch einen Augenblick, bis ihm klar wurde, dass er im Meer trieb. Anscheinend hatte er es irgendwie geschafft, sich auf eine Holzplanke zu retten, nachdem die Tamir untergegangen war. Seine Arme fühlten sich taub an. Er wusste nicht, ob seine Beine überhaupt noch an seinem Rumpf hingen. Erschöpft schloss er abermals die Augen.

Plötzlich hörte er ein leises Plätschern neben sich. Er vernahm einen gezischten Fluch, eine vertraute Stimme. Während er langsam in die Bewusstlosigkeit hinüberzudämmern begann, merkte er, wie er von jemandem durchs Wasser gezogen wurde. Einen einzelnen tröstlichen Gedanken konnte er noch fassen, bevor seine Sinne entschwanden: Es ist noch nicht vorbei …

Dunkle Gedanken

Die schwere Tür fiel mit einem dumpfen Knall ins Schloss. Der Nachhall dieses Geräusches rollte durch den Raum, als gäbe es dort nichts außer glattem Stein. Mit dem Schließen der Tür war jede Helligkeit aus den Mauern verbannt worden. Das Auge hatte seinen Nutzen verloren. Der Geist konnte sich an keine Formen mehr klammern, sondern blieb allein mit den eigenen Gedanken.

Warum hatte man ihn hier in diesen Raum gebracht? Was hatte das alles zu bedeuten?

Willkommen, Sohn des Hador! Die Worte formten sich in Artons Kopf, als hätte er sie selbst gedacht.

Du erscheinst hier im heiligen Hause des größten der Vier, strömte es weiter durch seinen Verstand, und doch bist du ein Nachkomme des Frevlers Caras, der es wagte, sich gegen die Götter zu stellen. Ist es Kühnheit, die dich treibt, oder doch vielmehr dein lästerlicher Mangel an Götterfurcht?

„Wer spricht da?“, fragte Arton in die Dunkelheit hinein. „Seid Ihr der Citarim?“ Doch als Antwort erhielt er zunächst nur den Widerhall seiner eigenen Stimme.

Sprechen? Kannst du mich etwa sprechen hören, so wie du eine tumbe Bauernmagd vernimmst, die dich auf dem Marktplatz beschwatzt? Wieder bildeten sich die Worte nur in Artons Verstand. Sind es deine Ohren, die mich verstehen? Sind es deine Füße, die einen Berggipfel erklimmen? Sind es deine Hände, die einen Gegner bezwingen? Ist es deine Stimme beim Gebet, die die Götter erhören?

„Was soll das alles?“ Arton begann, die Geduld zu verlieren. „Warum zeigt Ihr Euch nicht?“

Ist es das Auge, das die Bedeutung eines Bildes begreift?, fuhr der Unbekannte mit seinen Gedankensätzen fort. Nein, Arton Erenor aus dem Geschlechte Ikarion, das sind alles nur Werkzeuge, nutzlos ohne einen lenkenden Geist. Der Verstand ist es, der alles bedingt. Er bildet unsere Wirklichkeit, ohne ihn sind wir wie das Gewürm, das das Erdreich durchwühlt. Du hast den Verstand eines Fardjani, aber du benimmst dich noch immer wie ein Mensch. Vielleicht ist das deine größte Sünde.

„Ich bin nicht hierhergekommen, um mich von Euch über meine Fehler belehren zu lassen. Ich weiß, dass ich kein Mensch bin, aber ich kann nichts für meine Abstammung. Wenn Ihr mir nur diese unabänderlichen Dinge vorhalten wollt, dann ist mein Besuch wohl umsonst gewesen.“

Sag mir, warum du gekommen bist, Sohn des Hador.

Arton zögerte einen Moment. „Ich wünsche, zu erfahren, welches Schicksal die Götter für mich vorgesehen haben. Wo ist mein Platz in dieser Welt?“

Er musste lange auf eine Antwort warten, doch dann dröhnten die Worte durch seinen Kopf:

Aus welchem Grund maßt du dir an, zu glauben, dass die Götter dir überhaupt ein Schicksal zugedacht haben? Vielleicht bist du wie die Fliege, die geboren wird und vergeht, ohne dass es eine Bedeutung hat. Was macht dich so sicher, dass es einen Platz für dich gibt in dieser Welt?

„Euer Priester Nataol hat von nichts anderem gesprochen, seit wir uns kennen“, antwortete Arton irritiert. „Und es gab tatsächlich einige höchst merkwürdige Begebenheiten in meinem Leben, die mich daran zweifeln lassen, dass alles aus reinem Zufall geschah.“

Nataol hat mir alles berichtet, was er über dich weiß oder zu wissen glaubt. Seine Schlussfolgerungen sind mir bekannt, aber ich teile seine Meinung nicht. Für mich bist du bisher nur der Nachkomme des Frevlers Caras, der im Grunde nicht würdig ist, im Hause des großen Himmelsauges zu verweilen oder gar die heilige Waffe Themuron zu tragen.

„Und doch habt Ihr mich nicht fortgeschickt oder versucht, mir das Schwert abzunehmen", widersprach Arton.

Weißt du, wo du hier bist?

„In einem Gewölbe unterhalb des Cittempels von Tilet", gab Arton nüchtern zurück.

Wir nennen es den Raum der Einkehr. Hier sollen die Novizen während ihrer Ausbildung zum Priester erfahren, was es bedeutet, ohne das Licht unseres Herrn zu sein. Manchmal wird dieser Ort auch für Bestrafungen genutzt. Auf die Strahlen der Sonne zu verzichten, empfinden die meisten Citdiener als Entbehrung, obwohl niemand dem himmlischen Herrscher direkt in sein feuriges Auge zu blicken vermag. Dies lässt sich hier unten gut veranschaulichen. Wer glaubt, in seinem Leben ohne die Gnade des Herrn auskommen zu können, der fristet sein Dasein wie in einem dunklen Verließ. Wer indes meint, den großen Cit herausfordern zu müssen, indem er irgendwelche Ansprüche erhebt oder sich gar erdreistet, die Macht des höchsten Gottes anzuzweifeln, der wird von der gleißenden Herrlichkeit seines himmlischen Auges mit Blindheit geschlagen, auf dass er fortan orientierungslos durchs Leben irrt.

„Ich habe keine Ansprüche gestellt und auch niemanden herausgefordert", erklärte Arton irritiert, dem dieses seltsame Gespräch mit der gesichtslosen Stimme in seinem Kopf zunehmend zuwider wurde. „Ich habe lediglich eine Frage gestellt."

Es ist vermessen, wenn jemand, der so fern des Lichts wandelt wie du, nach dem Plan fragt, den die Götter für sein Leben geschmiedet haben. Erweise dich erst einmal als würdig, um eine solche Aufmerksamkeit zu verdienen. Gehe in dich, erforsche deine Beweggründe, lerne Demut, stelle dich der Finsternis in diesem Raum und auch in dir. Lege ab, was menschlich war, und steige auf zum höheren Sein eines Fardjan. Dann kannst du möglicherweise irgendwann geläutert ins Licht zurückkehren. Erst wenn du akzeptierst, wer du wirklich bist, hast du das Recht erworben, dich der Erforschung deiner Bestimmung zu widmen.

„Soll das heißen", erkundigte sich Arton verblüfft, „Ihr wünscht, dass ich in diesem Keller bleibe? Wie lange?"

So lange es dauert.

„So lange was dauert?"

So lange, bis ich keinen Zweifel mehr in dir spüren kann.

„Ich zweifle nicht", versicherte Arton hastig, „ich versuche nur, dies alles zu verstehen."

Dann eben so lange, bis du verstanden hast.

Arton seufzte. „Werde ich danach von Euch lernen, wie man so, wie Ihr es tut, im Geist eines anderen spricht?"

Dein Verstand ist wie ein unbearbeitetes Juwel, noch klobig und roh. Dennoch sehe ich Potenzial. Der rechte Schliff vermag daraus möglicherweise einen unvergleichlichen Edelstein zu fertigen. Du kannst alles lernen, wenn du nur den Willen dazu aufbringst. Aber zunächst muss dein Verstand geprüft werden, denn das Blut des Frevlers Caras läuft durch deine Adern.

„Was ist mit den Themuraia?" Arton wollte die Gelegenheit für diese Frage nicht verstreichen lassen, da sie ihn schon eine ganze Weile beschäftigte. „Warum fangt Ihr sie auf so grausame Weise ein?"

Schon wieder erlaubst du dir ein Urteil, schmetterte es durch seinen Schädel, obwohl du weder die geistige Reinheit dafür besitzt noch über das nötige Wissen verfügst! Im Gegensatz zu dir kennen die Themuraia ihre Aufgabe und zeigen sich auch gewillt, die geforderten Opfer zu bringen. Sie sind wie unsere Hände, gottgegebene Werkzeuge, die unser Geist zu nutzen weiß.

„Aber was wollt Ihr denn von ihnen?“, hakte Arton nach.

Wir sammeln diese göttlichen Streiter für den Tag der Entscheidung. Schon bald wird ein neues Zeitalter beginnen, in dem die Nauraín, die ersten Kinder der Götter, ihre rechtmäßige Herrschaft über diese Welt zurückerhalten.

„Ich dachte, sie wären vernichtet worden“, meinte Arton verwirrt, „als Caras mit den Menschen und den Drachen ihre Stadt eroberte.“

Nein!! Die Erwiderung kam wie ein Peitschenknall. Unwillkürlich presste Arton die Hände auf seine Ohren, was jedoch gegen die tosende Stimme in seinem Geist vollkommen wirkungslos blieb. Sie sind nur zurückgewichen und haben vorerst diese verderbte Welt hinter sich gelassen! Aber sie werden wiederkehren, wenn die Ostlande von dem Frevel, der ihnen widerfahren ist, reingewaschen sind. Das ist unser heiligstes Ziel! Sobald die Zeit reif ist, werden die Themuraia bei dieser Weltenläuterung ihren Teil beitragen, so wie wir alle. Für diesen Tag scharen wir sie um uns. Doch die Themuraia brauchen einen Anführer. Einen, der sie vereinen kann mit der Kraft seines Geistes. Möglicherweise bist du es, der auserwählt wurde, denn das göttliche Schwert Themuron wurde in deine Hände gelegt. Vielleicht bist du aber auch wie dein Vater, der dieses Gottesgeschenk missbrauchte, um gegen die göttertreuen Heere Citheons zu streiten. Du wirst entscheiden müssen, welcher Seite du angehören willst, dem Licht oder der Dunkelheit. Ich kann dich lehren, Hunderttausende Themuraia zu führen, aber ich darf dir dieses Wissen nur anvertrauen, wenn deine geistige Gesinnung über jeden Zweifel erhaben ist. Bist du also bereit für deine Prüfung, Sohn des Hador?

Artons Kopf begann zu schwirren. War das nicht die ersehnte Möglichkeit, sich von den Sünden seines Vaters frei zu machen? Bot sich ihm hier nicht die Gelegenheit, seine Fähigkeiten in den Dienst der rechten Sache zu stellen? Was gab es da noch zu überlegen?

„Ja, das bin ich", antwortete er schließlich.

Hinter Arton öffnete sich eine Tür und er fuhr herum. Das eigentlich nur schwache Licht, das von draußen hereinfiel, reichte nach dem Aufenthalt in der absoluten Finsternis dieses Raumes bereits aus, um seine Augen schmerzen zu lassen. Schützend legte er die Hand vors Gesicht und blinzelte dann vorsichtig zwischen seinen Fingern hindurch. Er erkannte nichts außer einer Silhouette im Türrahmen, umgeben vom grellen Licht des Tages.

„Präge dir die Helligkeit unseres Herrn Cit gut ein", ließ der geisterhafte Sprecher das erste Mal seine körperliche Stimme vernehmen, „es wird für eine lange Zeit das letzte Licht gewesen sein, das du erblickst."

Die Tür schloss sich wieder und die Dunkelheit kehrte in den Raum zurück. Es erschien Arton beinahe so, als verliere er seine körperliche Hülle in diesem unendlichen Schwarz. Nur noch seine Gedanken hatten Bestand. Nun war er also allein. Allein mit seinen Gedanken – das würde mit Sicherheit keine angenehme Zeit werden.

Königswacht

In die Istaebene hatte der Sommer Einzug gehalten. Noch waren es nur zaghafte Anzeichen, die dieses dem Cit geweihte zweite Viertel des Jahres ankündigten, denn der lange Winter hatte den Beginn der anderen Jahreszeiten verzögert. Jetzt aber reckte sich das allgegenwärtige Gras sattgrün der Sonne entgegen und überragte inzwischen alle übrigen Gewächse der Steppe. Die Nächte wurden milder, der gefürchtete Morast, der an Wagenrädern und Stiefeln haftete wie Teer, war verschwunden und nur auf den höheren Hügelkuppen oder in schattigen Senken kündeten noch letzte Schneefelder von der grimmen Herrschaft des Winters.

Mehr als sechzig Tage hatten sie benötigt, um bis an die Grenzen Fendlands vorzustoßen. Dabei war es noch nicht einmal zu größeren Schwierigkeiten gekommen. Jorig Techel hatte gehofft, den Weg von Tilet durch Süd- und Nordantheon sowie die Istaebene schneller bewältigen zu können, aber das fast zwölftausend Mann starke Heer war durch den langen Fußmarsch stark mitgenommen. Ein noch schnelleres Vorandrängen hätte die Infanterieeinheiten zu sehr zermürbt, was ihre Zuverlässigkeit im Kampf beeinträchtigen konnte. Zwar schien die Armee Fendlands seinen Kundschaftern zufolge zahlenmäßig weit unterlegen zu sein, trotzdem war es keine gute Idee, mit körperlich geschwächten Truppen zu Felde zu ziehen. Gegen den angeblichen Sohn eines von allen verehrten Helden anzutreten, verlangte seinen Männern schon genug Disziplin ab.

Etwas mehr als fünftausend Soldaten hatte sein Herausforderer Arden Erenor um sich geschart. Freilich handelte es sich bei einem Großteil des sogenannten fendländischen Heeres um schlecht ausgebildete Truppen, die aus der Not heraus in kürzester Zeit ausgehoben worden waren. Dennoch hatte es Arden irgendwie fertiggebracht, deutlich mehr Bewaffnete bei Melessens Finger zu versammeln, als der König für möglich gehalten hatte. Nach der mit seinem Berater Abak entwickelten Kriegsstrategie sollte die Flotte Ho'Nebs zusammen mit zwei Dutzend königlichen Schiffen bereits seit etwa dreißig Tagen alle Häfen der Halbinsel blockieren und durch gezielte Angriffe die meisten Truppen für die Verteidigung der Städte binden. Der König hatte gehofft, dass dadurch die schmale Landbrücke Melessens Finger, die die Istaebene mit Fendland verband, weitgehend unbewacht sein würde und sein Heer ohne nennenswerten Widerstand die rebellische kleine Halbinsel besetzen könnte.

Nun stand jedoch fest, dass sich eine Schlacht nicht würde vermeiden lassen. Eine wirklich befriedigende Erklärung für diese unerwartet starke Verteidigung von Fendlands Grenze vermochte Jorig Techel im Moment nicht zu finden, denn im Grunde gab es dafür nur zwei Deutungsmöglichkeiten und beide schienen ihm gleichermaßen unwahrscheinlich. Entweder die Fendländer hatten ihre Städte aufgrund der ständigen Attacken der citheonischen Flotte bereits aufgegeben und sahen sich angesichts der über Land heranrückenden Truppen nun gezwungen, hier ihr letztes Gefecht zu liefern, oder Techels Flotte hatte sich aus irgendeinem unerklärlichen Grund verspätet. Aber wie dem auch sein mochte, bei dem Plan für die Eroberung Fendlands war von Anfang an eine Demütigung der Rebellen durch einen raschen und überwältigenden Sieg Citheons vorgesehen gewesen. Es ging Techel nicht allein darum, einen Feind des Reiches niederzuringen, sondern dieser Krieg musste ein Signal für alle anderen aufständischen Kräfte sein, dass der militärischen Macht des Königs niemand in den Ostlanden auch nur annähernd gewachsen war. Deshalb hatte Jorig Techel eine solche Masse an Land- und Seestreitkräften mobilisiert, von denen bereits die Hälfte für eine erdrückende Überlegenheit ausgereicht hätte. Dies versetzte ihn nun in die günstige Lage, nicht unbedingt auf die Unterstützung der Flotte angewiesen zu sein, um die Fendländer zu schlagen. Vielleicht würde er den Krieg nun nicht ganz so schnell für sich entscheiden können, an einem Sieg konnte dennoch kein Zweifel bestehen.

Von der kleinen Erhebung, die der König in Begleitung seiner sechsköpfigen Leibgarde bestiegen hatte, konnte Jorig Techel die vor ihm liegende Landbrücke gut überblicken. Der eigentliche Weg nach Fendland verlief linker Hand, also auf der nördlichen, relativ flachen Seite von Melessens Finger. Allerdings versperrte hier ein von der Schneeschmelze immer noch angeschwollener Strom jedes Weiterkommen. Eigentlich hatten sowohl eine Brücke als auch mehrere Furten eine Überquerung des im Grunde unbedeutenden Flusses ermöglicht, aber die Fendländer hatten die Brücke vorsorglich zerstört und die großen Wassermassen, die nach dem schneereichen Winter dem Meer entgegenflossen, machten auch die Furten in diesem Jahr unpassierbar. Die Mitte des Landstreifens wurde von einem felsig zerklüfteten Berg eingenommen, der zum Teil noch mit einer weißen Schneekappe überzogen war. Man nannte diese schon von Weitem zu erkennende Landmarke bezeichnenderweise den Furchenstein. Zwar erhob sich dieser Berg kaum weiter als fünfhundert Schritt über das nahe Meer, aber für ein großes

Heer war dieses unwegsame Gelände im Zentrum von Melessens Finger dennoch kaum gangbar. Auf der rechten, südlichen Seite schob sich die steil abfallende Flanke des Furchensteins bis fast ans Ufer heran, sodass für eine Passage nur der sandige Strand blieb. Dennoch bildete dieser schmale Küstenstreifen im Moment das einzige passierbare Tor nach Fendland.

Dabei stellten sich König Jorig allerdings zwei Hindernisse in den Weg, die es zu berücksichtigen galt. Zum einen gab es dort eine alte Grenzfeste, die das Ufer noch zu Zeiten Melessens beschirmt hatte. Diese Burg war zwar schon vor einigen Jahrzehnten geschleift worden, aber die Ruinen ließen sich trotzdem noch zu einer provisorischen Befestigungsanlage ausbauen. Hier, so überlegte Jorig, konnten sich die Fendländer recht einfach vor seinen heranrückenden Truppen verschanzen und den Strand unter Beschuss nehmen. Dabei kam unglücklicherweise auch das zweite Problem ins Spiel, das Jorig Techel bei seinem Angriff beachten musste, nämlich dass ihm zum Passieren der Engstelle auf dem Strand nur eine begrenzte Zeit zur Verfügung stand. Denn wenn sich die Flut näherte und den Sand überspülte, bevor der Widerstand der Fendländer gebrochen war, würde er sich auf schnellstem Wege zurückziehen müssen, sonst riskierte er, den Großteil seiner Armee an die heranrollenden Wellen zu verlieren. Ein gerüsteter Soldat versank im Wasser wie ein Stein, ganz zu schweigen von Geschützen und Katapulten.

Er warf noch einmal einen Blick auf den nahen Furchenstein. Eine oder zwei Kompanien Leichtgerüsteter sollten diese Steigung mit wenig Mühe meistern können, überlegte er. Sie würden für eine unangenehme Überraschung im Rücken des Feindes sorgen, wenn die Rebellen ihre Verteidigung gegen die vorbeiziehenden Truppen auf dem Strand richteten.

König Jorig lächelte. Er musste zugeben, dass er es sehr genoss, wieder an der Spitze eines Heeres in die Schlacht zu ziehen. Es hatte etwas Ehrliches, Unverfälschtes, einem Feind mit dem Schwert in der Hand gegenüberzutreten. Auf dem Schlachtfeld gab es keine diplomatischen Wortklaubereien, keine leeren Versprechungen oder zweideutigen Vereinbarungen, wie er sie während seiner langen Regierungszeit schon bis zum Überdruss gehört hatte. Wenn zwei Heere im Kampf aufeinandertrafen, dann kam alles ans Licht: Feigheit, Lüge, Verrat, aber auch Mut, Aufrichtigkeit und Treue. In einem Gefecht war alles ganz einfach, entweder man siegte oder unterlag. In jedem Fall wusste man danach, woran man war, Freund und Feind ließen sich klar benennen. Als Beherrscher des größten Reichs der Ostlande empfand Jorig Techel dies als ungemein beruhigend, denn er war die endlose Heuchelei, die seinen Thron umgab wie ein Sumpf, wahrlich leid.

Er kehrte Melessens Finger den Rücken und schritt, gefolgt von seiner Leibwache, zum Heerlager zurück. Seine Soldaten waren gerade dabei, ihr Frühstück einzunehmen, denn sie sollten gestärkt in den Kampf ziehen. Die Betriebsamkeit der mehr als zehntausend Menschen erweckte den Eindruck, als wäre hier am Rande der Istaebene über Nacht eine Stadt aus dem Boden gewachsen, und doch würde an dieser Stelle schon am morgigen Tag nichts mehr zu sehen sein als eine ausgedehnte Fläche mit niedergedrücktem Gras. Denn die Ebbe ließ nicht mehr lange auf sich warten und dann würde Jorig Techel diesen Rebellen beweisen, wer der wahre Herr der Ostlande war.

„Techels Heer bricht die Zelte ab! Sie werden heute angreifen“, rief Eringar atemlos, als er in das große Beratungszelt gestürzt kam, welches inmitten der Ruinen der Grenzfestung Königswacht aufgestellt worden war. „Ich habe es von einem nahen Hügel aus selbst beobachten können!“

Die anderen Ecorimkämpfer mit Ausnahme von Arden waren um einen runden Tisch in der Mitte des Zelts versammelt und diskutierten anhand von einigen Landkarten über einen geeigneten Schlachtplan. Bei Eringars Eintreffen blickten alle auf.

„Gut gemacht, Eringar!“, lobte Meatril und deutete auf einen Plan unmittelbar vor sich. „Sie müssen warten, bis Ebbe ist, sonst können sie nicht genügend Truppen den Strand entlangführen. Es wird also noch ein paar Stunden dauern, bis sie hier sind. Demnach haben wir noch genug Zeit, uns vorzubereiten.“

„Wo ist denn Arden?“, erkundigte sich Eringar erstaunt. „Ist er immer noch nicht aus seinem Zelt gekommen?“

Meatril sah ein wenig betreten zu Boden, weshalb Daia an seiner Stelle antwortete: „Nein, unser zukünftiger König hat sich noch nicht blicken lassen heute Morgen.“ Sie rümpfte unwillig die Nase. „Vielleicht schläft er noch.“

„Also, ich glaube nicht, dass Arden noch ruht“, widersprach Meatril eilig und warf seiner Verlobten einen tadelnden Blick zu. „Er wird noch einige Dinge zu erledigen haben, bevor er zu uns stößt. Wir können inzwischen ja schon die wichtigsten Vorbereitungen in Angriff nehmen. Targ, Deran, wie sieht es mit den Palisaden aus?“

„Die werden rechtzeitig fertig sein“, erklärte Targ. „Die Arbeiter schließen gerade noch das letzte Stück an der Nordseite, das Holz dafür ist heute Morgen eingetroffen.“ Er blickte zu Tarana hinüber. „Ohne die Istanoit hätten wir das

Baumaterial nie pünktlich hier gehabt. Diese Lastgäule waren Gold wert."

Meatril nickte. „Richte deinem Volk unseren aufrichtigen Dank aus, Tarana. Wie geht es dir eigentlich? Bist du dir wirklich sicher, dass du kämpfen kannst?"

Tarana schenkte Meatril einen verächtlichen Blick. „Man sagt nicht umsonst, dass die Frauen der Istanoit ihre Kinder im Sattel und mit der Waffe in der Hand zur Welt bringen. Die Übelkeit ist weg, um alles andere brauchst du dir keine Sorgen zu machen. Wo willst du denn jetzt unsere Reiterei einsetzen?" Sie blickte auf die Karte. „Viel Platz haben wir ja nicht für einen Sturmangriff."

„Eigentlich würde ich die hundert Istanoitreiter auch lieber als schnelle Reserve zurückbehalten, um sie dann bei unvorhergesehenen Zwischenfällen einsetzen zu können", antwortete Meatril. „Mein Vorschlag wäre deshalb, die neuen Fendländer Rekruten vor allem innerhalb und nahe bei der Festung zu belassen, von wo sie ununterbrochen Techels vorrückende Truppen mit Pfeilen beschießen sollen. Dank der Unterstützung aus Nordantheon verfügen wir über so viele Geschosse, dass wir wirklich nicht sparen brauchen."

Targ und Deran grinsten. „Wenn wir schon keine Truppen zur Unterstützung aus unserer Heimat mitbringen konnten", meinte Targ entschuldigend, „dann mussten wir doch wenigstens die Handelsbeziehungen des Hauses Soldarin ausnützen. Wozu ist denn eine ganze Flotte von Transportschiffen und Warenhäusern in jeder größeren Stadt gut, wenn man auf diesem Weg nicht auch unauffällig ein paar Waffen organisieren kann? Nachdem Fürst Feldak in der Gewalt von Jorig Techel geraten war, waren wir ohnehin froh, dass uns der Statthalter des Fürsten wenigstens diese Hilfestellung gewährte."

„Und es war eine wertvolle Hilfe", bestätigte Meatril anerkennend, „mehr als wir in Anbetracht der misslichen Lage des Fürsten Feldak erwarten konnten." Meatril wandte sich wieder der Karte von Melessens Finger zu. „Die erfahrenen Fußtruppen der Stadtgarden müssen die Feinde am Strand aufhalten", fuhr er mit der Entwicklung seiner Strategie fort, „damit Techels Männer auf diesem Weg die Burg nicht einfach umgehen. Gegen die feindliche Kavallerie haben wir die Standlanzen, die wir bei Ebbe am Strand platzieren. Wenn man das Ende der Lanze und die beiden Stützstangen ein wenig in den Sand eingräbt, dann kann die Reiterei uns nicht einfach überrennen."

„Meinst du nicht, dass das zu wenig Leute am Strand sind?", wandte Deran ein. „Nur die sieben Kompanien Stadtgarde, das wären doch höchstens vierzehnhundert Mann."

„Ich glaube auch, dass wir da ein wenig schwach aufgestellt sind", pflichtete Targ seinem Bruder bei. „Immerhin wird uns dort die geballte Macht von Techels Heer treffen. Wenn sie da durchbrechen, können wir uns in dieser holzverstärkten Ruine so lange verschanzen, wie wir wollen. Sie werden es gar nicht mehr nötig haben, Königswacht einzunehmen, sondern können einfach am Strand an uns vorbeiziehen. Dann ist Fendland so gut wie verloren."

Meatril rieb sich das Kinn. „Das ist schon wahr, aber ich habe die Befürchtung, dass die neuen Rekruten beim ersten Anblick von Techels Truppen die Beine in die Hand nehmen werden und das Weite suchen. Hinter der Palisade sind sie ein wenig geschützter und zumindest anfangs nicht direkt in der Schusslinie."

„Aha, wir haben also die Palisade nicht gebaut, um Techels Soldaten abzuwehren, sondern damit unsere Leute nicht fliehen können", stellte Targ trocken fest.

Während sich einige andere ein Schmunzeln nicht verkneifen konnten, reagierte Meatril wenig amüsiert: „Ich wäre dir dankbar, Targ, wenn du diese überflüssigen Scherze für dich behalten könntest. Manchmal habe ich das Gefühl, ihr alle seid euch nicht darüber im Klaren, was uns heute erwartet. Wir werden einer Armee gegenüberstehen, die mehr als doppelt so stark ist wie die unsere und deren Soldaten zudem ungleich besser ausgebildet wurden. Die laufen nicht schreiend davon, bloß weil ihr eure Schwerter schwingt. Das hat nichts mehr mit unseren Kampfübungen in der Kriegerschule zu tun. Es ist lebensnotwendig für uns hier und all die Menschen, die sich in den Städten Fendlands auf uns verlassen, dass wir unsere bescheidenen Kräfte optimal einsetzen, um Techel aufzuhalten. Wenn wir versagen und nur eine einzige Kompanie wankt, kann die Panik leicht das ganze Heer erfassen. Dann werden wir unweigerlich unterliegen. Deshalb darf ich von euch doch wohl ein bisschen mehr Ernst erwarten."

In diesem Moment betrat Arden das Zelt. „Es gibt keinen Grund zur Sorge", verkündete er, untermalt von seinem strahlenden Lächeln. „Ich werde uns heute zum Sieg führen!" Ihm auf dem Fuße folgte schnaufend der schwergewichtige Citpriester, der mittlerweile schon den meisten als Malun bekannt war.

„Arden", begrüßte ihn Meatril mit einem missbilligenden Blick auf seinen Begleiter. „Kann ich dich kurz sprechen?" Als Arden keinerlei Anstalten machte, dieser Bitte nachzukommen, trat Meatril neben ihn und flüsterte ihm ins Ohr: „Muss denn dieser Priester zugegen sein? Er hat hier bei unserer Schlachtplanung nichts verloren und außerdem traue ich ihm nicht über den Weg."

Arden lachte nur. „Mein guter Meatril, sei doch nicht so

argwöhnisch", erwiderte er laut genug, dass alle ihn hören konnten. „Ich habe den Erhabenen Malun, ebenso wie dich und die anderen hier, zu meinem Berater gemacht. Deshalb hat er jedes Recht, anwesend zu sein."

„Keine Angst", der Citdiener machte eine abwehrende Geste, „ich werde in Kürze wieder abreisen, meine Arbeit hier ist getan. Ich wollte nur noch Zeuge sein, wie der ehrenwerte Arden unsere gemeinsam ausgearbeitete, und ich darf sagen unzweifelhaft meisterliche, Strategie seinen Gefolgsleuten darlegt." Malun ließ sich zufrieden auf einen Stuhl in einer der Zeltecken fallen.

„Was soll das heißen?" Meatril wirkte bestürzt. „Wovon redet er, Arden?"

Dieser legte Meatril beschwichtigend den Arm über die Schulter. „Ich weiß ja, dass ihr hier schon ein wenig für den Kampf geplant habt. Aber der Erhabene suchte mich heute Morgen in meinem Zelt auf, weil er mir einen Vorschlag unterbreiten wollte, wie wir ganz leicht den Ausgang der Schlacht zu unseren Gunsten entscheiden können." Arden trat an den runden Kartentisch und zog den Plan von Melessens Finger zu sich heran. Er deutete auf die Festung Königswacht und fuhr dann mit seinem Finger um den östlichen Rand des Furchensteins bis zu dem Fluss, der in der Nähe des Berggipfels entsprang und von dort nach Norden in das Binnenmeer Istara floss. „Ich werde den Großteil unserer Armee dorthin zum Siegelbach führen. Hier in der Feste Königswacht bleibt nur eine kleine Besatzung von etwa fünfhundert Mann zurück."

Aus den Gesichtern der Ecorimkämpfer sprach völlige Verwirrung. Meatril war der Erste, dessen Fassung so weit zurückgekehrt war, dass er einen vorsichtigen Einwand zustande brachte: „Du willst dich zu diesem Fluss zurückziehen und Techels Heer den Weg nach Fendland öffnen?" Er stockte kurz. „Ich hoffe sehr, du gibst uns noch eine Erklärung für dieses merkwürdige Vorhaben, denn offen gesagt, kann ich das nicht verstehen."

„Oder, um es deutlicher auszudrücken", fügte Tarana kopfschüttelnd hinzu, „das ist eine ziemlich närrische Idee."

Ardens Augen glitzerten vergnügt. „Von Rückzug kann keine Rede sein!", antwortete er unbeschwert. „Wir werden den Fluss überqueren, den Furchenstein im Nordwesten umgehen und Techel dann in den Rücken fallen." Er blickte gespannt von einem zum anderen, als erwarte er nach dieser Eröffnung spontane Jubelrufe. Offenbar hielt er diesen Plan tatsächlich für einen strategischen Geniestreich.

Meatril verschaffte sich zunächst durch einige verstohlene Seitenblicke auf seine Gefährten Gewissheit, dass diese den Plänen ihres zukünftigen Königs ebenso ratlos gegenüberstanden wie er selbst, dann räusperte er sich mehrmals, um endlich zu einer Antwort auszuholen: „Ich weiß nicht recht, wie ich es sagen soll, aber ich glaube, du lässt da einige Schwierigkeiten außer Acht, Arden. Zunächst einmal scheint es mir unmöglich, den Siegelbach einfach so zu überqueren, weil er vom Schmelzwasser auf gut das Doppelte seiner normalen Breite angeschwollen ist. Aber selbst wenn die Brücke noch stehen würde, dann kannst du die Umgehung des Furchensteins niemals in weniger als fünf Stunden bewältigen, denn unser Heer besteht zu einem großen Teil aus Fußtruppen. Techels Armee befindet sich schon auf dem Weg hierher und in vier bis fünf Stunden ist Ebbe, dann kann er seinen Angriff beginnen. Die fünfhundert Mann, welche du in der Festung Königswacht zurücklassen willst, werden Jorig Techel kaum lange genug aufhalten können, um dir zusätzliche Zeit zu verschaffen."

„Es wird ihnen gelingen“, entgegnete Arden voller Zuversicht, „denn die Ecorimkämpfer werden sie anführen.“

Meatril blieb der Mund offen stehen und auch den anderen fehlten gleichermaßen die Worte.

Doch Arden ließ sich nicht beirren. „Ich werde sofort aufbrechen und den Furchenstein im Eilmarsch umgehen. Dafür will ich nicht mehr als sechs Stunden brauchen. Ich lasse euch die Kompanien der Seewaither und Riffstädter Stadtgarde hier und zusätzlich noch einen Zug Bogenschützen.“ Wie selbstverständlich umschloss seine Hand das Schwert Ecorims, welches wie immer an seiner Seite hing. „Ihr alle genießt mein absolutes Vertrauen, ich setze auf euer Kampfgeschick und euren Mut. Ihr werdet gegen Techels Truppen so lange standhalten, bis ich im Rücken seines Heeres erscheine. Das sollte für genug Verwirrung sorgen, dass es uns gelingen wird, die Feinde in die Flucht zu schlagen. Die Götter sind auf unserer Seite. Wir können nicht verlieren.“ In seinen Worten schwang eine geradezu hypnotische Überzeugungskraft mit. Obwohl jeder einzelne der Ecorimkämpfer im tiefsten Inneren wusste, dass dies ein aberwitziges Unterfangen darstellte und sie Arden gerade darum ersucht hatte, in den sicheren Tod zu gehen, schien eine Widerrede undenkbar. Ardens Enthusiasmus überdeckte all ihre Zweifel, ebnete ihren Geist wie ein Schmied rohes Metall. Keiner brachte ein Wort des Widerspruchs über die Lippen.

Arden blickte prüfend in die Runde. „Ich wusste, dass ich auf euch zählen kann“, meinte er schließlich glücklich. „Jetzt werde ich dem Heer meinen Entschluss verkünden. Wir dürfen keine Zeit verlieren. In meiner Abwesenheit wird Meatril die Führung übernehmen.“ Er drückte freundschaftlich Meatrils Schulter, nickte den anderen noch einmal zu und verließ dann das Zelt.

Wie gelähmt blieben die Ecorimkämpfer zurück. Keiner konnte wirklich begreifen, was hier gerade geschehen war. Sie hatten tatenlos zugehört, wie Arden ihren Untergang beschloss.

Ein leises Schnaufen riss sie aus ihrer Erstarrung. Es kam aus der Ecke, in der Malun die ganze Zeit über gesessen hatte. Der Citpriester stemmte sich gerade behäbig aus seinem Stuhl hoch, wobei er die Anwesenden jedoch nicht aus den Augen ließ. „Arden Erenor wird einmal ein guter König sein", bemerkte Malun etwas außer Atem. „Er weiß, einen wohlgemeinten Rat anzunehmen, und er scheut sich nicht, seinen Getreuen im Interesse des größeren Ganzen das Äußerste abzuverlangen. Ihr tragt nun gewaltige Verantwortung auf euren Schultern, aber seid versichert, dass die Götter dieses Opfer zu schätzen wissen." Er lächelte und faltete andächtig die Hände vor seinem Bauch. „Der Segen des Cit sei mit euch, das allsehende Himmelsauge möge voller Wohlwollen auf euch herabblicken und euer Geschick nach seinem Willen lenken."

Langsam watschelnd ging der Erhabene zum Zelteingang hinüber und trat, ohne sich noch einmal umzublicken, nach draußen.

Nach einer kleinen Ewigkeit brach Tarana schließlich das erdrückende Schweigen, das Arden und Malun im Beratungszelt zurückgelassen hatten. „Hat dieser Priester gerade davon gesprochen, dass wir uns in der kommenden Schlacht opfern sollen, oder habe ich mich da verhört?"

„Ich habe das auch so verstanden", bestätigte Eringar tonlos. „Er redete fast so, als wären wir schon tot. Nur der Grabsegen hat noch gefehlt."

Meatril stützte sich mit geballten Fäusten auf den Kartentisch. „Auf diesen fatalen Einfall wäre Arden niemals gekommen, wenn dieser verdammte Priester ihm das nicht eingeredet hätte. Aber die Truppen werden dabei nicht mitspielen."

In diesem Augenblick war von draußen lauter Jubel zu hören. Die Ecorimkämpfer warfen sich erstaunte Blicke zu und verließen dann das Beratungszelt, um der Ursache der Hochrufe auf den Grund zu gehen. Das Areal der Festungsruine Königswacht, das nun als Ersatz für die weitgehend zerstörte Steinmauer von einer etwa vier Schritt hohen Holzpalisade umgeben war, wirkte regelrecht leer gefegt. Die Burganlage schmiegte sich, umgeben von hohen Felswänden, in die südliche Flanke des Furchensteins, sodass sie im Vergleich zu dem alles überragenden Berg in ihrem Rücken auf den ersten Blick einen eher bescheidenen Eindruck vermittelte. Dennoch betrug ihre Grundfläche fast vierzigtausend Rechtsschritt, genug Platz für das gesamte fendländische Heer. Doch alle hier lagernden Truppen waren nun vor die Tore oder auf die Wehrgänge geströmt und bald wurde auch klar, was ihre Aufmerksamkeit erregt hatte. Auf einem kleinen Felsen außerhalb der Burg stand Arden Erenor. Er reckte das funkelnde Schwert Ecorims in den Himmel, das jeden Blick auf sich zog, als wäre es ein Sonnenstrahl, der in eine dunkle Höhle fällt. Angesichts dieser Waffe des Lichts erschien eine Niederlage im wahrsten Sinne des Wortes undenkbar. Arden sprach zu seinem Heer, doch was er sagte, hatte keine Bedeutung. Es war die Art, wie er es sagte, die wahre Begeisterungsstürme unter den Menschen auslöste. Jedes seiner Worte, jede Geste zeugte von unerschütterlichem Siegeswillen, von der Gewissheit, nicht unterliegen zu können. Egal, was er von ihnen verlangte, die Soldaten würden es mit Freuden ausführen, denn Arden war ihr Held, ihr König, ein leibhaftiger Sohn der Götter.

Kein Murren, nicht der leiseste Hauch von Missmut regte sich unter den Leuten, als Arden ihnen seine Pläne kundtat. Stattdessen sammelten sich alle Truppen, selbst die Istanoitreiter, wie befohlen um ihren Anführer und bejubelten ihn, als hätten sie die Schlacht längst für sich entschieden. Erst als die über viertausend Soldaten allmählich abzogen, geführt von Arden auf einem weißen Istanoitstreitross, legte sich langsam die Euphorie. Jetzt ließen sich unter den zurückgebliebenen Gardisten auch zunehmend nachdenkliche Gesichter entdecken, als die ernüchterte Wahrheit wieder aus dem dunklen Winkel hervorzukriechen begann, in den sie vor Ardens alles überstrahlender Aura geflohen war.

„Ich kann immer noch nicht glauben, dass wir uns auf so etwas eingelassen haben." Tarana presste die Hand auf ihre Stirn, als würde sie von Kopfschmerzen gepeinigt.

„Er hat die gleiche unwiderstehliche Ausstrahlung, wie sie seinem Vater Ecorim nachgesagt wird", sagte Daia immer noch mit einem verklärten Glanz in den Augen. „So was nennt man wohl einen geborenen Anführer."

„Arden schickt uns, ohne mit der Wimper zu zucken, in den sicheren Tod!", fuhr Eringar sie an. „Es fällt mir schwer, das zu bewundern!"

„Still jetzt!", zischte Meatril. „Wir können an unserer Lage nichts mehr ändern, aber ich werde nicht zulassen, dass du mit deinen Reden die Soldaten irremachst. Wir sind ihre Anführer, auf uns schauen sie. Wenn wir Furcht zeigen, dann können wir von ihnen nicht erwarten, standhaft zu bleiben."

Eringar sah sich betroffen um und tatsächlich hatten sich die Blicke zahlreicher Gardisten bereits erwartungsvoll auf die Ecorimkämpfer geheftet. „Was sollen wir denn jetzt tun?", erkundigte sich Eringar kleinlaut.

„Wir haben immer noch ein paar Stunden, um uns vorzubereiten", erwiderte Meatril, bemüht, zuversichtlich zu klingen. „Wir werden uns aufteilen. Targ, Deran, euch brauche ich am Strand. Ihr werdet mir helfen, mit den Gardisten die Standlanzen zu positionieren, sobald das Wasser zurückgeht. Daia, Tarana und Eringar werden in der Festung die Führung der Bogenschützen übernehmen. Lasst ausreichend Pfeile auf den Wehrgängen bereitlegen und sorgt dafür, dass Ersatz in Reichweite ist, wenn Bogen brechen oder eine Sehne reißt. Und ein paar Schießübungen würden vielleicht auch nicht schaden."

„Soll das heißen, du willst uns auch während der Schlacht in der Festung haben?", empörte sich Tarana. „Das schlag dir besser aus dem Kopf. Am Strand wird die Schlacht entschieden und im Schwertkampf vermag ich mich mit jedem von euch zu messen. Ihr braucht mich da unten."

„Auch ich werde mich nicht wie ein kleines Kind in der Burg verstecken", pflichtete ihr Eringar wutentbrannt bei.

„Kann ich dich mal einen Moment unter vier Augen sprechen, Tarana?" Meatril nahm die Istanoit am Arm und führte sie ein paar Schritte von den anderen fort. „Du bist von uns allen wahrscheinlich die Beste mit dem Schwert", flüsterte er ihr zu. „Dennoch will ich, dass du in der Burg bleibst."

Tarana kniff die Augen zusammen. „Nur weil ich ein Kind erwarte, brauchst du nicht …"

„Das ist es nicht allein", fiel ihr Meatril ins Wort. „Ich habe Eringar zwar ermahnt, seine Schwarzmalerei in Gegenwart der Soldaten zu unterlassen, aber im Grund schätze ich die Lage ähnlich ein wie er. Am Strand wird es, wenn überhaupt, nur wenige Überlebende geben. Die einzig halbwegs gute Aussicht, mit dem Leben davonzukommen, besteht innerhalb der Palisaden. Aber auch hier wird es mit Sicherheit kein Zuckerschlecken. Deshalb möchte ich jemanden an

Daias Seite haben, der sie zu verteidigen weiß, wenn es hart auf hart kommt. Und Eringar ist so etwas wie unser kleiner Bruder, unser Jüngster. Auch ihn will ich in größtmöglicher Sicherheit wissen, was in unserer Situation leider nicht viel heißt. Daher bitte ich dich, in der Burg zu bleiben."

Überrascht von der Eindringlichkeit seiner Worte, brachte Tarana zunächst keine Erwiderung zustande. Bislang hatte sie dem ältesten der Ecorimkämpfer wegen seines Hangs zur Wichtigtuerei keine großen Sympathien entgegengebracht. Mit seiner schlichten Bitte offenbarte ihr Meatril nun aber nicht nur seine selbstlose Liebe zu Daia, sondern auch welch einer erdrückenden Verantwortung er sich stellen musste. Es hatte nur dieser wenigen Sätze bedurft, um Taranas Bild von Ardens treuestem Gefolgsmann grundlegend und nachhaltig zu wandeln. Das erste Mal empfand sie Meatril gegenüber eine tiefe, freundschaftliche Zuneigung, gepaart mit respektvoller Bewunderung. Er hatte die Führung nicht aufgrund eines Befehls oder gar aus persönlichem Ehrgeiz übernommen, sondern weil Meatril zu der Einsicht gelangt war, dass nur er diese Bürde zu tragen vermochte. Denn im Gegensatz zu Arden war er sich der Verantwortung bewusst, die der Befehlsgewalt über Hunderte von Menschen anhaftete. Ihr aller Leben lag in seinen Händen.

Tarana strich Meatril sanft über die Wange und nickte. Sie ging schweigsam wieder zu den anderen hinüber.

„Und, hast du ihn überzeugen können, dass wir auch unten am Strand mitkämpfen wollen?", verlangte Eringar zu erfahren.

„Nein, Meatril hat recht", gab die Istanoit zurück. Sie schenkte ihm ein mildes Lächeln. „Wir drei bleiben hier, es ist besser so."

Eringar öffnete den Mund, um ihr einen hitzigen Widerspruch entgegenzuschleudern, dann besann er sich eines Besseren und stampfte stattdessen zornig von dannen. Seine Wut ließ er an einem kleinen Stein aus, den er über den Festungsplatz kickte.

Daia hob fragend ihre Augenbrauen. „Was hat Meatril zu dir gesagt?"

„Nur, dass wir hier in der Burg eine wichtige Aufgabe zu erfüllen haben." Tarana ergriff Daias Arm und sah ihr beschwörend in die Augen. „Versprich mir, Daia, dass du nie wieder einen Gedanken an Arden verschwendest. Meatril ist ein großartiger Mann und er verdient deine Treue."

Bestürzt senkte Daia ihren Blick. „Das weiß ich doch."

„Dann verhalte dich auch so und rede nicht von Arden, als wäre er der Mann deiner Träume", ermahnte sie Tarana. „So hat sich das nämlich vorhin angehört."

„Aber ich …", stammelte Daia, „ich habe doch nur seine ungeheure Wirkung auf das Heer gemeint."

„Arden hat Charisma, das ist unbestritten", räumte Tarana ein. „Selbst ich kann mich dem nicht entziehen. Das macht ihn aber noch nicht zu einem guten Anführer und ganz sicher rechtfertigt das nicht deine Bewunderung. Arden wirkt auf mich wie ein billiges Schmuckstück. Er strahlt auf den ersten Blick, aber wenn man am Anstrich kratzt, kommt der mindere Kern zum Vorschein."

„Ist ja gut." Daia wirkte zerknirscht. „Warum bist du eigentlich so aufgebracht? Habe ich dir irgendetwas getan?"

Tarana hielt einen Moment inne. „Es tut mir leid, Daia. Ich will dir keine Vorschriften machen. Ich finde nur, dass du die Zeit vor dem Angriff nutzen solltest, um Meatril zu zeigen, wie wichtig er dir ist."

Daia traten Tränen in die Augen. „Du meinst, falls ich nach der Schlacht keine Gelegenheit mehr dazu bekomme?"

Tarana nahm sie mitleidig in den Arm. „Meatril wird nichts geschehen. Die Göttin schützt die Liebenden, hast du das vergessen?"

„Richtig." Daia wischte sich über die Augen. Behutsam löste sie sich aus Taranas Umarmung. „Ich werde zu Meatril gehen. Sehe ich sehr verweint aus?"

„Nein", antwortete Tarana gerührt, „du bist so hübsch wie immer."

Daia lächelte zaghaft, dann lief sie zu Meatril hinüber, der mit Targ und Deran bereits die Garde um sich versammelte, die mit ihnen den Strand halten sollte.

Tarana seufzte tief. Sie war zu hart mit Daia umgesprungen, das tat ihr jetzt leid. Aber die Unfähigkeit der wankelmütigen Adeligen, Meatrils Zuneigung mit derselben Hingabe zu begegnen, erfüllte die Istanoit mit Zorn. Sosehr sie auch Daias Freundschaft in den vergangenen Tagen und besonders während ihres gemeinsamen Ritts durch die Istaebene zu schätzen gelernt hatte, so konnte sie dennoch nicht verstehen, wie nachlässig ihre neue Gefährtin mit Meatrils Liebe umsprang. Wahrscheinlich verhielt es sich so wie bei vielen Dingen, deren Wert man erst ermessen konnte, wenn man ihren Verlust beklagen musste. Doch Tarana wusste, was es bedeutete, einen wahrhaft geliebten Menschen zu verlieren. An dieser Stelle klaffte eine Lücke in ihrem Leben, die sich nur unzureichend mit ein paar schalen Erinnerungen anfüllen ließ. Aber obwohl Tarana deswegen manchmal ein schlechtes Gewissen plagte, weilten ihre Gedanken weit seltener bei ihrer toten Stammesschwester Derbil als bei dem Mann, dem sie seiner Vorbehalte und Verschlossenheit zum Trotz ihre ganze Liebe hatte schenken wollen. Sie musste die Erinnerung an Arton einfach lebendig halten, so viel schuldete sie auch ihrem ungeborenen Kind, das seinen

Vater niemals kennenlernen würde. Allerdings ließ es sich in Anbetracht der kommenden Schlacht auch nicht ausschließen, dass sie ihrem Geliebten bald selbst in Xelos' Schattenreich nachfolgen würde. Doch Tarana vermochte dieser Gedanke nicht mit Schrecken zu erfüllen. Was geschehen würde, würde eben geschehen.

Vier Stunden später waren alle Vorbereitungen für die Schlacht getroffen. Meatril, Targ und Deran hatten gerade noch einmal die erschreckend überschaubaren Reihen der Seewaither und Riffstädter Garde inspiziert. Die Truppen waren vor den aufgepflanzten Standlanzen in Stellung gegangen, um diese Abwehrmaßnahme möglichst lange vor den herannahenden Gegnern verborgen zu halten. Mittlerweile war das Meer etwa fünfzig Schritt weit zurückgewichen, sodass der Strand genügend Platz bot, um ein Vorrücken von Techels Heer zu erlauben. Noch ließ sich aber kein feindlicher Soldat ausmachen.

Die drei Ecorimkämpfer fanden sich nach dem prüfenden Abschreiten ihrer Verteidigungslinie wieder an der Spitze der Truppen ein und begannen nun, schweigend ihre Ausrüstung zu kontrollieren. Unter den knapp vierhundert Soldaten herrschte eine solch gespenstische Stille, dass das leise Rauschen der brechenden Wellen das einzige Geräusch darstellte.

Nachdem Meatril, Targ und Deran jede Schnalle an ihrer Rüstung, die Griffe ihres Schildes und den Schliff der Schwerter zum wiederholten Male geprüft hatten, blieb nichts mehr zu tun, als zu warten. Anspannung senkte sich wie eine bleierne Decke herab. Die erzwungene Untätigkeit ließ den Gedanken genügend Freiraum, um sich die bevorstehenden Kämpfe in allen schrecklichen Einzelheiten auszumalen. So hatte das erste Gefecht dieser Schlacht bereits begonnen: das Ringen mit den eigenen Ängsten.

„Und, Meatril, hast du schon mal etwas Derartiges mitgemacht?", fragte Targ unvermittelt in das drückende Schweigen hinein. Er fingerte dabei nervös an seinem Schwertknauf herum.

„Das kann ich nicht behaupten", antwortete Meatril, dankbar für die kleine Ablenkung. „Aber mein Vater hat mir die zahllosen Schlachten ausführlich geschildert, an denen er im Krieg gegen Skardoskoin teilnahm. Er brachte es bis zum Rang eines Obersten in der Armee Nordantheons, bevor er ausgeschieden ist."

„Dann hat dein Vater dich wohl veranlasst, die Kriegerschule Ecorim zu besuchen", vermutete Targ. „Er muss sehr stolz auf dich sein."

Meatril blickte versonnen aufs Meer hinaus. „Eigentlich konnte ich meinem Vater nie etwas wirklich recht machen, wir haben uns im Streit getrennt. Tatsächlich entsprach es seinem Wunsch, dass ich eine Ausbildung zum Krieger erhalte, und er hat auch dafür bezahlt. Aber ich bin eigentlich nur nach Seewaith gekommen, um möglichst weit von zu Hause fort zu sein. Ich versuchte, mir darüber klar zu werden, was ich eigentlich will."

Targ grinste. „Und, weißt du es mittlerweile? Es könnte sein, dass die Zeit für diese Entscheidung langsam knapp wird."

Nach kurzem Zögern erwiderte Meatril sein Lächeln. „Komischerweise scheine ich jetzt genau das zu tun, was ich eigentlich nie wollte. Ich führe Truppen in die Schlacht, wie mein Vater."

„Tja, unser Erbe wird uns in die Wiege gelegt, dagegen können wir nichts machen", stellte Targ entschieden fest.

„Nur gut, dass ich eher nach meiner Mutter komme. Wenn es nach meinem Vater gegangen wäre, hätte ich wahrscheinlich als Rechenschieber auf die Welt kommen sollen, denn er interessierte sich vor allem für Zahlen. Er ist ein Kaufmann durch und durch, an erster Stelle kommt immer der Profit. Die Kinder dienen vor allem dazu, dass das Familienvermögen nicht in fremde Hände gerät. Die Ausbildung zum Krieger erhielten Estol, Deran und ich nur, weil sich das für Kinder aus gutem Hause eben so gehört." Er zuckte die Schultern. „Trotzdem war es gut, dass ich meinen Vater bei unserem Besuch zu Hause noch einmal sehen konnte." Targ schwieg eine Weile. „Würdest du dich gerne mit deinem Vater aussöhnen, wenn du könntest?"

Meatril hob eine kleine Muschel vom Boden auf und warf sie dann gedankenvoll in Richtung Wasser. „Ich weiß nicht. Vielleicht. Es ist kompliziert." Er blickte zu Deran hinüber. „Du bist so schweigsam, Deran. Denkst du auch an zu Hause?"

Der noch nicht einmal achtzehnjährige, hünenhafte Soldarin starrte unverwandt geradeaus. „Nein", sagte er gleichmütig. „Das Einzige, woran ich gerade denken kann, ist, wie ich nah genug an Jorig Techel herankomme, um mein Schwert in seine Kehle zu stoßen."

Targ starrte seinen um zwei Köpfe größeren Bruder einen Moment wortlos an, dann verhärtete sich sein Blick. „Richtig, Deran. Wir sollten nicht vergessen, warum wir hier sind. Unser toter Bruder Estol wartet auf Rache."

Eine ganze Weile über sprachen nur die gurgelnden Wellen. Doch der Gedanke an ihre getöteten Brüder und Gefährten hatte jetzt in die vorher sorgenvollen Gesichter der Ecorimkämpfer grimmige Entschlossenheit gemeißelt. Techel sollte noch manche Schuld begleichen.

„Sie kommen", sagte Meatril schließlich unbewegt und deutete auf eine dunkle Linie, die sich über den Strand rasch näherte. Er kniff die Augen zusammen. „Die Spitze bildet die Kavallerie. Anscheinend will uns Techel gleich mit seinem ersten Angriff überrennen." Er wandte sich zu den Truppen um und rief mit lauter Stimme: „Jetzt ist es so weit! Techel schickt seine gepanzerten Reiter. Darauf sind wir vorbereitet. Bleibt in Formation, zeigt keine Furcht, dann können wir sie zurückschlagen. Keinen Fußbreit fendländischen Boden werden wir diesem selbstherrlichen Tyrannen freiwillig preisgeben! Für Fendland, für König Arden!"

Die Soldaten schlugen beifällig mit der Waffe auf ihre Schilde, dann herrschte wieder konzentrierte Stille. Meatril, Targ und Deran schoben ihre Klingen in die Scheide, griffen sich jeder eine Lanze und reihten sich in die vorderste Verteidigungslinie ein. Verschanzt hinter ovalen Holzschilden, bildeten die Gardisten nun einen menschlichen Wall, aus dem nur noch ihre Spieße herausragten.

Ein Hornsignal wurde über den Strand zu ihnen herangetragen. Die feindlichen Reiter hieben daraufhin ihren Pferden die Fersen in die Flanken und die gepanzerten Streitrösser stürmten los. Sand wurde in die Luft geschleudert, der Boden erzitterte unter dem Trampeln Hunderter Hufe.

Meatril versuchte, trotz der herandonnernden Reiterschar, einen kühlen Kopf zu bewahren. Der Gedanke wollte ihn nicht loslassen, dass ein solch unvorbereiteter Sturmangriff eigentlich nicht zu einem erfahrenen Feldherrn wie Jorig Techel passen wollte. Dass kein vorheriger Beschuss durch Katapulte erfolgt war, ließ sich noch mit dem schwierigen Gelände erklären, aber zumindest einige Pfeilsalven wären zur Eröffnung der Schlacht zu erwarten gewesen. Der König musste seine Gegner schon für sehr tölpelhaft halten, wenn er glaubte, dass sie einem Angriff seiner Reiterei nicht das Geringste entgegenzusetzen hatten. Vielleicht wollte er sie aber auch nur in Sicherheit wiegen, weil er etwas anderes plante.

„Verflucht", zischte Meatril plötzlich. Er hatte noch einmal seinen Blick über die vier hintereinanderstehenden Reihen der Verteidiger von der Palisadenmauer bis hinunter zum Wasser schweifen lassen. Dann traf ihn die Erkenntnis wie ein Schlag vor den Kopf. „Sie wollen uns im Wasser umgehen!" Es war so klar, warum hatte er nur nicht daran gedacht? Pferde konnten tiefer ins Wasser vordringen als Fußsoldaten. „Die hinteren zwei Reihen zur linken Flanke, sofort!", brüllte er. „Stellt euch so weit ins Wasser, wie ihr könnt!" Er packte den neben ihm stehenden Targ an der Schulter. „Sieh zu, dass ihr sie aufhaltet." Ohne Zögern rannte Targ los.

Schon vollführte etwa die Hälfte der citheonischen Reiter den befürchteten Linksschwenk. Spritzend durchpflügten die Pferde das Wasser, während der andere Teil der Kavallerie weiter auf das Zentrum der fendländischen Stellung zuhielt. Meatril überzeugte sich mit einem flüchtigen Schulterblick davon, dass seine Truppen die Befehle ausführten, doch es wäre ohnehin keine Zeit geblieben, noch ordnend einzugreifen.

„Die ersten beiden Reihen auf mein Kommando zurückziehen!", rief er so laut, dass sich seine Stimme überschlug. Er musste die gegnerische Reiterei nahe genug herankommen lassen, damit sie ihre Pferde vor den schräg in den Boden gerammten, angespitzten Pfählen nicht mehr zügeln konnten. Wenn dieses Manöver misslang, würden diese stahlbewehrten Schlachtrösser sie unter ihren Hufen zermalmen wie reifes Obst.

„Jetzt!", schrie Meatril. Mit einigen raschen Schritten zogen sich die Gardisten hinter die aufgebauten Standlanzen zurück. Im nächsten Augenblick brach die citheonische Reiterei über sie herein wie ein Erdrutsch, zu schnell für jede Reaktion. Meatril wurde von einem riesigen Körper niedergerissen. Er nahm keine Schmerzen wahr, aber er wusste, dass seine Knochen dem auf ihnen lastenden Gewicht des toten Pferdes nicht lange standhalten würden. Dann bekam er ein Bein frei. Mit ganzer Kraft stemmte er sich gegen das tote Tier und es gelang ihm, auch sein zweites Bein herauszuziehen. Er hatte dabei einen Stiefel eingebüßt, aber das schien unbedeutend. Wo waren seine Lanze, sein Schild? Zerbrochen lagen sie vor ihm im Sand. Er griff nach seinem Schwert, riss es aus der Scheide und rappelte sich auf. Unmittelbar vor seinem Gesicht tauchten plötzlich die Hufe eines Streitrosses auf. Das Tier bäumte sich auf und trat nach ihm. Er sprang zur Seite. Ein paar Soldaten versuchten, das Pferd mit ihren Spießen in Schach zu halten. Ein paar Schritte neben Meatril schlug ein gegnerischer Reiter von oben auf zwei Gardisten ein. Irgendwie war es ihm gelungen, durch die Standlanzen zu brechen. Die beiden Männer verteidigten sich nur noch notdürftig mit ihren zerbrochenen Schilden. Meatril packte den Griff seines Schwertes mit beiden Händen und schlug zu. Die Wucht des Hiebes riss den Feind aus dem Sattel. Das Pferd scheute und ging durch. Es stieß Meatril zur Seite. Er stolperte über ein paar am Boden liegende Körper, doch jemand ergriff seinen Arm und bewahrte ihn so vor einem Sturz.

„Sie ziehen sich zurück!“, erklärte Deran, der Meatril aufgefangen hatte.

Meatril sah verwirrt aus. „Dann ist es ihnen nicht gelungen, uns zu umgehen?“

Deran schüttelte den Kopf. In diesem Moment trat auch

Targ schwer atmend zu ihnen. „Dein Befehl kam im rechten Moment. Wir konnten sie so weit ins Meer treiben, dass sie diesen Plan aufgegeben haben.“ Er betastete behutsam einen langen Schnitt, der sich über seine rechte Wange zog.

Meatril sah sich um. Bei dem zentralen Angriff auf ihre Stellung hatte die citheonische Kavallerie dank der Standlanzen offensichtlich schwere Verluste hinnehmen müssen, denn das Schlachtfeld war übersät von toten Pferden und Reitern. Er atmete tief durch. „Wir müssen uns neu formieren“, sagte er matt, „dort rücken schon die Fußtruppen an. Es ist noch nicht überstanden.“ Er sah an sich herunter. „Und bei den Göttern, ich brauche einen neuen Stiefel.“

Taranas Finger waren rot und pochten schmerzhaft. Sie hatte so viele Pfeile auf die citheonischen Reiter verschossen, dass sie irgendwann aufgehört hatte, zu zählen. Mit Daia und Eringar stand sie wie alle anderen Bogenschützen auf dem Wehrgang hinter den südlichen Palisaden, von wo sie die anrückenden feindlichen Truppen ohne Unterlass mit ihren Geschossen eindecken konnten. Trotzdem war der Beschuss bei der schwer gepanzerten Kavallerie weitgehend wirkungslos geblieben, da man schon sehr genau treffen musste, um die Rüstung eines Berittenen oder seines Streitrosses zu durchdringen. Da niemand, der in der Festung Königswacht zurückgeblieben war, als wirklich erfahrener Schütze gelten durfte, blieb der durch die Pfeile beim Gegner verursachte Schaden im Wesentlichen eine Sache des Zufalls. Umso wichtiger schien es daher, möglichst viele Pfeile in einem kurzen Zeitraum abzuschießen, ohne sich lange mit Zielen aufzuhalten.

Sobald aber die Truppen aufeinandergeprallt waren und sich die Reiterschar unentwirrbar zwischen den Verteidigern zu verkeilen begann, waren die Schützen auf dem Wehrgang zur Tatenlosigkeit verurteilt. Nun konnte kein Pfeil mehr auf den Kampfplatz hinabgesandt werden, ohne Gefahr zu laufen, einen der eigenen Leute zu treffen. Hilflos mit anschauen zu müssen, wie diese citheonischen Reiter unter der Fendländer Garde wüteten und versuchten, sie auf der linken Flanke zu umgehen, forderte Taranas ganze Selbstbeherrschung. Es hätte nicht viel gefehlt und sie wäre über die Palisade hinab auf den Kampfplatz gesprungen.

Doch Tarana sah auch, dass Meatril das Manöver der Kavallerie vorausgeahnt und rechtzeitig die geeigneten Gegenmaßnahmen ergriffen hatte. Mit großer Erleichterung registrierte sie, dass der Vorstoß der Kavallerie bald zum Erliegen kam und sich die Reiter aufgrund ihrer hohen Verluste zurückziehen mussten. Fieberhaft versuchte Tarana, die drei Ecorimkämpfer zwischen den in ziemliche Unordnung geratenen Verteidigern auszumachen.

„Da ist Meatril“, rief Daia neben ihr mit zitternder Stimme und deutete auf den Kampfplatz hinab.

„Und bei ihm sind auch Deran und Targ!“, ergänzte Eringar freudig. „Sie sind alle wohlauf.“

Bei Tarana wollte sich jedoch kein Gefühl der Erleichterung einstellen. Ihr Blick haftete voller Grauen auf den nun vorrückenden Fußtruppen Citheons. Das erste große Kontingent bestand aus einer Einheit Speerträger, die sich hinter ihren erhobenen Metallschilden fast vollständig verbargen, um sich vor dem Pfeilhagel aus der Festung zu schützen. Dahinter marschierte eine Einheit Bogenschützen, die wohl über die vorrückenden Speerträger hinweg die Fendländer Stellungen am Strand lichten sollten und danach sicherlich die Festung unter Beschuss nehmen würden. Hinter diesen Fernkämpfern standen weitere Infanterieeinheiten in Reserve, die die angreifenden Truppen jederzeit verstärken konnten, falls nötig. Die Übermacht war erdrückend. Obwohl sich Tarana über diese Tatsache bereits vorher im Klaren gewesen war, erwies es sich doch als weit erschütternder, den Feind jetzt in seiner ganzen Schlagkraft vor Augen zu haben. Doch es sollte noch schlimmer kommen.

Als Tarana sich gerade hinkniete, um noch ein paar zusätzliche Pfeile griffbereit ins Holz des Wehrgangs zu spießen, fiel ihr Blick auf die gegenüberliegende nördliche Seite der Palisadenmauer. Der breite Einschnitt im Furchenstein, wo die Burg Königswacht errichtet worden war, verjüngte sich mit zunehmender Entfernung vom Strand immer mehr und endete schließlich in einer schmalen, unwegsamen Klamm, die steil nach oben verlief. Eigentlich war es völlig unmöglich, eine größere Zahl von Soldaten unbemerkt diesen tückischen Abhang hinabzuführen, denn rutschendes Geröll verriet jeden Angreifer sofort, und dank der Enge in der Klamm ließ sich dann einer nach dem anderen von der hinteren Mauer aus mit Pfeilschüssen unschädlich machen. Niemand mit halbwegs klarem Verstand würde von dort aus eine Attacke wagen – solange die nördliche Mauer bewacht war. Doch ebendort hatten sie nicht eine einzige Wache zurückgelassen, da von dieser dem Berg zugewandten Seite kein Angriff erwartet worden war. Ein schwerer Fehler, wie sich in diesem Moment herausstellte. Denn in dieser Klamm konnte Tarana nun mehrere Schatten ausmachen, die sich bergab bewegten.

Sie erstarrte. Ihr Herz schien sich plötzlich zu überschlagen. Tarana musste jetzt eine schnelle Entscheidung treffen. Panik drohte ihre Gedanken zu überrennen. Welche Möglichkeiten blieben ihr? Wenn sie die Bogenschützen von dieser Mauerseite abzog, um die Angreifer auf der Nordseite zurückzuschlagen, bedeutete dies, Meatril und die anderen am Strand im Stich zu lassen. Tat sie es nicht, würden die Feinde schon bald die Festung stürmen. Es gab nur eine Lösung: Sie musste die Truppen aufteilen.

„Eringar", zischte sie, „greif dir zwanzig Schützen und folge mir. Daia, du bleibst hier und sorgst dafür, dass die citheonischen Truppen da unten am Strand nicht zum Atemholen kommen."

„Was ist los?", wollte Daia wissen, doch Tarana sprang bereits vom Wehrgang auf den Festungsplatz hinunter und begann, in Richtung der nördlichen Mauer zu laufen.

Als die Istanoit etwa in der Mitte des Burggeländes angelangt war, sah sie, wie mehrere Seilschlaufen über die Palisade geworfen wurden. Die Angreifer verloren keine Zeit. Keuchend erreichte sie eine der Holzleitern, die auf den nördlichen Wehrgang führten, und kletterte hastig die wackelnde Konstruktion hinauf. Schon schwang sich der erste citheonische Soldat über die Pfahlmauer. Tarana jagte ihm, ohne zu überlegen, einen Pfeil in den Leib. Geräuschlos kippte er rückwärts vom Wehrgang und schlug dumpf im Burghof auf. Unmittelbar hinter ihm versuchte bereits der nächste, über die Mauer zu klettern. Ein zweiter Pfeil der Istanoit vereitelte das.

Ein kurzer Blick über die Palisade nach draußen verriet Tarana, dass sich dort bereits Dutzende Soldaten am Fuße der Mauer versammelt hatten und an mehreren Stellen versuchten, den Holzwall zu erklimmen. Kaum war Tarana wieder in Deckung gesprungen, zischten zwei Pfeile der Angreifer haarscharf über ihren Kopf hinweg. Ihre einzige Chance, die Citheonen aufzuhalten, bestand nun darin, ihre Kletterseile durchzuschneiden. Also ließ sie den Bogen zurück und zog ihr Schwert. In gebückter Haltung rannte die junge Istanoit den Wehrgang entlang und hieb eine Seilschlaufe nach der anderen entzwei. Doch es waren einfach zu viele. Plötzlich sah sie sich drei Angreifern gegenüber, die gleichzeitig auf den Wehrgang gesprungen waren. Ein Blick nach hinten offenbarte vier weitere in ihrem Rücken. Sie würden sie jeden Moment in die Zange nehmen.

„Tarana, runter da!“, hörte sie eine Stimme vom Festungsplatz rufen. Sie gehörte Eringar.

Tarana überlegte nicht zweimal. Sie sprang. Nur einen Herzschlag später löste sich ein surrender Schwarm aus zwanzig Pfeilen von den gespannten Bogensehnen der Fendländer Schützen. Nur zwei der citheonischen Soldaten gelang es, sich rechtzeitig abzuwenden, sodass die Geschosse von den Schilden abgehalten wurden, die sie zum Erklettern der Palisaden auf ihren Rücken geschnallt trugen. Alle anderen wurden getroffen, allerdings blieben nur drei reglos liegen. Die übrigen versuchten, sich trotz ihrer Verwundungen hinter ihren Schilden zu verbergen und gleichzeitig ihre Kameraden zu decken, die weiterhin über die Festungsmauer nachdrängten. Es wurden immer mehr. Dann sprangen die ersten mit gezückter Klinge und Schild in der Hand vom Wehrgang auf den Festungsplatz hinunter.

„Eringar, wir müssen sie aufhalten!“, schrie Tarana, und an die Bogenschützen gewandt, befahl sie: „Weiter auf den Wehrgang zielen!“

Sie lief den Eindringlingen entgegen. Damit die Bogenschützen weiterschießen konnten, musste Tarana die Attacken der Citheonen auf sich ziehen. Das erschien nicht besonders schwer. Lang genug am Leben zu bleiben allerdings, erwies sich angesichts der zahlreichen Gegner als weit schwieriger. Aber wenigstens war Eringar an ihrer Seite.

Es fühlte sich an, als würden sie auf eine Mauer eindreschen. Die citheonische Infanterie stand so kompakt, dass beinahe keine Lücke zwischen ihren Schilden mehr blieb. Schritt um Schritt drängten sie die Fendländer zurück, ohne dass die Front der feindlichen Truppen auch nur an irgendeiner Stelle einbrach. Meatril war die ganze Zeit damit beschäftigt, gegnerische Speere zur Seite zu schlagen, wobei es ihm nicht gelingen wollte, mit seiner eigenen Lanze irgendeinen Treffer zu landen. Es schien, als kämpfe er nicht gegen Menschen, sondern nur gegen vorrückende Stahlspitzen an langen Holzstangen. Das konnte nicht so weitergehen.

„Deran!", rief Meatril seinem neben ihm kämpfenden Gefährten zu, während er selbst die Lanze wegwarf und das Schwert zog. „Targ und ich machen dir den Weg frei. Du musst ihre Formation sprengen." Der Hüne nickte und ließ sich ein wenig zurückfallen.

Meatril warf Targ einen Blick zu. Der verstand sofort und griff ebenfalls zu seinem Schwert. Auf ein Nicken Meatrils schlugen die beiden gleichzeitig auf die Lanzen der vor ihnen anrückenden Speerträger ein und zwangen diese nach unten. Im gleichen Moment stürmte mit hocherhobener Klinge Deran von hinten heran und warf sich mit einem Wutschrei zwischen die Angreifer. Allein schon seine Körpermasse reichte aus, um einige Citheonen zur Seite zu stoßen. Dann ließ er seine Waffe in großen Schwüngen zwischen die überrumpelten Gegner fahren. Mit einem Mal klaffte eine breite Lücke im vorher undurchdringlich scheinenden Schildwall der Angreifer. Meatril und Targ, gefolgt von mehreren Gardisten, drängten sofort vorwärts. Dieser Vorteil durfte nicht ungenutzt bleiben.

Tatsächlich gelang es ihnen, den Vormarsch der citheonischen Infanterie auf diese Weise zu stoppen. Eine Weile herrschte Verwirrung in den gegnerischen Reihen. Derans Berserkerhieben schien sich niemand ernsthaft entgegenstellen zu wollen. Techels Männern wichen sogar zurück und ließen die Ecorimkämpfer immer tiefer in ihre Formation eindringen.

„Deran, nicht weiter!“, versuchte Meatril, den Kampflärm zu übertönen. „Wir werden eingekesselt!“ Doch es war zu spät. Es hatte sich bereits ein tödlicher Kreis um sie geschlossen.

Targ und Meatril eilten an Derans Seite, der immer noch seine mächtigen Schläge austeilte. „Ist mir egal“, schrie er wie von Sinnen, „wenigstens können wir so noch möglichst viele von ihnen mit uns ins Xelosfeuer nehmen!“

Bald schon hatte sich die Zahl der Gardisten an der Seite der Ecorimkämpfer auf weniger als eine Handvoll reduziert. Die drei Gefährten standen noch immer. Keiner von ihnen hätte sagen können, wie lange der Kampf währte. Sie hieben und stachen, schlugen und traten, fingen gegnerische Angriffe füreinander ab und deckten sich gegenseitig den Rücken. Nicht ein einziger feindlicher Soldat vermochte, dieses Bollwerk aus wirbelnden Klingen zu durchdringen.

Aber egal wie viele Feinde die Ecorimkämpfer auch erschlugen, es kamen immer neue nach. Ihre Arme wurden schwer, die Reflexe verlangsamten sich und es strömte nicht mehr genügend Luft in ihre Lunge, um den schnellen Rhythmus ihres Klingentanzes aufrechtzuerhalten. Nicht mehr lange, dann würden sie in den heranbrandenden Heerscharen Citheons untergehen.

Plötzlich ging ein Raunen durch das gegnerische Heer. Rufe wurden laut. „Der König flieht!“, war das Erste, was die Ecorimkämpfer verstehen konnten. Die Verunsicherung, die die feindlichen Truppen bei diesen Worten ergriff, ließ sich augenblicklich spüren. Die Angriffe der Soldaten erlahmten, manche begannen, zurückzuweichen. „Ecorims Sohn naht!“ „Er hat die Reserve überrannt!“

Und dann sahen sie ihn: Arden stürmte an der Spitze der Istanoitreiter heran. Der Glanz seines Schwertes schien ihn zu umgeben wie Fackelschein. Er wirkte überlebensgroß, seine Gestalt barg die Macht eines ganzen Heeres in sich.

Auf einmal gab es für Techels Truppen kein Halten mehr. Obwohl sie den ankommenden Istanoitreitern noch zwei zu eins überlegen waren und auch wenn sie die Verteidiger am Strand schon beinahe überwunden hatten – sie flohen. Denn den Sohn Ecorims konnte niemand bezwingen.

Als Arden mit seiner Reiterschar wie ein Windstoß vorbeigefegt war und die Gegner sich in kopfloser Panik in alle Himmelsrichtungen zerstreuten, sank Meatril kraftlos in den Sand. Er fühlte sich, als hätte er tagelang ohne Pause gekämpft, als wäre ihm in der zurückliegenden Schlacht ein Teil seiner Lebenskraft geraubt worden. Dabei hatte er kaum eine nennenswerte Verwundung davongetragen, nur kleine Kratzer und ein paar Prellungen. Neben ihm kniete ebenso erschöpft Targ. Blut lief über sein Gesicht, aber es sah schlimmer aus, als es war. Deran hielt sich als Einziger noch auf den Beinen, doch sein mächtiger Brustkorb hob und senkte sich wie ein Blasebalg. Er musste sich schwer auf sein Schwert stützen, um nicht gleichfalls niederzusinken. Aber sie waren alle noch am Leben. Trotz ihres großen Sieges wollte jedoch kein Triumphgefühl aufkommen, zu allgegenwärtig war noch der Schrecken des Kampfes. So nahe hatten sie an Xelos’ Feuer gestanden, dass sie immer noch seine Hitze auf der Haut zu spüren glaubten.

„Es ist niemand auf dem Wehrgang zu sehen“, bemerkte Deran plötzlich.

Meatril und Targ folgten seinem Blick und sahen zur Festung Königswacht hinauf. Tatsächlich ließ sich dort keine Menschenseele entdecken.

„Vielleicht haben sie bei Ardens Ankunft ihren Posten verlassen", versuchte Targ, eine Erklärung zu finden.

Meatril erhob sich ächzend. „Sehen wir besser einmal nach."

Die drei schleppten sich zum Burgtor hinauf, das auf der östlichen Seite Einlass in die palisadenbewehrten Festungsanlage bot. Sie fanden es verschlossen vor und augenscheinlich gab es niemanden in Reichweite, der ihnen von innen öffnen konnte. Auch wiederholtes Rufen änderte nichts daran.

„Irgendwas stimmt hier nicht", murmelte Meatril beunruhigt. „Deran, meinst du, deine Kraft reicht noch aus, um mich auf deine Schultern zu nehmen? Von dort müsste ich den Rand der Palisaden erreichen können. Wenn du ein bisschen von unten nachhilfst, kann ich mich hochziehen."

Mit einiger Mühe wurde Meatril von Deran nach oben gehievt. Als er sich endlich über die angespitzten Pfähle der Palisade gequält hatte und sich auf den Wehrgang hinabgleiten ließ, fiel ihm sofort die Ruhe auf, die innerhalb der Festung herrschte. Es gab keinen Jubel, keine Stimmen, kein Waffenklirren, keine Spur von den hundert Bogenschützen, die er unter Taranas Führung hier zurückgelassen hatte. Meatril wagte es kaum, zu denken, aber das Wort, welches den Zustand der Festung Königswacht am besten beschrieb, war: totenstill.

Wie betäubt ließ Meatril seinen Blick über die vielen leeren Zelte, Vorratswagen und Feuerstellen auf dem Festungsgelände schweifen. Vor der nördlichen Mauer sah er es dann. Dort lagen zahllose Körper kreuz und quer neben- und übereinander wie ein umgeworfener Stapel Feuerholz. Er hatte nicht geglaubt, dass ihn an diesem Bluttag noch irgendetwas erschüttern könnte, aber das Bild der hingeschlachteten Festungsbesatzung griff nach ihm wie ein Alb aus einem bösen Traum.

Er ließ sich vom Wehrgang fallen, stolperte nach vorn und begann zu rennen. Wie eine Ewigkeit erschienen ihm die hundertfünfzig Schritte hinüber zu dem schaurigen Gemetzel. Die Leichen der Fendländer Bogenschützen lagen zwischen Toten, deren Brustharnisch mit dem Wappen Cithe-ons gezeichnet war. In jedem Erschlagenen glaubte Meatril Daia zu sehen. Dann erblickte er inmitten der Gefallenen eine einzelne, am Boden kauernde Gestalt. Als diese ihm schließlich das Gesicht zuwandte, erkannte er seine Geliebte nicht sofort, so schwer war sie gezeichnet von Erschöpfung und Blut. Erst als sie zu sprechen begann, begriff er, wen er vor sich hatte.

„Meatril! Ist es vorbei?"

Der Klang von Daias wohlvertrauter Stimme trieb ihm Tränen der Freude in die Augen. Sie lebte. Sanft zog er Daia hoch und schloss sie in seine Arme.

„Ich dachte, du wärst tot", flüsterte Meatril.

„Es hat nicht viel gefehlt", antwortete sie leise, ohne seine Umarmung zu erwidern. „Aber sie haben Tarana schwer verwundet und auch Eringar ist verletzt."

Erschrocken ließ Meatril seine Verlobte los. Erst jetzt schenkte er der reglosen Gestalt, an deren Seite Daia eben noch gekniet hatte, Beachtung. Taranas schwarze Locken waren blutgetränkt, aus einer klaffenden Wunde am Kopf sickerte immer noch Blut. Daneben erkannte Meatril den jüngsten der Ecorimkämpfer, Eringar, dem er befohlen hatte, in der Festung zu bleiben, um ihn vor dem Kampf am

Strand zu schützen. Meatril schnürte es fast die Kehle zu. Nur wegen dieser fatalen Entscheidung lag Eringar nun vor ihm, leise stöhnend, die Hände auf einen tiefen Schnitt an seiner Seite gepresst.

„Die beiden haben zunächst nur mit einer Handvoll Männer versucht, Techels Truppen aufzuhalten", erklärte Daia monoton. „Es müssen über hundert Feinde gewesen sein, die in die Burg eindrangen. Erst als ich mit den Bogenschützen von der Strandseite hinzukam, ist es uns gelungen, die Citheonen zu besiegen. Aber du siehst selbst, welchen Preis wir dafür bezahlt haben."

Meatril schluckte schwer. Hier und da bewegte sich noch jemand zwischen den Gefallenen, aber es waren wenige, kaum mehr als zehn. „Wir müssen Tarana und Eringar ins Lazarettzelt bringen und auch die anderen brauchen dringend Versorgung", bemerkte er kraftlos. Er schüttelte den Kopf. „Dieser Sieg ist so bitter wie eine Niederlage."

Abschied

„Wie geht es Eringar und Tarana?“, fragte Meatril sofort, nachdem er eingetreten war. Daia saß auf dem Boden des Lazarettzelts zwischen den Lagern der beiden verletzten Ecorimkämpfer. Schwarze Ringe unter den Augen seiner Verlobten verrieten Meatril, dass sie in den zwei Nächten seit der Schlacht von Königswacht kaum geschlafen hatte. Stattdessen war sie nicht von der Seite ihrer Freunde gewichen, die hier auf schmutzigen Tüchern am Boden ruhten. Tarana trug einen dicken Verband um den Kopf, Eringars Bauch war ebenso von weißem Leinen umhüllt.

„Eringar ist ein paarmal aufgewacht“, erwiderte Daia ohne jede Gefühlsregung in der Stimme. Die Strapazen der letzten Tage hatten sie innerlich abstumpfen lassen. „Er hat sich sogar nach dem Ausgang der Schlacht erkundigt. Um Tarana steht es dagegen nicht so gut. Sie liegt die ganze Zeit schon so still wie ein Stein.“

„Was ist mit ihrem Kind?“, erkundigte sich Meatril.

„Der Wundarzt hat gesagt, sein Fachgebiet sei Wundenverbinden und Gliedmaßenabschneiden, vom Kinderkriegen verstehe er nichts.“ Daia schnaubte verbittert. „Nicht einmal einen richtigen Arzt haben wir hier.“

Meatril kniete sich vor seine Geliebte und strich ihr mitfühlend über die Wange. Sie ließ es teilnahmslos geschehen. „Sobald wie möglich werden wir die beiden nach Seewaith zu einem wirklich fähigen Heilkundigen bringen“, versprach Meatril. „Der wird ihnen sicher helfen können.“

„Ihr werdet euch doch keine Sorgen um mich machen?", ließ sich auf einmal Eringars leise Stimme vernehmen. Er hatte seine Augen geöffnet und versuchte ein Lächeln. Dann warf er einen kritischen Blick auf die neben ihm sitzende Daia. „Meatril, du solltest dafür sorgen, dass deine Zukünftige ein wenig schläft und isst. Immer wenn ich die Augen aufmache, sehe ich ihr Gesicht und es sieht von Mal zu Mal eingefallener aus. Wie soll ich bei so einem Anblick jemals gesund werden?"

Bei diesen Worten hellte sich Daias sorgenvolle Miene ein wenig auf. Sie versetzte dem jungen Eringar einen sachten Klaps auf den Oberarm. „Dein freches Mundwerk ist dir jedenfalls nicht abhandengekommen."

„Schön, dass du wach bist", sagte Meatril und senkte sogleich schuldbewusst seinen Blick. „Es tut mir leid, dass ich dich in so eine Lage gebracht habe."

Eringar runzelte die Stirn. „Soll das ein Scherz sein?" Er stemmte sich offensichtlich unter Schmerzen auf die Ellenbogen hoch. „Du hast doch noch das Beste aus der Situation gemacht, die uns Arden eingebrockt hat! Ich habe schon gehört, dass du, Targ und Deran den Strand fast im Alleingang gehalten habt, bis unser glorreicher Anführer mit dem Rest des Heeres aufgetaucht ist."

Meatril hob abwehrend die Hände. „Die Ehre gebührt der gesamten Seewaither und Riffstädter Garde. Sie boten der vielfachen Übermacht wacker die Stirn und wurden wegen dieses Heldenmuts fast gänzlich aufgerieben. Die Schlacht hat nicht einmal ein Viertel überlebt. Natürlich war euer Los in der Festung noch härter und ihr habt euch ebenfalls unglaublich tapfer geschlagen. Wenn Techels Truppen Burg Königswacht in die Hände gefallen wäre, hätte es bei dem Versuch, die Festung zurückzuerobern, mit Sicherheit noch mehr Tote gegeben. Und wie die Schlacht dann ausgegangen wäre, steht in den Sternen." Meatril seufzte. „Es war ein großer Sieg, trotz allem."

Eringar verzog das Gesicht. „Mag sein. Aber Arden hat nur geerntet, wofür viele von uns mit dem Leben bezahlt haben. Ich möchte wetten, dass in seinem Teil des Heeres weit weniger Verluste zu beklagen waren, schließlich musste er lediglich den Furchenstein umrunden und konnte Techel dann in den Rücken fallen. Das einzig Beeindruckende daran ist, wie schnell er das geschafft hat."

„Tatsächlich gab es nach ersten Zählungen unter Ardens Kommando wohl nur knapp achthundert Gefallene", bestätigte Meatril. „Über den Eilmarsch um den Furchenstein habe auch ich noch keine verlässlichen Informationen, denn die Geschichten, die man sich unter den Soldaten erzählt, erscheinen mir eher unglaubwürdig."

Dieses Thema schien Meatril so offensichtliches Unbehagen zu bereiten, dass Eringar nicht umhinkam, nachzubohren: „Und was sind das für Geschichten, von denen man so hört? Kannst du mir da mehr erzählen?"

„Na, wie gesagt, ich denke, es handelt sich um ziemliche Übertreibungen", versuchte Meatril auszuweichen. Als er jedoch merkte, dass Eringar es nicht bei dieser Antwort bewenden lassen würde, fügte er widerwillig hinzu: „Es wird berichtet, dass allein fünfhundert Männer bei der Überquerung des Siegelbachs gestorben sind."

„Was?", fragte Eringar ungläubig und sogar Daia vermochte diese Nachricht aus ihrer schläfrigen Erschöpfung zu reißen.

Peinlich berührt strich sich Meatril über sein unrasiertes Kinn. „Ich kann mir das zwar beim besten Willen nicht vorstellen, aber angeblich hat Arden seinen Truppen einfach befohlen, ans andere Ufer zu schwimmen. Und das, obwohl es kein Sicherungsseil, kein Floß, keine Behelfsbrücke gab."

„Aber die Männer waren gerüstet, bewaffnet, hatten Vorräte dabei!", stellte Eringar kopfschüttelnd fest. „Keiner ist so verrückt und stürzt sich mit dermaßen viel Ballast in einen eiskalten, von der Schneeschmelze angeschwollenen Fluss."

„Glaubt man den Erzählungen der Soldaten", antwortete Meatril mit einem Schulterzucken, „ist genau das geschehen. Sie sind Arden alle gefolgt, ohne nachzudenken."

„Das kann doch nicht wahr sein!", rief Eringar empört. Er setzte sich ruckartig auf und ignorierte dabei verbissen seine schmerzende Wunde. „Er reitet hoch zu Ross vorneweg und lässt seine Männer hinter sich einfach ertrinken! Das ist unehrenhaft! Ein Wunder, dass nicht noch mehr umgekommen sind."

„Nun ja", entgegnete Meatril beschwichtigend, „die Zeit drängte. Arden musste die Umrundung des Furchensteins so rasch wie möglich bewältigen, damit sein Plan gelingen konnte."

„Richtig", schnaubte der jüngste der Ecorimkämpfer, „für seinen Plan hat er nicht nur uns, sondern auch noch fünfhundert weitere Männer geopfert. In meiner Heimat Etecrar gibt es dazu ein passendes Sprichwort: ‚Trachtet der Sandwolf nach deinem Leben, dann wirf ihm nicht deine Diener zum Fraße vor.' Ich würde mir wünschen, dass auch Arden einmal sein Leben so leichtfertig aufs Spiel setzt, wie er das mit dem Leben anderer tut."

„Jetzt ist es aber genug, Eringar!", wies ihn Meatril zurecht. „Ich verstehe, dass du viel durchlitten hast in den letzten Tagen. Aber wir sind im Krieg und da müssen nun einmal harte Entscheidungen getroffen werden. Arden hat getan, was jeder gute Feldherr in bestimmten Situationen tun muss. Er hat einen Teil seiner Truppen einem großen Risiko ausgesetzt, um sich in der Schlacht den Vorteil zu verschaffen, der uns letztlich den Sieg gebracht hat. Du darfst nicht vergessen, Eringar, wir haben diese Schlacht gegen alle Erwartungen gewonnen. Wir haben ein mehr als doppelt so starkes Heer vollkommen vernichtet und alle Ecorimkämpfer sind noch am Leben."

„Sag das mal Tarana", murmelte Daia trübsinnig und starrte auf den reglos daliegenden Körper ihrer Freundin.

„Wenn ihr einen Schuldigen sucht", erwiderte Meatril gereizt, „dann wendet euch an mich. Ich habe Tarana überredet, in der Festung zu bleiben. Also legt das nicht Arden zur Last."

Daia blickte Meatril aus ihren rot geränderten Augen an. „Ich verstehe nicht, wieso du Arden immer noch verteidigst", sagte sie langsam. „Wie kannst du nur so blind sein? Es gibt nämlich einen riesigen Unterschied zwischen ihm und dir. Tarana hat das erkannt und ich inzwischen auch. Es mag sein, dass Arden uns zum Sieg geführt hat, und es kann auch sein, dass es die richtige Entscheidung war, Techels Heer in den Rücken zu fallen. Vielleicht hättest du sogar an seiner Stelle genauso gehandelt. Aber glaubst du wirklich, Arden ist es schwergefallen, diese Entscheidung zu treffen? Glaubst du, er hat auch nur einen Gedanken daran verschwendet, wie viele Männer deswegen sterben müssen?"

„Das hat er bestimmt nicht", antwortete Eringar, bevor Meatril etwas erwidern konnte. Er ließ sich ächzend wieder auf sein Lager nieder. „Unehrenhaft sind nicht Ardens Taten, sondern seine Einstellung ist es. Wir sind für ihn alle nur Mittel zum Zweck. Er weiß die Treue seiner Gefolgsleute nicht zu schätzen."

„Dann hättet ihr ihm damals nicht die Treue schwören sollen!", rief Meatril voll Zorn und sprang auf. „Wir haben einen Eid geleistet, dass wir nicht eher ruhen werden, bis Jorig Techel bestraft und der rechtmäßige König auf dem Thron von Citheon sitzt. Habt ihr etwa gedacht, das wird so einfach und dass wir dafür keine Opfer bringen müssen? Arden konnte Techel besiegen. Das ist das Einzige, was zählt! Er hat uns unserem gemeinsamen Ziel ein großes Stück nähergebracht. Wenn ihr keine Lust habt, den Preis dafür zu bezahlen, dann kehrt heim und brecht euer Versprechen, das ihr Arden gegeben habt. Aber bezichtigt dann nicht Arden der Ehrlosigkeit!"

Meatril wandte sich um und verließ wutentbrannt das Lazarettzelt. Draußen musste er über die zahllosen Körper von Verwundeten steigen, die überall abgelegt worden waren, weil in den Zelten nicht genug Raum zur Verfügung stand. Der größtenteils jammervolle Anblick der Soldaten, deren Gesichter unter all dem Schmutz und Blut kaum noch auszumachen waren, begann, sein Gemüt rasch zu kühlen. Meatril fragte sich unvermittelt, warum er so in Rage geraten war, wo er doch seiner übermüdeten Verlobten und dem geschwächten Eringar mit äußerster Rücksichtnahme hätte begegnen sollen. Er wusste keine Antwort. Nur so viel war gewiss: Arden sollte der nächste König der Ostlande werden und damit würde eine neue, bessere Zeit anbrechen. Sein Name würde für Tapferkeit, Ehre und Gerechtigkeit stehen wie einst Ecorim. Und für dieses große Ziel würde er Arden in allem unterstützen, was er tat.

„Das war einfach unglaublich!" Arden schritt erregt in seinem Zelt auf und ab. „Es kam mir vor, als könne ich Techels Heer allein durch die Kraft meines Willens zerquetschen! Ich konnte meine Truppen so einfach lenken, wie ich mit meinem Arm die Klinge führe. Sie taten genau, was ich wollte, kein Zögern, kein Unmut, keine Furcht. Mein Wille strömte durch die Klinge Ecorims direkt in ihre Köpfe! Ein wahrhaft vollendetes Gefühl und ein grandioser Sieg."

„Diese Gabe haben die Götter Euch verliehen", erwiderte Malun, der auf einem weich gepolsterten Sessel mit bequemen Armlehnen saß, den er sich extra aus Seewaith in seiner Kutsche mitgebracht hatte. Er kaute gelassen auf ein paar kandierten Früchten herum und schien diesem Naschwerk weit mehr Aufmerksamkeit beizumessen als Ardens begeisterten Berichten von der vergangenen Schlacht. „Euer Vertrauen in den großen Cit ist belohnt worden."

Arden blieb stehen. „Aber die Macht, die ich spürte, schien von Ecorims Schwert zu kommen. Ich habe noch bei keiner anderen Waffe etwas Derartiges empfunden."

Malun nickte, während er ein wenig Fruchtfleisch aus einer Zahnlücke pulte. „Das verwundert mich nicht, denn auch das Schwert ist ein Instrument der Götter. Ihr seid dazu ausersehen, es zu tragen."

Arden starrte den Citdiener eine Weile an, dann legte er die Hand auf den Schwertknauf und meinte huldvoll: „Ja, das glaube ich auch. Das Schwert hat Ecorim vor Arch Themur zum Sieg über den finsteren Beherrscher Skardoskoins geführt und es wird Ecorims Sohn schließlich auf den Thron von Citheon bringen, wo schon sein Vater hätte sitzen sollen. Die göttlichen Gaben verhelfen mir zu meinem göttergegebenen Recht. So soll es sein." Er schwieg einen Moment, als lausche er dem Nachhall seiner eigenen Worte.

Dann richtete sich sein Blick wieder auf den Erhabenen. „Dennoch ist nicht alles bei der Schlacht so verlaufen, wie Ihr gesagt habt. Die Verteidiger unter der Führung der Ecorimkämpfer, die ich auf Euren Vorschlag hin in der Festung zurückließ, wären beinahe überrannt worden. Tarana und Eringar liegen schwer verwundet im Lazarett."

Überrascht von dieser unvermutet kritischen Äußerung, beeilte sich Malun, die süße Frucht in seinem Mund hinunterzuschlucken, um etwas zu erwidern: „Das kann nur daran gelegen haben, dass ihnen ein glänzender Führer, wie Ihr es seid, fehlte. Ihr müsst dafür den Befehlshaber der zurückgelassenen Truppen zur Rechenschaft ziehen, denn ganz offensichtlich hat sich erst durch sein Versagen die Lage derart zugespitzt. Nur der Gnade der Götter ist es zu verdanken, dass die Festung nicht gefallen ist."

„Ich habe allerdings gehört", wandte Arden ein, „dass Meatril äußerst tapfer gekämpft hat. Vielleicht waren es doch einfach zu wenige Männer, die wir hier zurückgelassen haben?"

Der Erhabene lehnte sich ein wenig nach vorn, sodass der Stuhl bedrohlich unter seinem Gewicht knackte. Die Schale mit den Früchten legte er dabei jedoch nicht aus der Hand. „Es ist alles geschehen wie geplant. Ihr habt den Fluss ohne größere Schwierigkeiten überqueren können, wie ich es Euch gesagt hatte, Ihr habt Techels Heer völlig unvorbereitet angetroffen, wie ich es Euch gesagt hatte, und Ihr habt die Schlacht mit einem strahlenden Sieg zu Ende gebracht, wie ich es Euch gesagt hatte. Die königlichen Truppen sind zwar beinahe durchgebrochen, aber Ihr wart noch rechtzeitig zur Stelle, damit das Unvermögen Eurer Getreuen den erfolgreichen Ausgang der Schlacht nicht gefährden konnte. Die Götter sind mit Euch und selbst das Versagen einzelner Truppenführer hat Euch in diesem Fall nicht aufhalten können. Aber, und das sage ich wahrlich nicht gern, das Vertrauen in Eure Gefolgsleute aus der Kriegerschule ist eine Schwäche, vielleicht die einzige, die Euch noch ins Straucheln bringen könnte auf dem Weg zum Thron. Es wäre in Eurem Interesse, wenn Ihr nicht länger auf die Dienste dieser sogenannten Ecorimkämpfer zurückgreift."

„Das …", Arden zögerte, „… das ist unmöglich. Wir sind durch einen Eid miteinander verbunden. Wir alle haben geschworen, Techel gemeinsam zu stürzen. Sie haben vielleicht ihre Fehler, aber dennoch betrachte ich sie ausnahmslos als meine Freunde."

Maluns dunkle Augen blitzten zwischen den wulstigen Lidern hindurch. „Ihr müsst begreifen, dass Ihr zu Höherem bestimmt seid. Euer altes Leben ist nur Ballast, den Ihr abstreifen müsst, damit die göttlichen Gaben ihre volle Wirkung entfalten können. Eure vermeintlichen Freunde können mit ihrem begrenzten Verstand nicht begreifen, dass Ihr von den Göttern erwählt wurdet, um dieses Land von der Knechtschaft der Gottlosen zu befreien. Die Gabe, mit der Ihr gesegnet wurdet, ist ihnen fremd und sie beneiden Euch um das Schwert Ecorims, das ein Geschenk der Götter ist. Ihr Neid und ihre Missgunst werden im gleichen Maße wachsen wie Euer Ruhm und Eure Macht. Trennt Euch besser jetzt von Ihnen, bevor ihr Kleingeist Euren Aufstieg behindern kann!"

Arden entgegnete zunächst nichts. Unentschlossen betrachtete er das prunkvolle Schwert an seiner Seite. Dann schien er sich an etwas zu erinnern. Er lächelte. „Ich musste gerade an Targ denken, wie er am Morgen nach dem Brand in der Kriegerschule vor mir niederkniete, als wäre ich schon König. Er war aus freien Stücken bereit, mir die Treue zu schwören, ohne dass ich dies von ihm gefordert hatte. Er setzte damals sein Vertrauen in mich, weil er glaubte, unter meiner Führung den Tod seines Bruders rächen zu können. Soll ich seinen Glauben an mich etwa enttäuschen?"

„Ihr schuldet diesen Leuten nichts", beharrte Malun. „Alles, was Ihr erreicht habt, verdankt Ihr allein den Göttern. Ihr seid nicht wegen der Hilfe Eurer Schwertschüler erfolgreich gewesen, sondern trotz ihrer Unfähigkeit. Wenn Ihr geschworen habt, Techel zu entmachten, dann gibt es keinen Grund für den Bruch dieses Eides. Ihr werdet den Sturz des Königs nur einfach allein mit der Hilfe der Götter und der heiligen viergöttlichen Kirche herbeiführen. Diese Ecorimkämpfer bekommen ihre Rache, ohne etwas dafür tun zu müssen, und Ihr erhaltet den Thron. Damit dürften alle zufrieden sein."

„Vielleicht habt Ihr recht", murmelte Arden unschlüssig, „aber uns verbindet die gemeinsame Vergangenheit. Auch wenn sie mir jetzt mehr Last als Hilfe sind, so standen sie bislang doch immer treu an meiner Seite." Er hob seinen Kopf und machte eine Handbewegung, als wische er damit alle Zweifel vom Tisch. „Nein, die Ecorimkämpfer werden mich weiter begleiten, wenn sie dies wünschen. Die Götter haben mir genug Stärke verliehen, um ihre Unzulänglichkeiten auszugleichen. Ich werde sie nicht um die Genugtuung bringen, an der Eroberung Tilets und der endgültigen Vernichtung Jorig Techels teilzuhaben."

Der Erhabene lehnte sich zurück und bettete die Fruchtschale auf seinen Bauch. „Wie Ihr wollt", sagte er mit einem Lächeln und wählte ein weiteres Stück des zuckerüberzogenen Obsts aus seiner Schale. „Diese Leute dürfen sich glücklich schätzen, einen so gütigen Anführer zu haben."

Arden wirkte zufrieden und begann, von Neuem im Zelt auf und ab zugehen. „Aber da wir gerade bei dem Angriff auf Tilet sind, wie sieht Euer Plan dafür aus?", verlangte er schließlich, von Malun zu wissen. „Unser Heer ist nach der Schlacht stark geschwächt, wir haben keine Vorräte mehr und auch keinen Versorgungstross, mit dessen Hilfe wir in der Lage wären, genügend Nahrung für so einen langen Marsch zu befördern. Wir können zwar die citheonischen Transportkarren verwenden, aber auch Techels Heer führte kaum noch Vorräte mit sich. Ich habe keine Lust, hier herumzusitzen und darauf zu warten, bis wir genügend Verpflegung für den Marsch nach Tilet angesammelt haben. Was schlagt Ihr also vor?"

„Gut, dass Ihr darauf zu sprechen kommt", freute sich Malun. „Es wird Euch sicherlich gefallen, dass die Kunde von Eurem großen Sieg in diesem Augenblick in alle Länder des citheonischen Großreichs getragen wird. Während Techel noch nach Süden flieht, sorgen die Priester der viergöttlichen Kirche überall dafür, dass die Feinde des Inselherrn Euren Sieg zum Anlass nehmen, um endlich das Joch des ketzerischen Jovenas abzustreifen und sich dem wahren König, dem götterfürchtigen Sohn Ecorims zuzuwenden. Eine gewaltige Welle der Reinigung wird durch die Ostlande rollen und Ihr werdet von überall her Unterstützung erhalten. Deshalb zerbrecht Euch nicht den Kopf über Verstärkung oder Ernährung des Heeres. Sammelt jene Soldaten um Euch, die noch marschieren können, und macht Euch, so schnell es geht, auf den Weg nach Tilet. Denn die Krone wartet dort nur darauf, Euer stolzes Haupt zu schmücken, königliche Majestät."

Als Arden das erste Mal mit dem Titel angesprochen wurde, den er alsbald offiziell tragen durfte, lief ein prickelnder Schauer seinen Rücken hinab. „Königliche Majestät" – diese Bezeichnung versprach absolute Macht, märchenhaften Reichtum, andauernde Bewunderung, alles, wonach sich Arden immer gesehnt hatte. Offenbar trennte ihn nur noch ein langer Marsch von diesem Ziel, größerer Widerstand war nicht mehr zu erwarten. Fast bedauerte Arden diesen Umstand ein wenig, denn er hatte es genossen, ein ganzes Heer von Menschen in die Schlacht zu führen, als liefen sie alle am Zügel seines Willens.

„Nun gut“, meinte er grinsend und nahm sich ungefragt eine kandierte Frucht aus Maluns Schale, „dann gibt es keinen Grund, noch länger zu zögern. Morgen brechen wir auf.“

Früh am nächsten Morgen war Meatril gerade dabei, seinen Sattel festzuzurren, als er von Targ und Deran aufgesucht wurde.

„Was soll denn das mit diesem überhasteten Aufbruch?“, erkundigte sich Targ ungehalten. „Meine Muskeln schmerzen immer noch von der Schlacht und jetzt sollen wir uns schon wieder fertig machen, um gegen Tilet zu ziehen. War das Ardens Idee?“

Meatril überprüfte den Sitz des Zaumzeuges, während sein Pferd unruhig auf der Stelle trat. „Ich weiß es nicht“, antwortete er kühl. „Mir wurde genau wie euch heute Morgen der Befehl überbracht, ich solle mich zum Aufbruch bereithalten. Also tue ich, was man mir sagt.“

Targ versuchte, aus Meatrils Gesicht zu lesen, wie dieser wirklich über die Sache dachte, doch er stieß nur auf steinerne Ausdruckslosigkeit. „Wo ist denn Arden?“, fragte er vorsichtig. „Hält er es nicht mehr für nötig, uns persönlich Bescheid zu geben?“

„Genau wie du habe ich ihn seit der Schlacht nicht mehr gesehen“, erwiderte Meatril, während er seine Satteltaschen mit Proviant füllte. „Wenn du ihn sprechen willst – du weißt, wo sein Zelt steht. Ob du allerdings vorgelassen wirst, hängt davon ab, inwieweit er ein wenig Zeit erübrigen kann bei all den wichtigen Gesprächen, die er mit seinem priesterlichen Ratgeber zu führen hat.“

Targ räusperte sich verlegen. „Ich verstehe“, sagte er schlicht. „Deran und ich haben uns nur gefragt, wieso wir aufbrechen, ohne die Verstärkung und Vorratslieferungen aus Fendland abzuwarten, aber darüber weißt du dann wohl auch nichts.“

„So ist es“, brummte Meatril mürrisch.

„Jedenfalls werden uns Tarana und Eringar sicherlich nicht begleiten können“, stellte Targ betroffen fest. „Wie steht es mit Daia? Sie ist zwar unverletzt, aber so wie es aussieht, nimmt sie Taranas Zustand sehr mit.“

„Ich habe keine Ahnung, was meine Verlobte zu tun gedenkt“, herrschte Meatril den verblüfften Targ unvermittelt an. „Seit gestern reden wir nicht mehr miteinander, weil wir uns ausgerechnet wegen Arden gestritten haben.“ Er schlug verzweifelt die Stirn gegen seinen Sattel. „Warum verhält sich Arden bloß so? Ich würde ihm bis in die Zwischenwelt folgen, wenn es sein müsste, aber er darf mich nicht auf diese herablassende Weise behandeln, denn das habe ich wirklich nicht verdient.“

Mitfühlend klopfte ihm Targ auf die Schulter. „Nimm es nicht so schwer, Meatril. Arden ist ein eitler Pfau, das wissen wir doch alle. Mag schon sein, dass ihm der ganze Ruhm ein wenig zu Kopf gestiegen ist, aber er trägt sein Herz auf dem rechten Fleck und er ist der Sohn Ecorims. Irgendwann wird er schon erkennen, was richtig ist, und bis dahin müssen wir eben großmütig über sein arrogantes Getue hinwegsehen.“ Er lachte. „Und was Daia betrifft, die beruhigt sich schon wieder. Tarana ist ihr sehr ans Herz gewachsen und aus Sorge um ihre neue Freundin kann sie im Moment nicht klar denken. Aber sie liebt dich, daran besteht überhaupt kein Zweifel. Vielleicht ist es ganz gut, wenn sie bei Tarana in Fendland bleibt. Dann ist sie weitgehend außer Gefahr und ihr könnt ein wenig Gras über euren Streit wachsen lassen. Wenn du dann wieder als strahlender Held aus Tilet zurückkehrst, wird sie dich mit offenen Armen empfangen."

Meatril hob den Kopf und atmete tief durch. „Ich weiß nicht, ob ich es ganz so unbekümmert sehen kann wie du, aber ich danke dir für deine aufmunternden Worte. Du bist ein guter Freund."

„Ich muss dich doch bei Laune halten", feixte Targ. „Nachdem sich der zukünftige König offensichtlich nicht mehr dazu herablässt, die Ecorimkämpfer mit seiner Gegenwart zu beglücken, bist du nun unser eigentlicher Anführer. Und als solcher solltest du besser nicht so eine trübsinnige Miene aufsetzen, schließlich fällt es auf uns alle zurück, wenn du herumläufst wie ein Fass Sauerbier." Beide mussten lachen.

„Mein Bruder hat absolut recht", ließ sich plötzlich Deran vernehmen. Im Gegensatz zu den anderen beiden blieb er völlig ernst. „Wir müssen zusammenhalten, egal was auch kommen mag."

Überrascht blickte Meatril zu dem großen Soldarin auf, der ihn um mehr als einen Kopf überragte. Aufgrund seiner körperlichen Erscheinung und seiner Schweigsamkeit neigte man dazu, nur wenig Feingefühl von Deran zu erwarten. Doch Meatril hatte schon mehrmals feststellen müssen, dass dieses Vorurteil nicht zutraf. Targs bärenstarker älterer Bruder wusste sehr wohl, wann es etwas Wichtiges zu sagen gab, und er verstand es, seinen Gefühlen in sehr wenigen Worten Ausdruck zu verleihen.

„Das werden wir, Deran", beteuerte Meatril mit der gleichen Ernsthaftigkeit, „das werden wir."

Wenig später hatten sich die drei Ecorimkämpfer in die lange Heerschar eingereiht, die sich vor der Festung Königswacht zum Abmarsch sammelte. Da die Istanoitreiter bereits wieder in die Steppe zurückgekehrt waren, gab es nur wenige Berittene unter den Soldaten. Arden ließ sich jedoch noch nirgendwo blicken.

Als sich die Soldaten schon ungeduldig umzusehen begannen, wo denn der Heerführer Arden abgeblieben war, der sie so eilig zum Aufbruch gedrängt hatte, kam aus dem Tor der Festung ein weiterer Reiter auf die drei wartenden Ecorimkämpfer zu. Sie erkannten ihn nicht gleich, wohl vor allem, weil sie nicht mit ihm gerechnet hatten. Doch das stolz erhobene Haupt des Nachzüglers, der entschlossene Ausdruck in dem jungen Gesicht und die unverkennbar südländische Färbung von Haar und Haut ließen bald keinen Zweifel mehr: Es war Eringar.

„Ihr habt wohl geglaubt, mich einfach zurücklassen zu können!“, rief er ihnen noch aus einiger Entfernung zu. „Leider muss ich euch enttäuschen.“

„Eringar, bist du verrückt!“, schalt ihn Meatril. „Du musst deine Wunden pflegen. Der Sattel ist dafür kaum der richtige Ort.“

Eringar brachte sein Reittier mit geradezu beiläufiger Lässigkeit parallel zu den Pferden der anderen drei. „Es ist allein deine Schuld, Meatril, dass ich jetzt hier bin“, entgegnete Eringar ungerührt. „Du hättest mich nicht ehrlos nennen dürfen.“

Meatril verdrehte entnervt die Augen. „So habe ich das nicht gemeint und das weißt du auch. Also sei bitte vernünftig und leg dich wieder ins Lazarettzelt, wo du hingehörst.“

„Tja, zu spät“, antwortete Eringar starrköpfig. „Jetzt bin ich schon hier, um meine Ehre zu verteidigen. Wären wir zu

Hause in Etecrar, dann könnte ich dich sogar zu einem Zweikampf in der Arena herausfordern."

„Das hätte mir gerade noch gefehlt", seufzte Meatril resignierend, „meine Haut gegen einen rachsüchtigen Etecrari verteidigen zu müssen. Ich bin froh, dass wir nicht in deiner Heimat sind und du mich am Leben lassen kannst."

„Oh, solche Kämpfe enden selten tödlich", erklärte Eringar spöttisch grinsend, „sondern der Verlierer muss dem Gewinner lediglich seinen gesamten Besitz überschreiben. Dieser Ehrenhandel ist bei uns an der Tagesordnung, deswegen sind die fähigsten Kämpfer in Etecrar auch oft sehr wohlhabend." Er warf Meatril einen absichtlich hochnäsigen Blick zu. „Aber bei dir gibt es ja nicht viel zu holen, also bist du sicher vor mir."

„Schon gut, Eringar", sagte Meatril mit einem nachsichtigen Lächeln. „Es ist natürlich deine Entscheidung, ob du mitkommst. Ich halte es allerdings für ganz und gar nicht klug."

„Ich will auch nicht für meine Klugheit, sondern für meine Tapferkeit in die Geschichte eingehen!", verkündete Eringar augenzwinkernd. Dann runzelte er plötzlich die Stirn. „Aber, sag mal, willst du dich denn nicht von Daia verabschieden?"

Meatrils Züge erstarrten augenblicklich. „Sie will also nicht mitkommen? Schön, dass ich das auch erfahre."

„Du hast sie nicht danach gefragt. Es ist doch nur verständlich, dass sie Tarana weiter pflegen will." Eringar sah ihn traurig von der Seite an.

„Das hätte sie mir ja auch einfach selbst sagen können", gab Meatril zurück.

„Soll ich für euch auch einen Platz in der Arena vorbereiten lassen?", schlug Eringar vor und verzog dabei spöttisch das Gesicht. „Ihr kommt mir nämlich vor wie zwei Etecrari, deren Stolz es verbietet, einfach nachzugeben, und die ihre Meinungsverschiedenheiten deshalb durch einen Zweikampf beilegen müssen. Daran ist ja grundsätzlich nichts auszusetzen. Der Unterschied bei euch ist allerdings, dass ihr keine Geschäftspartner, sondern Liebende seid. Da würde selbst ein Etecrari angesichts eures Starrsinns ungläubig den Kopf schütteln." Er ließ seinen Blick nachdenklich zu Boden sinken und fügte leiser hinzu: „Wenn ich das Herz einer so wunderschönen Frau gewonnen hätte, dann würde ich alles tun, um ihr zu gefallen."

„Unser kleiner Schwerenöter gerät ins Schwärmen", bemerkte Targ belustigt. „Pass nur auf, dass Meatril nicht eifersüchtig wird und dich doch noch zu einem Duell fordert!"

Eringar sah erschrocken auf und errötete bis hinter beide Ohren. „Nein, nein, so habe ich das nicht gemeint. Ich würde niemals … das war mehr allgemein …"

„Ich habe schon verstanden, was du sagen willst", rettete ihn Meatril aus seiner Verlegenheit. „Und trotz deiner Jugend könnte es sein, dass du mehr von diesen Dingen verstehst als ich." Er schwieg für einen Moment, dann wendete er sein Pferd. „Wartet nicht auf mich, falls nötig, werde ich euch einholen. Ich muss mich noch von jemandem verabschieden." Damit galoppierte er zurück zur Festung Königswacht.

Weggefährten

Jorig Techel fühlte sich alt. Das erste Mal in seinem Leben spürte er die Last der Jahre auf seinen Schultern, als wären es Mühlsteine, die er mit sich herumzuschleppen hatte. Seine Gelegenheit für einen ehrenhaften Tod im Vollbesitz seiner weltlichen Macht war vertan. In diesem Moment wünschte er aufrichtig, er wäre bereits auf dem Weg ins Xelosfeuer, um in den Hallen der Unterwelt zwischen all den übrigen ruhmreichen Toten zu sitzen, genauso wie sich die Einwohner Citheons ein Leben nach dem Tod vorstellten. Dieser Aspekt hatte Techel schon immer an dem viergöttlichen Glauben gefallen, denn es war eine angenehme Vorstellung, nach dem Verlassen der sterblichen Welt in einer warmen, gemütlichen Halle zu sitzen und über die gute alte Zeit zu plaudern. In seiner Heimat Jovena dagegen glaubte man daran, dass der Geist nach dem Dahinscheiden der fleischlichen Hülle wieder eins mit der Natur würde und im großen Fluss des Lebens aufgehe. Jorig Techel wollte aber nicht ein diffuser Teil von etwas anderem werden. Er beabsichtigte, er selbst zu bleiben, und das, wenn möglich, auch über den Tod hinaus. So war es ihm damals sehr entgegengekommen, als Abak ihm aus politischen Gründen dazu geraten hatte, den Glauben Citheons anzunehmen.

Doch nun waren alle seine Aussichten auf einen Platz unter den Helden in Xelos' Hallen dahin, denn den einstmals mächtigsten Herrscher der bekannten Welt, der sich von einem dahergelaufenen Fendländer Jüngling in die Flucht schlagen ließ, würde man dort sicherlich nicht willkommen heißen. Von nun an würde niemand mehr von König Techel sprechen, der den Ostlanden einen zwanzigjährigen Frieden beschert, der den raschen Wiederaufbau Citheons nach den langen Kriegsjahren ermöglicht und dem ganzen Land einen noch nie gekannten Wohlstand gebracht hatte. Jetzt war er nur noch der Anführer einer Armee, die sich von einem weniger als halb so starken Heer hatte bezwingen lassen.

Jorig Techel konnte sich immer noch nicht erklären, woher Arden Erenor so plötzlich mit seinen Truppen gekommen war. Wenige Stunden vor dem Angriff hatte Techel noch Kundschafter ausgeschickt, die bis zum Siegelbach vordringen sollten, um heranrückende feindliche Einheiten auszumachen. Seine Späher waren mit der Nachricht zurückgekehrt, dass sie nichts Verdächtiges entdecken konnten, und zudem hatten sie sich auch vollkommen überzeugt gezeigt, dass eine Überquerung des Flusses nur unter erheblichem Zeitaufwand möglich sei und daher keinerlei Gefahr bestünde, von dieser Seite des Furchensteins überfallen zu werden. Nur vier Stunden später bestand Techels Heer aus nicht mehr als einem reglosen Haufen Metall.

Seither war Jorig Techel jeden Tag geritten, als säßen ihm die Dämonen der Zwischenwelt selbst im Nacken. Zusammen mit seinen sechs Leibwächtern hatte er auf dem langen Weg zurück nach Citheon acht Pferde zuschanden geritten, für die er sich immer wieder in nahen Bauernhöfen Ersatz besorgen musste. Seine Nächte hatte er nicht selten in einfachsten Unterkünften oder gar unter freiem Himmel verbracht, was seinem Rücken und seiner Erscheinung nicht zugutegekommen war. Doch Techel wusste genau, dass nun nichts vordringlicher als Eile sein durfte. Die Niederlage, nein, das Desaster bei Königswacht konnte sich sehr leicht zum Flächenbrand ausweiten. Seine Feinde im ganzen Land würden seine momentane Schwäche wittern und sich alle gleichzeitig wie Bluthunde auf ihn stürzen, sobald der Ausgang des Konflikts mit dem angeblichen Sohn Ecorims bekannt werden würde. Der Inselherr musste so schnell wie möglich auf den Thron von Citheon zurück, seine verstreuten Heere in der Hauptstadt sammeln, um dann jedes Aufbegehren mit äußerster Härte niederzuschlagen. Je früher das geschah, desto besser. Aus diesem Grund war die Rücksichtnahme auf erschöpfte Reittiere ein Luxus, den er sich momentan nicht erlauben durfte.

Aber die Tortur der Reise zahlte sich aus, denn nach fünfzehn Tagen im Sattel trennten ihn nun nur noch ein paar Stunden von der Hauptstadt Tilet, wo er die Fäden seiner Macht wieder in die Hand nehmen konnte. Auf der gut befestigten Reichsstraße hielten sie jetzt in vollem Galopp auf eine kleine Brücke zu, die einen seichten Fluss überspannte. Das Stampfen und Keuchen seines Pferdes erfüllte Techels Ohren, als gäbe es keine anderen Geräusche in seiner Umgebung. Auch sein Blick verschleierte sich zunehmend, da ihm der unablässig entgegenpfeifende Wind Tränen in die Augen trieb. So hätte er beinahe die schemenhafte Gestalt übersehen, die plötzlich am Ende der Brücke auftauchte, als sei sie dort aus dem Boden gewachsen. Der Inselherr überlegte einen Augenblick, ob er wirklich anhalten oder den unbekannten Mann einfach umreiten sollte – schließlich konnte es sich ja auch um einen Wegelagerer oder sonst einen Missetäter handeln. Doch so nahe an der Hauptstadt würde wohl kein Strauchdieb einen Überfall wagen und ein Hinterhalt seiner Feinde ließ sich ebenfalls ausschließen, denn es konnte eigentlich noch niemand wissen, dass Techel sich auf dem Weg zurück nach Tilet befand.

Also zügelte er sein Pferd und zwang damit auch seine Leibwache hinter sich zu einem abrupten Halt. Erst nach wiederholtem Blinzeln konnte der Inselherr etwas Genaueres erkennen. Tatsächlich handelte es sich bei der Person auf der Brücke nicht wie erwartet um einen Mann, sondern um eine junge Frau, die allerdings wie ein Botenreiter mit Hose und Wams gekleidet war. Sie hatte ihr rotes Haar zu einem Zopf geflochten, und obwohl sie in dieser Aufmachung ein wenig burschikos wirkte, fiel dem Inselherrn sogleich ihr hübsches Gesicht mit den großen, unschuldig dreinblickenden Augen auf.

„Heda", rief er das Mädchen an, „wer bist du, dass du es wagst, dich deinem König in den Weg zu stellen?"

Doch die von Techel erhoffte Reaktion auf diese Eröffnung blieb aus. Er hatte erwartet, dass das eher schüchtern wirkende junge Ding wenigstens erblassen würde, um dann reumütig Platz zu machen, aber nichts dergleichen geschah. Stattdessen streckte ihm die Unbekannte ihre Faust entgegen, wobei dem Inselherrn ein breiter Ring an ihrem Mittelfinger ins Auge stach.

„Eure Majestät, mein Name ist Shyrali", verkündete die junge Frau völlig gelassen. „Abak Belchaim schickt mich. Diesen Siegelring soll ich als Beweis vorzeigen."

Techel runzelte die Stirn. „Komm näher!", befahl er, ohne vom Pferd zu steigen. „So kann ich rein gar nichts erkennen. Und wehe dir, wenn du nicht die Wahrheit sprichst!" Der Inselherr begutachtete den Ring und kam zu dem Schluss, dass es sich wirklich um Abaks Siegel handelte.

„Also schön, Shyrali", sagte Jorig Techel und sah kritisch von seinem Ross auf die Botin hinab, „mir ist zwar nicht ganz klar, warum mein Berater neuerdings kleine Mädchen in seine Dienste stellt, aber wenigstens kann man sich an deinem Anblick erfreuen. Welche Nachricht sollst du denn überbringen, mein Kind?"

Ein feines Lächeln umspielte Shyralis Lippen. „Es freut mich, dass mein Aussehen Euer Gefallen findet, Majestät." Sie vollführte einen höfisch eleganten Knicks. „Der Grund, warum der königliche Berater mir diese Aufgabe anvertraut hat, wird wahrscheinlich sein, dass ich ihm kürzlich bei der Zerstörung der königlichen Flotte vor Lechia das Leben gerettet habe." Genüsslich sandte sie dieser vernichtenden Nachricht noch einen lieblichen Augenaufschlag hinterher.

Jorig Techels Gesichtszüge verloren augenblicklich ihren hochmütigen Ausdruck. Die Adern an seiner Schläfe traten gefährlich hervor und seine Kiefer mahlten. Mit zusammengebissenen Zähnen fragte er schließlich mühsam beherrscht: „Was redest du da? Wer sollte denn mein Flotte zerstört haben?"

„Megas Arud'Adakin", antwortete Shyrali unbekümmert. „Er hat uns in der Bucht von Lechia am verabredeten Treffpunkt überraschend angegriffen und nur der schnellen Reaktion Eures Ratgebers ist es zu verdanken, dass sie uns nicht vollkommen unvorbereitet antrafen. Dennoch gelang es lediglich dreien der sechsundzwanzig Segler, zu entkommen. Euer Flaggschiff, die Tamir, war leider nicht darunter."

„Dieser verfluchte Verräter", brüllte der Inselherr so laut, dass sein Pferd einen erschrockenen Satz nach vorne machte. „Diese dämonenbeseelte Brut der Zwischenwelt!" Jorig Techel sprang aus dem Sattel. Er sah aus, als wollte er die von Abak entsandte Botin für ihre unheilvollen Nachrichten am liebsten erschlagen. Aber er packte Shyrali nur an der Schulter und schrie weiter: „Wie hat denn so etwas passieren können? Was ist mit Megas' Vater Turael? Wieso hat er seinem Sohn nicht Einhalt geboten?"

Gegen Techels auch im Alter noch kräftige Gestalt wirkte Shyrali regelrecht zierlich. Um Nachsicht heischend blickte sie zu dem zornigen Herrscher auf. „Bitte erinnert Euch, Majestät, ich überbringe nur die Botschaft!"

Jorig Techel ließ sie mit einem unwilligen Schnauben los, worauf Shyrali vorsichtshalber einen Schritt zurücktrat. Mit leicht vorwurfsvollem Blick rieb sie sich die Stelle, wo die Pranke des Inselherrn sie zu fassen bekommen hatte. „Leider konnte Euer Berater Abak erst nach dem Angriff in Erfahrung bringen, dass Megas seinen Vater erschlug, als dieser ihn von der Erbfolge auszuschließen versuchte. Megas hat sich daraufhin zum neuen Inselherrn von Ho'Neb ernannt."

„Dabei werde ich wohl auch noch ein Wort mitzusprechen haben! Wenn ich diesen vatermordenden Bastard in die Finger bekomme, zerquetsche ich ihn wie ein rohes Ei." Techel machte Anstalten, wieder aufs Pferd zu steigen.

„Ich würde an Eurer Stelle nicht nach Tilet reiten, Majestät", bemerkte Shyrali ein wenig schüchtern.

Techels Augen verengten sich unheilvoll. „Wieso nicht?"

Shyrali hüstelte und brachte einen weiteren Schritt Sicherheitsabstand zwischen sich und den jähzornigen Monarchen. „Wie es scheint, haben sich die Machtverhältnisse in der Stadt geändert", begann sie, vorsichtig zu erklären. „Nachdem Megas unsere Flotte versenkt und seine Macht in der Heimat gefestigt hatte, verlor er keine Zeit und segelte nach Tilet. Vor fünf Tagen überfiel er die dort vor Anker liegenden Schiffe und es gelang ihm, die Gewalt über den Hafen zu erlangen. Gleichzeitig machte in der Stadt das Gerücht die Runde, dass es Arden Erenor mit einem kleinen Heer gelungen sei, Euch zu besiegen …"

„Das ist vollkommen ausgeschlossen", unterbrach sie der

Inselherr mit unverkennbarem Entsetzen in der Stimme, „diese Nachricht kann unmöglich so schnell nach Tilet gelangt sein."

Shyrali zuckte gleichgültig die Schultern. „Vielleicht wurde dieses Gerücht nur als Mittel zum Zweck in die Welt gesetzt, vielleicht auch nicht, jedenfalls scheinen vor allem die Priester mithilfe dieser Nachricht das Volk gegen Euch aufgehetzt zu haben. Wahrscheinlich war all das sogar von langer Hand durch die Kirche geplant, denn exakt zur gleichen Zeit, in der Megas den Hafen unter seine Kontrolle brachte, zog eine wütende Menge angeführt von der Citpriesterschaft durch die Straßen, versammelte sich vor dem Palast und forderte Euren Rücktritt zugunsten des wahren Königs Arden Erenor. Die Gardisten wagten nicht, die Menge gewaltsam zu zerstreuen, denn anscheinend wollten sie kein Massaker unter der Bevölkerung anrichten und vor allem nicht ihre Waffen gegen die Diener des Sonnengottes erheben. Schließlich unterstellten sie sich ohne Widerstand dem Citarim, der daraufhin die Menschen durch eine Rede, die er auf dem Balkon Eurer Residenz hielt, von weitergehenden Gewaltausbrüchen abbrachte. Er erklärte Euch für abgesetzt und rief unter dem Jubel der Menge Arden Erenor zum neuen König Citheons und Beherrscher der Ostlande aus."

Ein wenig mitleidig musterte Shyrali den ehemaligen Regenten, der vor ihren Augen in sich zusammenzufallen schien, als wäre er schlagartig um ein Jahrzehnt gealtert. Jede Spur von dem starken, selbstbewussten Mann, der ihr gerade noch mit einem Griff beinahe die Schulter gebrochen hätte, war verschwunden.

„Deshalb ist es im Moment keine gute Idee, nach Tilet zurückzukehren", fügte Shyrali behutsam hinzu, „denn wie Ihr Euch vorstellen könnt, warten sie dort nur darauf, Euch zu verhaften. Abak hat mich hierhergeschickt, um Euch abzupassen und zu einem Schiff zu bringen, das verborgen an der Küste östlich der Seeblockade liegt, die Megas bei der Meerenge von Tilet durch seine Schiffe errichten ließ. Von da aus sollten wir ohne Schwierigkeiten bis zu Eurer Heimatinsel kommen. Euer Ratgeber hat dafür Sorge getragen, dass in Tar'Tianoch alles friedlich bleibt, sodass Ihr unbesorgt heimkehren könnt. Dort haben sich auch die Reste Eurer Flotte, knapp dreißig Schiffe, versammelt. Ich hoffe, das ist ein kleiner Trost."

Jorig Techel furchte zunächst erbost die Stirn, da er es als wenig angemessen ansah, wenn ein Herrscher von einer Untergebenen bemitleidet wurde. Doch Shyralis erschütternde Neuigkeiten hatten ihm seinen Kampfgeist geraubt. Es war kaum zu fassen, in welcher Eintracht sich all seine Feinde plötzlich gegen ihn gestellt hatten. Auf einmal machte der Citarim gemeinsame Sache mit Megas Arud'Adakin, obwohl dieser doch in den Augen der Kirche ein Ungläubiger war, und beide spielten Arden Erenor in die Hände, welcher bis vor Kurzem noch auf gänzlich verlorenem Posten gestanden hatte. Ein einziger Fehler war ausreichend gewesen, um alles, was Jorig Techel über die vielen Jahre seiner Regentschaft aufgebaut hatte, wie ein Kartenhaus in sich zusammenfallen zu lassen. Das Leben war einfach nicht gerecht, dachte er kraftlos.

Dann schüttelte er angewidert sein ergrautes Haupt. Was half all dieses Selbstmitleid? Immerhin war er dank Abak der öffentlichen Demütigung einer Gefangennahme in Tilet entgangen. Stattdessen würde er das erste Mal nach vielen Jahren wieder die Gelegenheit bekommen, in seine Heimat Tar'Tianoch zurückzukehren, wo er nach wie vor das hohe Amt des Inselherrn innehatte. Das würde er sich nicht auch noch nehmen lassen. Sollte Megas doch kommen mit seiner gesamten Flotte. An den schroffen Küsten von Tar'Tianoch hatten sich schon ganz andere die Zähne ausgebissen und die Hauptstadt war noch niemals erobert worden. Und das sollte sich auch in Zukunft nicht ändern.

Jorig Techel schwang sich entschlossen auf sein Pferd. Eigentlich hatte er sich an all die diplomatische Hinterlist, die Intrigen und Machtspielchen, die ein König von Citheon beherrschen musste, ohnehin nie wirklich gewöhnen können. Vielleicht war es sogar befreiend, all dies hinter sich lassen zu können. Die Schmach über seine Niederlage bei Königswacht und all ihre verheerenden Folgen würde er mit Sicherheit niemals vergessen, aber dies war nicht das Ende. Es gab weiterhin eine Aufgabe für ihn und dieser wollte er sich jetzt stellen.

„Dann führe uns zu diesem Schiff, Shyrali“, befahl der Inselherr mit fester Stimme. „Ich brenne darauf, von Abak Einzelheiten über die vergangenen Ereignisse zu erfahren, und ich schulde ihm vor allem Dank.“

Das Erste, was Tarana sah, als sie die Augen aufschlug, waren zwei leuchtend blaue Augen in einem kleinen Gesicht voller besorgter Ernsthaftigkeit. Thalia saß direkt neben Tarana auf dem Bett, in dem die Istanoit eben erwacht war. Das Mädchen berührte flüchtig Taranas Wange, dann ließ es sich von der Matratze gleiten und trat vor den Stuhl, auf dem Daia mit angewinkelten Knien schlief. Thalia zupfte so lange an Daias Ärmel, bis sich diese endlich regte. Daias Blick fiel zunächst verständnislos auf das kleine Mädchen zu ihren Füßen, doch als Thalia ihren Kopf langsam in Richtung Bett drehte, begriff sie endlich, was das schweigsame Kind ihr zu sagen versuchte. Sie sprang auf.

„Tarana!“, rief sie mit Tränen in den Augen. „Ich habe so lange auf diesen Moment gewartet. Kannst du sprechen?“

„Was …“, die Stimme der Istanoit klang noch kraftlos und rau, „… was ist mit meinem Kind?“

Daia ergriff die Hand ihrer Freundin. „Es ist alles in Ordnung. Wir haben dich zurück nach Seewaith gebracht, damit ein richtiger Arzt deine Kopfwunde versorgen kann, und außerdem habe ich auch eine Hebamme kommen lassen. Die sagte, dass es deinem Kind wahrscheinlich besser geht als dir.“ Daia lachte gelöst. „Aber jetzt geht es euch ja hoffentlich bald beiden wieder gut.“

„Wie lange …“, Tarana schluckte angestrengt, „… wie lange war ich denn ohnmächtig?“

„Du warst ganze fünfzehn Tage besinnungslos. Inzwischen ist eine Menge passiert“, erwiderte Daia.

„Das erklärt, warum ich mich so schwach fühle.“ Tarana versuchte, sich zur Seite zu drehen, doch gab schließlich auf. Sie sah Daia an. „Warst du die ganze Zeit über bei mir? Auf diesem unbequemen Stuhl dort muss das ja eine Qual gewesen sein.“

„Ich und Thalia hier“, sie strich dem Mädchen, das wieder seinen Platz auf Taranas Matratze bezogen hatte, liebevoll über das blonde Haar, „sind nicht von deiner Seite gewichen. Wir haben dich auch mit Suppe gefüttert, so weit es eben ging, damit du nicht völlig vom Fleisch fällst.“

„Danke“, sagte Tarana und lächelte matt, „da habe ich euch ja ganz schön viel Mühe bereitet.“

„Du brauchst dich nicht zu bedanken“, meinte Daia. „Dass du wieder aufgewacht bist, ist Dank genug.“

Die Istanoit betastete vorsichtig den dicken Verband um ihren Kopf. „Ich habe wohl ganz schön was abbekommen beim Kampf um die Festung. Was ist denn passiert? Ich kann mich nur noch erinnern, dass Techels Truppen in die Festung eingedrungen sind. Haben wir die Schlacht denn überhaupt gewonnen?“ Ihre Augen wurden groß. „Was ist mit den anderen, haben sie …?“

„Jetzt mal ganz langsam“, beendete Daia die Flut an Fragen, „eins nach dem anderen.“ Sie setzte sich neben die Istanoit auf die Bettkante. „Um dich zu beruhigen: Keinen der Ecorimkämpfer hat es schlimmer erwischt als dich. Der einzige, der noch eine nennenswerte Wunde davongetragen hat, ist Eringar. Er ist ebenso wie du verletzt worden, als ihr zu zweit versucht habt, die Angreifer von unseren Bogenschützen fernzuhalten.“ Daia schüttelte schmunzelnd den Kopf. „Ziemlich heldenhaft, aber auch ziemlich unvernünftig. Tatsächlich ist es Meatril und den anderen am Strand gelungen, die Citheonen so lange aufzuhalten, bis ihnen Arden mit seinen Truppen in den Rücken fallen konnte. Wir haben Techels Heer völlig vernichtet und der König ist zurück nach Citheon geflohen.“

„Das ist gut“, lautete Taranas einzige Antwort.

„Ich weiß, dass du von dem ganzen Krieg nicht viel hältst“, fügte Daia hinzu, „aber nach diesem Sieg sieht es tatsächlich so aus, als könnten wir Jorig Techel stürzen.“

„Glaubst du wirklich, Arden gibt einen besseren König ab?“, fragte Tarana.

Daia seufzte. „Meatril glaubt daran“, antwortete sie ausweichend. „Er trägt ihn immer noch auf Händen und verteidigt all seine Fehler.“ Sie starrte auf das weiße Laken. „Manchmal denke ich, er verehrt Arden mehr, als er mich liebt.“

Tarana drückte ihre Hand. „Das ist Unsinn und du weißt es. Wo ist Meatril denn jetzt?“

„Tja“, Daia strich sich bedächtig durchs Haar, „das ist auch so eine Sache. Nur drei Tage nach der Schlacht bei Königswacht sind Meatril, Targ, Deran und Eringar mit dem Heer unter Ardens Führung in Richtung Tilet aufgebrochen. Und das trotz Eringars Verletzung und obwohl Meatril selbst zugegeben hat, dass er den überhasteten Aufbruch ohne Verstärkung und Proviant für einen Fehler hält. Dennoch folgen sie Arden, ganz gleich, wie er sie behandelt. Meatril wurde furchtbar zornig, als ich es wagte, Ardens Verhalten zu kritisieren."

„Arden schenkt ihnen Hoffnung", erwiderte Tarana. „Die Hoffnung auf Gerechtigkeit, auf Größe, auf Heldentum. Das lässt niemand gerne los." Sie wirkte erschöpft. „Habt ihr euch im Streit getrennt?"

„Du meinst Meatril und ich?"

Tarana nickte müde.

Daia schüttelte den Kopf. „Eigentlich nicht. Meatril kam vor seiner Abreise noch zu mir und entschuldigte sich für seinen Wutausbruch. Er beteuerte, dass er mich über alles liebt." Traurig begann sie, an ihren goldenen Locken zu zupfen. „Anscheinend reicht das aber nicht aus, um hier bei mir zu bleiben."

Taranas Lider sanken bereits herab, dennoch fand sie die Kraft für eine Antwort: „Er fühlt sich Arden verpflichtet. Nimm es Meatril nicht übel." Dann schloss sie ihre Augen. „Tut mir leid, aber jetzt muss ich ein wenig schlafen."

Als Daia vorsichtig vom Bett aufstehen wollte, drückte Tarana noch einmal ihre Hand und murmelte: „Wenn es mir wieder besser geht, begleitest du mich dann noch einmal nach Hause zu meinem Stamm? Ich will mein Kind nicht hier in Seewaith hinter Steinmauern zur Welt bringen."

„Natürlich!" Daia war gleichermaßen überrascht wie gerührt. „Nichts würde ich lieber tun!"

„Und Thalia natürlich auch“, fügte Tarana so leise hinzu, dass Daia es kaum verstehen konnte. Das blonde Mädchen, das die ganze Zeit über schweigsam auf der Matratze an der Seite ihrer verwundeten Ziehmutter gesessen war, schien dagegen sofort begriffen zu haben, was Tarana gesagt hatte. Als blitze für einen kurzen Moment die Sonne hinter einer Wolke hervor, zeigte sich zu Daias größtem Erstaunen ein schmales Lächeln auf Thalias Gesicht – das erste Zeichen von Fröhlichkeit, seit die Kleine in die Obhut der Ecorimkämpfer gekommen war.

Die Stadt der Sonne

Die Tore von Tilet öffneten sich, ohne dass ein einziger Schwertstreich geführt werden musste. Meatril hätte dies niemals zu hoffen gewagt, aber zur Eroberung der größten Stadt der Ostlande war nicht mehr vonnöten gewesen, als dass Arden Erenor vor den Mauern erschien. Natürlich stand er dort nicht allein, denn während des langen Marsches nach Süden hatten sich dem beim Aufbruch eher bescheidenen Heereszug mehr und mehr Freiwillige angeschlossen, sodass Ardens Streitmacht auf beinahe siebentausend Mann angewachsen war. Diese gewaltige Schar lagerte nun vor der Hauptstadt Citheons.

Doch wie bei ihrem gesamten Zug durch die Länder des Reichs wurden sie auch in Tilet nicht als Besatzer, sondern als Befreier willkommen geheißen. Nicht Pfeilhagel und Katapultgeschosse empfingen sie, sondern jubelnde Menschenmengen. Aber obwohl sich diese Begeisterung der Bevölkerung für ihren neuen König schon auf dem Weg nach Tilet abgezeichnet hatte, war doch nichts dem Spektakel gleichgekommen, das sich nun hinter den eben aufgestoßenen Stadttoren Tilets andeutete. Zunächst hatten sie die Nachricht nicht glauben können, dass es den Tiletern bereits gelungen war, Jorig Techel zu vertreiben und die Stadt unter die Kontrolle der Kirche zu stellen. Aber die Tausende, die dort nun winkend in den Straßen standen – mehr Menschen, als Meatril jemals zuvor an einem Fleck gesehen hatte –, zerstreuten auch die letzten verbliebenen Zweifel. Gardesoldaten mussten eine schmale Gasse inmitten der menschengesäumten Straße freiräumen, um den Ankömmlingen ein Durchkommen zu ermöglichen. Fahnen wehten auf allen Türmen der Stadt, aber auch die Tileter selbst hielten Wimpel und Tücher hoch über ihre Köpfe. Die „Perle des Südens“, wie Citheons Hauptstadt gerne genannt wurde, schien sich dem freudigen Anlass zu Ehren in ihr prunkvollstes Geschmeide gehüllt zu haben.

Noch hatten die Ecorimkämpfer die Stadt nicht betreten, dennoch brandeten ihnen bereits die Hochrufe entgegen, als tobe ein Sturm über den Dächern Tilets. Dann setzte sich ihr kleiner Trupp in Bewegung und der Jubel schwoll mit jedem Schritt weiter an. Vorneweg ritt Arden Erenor allein auf seinem weißen Hengst, doch gleich dahinter folgten, ebenfalls zu Pferde, die vier Ecorimkämpfer. Meatril sah dies als ganz besondere Ehre und vermutete, dass sich Arden damit bei seinen treuen Freunden erkenntlich zeigen und sie für sein jüngst sehr überhebliches Verhalten entschädigen wollte. Und tatsächlich war Meatril in diesem Moment bereit, alles Gewesene zu vergessen. Denn der Anblick der zwei gekreuzten Schwerter in einem goldenen Kreis unmittelbar über den weit geöffneten Toren der Hauptstadt vermochte jede Wunde zu heilen, die er jemals erhalten hatte. Dies war das Wappen der Stadt Tilet und gleichermaßen das Ziel ihrer gesamten Anstrengungen. Beim Durchschreiten der Tore erfüllten sich all ihre Träume, alles, was sie jemals erhofft hatten. Techel war geschlagen, der Sohn Ecorims würde den Thron besteigen und die Hauptstadt lag zu ihren Füßen.

Als sie schließlich eintauchten in die menschenüberfluteten Straßen, fühlte Meatril sich wie berauscht. Nicht nur der neue König Arden wurde bestaunt, beklatscht und bejubelt, sondern ebenso die Ecorimkämpfer, denen die Kutsche des Erhabenen Malun und eine zwanzigköpfige berittene Ehrengarde folgten. Der Rest des Heeres musste vor den Mauern warten.

Schließlich erreichte der Zug einen weiten Platz, in dessen Zentrum ein massiver Granitsockel stand. Darauf befand sich eine überlebensgroße bronzene Statue in heroischer Pose und umgeben von goldenen Flammen. Unverkennbar handelte es sich bei dem Abgebildeten um König Noran Karwander, den man auch „den Gebrannten" nannte, weil er vom Herrn Arch Themurs bei lebendigem Leib verbrannt worden war. Unmittelbar vor dem Standbild wartete eine fünfköpfige Abordnung, deren um den Hals gehängte, große Sonnenamulette sie allesamt als Diener des Cit auswiesen. Die in schwarze Roben mit weißen Ärmeln gekleideten Priester verbeugten sich ehrerbietig vor Arden. Aufgrund der Lautstärke der jubelnden Menge bedeuteten sie ihm durch Zeichen, dass er ihnen folgen sollte.

So ritten sie nunmehr weiter hinter den fünf würdevoll voranschreitenden Gottesdienern auf einer breiten Straße ins Zentrum der Stadt. Die Häuser zu beiden Seiten ragten wie Inseln aus den Menschenmassen auf, aber selbst auf den flachen Dächern hatten sich Neugierige versammelt. Bald kamen zwei Gebäudekomplexe ins Blickfeld, die schon allein wegen ihrer Höhe alle anderen Bauwerke der Stadt übertrafen. Linkerhand erhob sich ein rechteckiger, wuchtiger Palast, dessen schneeweiße Wände den Betrachter regelrecht blendeten. Helle und dunkle Schindeln bedeckten in komplizierten Mustern das Dach und den höchsten Punkt des Gebäudes bildete ein kuppelförmiger Turm, der aufwendig mit Gold und anderen edlen Materialien verziert war. Es konnte kein Zweifel bestehen, dass es sich bei diesem Prunkbau um die königliche Residenz handelte.

Doch ein beinahe ebenso großes, aber weit ungewöhnlicheres Gebäude zur Rechten vermochte den Blick noch länger gefangen zu halten als der prächtige Sitz des Herrschers von Citheon. Dieses Bauwerk war vollkommen einer aufgehenden Sonnenscheibe nachempfunden und ließ sich daher leicht als der in den ganzen Ostlanden berühmte Tempel der Sonne erkennen, das oberste Heiligtum des Cit. Die Front stellte ein perfektes Halbrund dar und wurde beherrscht von vier goldenen Pfeilern, von denen jeder mehr als zwei Schritt Durchmesser aufwies. Diese Säulen trugen das geschwungene Vordach des Gotteshauses und ragten als strahlenförmig zulaufende Fortsätze über dieses hinaus. Dadurch verstärkte sich noch der Eindruck, als erhebe sich inmitten der Stadt Tilet in all ihrer Pracht die goldene Sonnenscheibe aus dem Boden.

Geführt von den Citdienern näherten sich die Ecorimkämpfer diesen beiden Wunderwerken der Baukunst immer weiter, bis sie schließlich auf einen weiteren großen Platz gelangten, auf dem sich jene schon von fern sichtbaren Paläste des weltlichen und des himmlischen Herrschers gegenüberstanden. Die Priester wandten sich nun zielstrebig dem Tempel zu und machten erst vor der breiten Treppe halt, die hinauf bis zu dem überdachten Vorplatz führte. Vor der untersten Stufe warteten bereits ein paar Stallburschen darauf, die Pferde der hohen Herren in Empfang zu nehmen. Als alle abgesessen waren und auch Malun endlich aus seiner Reisekutsche geklettert kam, wurden sie andächtig von den Priestern die vierundsechzig Stufen hinauf und über den Vorplatz geleitet zu einem mehr als sechs Schritt hohen Portal. Darauf prangte in purem Gold die vierstrahlige Sonnenscheibe.

Kaum waren sie vor diesem gewaltigen Eingang angekommen, schwangen die beiden Torflügel auch schon nach innen und gaben den Blick frei auf einen düster wirkenden Zwischenraum, an dessen Ende schwere Vorhänge die zentralen Bereiche des Tempels vor neugierigen Blicken abschirmten. Sowohl in der linken als auch in der rechten Wand gab es mannshohe Türen, die aber angesichts der enormen Raumhöhe von mehr als sechs Schritt geradezu zwergenhaft wirkten.

Einer der Priester wandte sich jetzt erstmals zu den Ecorimkämpfern um, und da die jubelnde Menge am Fuße der Treppe zurückgeblieben war, konnten sie die Worte, welche er nun an sie richtete, endlich verstehen: „Wir heißen euch alle willkommen im bescheidenen Heim des höchsten der Vier." Er faltete die Hände und richtete seinen Blick auf Arden. „Besondere Ehrerbietung möchte ich Euch erweisen, Arden, Sohn des Ecorim. Ihr sollt wissen, dass es der Wunsch seiner Heiligkeit, des Citarim, ist, Eure Krönung noch heute stattfinden zu lassen, damit seine Heiligkeit die weltliche Herrschaft über Stadt und Land rechtmäßig in Eure Hände legen kann. Ich hoffe, dies findet Eure Zustimmung."

Überrascht und erfreut nickte Arden dem Gottesdiener zu. „Dafür bin ich gekommen", sagte er lächelnd. „Je früher ich die Krone des Südens auf meinem Haupt trage, desto besser."

Der Citpriester neigte respektvoll das Haupt. „Dann möchte ich Euch bitten, mir zu folgen. Wir werden Euch für die Zeremonie vorbereiten. Euer Gefolge wird ebenfalls die Möglichkeit erhalten, sich zu erfrischen und angemessen zu kleiden." Er machte eine einladende Geste. „Hier entlang, bitte."

Damit führte er die Ecorimkämpfer und die zwanzig Soldaten, die Arden als Ehrengarde begleitet hatten, durch die linke der beiden Türen in den Wohnbereich des Tempels. Malun, der sich im Gegensatz zu allen anderen in diesem kolossalen Heim des Sonnengottes bestens auskannte, wählte offenbar einen anderen Weg, da er von einem Augenblick auf den nächsten verschwunden war. Doch die Ecorimkämpfer vermissten Ardens unliebsamen priesterlichen Ratgeber keineswegs und Arden selbst war zu sehr damit beschäftigt, sich in der unterwürfigen Aufmerksamkeit der Citdiener zu sonnen. Das Königsein entwickelte sich ganz nach seinem Geschmack.

Zwei Stunden später hatten die vier Ecorimkämpfer ihre Rüstungen und staubige Reisekleidung abgelegt, waren gewaschen, rasiert und in festliche Gewänder aus weißer Etecrarseide gehüllt. Eringar und Targ hatten sogar einige der Duftwässerchen ausprobiert, die ihnen in ihrem Ankleidezimmer zur Verfügung gestellt wurden – sehr zum Unmut der anderen, die den penetranten Geruch, der jetzt von den beiden ausging, kaum ertragen konnten. Die Soldaten hatten etwas einfachere, aber dennoch ansehnliche Kleidung erhalten und gemeinsam wurden alle nun von einem der Priester durch die langen Tempelgänge geführt zu der heiligen Gebetshalle, wo die Krönungszeremonie abgehalten werden sollte.

Da bislang kaum Zeit für ein vertrauliches Gespräch zwischen den Ecorimkämpfern geblieben war, nutzte Targ die Gelegenheit, um Meatril etwas zuzuflüstern: „Die drängen Arden die Krone ja regelrecht auf, findest du nicht? Hättest du gedacht, dass das alles so schnell und einfach gehen würde?"

„Nein", erwiderte Meatril ebenso leise. „Aber wir sollten uns darüber freuen."

„Ich weiß nicht“, zweifelte Targ. „Immer wenn etwas zu einfach geht, werde ich misstrauisch. Warum zum Beispiel findet die Krönung hier im Tempel statt? Wie man erzählt, hat sich Techel damals selbst die Krone aufgesetzt im Thronsaal des königlichen Palasts. Damit demonstrierte er seine Macht und Unabhängigkeit. Arden wird seine Königswürde dagegen der Gnade des Citarim zu verdanken haben. Ich bin mir nicht sicher, ob ihm das bewusst ist.“

„Ich glaube nicht, dass wir Arden vor der Zeremonie noch einmal zu sehen bekommen“, entgegnete Meatril nüchtern, „mal davon abgesehen, dass er ohnehin nicht mehr auf uns hört, seit er sich von diesem Malun beschwatzen lässt. Also werde ich die äußeren Umstände jetzt einfach ignorieren und versuchen, mich an der Tatsache zu erfreuen, dass wir es so weit geschafft haben.“ Er warf Targ einen entschlossenen Blick zu. „Denn dies ist auch unser Triumph.“

Targ sah nicht sonderlich überzeugt aus, ließ das Thema aber auf sich beruhen. Mittlerweile waren sie vor einem schweren Vorhang angelangt, der wie im Eingangsbereich das Innere des Tempels vor neugierigen Blicken beschirmen sollte. Der Priester schob den samtigen Stoff zur Seite und befestigte ihn mit einer Kordel an der Wand. Damit durften sie alle einen ersten Blick auf die hinter dem Durchgang liegende große Gebetshalle des Cittempels werfen. Jede auch noch so leise geführte Unterhaltung erstarb augenblicklich. Was sie sahen, verschlug ihnen einfach die Sprache. Einer nach dem anderen betraten sie ehrfürchtig das zentrale Heiligtum. In der vollkommen runden, mindestens zweihundert Schritt durchmessenden Halle herrschte ebenmäßiges Halbdunkel. Die kuppelförmige Decke erhob sich bis in solch schwindelerregende Höhen, dass die allgegenwärtigen überreichlichen Reliefarbeiten und Malereien in der Düsternis dort oben kaum mehr zu erkennen waren. Das Dach ruhte auf drei verschieden großen, kreisförmig angeordneten Säulenreihen. Die äußerste und daher zugleich niedrigste Säulenreihe, die bereits gute dreißig Schritt von der Außenmauer entfernt stand, zählte vierundsechzig einzelne Pfeiler, die zweite, deutlich höhere noch sechzehn, während in der Mitte nur vier Säulen standen, die aber geradezu in den Himmel zu ragen schienen. Am Boden, umstanden von diesen zentralen Streben, befand sich ein runder, mehr als drei Schritt durchmessender Altarstein, dessen glasartig durchscheinende, weiß marmorierte Strukturen an Alabaster erinnerten. Er wurde getragen von einem noch breiteren, gemauerten Sockel, der den ganzen Altarbereich gut anderthalb Schritt über den Tempelboden erhob.

Vom mittleren Säulenkreis bis zur Hallenwand waren in engen Reihen hölzerne Bänke aufgestellt, auf denen die Gläubigen Platz nehmen konnten. Die Ecorimkämpfer wurden von dem Priester in die vorderste Reihe geführt und dann höflich aufgefordert, sich dort niederzulassen. An dieser Stelle trennten sie immer noch etwa dreißig Schritt von dem Altar im Zentrum des Heiligtums. Die Soldaten der Ehrengarde bekamen gleich eine Reihe hinter ihnen ihre Plätze zugewiesen. Dann mussten alle erst einmal warten. Nach und nach füllte sich die riesige Gebetshalle mit Menschen, manche wurden von Priestern oder Novizen begleitet und nahmen dann zumeist in den vorderen Reihen Platz, die anderen strömten einfach so herein. Trotz der Hunderte von Tiletern, die sich zu diesem feierlichen Anlass im Tempel einfanden, herrschte eine disziplinierte Ruhe, die im vollkommenen Gegensatz zu dem vorherigen Geschrei auf den Straßen stand.

Endlich schien jede Sitzgelegenheit in der Halle belegt zu

sein und selbst Stehplätze ließen sich kaum mehr ergattern. Alle Augen wandten sich nun erwartungsvoll dem Haupteingang zu, der noch immer von dem Vorhang verschlossen war. Schon begannen die Menschen, ungeduldig ihre Köpfe zu recken, als sich der Vorhang plötzlich in der Mitte teilte und von zwei Tempeldienern auseinandergeschoben wurde. Gleich darauf erschien gemessenen Schrittes ein Mann in schneeweißer Robe mit einem goldenen Sonnensymbol auf der Stirn. Sein stechender Blick wirkte sogar noch aus einiger Entfernung seltsam beunruhigend, so als könnte er mit seinen Augen jeden einzelnen verfänglichen Gedanken hervor ins blanke Licht der Wahrheit zerren. Ohne Zweifel musste es sich bei dieser eindrucksvollen Erscheinung um den Citarim handeln.

Unmittelbar hinter dem höchsten Diener des Sonnengottes ging Arden. Er trug die gleichen weißen Seidengewänder wie die Ecorimkämpfer, zusätzlich war ihm aber noch ein dunkelblauer, bis zum Boden reichender Samtmantel mit Silber- und Goldbesatz über die Schultern gelegt und mit einer Schließe am Hals befestigt worden. Zudem trug er das Schwert Ecorims an seiner Seite. Ihm folgte der schwergewichtige Malun, der auf ein schwarzes Kissen gebettet die Krone des Südens trug. Selbst bei der geringen Beleuchtung ließ sich noch das Glitzern der zahllosen Edelsteine in dem massiv goldenen Stirnreif erkennen, welche der Legende nach allesamt aus dem Hort eines Drachen erbeutet worden waren.

Mindestens ein Dutzend Priester hatte sich dieser Prozession angeschlossen. Als der Citarim, Arden und Malun die Stufen zum Altarsockel hinaufstiegen und vor den weißen Altarstein traten, formten die übrigen einen weiten Kreis um sie. Dann war ein schabendes Geräusch zu vernehmen und im nächsten Augenblick flutete Sonnenlicht durch ein großes, rundes Fenster in der Mitte der Decke, das bis eben noch verschlossen gewesen war. Direkt zwischen die zentralen vier Säulen fiel ein Strahl von gleißender Helligkeit. Die weißen Gewänder der drei Männer am Altar schimmerten, als wären sie aus Cits Licht gewebt, während alles um sie herum in fahler Glanzlosigkeit verblasste.

Die versammelten Gläubigen hielten den Atem an. Dem einen oder anderen entfuhr ein Laut der Bewunderung und auch die vier Ecorimkämpfer konnten sich der Wirkung dieses Schauspiels nicht entziehen. In diesem Tempel fühlte man sich tatsächlich so klein und unbedeutend wie im Angesicht der Götter selbst.

„Der strahlende Cit ist unser Licht, unser himmlisches Geleit, Ziel unseres Strebens, Maß unserer Taten, Richter unseres Seins“, erklang nun die dunkle, weit tragende Stimme des Citarim. „In SEINEM Namen und auf SEIN Geheiß haben wir uns heute in dieser heiligen Halle versammelt, um SEINEN Auserwählten auf den Thron der göttertreuen Lande zu heben.“

Er hob feierlich die Arme und alle Versammelten sprachen mit ihm die allseits bekannte Dankesformel an den Herrn Cit: „Ewiger Dank sei geschuldet dem allsehenden Auge des Himmels!“

Es schloss sich ein langes, vom Citarim monoton vorgetragenes Gebet an, bei dem sich die Gläubigen mehrmals zu erheben und ein gutes Dutzend Mal die Dankesformel zu wiederholen hatten. Dann nahm der oberste Glaubensführer endlich die Krone von dem Kissen, das die ganze Zeit über auf Maluns ausgestreckten Unterarmen geruht hatte, und hob den prunkvollen Reif hoch über den Kopf.

„Die Krone des Südens!“, verkündete der Citarim. „Zeichen der Macht und Stärke Citheons. Niemals hat sie das Haupt des unrechtmäßigen Herrschers Jorig Techel berührt, denn er war ihrer nicht würdig. Sie wurde bewahrt, um dereinst wieder die Stirn des wahren Königs von Citheon zu schmücken, einem Abkömmling aus dem Geschlecht des unvergessenen Noran Karwander. Ein solch wahrhaftiger Erbe steht nun vor dem Altar des höchsten der Vier, um dieses Zeichen seiner Erwählung durch die Götter zu empfangen. Arden Erenor, Sohn des Ecorim, tretet vor!"

Arden machte wie geheißen einen Schritt nach vorne, sodass er direkt unter der vom Citarim in die Höhe gehaltenen Krone zum Stehen kam.

„Wollt Ihr hier im Hause des Herrn unter seinem strahlenden Antlitz und vor seinem höchsten sterblichen Diener mit den anwesenden Gläubigen als Zeugen folgenden Schwur leisten: Ich werde stets zum Wohle und im Dienste des Herrn Cit wie auch der anderen Götter, der geheiligten viergöttlichen Kirche, des Landes Citheon und seiner Bewohner handeln."

„Das schwöre ich!", erwiderte Arden inbrünstig. Der junge Mann wirkte in seiner edlen Aufmachung mit der glänzenden Klinge an seiner Seite und seinen strohblonden Haaren, die über seine Schultern herabfielen, wahrhaft königlich. Die Krone würde ihn endgültig über die gewöhnlichen Sterblichen erheben, so viel schien jedem, der ihn bei seinem Königseid erblickte, sicher.

Doch der Citarim war noch nicht fertig. „Werdet Ihr die Feinde der Götter, wo immer sie Euch auch begegnen mögen, bekämpfen, die Diener der Götter jedoch ehren, solange Ihr König dieses von Cit gesegneten Landes seid? Schwört Ihr ab dem Drachen, seinen Verbündeten und Helfershelfern? Werdet Ihr alles in Eurer Macht Befindliche tun, um dieses Böse und alles, was damit verbunden ist, ein für alle Mal und mit aller Konsequenz zu tilgen?“

Diesmal wirkte Arden etwas überrascht und zögerte einen Augenblick, ein solch befremdliches Versprechen abzugeben. Sofort gewann der starre Blick des höchsten Citdieners, der permanent auf das Gesicht des zukünftigen Herrschers gerichtet war, an Schärfe. Im gleichen Augenblick sprangen Targ und Meatril auf, weil sie beide das unwillkürliche Bedürfnis verspürten, Arden vor diesem verhängnisvollen Schwur zu bewahren.

„Ich schwöre!“, versicherte Arden hastig, nach einem kurzen Seitenblick auf die Ecorimkämpfer. Es schien fast, als wolle er unbedingt verhindern, dass seine beiden Gefährten die Krönungszeremonie störten.

Der Citarim warf Arden einen durchdringenden Blick zu, dann hob er von Neuem an zu sprechen: „So empfangt nun die Krone des Südens.“ Er setzte Arden den goldenen Stirnreif aufs Haupt. „Hoch lebe König Arden Erenor!“

Wie auf Kommando brachen nun die Hochrufe aus den versammelten Tiletern hervor, jede Zurückhaltung schien vergessen. Hoch erhobenen Hauptes drehte sich Arden langsam um seine eigene Achse, damit alle Anwesenden ihren neuen König von jeder Seite bestaunen konnten. Er streifte seine vier Seewaither Freunde nur mit einem flüchtigen Blick, in dem aber etwas Strafendes, sogar Verächtliches lag.

Im Gegensatz zu allen anderen im Tempel sahen sich die vier Ecorimkämpfer nicht zu irgendwelchen Freudensbekundungen imstande, sondern wechselten stattdessen nur betretene Blicke. Meatril musste sich eingestehen, dass Targ mit seinen Befürchtungen mehr als recht behalten hatte. Doch nicht allein durch die Form der Krönungszeremonie machte sich Arden abhängig von der Duldung des Citarim. Mit dem eben geleisteten Schwur, dessen genauer Wortlaut Arden ganz offensichtlich vorher nicht bekannt gewesen war, erklärte sich der frisch gekrönte König im Grunde zu einem Vasallen der Kirche, denn wer anders als der Citarim würde zukünftig darüber entscheiden, ob jemand als Feind der Götter angesehen und daher bekämpft werden musste oder nicht. Hinzu kam noch diese eigenartige Benennung der Drachen als Hauptgegner von Reich und Glauben, obwohl man diese Kreaturen doch allenfalls noch aus Legenden kannte. Was auch immer der Citarim damit bezweckte, Arden hatte sich und damit auch ganz Citheon durch seinen Eid auf Gedeih und Verderb an die Pläne des Kirchenoberhaupts gekettet. Freude war so ziemlich das Letzte, was Meatril angesichts dieser unheilvollen Entwicklung empfinden konnte. Und den anderen drei neben ihm erging es nicht anders.

Gegen Mittag des nachfolgenden Tages machten sich die vier Ecorimkämpfer auf den Weg von ihren gerade erst bezogenen Quartieren im Palast von Tilet zu den Privatgemächern des Königs, wo sie eine vertrauliche Unterredung mit dem neuen Herrscher zu führen wünschten. Sie alle fühlten sich noch ein wenig mitgenommen nach den Feierlichkeiten des vergangenen Abends, bei denen Arden im kleinen Kreis nur mit den Ecorimkämpfern, Malun und den zwanzig Soldaten der Ehrengarde die Qualität von Palastküche und Weinkeller auf die Probe gestellt hatte. Dennoch versprach sich Meatril viel von dem heutigen Treffen, das ihnen auf seine Bitte hin kurzfristig von Arden gewährt worden war, denn es würde ohne die Gegenwart des verhassten Malun stattfinden. Endlich könnten sie ein paar Dinge ansprechen, bei denen Meatril sich bislang gescheut hatte, sie dem undurchsichtigen Citdiener zu offenbaren. Vielleicht würden sich dadurch gewisse Unstimmigkeiten ganz einfach aus der Welt schaffen lassen, die im Moment noch zwischen ihnen standen. Zudem war Meatril mittlerweile zu der festen Überzeugung gelangt, dass Arden unbedingt Hilfe benötigte, um sich wieder aus den Krallen der Kirche und ihres Oberhaupts zu befreien.

Daher folgte er nun guter Dinge zusammen mit Eringar, Targ und Deran einem Hofdiener, der als Führer durch die endlosen Korridore des Palasts unerlässlich war. Nach einem nicht unerheblichen Fußmarsch kamen sie schließlich vor einer großen, reich verzierten Tür an, die von zwei bewaffneten Posten bewacht wurde. Der Hofdiener nickte den Gardisten kurz zu, dann pochte er dreimal an die Tür, worauf ein weiterer Page von innen öffnete. Von diesem wurden die Ecorimkämpfer durch ein Empfangszimmer geführt, das kaum weniger groß war als die Eingangshalle der Kriegerschule Ecorim, allerdings deutlich prunkvoller und verschwenderischer eingerichtet. Der Diener eilte mit den Kämpfern zu einer weiteren Tür, öffnete diese vorsichtig und sagte dann mit einer angedeuteten Verbeugung: „Seine Majestät hat mich angewiesen, die hohen Herren sogleich einzulassen, wenn sie erscheinen."

Meatril murmelte ein „Dankeschön" und trat durch die Tür. Die anderen folgten ihm. Der Luxus der königlichen Gemächer, der sie im Inneren empfing, wirkte schlichtweg überwältigend. Ihre Füße versanken beinahe knöcheltief in weichen Teppichen, es gab kein Möbelstück, das nicht wenigstens ein paar goldene Verzierungen oder komplizierte Schnitzereien aufwies, und die Wände waren lückenlos mit Bildern, Fresken, Schilden und sonstigen Schaustücken behängt, wie sie sich wohl nur ein König leisten konnte. Von Arden fehlte allerdings jede Spur.

„Ich bin im Schlafzimmer", drang in diesem Moment ein gedämpfter Ruf an ihre Ohren.

Nachdem sie sich ein wenig umgesehen hatten, stellten sie fest, dass es sich bei diesem weitläufigen Zimmer offenbar nur um die Schreibstube des Königs handelte. Durch einen Torbogen gelangten sie in einen kleineren Raum mit einigen Schränken, Truhen und Spiegeln, der dem Herrscher wohl als Ankleide dienen sollte, dahinter schloss sich ein Gemach an, das von einem gewaltigen, quadratischen Bett mit einem dunkelroten Baldachin dominiert wurde. Auf dieser Schlafstätte stapelte sich ein Berg aus Kissen in verschiedenen Größen und irgendwo dazwischen ließ sich mit ein wenig Mühe Ardens der Länge nach ausgestreckter Körper entdecken.

„Ich glaube, ich habe ein bisschen zu viel Wein erwischt gestern Abend", stöhnte er, als die Ecorimkämpfer eintraten. „Mein Kopf fühlt sich an, als wäre ein Pferdekarren darauf herumgerollt."

Erleichtert über diesen ungezwungenen Einstieg in ihre heikle Unterhaltung, gab Meatril lachend zurück: „Tja, auch ein gekröntes Haupt ist nicht vor einem Kater gefeit."

Arden grub sich behäbig aus dem Kissenberg und setzte sich langsam auf. Er kratzte sich am Kopf. „Das wäre wohl auch zu viel verlangt", entgegnete er mit gedämpfter Stimme. „Und", er sah auf, „gefallen euch eure Unterkünfte, ist alles so, wie ihr es euch wünscht?"

Die vier nickten einhellig. „Alles vom Feinsten", bestätigte Targ.

„Gut", sagte Arden und erhob sich vom Bett. Er trug ein wallendes Schlafgewand aus rot gefärbter Seide. „Was gibt es dann zu besprechen?“ Er ging zu einer Kommode, auf der eine Karaffe und einige Glaskelche standen, und goss sich etwas Wasser ein. Gierig stürzte er das Getränk seine Kehle hinunter.

Meatril warf seinen drei Gefährten einen kurzen Blick zu, so als hoffe er, einer von ihnen würde das Sprechen übernehmen. Als jedoch keiner die Initiative ergriff, holte er tief Luft und begann: „Nun ja, offen gesagt gibt es eine Menge zu bereden. Zunächst einmal bin ich mir mit Eringar, Targ und Deran einig, dass du der Citkirche zu viel Mitspracherecht einräumst. Nicht nur, dass du seit Neustem nur noch auf die Ratschläge dieses Malun hörst, du hast dich auch in deinem Königseid praktisch zu einem Handlanger der Kirche erklärt.“

Arden war unterdessen vor seinen Waschtisch getreten und spritzte sich prustend Wasser aus einer goldenen Schüssel ins Gesicht. „Nun sei nicht albern, Meatril“, lachte er, während er sich das Gesicht mit einem flauschigen Tuch abrieb. „Ich weiß ja, dass du Malun nicht leiden kannst, aber er hat mir schon viele nützliche Ratschläge erteilt. Nicht zuletzt deswegen sind wir jetzt hier. Und was diesen Schwur betrifft, so würde ich das nicht so ernst nehmen. Schließlich bin ich jetzt König und daher bestimme ich, was wie und wann zu geschehen hat. Da interessiert mich so ein dummer Schwur nicht im Geringsten.“

Meatril verzog unwillkürlich das Gesicht. „Ich würde das nicht so leichtfertig abtun, schließlich hast du diesen Eid dem obersten Citdiener im Tempel der Sonne mit Hunderten Tiletern als Zeugen geleistet. Der Citarim hat dir die Krone aufgesetzt und der Citarim war es auch, der dir den Thron überhaupt erst verschafft hat. Wenn er den Tiletern eines Tages befehlen sollte, dir die Königswürde wieder zu entreißen, die du nur dank seines Wohlwollens erlangt hast, könnten dies viele als sein gutes Recht ansehen. Damit bist du immer abhängig von seiner Gunst."

„Warum sollte er das denn tun?", gab Arden zurück, während er sich in dem mit Blätter- und Vogelmosaiken verzierten Spiegel über dem Waschtisch betrachtete. „Er wollte mir schließlich unbedingt sofort die Krone aufs Haupt drücken. Und jetzt werden von der Citkirche sogar noch ausgiebige Feierlichkeiten anlässlich meiner Krönung vorbereitet, bei denen die ganze Stadt in einen einzigen großen Jahrmarkt mit anschließendem Gelage verwandelt werden soll. Warum würde er denn wohl diesen ganzen Aufwand treiben, wenn er mir die Krone anschließend gleich wieder wegnehmen will?"

Meatril fuhr sich zunehmend verzweifelnd durchs Haar. „Aber begreifst du denn nicht, dass alles, was geschieht, vom Citarim ausgeht? Das Volk sieht dich nicht als mächtigen König, es sieht dich als Herold des Citarim, als den von ihm eingesetzten weltlichen Machthaber."

„Ich finde, du bist ziemlich undankbar", wandte sich Arden unvermittelt an Meatril.

Dieser wirkte verblüfft. „Undankbar?"

„Immerhin haben wir es der Citkirche zu verdanken, dass wir Jorig Techel schlagen konnten", erklärte Arden und widmete sich wieder seinem Spiegelbild.

„Wie bitte?", mischte sich nun Eringar mit hochrotem Kopf in die Unterhaltung ein. „Ich habe keinen einzigen dieser Priester gesehen, als wir Königswacht gegen eine zehnfache Übermacht halten mussten! Soviel ich weiß, ist seine Erhabenheit Malun einen Tag zuvor wieder nach Seewaith gereist, um dort seine Wampe zu pflegen."

„Und wer, glaubst du, hat dafür gesorgt, dass die citheonische Flotte nicht unsere Städte und Felder niederbrennt, während wir bei Melessens Finger gekämpft haben?", erkundigte sich Arden gelassen.

„Ich kann mir kaum vorstellen", rief Eringar verächtlich, „dass die Priesterschaft losgesegelt ist und Techels Kriegsschiffe versenkt hat."

„Das nicht", erwiderte Arden mit einem selbstsicheren Lächeln auf den Lippen, „aber sie waren es, die die Feinde Jorig Techels in seinem Heimatland Jovena dazu veranlasst haben, nicht für ihren König, sondern für uns zu kämpfen. Ich finde, das ist schon ein bisschen Dankbarkeit wert." Er ging hinüber ins Ankleidezimmer und ließ die Ecorimkämpfer in seinem Schlafgemach zurück, was bei diesen für erhebliche Irritation sorgte. Widerwillig folgten sie ihm schließlich.

„Eigentlich sollte ich jetzt nach einem Leibdiener rufen", erklärte Arden, während er ein reich verziertes Rüschenhemd überstreifte, „aber ich habe mich noch nicht daran gewöhnt, dass mir jemand beim Anziehen hilft."

„Könnten wir vielleicht beim Thema bleiben?", forderte Eringar bissig. „Dieser ganze Pomp, mit dem du dich jetzt umgibst, beeindruckt mich wenig, wir haben davon zu Hause selbst genug."

Die erstaunten Blicke aller richteten sich mit einem Mal auf den jungen Etecrari. „Habe ich nie erwähnt, dass meine Familie zu den reichsten unseres Heimatlandes gehört?" Eringar winkte ungeduldig ab. „Aber darüber will ich jetzt nicht sprechen. Ich finde es nach wie vor ungerecht, Arden, dass du uns Undankbarkeit vorwirfst. Warum sollten wir den Citpriestern Dank schulden? Sie haben vielleicht ein paar Fäden gezogen und ihre Beziehungen spielen lassen, aber wir waren es doch, die unser Leben bei Königswacht riskiert haben. Uns sollte man dankbar sein!"

Arden knöpfte bedächtig sein Hemd zu. „Ohne den Schlachtplan, den mir Malun zu entwickeln half, hätten wir niemals gesiegt. Ihr verdankt euer Leben letztlich ihm und Ecorims Schwert in meiner Hand."

„So stellst du das jetzt also dar!" Eringar kniff angriffslustig die Augen zusammen. „Man könnte es auch andersherum sagen, nämlich dass unser Leben überhaupt erst durch den genialen Plan, den du mit Malun ausgeheckt hast, in Gefahr geraten ist. Vielleicht wollte uns Malun auch einfach loswerden, damit er den neuen König endlich ungestört für seine Zwecke einspannen kann."

„Ich glaube, es reicht jetzt, Eringar", fuhr Meatril dazwischen, „das führt doch zu nichts. Wir sollten uns nicht über Dinge streiten, die in der Vergangenheit liegen und nicht mehr geändert werden können. Die Gegenwart ist das, was zählt, darum müssen wir uns kümmern."

„Wir müssen uns darum kümmern?", wiederholte Arden und zog dabei die Augenbrauen spöttisch nach oben. „Seid ihr jetzt alle mit mir auf den Thron geklettert? Korrigiert mich, wenn ich mich irre, aber so wie ich das sehe, ist es erst einmal allein Sache des Königs, wie er sich mit der Citkirche stellt und mit wem er verkehrt. Ich mag zwar ein wenig viel getrunken haben am gestrigen Abend, aber ich meine mich doch zu erinnern, dass nur mir die Krone des Südens aufgesetzt wurde und keinem von euch."

Diese harsche Erwiderung ließ Meatril erst einmal in erschütterter Sprachlosigkeit versinken. Das folgende Schweigen nutzte Arden, um sich fertig anzukleiden. „Wisst ihr", fuhr er schließlich fort, während er seine langen blonden Haare nach hinten band, „ich finde, ihr seid nicht nur undankbar gegenüber Malun und dem Citarim, sondern auch mir gegenüber. Ich meine, was bei Königswacht geschehen ist, war eben notwendig, und schließlich bin ich rechtzeitig zurückgekehrt, um euch aus eurer Zwangslage zu befreien. Techel ist besiegt, ihr seid alle noch am Leben, ich habe euch nach Tilet gebracht, ihr durftet unmittelbar hinter mir in die Stadt reiten und den triumphalen Empfang genießen. Ihr wohnt jetzt im Palast von Tilet, genießt fürstliche Privilegien und ich verlange noch nicht einmal, dass ihr mich angemessen mit Majestät ansprecht. Trotzdem höre ich von euch nur Gejammer und Beschwerden, so als wäre das alles überhaupt nichts wert." Arden seufzte wie jemand, der eine schwere Last zu tragen hat. „Malun behauptete einmal, ihr könntet nicht verstehen, dass ich keiner mehr von euch bin, sondern ein Auserwählter der Götter. Er sagte, ihr würdet mich beneiden, weil ich zu Höherem bestimmt bin. Damals wollte ich ihm nicht glauben, aber im Moment neige ich dazu, ihm recht zu geben."

„Du glaubst das wirklich, oder?", brummte Deran. Er war der Erste, der seine Fassungslosigkeit über das eben Gehörte zu überwinden vermochte. „Nicht für alles Gold der Welt würde ich jetzt mit dir tauschen wollen. Das ist die Wahrheit."

Arden warf ihm einen zweifelnden Blick zu. „Wie auch immer, ihr müsst das begreifen. Der alte Arden existiert nicht mehr. Ich habe meinen Weg zur Unsterblichkeit angetreten."

Targ konnte sich plötzlich das Lachen nicht mehr verkneifen. „Hast du dir in letzter Zeit mal selber zugehört?", fragte er provozierend. „Du redest wirres Zeug, als hätte dir ein Pferd vor den Kopf getreten."

„Und deine Worte hören sich sehr nach Majestätsbeleidigung an", konterte Arden mit ungewohnter Schärfe.

„Ach, jetzt komm schon, Arden", versuchte es Targ noch

einmal, „früher hast du mir meine Scherze nie übel genommen. Meistens wolltest du sogar noch eins draufsetzen. Muss denn ein Auserwählter der Götter jeden Sinn für Humor verlieren?“

Ein zaghaftes Grinsen schlich sich auf Ardens Gesicht. „Vielleicht waren deine Späße früher einfach besser.“

„Das kann schon sein“, erwiderte Targ bemüht fröhlich, „aber ich hatte in letzter Zeit auch wenig Gelegenheit zum Üben. Ich bekomme dich ja kaum noch zu Gesicht.“

Arden nickte betont schwermütig. „Das ist leider wahr. Meine Pflichten als Herrscher nehmen mich eben sehr in Anspruch. Mir wäre es anders auch lieber, aber ich kann nichts daran ändern.“

„Ich verstehe das ja“, versicherte Targ, „aber wenn wir nicht mehr miteinander sprechen, dann führt das eben zu Missverständnissen. Wir sind deine Freunde, Arden, das darfst du niemals infrage stellen. Wir haben so manches zusammen durchgestanden, und dass wir wirklich einmal im Gemach des Königs von Citheon stehen werden, wie jetzt gerade, war noch bis vor Kurzem kaum mehr als ein vager Traum. Dennoch müssen wir noch zu Ende bringen, was wir begonnen haben. Jorig Techel ist am Leben und nach wie vor eine Bedrohung für deinen Thron. Den Verräter Megas konnten wir noch nicht einmal ausfindig machen. Deshalb brauchen wir einander immer noch, wir müssen weiterhin zusammenhalten, um unser gemeinsames Ziel zu erreichen: Rache für den Überfall auf die Kriegerschule Ecorim. Denn das haben wir uns geschworen, das sind wir Estol, Derbil, Arton und dem ehrwürdigen Meister Maralon schuldig.“

„Oh, wo sich Megas aufhält, weiß ich bereits“, entgegnete Arden in absichtlich beiläufigem Tonfall.

Targ starrte ihn ungläubig an. „Was soll das heißen?“

„Das heißt, dass ich weiß, wo er ist“, erklärte Arden, als habe er es mit einem begriffsstutzigen Kind zu tun. „Er befindet sich gar nicht weit von hier im Hafen von Tilet auf einem Schiff.“

„Worauf warten wir dann noch?“, sagte Deran und wandte sich zum Gehen.

„Augenblick noch“, rief Targ seinem Bruder zu, dann richtete er seine Augen wieder fragend auf Arden. „Warum hast du uns das nicht gleich gesagt? Du weißt doch, dass wir nach ihm suchen, und du selbst solltest eigentlich auch noch eine Rechnung mit diesem verräterischen Bastard zu begleichen haben.“

Arden lächelte geheimnisvoll. „Wie ich schon sagte, der alte Arden existiert nicht mehr, was mir einst wichtig erschien, ist nun hinfällig. Ich muss neue Prioritäten setzen und dazu gehört an erster Stelle die Sicherung meines Reiches. So erfuhr ich von Malun, dass Megas, den ihr nur als verschlossenen Schwertadepten in der Kriegerschule Ecorim kennengelernt habt, in Wahrheit der Sohn des Inselherrn Turael Arud'Adakin ist, falls euch der Name etwas sagt. Inzwischen hat er seinen Vater auf dem Thron abgelöst und beherrscht nun selbst eine der größten Inseln von Jovena. Zudem ist er ein Feind Jorig Techels. Damals in der Kriegerschule spionierte er zwar für Techel, allerdings nur, um einer Strafe zu entgehen, die er für die Unterstützung einiger Rebellen im Inselreich erhalten sollte. Nachdem er dann wieder in sein Heimatland zurückkehren durfte, hat er sich mit der Citkirche gegen Techel verbündet. Er war es, der die Flotte Jorig Techels vernichtet hat, bevor sie Fendland angreifen konnte. Und er war es auch, der den Hafen von Tilet eingenommen hat, damit die dort stationierten Soldaten nicht den Umsturz in der Stadt verhindern.“

Das darauf folgende Schweigen hing so bleiern in der Luft, dass man die Last förmlich auf den Schultern zu spüren glaubte. Targ stand einfach nur da, klappte immer wieder den Mund auf und zu, ohne jedoch ein Wort über seine Lippen zu bringen.

Schließlich war es erneut Deran, der am schnellsten seine Sprache wiederfand: „Dann verdankst du letztlich deinen Thron dem Mann, der sowohl deinen als auch unseren Bruder auf dem Gewissen hat. Wie kannst du nur damit leben?“ Der Hüne blickte Arden traurig an. „Und du willst ihn für seine Taten noch nicht einmal zur Rechenschaft ziehen, richtig?“

„Megas und seine Flotte sind einfach zu wichtig“, bestätigte Arden, ohne zu zögern, Derans Befürchtungen, „ich kann es mir nicht leisten, auf ihn zu verzichten. Zum Wohle meines Reiches müsst ihr eben mit eurer Rache warten, bis ich Megas nicht mehr brauche. So viel Zurückhaltung kann ich doch wohl von euch erwarten, oder?“

„Du sagst das, als ginge es darum, eine Prügelei in einer Schenke zu vermeiden.“ Targs Wangen hatten sich gerötet, seine Augen waren zu Schlitzen verengt, er atmete stoßweise. Keiner der Ecorimkämpfer hatte ihn jemals so wütend gesehen. „Aber es geht um meinen Bruder. Es geht darum, dass sein Mörder ungestraft davonkommen soll, nur weil du dich und deine Interessen für wichtiger hältst als alles andere. Aber ich sage dir jetzt etwas, Arden, und ich würde dir raten, mir gut zuzuhören.“ Targ näherte sich langsam dem erstaunten Erenor. „Du hast mir einst versprochen, dass du nichts unversucht lassen würdest, bis das Unrecht, welches uns allen widerfuhr, gesühnt ist, und ich habe dir daraufhin die Treue geschworen. Wenn du deinen Schwur brechen darfst, dann sehe ich mich auch nicht mehr länger an meinen gebunden. Ich werde jetzt mit Deran und wer auch immer mir sonst noch folgen will, aus dieser Tür gehen, ich werde im Hafen von Tilet Megas' Schiff finden, es betreten und diesen Bastard erschlagen. Was du machst, ist mir egal. Ab heute gibt es kein Band mehr zwischen uns, geh du den Weg, den dir die Götter weisen oder wen auch immer du dafür hältst." Damit drehte Targ sich um und verließ gefolgt von seinem Bruder die Königsgemächer.

Eringar war sich offenbar unschlüssig, was er tun sollte. Er sah zunächst Meatril an, dann wandte er sich an Arden. „Es hätte nicht so weit kommen müssen", sagte er vorwurfsvoll. „Aber nun ist es eine Frage der Ehre und diese gebietet mir, mich Targ anzuschließen. Es tut mir leid." Nach einem weiteren fragenden Seitenblick auf Meatril ging auch Eringar hinaus.

„Und du, Meatril?", fragte Arden mit einem spöttischen Grinsen, das aber seine Bitterkeit nicht ganz zu überdecken vermochte. „Willst du ihnen nicht auch nachlaufen und dich gegen deinen König stellen? Ich bin mir allerdings nicht sicher, ob ihr euch der Folgen wirklich bewusst seid."

„Natürlich", erwiderte Meatril leise, „die Folge unseres Zwists wird sein, dass dich die Citpriester endlich ganz in ihre Klauen bekommen." Er seufzte tief. „Deshalb werde ich weiter an deiner Seite bleiben, wenn du es zulässt, denn ob du es glaubst oder nicht, du brauchst meine Hilfe. Dir hat die Königswürde die Sinne vernebelt wie ein Abend mit zu viel Wein. Aber ich glaube, dass es immer noch den Arden gibt, der weiß, was Worte wie Ehre, Treue und Freundschaft zu bedeuten haben. Ich werde warten, bis dieser Arden wieder unter all dem Gold und Glitter zum Vorschein kommt, der gerade über ihm ausgekippt wird, auch wenn es lange dauern sollte."

„Oh heiliger Meatril", rief Arden voller Hohn, „man sollte dir ein Denkmal errichten gleich vor dem Cittempel, denn deine Opferbereitschaft ist wirklich unerreicht! Du tust so, als ob ohne dich die Welt zusammenbricht. Aber ich weiß, warum du das alles tatsächlich machst. Du willst dich ein bisschen in meinem Ruhm sonnen, ein kleines Stück abhaben von dem riesigen Kuchen, den ich so unverschämt für mich alleine beanspruche. Denn dein Leben ist ohne mich bedeutungslos, du bist nur einer unter vielen, ein Niemand, du hast keine Aufgabe in dieser Welt, bist zu nichts Großem geboren. Selbst deine Geliebte hat das erkannt. Alles was du hast, ist deine Bekanntschaft mit dem Sohn Ecorims, dessen Aufstieg zum König von Citheon du begleiten durftest. Sonst gibt es nichts."

Meatrils Züge wirkten plötzlich wie versteinert. „Was meinst du damit, dass sogar meine Geliebte das erkannt hat?", fragte er mit zusammengebissenen Zähnen.

„Na, würde sie sich sonst zu anderen Männern hingezogen fühlen?", spie ihm Arden zornig entgegen.

„Zu wem?" Meatril sprach ganz leise, aber seine Stimme bebte und er ballte dabei unwillkürlich die Fäuste.

Das erste Mal während ihrer ganzen Auseinandersetzung ließ Arden Zeichen der Unsicherheit erkennen, so als spüre er, dass er zu weit gegangen war. „Ach, nicht so wichtig", murmelte er beinahe kleinlaut.

Doch Meatril baute sich bedrohlich vor ihm auf. „Wer?"

Es war eigenartig, denn obwohl Meatril weder größer noch kräftiger als sein Gegenüber wirkte und wenngleich Arden auch ganze Heerscharen mit seinem Willen zu beherrschen vermochte, vor der wütenden Entschlossenheit seines einstmaligen Freundes und Vertrauten wich der frisch gekrönte König von Citheon zurück.

„Warst du es, Arden?" Meatrils Stimme klang so rau und kalt wie ein Wintersturm. „Hast du … mit Daia …?" Er brachte die Frage nicht über die Lippen.

Arden schwieg. Aber der schuldbewusste Ausdruck in seinem Gesicht ließ keinen Raum für Zweifel. Meatril starrte den König an, als habe er einen Fremden vor sich. Dann kehrte er ihm wortlos den Rücken und überließ den Sohn Ecorims seinem Schicksal.

Allein stand Arden inmitten des geräumigen Ankleidezimmers. Er starrte bewegungslos in einen großen Standspiegel unmittelbar vor sich. Im Augenblick fand er sich nicht besonders königlich, vielmehr mutete sein Spiegelbild eher ein wenig armselig an. Sah so ein Auserwählter der Götter aus? Und was sollte dieser gänzlich ungewohnte Zweifel, der sich in seinem Herzen breitzumachen begann?

Plötzlich erfasste ihn hitzige Wut. Er packte den Spiegel und warf ihn zu Boden, sodass er zerbrach. „Jetzt habt Ihr, was Ihr wolltet, Malun!", rief Arden außer sich.

Genau in diesem Augenblick tauchte Malun unvermittelt hinter dem erzürnten Erenor auf. Arden fuhr herum. Auch wenn es zunächst so gewirkt hatte, war Malun natürlich nicht einfach aus dem Boden gewachsen, sondern hatte die Ankleide durch eine versteckte Tür in der Rückwand betreten, hinter der er offensichtlich belauscht hatte, was in den königlichen Gemächern vor sich ging.

„Es gibt keinen Grund für Reue", versicherte der Erhabene in der gewohnten Atemlosigkeit, die durch sein immenses Körpergewicht verursacht wurde.

„Habt Ihr alles mit angehört?", schnaubte Arden unwillig.

„Ihr erteiltet mir persönlich die Erlaubnis dazu", erinnerte ihn der Priester.

„Jaja, ich weiß", gab Arden ärgerlich zurück, „ich hatte allerdings nicht vermutet, dass das Treffen so … unerfreulich wird. Jetzt ist der Bruch also vollzogen. Das ist doch, was Ihr wolltet, oder?"

„Dieser Schritt mag zwar für Euch hart gewesen sein", erklärte Malun versöhnlich, „aber er war dennoch zweifelsohne notwendig, um Euch von diesem schädlichen Einfluss zu befreien. Eure angeblichen Freunde haben nichts unversucht gelassen, um einen Keil zwischen Euch und die Kirche zu treiben. Sie haben die Götter geschmäht, sie haben seiner Heiligkeit dem Citarim und den Dienern des Cit Unglaubliches unterstellt, sie haben Euch und Euer hohes Amt herabgewürdigt. Mit Lug und Trug wollten sie Euch von Eurem göttlichen Pfad abbringen, aber Ihr habt Euch nicht blenden lassen. Stattdessen war es ein Beweis Eurer Stärke, diesen schmerzlichen Schnitt zu vollziehen, der Euch für immer von diesem menschlichen Ballast trennt. Ihr könnt stolz auf Euch sein."

Arden schüttelte immer noch aufgebracht den Kopf. „Und was soll ich jetzt Eurer Meinung nach tun? Targ will in den Hafen, um Megas zu stellen, und die anderen werden ihn mit Sicherheit begleiten. Dieses Zusammentreffen wird auf jeden Fall tödlich enden, die Frage ist nur, für wen. Megas' Tod wäre, wie Ihr selbst gesagt habt, schädlich für mein Reich und der Tod meiner … der Ecorimkämpfer würde mir …", er geriet ins Stocken, „… das ist etwas, das ich nicht verantworten will." Unbewusst begann er, an seinen Fingernägeln zu kauen.

Malun kräuselte nachdenklich die Stirn. „Ich kann mir nicht vorstellen, dass diese Ecorimkämpfer irgendeine Gelegenheit bekommen werden, an den Inselherrn Megas heranzukommen – nicht bei den vielen Soldaten, die ihn bewachen. Wenn sie trotzdem versuchen, ihn anzugreifen, dann wird das mit großer Gewissheit ihr Tod sein."

„Dann lasst Euch gefälligst etwas einfallen, damit es nicht so weit kommt!", herrschte Arden ihn an. „Schließlich geschieht das alles nur, weil ich Euren Rat befolgt habe."

„Wie wäre es", schlug der Citpriester dienstbeflissen vor, „wenn ich einen kleinen Trupp von, sagen wir, zwanzig Bewaffneten abstelle, die die Ecorimkämpfer sicher auf ein Schiff eskortieren, das in Richtung Fendland ausläuft? Damit sollten mögliche blutige Zwischenfälle unterbunden werden."

Arden sah auf. „Das ist gut", rief er erleichtert. „Schafft sie so weit weg von Megas wie irgend möglich."

Lug und Trug

Der Inselherr von Ho'Neb, Megas Arud'Adakin, lag bäuchlings auf einer Liege in seiner luxuriös ausgestatteten Kajüte und entspannte gerade bei einer wohltuenden Rückenmassage. Die sanft schaukelnden Bewegungen seines Schiffes, das immer noch im Hafen von Tilet vor Anker lag, wiegten ihn beinahe in den Schlaf. Die geschickten Finger der ebenso jungen wie hübschen Dame, der er diesen Genuss verdankte, fanden jeden Muskelknoten und jede Verkrampfung, die sich während der Anstrengungen der letzten Tage gebildet hatten. Sie gehörte dem Orden der Bajulatinnen an, eine Schwesternschaft, die sich im Dienste der Göttin Bajula gänzlich dem körperlichen Wohlbefinden anderer verschrieben hatte. Ihr Können umfasste Wund- und Krankenpflege ebenso wie mannigfaltige Entspannungs- und Massagetechniken. Diese spezielle Bajulatin war Megas von seinem Flottenkommandanten Josh Tabuk persönlich empfohlen worden und der Inselherr musste zugeben, dass der Kapitän nicht übertrieben hatte, was die Fähigkeiten dieser Ordensschwester betraf. Obwohl Megas solcherlei verschwenderischem Müßiggang üblicherweise nur Verachtung entgegenbrachte, war er nach den zurückliegenden Erfolgen der Ansicht, sich derartige Annehmlichkeiten durchaus erlauben zu können. Schließlich war es ihm innerhalb kürzester Zeit gelungen, vom Verbannten zum mächtigsten Inselherrn von Jovena aufzusteigen. Dies hatte im jugendlichen Alter von gerade einmal achtzehn Jahren noch kein anderer jovenischer Herrscher vor ihm erreicht. Da durfte er sich selbst gegenüber ruhig eine gewisse Großzügigkeit an den Tag legen.

Als er gerade wieder genüsslich die Augen schloss, weil die knetenden Hände der jungen Bajulatin einen der Druckpunkte auf seinem Rücken gefunden hatten, von dem aus sich wohlige Schauer über seinen ganzen Körper ausbreiteten, erklang ein leises Klopfen an der Kajütentür.

„Ich sagte doch, ich will nicht gestört werden!“, rief Megas ungehalten, ohne sich dabei zu bewegen.

„Ein Bote aus dem Palast ist eingetroffen“, drang eine gedämpfte Stimme von draußen herein. „Er sagt, er habe eine wichtige Nachricht zu überbringen und dass die Angelegenheit keinen Aufschub duldet.“

Megas setzte sich ärgerlich auf. „Dann bring ihn herein, wenn es unbedingt sein muss“, knurrte er ärgerlich. Der Bajulatin, die sich bereits dezent in eine Ecke des Raumes zurückziehen wollte, bedeutete er herrisch, weiterhin seine Schultern zu bearbeiten, während er mit nacktem Oberkörper auf der Liege sitzen blieb und das Eintreten des Boten erwartete.

Im nächsten Augenblick ging auch schon die Kajütentür auf und ein junger Mann kam herein, der vollkommen schweißverklebt war und heftig nach Atem rang, so als wäre er eine lange Strecke gelaufen.

„Na, es scheint sich ja in der Tat um etwas sehr Eiliges zu handeln“, bemerkte Megas interessiert, „also heraus damit.“

„Der Erhabene Malun schickt mich“, schnaufte der Bote. „Ich soll Euch darüber in Kenntnis setzen, dass vier junge Männer, die sich selbst als Ecorimkämpfer bezeichnen, in Kürze hier eintreffen werden und Euch nach dem Leben trachten. Der Erhabene wünscht, sich mit dieser Warnung für Eure hilfreichen Dienste bei der Eroberung des Hafens erkenntlich zu zeigen, und möchte Euch die Möglichkeit geben, angemessen und mit der gebührenden Härte auf diese Bedrohung zu reagieren. Er betonte ausdrücklich, dass die vier Ecorimkämpfer nicht länger unter dem Schutze des Königs stehen und es somit Eurem Gutdünken überlassen bleibt, was Ihr mit ihnen zu tun gedenkt."

Ein breites Grinsen überzog Megas' Gesicht. „Wenn das mal keine guten Neuigkeiten sind", stellte er zufrieden fest und sprang von der Liege. „Bestellt dem Erhabenen meinen besten Dank. Es wird alles zu seiner Zufriedenheit geregelt."

Unmittelbar nachdem der Bote sich auf den Rückweg gemacht hatte, stürzte Megas aus dem Zimmer, ohne der Bajulatin noch irgendwelche Beachtung zu schenken. Er ging an Deck und rief den Kommandanten seiner Truppen zu sich.

„Hör zu", wies er diesen an, „es werden gleich vier Bewaffnete im Hafen auftauchen, die nach mir suchen. Ihr werdet sie leicht erkennen, denn einer von ihnen ist baumlang, ein zweiter ist eher klein geraten, etwas jünger als die anderen und Etecrari. Es sind die vier, die gestern hinter dem neuen König Arden Erenor in die Stadt geritten kamen. Sobald ihr sie ausfindig gemacht habt, beobachtet ihr sie, aber unternehmt nichts. Riegelt hinter ihnen nur alles ab, sodass sie nicht mehr entwischen können, wenn sie einmal den Kai betreten haben. Lasst sie dann ruhig ihren Weg zu diesem Schiff finden, den Rest übernehme ich." Während der Kommandant die Befehle unverzüglich an seine Männer weitergab, rieb sich Megas voller Vorfreude die Hände. Das ganz und gar unrühmliche Ende seiner ehemaligen Mitschüler, die blindwütig in seine Falle tappen würden, versprach unterhaltsam zu werden. Dies wäre endlich eine Entschädigung für die endlosen Respektlosigkeiten, die er von ihnen während seiner Zeit als Schwertadept in der Kriegerschule Ecorim hatte hinnehmen müssen. Und nicht zuletzt stellte es auch eine weitere Möglichkeit dar, seine mittlerweile unantastbare Macht zu demonstrieren – eine Genugtuung, auf die Megas eingedenk seines kläglichen Scheiterns bei dem Überfall auf die Kriegerschule nicht verzichten wollte.

Unterdessen verließ die Bajulatin das Schiff, ohne dass jemand Notiz davon genommen hätte. Obwohl die Sonne heiß auf die Stadt Tilet herniederbrannte, hatte die junge Frau die Kapuze ihrer Robe über den Kopf gezogen. Sie schien es sehr eilig zu haben, denn nachdem sie ein wenig Abstand zwischen sich und das Schiff des Inselherrn gebracht hatte, begann sie, in einen für eine Ordensschwester gänzlich ungebührlichen Laufschritt zu verfallen. Schließlich huschte sie in den Schatten eines Lagerhauses, das nahe am Wasser stand und sie vor neugierigen Blicken von den im Hafen liegenden Schiffen verbarg. Nachdem sie sich noch ein weiteres Mal vorsichtig umgesehen hatte, schlug sie die Kapuze zurück. Langes rotes Haar flutete über ihre Schultern herab, umspielte ein anmutiges Gesicht mit großen, mandelförmigen Augen: Es war Shyrali.

Rasch streifte Abaks wichtigste Spionin die Ordenstracht ab und knotete sie zu einem unordentlichen Bündel zusammen. Unter der Robe trug sie gewöhnliche, eher schäbig anmutende Straßenkleidung. Mit beiden Händen zerzauste Shyrali noch ein wenig ihr Haar, bis dieses ähnlich verwahrlost aussah wie Wams und Hose. Dann verließ sie den Schutz des Lagerschuppens und folgte der Kaistraße, die den Hafen von Tilet wie ein gewaltiges U umfasste. An Dutzenden von Holzstegen entlang der Straße lagen mindestens sechzig große und sicherlich nicht weniger kleine Schiffe vertäut, sodass sich ein unübersichtliches Gewirr von Masten, Leinen und Segeln ergab, in dem man nur schwer den Überblick behalten konnte. Dennoch gelang es ihr nach kurzer Zeit, die vier Gestalten ausfindig zu machen, von denen der Inselherr Megas Arud'Adakin gesprochen hatte. Der größte von ihnen stellte wirklich eine solch imposante Erscheinung dar, dass man ihn schwerlich übersehen konnte. Aber natürlich hätte Shyrali die Ecorimkämpfer auch ohne Megas' Beschreibung wiedererkannt, schließlich waren ihr Gesichter wie Namen noch von ihrem Auftrag in Seewaith bestens vertraut, bei dem sie nicht nur Arden ausspioniert hatte, sondern natürlich auch die Menschen, mit denen er Umgang pflegte.

Die vier Ecorimkämpfer waren gerade erst am Kai angekommen und standen nun etwas unschlüssig herum, wobei Meatril und Targ offenbar in eine heftige Diskussion verstrickt waren. Shyrali beeilte sich, näher heranzukommen, bemühte sich dabei aber, mit gesenktem Kopf und unstetem Gang wie eine Bettlerin zu wirken. Bald konnte sie verstehen, was gesprochen wurde. Meatril, ein besonnener und, wie sie fand, äußerst gut aussehender Mann, redete gerade beruhigend auf den jüngeren Targ ein, dessen Gesichtsausdruck großen Ärger verriet. Der hünenhafte Deran und der kleine Etecrari Eringar beobachteten derweilen aufmerksam die Umgebung.

„Jetzt komm schon, Targ, es ist doch völlig aussichtslos, Megas hier zum Kampf zu stellen!", versuchte Meatril gerade, seinen Gefährten zu überzeugen. „Ich kann ja verstehen, dass du dir diese Gelegenheit zur Rache nicht entgehen lassen willst, aber Megas wird hier nicht alleine auf seinem Schiff sitzen und sich von uns so einfach überwältigen lassen! Seine Truppen werden das zu verhindern wissen."

„Mir ist egal, wie viele Wachen es dort gibt!", rief Targ erbost. „Es mag ja sein, dass Arden vergessen hat, warum wir hier in Tilet sind. Bei den ganzen Hirngespinsten, die durch seinen Kopf kullern, wäre das auch kein Wunder. Aber ich weiß den Grund noch: Ich will Rache für meinen Bruder Estol nehmen. Techel ist zwar besiegt, aber er ist uns entwischt, bei Megas wird mir nicht das Gleiche passieren."

„Ich kann mir nicht vorstellen, dass sich Megas den Regeln des ehrenhaften Zweikampfes unterwirft", wandte Eringar, der mit Abstand jüngste der vier, ein. „Wie ich ihn einschätze, wird er jeden Vorteil gegen uns nutzen und eine Hundertschaft Soldaten, oder wie viele auch immer unter seinem Kommando stehen, sind uns nun mal eindeutig überlegen. Ich teile deinen Hass auf Megas voll und ganz, Targ, und ich will ihm den Überfall auf die Kriegerschule auch heimzahlen, trotzdem hat Meatril recht. Gegen so viele ist ein Angriff völlig aussichtslos."

„Wenn Megas nicht mit unserem Erscheinen rechnet, sind unsere Erfolgsaussichten vielleicht gar nicht so schlecht", bemerkte der riesenhafte Deran, der, wie Shyrali wusste, nicht gern viele Worte machte.

Targ nickte entschlossen. „Richtig, Bruder, die Überraschung ist unser Verbündeter. Wir werden Megas' Schiff finden, es betreten, und bevor eine der Wachen reagieren kann, habe ich diesem verräterischen Hundesohn schon meine Klinge an die Kehle gesetzt."

Meatril seufzte und winkte resignierend ab. In seinen Augen meinte Shyrali eine tiefe Traurigkeit zu erkennen, die sich aber nicht genauer deuten ließ. Das machte ihn jedoch nur noch interessanter, wie sie feststellte.

„Bei den Göttern", stöhnte Meatril, „meinetwegen, versuchen wir es eben."

Shyrali hatte genug gehört. Jetzt war es Zeit, einzugreifen.

Mit ausgestreckter Hand trat sie vor. „Habt Ihr ein Kupferstück oder etwas zu essen für ein armes Straßenmädchen?“, fragte sie schüchtern.

Meatril musterte die vermeintliche Bettlerin mitleidig, dann begann er in seinen Taschen zu kramen. „Nein, ich habe leider nichts bei mir. Eringar? Kannst du ihr etwas geben?“

„Los jetzt“, forderte Targ ungehalten, „es ist keine Zeit für so etwas. Wir müssen gehen.“

„Wo wollt Ihr denn hin?“, erkundigte sich Shyrali beiläufig, während sie die Münze, welche Eringar ihr zugesteckt hatte, in ihrem Bündel verschwinden ließ.

Targ warf ihr einen ärgerlichen Blick zu, doch dann hellte sich seine Miene plötzlich auf. „Kennst du dich im Hafen ein bisschen aus?“, wollte er wissen.

„Das kann man wohl sagen“, erwiderte Shyrali mit gespieltem Stolz.

„Kannst du uns dann zum Schiff des Inselherrn Megas Arud'Adakin führen?“, fragte Targ freundlich. „Das würde dir auch noch ein paar weitere Münzen einbringen.“

„Das könnte ich schon tun“, gab Shyrali bedächtig zurück, „aber warum wartet Ihr nicht einfach, bis seine Soldaten Euch gefunden haben und dorthin bringen?“

Alarmiert richteten sich die Blicke aller vier Ecorimkämpfer auf die hübsche Bettlerin. „Wie kommst du darauf, dass Megas' Soldaten nach uns suchen?“, drängte Targ auf eine Erklärung.

Shyrali begann verspielt ihre zerzausten Haare glatt zu streichen. „Vorhin bin ich am Schiff des Inselherrn vorbeigekommen“, berichtete sie, „und da habe ich zufällig gehört, wie er seinen Soldaten Befehl erteilte, nach vier Männern wie Euch Ausschau zu halten.“

Meatril kniff misstrauisch die Augen zusammen. „Das hast du also rein zufällig gehört", wiederholte er skeptisch.

„So ist es", bestätigte Shyrali und unterstrich ihre Glaubwürdigkeit mit einem gekonnten Augenaufschlag. „Sie müssen eigentlich jeden Moment hier sein, denn wirklich unauffällig seid ihr vier ja nicht gerade."

Die Ecorimkämpfer wechselten besorgte Blicke. „Hast du vielleicht auch ‚zufällig' mit angehört, von wem Megas weiß, dass wir zu ihm wollen?", erkundigte sich Meatril vorsichtig.

Shyrali verschränkte die Arme vor der Brust. „Wenn ich euch noch mehr erzählen soll, dann müsst ihr mir schon etwas Besseres bieten als eine einzelne Kupfermünze." Eringar fing bereits an, in seinen Taschen nach seinem Geldsäckchen zu fahnden, als sie dem überraschten Etecrari verschmitzt Einhalt gebot, indem sie ihm sanft ihre Hand auf den Arm legte. „Wie wäre es, wenn ihr mich zu Speis und Trank einladet und wir dabei ein wenig weiterplaudern?"

Verdutzt sah Eringar zu seinen Gefährten, die jedoch nicht weniger verwirrt dreinblickten als er.

„Eigentlich wollten wir doch zu Megas' Schiff, und zwar auf der Stelle!", beharrte Targ. Doch selbst er wirkte nicht mehr gänzlich überzeugt.

„Entschuldige uns einen Moment", sagte Meatril und nahm die drei anderen zur Seite. Shyrali beobachtete die Ecorimkämpfer verstohlen, während diese beratschlagten, was zu tun sei. Eigentlich war sie sich bereits ziemlich sicher, dass die vier auf ihren Vorschlag eingehen würden, denn es ließ sich leicht erkennen, dass dieser – wirklich gut aussehende – Meatril in der Gruppe das Sagen hatte. Die anderen würden letztlich nichts ohne sein Einverständnis unternehmen. Shyralis geschulte Menschenkenntnis verriet ihr, dass es sich bei ihm um einen äußerst verantwortungsbewussten

Anführer handelte. Selbst wenn er die gerade erhaltenen Informationen für wenig vertrauenswürdig befand, würde er vermutlich trotzdem sicherheitshalber seine Gefährten dazu bewegen, den ursprünglichen Plan fallen zu lassen. Allerdings war es notwendig, dass die Ecorimkämpfer jetzt schnell zu einer Entscheidung gelangten, denn es konnte wirklich jeden Moment eine Patrouille von Megas' Soldaten auftauchen und dann würde selbst Abak Belchaims beste Spionin nichts mehr für diese Feinde des Inselherrn von Ho'Neb tun können.

Glücklicherweise ließen sich die Ecorimkämpfer nicht allzu viel Zeit und gaben ihr dann zu verstehen, dass man auf ihren Vorschlag eingehen würde. Targ und auch sein stattlicher Bruder Deran wirkten zwar reichlich unzufrieden, aber offenbar hatte letztlich doch die Vernunft gesiegt oder wenigstens die Neugier auf das, was sie zu erzählen hatte. Shyrali beeilte sich, die Kaistraße zu verlassen, wo ihre vier Schützlinge allzu leicht zu entdecken waren. Sie wählte eine schmale Seitenstraße, auf der sie die Ecorimkämpfer bis vor eine schmuddelige Kaschemme führte, deren Fensterscheiben so angelaufen waren, dass sicherlich kein Lichtstrahl mehr nach drinnen fiel.

Eringar rümpfte die Nase. „Musst du uns denn in so eine billige Absteige führen, wenn doch ohnehin wir bezahlen?", fragte er pikiert. „Ich denke, wir könnten uns auch das Essen in einer Schenke leisten, wo gelegentlich mal geputzt wird."

Shyrali grinste nur und öffnete die Tür. Abgestandene, schwer mit Rauch verhangene Luft schwappte ihnen entgegen. Tatsächlich war es im Inneren der Gaststube so finster, dass dort am helllichten Tag auf den Tischen Kerzen brannten. Einige mehr oder minder zwielichtige Gesellen saßen auf wackeligen Hockern am Tresen und schmauchten dort irgendwelche stinkenden Kräuter in langen Pfeifen. Sie wurden von einem kräftigen Mann mit einem voluminösen Vollbart bedient, bei dem es sich wohl um den Wirt handelte. Shyrali winkte diesem kurz zu und er erwiderte den Gruß mit einem knappen Nicken, so als wären sie alte Bekannte. Daraufhin führte sie die Ecorimkämpfer zu einem Tisch ganz hinten in einer Ecke, wo sie schließlich Platz nahmen. Der Wirt knallte ungefragt fünf Krüge, gefüllt mit einem auf den ersten Blick nicht näher zu bestimmenden Getränk, auf die schartige Tischplatte und verschwand dann wortlos wieder hinter der Theke.

Eringar schnüffelte misstrauisch an dem dunklen Gebräu, das ihnen da vorgesetzt wurde. „Was soll denn das sein?“, erkundigte er sich übellaunig. „Das riecht ja wie … jedenfalls nichts, was ich trinken will.“

„Keine Angst“, ermutigte ihn Shyrali vergnügt, „das ist eine Tileter Spezialität. Es heißt ‚Grupp‘. Probier einfach mal.“

In diesem Moment packte Meatril ihre Hand und drückte sie so fest, dass die junge Frau erschrocken zusammenfuhr. „So, genug der Scharade“, zischte er in einem Tonfall, der es nicht ratsam erscheinen ließ, noch irgendwelche Ausflüchte zu versuchen. „Eine Bettlerin, die ganz zufällig das Gespräch eines Inselherrn auf seinem Schiff belauscht, dann rein zufällig den Leuten über den Weg läuft, die dieser Inselherr sucht, und die uns dann in eine Schenke bringt, wo sie als mittellose Bettlerin ganz offenbar ständig ein- und ausgeht – das passt alles nicht zusammen. Also, wer bist du wirklich?“

„Ihr müsst nicht gleich grob werden, mein Herr!“ Shyrali gelang es, so gekränkt und gleichzeitig bedauernswert auszusehen, dass Meatril unwillkürlich seinen stählernen Griff um ihre Hand lockerte, was sie mit größter Genugtuung registrierte. Ihre Reize vermochten selbst diesen schneidigen

Kämpen zu erweichen und gerade bei ihm freute sie das aus irgendeinem Grund besonders. Sie setzte ihre unschuldigste Miene auf und antwortete zaghaft:

„In der Tat bin ich keine Bettlerin, wie ich vorgab. Verzeiht diesen kleinen Schwindel." Sie sah sich demonstrativ nach eventuell ungebetenen Zuhörern um, und erst als sie niemanden zu entdecken vermochte, was in dem dunklen, rauchverschleierten Raum auch kein Wunder war, fuhr sie flüsternd fort: „Ich handle im Auftrag des Kapitäns Joshua Tabuk. Ihr werdet vielleicht noch nichts von ihm gehört haben, aber er ist einer der berühmtesten Kapitäne des Inselreichs von Jovena und derzeit der Flottenkommandant von Megas Arud'Adakin." Angesichts der offenen Feindseligkeit, die sich sofort nach dieser Eröffnung auf den Gesichtern der Ecorimkämpfer abzeichnete, hob sie beschwichtigend die Hände:

„Bevor ihr mir jetzt voller Empörung ein Schwert zwischen die Rippen stoßt, solltet ihr wissen, dass Joshua Tabuk jeden Grund hat, seinen Herrn zu hassen. Megas ist dafür verantwortlich, dass Kapitän Tabuk zum Krüppel wurde, und der Inselherr erzwingt die Loyalität seines Flottenkommandanten, indem er das Leben von Tabuks Tochter bedroht. Daher hat sich Josh Tabuk dazu entschlossen, Megas' Pläne heimlich zu durchkreuzen und ihn ein für alle Mal unschädlich zu machen. Zu diesem Zweck hat er mich als Spionin auf Megas' Schiff geschickt und deshalb erfuhr ich auch von seinem Vorhaben, euch in einen Hinterhalt zu locken, sobald ihr im Hafen erscheint. Da ihr aber als Megas' Feinde aus naheliegenden Gründen für meinen Auftraggeber Josh Tabuk von Nutzen sein könntet, musste ich dafür sorgen, dass ihr vom Kai verschwindet, bevor Megas' Soldaten nach euch Ausschau halten. Deshalb sind wir hier." Sie blickte freudestrahlend von einem zum anderen, so als hätte sie ihnen allen gerade ein Geschenk gemacht.

Zunächst herrschte Schweigen unter den vier Ecorimkämpfern, da sie offensichtlich die Bedeutung und den Wahrheitsgehalt dieser Aussagen erst einmal überdenken mussten. Wie erwartet war es schließlich wieder Meatril, der das Wort an sie richtete, wobei er immer noch ihre Hand festhielt:

„Nun gut, ich werde dir diese Geschichte erst einmal glauben, aber es gibt immer noch einige Ungereimtheiten. Was mich jedoch am meisten interessiert, ist, woher Megas wusste, dass wir kommen. So schnell, wie er diese Information erhalten hat, muss sie ihm eigentlich von einem Eilboten überbracht worden sein. Hast du jemanden gesehen, der auf das Schiff kam, kurz bevor Megas seinen Soldaten Befehl erteilte, uns zu suchen?"

Shyralis Augen glitzerten schelmisch. „Ja, richtig, jetzt, da Ihr es erwähnt, fällt mir ein, dass da ein keuchender und schwitzender Mann nach dem Inselherrn Megas verlangt hat. Das muss dieser Bote gewesen sein, von dem Ihr sprecht." Sie liebte es, sich zunächst ein wenig naiv zu geben, um dann bei passender Gelegenheit mit unvermutetem Scharfsinn Verwirrung zu stiften.

„Hat der Bote gesagt, wer ihn schickt?", platzte Targ aufgebracht dazwischen. „War von Arden Erenor die Rede?"

Meatril warf Targ einen strengen Blick zu, der den Jüngeren augenblicklich verstummen ließ. Ganz eindeutig wünschte Meatril nicht zu viel über ihr Verhältnis zum neuen König von Citheon zu offenbaren. Shyrali grinste still in sich hinein. Diese vier aufrechten Schwertträger waren schrecklich leicht zu durchschauen.

„Wurde darüber gesprochen, wer den Boten geschickt

hat?", wiederholte Meatril die Frage seines Gefährten etwas unverfänglicher.

„Ich kann euch beruhigen", antwortete Shyrali betont liebenswürdig, „der Bote wurde nicht von eurem Freund und einstigen Meister Arden Erenor entsandt, sondern von dem Citpriester Malun, der sich bereits in Seewaith Ardens Vertrauen erschlichen hat und ihn seither im Sinne der Kirche manipuliert."

Es gab kaum etwas, das Shyrali mehr genoss, als in die verblüfften Gesichter von Männern zu blicken, wenn diese erkannten, dass sie die junge Frau aufgrund ihres mädchenhaften Aussehens vollkommen unterschätzt hatten. Deshalb weidete sie sich erst eine Weile an dem Bild der erstaunten Ecorimkämpfer, bevor sie mit einem kecken Seitenblick auf Meatril, der ihre Hand noch immer nicht freigegeben hatte, hinzufügte:

„Wie Ihr seht, bin ich gut informiert. Ich hoffe, diese Tatsache bringt Euch nicht allzu sehr aus der Fassung. Aber wenn es Euch hilft, werter Meatril Westmarken, dann dürft Ihr gerne noch ein wenig meine Hand halten."

Als hätte er sich an einem glühenden Eisen verbrannt, zog Meatril seine Hand ruckartig zurück und starrte Shyrali an. „Ich kenne dich", murmelte er plötzlich erschrocken, „du warst eine der Gesellschafterinnen in der Goldenen Grotte zu Hause in Seewaith!"

Shyrali nickte. „Richtig. Ihr habt mir Euer Leid geklagt, nachdem Ihr von Ardens erster Unterredung mit Malun ausgeschlossen wurdet."

„Du hast mich also damals nur ausgehorcht?", fragte Meatril ernsthaft erschüttert.

„Das klingt so gemein", beklagte sich Shyrali und zog einen Schmollmund. „Es war mir natürlich in erster Linie daran gelegen, Euch Trost und ein wenig Ablenkung zu schenken. Die Dinge, welche Ihr mir dabei verraten habt, waren sozusagen nur eine kleine Gegenleistung Eurerseits. Ich meine, mich aber doch entsinnen zu können, dass Ihr unser Zusammensein ebenso sehr genossen habt wie ich."

Mit diesen Worten brachte es Shyrali tatsächlich fertig, dass Meatril, der älteste und disziplinierteste unter den Ecorimkämpfern, errötete. Eringar musste bei diesem Anblick hinter vorgehaltener Hand sein Grinsen verbergen, Deran zog belustigt die Augenbrauen in die Höhe und selbst der bislang so verbissene Targ ließ unversehens Zeichen der Erheiterung auf seinem Gesicht erkennen.

„Es ist absolut nichts zwischen uns gewesen!", blaffte Meatril seine feixenden Gefährten an. „Wir haben nur geredet. Ehrlich!" Er griff energisch nach einem der Krüge und nahm einen langen Zug. „Außerdem ist es inzwischen ohnehin gleichgültig, ich schulde Daia keine Treue mehr", fügte er verbittert hinzu.

Die Heiterkeit verschwand nach dieser Bemerkung ebenso schnell wieder, wie sie aufgekommen war. Betroffen wechselten Targ, Deran und Eringar ein paar Blicke.

„Wieso, was ist denn geschehen?", wagte Targ schließlich zu fragen.

Meatril genehmigte sich noch einmal einen großen Schluck aus dem Krug, bevor er antwortete: „Ich will darüber jetzt nicht reden." Er wandte sich wieder an Shyrali, die alles aufmerksam verfolgt hatte. „Für diesen Joshua Tabuk reist du bemerkenswert weit in der Welt herum. Erst Seewaith, dann Tilet – er muss ein mächtiger und sehr reicher Mann sein, dass er sich ein solch ausgedehntes Kundschafternetz leisten kann." Er wischte gedankenvoll mit der Handfläche ein paar Tropfen von der Tischplatte. „Aber ist ja auch gleichgültig, wer dich bezahlt. Die Frage ist, was hast du jetzt mit uns vor?"

„Na ja", erwiderte Shyrali und spitzte dabei die Lippen, „so wie ich das sehe, habt ihr genau zwei Möglichkeiten: Die erste ist, dass ihr diese Schenke ganz normal durch den Vordereingang verlasst. Über kurz oder lang werdet ihr dann mit Megas' Truppen zusammentreffen, denn ich möchte wetten, dass sie nun bereits in der ganzen Stadt nach euch suchen. Und bei allem Respekt vor euren kämpferischen Fähigkeiten, aber fast die Hälfte der Schiffe, die ihr im Hafen gesehen habt, gehören zur Flotte Ho'Nebs. Jedes einzelne ist mit mindestens fünfzig Soldaten besetzt. Ihr könnt euch selbst ausrechnen, wie viele Truppen Megas damit zur Verfügung stehen."

„Arden würde niemals zulassen, dass Megas oder seine Leute Hand an uns legen", entrüstete sich Eringar. „Wenn wir Arden erzählen, dass Malun unsere Ermordung veranlasst hat, dann wird das Arden vielleicht wachrütteln. Immerhin lagert noch sein ganzes Heer vor der Stadt, das sollte als Schutz ja wohl ausreichend sein. Wir müssen es nur zurück zum Palast schaffen."

„Sie werden uns nicht zu Arden vorlassen", antwortete Meatril, bevor Shyrali etwas erwidern konnte. „Die wahren Machthaber sind nun die Priester, sie kontrollieren alles. Egal ob wir selbst gehen oder einen Boten schicken, Malun wird dafür Sorge tragen, dass der König von allem abgeschirmt wird." Er legte entmutigt die Hände vors Gesicht. „Genau davor wollte ich Arden warnen."

„Dann kämpfen wir uns eben bis zum Stadttor durch", schlug Eringar vor. „Es muss doch möglich sein, unser Heer zu erreichen, das nur einen Steinwurf außerhalb Tilets die Zelte aufgeschlagen hat."

Shyrali schüttelte betrübt den Kopf. „Selbst wenn ihr trotz der Verfolgung durch Megas' Männer bis zur äußeren Mauer kommt, wird Malun sicherlich auch alle Torbesatzungen angewiesen haben, euch am Verlassen der Stadt zu hindern. Ebenso wird keine größere Einheit von Ardens Heer Tilet betreten dürfen. So leid es mir tut, aber Malun hat euch praktisch für vogelfrei erklärt und Megas wird sich die Gelegenheit nicht entgehen lassen, euch zur Strecke zu bringen. Wenn ihr also den Weg zum Palast oder zu einem der Tore wählt, dann ist die Wahrscheinlichkeit, dass er Erfolg hat, sehr hoch."

„Verdammter Megas!", fluchte Targ. „Es ist ihm schon wieder gelungen, uns in die Defensive zu drängen." Erbost wandte er sich an Shyrali. „Aber eines musst du mir verraten: Wenn du schon auf Megas' Schiff warst und dein Auftraggeber ihn so sehr hasst, warum ist dieser götterverhasste Verräter Megas dann jetzt noch am Leben? Hättest du uns nicht allen einen Gefallen tun können und ihn mit etwas Gift oder einer scharfen Klinge in einem günstigen Moment zu den Dämonen der Zwischenwelt schicken können? Die lecken sich nämlich schon eine geraume Weile die Krallen nach ihm."

„Oh, das hätte ich sicherlich tun können", entgegnete Shyrali, als handle es sich dabei um ein Kinderspiel, „aber es gibt verschiedene Gründe, warum mein Auftraggeber das zu diesem Zeitpunkt nicht wünscht. Zuallererst würde Megas' Tod die Citpriesterschaft nur noch weiter stärken, was für jeden, der nicht dem viergöttlichen Glauben anhängt, wie eben auch mein Auftraggeber, eine Bedrohung darstellt. Die Kirche hat sich zwar mit Megas verbündet, um Techel zu vertreiben und selbst die Macht zu ergreifen, aber nun, nachdem ihr gemeinsamer Feind geschlagen ist, gilt Megas als ihr gefährlichster Konkurrent um die Vorherrschaft in Citheon. Nur die Anwesenheit von Ardens Armee und einiger weiterer Heerscharen, die die Kirche mittlerweile aus dem ganzen Land in der Nähe von Tilet zusammengezogen hat, dürfte verhindern, dass Megas sich nach der Eroberung des Hafens auch die ganze Stadt unter den Nagel reißt. Offiziell sind die anstehenden Feierlichkeiten anlässlich der Krönungszeremonie der Grund für den verstärkten Truppenaufmarsch und nach außen wird natürlich zwischen Megas und der Kirche Einvernehmen demonstriert. Aber letztlich bleibt Megas für die Priesterschaft ein Ungläubiger, mit dem nur deshalb noch ein Bündnis besteht, weil er als Gegner eine noch größere Bedrohung darstellen würde." Sie schenkte Targ einen eindringlichen Blick, dem dieser nicht lange standzuhalten vermochte. Shyrali wusste, dass sie mit ihrem detaillierten Wissen schon längst den Respekt dieser Männer erworben hatte. Trotzdem gefiel es ihr, wenn auch ihre weiblichen Reize die beabsichtigte Wirkung nicht verfehlten, wie es sich gerade bei Targ hatte beobachten lassen.

„Der zweite Grund, warum ich Megas am Leben ließ", erklärte sie weiter, „war, dass er sich im Moment auf dem Höhepunkt seiner Macht befindet. Wenn er jetzt sterben würde, dann in dem Bewusstsein, beinahe alles, was er sich jemals wünschte, erreicht zu haben. Aber diese Genugtuung will ihm mein Auftraggeber nicht gewähren. Er will ihn zerstören, jeden einzelnen seiner Erfolge zunichtemachen, sodass ihm am Ende nichts mehr bleibt außer seinem kläglichen Leben. Erst dann soll ihm auch das noch genommen werden, so lautet der Wunsch meines Auftraggebers. Und nebenbei gesagt, wäre Megas' Tod auch für euch zu diesem Zeitpunkt kaum hilfreich gewesen, außer vielleicht, um eure Rachegelüste für einen kurzen Moment zu stillen. Denn

Malun hätte mit Sicherheit andere Mittel und Wege für eure Beseitigung gefunden – auch ohne Megas."

Es legte sich ein nachdenkliches Schweigen über den Tisch, das erst nach einer Weile von Meatril beendet wurde.

„Also, es lässt sich wohl nicht leugnen, dass wir uns in einer ziemlich misslichen Lage befinden", stellte er in sachlichem Tonfall fest. „Aber du hast vorhin von zwei Optionen gesprochen, die uns zur Verfügung stehen. Die erste Möglichkeit, dass wir uns zum Tor durchschlagen, scheint ja wohl ziemlich aussichtslos zu sein, aber was wäre denn deiner Meinung nach die zweite?"

Shyrali zauberte ein gewinnendes Lächeln auf ihr Gesicht. „Eure zweite Möglichkeit besteht darin, mir euer ganzes Vertrauen zu schenken."

„Das gefällt mir nicht, wie du dir wohl denken kannst", erwiderte Meatril unumwunden. „Immerhin hast du mich schon zweimal bezüglich deiner wahren Identität belogen und wer kann schon wissen, ob diese Geschichte mit Joshua Tabuk der Wahrheit entspricht. Ich habe da, offen gesagt, erhebliche Zweifel."

Dieser Meatril schien nicht nur gut aussehend, sondern auch ziemlich scharfsinnig zu sein, stellte Shyrali insgeheim fest. Sie musste sich eingestehen, dass er ihr mit jedem Moment besser gefiel, und das beunruhigte sie ein wenig. Es galt, sich nun ganz auf ihren Auftrag zu besinnen, alles Weitere würde sie auf einen späteren Zeitpunkt verschieben müssen. Schließlich spielte sie ein gefährliches Spiel, bei dem sie sich leicht die Finger verbrennen konnte. Wenn sie von Megas' Truppen dabei ertappt werden würde, wie sie den Ecorimkämpfern zur Flucht verhalf, wäre auch Shyralis eigenes Leben kein Kupferstück mehr wert. Um ihre Aufgabe jedoch noch komplizierter zu machen, durften weder ihre vier Schützlinge noch ihr vorgeblicher Auftraggeber Joshua Tabuk erfahren, dass sie in Wirklichkeit für Abak Belchaim, den Berater des früheren Königs Jorig Techel, arbeitete. Schließlich wusste Shyrali sehr genau, dass es Abak war, der die Folter an Josh Tabuk und den Überfall auf die Kriegerschule Ecorim zu verantworten hatte. Und es gab Grund zu der Befürchtung, dass die Männer, welche sie hier so gewagt für ihre Zwecke einzuspannen versuchte, diese Zusammenhänge ebenfalls kannten. Deshalb durfte zumindest vorerst keiner von ihnen die Wahrheit über Shyralis wahren Herrn erfahren.

„Aber bislang waren meine kleinen Schwindeleien doch noch nie zu Eurem Nachteil, Meatril“, säuselte Shyrali unter Aufbietung ihres ganzen Liebreizes. „Und wenn ich euch allen wirklich hätte schaden wollen, dann wäre dazu bereits ausgiebig Gelegenheit gewesen. Auf jeden Fall hätte ich nicht den Aufwand betreiben müssen, euch in dieses Gasthaus zu bringen. Stattdessen hätte ich mich einfach zurücklehnen und Megas die Sache für mich erledigen lassen können. Denn vergesst nicht, wenn ich nicht gewesen wäre, dann wärt ihr jetzt vermutlich schon tot.“

„Na, vielleicht unterschätzt du uns doch ein wenig“, brummte Targ missmutig, entgegnete aber sonst nichts weiter. Ebenso grimmig blickte Meatril drein.

„Also, ich sage es ja nicht gern“, ließ sich Eringar vernehmen, „aber es scheint, als könnten wir uns nur entscheiden, entweder so lange in dieser stinkenden Räucherbude zu sitzen, bis wir ersticken, oder aber nach draußen zu gehen, um es mit Megas' Armee aufzunehmen. Ich hätte gerne noch eine weitere Möglichkeit zur Auswahl, also warum erklärst du uns nicht einfach, was du vorhast?“ Er sah Shyrali an.

„Wenigstens einer, der nicht ganz von Misstrauen zerfressen ist“, bemerkte Shyrali mit sanftem Spott. „Also, zunächst einmal müsstet ihr leider noch eine Weile in dieser sonnigen Einkehr hier ausharren, bis ich einige Dinge geregelt habe. Ich komme dann mit einem Händlerkarren oder etwas in der Art zurück, auf dem ihr euch unter einer Plane zwischen irgendwelchen Waren verstecken könnt. Auf diese Weise werde ich euch ungesehen zu dem Schiff schmuggeln, das Joshua Tabuk als Unterkunft dient, solange die ho'nebische Flotte hier vor Anker leigt. Dort wird euch Megas nicht suchen und wir können euch bei Gelegenheit unbemerkt aus der Stadt bringen. Das ist schon alles.“

Eringar sah seine Gefährten an. „Das klingt doch gar nicht so schlecht, meint ihr nicht?“

Es folgte zunächst keine Reaktion, was Shyrali schon befürchten ließ, dass ihr Plan doch noch am störrischen Stolz der übrigen Ecorimkämpfer scheitern könnte. Doch dann war es ausgerechnet der schweigsame Deran, der die Angelegenheit auf den Punkt brachte:

„Wir haben keine andere Wahl“, sagte er in entschiedenem Ton. „Entweder diese unliebsame List oder ein sinnloser Tod.“

Targ nickte zustimmend, aber Shyrali konnte erkennen, wie schwer ihm dieses Eingeständnis fiel. Immerhin hatte er bereits auf eine Abrechnung mit Megas gehofft und nun musste er sich schmählich in einem Händlerkarren verbergen, um den Häschern seines Todfeindes zu entgehen. Es bedurfte keines besonderen Einfühlungsvermögens, um sich den inneren Konflikt auszumalen, der den jungen Schwertträger gerade plagte.

„Also gut“, stimmte schließlich auch Meatril zu. „Tu, was du kannst, um uns unentdeckt auf Kapitän Tabuks Schiff zu bringen. Dann werden wir weitersehen.“

„Darauf sollten wir trinken“, schlug Shyrali erfreut vor. „Auf euer neu gewonnenes Vertrauen!“ Sie hob ihren Krug.

Eringar war der Erste, der es ihr gleichtat, ein wenig später folgten Deran und Meatril, nur Targ zögerte. „Vielleicht solltest du uns vorher noch deinen Namen verraten“, meinte er übellaunig, „ich stoße nämlich nicht mit Unbekannten an.“

„Man nennt mich Ella“, log Shyrali, ohne nachdenken zu müssen. Ihren wahren Namen behielt sie bei solchen Gelegenheiten stets für sich, denn es war in ihrem Gewerbe nicht ratsam, zu viel von sich selbst preiszugeben.

„Also gut, Ella“, sagte Targ und ließ seinen Krug so schwungvoll gegen den ihren krachen, dass ein wenig des Inhalts auf die Tischplatte spritzte. „Wollen wir hoffen, dass unser Vertrauen in dich auch gerechtfertigt ist. Wenn ich Megas schon nicht heute die Klinge an die Kehle setzen kann, dann möchte ich gerne lange genug leben, um das bei einer anderen Gelegenheit nachzuholen. Enttäusch mich also nicht!“

„Keine Sorge, du wirst deine Rache bekommen“, beteuerte Shyrali, „nur nicht heute.“ Sie prostete auch den anderen zu und alle nahmen einen großen Schluck aus ihren Krügen.

„Eigentlich schmeckt das gar nicht so schlecht“, stellte Eringar fest und wischte sich dezent mit dem Handrücken über den Mund. „Ich glaube aber nicht, dass ich etwas Derartiges schon mal getrunken habe. Was ist das denn?“

Shyrali erhob sich mit einem verschmitzten Lächeln. „Das gibt es hier im Süden nur im Sommer, ihr habt also Glück, dass ihr zur richtigen Jahreszeit in Tilet seid. Für das Getränk werden Grupper gesammelt, zerstampft, ausgepresst und dann mit verschiedenen Säften und Gewürzen viele Tage vergoren, bis daraus dieses schmackhafte Getränk entsteht.“

„Und was sind Grupper?“, erkundigte sich Eringar gespannt.

„Das sind Heuschrecken, die jedes Jahr im Sommer in großen Schwärmen bei uns einfallen“, erklärte Shyrali fröhlich. „Ihr könnt euch noch einen Krug bestellen, ich werde mindestens eine halbe Stunde weg sein.“ Sie ignorierte die gequälten Gesichter der Ecorimkämpfer, die sichtliche Mühe hatten, das eben ihre Kehlen hinabgeflossene Heuschreckengebräu bei sich zu behalten, und deutete stattdessen ungerührt auf eine kleine unauffällige Tür gleich neben ihrem Tisch. „Falls doch eine Patrouille hier auftaucht, dann könnt ihr, ohne entdeckt zu werden, dort drüben durch die Hintertür verschwinden und zurückkehren, sobald die Luft wieder rein ist.“ Sie wandte sich zum Gehen. „Bis später!“

Als Shyrali ihre Schützlinge, wie sie die vier Schwertfechter gerne insgeheim nannte, hinter sich gelassen hatte, begannen sich ihre Gedanken augenblicklich um das nächste zu bewältigende Problem zu drehen. Denn sie hatte nur den ersten Teil ihres recht spontanen Rettungsplans für die Ecorimkämpfer gemeistert, jetzt musste sie noch zusehen, wie sie Joshua Tabuk davon überzeugen konnte, mitzuspielen. Natürlich war sie ihm schon in ihrer Verkleidung als Bajulatin gegenübergetreten, hatte ihn in Abaks Auftrag ein wenig ausgehorcht und ihn dazu gebracht, ihre Dienste auch Megas zu empfehlen. Allerdings ahnte Kapitän Tabuk rein gar nichts von ihrem Plan, sein Schiff als Versteck für die von seinem Herrn gesuchten Ecorimkämpfer zu benutzen. Shyrali musste auf die Informationen vertrauen, die ihr Abak über Josh Tabuk gegeben hatte und die sie selbst während der kurzen Zeit in seiner Gesellschaft hatte sammeln können. Alles deutete darauf hin, dass der Kapitän seinem Befehlshaber Megas Arud’Adakin ganz und gar nicht wohlgesinnt war, allerdings machte ihn das noch nicht zwangsläufig zum Verräter. Es würde Shyralis ganze Überzeugungskraft erfordern, damit sich die Dinge so entwickelten, wie es für sie und damit letztlich für Abak und Jorig Techel von Vorteil war. Doch Shyrali lächelte zuversichtlich. Nicht umsonst hatte der Berater des entmachteten Königs von Citheon seine beste Agentin nach Tilet geschickt.

Ausgespielt

Es dauerte über eine Stunde, bis Shyrali endlich zurückkehrte. Sie war bester Laune und wie versprochen hatte sie einen Händlerkarren organisiert, der von einem Ochsen gezogen wurde und auf dessen Ladefläche vier Fässer in verschiedenen Größen standen. Allerdings erwies es sich als ein hartes Stück Überzeugungsarbeit, bis die ganz und gar nicht begeisterten Ecorimkämpfer einsahen, dass ihr Transport in diesen beengten Behältnissen die einzige Möglichkeit darstellte, nicht nur ungesehen bis zu Tabuks Schiff, sondern auch als Teil der Ladung an Bord zu gelangen. Obwohl für Deran natürlich das größte Fass vorgesehen war, stellte gerade bei ihm das Hineinzwängen höchste Anforderung an die Biegsamkeit seiner Gliedmaßen. Schließlich musste Shyrali sogar noch nach Leibeskräften von oben drücken, bis sich der Deckel des großen Weinfasses endlich über Derans Kopf schließen ließ.

Nachdem diese beschwerliche Aufgabe gemeistert war, nahm Shyrali den Ochsen am Halfter und fuhr den Karren aus dem kleinen Hinterhof, in dem sich das Verladen der Ecorimkämpfer einigermaßen unauffällig hatte bewerkstelligen lassen. Danach schlug sie den direkten Weg zum Hafen ein, um möglichst schnell mit ihrer wertvollen Fracht zu Kapitän Tabuks Schiff zu gelangen. Sie war hochzufrieden mit sich. Alles fügte sich so zusammen, als wäre es lange im Voraus geplant gewesen. In Wirklichkeit aber hatte Shyrali meistens einfach nur improvisiert, denn die Ereignisse hatten sich so überstürzt, dass diesmal spontane Entscheidungen und rasches Handel die von Abak stets gepredigte sorgfältige Vorbereitung hatten ersetzen müssen. Umso stolzer durfte sie auf das Erreichte sein. Nicht nur, dass sie die Ecorimkämpfer vor Megas' Soldaten bewahrt hatte, es war ihr auch gelungen, Joshua Tabuk durch eine rührselige Geschichte in kürzester Zeit dazu zu bewegen, diese vier erbitterten Feinde des Inselherrn von Ho'Neb auf seinem Schiff zu verbergen. Shyrali hatte dem Kapitän erzählt, sie habe sich bei den gestrigen Feierlichkeiten im Palast, wo sie als Bajulatin für die körperliche Entspannung der Gäste sorgen sollte, unsterblich in einen der Ecorimkämpfer verliebt. Dann, so berichtete sie Tabuk weiter, habe sie bei ihrem Aufenthalt auf Megas' Schiff zufällig mit anhören müssen, dass der Inselherr ebendiesem Geliebten nach dem Leben trachte, und sich daher zu einer riskanten Rettungstat entschlossen. Untermalt von einigem Schluchzen und Seufzen, konnte Shyrali Josh Tabuk diese Erklärung für ihre momentane missliche Lage tatsächlich glaubhaft machen. Die Abneigung des Kapitäns gegen seinen Herrn Megas Arud'Adakin tat das Übrige. Ohne dass sie ihn direkt danach fragen musste, bot ihr Tabuk letztlich seine Hilfe an.

Bei solchen Erfolgen würde selbst Abak keinen Grund für Tadel finden. Vielleicht würde er sich sogar zu einem seltenen Lob überwinden. Denn schließlich war Shyrali gerade im Begriff, die größten Feinde des Reichsverräters Megas zu einer Allianz zusammenzuschmieden, die dem Inselherrn von Ho'Neb in naher Zukunft durchaus gefährlich werden konnte. Genau das war es, was ihr Meister Abak Belchaim immer als die hohe Kunst der passiven Unterwanderung pries. Auf diese Weise konnte Megas geschwächt werden, ohne dass dafür die momentan sehr knappen finanziellen und militärischen Mittel ihres Herrn Jorig Techel strapaziert werden mussten.

Ohne Schwierigkeiten passierte Shyrali mit ihrem Ochsenkarren zwei von Megas' Patrouillen und erreichte unbehelligt den Steg, an dessen Ende das Schiff von Josh Tabuk lag. Zugtier und Karren waren zu schwer für den hölzernen Steg, weshalb sie mit ihren Fässern auf der Kaistraße warten musste, bis ein paar Matrosen zu Hilfe eilten, um die vermeintliche Warenlieferung in den Laderaum des Schiffes zu bringen. Die Fässer wurden von den Matrosen über zwei parallel an den Transportkarren gelegte Stangen auf den Steg hinabgerollt und dann weiter über fast hundert Schritt bis zu einer Rampe, die hinauf aufs Schiff führte. Wenn die Ecorimkämpfer nicht schon nach dem Genuss des Grupps von furchtbarer Übelkeit geplagt waren, dann würden ihre Mägen spätestens nach dieser Strapaze rebellieren, dachte Shyrali ein wenig mitleidig, aber nicht allzu besorgt. Shyrali folgte der Fracht leichtfüßig, ohne dass sie von den Schiffswachen aufgehalten wurde. Obwohl sie nicht wie gewöhnlich, wenn sie an Bord kam, ihre Bajulatinnenrobe trug, kannte man inzwischen ihr Gesicht. Die verstohlenen Blicke, welche ihr von einigen Soldaten zugeworfen wurden, erklärte sie sich mit der Tatsache, dass Schiffsbesatzungen hübsche, junge Frauen wie sie wahrscheinlich nicht allzu oft zu Gesicht bekamen.

Über weitere Rampen ging es nun wieder abwärts zum Ladedeck im Bauch des Seglers. Auch dorthin begleitete Shyrali ihre Fässer, da sie befürchtete, die Matrosen würden unwissentlich doch zu unsanft mit der menschlichen Fracht darin umspringen. Doch schließlich hatten sie das unterste Schiffsdeck erreicht, das durch massive Holzwände in mehrere Bereiche eingeteilt war. Durch zwei breite Türen wurden die Fässer in eine Ecke des nur zur Hälfte gefüllten hintersten Laderaums gerollt und dort aufrecht abgestellt.

Shyrali bedankte sich bei den Matrosen mit einem freundlichen Nicken, das jedoch keine Erwiderung fand. Stattdessen verließen die Seeleute schweigend und geradezu hastig den Raum. Ohne eine Erklärung schloss der letzte hinter sich die Tür. Shyrali stutzte, doch es war bereits zu spät. Noch ehe sie reagieren konnte, war das kratzige Geräusch eines Schlüssels zu vernehmen, der zweimal im Schloss herumgedreht wurde. Aufgeregt eilte sie zu der Tür und hämmerte dagegen.

„Heh!“, rief sie nervös. „Macht sofort auf! Kapitän Tabuk wird nicht erfreut sein, wenn er hört, dass ihr mich hier unten eingeschlossen habt!“

„Das geschieht auf direkten Befehl vom Käpt’n“, hörte sie eine Stimme hinter der Tür sagen, gefolgt von einem hämischen Lachen.

Ein großer Stein schien in ihren Magen hinabzusinken. Hatte Josh Tabuk sie etwa hintergangen? Sollte sie den so gutmütig wirkenden Krüppel doch völlig falsch eingeschätzt haben? Sie presste verbissen ihre Stirn gegen die verschlossene Tür, während sie die aufkommende Verzweiflung niederzukämpfen versuchte. Abaks mahnende Worte klangen ihr plötzlich im Ohr:

„Werfe niemals die Vorsicht über Bord, nur weil der Wind gerade günstig steht!“

Genau diesen Ratschlag hatte sie nicht beherzigt, sondern sich stattdessen in eitler Selbstzufriedenheit gesonnt. Für dieses voreilige und dumme Verhalten bezahlte sie nun. Sie sah sich nach den Fässern um. Wie sollte sie das den Ecorimkämpfern erklären? Am liebsten hätte Shyrali die vier einfach in ihren unbequemen Verstecken gelassen, aber natürlich konnte sie ihnen das nicht zumuten, weil darin wahrscheinlich langsam die Luft zum Atmen knapp wurde. Es ließ sich nicht vermeiden, dass sie die Ecorimkämpfer befreite, und somit würde unweigerlich der Moment kommen, in dem sie nach dem Grund für die verschlossene Tür befragt werden würde. Ein wenig machte sie sich dabei auch Sorgen um ihre eigene Sicherheit, denn schließlich wäre sie dann mit den vermutlich sehr zornigen Schwertfechtern allein in diesem Lagerraum. Sie vermochte sich zwar ihrer Haut durchaus zu erwehren, aber gegen vier ausgebildete Krieger wollte sie dann doch lieber nicht antreten müssen. Demnach hatte sie lediglich die Wahl, es mit der unangenehmen Wahrheit zu versuchen und anschließend auf ihre Wirkung in der Rolle der hinreißend reumütigen Büßerin zu setzen oder aber noch eine weitere Schicht Lügen auf die bereits bestehenden aufzutragen. Nach kurzem Überlegen entschied sie sich für Letzteres. Die Wahrheit war einfach zu gefährlich.

Also machte sie sich schweren Herzens daran, die Deckel der Fässer zu öffnen und den reichlich mitgenommenen Ecorimkämpfern beim Herausklettern zu helfen. Als sie alle wieder auf den Füßen waren, ihre Gliedmaßen gestreckt und ausreichend über den beengten Transport gemeckert hatten, stellte sich Shyrali mit einem zuckersüßen Lächeln vor die vier hin und erklärte:

„Willkommen auf Kapitän Tabuks Schiff. Bevor ihr euch wundert, warum die Tür des Laderaums verschlossen ist, in dem wir uns gerade befinden, möchte ich euch lieber gleich sagen, dass das nur zu unser aller Sicherheit geschieht. Falls sich einer von Megas' Leuten nach hier unten verirren sollte, dann wird er nur eine verriegelte Tür vorfinden."

„Du hast doch gesagt, hier würde uns keiner von Megas'

Soldaten suchen“, erwiderte Meatril, dessen Misstrauen sofort geweckt war.

„Nun ja“, bemühte sich Shyrali um eine schlüssige Begründung, „es ist sehr unwahrscheinlich, aber der Kapitän wollte eben ganz sichergehen.“

„Und wieso haben sie dich dann gleich mit eingesperrt?“, erkundigte sich Targ ebenso argwöhnisch. „Nach dir sucht doch niemand. Sollst du uns etwa in diesem dunklen Laderaum Gesellschaft leisten, damit uns die Zeit nicht lang wird?“

„Ihr werdet lachen“, antwortete Shyrali, der mittlerweile die kreativen Einfälle ausgingen, „aber genauso ist es.“

Das lief überhaupt nicht gut, dachte sie betroffen. So dilettantisch hatte sie nicht mehr gelogen, seit sie fünf war.

„Kapitän Tabuk wünscht“, versuchte sie es weiter, „dass ihr diese Maßnahme nicht missversteht, und deshalb hat er mich gebeten, euch die Sache zu erklären. Er wird selbst mit euch sprechen, sobald es sicher genug ist.“

„Oder er nutzt die Zeit, um seinen Herrn Megas zu informieren“, ergänzte Targ bissig. Er kam bedrohlich auf die junge Frau zu. „Dass dich dieser Josh Tabuk bei uns gelassen hat, könnte zwar bedeuten, dass er dich ohne dein Wissen benutzt hat, um uns hierherzulocken, es wäre aber auch möglich, dass du sehr wohl Bescheid wusstest und dein Hiersein einfach dazu dient, uns in Sicherheit zu wiegen.“ Er zog sein Schwert. „Also heraus mit der Sprache, was hat der Kapitän vor?“

Shyrali wich unwillkürlich ein paar Schritte zurück, jedoch stand sie alsbald mit dem Rücken zur Wand und konnte nicht mehr weiter. „Langsam, nur nichts übereilen“, versuchte sie zu beschwichtigen, „ihr zieht da ein paar völlig falsche Schlüsse. Alles ist genau so, wie ich es gesagt habe. Der Kapitän würde Megas niemals auf diese Weise in die Hände spielen. Er hasst und verachtet ihn." Sie hoffte inständig, dass dies ausnahmsweise tatsächlich der Wahrheit entsprach, denn sonst steckte sie und mit ihr die Ecorimkämpfer in erheblichen Schwierigkeiten. Falls Tabuk nämlich wider Erwarten loyal zu seinem Herrn stand, dann würden mit großer Wahrscheinlichkeit tatsächlich bald Megas' Truppen hier erschienen. „Wozu hätte ich denn sonst den Aufwand getrieben, euch hierherzubringen?", gab sie zu bedenken, allerdings mehr, um ihren eigenen aufkommenden Zweifeln zu widersprechen. „Es hätte doch genügt, einen Trupp Soldaten zu der Gaststube zu schicken, in der ihr gewartet habt."

„Vielleicht war ihm das zu unsicher", warf Meatril ein, der ebenfalls mit grimmiger Miene näher getreten war, seine Waffe aber nicht gezogen hatte. „Möglicherweise war es Tabuk lieber, uns säuberlich in Fässer verpackt auf sein Schiff geliefert zu bekommen, wie du es so vortrefflich für ihn arrangiert hast."

„Nein, nein, nein", beteuerte Shyrali vehement, „so ist es ganz sicher nicht. Ihr werdet sehen, Kapitän Tabuk wird bald hier unten erscheinen und dann kann er alles aufklären. Nur noch etwas Geduld." Sie schielte besorgt auf Targs gezückte Klinge. „Und in der Zwischenzeit wäre ich Euch dankbar, wenn Ihr diesen garstig scharfen Stahl dort wieder in seine Umhüllung schickt. Ich würde es doch bevorzugen, in einem Stück zu bleiben."

Meatril legte Targ besänftigend die Hand auf den Schwertarm. „Lass gut sein, Targ, das bringt uns jetzt wirklich nicht weiter. Sehen wir lieber zu, wie wir hier endlich rauskommen."

Targ ließ widerstrebend von der eingeschüchterten Shyrali ab und versetzte dann der Wand einen zornigen Schlag mit dem Knauf seiner Waffe. „Verflucht“, schimpfte er, „ich habe gewusst, dass wir ihr nicht vertrauen können.“

„Du kannst deine Wut gleich an der Tür auslassen“, schlug Meatril vor. „Deran, hilf uns doch mal bitte. Wir müssen versuchen, das Schwert in den Türspalt zu stecken, und es als Hebel benutzen, um das Schloss aufzubrechen.“

Die jungen Männer mühten sich eine Weile ab, aber Tür und Schloss erwiesen sich als stabiler als vermutet. Da sie nicht riskieren wollten, Targs Waffe zu zerbrechen, konnten sie auch nicht mit ganzer Kraft drücken. Schließlich verloren Targ und Deran die Geduld, nahmen Anlauf und warfen sich mit ihren Schultern gegen die Tür. Aber trotz der vereinten Kräfte der Soldarin-Brüder blieb dieser Ansturm erfolglos, und auch zwei weitere Versuche bewirkten nichts, außer dass beide sich danach die schmerzenden Schultern rieben. Frustriert sanken sie letztlich, mit dem Rücken an die Wand gelehnt, auf den Boden nieder und ließen die Köpfe hängen.

„Ich gebe ja zu, dass diese Maßnahme ein wenig eigentümlich ist“, unternahm Shyrali einen weiteren Versuch, ihre Mitgefangenen milde zu stimmen. „Aber ich verspreche euch, dass sich alles aufklären wird.“

„Halt jetzt einfach den Mund“, knurrte Targ sie an, „sonst vergesse ich mich.“

Solchermaßen zurechtgewiesen, verstummte Shyrali und lehnte sich gekränkt gegen eines der Fässer. Vielleicht wäre die Wahrheit doch die bessere Alternative gewesen, vor allem weil sie keine Vorstellung davon hatte, wie es jetzt weitergehen sollte, überlegte sie. Die Ecorimkämpfer hatten ihre Erklärung, dass das Verriegeln der Tür eine reine Vorsichtsmaßnahme gewesen sei, nicht geglaubt, was auch kein Wunder war, denn dies gehörte sicherlich nicht zu ihren besten Lügengeschichten. Wenn ihr wirklich großes Glück beschieden war und Josh Tabuk davon absah, Megas zu informieren, blieb immer noch das Problem, dass er ihre Schwindeleien den Ecorimkämpfern gegenüber nicht decken würde, denn er wusste ja schlichtweg nichts davon. Wenn er sich wirklich zu einem Gespräch mit all seinen Gefangenen ins unterste Deck herabbemühte, dann bestand keinerlei Hoffnung, den Ecorimkämpfern weiter vorgaukeln zu können, dass Shyrali für Kapitän Tabuk arbeitete. Kamen sie aber dieser Lüge auf die Schliche, würden sie natürlich sogleich Fragen nach Shyralis wahrem Auftraggeber stellen, und ob es ihr dann gelingen würde, Abaks Namen weiterhin zu verheimlichen, bezweifelte sie. Sie fürchtete sich ein wenig vor dem, was ihr bevorstand, wenn ihre Verbindung zu Jorig Techel und seinem Ratgeber erst einmal offenkundig wurde.

Unruhig begann Shyrali, im Raum auf und ab zu laufen, bis Targs strafender Blick sie dazu veranlasste, sich hinzusetzen. Die Zeit wurde ihr unendlich lang. Sie versuchte, sich zu beschäftigen, indem sie alle Holzplanken zählte, aus denen Boden, Wände und Decke des Lagerraumes bestanden.

Nach einer Weile ertappte sie sich dabei, wie sie den schweigsam vor sich hin starrenden Meatril genauer in Augenschein nahm und sich ihr dabei ungewollt die müßige Frage aufdrängte, was er denn wohl in diesem Moment von ihr halten mochte. Plötzlich unterbrachen schwere Schritte vor der Tür ihr Grübeln. Alle fünf Gefangenen fuhren gleichzeitig auf, die Ecorimkämpfer griffen nach ihren Schwertern. Jetzt würde sich endlich zeigen, wie die Dinge lagen.

Der Schlüssel drehte sich im Schloss und die Tür schwang auf. Zunächst ließen sich nur zwei Soldaten mit Öllaternen sehen, doch diese traten sogleich zur Seite und gaben den Weg frei für eine hinkende Gestalt. Der schlurfende Gang, die gebückte Haltung und die narbenübersäte Haut machten Josh Tabuk unverkennbar. Shyrali hatte den Kapitän in den letzten Tagen bereits häufiger gesehen und ihm sogar des Öfteren die schmerzenden Muskeln seines verdrehten Leibs weich geknetet, dennoch stellte der Anblick seines zerfransten Gesichts immer wieder eine Prüfung für ihre Selbstbeherrschung dar. Den Ecorimkämpfern erging es augenscheinlich ebenso, denn sie ließen sichtlich erschüttert ihre Klingen sinken.

„Ich denke nicht", erklang Tabuks sonore Stimme, „dass der Einsatz eurer Waffen notwendig sein wird. Ich entschuldige mich für die Unannehmlichkeit, euch hier eingeschlossen zu haben, aber ich wollte sichergehen, dass keiner von euch eine Dummheit begeht und mich meinem Herrn gegenüber in Erklärungsnöte bringt. Schließlich ist es sehr riskant, was ich hier tue."

Shyrali jubelte innerlich, denn der Kapitän hatte gerade nicht nur bestätigt, dass er sich tatsächlich gegen Megas zu stellen gedachte, sondern seine Erklärung für das Einschließen der Ecorimkämpfer entsprach auch beinahe dem, was Shyrali in ihrer Not als Begründung vorgebracht hatte. Anscheinend waren die Würfel des Schicksals zu ihren Gunsten gefallen. Vielleicht würde sie ja doch noch ungeschoren mit ihrer dreisten Lügengeschichte davonkommen.

„Ihr hättet uns auch einfach bitten können, diesen Raum nicht zu verlassen", wandte Meatril ein wenig vorwurfsvoll ein. „Es gab keinen Grund, uns einzusperren."

Die meerblauen Augen des Kapitäns richteten sich starr auf Meatril. „Immerhin wäre es auch möglich gewesen, dass ihr von Megas geschickt wurdet, um meine Loyalität ihm gegenüber zu prüfen. Ich musste erst sicher sein, dass ihr auch wirklich die seid, die ihr zu sein vorgebt."

„Und welchen Beweis hattet Ihr Euch da vorgestellt?", fragte Targ herausfordernd. „Bringt mich zu Megas, dann kann ich ihm den Kopf abschlagen, falls Euch das überzeugt."

„Das ist ein verlockendes Angebot", antwortete der Kapitän, ohne eine Miene zu verziehen, „aber jetzt, da ich euch aus der Nähe gesehen habe, bin ich mir sicher, dass ihr die Wahrheit sprecht."

„Wieso?", fragte Meatril erstaunt.

„Weil ich eure Gesichter noch aus Seewaith kenne", erwiderte Josh Tabuk gelassen. „Ich will euch nichts vormachen. Schon damals stand ich in Megas' Diensten. Meine Aufgabe war unter anderem, Botschaften an Abak Belchaim, den Berater von König Jorig Techel, zu überbringen, für den Megas die Kriegerschule Ecorim ausspionierte."

Unversehens baute sich Targ mit dem Schwert vor dem verkrüppelten Seefahrer auf. „Das heißt also, Ihr seid mitverantwortlich für den Überfall auf unsere Kriegerschule?", rief er anklagend.

Josh gab den besorgt herbeigetretenen Wachen mit der Hand ein Zeichen, nicht einzugreifen. Unbeeindruckt blickte er Targ ins zorngerötete Gesicht. „So ist es", bestätigte er knapp. „Ähnlich wie ich viele von Megas' Verbrechen vorbereitet, unterstützt oder zumindest durch mein Schweigen gedeckt habe. Wenn ihr euch dafür an mir rächen wollt, wird euch niemand hindern."

Verdutzt, aber immer noch aufgebracht starrte Targ den vollkommen ruhig wirkenden Josh Tabuk an.

„Du kannst keinen wehrlosen Krüppel erschlagen", raunte ihm Eringar von der Seite zu. „Das ist nicht ehrenhaft."

„Das weiß ich selbst", fauchte Targ seinen jüngeren Gefährten an und ließ das Schwert sinken. Er wandte sich wieder an den Kapitän. „Aber Euer Tun hat zum Tod meines Bruders geführt und dafür verachte ich Euch zutiefst, Kapitän Tabuk."

„Das ist Euer gutes Recht", gab dieser ungerührt zurück, „und ich bin nicht hier, um Vergebung von Euch zu erbitten."

„Und weshalb seid Ihr dann hier?", wollte Meatril wissen. „Ich meine, gibt es noch einen weiteren Grund für Euer Kommen, außer uns mitzuteilen, dass Ihr geholfen habt, in Seewaith unsere Schwertbrüder zu ermorden?"

Josh verzog den rechten Mundwinkel zu einem Lächeln, während die linke Gesichtshälfte aufgrund der vielen Narben regungslos blieb. „Ich kann eure Verbitterung verstehen und werde eure Schuldzuweisungen akzeptieren. Dennoch solltet ihr euch überwinden, mich wenigstens als das geringere von zwei Übeln zu betrachten. Ich gehe doch recht in der Annahme, dass es in erster Linie Megas ist, dem euer Rachedurst gilt? Ihr habt auf meinem Schiff Schutz gesucht, um nicht von seinen Soldaten aufgespürt und getötet zu werden. Das verrät mir, dass ihr alleine nicht in der Lage seid, euren Racheplan durchzuführen. Ihr braucht Hilfe. Und genau diese bin ich bereit, euch anzubieten, wenn ihr mir ebenfalls behilflich seid."

„Ihr fordert also eine Gegenleistung dafür, dass Ihr uns versteckt", fasste Meatril nüchtern zusammen.

„Oh nein, nicht für das Verstecken", erklärte Joshua Tabuk, „denn spätestens nachdem ich euch so heimlich hierherbringen ließ, habe ich selbst ein Interesse daran, dass mein Herr davon nichts erfährt." Er blickte sich um, nahm einem seiner Soldaten die Öllaterne aus der Hand und bedeutete den Wachen dann, sich zurückzuziehen. Widerstrebend gehorchten diese. Er schloss die Tür.

„Ich beabsichtige, euch dabei zu helfen“, fuhr er mit gedämpfter Stimme fort, „Megas zu vernichten, und zwar auf eine langsame, demütigende Art und Weise.“

Damit hatte er sich das Interesse der Ecorimkämpfer gesichert und auch Shyrali wurde hellhörig, blieb aber dennoch weiter im Hintergrund, da sie auf keinen Fall die Aufmerksamkeit des Kapitäns auf sich ziehen wollte.

„Das klingt gut“, bemerkte Targ, „sprecht weiter. Was müssen wir dafür tun?“

„Im Grunde ist eure Aufgabe sehr einfach“, entgegnete der Kapitän. „Ihr müsst lediglich eine Botschaft für mich überbringen.“

„Eine Botschaft?“, platzte Eringar dazwischen. „Wohin? Und warum braucht Ihr dafür ausgerechnet uns?“

„Immer mit der Ruhe“, sagte Josh Tabuk nachsichtig, „dafür muss ich ein wenig weiter ausholen. Die Citkirche und Megas machen bereits viel länger gemeinsame Sache, als ihr vermuten würdet. Schon bevor Megas nach Seewaith kam, hat er versucht, Jorig Techel zu schwächen, indem er Waffen an ein kleines Inselreich namens Ho'Toba lieferte, das sich vom Reich Jovena losgesagt hatte. Damit wollte er die Machtposition Techels untergraben, damit dieser den Rückhalt in seiner Heimat verlor und Megas selbst einmal zum Inselkönig aufsteigen könnte. Dies kam der Citkirche natürlich sehr zupass, da ihnen Techel schon immer ein Dorn im Auge war und sie nur auf den richtigen Moment warteten, bis sie den verhassten Inselherrn loswerden konnten. Deshalb stellten sie die Waffen zur Verfügung, die Megas dann den Rebellen auf Ho'Toba zuspielte. Diese Klingen stammten aber ironischerweise aus der größten königlich-citheonischen Schmiede auf der Insel Andobras, die weit im Norden des Quasul-Jak liegt. Irgendwie gelang es der Kirche dort unbemerkt, neben dem Kriegsmaterial, das an König Techel ging, auch noch für ihre eigenen Zwecke ausreichend Waffen zu produzieren. Um genügend Eisen für die zusätzlichen Schmiedewaren aus dem ebenfalls auf der Insel Andobras liegenden Bergwerk zu fördern, brauchte die Kirche allerdings viele neue Arbeitskräfte. Ursprünglich schürften dort nur Strafgefangene, aber Megas ersetzte diese Verbrecher schon bald durch Sklaven, die er in den ganzen Ostlanden einfangen ließ. So wurden ohne das Wissen von König Jorig in Andobras die Waffen gefertigt, mit denen die Citkirche und Megas Techels Sturz vorantrieben. Doch seit einiger Zeit gibt es keine Lieferungen und auch keinerlei Nachrichten mehr von Andobras. Es kursieren seit Langem ein paar Gerüchte, dass es dort einen Sklavenaufstand gegeben hätte und die ganze Insel gefallen sei. Richtig glauben will das indes keiner und in den Wirren der letzten Zeit konnte und wollte sich weder Techel noch Megas der Sache annehmen. Doch mittlerweile steht fest, dass es sich dabei nicht nur um bloße Gerüchte handelt. Einige Soldaten, die von der Insel Andobras entkommen konnten, haben ausgesagt, dass es den ehemaligen Minensklaven auf Andobras tatsächlich gelungen sei, aus dem Bergwerk auszubrechen und die ganze Insel unter ihre Kontrolle zu bringen. Megas plant nun, mithilfe seiner überlegenen Seestreitmacht Andobras möglichst rasch einzunehmen und damit weite Teile der Waffenproduktion Citheons zu beherrschen."

Tabuk blickte eindringlich in die Runde. „Aber was diese Geschichte für euch so interessant macht, ist der Name des Anführers dieser Aufständischen. Alle von der Insel Geflohenen waren sich darin einig: Der Anführer ist ein kräftiger Krieger, der sein Schwert mit vollendetem Geschick führt und nur ein Auge hat. Sein Name ist Arton."

Shyrali fand es äußerst interessant, zu beobachten, wie diese Enthüllung ihre Wirkung auf die Mienen der Ecorimkämpfer entfaltete. Die grimmige Anspannung wurde regelrecht aus ihren Gesichtern gewischt. Was blieb, war nur noch ehrliche Überraschung.

„Arton lebt?“, stellte Meatril endlich die Frage, welche allen auf den Lippen lag.

„Er ist nicht nur am Leben“, berichtete Tabuk, ohne dass die zerklüfteten Gesichtszüge eine Deutung seiner eigenen Gefühle zuließen, „sondern er hat es sogar fertiggebracht, mit den Minensklaven die Festung Andobras einzunehmen, was bislang noch niemandem gelungen ist. Diese Nachricht hat nicht nur die Citkirche in Unruhe versetzt, sondern insbesondere meinen Herrn, der Arton ebenfalls für tot gehalten hat. Ihr müsst nämlich wissen, dass es Arton unmittelbar nach dem Überfall auf eure Kriegerschule gelungen ist, meinen Herrn zu verfolgen und schließlich in einer abgelegenen Seitengasse zu stellen. Er setzte ihm offenbar so schwer zu, dass Megas beinahe vier Tage nicht mehr zur Besinnung kam. Doch noch bevor Arton meinen Herrn endgültig in die Unterwelt schicken konnte, brach er selbst entkräftet zusammen, wahrscheinlich wegen seiner schweren Kopfverletzung, die ihn auch das linke Auge gekostet hatte. Sowohl er als auch Megas wurden dann von den Assassinen der Silbergilde aufgelesen, die den Anschlag auf eure Lehrstätte durchgeführt hatten. Megas wurde mir besinnungslos überbracht und sie versicherten mir, dass Artons Leben beendet worden war. Es gab allerdings guten Grund, an dieser Aussage zu zweifeln, denn diese Leute versuchen, aus jeder Situation den maximal möglichen Profit herauszuquetschen. Ich ließ daher Erkundigungen einholen, die ergaben, dass Arton in Wirklichkeit an Sklavenhändler verkauft worden war, die ihn in das Bergwerk von Andobras bringen wollten. Es hätte kaum Schwierigkeiten bereitet, das Sklavenschiff aufzuspüren und Arton zu befreien, denn natürlich habe ich an jemanden, der meinen Herrn genug hasst, um ihm nach dem Leben zu trachten, größtes Interesse. Aber ein solches Entermanöver wäre nicht unauffällig vonstattengegangen und dann hätte ich meinem Herrn erklären müssen, weshalb ich auf diese Weise den Nachschub an Arbeitskräften für die so wichtige Erzförderung auf Andobras behindere. Daher entschied ich, zu warten, bis Arton auf Andobras angekommen war, um ihn dann, ohne Aufsehen zu erregen, wieder freizukaufen. Ich musste allerdings erfahren, dass den dort stationierten Soldaten die Kontrolle über das Innere der Mine vollkommen entglitten war und es keiner wagte, das Bergwerk zu betreten. Deshalb gelang es mir auch nicht, Arton dort herauszuholen. Aber wie ich euch ja eben berichtet habe, hat er für seine Befreiung ganz alleine gesorgt."

„Entschuldigt", unterbrach ihn Eringar kopfschüttelnd, „aber jetzt muss ich doch einmal dazwischenfragen, denn all diese unglaublichen Neuigkeiten sind etwas zu viel für mich. Ihr sagt also, unser Meister Arton lebt, wurde versklavt, hat sich selbst wieder befreit und nebenbei noch die ganze Sklaveninsel erobert? Gut, wir kennen Arton, und wenn jemandem so etwas Unfassbares gelingen kann, dann ihm. Aber ich verstehe immer noch nicht, warum Ihr Megas nicht schon längst selbst beseitigt habt, wenn Ihr ihn doch so sehr verachtet. Ich meine, Möglichkeiten dazu gab es ja bereits reichlich, die beste wohl, als er bewusstlos auf Euer Schiff gebracht wurde. Was hätte Euch da gehindert, ihn einfach an seinen Verletzungen sterben zu lassen?"

Josh Tabuk warf dem jungen Etecrari einen sonderbar verklärten Blick zu. „Meine Tochter dürfte vielleicht ein bisschen älter sein als du, aber höchstens zwei, drei Jahre. Ich kann nicht erwarten, dass jemand in deinem Alter begreift, was es heißt, Vater zu sein. Aber vielleicht kennst du das Sprichwort ‚Kinder zu haben, bedeutet, dem Schicksal Geiseln zu geben'. In meinem Fall ist es allerdings nicht das Schicksal, das meine Tochter bedroht. Es ist Megas, der mir klar zu verstehen gegeben hat, dass das Leben meiner Tochter verwirkt ist, sollte ihm etwas passieren oder es Grund zu der Annahme geben, dass ich ihn verrate. Aus diesem Grund habe ich sogar die Folter über mich ergehen lassen, die aus mir das machte, was ihr jetzt seht." Seine tiefgründigen blauen Augen wanderten von einem zum anderen, doch selbst Meatril wich seinem forschenden Blick aus und senkte betroffen den Kopf.

„Ich sage dies nicht, um euer Mitleid zu erregen", ergänzte der Kapitän, „sondern damit ihr versteht, weshalb ich so vorsichtig und indirekt vorgehen muss. Aus demselben Grund kann ich auch nicht selbst nach Andobras fahren, um Kontakt mit Arton aufzunehmen. Wenn ich ihn richtig einschätze, würde Arton zudem auch einem Kapitän des Inselherrn Arud'Adakin eher den Kopf einschlagen, als ihm sein Vertrauen zu schenken. Daher brauche ich jemanden, den er kennt und der über alle Zweifel erhaben ist, und wer würde sich dafür besser eignen als ihr?"

„Natürlich möchten wir Arton gerne wiedersehen", meinte Meatril nach einem Moment nachdenklichen Schweigens, „aber wie soll es dann weitergehen? Er wird die Insel nicht ohne Weiteres aufgeben, wenn er von uns hört, dass ein Angriff droht. Möglicherweise wird er versuchen, zu kämpfen. Was genau versprecht Ihr Euch also davon, uns nach Andobras zu schicken?"

„Ihr habt mich gänzlich missverstanden", erwiderte Kapitän Tabuk geduldig. „Ich will nicht, dass ihr ihn dazu bewegt, die Insel zu verlassen, sondern er soll unbedingt dort ausharren. Wenn es Megas gelingt, Andobras einzunehmen und damit die Kontrolle über beinahe die gesamte Waffenproduktion Citheons zu erringen, dann wird er dadurch über kurz oder lang zum mächtigsten Mann der Ostlande aufsteigen. Selbst die Citkirche wird ihn dann kaum noch im Zaum halten können. Sollte das geschehen, wird er für mich und auch für euch unantastbar werden, deshalb müssen wir das um jeden Preis verhindern. Denn erst, wenn seine Macht und sein Einfluss so weit geschrumpft sind, dass er nicht mehr nach Belieben das Leben meiner Tochter bedrohen kann, werde ich ihn gefahrlos töten können oder zulassen, dass dies ein anderer versucht." Er sah noch einmal eindringlich in die Runde, so als wolle er sichergehen, dass alle seine Beweggründe verstanden hatten und sich in keinem der Gesichter Widerspruch dagegen abzeichneten.

„Mein Plan sieht vor", fuhr Tabuk fort, „dass ihr mit einem kleinen Segler nach Andobras fahrt und Arton aufsucht. Ihr werdet ihn fragen, was er für die Verteidigung der Insel benötigt, und sobald ihr mir diese Information weitergeleitet habt, werde ich mein Möglichstes tun, um alles heimlich auf die Insel zu schaffen. Das Einzige, womit ich nicht dienen kann, sind Truppen, denn Soldaten können in Gefangenschaft geraten und zum Sprechen gebracht werden. Dann besteht die Gefahr, dass Megas meine Beteiligung an der Sache aufdeckt, und das darf, wie gesagt, unter keinen Umständen geschehen. Alles andere, wie Waffen, Rüstungen, Pfeile, Katapulte, Nahrung und Baumaterialien, sollte sich beschaffen lassen und wird nicht mit mir in Verbindung gebracht werden können, selbst wenn die Insel trotz unserer Bemühungen fällt. Selbstverständlich setze ich voraus, dass auch ihr zu niemandem außer Arton ein Wort darüber verliert, wer euch dabei hilft, diese Ausrüstung zu beschaffen."

„Verstehe ich Euch richtig", fragte Meatril skeptisch, „dass Ihr Andobras so weit aufrüsten wollt, dass es gegen den Angriff Eurer eigenen Truppen standhält? Ihr werdet doch sicherlich bei einem Eroberungsversuch Megas' Flotte kommandieren. Also führt Ihr wissentlich Eure eigenen Leute ins Verderben?"

Kapitän Tabuk nahm diese anklagende Bemerkung scheinbar völlig emotionslos auf. „Zunächst muss ich offenbar noch einmal klarstellen, dass ich absolut alles tun würde, um meine Tochter dauerhaft von dieser Bedrohung durch Megas zu befreien. Trotzdem möchte ich natürlich, wenn möglich, vermeiden, dass bei meinem Plan übermäßig viele meiner Leute zu Schaden kommen. Wenn ich die Flotte ganz allein führen würde, ließe sich dies relativ einfach bewerkstelligen. Es wäre vollkommen nachvollziehbar und unverdächtig, wenn ich den Angriff auf die Insel bei entsprechend starker Gegenwehr abbrechen lasse, um größere Verluste an Schiffen und Menschen zu vermeiden. Doch leider vertraut mir Megas nicht genug, um ein solch wichtiges Unternehmen ganz in meine Hände zu legen. In der Regel verlässt er sich zwar auf mein seemännisches Urteilsvermögen, aber alle militärischen Entscheidungen trifft er selbst. Wenn allerdings die starke Verteidigung von Andobras selbst Megas davon überzeugt, dass ihn die Eroberung der Insel einen Gutteil seiner Flotte kosten kann, dann sollte auch er zu dem Schluss kommen, dass rascher Rückzug die beste Option ist. Seine Schiffe sind sein wichtigstes Machtinstrument, er wird sie nicht leichtfertig aufs Spiel setzen."

„Aber dann wird Megas entkommen", wandte Deran ein, der bisher beharrlich geschwiegen hatte.

„Das ist wahr“, bekannte Joshua Tabuk an den fast drei Köpfe größeren Ecorimkämpfer gewandt, „aber wie ich bereits sagte, braucht unsere Rache Geduld. Wenn ihr an schneller Vergeltung interessiert seid, dann müsst ihr es auf eigene Faust versuchen. Meine Unterstützung biete ich euch nur, wenn ihr meine Bedingungen akzeptiert.“

„Wer garantiert uns, dass Ihr uns nicht dazu benutzen wollt, die Verteidigung der Insel Andobras auszuspionieren?“, verlangte Targ zu erfahren. „Eure Geschichte mit der Tochter, deren Leben von Megas bedroht wird, könnte auch einfach nur eine geschickte Lüge sein, um unser Vertrauen zu erschleichen.“

Tabuk schnitt wieder jene beklemmende, einseitige Grimasse, die ein Lächeln darstellen sollte. „Ihr werdet wohl zugeben müssen, dass sich meine körperliche Verfassung schwerlich vortäuschen lässt. Somit könnt ihr schon einmal als bewiesen ansehen, dass ich Megas aus tiefstem Herzen hasse. Und was meine Tochter anbelangt, so fragt doch das Mädchen, das euch hergebracht hat, ob das stimmt, was ich euch erzählt habe. Ihrem Wort vertraut ihr ja, sonst hättet ihr wohl nicht zugelassen, dass sie euch in Fässer verlädt und auf mein Schiff rollt.“

Shyrali erschrak so sehr, als sie von Tabuk unerwartet ins Zentrum der Aufmerksamkeit gerückt wurde, dass sie unwillkürlich einen kleinen Schritt rückwärts machte. Sie hatte sich bereits gedanklich die Hände gerieben, weil sich das Gespräch zwischen dem Kapitän und den Ecorimkämpfern ganz in ihrem Sinne entwickelte und sie die ganze Zeit dezent im Hintergrund bleiben konnte. Eigentlich hatte sie geglaubt, Josh Tabuk habe bereits völlig vergessen, dass sie auch mit im Raum war. Und jetzt das! Die Verwirrung und der Zweifel auf den Gesichtern der Ecorimkämpfer, die sich ihr nun alle zugewandt hatten, würde sich nicht einfach durch ein gewinnendes Lächeln oder einen verführerischen Augenaufschlag beseitigen lassen. Jetzt war sie in ernsthafter Erklärungsnot.

„Ella hat uns bereits von Eurer Tochter erzählt", erwiderte Eringar verwirrt, „aber sie arbeitet doch in Eurem Auftrag, also warum sollten wir ihr in dieser Sache mehr Vertrauen schenken als Euch?"

Kapitän Tabuk stieß ein merkwürdig kehliges Geräusch aus, das erst nach einer Weile als Lachen zu deuten war. „Hat sie euch das erzählt?", fragte er belustigt. „Ich hatte eigentlich vermutet, sie würde sich einen etwas weniger durchsichtigen Schwindel bezüglich ihres Auftraggebers einfallen lassen. Bei mir hat sie sich wenigstens halbwegs glaubhaft als Mitglied des Bajulatinnenordens ausgegeben. Aber ich wusste von Anfang an, dass dieses entzückende junge Ding einer der wichtigsten Spitzel von Abak Belchaim ist, dem Berater Jorig Techels." Er musterte Shyrali so geringschätzig, dass sie wünschte, augenblicklich im Boden zu versinken.

„Oder wer, glaubst du, hat nach der Vernichtung von Abaks Flotte für eure Rettung gesorgt?", sprach er sie nun direkt an. „Damals, als du dich mit deinem halb toten Meister Abak hinter einem Stein am Ufer verkrochen hast?"

„Aber … das war doch … ein Fischer …" Shyrali vermochte keinen vollständigen Satz über ihre bebenden Lippen zu bringen.

„Meinst du nicht", fragte Tabuk beinahe mitleidig, „dass ein Fischer aus Lechia euch sofort als gestrandete Feinde erkannt und Alarm geschlagen hätte? Nein, einer meiner Schiffskapitäne hat dich gesehen, als du Abak an Land geschleppt hast. Er berichtete aber nicht Megas, sondern nur mir von dieser Beobachtung und ich sorgte dann dafür, dass ihr unauffällig von dort fortgebracht werdet. Schließlich seid ihr für mich im Moment lebend weitaus wertvoller als tot, denn als Feinde von Megas stellt ihr meine natürlichen Verbündeten dar." Er wandte sich an die Ecorimkämpfer. „Deshalb ließ ich sie auch bislang gewähren. Doch wegen ihrer Unehrlichkeit taugt sie jetzt natürlich nicht mehr dazu, meine ‚Geschichte' über meine Tochter zu bestätigen – das sehe ich ein. Sehr bedauerlich, denn ein anderer Beweis wird sich wohl nicht so rasch finden lassen. Übrigens ist der Name dieser durchtriebenen Schönheit in eurer Gesellschaft selbstverständlich nicht Ella, sondern Shyrali."

Die folgende Stille erschien Shyrali wie die sprichwörtliche Ruhe vor dem Sturm. Instinktiv machte sie sich kampfbereit. Sie wich bis zur hinteren Wand zurück, während ihre Finger nervös nach den Dolchen tasteten, die sie in beiden Ärmeln versteckt hatte. Doch ein Angriff blieb aus. Meatril erhob noch nicht einmal seine Stimme, als er zu sprechen begann. Aber die tiefe Verachtung in seinem Blick und seinen Worten wirkte auf Shyrali vernichtender als alles, was er ihr sonst hätte antun können:

„Nun ja, eigentlich sollte es uns nicht verwundern, dass sie für Techel arbeitet. Sie passt wunderbar zu den Lügnern, Dieben und Mördern, mit denen sich der ehemalige König so gerne umgibt." Er drehte ihr den Rücken zu. „So wie ich die Sache sehe, Kapitän Tabuk, haben wir bisher mehr Gründe, Euch zu vertrauen, als es nicht zu tun. Aber das ist nur meine Meinung. Was sagen die anderen?"

Targ und Eringar gaben zunächst keine Antwort, denn ihnen war der Ärger über Shyralis Betrug noch deutlich anzumerken. Unter diesen Umständen sahen sie natürlich wenig Veranlassung, nun schon wieder einem Unbekannten ihr Vertrauen zu schenken.

„Wir werden nach Andobras fahren und uns mit Arton treffen“, erwiderte schließlich Deran, „aber ob und was wir Euch über die Verteidigung der Insel berichten, wird allein Arton entscheiden. Ist das eine annehmbare Abmachung?“

Kapitän Tabuk legte den Kopf leicht schräg. „Das klingt vernünftig“, meinte er knapp. „Dann sind wir uns einig. Lasst uns jetzt die Einzelheiten klären.“

Gewagtes Vertrauen

Rai stand gedankenverloren am Hafen von Andobras und beobachtete das emsige Treiben. Seit nun schon mehr als einem Vierteljahr war die Sperrkette nicht mehr gehoben worden, denn wie durch ein Wunder hatte sich bis zum heutigen Tage kein citheonisches Kriegsschiff hierher verirrt und somit konnte diese Sicherheitsmaßnahme unterbleiben. Stattdessen nahm der Handel mit dem Festland allmählich beachtliche Ausmaße an, und nachdem die Erzförderung durch die Xeliten in den Minen ebenfalls gut angelaufen war, standen auch einige Waren zum Tauschen zur Verfügung. Die Ausgaben für Nahrungsmittel und ähnlich essenzielle Güter mussten bislang aber noch beinahe vollständig aus dem Gold des Tempelschatzes gedeckt werden, den Barat mit Kommandant Garlans Hilfe im Citheiligtum aufgespürt hatte.

Doch heute war Rai nicht wegen der Handelsschiffe in den Hafen gekommen, obwohl er sich mittlerweile solche Beschaulichkeiten durchaus erlauben konnte, denn in der Festung gab es derzeit nicht wirklich viel für ihn zu tun. Er wollte sich die neuesten Flüchtlinge aus der Nähe betrachten. Dabei handelte es sich jedoch nicht etwa um Menschen, die die Insel Andobras verlassen wollten, sondern diese Heimatlosen stammten vom Festland, angeblich sogar aus Skardoskoin und suchten auf Andobras ein neues Zuhause. Rai musste daran denken, wie sie sich noch vor gar nicht allzu langer Zeit nur schweren Herzens dazu entschlossen hatten, die Sperrkette zu senken in der sicheren Gewissheit, dass ein großer Teil der Andobrasier diese Gelegenheit sofort zur Flucht von der Insel nutzen würde. Wenn ihm damals jemand erzählt hätte, wie gänzlich anders sich die Dinge entwickeln würden, hätte Rai dem vermutlich keinerlei Glauben geschenkt. Aber Andobras wandelte sich, ganz wie es Barat erträumt hatte, von einem Ort der Unterdrückung und Angst zu einem regelrechten Leuchtturm der Freiheit. Gerade in das unterjochte Land Skardoskoin, das von den Statthaltern des Königs von Citheon gnadenlos bis auf die letzte Münze ausgepresst wurde, war in Windeseile die Kunde vom freien Leben auf der ehemaligen Sklaveninsel getragen worden. Dort gab es genügend Verzweifelte, die nichts zu verlieren hatten und sich daher nicht davor scheuten, dieses sagenhafte Land frei von Knechtschaft und Willkür zu finden.

Rai betrachtete neugierig die hellhäutigen, meist blonden oder rothaarigen Menschen. Sie waren zwar groß gewachsen, aber zumeist sehr hager. Häufig hatten sie sich in Tierfelle gehüllt, was dem Tileter im ersten Augenblick ein wenig rückständig erschien. Andererseits waren sie damit für das wankelmütige Wetter auf Andobras genau passend gekleidet. Die meisten der zwanzig Neuankömmlinge standen noch etwas ratlos auf dem Kai herum, während sich einige Soldaten der Arbeitergarde trotz der unterschiedlichen Sprachen mit ihnen zu verständigen versuchten.

„Kannst du mir sagen, wo ich Rai oder Barat finde?“, redete ihn plötzlich jemand von der Seite an. Rai fuhr überrascht herum und sah sich vier Schwertträgern gegenüber. Einer der Fremden erinnerte Rai wegen seiner Größe im ersten Moment beängstigend an Ulag. Augenblicklich brach ihm kalter Schweiß aus allen Poren und das, obwohl der Hüne ganz freundlich dreinblickte. Aber die Erlebnisse in der Mine von Andobras verfolgten Rai immer noch, und so wie es aussah, würde er den monströsen Herrscher des Bergwerks auch nicht so schnell vergessen können.

„Es tut mir leid“, sagte der Mann, der bereits vorhin das Wort an ihn gerichtet hatte, „ich wollte dich nicht erschrecken. Mein Name ist Meatril, der Große hier ist Deran, das ist Targ und unser Jüngster dort ist Eringar.“ Der südländisch aussehende junge Mann, der etwa in Rais Alter zu sein schien, warf dem Sprecher einen finsteren Blick zu, erwiderte aber nichts. Anscheinend schätzte er es nicht besonders, als „Jüngster“ vorgestellt zu werden.

„Ich habe gehört“, fuhr Meatril fort, „dass diese Insel nun Arton Erenor untersteht, aber als ich vorhin einen Soldaten nach ihm fragte, bekam ich nur die Auskunft, ich solle mich an Rai oder Barat wenden, da sie hier das Sagen hätten. Du siehst mir aus, als wärst du von hier und vielleicht ein wenig auskunftsbereiter als dieser Wachmann vorhin. Ich wäre auch bereit, deine Mühe gebührend zu entlohnen, wenn du mich zu einem der Anführer dieser Insel bringen kannst.“

Nachdem der erste Schrecken überwunden war, stahl sich ein breites Grinsen auf Rais Gesicht. „Wie viel wärt ihr denn bereit, zu zahlen?“, fragte er spitzbübisch.

„Nun ja“, Meatril zuckte die Schultern. „Was hältst du von zwei Kupferstücken?“

„Fünf“, sagte Rai bestimmt. „Drunter mache ich keinen Finger krumm.“

„Also gut“, seufzte Meatril, „dann eben fünf. Aber erst, wenn du uns zu deinem Anführer gebracht hast.“

Rai streckte wortlos die Hand aus.

Meatril runzelte die Stirn. „Hast du mich nicht verstanden? Du musst erst etwas tun, damit du dein Geld bekommst.“

„Das habe ich bereits“, gab Rai zur Antwort. „Ich sollte

euch zu einem der Anführer bringen und das habe ich getan. Darf ich mich vorstellen: Ich heiße Rai."

Meatril warf seinen Gefährten einen ratlosen Blick zu, da er sich nicht entscheiden konnte, ob er seinem kurz geratenen Gegenüber Glauben schenken sollte. „Du bist also einer der Herrscher dieser Insel?", erkundigte er sich zutiefst skeptisch.

„Na ja, als Herrscher würde ich mich nicht bezeichnen", entgegnete Rai, dem die Verwirrung der Neulinge ein diebisches Vergnügen bereitete. „Aufgrund der Weisheit meiner zahllosen Jahre bin ich eher so etwas wie ein Stammesältester." Er konnte sich nicht mehr beherrschen und prustete los.

„Schon gut", meinte Meatril geduldig, „wenn du dich dann genügend auf unsere Kosten amüsiert hast, könntest du uns vielleicht doch noch zu eurem wirklichen Oberhaupt bringen?"

Als sich Rai endlich wieder beruhigt hatte, erklärte er schließlich: „Nein, Spaß beiseite, ich bin wirklich der Rai, der die Sklaven aus dem Bergwerk befreit hat. Und wenn auch weder Barat noch ich uns als Anführer oder Herren oder etwas dergleichen fühlen, so gibt es unter den Andobrasiern einige, die uns so nennen. Sagen wir einfach, unsere Stimme hat Gewicht." Selbstbewusst stemmte er die Hände in die Hüften.

„Ich dachte, Arton hätte die Sklaven befreit und die Insel erobert", wandte Targ ein, während er Rai abschätzig musterte.

Diese Worte vertrieben Rais Fröhlichkeit von einem Moment auf den anderen. Schwermütig senkte er den Kopf. „Arton hat mir geholfen oder ich ihm, wie man es nimmt."

„Dann lebt er also wirklich noch!", rief Eringar erfreut.

Rai sah auf und nickte. „Ja, er lebt oder zumindest war er noch am Leben, als ich ihn das letzte Mal sah. Wo er jetzt ist, weiß ich nicht, denn er hat uns ohne Abschied verlassen, ein paar Tage nachdem wir die Festung erobern konnten."

Betroffenes Schweigen machte sich unter den vier Schwertträgern breit.

„Kanntet ihr Arton?", fragte Rai vorsichtig, als nach einer Weile immer noch niemand etwas gesagt hatte. „Seid ihr etwa auch aus Seewaith?" Er blickte in vier überraschte Gesichter.

„In der Tat sind wir ehemalige Schüler aus der Kriegerschule Ecorim in Seewaith, die von Arton Erenor geleitet wurde", bestätigte Meatril. „Deshalb bezeichnen wir uns auch als Ecorimkämpfer. Dass du wusstest, woher Arton stammt, spricht dafür, dass du ihn wirklich gekannt hast. Gibt es einen Anhaltspunkt, warum er so plötzlich abgereist ist?"

„Nun ja", erwiderte Rai und verzog missmutig sein Gesicht, „ich glaube schon, dass ich weiß, warum er gegangen ist. Ich habe wahrscheinlich mehr von ihm erfahren, als gut für mich war. Aber nehmt es mir nicht übel, wenn ich diese Dinge jetzt nicht gleich alle vor euch ausbreite, dazu kenne ich euch noch nicht gut genug. Vorläufig kann ich dazu nur sagen, dass er wohl auf der Suche ist nach …", er überlegte kurz. „Hm, es ist schwer in Worte zu fassen, was Arton sucht. Sich selbst? Seine Bestimmung? Einen Sinn hinter allem, was geschehen ist? Ich weiß es nicht genau. Jedenfalls glaubt er, dass ihm dabei die Citkirche irgendwie behilflich sein kann, denn er ist zusammen mit dem Hohepriester des Citempels auf dessen Schiff von Andobras verschwunden."

„Was?", entfuhr es Meatril. „Dann haben sie ihre Krallen auch schon in Artons Fleisch geschlagen?"

„Ihr mögt wohl die Kirche nicht besonders", bemerkte Rai erstaunt. „So drastisch wie ihr hätte ich das nicht unbedingt formuliert." Er rieb sich nachdenklich das Kinn. „Allerdings muss ich zugeben, dass die Gespräche mit dem Citpriester Arton nicht gerade umgänglicher werden ließen, eher im Gegenteil."

„Diese verfluchte Schlangenbrut", schimpfte Meatril unvermutet heftig. „Dann ist selbst Arton ihren Einflüsterungen erlegen. Aus dem Mund dieser Priester kommt nur Heuchelei und Hinterlist." Er holte tief Luft und versuchte, sich zu beruhigen.

„Tut mir leid", fuhr er etwas leiser fort, „aber ich habe gute Gründe für diesen Zorn auf die Diener des Cit. Sie haben bereits Artons Bruder … nun eigentlich seinen Halbbruder in ihren feinen Netzen aus schönen Worten gefangen und es macht mich einfach wütend, zu hören, dass ihnen das Gleiche offenbar bei Arton gelungen ist. Mich würde nur interessieren, warum." Er rieb sich aufgebracht die Stirn.

„Wie auch immer", seufzte er, „dann ist Arton also nicht hier. Ich will nicht leugnen, dass mich das sehr enttäuscht, denn wir haben erst kürzlich erfahren, dass er noch am Leben ist, und wir alle freuten uns bereits auf ein Wiedersehen mit ihm. Aber daraus wird jetzt wohl nichts." Er sah sich unschlüssig um, so als überlege er, was jetzt zu tun sei. Dabei erregten die vielen Skardoskoiner Flüchtlinge am Hafen seine Aufmerksamkeit.

„Was sind das eigentlich für Nordländer, die da am Kai herumstehen?", fragte er schließlich. „Überhaupt ist hier eine Menge los für einen Ort dieser Größe. Im Hafen von Tilet habe ich kaum ein bunter gemischtes Völkchen gesehen."

Rai lächelte stolz. „Wie ihr vielleicht schon gehört habt, wollen wir aus der Insel Andobras etwas ganz Besonderes machen. Jeder soll hier ohne Zwang frei leben können, es wird nie wieder Sklaverei oder Unterdrückung geben. Anscheinend hat sich das auch schon in Skardoskoin herumgesprochen und dort vorne seht ihr die ersten, die freiwillig aus ihrer Heimat hierhergekommen sind, um ihr Glück zu versuchen."

„Und was werdet ihr jetzt mit ihnen machen?", erkundigte sich Eringar neugierig. „Wo werden sie wohnen, womit werden sie ihren Unterhalt verdienen?"

„Erst einmal werden wir sie in der Zeltstadt auf dem Festungshof unterbringen", gab Rai bereitwillig Auskunft. „Dann werden wir sehen, was jeder von ihnen gelernt hat und wie er für Andobras von Nutzen sein kann. Zum Beispiel haben wir im Landesinneren ein paar kleine Felder angelegt, für die wir noch ein paar kundige Bauern benötigen. Ebenso können wir immer gute Jäger gebrauchen, die im Wald nach Essbarem Ausschau halten, so wie überhaupt noch Leute für alle Arbeiten benötigt werden, die mit der Beschaffung und Verarbeitung von Nahrungsmitteln zu tun haben. Sobald die Neuen dann für ihren Broterwerb alleine sorgen können, bekommen sie auch die Möglichkeit, eines der leer stehenden Häuser der Stadt zu beziehen. Und spätestens dann gehören sie zu uns." Er breitete in einer Art Willkommensgeste die Arme aus. „Wenn es allerdings so weitergeht, kann es gut sein, dass wir bald neue Häuser bauen müssen."

Eringar zeigte sich sichtlich beeindruckt. „Und ihr verlangt keine Steuern oder irgendwelche anderen Abgaben von ihnen?"

Rai schüttelte den Kopf.

„Das finde ich sehr interessant", stellte Eringar verwundert fest, „ich glaube nicht, dass das in meinem Land möglich wäre. Wenn plötzlich jemand auf den Gedanken käme, alle Sklaven Etecrars freizulassen, und diese dann auf sich allein gestellt für ihr Auskommen sorgen müssten, dann würde, glaube ich, unser ganzes Reich zusammenbrechen."

„Ihr haltet Sklaven, dort wo du herkommst?", fragte Rai schockiert.

„Ja, es gibt bei uns wahrscheinlich mehr unfreie als freie Menschen", bestätigte Eringar. „Aber die Sklaven werden in der Regel gut behandelt, und falls nicht, können sie ihren Herrn sogar in die Arena bringen, wenn sie vor Gericht nachweisen, dass er sie misshandelt. Eigentlich finde ich, dass es die Sklaven teilweise besser haben als ihre Herren, denn sie müssen wenigstens nicht ständig ihre Ehre und Besitztümer bei den Zweikämpfen in der Arena verteidigen."

„Ich gehe mal davon aus, dass du zu den Herren in deinem Land gehörst", bemerkte Rai spitz, „sonst würdest du vermutlich nicht so reden."

„So ist es", gab Eringar ebenso angriffslustig zurück, „und wenn du mein Land kennen würdest, dann könntest du dir auch ein Urteil darüber erlauben. Da das aber nicht der Fall ist …"

„Jetzt ist es aber gut, ihr beiden Kampfzwerge", fiel ihm Targ ins Wort, worauf sowohl Eringar als auch Rai ihm wegen dieser Bezeichnung vernichtende Blicke zuwarfen.

„Eringar wollte keinesfalls in Abrede stellen, was ihr hier geleistet habt", versuchte Meatril die Gemüter zu besänftigen. „Im Gegenteil, wir sind alle äußerst beeindruckt, welch ein lebensfroher Ort diese einstige Sklaveninsel geworden ist. Ich kann mir vorstellen, dass auch Arton darauf sehr stolz war, was ihn allerdings nicht davon abgehalten hat, fortzugehen."

Rai zögerte. „Ich glaube schon", stimmte er schließlich zu,

„dass Arton das Schicksal der Insel und der befreiten Sklaven am Herzen lag. Immerhin hat er mehrfach sein Leben für uns alle riskiert. Aber dieser Citpriester mit seinen unheilvollen Offenbarungen hat Arton fortgetrieben."

Meatril ballte entschlossen die Fäuste. „Ein Grund mehr, um zu tun, wofür wir gekommen sind. Wir wollten aus einem ganz bestimmten Grund mit Arton sprechen, aber nachdem er nicht mehr hier ist, müssen wir eben unsere Nachricht einem anderen überbringen: Es droht Gefahr für die Insel Andobras und es ist Eile geboten, wenn wir dem angemessen begegnen wollen. Daher möchte ich darum bitten, dass alle, die auf der Insel etwas zu sagen haben, zusammengerufen werden. Wir haben viele wichtige Informationen für euch und auch ein Angebot, das euch möglicherweise rettet."

Rai konnte seine Besorgnis nach diesen Worten nicht verbergen. „Jetzt habt ihr mich wirklich neugierig gemacht und auch ein bisschen beunruhigt." Er machte auf dem Absatz kehrt. „Folgt mir, die anderen sind alle in der Festung."

„Megas wird mit seiner ganzen Flotte angreifen?" Kommandant Garlan, der sich ebenso wie Barat, Kawrin und Erbukas auf Rais Bitte hin im Speisesaal der Festung eingefunden hatte, begann nervös auf und ab zu laufen. „Und ihr wollt uns keine Truppen zur Verfügung stellen? Warum seid ihr dann eigentlich gekommen?" Missmutig musterte der Offizier die vier Ecorimkämpfer, die gerade ausführlich erklärt hatten, welche umwälzenden Ereignisse in Citheon stattgefunden hatten, was für Gefahren sich daraus für die Insel Andobras ergaben und wie die Ecorimkämpfer der Insel helfen wollten.

„Immerhin haben sie uns vor dem bevorstehenden Angriff

gewarnt", maßregelte Barat den ruppigen Kommandanten. „Schon allein dafür sollten wir diesen Herren dankbar sein." Er wandte sich an die Ecorimkämpfer. „Aber in der Tat ist es so, dass wir mit Waffen, Rüstungen, Proviant und den Dingen des alltäglichen Lebens bestens versorgt sind. Dank des Kommandanten Garlan ist es uns sogar gelungen, einige Katapulte zu bauen, mit denen wir Angreifer von der Festung aus beschießen können. Ich sehe also tatsächlich nicht, wie ihr uns behilflich sein könntet." Barat setzte ein diplomatisches Lächeln auf.

„Aber gerade an Rüstungen fehlt es uns doch!", protestierte Rai. „Und die Katapulte …" Er verstummte augenblicklich, als er Barats strengen Blick bemerkte. Offenbar wünschte der Veteran nicht, dass Rai diese Informationen so leichtfertig preisgab.

Allerdings entging auch Meatril diese stille Ermahnung nicht. „Ich sehe schon, dass ihr uns nicht wirklich vertraut, und ich kann es euch kaum verübeln. Ich wäre an eurer Stelle ebenso misstrauisch. Da Arton aber nicht mehr hier ist, kann ich euch nur mein Wort als Beweis für unsere Ehrlichkeit anbieten."

Barat räusperte sich unbehaglich und erwiderte dann: „Es ist wirklich nicht so, dass wir Euer Wort in Zweifel ziehen, werter Meatril, aber Ihr werdet verstehen, dass wir sehr vorsichtig sein müssen, wem wir welche Details über unsere Verteidigungsstärke offenbaren. Es ist aber ganz gewiss nicht so, dass wir wehrlos sind, und von daher gilt es, den Nutzen, den Eure Hilfe für uns bedeuten könnte, gegen den möglichen Schaden abzuwägen, der entstehen würde, wenn Ihr unser Vertrauen missbraucht. Verraten wir Euch, was uns zur effektiven Verteidigung der Insel fehlt, wisst Ihr genau, wo unsere Schwachpunkte sind."

„Es wäre sogar zu überlegen, ob wir diese vier überhaupt wieder gehen lassen sollten, nachdem sie jetzt schon die ganze Festung in Augenschein nehmen durften“, warf Garlan grimmig ein.

„Das ist selbstverständlich keine Frage“, widersprach Barat vehement. „Alle dürfen jederzeit die Insel verlassen. Es gibt schließlich auch genügend andere Fremde, die ständig kommen und gehen, auch unter ihnen könnten sich Spione befinden.“ Er wandte sich wieder den Ecorimkämpfern zu. „Aber ihr seht die Schwierigkeiten, die sich aus eurer Anwesenheit ergeben. Ohne einen Beweis für eure Aufrichtigkeit dürft ihr euch zwar auf der Insel frei bewegen, aber wir können es nicht riskieren, euch ins Vertrauen zu ziehen.“

Plötzlich sprang Targ wutentbrannt auf. „Ihr wollt einen Beweis?“, rief er. „Soll ich Euch erst die Leiche meines Bruders vor die Füße legen oder die der anderen Ecorimkämpfer, die Megas erschlagen hat, als er unsere Kriegerschule überfiel und niederbrannte? Megas wird in Kürze mit einer riesigen Flotte vor Eurem Hafen ankommen und dieses stolze kleine Städtchen mit seinen Katapultsalven zu Staub zermahlen. Wir sind gekommen, um dies zu verhindern, aber ihr habt mehr Furcht vor uns als vor diesem verdammten Halsabschneider Megas. Ich kann euch nur warnen, dass das ein großer Fehler ist, denn er wird vor nichts zurückschrecken, um sein Ziel zu erreichen. Eure Aussichten sind schon mit unserer Hilfe nicht gut, aber ohne uns seid ihr schon so gut wie verloren!“

„Es mag ja sein, dass Megas Euer Feind ist“, sagte Barat beruhigend, „aber Ihr könntet auch ein geschickter Schauspieler sein, der dies nur vorgibt. Ihr wollt uns ja noch nicht einmal verraten, von wem ihr alle diese Ausrüstung bekommen würdet, die ihr uns in Aussicht gestellt habt.“

„Einen Moment", mischte sich Rai in die Auseinandersetzung ein. „Auch Arton hat diesen Megas erwähnt und dass er für das Niederbrennen der Kriegerschule verantwortlich sei. Ist es nicht ein guter Beweis, dass diese vier Männer tatsächlich Freunde von Arton sind, wenn sich ihre Geschichte mit der seinen deckt?"

Barat zuckte die Schultern. „Im Grunde schon, nur könnten sie das auch von diesem Megas selbst erfahren haben, falls sie uns in Wirklichkeit in seinem Auftrag ausspionieren sollen." Er blickte entschuldigend zu den Ecorimkämpfern. „Ich sage nicht, dass es so ist, aber wir müssen alle Möglichkeiten in Betracht ziehen. Ein wirklich überzeugender Beweis für eure Glaubwürdigkeit wäre etwas, das Megas nicht wissen kann. Hat dir Arton ein solches Geheimnis anvertraut, Rai? Etwas, das Megas schwerlich selbst oder durch einen Informanten erfahren haben könnte?"

Rai überlegte angestrengt, bis sich seine Miene schließlich merklich verdunkelte. „Es gibt da schon eine Sache, die nur jemand wissen kann, der nach dem Überfall noch in der Kriegerschule geblieben ist – was für Megas sicher nicht zutrifft." Er seufzte, denn es bereitete ihm Unbehagen, sich diese abscheuliche Geschichte aus Artons Vergangenheit wieder ins Gedächtnis zu rufen. „In der Kriegerschule muss ein kleines Mädchen namens Thalia gelebt haben, könnt ihr mir sagen, was aus ihr geworden ist nach dem Überfall?" Rai fragte dies nicht nur, um die Ecorimkämpfer zu testen, sondern auch, weil ihm wirklich daran gelegen war, etwas über das Schicksal der Kleinen herauszufinden. Schließlich wusste deren Mutter Belena immer noch nicht genau, was mit ihrer Tochter geschehen war, denn Arton hatte dazu keine Auskunft geben können, da er nach dem Überfall aus Seewaith verschleppt worden war. Allerdings fiel Rai gleich darauf ein, dass er ja gerade aus diesem Grund nicht würde überprüfen können, ob die Geschichte der vier Fremden auch wirklich der Wahrheit entsprach. Aber wenn diese angeblichen Ecorimkämpfer wirklich aus Artons Kriegerschule kamen – überlegte Rai weiter –, dann hatten sie sich nach der Zerstörung ihrer Ausbildungsstätte auch um die kleine Thalia kümmern müssen und dabei vermutlich festgestellt, dass die Mutter des Mädchens unauffindbar war. Deshalb ergänzte Rai seine Frage noch mit dem Zusatz: „Durfte sie zu ihrer Mutter zurückkehren?"

Meatril übernahm das Antworten: „Thalia wurde in der Kriegerschule ausgebildet wie auch viele andere Kinder. Nachdem die Schule abgebrannt war, mussten wir allerdings beinahe alle unsere kleinen Schwertschüler wieder nach Hause zu ihren Familien schicken, da wir ihnen keine Unterkunft mehr bieten konnten. Thalia bildete eine Ausnahme: Sie musste bei uns bleiben, weil sich ihre Angehörigen nicht mehr aufspüren ließen." Er sah Rai herausfordernd an. „Und, habe ich die Prüfung bestanden?"

Rai nickte zufrieden, denn zum einen war er nun wirklich überzeugt, dass diese Leute es ehrlich mit ihnen meinten, zum anderen empfand er Erleichterung darüber, dass Thalia offenbar kein weiteres Übel widerfahren war. „Es wundert mich nicht, dass ihr Thalias Mutter nicht finden konntet", erklärte er mit einem Seitenblick auf Barat, „denn sie wurde ebenfalls hierher nach Andobras gebracht. Sie heißt Belena und gehört zu den befreiten Sklaven. Ich würde ihr gerne erzählen, wo ihre Tochter jetzt ist und dass es ihr gut geht. Wahrscheinlich wird sie dann sogar versuchen, nach Hause zurückzukehren, wenn ein Schiff in diese Richtung ausläuft."

„Thalia war bei bester Gesundheit, als wir Seewaith verließen", versicherte Meatril. „Sie hat nicht viel gesprochen, eigentlich gar nicht, aber unsere Schwertschwester Tarana hat sich ihrer angenommen und die beiden scheinen sich gut zu verstehen."

Ungläubig riss Rai die Augen auf. „Ist das etwa dieselbe Tarana, in die Arton verliebt war? Er denkt nämlich, er hätte seine Geliebte getötet!"

„Bei den Göttern!", rief Meatril erschüttert und auch die anderen Ecorimkämpfer wirkten entsetzt. „Natürlich muss er das denken, denn er sah sie ja zusammenbrechen, von einem seiner Pfeile getroffen. Aber die Verwundung war nicht so schwer, sie hat überlebt. Und das ist noch nicht alles: Sie erwartet sogar ein Kind von Arton."

Rai legte die Hände vors Gesicht und stieß einen leisen Laut der Verzweiflung aus. „Langsam glaube ich wirklich", murmelte er mehr zu sich selbst als zu den anderen, „dass die Götter es mit Arton nicht gut meinen. Wäre er nur etwas länger hiergeblieben, dann hätte er alle diese Dinge erfahren und sich vielleicht mit seinem Schicksal versöhnt. Aber jetzt ist er fort, er weiß nichts von seinem Glück und folgt weiter irgendwelchen dunklen Pfaden, die ihn wer weiß wohin führen werden."

Einen Moment herrschte betretenes Schweigen unter den Anwesenden, dann ergriff Barat von Neuem das Wort: „Ich bedaure es sehr, dass Arton diese guten Neuigkeiten nicht mehr hören konnte, es hätte ihn sicherlich aus seiner dunklen Gemütslage befreit. Nichtsdestotrotz bin ich nach den vielen Einzelheiten, die ich von unseren Gästen über Arton und seine Kriegerschule gehört habe, zu der Überzeugung gelangt, dass wir ihnen Glauben schenken können. Aber ich will natürlich nicht für alle sprechen. Deshalb würde ich vorschlagen, jeder äußert nun seine Meinung und wir stimmen ab, ob wir ihnen vertrauen oder nicht. Ich jedenfalls bin dafür – Rai, du auch?" Er sah seinen jüngeren Gefährten an und dieser nickte entschlossen. „Was ist mit Euch, Kommandant Garlan?"

„Ich finde nach wie vor, dass es ein zu großes Risiko ist, diesen Fremden etwas über unsere Verteidigung zu offenbaren", antwortete der Offizier mürrisch. „So nötig brauchen wir ihre Hilfe nicht."

„Gut", meinte Barat, „das war wohl ein Nein. Was ist mit dir, Kawrin?"

Der junge Seewaither hatte sich bislang nicht geäußert, sondern die meiste Zeit mit finsterer Miene die Ecorimkämpfer begutachtet. „Ich vertraue ihnen genauso wenig, wie ich Arton vertraut habe", erwiderte er jetzt überraschend feindselig. „Selbst wenn sie ihn wirklich kennen, bedeutet das nicht, dass sie uns wohlgesinnt sind. Ich denke wie der Kommandant."

Erstaunt über Kawrins überdeutliche Ablehnung zog Barat die Augenbrauen in die Höhe. „Na, dann liegt es jetzt bei dir, Erbukas. Deine Stimme entscheidet."

Der Bergmeister schien nicht besonders erbaut über diese Verantwortung, rang sich aber nach einigem Zögern doch dazu durch, Stellung zu beziehen: „Wenn man das Ganze nüchtern betrachtet, dann sind unsere Aussichten, gegen die gesamte Flotte dieses Inselherrn Megas Arud'Adakin zu bestehen, sehr gering. Da macht es kaum einen Unterschied, ob er auch noch die Schwachpunkte unserer Verteidigung kennt. Deshalb sage ich: Nehmen wir jede Hilfe, die wir kriegen können, auch wenn dies mit einem gewissen Risiko verbunden ist. Meine Antwort lautet: Ja."

Garlan schnaubte daraufhin verächtlich und verließ grummelnd den Speisesaal.

„Auch wenn nicht jeder damit einverstanden ist", bemerkte Barat, während er dem Kommandanten bedauernd hinterherblickte, „akzeptieren wir somit dankend die angebotene Hilfe." Er holte tief Luft, als wäre ihm selbst noch nicht ganz wohl bei dieser Sache, und wandte sich an Meatril. „Wir sollten keine Zeit verlieren und über die genaue Beschaffenheit der Unterstützung für den bevorstehenden Kampf sprechen. Leider verhält es sich tatsächlich so, wie der Kommandant gesagt hat, dass uns mit zusätzlichen Truppen am meisten geholfen wäre. Und ich muss noch einmal betonen, dass es mich erheblich beruhigen würde, wenn ihr mir verraten könntet, woher diese Waffenhilfe denn letztlich kommt, die ihr so großzügig anbietet."

„Wir wissen Euer Vertrauen zu schätzen und diese Entscheidung wird nicht zu Eurem Nachteil sein", versicherte Meatril. „Ungeachtet dessen habe ich mein Wort gegeben, nichts über unsere Verbindungen zu verraten, was auch immer geschieht. Unglücklicherweise hängt Eure Frage nach zusätzlichen Einheiten eng damit zusammen, denn wenn wir eine größere Zahl Soldaten zur Verstärkung auf die Insel bringen, dann steigt auch die Wahrscheinlichkeit, dass Megas durch Verrat oder beim Verhör von Gefangenen erfährt, wer sie schickt. Und das darf nicht geschehen."

„Aber was ist denn mit Jorig Techel?", erkundigte sich Barat. „Nachdem er, wie ihr erzählt habt, die Krone von Citheon aufgeben musste, sollte er doch daran interessiert sein, dass sein Feind Megas nicht noch stärker wird. Kann er uns denn nicht mit Truppen aushelfen? In diesem Fall müsste man nicht verbergen, wer die Einheiten entsandt hat, denn Techel ist bereits mit Megas im Krieg. Dass im Hintergrund jemand zwischen uns und Jorig Techel vermittelt hat, brauchen die Soldaten ja nicht zu erfahren."

„Davon kann ich nur abraten“, sagte Meatril ernst. „Techel wird es nicht dabei bewenden lassen, für die Verteidigung der Insel zu sorgen. Auch er kennt den strategischen Wert von Andobras. Der einzige Grund, warum er die Insel nicht bereits zurückerobert hat, als er noch die Krone trug, war die Bedrohung seiner Macht durch den fendländischen Aufstand. Wenn seine Truppen erst einmal hier sind, dann werden sie nicht mehr gehen. Statt Megas wird dann eben Techel Andobras beherrschen.“

„Gut, das sehe ich ein“, stimmte Barat zu. „Wenn es aber keine regulären Truppen sein können, was spricht gegen Söldner? Die fragen nicht, wem sie dienen, wenn der Preis stimmt.“

Meatril schüttelte den Kopf. „Ich wüsste nicht, wo wir eine größere Zahl Söldner in der Kürze der Zeit auftreiben sollten. Uns wurde mitgeteilt, dass Megas' Spione in allen nennenswerten Häfen am Quasul hat. Jede Rekrutierung einer schlagkräftigen Truppe von Soldvolk würde sofort die Aufmerksamkeit seiner Spione erregen, die dann dafür sorgen, dass das Schiff, welches die Söldner nach Andobras bringen soll, rechtzeitig abgefangen wird.“

„Aber wenn Megas praktisch schon den gesamten Quasul kontrolliert, wie wollt ihr dann die benötigte Ausrüstung unbemerkt nach Andobras bringen?“, wollte Barat wissen, dem die Sorge wegen dieser Erkenntnis deutlich ins Gesicht geschrieben stand.

„Sobald wir wissen, was für Euch von Nutzen ist“, erklärte Meatril, „werden wir wieder den kleinen Segler besteigen, mit dem wir gekommen sind, und uns an der Küste mit unseren Verbündeten treffen. Sie werden Eure Wünsche entgegennehmen und weiterleiten. Ihnen obliegt es dann auch, alles unbemerkt hierherzubringen – wir sind nur die Vermittler. Sobald unsere Aufgabe erfüllt ist, kehren wir nach Andobras zurück und werden gemeinsam mit Euch auf die Ankunft der Transportschiffe warten."

Barat kniff die Augen zusammen. „Einen Moment mal: Ihr gebt die Informationen, die ihr hier erhaltet, an einen Dritten weiter? Ehrlich gesagt bereitet mir dieser ominöse Unbekannte, der aus unerfindlichen Gründen bereit zu sein scheint, alle Kosten und ein immenses Risiko zu tragen, erhebliche Magenschmerzen. Bei so viel Selbstlosigkeit sind immer Zweifel angebracht. Seid ihr euch absolut sicher, dass man diesem namenlosen Wohltäter auch wirklich trauen kann? Es wäre doch immerhin denkbar, dass ihr ohne euer Wissen von diesem Unbekannten als Spitzel benutzt werdet."

Meatril wechselte einige Blicke mit seinen Gefährten, bevor er zu einer Erwiderung ansetzte: „Um ganz offen mit Euch zu sein, diese Frage haben wir uns auch schon gestellt. Ich will Euch auch gar nichts vormachen, ein gewisses Risiko, getäuscht zu werden, bleibt bestehen, für Euch ebenso wie für uns. Aber wir", er wies auf seine Begleiter, „sind inzwischen übereingekommen, dass wir unserem Verbündeten vertrauen können, vor allem weil er – so viel darf ich Euch verraten – persönliche Gründe hat, gegen Megas vorzugehen."

„Also besonders glücklich macht mich das alles nicht", bekannte Barat und zog eine Grimasse. „Aber es hilft ja nichts, die Dinge liegen nun einmal so und nicht anders. Wir haben beschlossen, euch zu vertrauen, also müssen wir wohl oder übel auch eurem Urteil über euren Verbündeten vertrauen. Somit ist jetzt ohne Frage die Zeit, dass wir unsere Wünsche äußern." Er lächelte, aber sein Unbehagen war ihm dennoch anzumerken.

„Nun, kurz gesagt", begann er stockend, „das Einzige, was wir im Übermaß besitzen, sind Waffen für den Nahkampf. Alles andere, Pfeile, Bogen, besser noch Armbrüste und Bolzen, Leder- oder Metallrüstungen sind dringend vonnöten. Auch größere Vorräte an haltbaren Speisen für eine längere Belagerung wären äußerst hilfreich." Er presste angespannt die Lippen aufeinander, bis er sich schließlich überwinden konnte, fortzufahren:

„Aber unser größtes Problem sind die Geschütze. Zwar stimmt es, dass es uns gelungen ist, zwei Torsionskatapulte zu konstruieren, aber deren Reichweite ist gerade ausreichend, um von der Festung aus den Hafen zu beschießen, was natürlich reichlich sinnlos ist. Uns fehlt es einfach an starken Tauen, um bei den Geschützen die nötige Spannung für eine angemessene Reichweite aufzubauen. Wenn ihr uns also Taue liefern könnt, oder besser noch komplette Katapulte, die wir nur noch zusammensetzen müssen, wäre das mehr als willkommen."

Eringar pfiff leise durch die Zähne und auch Meatril schienen bei dieser Menge an Ausrüstung einige Bedenken zu kommen.

„Wir müssen sehen, ob sich das alles rasch genug beschaffen lässt", entgegnete Meatril zurückhaltend. „Megas wird sicherlich nicht mehr allzu lange warten mit seinem Angriff, bislang wird seine Flotte allerdings noch zur Sicherung Tilets benötigt. Aber sobald von Jorig Techel keine unmittelbare Gefahr mehr droht, wird Megas sich Andobras zuwenden, das ist sicher."

„Na schön", seufzte Barat, „dann lassen wir uns eben überraschen, was ihr auftreiben könnt. Jedes der genannten Dinge wird helfen."

„Da gibt es noch etwas", meinte Meatril, „das ich wissen

muss. Ich frage nur ungern danach, weil ich mir denken kann, dass Ihr es lieber für euch behalten würdet. Aber um die benötigte Zahl an Rüstungen, Bogen, Armbrüsten und Nahrung abschätzen zu können, muss ich Eure Truppenstärke kennen und die gesamte Zahl an Inselbewohnern, die es zu versorgen gilt."

„Ich dachte mir schon, dass ihr auch noch darauf zu sprechen kommt." Barat nickte schicksalsergeben. „Auf der Insel leben geschätzte tausend Menschen", gab er gewissenhaft zur Antwort. „Gut dreihundert davon sind befreite Sklaven. Ausgebildete Soldaten gibt es nur eine Handvoll, die nach der Übernahme der Insel zu uns übergelaufen sind. Dann haben wir noch etwa vierzig recht erfahrene Streiter unter den Minenflüchtlingen und noch einmal genauso viele, die wir vollständig ausrüsten können, die aber über wenig bis keine Kampferfahrung verfügen. Dazu kommen noch vielleicht zweihundert Städter, die grundsätzlich in der Lage sind, ein Schwert zu halten, das aber wohl noch nie zuvor getan haben. Die meisten sind Fischer und sie haben sich bisher immer auf den Schutz der hier stationierten Soldaten verlassen."

„Also bestenfalls dreihundert Mann", fasste Meatril einigermaßen betroffen zusammen, „mehr als die Hälfte davon unzuverlässig."

„Das ergibt ein ähnlich schlechtes Verhältnis wie bei Königswacht", stellte Targ mit einem bitteren Lachen fest. „Zwar müssen wir Megas' Truppen nicht in einer offenen Feldschlacht entgegentreten, aber dafür werden die meisten der Leute hier bei der ersten Katapultsalve das Weite suchen. Das sind wahrlich keine guten Aussichten."

Deran hieb plötzlich mit der Faust auf den Tisch, dass alle Versammelten zusammenfuhren. „Hör auf, so zu reden,

Bruder!“, donnerte er in einem Tonfall, der keinen Widerspruch zuließ. „Ich sage dir, wenn wir vier uns an der richtigen Stelle postieren, können wir ein ganzes Heer aufhalten! Megas wird diesmal nicht triumphieren. Dies ist unsere Gelegenheit, ihm eine Niederlage beizubringen, und wir werden sie nutzen!“

Targ sah seinen Bruder an und senkte dann beschämt das Haupt. „Du hast recht, Deran, wir müssen unsere Zuversicht bewahren.“

„Darf ich das so verstehen“, erkundigte sich Barat, „dass ihr euch ebenfalls unseren Truppen anschließen werdet, wenn der Angriff erfolgt? Vier erfahrene Schwertmeister in unseren Reihen zu haben, wäre tatsächlich ein großer Gewinn.“

„Nun ja, Schwertmeister sind wir noch nicht“, korrigierte ihn Meatril, „denn wir hatten unsere Ausbildung in der Kriegerschule Ecorim noch nicht vollendet, als sie zerstört wurde.“ Er blickte zu seinen Gefährten. „Aber ich denke, uns alle verlangt es danach, Megas die Stirn zu bieten, und deshalb werden wir nicht nur durch das Beschaffen von Ausrüstung, sondern auch mit unserem Schwert helfen, Andobras zu verteidigen. Dennoch wäre es natürlich wichtig, so viele zuverlässige Kämpfer zu sammeln wie möglich. Gibt es denn außer hier in der Stadt niemanden mehr auf Andobras, der weiß, wie man eine Klinge gebraucht?“

„Ich kann noch versuchen, meine Leute auf der anderen Seite des Gebirges zur Mithilfe zu überreden“, schlug Kawrin vor und erntete dafür verwunderte Blicke von allen Anwesenden.

„Jetzt seht mich nicht so an“, beschwerte er sich. „Nur weil ich nicht damit einverstanden war, dass wir Artons Freunden vertrauen, heißt das ja nicht, dass ich mich weigere, meinen

Teil zur Verteidigung der Insel beizutragen. Meine ehemaligen Gefährten sitzen dort schon eine ganze Weile in ihren Zweighäusern im Wald und diskutieren darüber, ob sie nun in die Stadt kommen oder weiter in der Wildnis hausen sollen. Ich habe sie, seit wir die Insel unter unsere Kontrolle gebracht haben, bereits mehrmals besucht und ich denke, dass viele von ihnen das Versteckspiel langsam satthaben. Das Problem ist allerdings der Älteste Terbas, der ein Verlassen der Wälder strikt ablehnt. Wenn ich ihnen aber erzähle, dass nach einer Eroberung der Insel durch Megas alles mindestens wieder genauso schlimm werden wird wie früher, dann kommen sie uns auch gegen den Befehl ihres Anführers zu Hilfe, davon bin ich überzeugt. Das wären dann an die vierzig zusätzliche Kämpfer, die ihr Kampfgeschick zumindest schon einige Male bei Überfällen auf die Begleittruppen der Sklavenzüge erprobt haben."

„Und ich werde zu den Xeliten gehen", verkündete Rai unvermittelt.

„Und was versprichst du dir davon?" Barat runzelte zweifelnd die Stirn.

„Die Xeliten sind ebenfalls äußerst wehrhaft", erklärte Rai eifrig, „das haben sie uns bei verschiedenen Gelegenheiten bewiesen. Und sie wünschen, dass die Minen frei bleiben von Ungläubigen, die das Heiligtum des Xelos entweihen könnten. Ich bin mir ziemlich sicher, dass sie es gar nicht gerne sähen, wenn die Insel von solchen Ungläubigen eingenommen und den Xeliten damit die alleinige Herrschaft über ihre heiligen Stollen wieder aus den Händen gerissen wird. Das liefert ihnen doch einen sehr guten Grund, um die Minen noch einmal zu verlassen. Vielleicht kommen nicht alle, aber ein paar Dutzend werden sich schon bewegen lassen, uns bei der Schlacht gegen Megas beizustehen."

Barat hob abwehrend die Hände. „Bitte, ich werde dich nicht hindern. Wahrscheinlich wäre das auch zwecklos, so wie ich dich kenne. Einen Versuch ist es aber allemal wert."

„Jeder Mann zählt", stimmte Meatril zu. Er erhob sich und streckte Barat die Hand entgegen. „Wenn dann so weit alles geklärt ist, werden wir gleich wieder aufbrechen. Die Zeit ist knapp."

Barat ergriff die ihm gebotene Hand und schüttelte sie. „Ich hoffe wirklich, Ihr könnt dafür sorgen, dass Euer Verbündeter wie versprochen mit ein paar Schiffen voller Ausrüstung hier erscheint. Wir alle wagen viel, indem wir euch vertrauen, lasst uns das nicht bereuen."

Der Preis der Freiheit

Meatril ließ entnervt sein Schwert sinken und brach den Zweikampf mit dem nur halbherzig fechtenden Andobrasier ab. Es war keine leichte Aufgabe, aus Fischern Soldaten zu machen, dennoch hatte er sich die letzten Tage redlich bemüht. Schwung, Schritt, Parade, Schwung, Schritt, Stich – so war er nicht müde geworden, den Stadtbewohnern von Andobras einfache Abfolgen des Schwertkampfes einzubläuen. Ob seine Anstrengungen bereits Früchte trugen, ließ sich nur schwer entscheiden. Seit er nach dem Treffen mit Kapitän Tabuks Vertrauensleuten wieder auf die Insel zurückgekehrt war, hatten er und die drei anderen Ecorimkämpfer sich mit nichts anderem beschäftigt als der Ausbildung der Andobrasier. Dennoch zeigten sich nur äußerst spärliche Erfolge, und wenn, dann eher bei den jüngeren Inselbewohnern. Die älteren erwiesen sich dagegen erstaunlich resistent gegen alle Belehrungsversuche, vor allem wohl auch, weil sie von der Notwendigkeit, zu kämpfen, nicht restlos überzeugt waren. Schließlich sahen sich immer noch viele als dem Reich von Citheon zugehörig und daran änderte auch die Tatsache nichts, dass dort nun ein anderer Regent den Thron bestiegen hatte. Sie betrachteten Megas nicht als Feind, sondern als den Gesandten des neuen Königs, der die Insel wieder dem Reich angliedern würde. Warum sollte man sich also gegen diese legitime Maßnahme wehren?

Meatril war sich jedoch sicher, dass sich ihre Meinung noch

ändern würde, wenn erst einmal Megas' Katapultgeschosse auf die Stadt herniederregneten, und deshalb wollte er auch nicht aufgeben. Einige Lichtblicke gab es ja trotz alledem, wie beispielsweise den Sohn eines Schmieds, der mittlerweile so wuchtige Hiebe austeilte, dass regelmäßig sein hölzernes Übungsschwert zerbrach. Allerdings wusste Meatril mittlerweile auch, dass ein Probekampf nicht mit der harten Wirklichkeit eines Gefechts auf Leben und Tod zu vergleichen war. Wer bei der Schwertübung brillierte, konnte dennoch im Angesicht des schwer gerüsteten Feindes entsetzt die Flucht ergreifen. Heldenmut beruhte nicht auf kämpferischen Fähigkeiten. Wer seinem Gegner überlegen war, brauchte keine Tapferkeit, um zu siegen. Wahrhaft heldenmütig war, wer aus einer eindeutig schlechteren Position heraus trotzdem unverzagt sein Möglichstes versuchte. Ob solche verborgenen Helden aber unter der Stadtbevölkerung zu finden waren, würde sich erst herausstellen, wenn es Megas gelang, Truppen an Land zu bringen, und der Kampf in den Straßen der Stadt entbrannte.

Mit ein wenig Glück würde es aber nicht so weit kommen, denn ihr Plan sah ja vor, dass die feindliche Flotte durch den Beschuss der zusätzlichen Katapulte, die Joshua Tabuk beschaffen wollte, gar nicht erst bis in den Hafen vordringen konnte. Es gab dabei nur ein Problem: Von den Transportschiffen fehlte bislang jede Spur.

„Ich glaube, wir beenden die Übungen für heute", rief Meatril durch die große Markthalle, wo die Ecorimkämpfer etwa hundertfünfzig Andobrasier im Schwertfechten und Bogenschießen unterwiesen. Die Sonne stand schon tief und Meatrils Stimme begann, vom häufigen Wiederholen der immer gleichen Kommandos bereits mehr und mehr zu einem heiseren Krächzen zu werden.

„Morgen um die gleiche Zeit“, übernahm daher Targ die Verabschiedung und an Meatril gewandt fügte er leiser hinzu: „Vielleicht solltest du deine Anweisungen auf ein Schild schreiben, das du dann immer vorzeigst, wenn sie etwas falsch machen. Damit schonst du deine Stimme und brauchst nicht immer das Gleiche zu erzählen.“

Meatril musste grinsen, schüttelte aber dennoch tadelnd den Kopf.

„Ich glaube, dass die wenigsten hier lesen können“, bemerkte Eringar, der zusammen mit Deran hinzugetreten war. „Trotzdem würde das Aufschreiben kaum nutzloser sein, als wenn wir es ihnen den ganzen Tag zu erklären versuchen. Was ist nur mit diesen Leuten los?“ Der junge Etecrari furchte missbilligend die Stirn. „Haben die keinen Stolz im Leib?“

„Sie fangen die Fische, die deinen Hunger stillen“, antwortete Deran, während er ernst auf seinen kleineren Gefährten herabblickte. „Das Kämpfen war noch nie ihre Aufgabe. Wie groß wäre deine Begeisterung, wenn du plötzlich aufs Meer hinausfahren müsstest, um Fische zu fangen?“

„Ich wäre sicher nicht begeistert“, räumte Eringar ein, „aber wir versuchen ihnen doch nur zu helfen, sich ihrer Haut zu erwehren, damit sie am Leben bleiben. Und ist es nicht auch eine Frage der Ehre, für sich selbst, die Familie, seinen Besitz und sein Land zu kämpfen? Wie kann man sich einfach seinem Schicksal ergeben, ohne wenigstens den Versuch zu unternehmen, sich aus eigener Kraft zu verteidigen?“

„Du kannst keinem Stein vorwerfen, ein Stein zu sein“, erwiderte Deran mit einer Miene, als wäre damit alles Notwendige gesagt. Eringar blickte nur verständnislos in die Runde.

„Ich glaube, was Deran sagen will“, erklärte Meatril mit kratziger Stimme, „ist, dass die Menschen eben unterschiedlich sind. Manche werden zum Krieger geboren, dazu erzogen oder durch ein widriges Schicksal dazu gemacht. Andere bestreiten ihr Leben, indem sie versuchen, Konflikten aus dem Weg zu gehen, entweder aus Überzeugung oder weil sie es nicht besser wissen. Diese Männer waren ihr ganzes Leben lang Fischer oder Händler oder etwas Ähnliches. Sie sind es gewohnt, sich still zu verhalten und mit harter Arbeit das Nötigste zum Leben zusammenzukratzen. Jetzt verlangt auf einmal jemand von ihnen, dass sie kämpfen sollen für eine Freiheit, die sie gar nicht kennen. Ich kann mir schon vorstellen, dass sie sich lieber ergeben würden, anstatt sich zu wehren, denn sie glauben, wenn Megas die Insel einnimmt, wird alles wieder so weitergehen wie vorher.“

„Dann nehmen sie aber auch in Kauf, dass die Minensklaven wieder zurück ins Bergwerk gebracht werden“, stellte Eringar fest.

„Man kann wohl nicht von jedem erwarten, dass er sein Leben für einen anderen riskiert“, kommentierte Targ trocken. Meatril zuckte nur mit den Schultern.

Der dunkle Klang eines Hornes drang von der Festungsmauer zu ihnen herab in das weitläufige Gebäude. Zunächst konnte keiner von ihnen einordnen, was dieses Signal zu bedeuten hatte. Doch als sie schließlich durch die geöffneten Türen der Markthalle sahen, wie sich immer mehr Menschen am Hafen versammelten, wurde rasch klar, dass wohl ein oder mehrere Schiffe gesichtet worden waren. Ob es sich dabei aber um die feindliche Flotte oder die sehnlichst erwarteten Transportsegler handelte, würde sich erst draußen am Kai entscheiden lassen. Mehr als dreißig Tage war es nun schon her, dass sich die Ecorimkämpfer mit Tabuks Vertrauten in einer kleinen Hafenstadt am nördlichsten Zipfel Citheons getroffen hatten, um ihnen den Bedarf an Ausrüstung für die Verteidigung der Insel Andobras zu übermitteln. Natürlich war es von diesem Treffpunkt noch ein weiter Weg bis Tilet und selbst auf schnellen Pferden hätten Tabuks Leute mindestens drei Tage benötigt, um ihrem Herrn diese Informationen zu bringen. Danach waren noch einmal etwa zehn Tage eingeplant, um das Geforderte zu beschaffen, und weitere zehn, um es schließlich nach Andobras zu transportieren. Ein paar Tage unabwägbarer Verzögerungen mit einkalkuliert, ergab das in Summe etwa fünfundzwanzig Tage, in keinem Fall aber mehr als dreißig. Eine solche Verspätung konnte nur bedeuten, dass es zu massiven Schwierigkeiten gekommen war. Im schlimmsten Fall hatte Megas die Schiffe entdeckt und abgefangen, was Meatril allerdings als unwahrscheinlich ansah, da Kapitän Tabuk den Schmuggel eigentlich narrensicher geplant hatte.

Doch einen Schwachpunkt gab es natürlich, korrigierte sich Meatril in Gedanken, denn Shyrali war an dem Unternehmen beteiligt, Abaks hinterlistige Spionin. Ihre Aufgabe sollte es sein, zu ihrem Auftraggeber Abak Belchaim nach Tar'Tianoch zurückzukehren und von dort die benötigte Ausrüstung für Andobras zu besorgen. Dass man ausgerechnet dort um Unterstützung bitten sollte, hatte Tabuk so begründet, dass die Heimatinsel Jorig Techels der einzige Ort wäre, wo sich solch große Mengen an Kriegsmaterial beschaffen ließen, ohne dass Megas zwangsläufig davon erfahren würde. Und selbst wenn es ihm seine Spione irgendwann zutragen sollten, dann wies nichts auf eine Beteiligung Joshua Tabuks hin. Für Megas würde eine Unterstützung der Insel Andobras durch Jorig Techel vollkommen logisch erscheinen, da der abgesetzte König von Citheon damit seinen

Erzfeind an einem weiteren Machtgewinn hindern konnte. Dennoch hatte Kapitän Tabuk überall seine Finger im Spiel, wenn auch äußerst dezent. So hatte er, wie Meatril inzwischen wusste, dafür gesorgt, dass einige von Megas' Transportschiffen in den Besitz von Techels Flotte gelangt waren. Auf diesen erbeuteten Frachtseglern konnte unter der Flagge Ho'Nebs die geheime Ladung für Andobras sicher durch die Seeblockade bei Tilet geschmuggelt werden.

All das schien gründlich durchdacht und bestens vorbereitet. Dennoch konnte so vieles schiefgehen. Schon allein, dass sie sich erneut auf die bereits als Lügnerin überführte Shyrali verlassen mussten, hatte Meatril in den letzten dreißig Nächten wenig Schlaf finden lassen. Doch in Kürze würde es sich entscheiden, ob Tabuks gründliche Planung von Erfolg gekrönt wurde oder ob Megas ihm zuvorgekommen war und bereits mit seiner gesamten Streitmacht Kurs auf die rebellische Mineninsel nahm.

Nachdem sich die vier Ecorimkämpfer durch die Schaulustigen bis zum Wasser vorgearbeitet hatten, spähten sie wie alle anderen angestrengt aufs Meer hinaus. Im Licht der untergehenden Sonne ließen sich drei Schiffe ausmachen, die mit voller Takelung auf Andobras zuhielten. Selbst ohne seefahrerische Kenntnisse war zu erkennen, dass die breiten Segler äußerst tief im Wasser lagen, so als wären sie schwer beladen. Meatril atmete erleichtert auf, aber im nächsten Augenblick sah er die vielen hellen Flecken am Horizont. Er erstarrte. Es bestand kein Zweifel. Megas' Flotte folgte den Frachtschiffen in wenig mehr als einer halben Tagesreise Entfernung.

Es dauerte eine kleine Ewigkeit, bis die behäbigen Transportsegler endlich am Kai festgemacht hatten. Gleich hinter ihnen wurde die Sperrkette gehoben, um die Hafeneinfahrt zu sichern. Mittlerweile war die heransteuernde Seestreitmacht von jedem im Hafen entdeckt worden und entsprechend begannen sich, Betroffenheit, Sorge oder gar Angst auf den Gesichtern abzuzeichnen. Eine weitere Beobachtung der näher kommenden Flotte wurde aber durch die heraufziehende Dunkelheit unterbunden.

Die erste Person, die von Bord eines der Lastschiffe sprang, hätte Meatril indes auch in tiefer Nacht noch zu erkennen vermocht. Das lange rote Haare wehte in ihr Gesicht, sie trug eng anliegende Hosen, einen breiten Gürtel, in dem mehrere Dolche steckten, und ein schneeweißes Hemd, das für ein gewöhnliches Mitglied der Schiffsbesatzung viel zu sauber war: Es konnte niemand anderes als Shyrali sein. Meatril musste in diesem Moment feststellen, dass er ihr ihre Unehrlichkeit längst verziehen hatte. Stattdessen empfand er Freude darüber, sie zu sehen, und das lag nicht allein daran, dass sie die versprochene Ausrüstung zu ihnen gebracht hatte.

„Wir haben nicht viel Zeit", rief Shyrali den Ecorimkämpfern zu, sobald sie die bekannten Gesichter unter den zahlreichen Menschen am Hafen entdeckt hatte. „Megas sitzt mir mit seiner ganzen Flotte im Genick."

„Was ist geschehen?", wollte Meatril wissen.

„Kurz gesagt", antwortete Shyrali, „wir konnten zwar die Blockade ungehindert passieren, aber Megas hat davon Wind bekommen und ließ uns verfolgen. Wir mussten einige Umwege fahren und uns mehrmals an der Küste verstecken. Megas hat unterdessen seinen Aufbruch von Tilet beschleunigt. Uns bleibt höchstens noch diese Nacht, um alles zu verteilen und aufzubauen."

„Was habt ihr geladen?", erkundigte sich Targ gespannt.

„Alles, was bestellt wurde", gab Shyrali mit einem stolzen

Lächeln zurück. „Jorig Techel hat keine Kosten gescheut, um den Feinden seines Feindes zu helfen. Unter anderem gilt es, ganze fünf Torsionskatapulte aufzubauen – also, worauf wartet ihr noch!“

Drei Stunden nach Mitternacht waren endlich alle Schiffe entladen. Rüstungen, Armbrüste, Bogen und dazugehörige Geschosse wurden immer noch an Minenarbeiter und Städter verteilt, den nicht unmittelbar benötigten Rest hatte Barat in die Rüstkammern der Festungskaserne bringen lassen. Die Nahrungsvorräte waren im Speisesaal untergebracht worden, während unter Garlans Anleitung mindestens zwei Dutzend Minenflüchtlinge noch letzte Arbeiten an den großen Katapulten vornahmen. Schon in den letzten Tagen hatte man im Burghof große Haufen von Felsen aufschichten lassen, die sich als Katapultgeschosse eigneten, während Kawrin und Rai mit einigen Helfern erneut zu dem Steinölfeld aufgebrochen waren, um eine größere Menge des schwarzen Brennstoffs zu besorgen. Damit hatten sie ein knappes Dutzend Tonkrüge befüllt, die mit ölgetränkten Leinenstreifen umwickelt waren, welche als Zünder dienen sollten. Mit diesen Brandgeschossen konnten nun die Katapulte bestückt werden.

„Ich glaube, hier ist so weit alles getan“, sagte Meatril zu Barat, während er sich mit dem Ärmel den Schweiß von der Stirn wischte. „Ich werde dann wie abgesprochen wieder zum Hafen hinuntergehen und dafür sorgen, dass die Städtermiliz Aufstellung nimmt. Deran, Targ und Eringar sind bereits vorausgegangen.“

Barat wirkte ebenfalls ziemlich erschöpft. „Das Kommando über die Stadt gehört Euch“, bestätigte er. „Im Morgengrauen wird es losgehen, denke ich. Megas’ Flotte ist bereits in Schussreichweite, das kann man an den Signalfeuern ihrer Schiffe erkennen. Aber sie lassen sich wohl noch Zeit, bis sie genügend Licht haben, damit sie sehen, worauf sie schießen." Er starrte eine Weile geradeaus, als hätte er vergessen, was er sagen wollte. „Ich hoffe nur, dass Kawrin und Rai rechtzeitig zurück sind", bemerkte er dann mit einem Seufzen. „Nachdem sie die nahende Flotte erblickt hatten, sind sie sofort aufgebrochen, um die Xeliten und Waldbewohner zu alarmieren. Ich zweifle aber immer noch daran, dass wir uns auf deren Unterstützung wirklich verlassen können."

„Warum sind diese Leute denn nicht schon längst in der Stadt?", erkundigte sich Meatril verständnislos. „Es wäre doch wahrlich genug Zeit gewesen."

Barat schnitt eine Grimasse. „Die Xeliten glauben, dass es ihrem Gott missfällt, wenn sie sich unnötig lange dem Tageslicht aussetzen. Die Waldbewohner, zu denen Kawrin früher gehört hat, sind kaum weniger seltsam. Sie meinen, in einer Stadt zu leben fern von der Natur, widerspräche dem Willen der Göttin Bajula, der sie angeblich ihre Rettung aus dem Bergwerk verdanken. Kawrin behauptet aber, sie würden kommen, wenn der Angriff bevorsteht, und Rai ist ebenso überzeugt, was die Xeliten betrifft. Ich bin dahingegen weniger zuversichtlich."

Meatril massierte seine Schläfen. Der Schlafmangel und die harte Arbeit in den vergangenen Stunden forderten bereits ihren Tribut. „Natürlich ist es ungewiss, wann und ob es Megas überhaupt riskieren wird, Truppen an Land zu bringen. Er wird mit Sicherheit versuchen, uns erst einmal mit Katapultbeschuss zu zermürben. Sobald wir aber bewiesen haben, dass wir uns auch über größere Distanz verteidigen können, wird er sich entweder zurückziehen oder aber versuchen, mit seinen Truppen den Hafen zu stürmen. Spätestens dann wäre die Unterstützung, die Rai und Kawrin hierherbringen wollen, bitter nötig, denn ich fürchte, auf die Städter ist als Verteidiger nicht wirklich Verlass. Aber wir werden in jedem Fall unser Möglichstes tun, darauf habt Ihr mein Wort, Barat."

Der Veteran sah ein wenig betreten drein. „Verzeiht mir bitte, dass ich an Eurem Wort anfangs gezweifelt habe, Meatril. Ihr habt Euer Versprechen mehr als erfüllt und nun riskiert Ihr auch noch Euer Leben für uns. Ich weiß gar nicht, wie ich Euch danken soll."

„Megas' Niederlage ist uns Dank genug", lachte Meatril grimmig. „Das, was Ihr auf dieser Insel geschaffen habt, verdient es, gerettet zu werden. Sehen wir also zu, dass das auch gelingt."

Barat begegnete dem Blick des Ecorimkämpfers mit einer Mischung aus Bedauern, Dankbarkeit und Besorgnis. Dann nickte er wortlos, worauf sich Meatril auf den Weg zurück in die Stadt machte, während Barat wieder seinen Beobachtungsposten auf der Festungsmauer einnahm.

Meatril folgte zunächst zielstrebig der schmalen Straße, die ihn vom Festungsplateau hinab zum Hafen bringen würde. Die Burg Andobras in seinem Rücken bildete wegen der zahllosen Fackeln und Lampen, welche die Arbeiter im Burghof entzündet hatten, eine betriebsame Lichterinsel im Dunkel der Nacht. Ebenso geisterten mehrere Fackelflammen durch die Straßen der Stadt und wie ein Schwarm Glühwürmchen sammelten sich die meisten am Hafen, wo sich die Städtermiliz einfinden sollte. Doch den Pfad, den Meatril gerade beschritt, vermochte keine dieser Lichtquellen zu erleuchten. Hier herrschte die mondlose Nacht und er musste sich vorsehen, keinen falschen Schritt zu tun, denn zu beiden Seiten ging es steil abwärts. Eigentlich war es grober

Leichtsinn, auf einer solchen Strecke keine Fackel oder Lampe mitzunehmen, dennoch empfand Meatril diese Abgeschiedenheit als äußerst willkommen. Die Wellen des Meeres rauschten leise und der Schrei eines jagenden Nachtvogels durchschnitt die Dunkelheit. Er verlangsamte seine Schritte und blieb schließlich stehen.

Völlig unvermittelt überfielen ihn starke Zweifel. War es wirklich richtig, dass er hier auf der Insel geblieben war? Er trug jetzt die Verantwortung für seine drei Gefährten. Es stand ihnen ein mörderischer Kampf bevor, der im Grunde nicht der ihre war. Bei Königswacht hatten sie ihre Heimat verteidigt, aber hier? Sie kämpften für den Traum einer Gruppe entflohener Minensklaven. Sicher war hier auf Andobras etwas Gutes im Entstehen, das ausgerechnet ihr Erzfeind Megas im Keim ersticken wollte, aber durfte Meatril allein dafür sein Leben und vor allem das seiner Schwertbrüder aufs Spiel setzen? Hätte er nicht vielmehr versuchen müssen, Arton zu finden oder Arden doch noch irgendwie dem Einfluss der Citpriester zu entziehen?

Arden Erenor. Wie viel Hoffnung hatte er einst in diesen Namen gesetzt und wie bitter war er enttäuscht worden. Unwillkürlich wanderten Meatrils Gedanken nach Seewaith, den Ort, den er mittlerweile als seine Heimat betrachtete. Was wohl Daia jetzt gerade tat? Ob sie sich ebenfalls fragte, wie es ihrem Verlobten gehen mochte? Oder waren ihre Gedanken vielmehr bei Arden? Arden, mit dem sie ihn betrogen hatte. Arden, der Meatril gegenüber Freundschaft heuchelte, während er ihm hinterrücks die Geliebte stahl. Arden, für den Meatril bereit gewesen wäre, alles zu tun, alles zu opfern – alles außer Daia.

„Lauert Ihr mir etwa auf?“, riss ihn plötzlich eine helle Stimme aus seinen Gedanken.

„Was ...?“, fragte Meatril, erbost über diese Störung in einem solch unpassenden Moment. Er drehte sich um und erkannte Shyrali, die mit einer Öllaterne hinter ihm stand. Er hatte gar nicht gemerkt, wie sie von der Festung den Weg hinunterkam.

„Ich hatte schon befürchtet“, erklärte Abaks Spionin mit der ihr eigenen Unbeschwertheit, „Ihr wollt mich hier im Dunkeln für meine Unehrlichkeit zur Rechenschaft ziehen.“

„Unsinn“, entgegnete Meatril etwas unwirsch und setzte seinen Weg in Richtung Stadt fort, „du hast dein Versprechen gehalten und die benötigte Ausrüstung von deinem Herrn in Tar'Tianoch beschafft. Alle hier sind dir zu Dank verpflichtet.“

„Warum seid Ihr dann so ungehalten, Meister Westmarken?“, fragte Shyrali in einem sanften Tonfall, während sie Meatril folgte.

„Ich bin nicht ungehalten“, widersprach der Ecorimkämpfer, „ich habe nur viel zu tun. Da bleibt keine Zeit für müßige Gespräche.“

Shyrali erwiderte nichts, bis die beiden auf der Höhe der ersten Häuserzeilen von Andobras angekommen waren. „Dabei hätte ich schwören können“, begann sie von Neuem, „dass Ihr mir noch immer verübelt, wie ich Euch in der Goldenen Grotte und in Tilet hintergangen habe. Auch wenn das aus meiner Sicht natürlich notwendig war, wollte ich noch einmal sagen, dass es mir sehr leidtut.“

Meatril warf ihr einen leicht verächtlichen Blick über die Schulter zu. „Eine Spionin, die sich für ihre Spitzelei entschuldigt – wie glaubhaft ist das?“

„Ich habe es wirklich nicht gern getan“, beteuerte Shyrali, „denn ich wusste von Anfang an, dass Ihr ein ehrenwerter

Mann seid. Ich hätte Euch auch niemals absichtlich geschadet."

Meatril blieb stehen und fuhr herum. „Meinst du nicht, dass die Informationen, die du an deinen Herrn weitergeben hast, bei dem Überfall auf unsere Kriegerschule Verwendung fanden? Ich würde das durchaus als Schaden bezeichnen!"

Shyrali wirkte ehrlich zerknirscht. Ihre hellen blauen Augen glänzten im Schein der Lampe, als sie Meatril schuldbewusst anblickte. „Von dem Überfall wusste ich nichts, ehrlich. Die wichtigsten Einzelheiten über die Schule hat Megas geliefert. Erst als er nach dem Überfall aus Seewaith verschwand, wurde ich dort zu Abaks wichtigstem Spitzel, vor allem was Ardens Pläne betraf. Bitte glaubt mir wenigstens das."

„Ich will dir ja auch gar keine Vorwürfe machen." Meatril winkte ab und ging weiter. „Du hast nur deine Aufgabe erfüllt, das verstehe ich schon. Aber jetzt ist wohl kaum der richtige Zeitpunkt, um darüber zu reden. Wir haben in Kürze eine Schlacht zu schlagen."

„Gibt es nichts, was Ihr noch gerne tun würdet, bevor der Kampf beginnt?" Shyralis Frage hing in der Luft wie der verlockende Duft einer Blüte, unaufdringlich, aber schwer zu ignorieren.

Meatril ging noch ein paar Schritte, dann drehte er sich um. „Wie meinst du das?"

Shyrali kam auf ihn zu und drückte ihm die Öllaterne in die Hand. Dann stellte sie sich auf die Zehenspitzen, legte ihre Arme um seinen Nacken und küsste ihn sanft auf den Mund. Meatril wirkte ziemlich überrumpelt, ließ es aber geschehen.

„Das war, was ich schon die ganze Zeit machen wollte, seit

wir uns in der Goldenen Grotte unterhalten haben", sagte sie, nachdem sich ihre Lippen wieder getrennt hatten. „Ich hoffe, Ihr seid … du bist mir deswegen nicht böse."

Vollkommen überwältigt starrte Meatril die kleine Spionin an, die ganz selbstverständlich und ohne jede Scham vor ihm stand und auf seine Reaktion wartete. „Ich bin verlobt", brachte er endlich hervor.

„Ich weiß", gab sie unbekümmert zur Antwort, „und ich muss gestehen, dass ich ein bisschen neidisch auf Daia bin. Dennoch ist sie jetzt nicht an deiner Seite und ich glaube auch, dass sie einen Mann wie dich nicht wirklich zu schätzen weiß." Sie lächelte schelmisch. „Außerdem wollte ich nur einen Kuss von dir, kein Heiratsversprechen. Ich würde wohl auch keine gute Ehefrau abgeben."

„Ich weiß nicht, was ich sagen soll", gestand Meatril, der seine Fassung noch immer nicht wiedererlangt hatte. „Wahrscheinlich hast du recht, was Daia betrifft. Aber ich liebe sie trotzdem noch."

Shyralis Augen, die zumeist in lebenslustiger Fröhlichkeit erstrahlten, verschleierten sich für einen flüchtigen Moment. „Dann vergiss einfach, was gerade geschehen ist. Du hast dir deswegen nichts vorzuwerfen, ich habe dich überrascht."

Behutsam streckte Meatril seine Hand aus, um Shyralis Wange zu berühren. Doch kurz vorher zog er seinen Arm wieder zurück. „Du verstehst es, Männern den Kopf zu verdrehen", bekannte er mit offener Bewunderung.

„Das kann ich in der Tat sehr gut", bestätigte sie bekümmert, „und bisher war das immer nur ein spannendes Spiel für mich. Aber bei dir ist es anders. Du bist anders. Ich kenne sonst niemanden, der so …", sie suchte nach Worten. „Es hat mich noch nie jemand dazu gebracht, mir zu wünschen, jemand anderes zu sein. Bis heute."

Unwillkürlich hatte Meatril die Luft angehalten, während Shyrali sprach. Ihre überraschende Offenheit traf ihn gänzlich unvorbereitet. „Ich kann nicht behaupten", bemühte er sich um eine angemessene Antwort, „dass mich das alles unberührt lässt. Du bist ohne Frage die aufregendste Frau, die ich jemals getroffen habe", er versuchte ein Lächeln, „in jeder Hinsicht. Aber im Moment ist noch mehr Aufregung das Letzte, was ich suche. Ich könnte in wenigen Stunden tot sein. In meinen letzten Augenblicken will ich etwas haben, an das sich meine Gedanken klammern können, etwas Ruhiges, Behütetes, Beständiges. Meine Verbindung mit Daia ist sicher nicht vollkommen, aber es ist das Einzige, was ich habe. Du bist dagegen wie ein Schmetterling, der einem mit seiner flatterhaften Schönheit kurzzeitig die Sinne verwirrt, bevor er wieder weiterfliegt."

Shyrali strich sich nachdenklich mit dem Zeigefinger übers Kinn. „Ich weiß nicht, ob das jetzt sonderlich schmeichelhaft war, doch vermutlich stimmt dieser Vergleich schon irgendwie. Wenn man Schmetterlinge aber fliegen lässt, wie sie es wollen, dann kehren sie immer wieder dorthin zurück, wo es ihnen am besten gefallen hat. Du wärst überrascht, wie beständig so ein flatterhaftes Wesen sein kann."

Meatril ließ seinen Kopf sinken. „Du machst es mir wirklich schwer", gestand er. „Vielleicht ist es dumm von mir, meiner Verlobten die Treue zu halten, obwohl ich mir nicht einmal sicher sein kann, dass sie meine Liebe auch erwidert. Möglicherweise gibt es da gar keine Verbindung mehr zwischen Daia und mir und ich bilde mir das nur ein. Ihr Herz gehört vielleicht schon lange einem anderen und ich will es nur nicht wahrhaben." Er schluckte. „Aber dennoch, ich kann nicht anders."

Shyrali trat näher und strich liebevoll über sein Haar, als

würde sie ihn schon ewig kennen. „So bist du eben, Meatril. Ich glaube, genau aus diesem Grund finde ich dich unwiderstehlich. Du bist so ehrenhaft, dass es manchmal schmerzt."

Er sah auf und beide mussten lachen. „Bevor wir uns jetzt noch mehr Schmeicheleien um die Ohren schlagen, sollten wir uns vielleicht doch langsam um die Verteidigung der Stadt kümmern", schlug Meatril scherzhaft vor. Shyrali nickte. Gemeinsam gingen sie zum Hafen.

„Wie willst du vorgehen?", erkundigte sich Shyrali nach einer Weile. „Wie lautet dein Schlachtplan?"

„Eigentlich gibt es keinen großartigen Schlachtplan", antwortete Meatril mit einem Schulterzucken. „Wir warten, bis Megas versucht, den Hafen anzugreifen, und gehen dabei dem Katapultbeschuss möglichst aus dem Weg. Das ist schon alles."

„Könnte Megas denn nicht irgendwo anders Truppen an Land bringen?", wollte Shyrali wissen. „Warum seid ihr so sicher, dass sein Angriff am Hafen erfolgen wird?"

„So wie Barat das beschrieben hat", erklärte Meatril, „ist dies hier in der Nähe der einzige Ort, an dem Schiffe anlegen können. Zu beiden Seiten des Hafens gibt es sonst nur steile, schroffe Basaltfelsen, die jeden Schiffsrumpf aufschlitzen, der sich in ihre Nähe wagt. Es lassen sich rings um die Insel zwar schon einige andere Landemöglichkeiten finden, aber von Osten und Norden müssten sich Megas' Truppen dann erst durch dichten Urwald kämpfen, um hierherzugelangen, und westlich liegt ein ausgedehntes Sumpfgebiet. Es ist unwahrscheinlich, dass er das riskieren wird."

Shyrali ging schweigsam neben Meatril her, bis die beiden schon die Fackeln der Städtermiliz am Kai sehen konnten. „Hast du etwas dagegen, wenn ich mich ein wenig umsehe?", fragte sie unvermittelt.

„Eigentlich nicht", erwiderte Meatril etwas erstaunt. „Es sind noch ein paar Stunden bis zum Morgengrauen. Wenn wir Glück haben, bleibt bis dahin alles ruhig. Suchst du etwas Bestimmtes?"

„Ich will nur ein wenig herumschnüffeln." Sie grinste. „Du weißt schon, was Spione eben so tun."

Meatril musterte sie mit einem eigenartigen Ausdruck in seinen Augen. „Du hast gerne deine kleinen Geheimnisse, das habe ich schon bemerkt. Wie du willst." Er zögerte. „Pass auf dich auf, du eigenwilliger Schmetterling."

Ein warmes Lächeln überzog Shyralis Gesicht. Dann verschwand sie wortlos mit ihrer Laterne um das nächste Häusereck.

Es begann, als der Himmel bereits im ersten Widerschein von Cits Licht erstrahlte, das Meer aber noch in tiefem Schatten lag. Ein gewaltiger Klotz senkte sich plötzlich aus dem Himmel, stürzte noch vor der Kaimauer ins Wasser und sandte einen Schauer von aufspritzenden Tropfen bis in den Hafen.

„Verteilt euch!", befahl Meatril, so laut es seine immer noch strapazierte Stimme zuließ. „Es dürfen niemals zu viele an einem Fleck stehen. Sie schießen sich noch ein, doch schon der nächste Stein kann die Stadt treffen. Eure Familien sind in der Festung in Sicherheit, aber wir versuchen, hier so lange auszuharren wie möglich."

Während die Miliz seine Anweisungen befolgte, dachte Meatril noch einmal darüber nach, ob er sich nicht doch lieber mit seinen Leuten in den Schutz der nun weitgehend leeren Häuser zurückziehen sollte. Aber es hatte seinen Grund, warum er sich dafür entschieden hatte, hier direkt am Hafenbecken Stellung zu beziehen: Er fürchtete eine rasche Landung von Megas' Truppen. Vermutlich würden sie mit kleinen Ruderbooten versuchen, die Sperrkette zu unterlaufen, und wenn das geschah, mussten die Andobrasier die Angreifer sofort mit aller Macht zurückzuschlagen. Konnten sich die gefürchteten Schwarzlanzer, die Megas sicherlich für diese gefährliche Mission entsenden würde, erst einmal irgendwo am Kai festsetzen, dann war die Stadt so gut wie verloren. Zudem boten die Häuser gegen die massiven Katapultgeschosse im Moment ohnehin nur wenig Deckung für die Städtermiliz und unter freiem Himmel konnten sie wenigstens den heranfliegenden Steinhagel im Auge behalten und notfalls ausweichen.

Lautes Quietschen, gefolgt von einem dumpfen Knarren, drang von der Festung herüber. Der Arm eines der Katapulte im Burghof war in die Höhe geschnellt und stand nun senkrecht, sodass der obere Teil über die Mauerkante ragte. Ein Steinquader in Truhengröße flog in Richtung der feindlichen Schiffe, deren Segel sich langsam aus dem Morgendunst zu schälen begannen. Ähnlich wie der vorige Versuch der Angreifer erwies sich auch dieser Schuss der Verteidiger als viel zu kurz. Dennoch wurde er von der Miliz am Hafen und auch von der Festungsbesatzung freudig bejubelt, handelte es sich doch um den allerersten Einsatz eines der gerade erst zusammengesetzten Katapulte. Unter diesen Voraussetzungen musste bereits der bloße Abschuss eines einzelnen Steins als großer Erfolg gewertet werden.

„Deckung!", brüllte Targ im gleichen Augenblick. Da schlug auch schon ein weiterer Brocken auf der Kaistraße ein. Er zersplitterte in zahllose kleine Stücke und hinterließ einen Krater. Ein paar Schreie wurden laut. Zwar hatten alle dem Geschoss auszuweichen vermocht, doch die umherfliegenden Splitter waren nicht wirkungslos geblieben.

„Beim nächsten Einschlag schützt euer Gesicht mit den Armen!“, schrie Meatril.

Es blieb keine Zeit für weitere Befehle. Megas' Katapultschützen hatten die korrekte Ausrichtung der Schiffsschleudern gefunden. Jetzt konnten alle gleichzeitig ihre tödliche Last in die Luft befördern. Ein Schwarm von mindestens einem Dutzend entsetzlich groß aussehender Felsenkugeln kam unerbittlich auf Andobras zu.

Am Hafen liefen mit einem Mal alle durcheinander wie bei einer Hasenjagd. Von gezieltem Ausweichen konnte keine Rede mehr sein. Doch es blieb auch kaum Zeit, zu reagieren. Schon fiel der vernichtende Steinregen auf die Stadt herab. Dächer wurden durchschlagen, Mauern zertrümmert, ganze Häuser zum Einsturz gebracht. Die niederdonnernden Steine schickten immer wieder einen Schauer von nadelspitzen Splittern durch die Luft, die teilweise die Kleidung durchbohrten und sich schmerzhaft ins Fleisch gruben. Es erwies sich als Segen, dass alle Städter wenigstens einen ausreichend festen Brustharnisch erhalten hatten, dennoch blieben Arme und Beine meist nur durch ein paar Lagen Stoff geschützt. Zahlreiche kleinere, blutige Verletzungen waren die Folge.

Als das Schlimmste vorüber war, versuchte sich Meatril rasch einen Überblick zu verschaffen. Mindestens zehn Mann lagen wimmernd am Boden, einige weitere schienen leicht verletzt zu sein. Überall lagen Trümmer herum, als hätte eine ganze Kompanie in der Stadt gewütet. Ein feiner Staubschleier hing immer noch in der Luft. Gerade ging eine weitere Katapultsalve über der Festung nieder, doch an den dicken Burgmauern prallten die Geschosse wirkungslos ab, während kein einziger Katapultschuss das Innere der Wehranlage zu erreichen vermochte. Offenbar lag die Mauerkante einfach zu hoch, um von den Schiffsgeschützen überwunden zu werden.

Meatril kam daher zu einem Entschluss. „Eringar, sieh zu, dass du die Miliz in einen höher gelegenen Teil der Stadt bringst. Ich bleibe mit Targ und Deran hier am Hafen, und wenn Megas' Soldaten auftauchen, halten wir sie so lange auf, bis ihr kommt. Lasst uns nur ein paar Bogen und Armbrüste hier."

„Aber …", versuchte Eringar zu widersprechen, der unweit von Meatril stand und immer noch schützend die Arme über den Kopf hielt.

„Keine Widerrede", herrschte Meatril den Etecrari an, „ich will nicht die ganze Miliz verlieren, bevor ein einziger Schwertstreich getan wurde, daher muss sie einer von uns vieren in Sicherheit bringen. Das wirst jetzt eben du sein. Wir geben hier schon auf uns acht. Und jetzt verschwinde endlich!"

Widerwillig sammelte Eringar die Städter um sich und zog ab. Als die nächste Steinsalve nahte, befanden sie sich bereits außer Reichweite. Meatril blickte ihnen erleichtert hinterher. Jetzt, da er wusste, dass sein jüngster Schwertbruder nicht mehr in unmittelbarer Gefahr schwebte, konnte er sich wieder besser auf das Kampfgeschehen konzentrieren.

Rai war ärgerlich und zufrieden zugleich. Immerhin hatte er es mit Seliras Hilfe geschafft, mehr als dreißig Xeliten für die Verteidigung der Insel zu gewinnen. Doch die zähen Verhandlungen, die Selira erst noch mit dem Anführer Herak im Bergwerk hatte führen müssen, waren sehr viel zeitaufwendiger gewesen, als Rai jemals vermutet hätte. Beinahe die ganze Nacht war der ungeduldige Tileter im Wachturm am Mineneingang gesessen, der nun von den Xeliten und einigen Arbeitern gemeinsam bemannt wurde, und hatte Seliras Rückkehr herbeigesehnt. Schließlich war sogar Kawrin mit den Waldbewohnern von der anderen Seite des Gebirges noch vor den Xeliten erschienen und sie hatten beschlossen, zusammen zu warten. Als Selira dann endlich mit den anderen Xelosdienern auftauchte, war es bereits kurz vor Sonnenaufgang.

Inzwischen stand die Sonne bereits über dem Horizont und sie hasteten im Laufschritt mit ihren Truppen der Stadt entgegen. Es blieb nur zu hoffen, dass dort noch nicht alles entschieden war.

Als sich die Straße schon abwärts in Richtung Küste zu neigen begann, stolperte plötzlich nur knapp zehn Schritt vor ihnen eine junge Frau aus dem dichten Wald. Gehetzt sah sie sich um, erblickte die näher kommenden Truppen und im ersten Moment hatte es den Anschein, als würde sie sofort wieder die Flucht ergreifen. Doch sie blieb schwer atmend stehen. Erst auf den zweiten Blick erkannte Rai, dass ein abgebrochener Pfeilschaft aus ihrer linken Schulter ragte.

„Was ist mit dir?“, rief er der Unbekannten zu. „Wer hat dich verwundet?“

Die Frau beäugte ihn misstrauisch. Ihr hübsches Gesicht wirkte blutleer, die blauen Augen waren weit aufgerissen und schweißnasse Strähnen ihres roten Haares hingen ihr ins Gesicht. „Ihr seht nicht so aus, als gehört ihr zu Megas' Leuten“, bemerkte sie stirnrunzelnd.

„Nein“, erwiderte Rai verblüfft, „natürlich nicht. Ich bin Rai und das da ist Kawrin, wir bringen Verstärkung zur Verteidigung der Stadt.“

„Und wo sind dann eure Schwerter?“, erkundigte sich die Frau skeptisch.

„Die müssen wir uns erst noch in der Festung besorgen“, erklärte Rai. „Aber wer bist du und was machst du hier mit einem Pfeil im Rücken? Die Wunde sieht gar nicht gut aus.“

Sie blickte nervös über ihre Schulter. „Jetzt ist keine Zeit, um das zu erklären. Mein Name ist Shyrali. Ich bin diejenige, die die Ausrüstung nach Andobras gebracht hat. Aber wir müssen jetzt so schnell wie möglich in die Stadt zurück. Ich werde euch alles dort erklären.“ Mit diesen Worten lief sie los, als wäre sie frisch und unverletzt, sodass Rai und Kawrin Mühe hatten, Schritt zu halten.

Als Andobras endlich zwischen den tief eingeschnittenen Felsen auftauchte, die die Straße säumten, bot sich ihnen ein Bild der Verwüstung. Kaum die Hälfte der Häuser der Stadt schien unversehrt geblieben zu sein. Trümmer anstelle von Gebäuden zogen sich den ganzen Hang hinauf und die Katapulttreffer erfolgten noch immer in so rascher Folge, dass Rai zuerst glaubte, das Schlagen einer riesigen Trommel zu vernehmen. Offenbar konzentrierte Megas’ Flotte den gesamten Beschuss auf die Stadt, während die Festung weitgehend verschont blieb. Von dort wurde jedoch ebenfalls ohne Unterlass zurückgeschossen und Rai konnte erkennen, dass von den gut hundert Schiffen, die sich fächerförmig vor Andobras’ Küste verteilt hatten, bereits einige erhebliche Schäden aufwiesen. Neben geknickten Masten, zerborstenen Aufbauten und riesigen Löchern im Deck gab es auch einen Segler, der lichterloh in Flammen stand. Aber Rai blieb keine Zeit, sich über diesen Erfolg zu freuen, der mithilfe der von ihm und Kawrin hergestellten Brandgeschosse erzielt worden war. Denn als sie kurz vor der ersten Seitenstraße waren, an deren Ende Ferrags ehemalige Zuflucht stand, traten ihnen plötzlich zahlreiche Bewaffnete in den Weg. Sie wurden angeführt von dem Etecrari, den Rai als Eringar kennengelernt hatte.

„Shyrali“, rief dieser überrascht, „wo kommst du denn her?“ Dann erblickte er den Pfeil, der in ihrer Schulter steckte. „Bei den Göttern! Was ist passiert?“

Ohne sich um Eringars Besorgnis zu kümmern, warf Shyrali einen prüfenden Blick auf die Städtermiliz, die hinter ihm aufgereiht war und offenbar in dieser am höchsten gelegenen Straße der Stadt Schutz vor dem Beschuss gesucht hatte. „Sind das alle?“, verlangte sie zu erfahren.

Eringar warf einen irritierten Blick über die Schulter auf die knapp hundert Bewaffneten unter seinem Kommando. „Ja, leider. Viele sind bereits verwundet, einige sind geflohen, aber die mit ein wenig Ehre im Leib sind geblieben und wir haben uns hierher zurückgezogen. Die Einschläge kommen zwar immer näher, aber diesen Straßenzug haben sie noch nicht erreicht. Hier sind wir vorerst sicher.“

„Das wird sich bald ändern“, erwiderte Shyrali ernst. „Es ist kein Wunder, dass die Flotte ihren Beschuss ausschließlich auf die Stadt konzentriert. Megas will alle hier verbliebenen Truppen vertreiben oder so stark schwächen, dass er mit seinen Soldaten ungehindert eindringen kann. Aber er versucht es nicht über den Hafen, sondern er wird auf dieser Straße aus dem Inselinneren anrücken. Er ist bereits mit seinen Schwarzlanzern hierher unterwegs.“

Alle rissen entsetzt die Augen auf und ein Raunen ging durch die Reihen der Miliz.

„Das ist vollkommen unmöglich“, protestierte Rai, „wie sollten die denn auf die Insel gekommen sein?“

„Sie sind mit den Beibooten in eine kleine Bucht östlich von hier gefahren und haben mit Seilen und Wurfhaken die Felsen erklommen“, erklärte Shyrali hastig. „Die Brandung hat mindestens die Hälfte der Boote an den Felswänden zertrümmert und ich wette, ein gutes Drittel von Megas' Truppen ist bei der Landung ertrunken, aber der Rest hat es geschafft. Ich habe es mit eigenen Augen gesehen, und weil ich es selber kaum fassen konnte, wie rücksichtslos Megas mit dem Leben seiner Soldaten umgeht, habe ich nicht aufgepasst und mir diesen Pfeil eingefangen."

„A-a-a-ber ...", stotterte Rai fassungslos, „aber es hat doch immer geheißen, Megas würde es nicht riskieren, einen Gutteil seiner Flotte zu verlieren! Und jetzt schickt er, ohne mit der Wimper zu zucken, jeden dritten seiner Leute in den Tod?"

„Seine Schiffe sind es, die er nicht in großer Zahl aufs Spiel setzen will", antwortete Shyrali nüchtern, „ein Menschenleben bedeutet ihm dagegen gar nichts."

„Megas führt die Schwarzlanzer selbst an?", wollte Eringar wissen. Sein Gesicht verriet äußerste Anspannung.

Shyrali nickte. „Wo sind Meatril und die anderen?"

„Am Hafen", gab Eringar zurück. Er wirkte abwesend.

„Gut", sagte Shyrali entschlossen, „hört zu. Ich werde versuchen, die Ecorimkämpfer in diesem Chaos da unten zu finden." Sie wandte sich an Rai und Kawrin. „Ihr bringt eure Truppe so schnell wie möglich zur Festung, bewaffnet sie und kehrt umgehend zurück. Bringt außerdem alle Kämpfer mit, die sie dort entbehren können. Wir müssen mit mindestens zweihundert Schwarzlanzern rechnen und diese Einheit ist nicht umsonst im ganzen Süden berüchtigt."

Dann sah sie Eringar fest in die Augen. „Du musst mit der Städtermiliz alles daran setzen, die Angreifer ein wenig aufzuhalten, bis die Verstärkung aus der Festung kommt. Versuche nicht, ihnen direkt die Stirn zu bieten, sie werden euch einfach überrennen. Fallt ihnen in die Flanken, seht zu, dass ihr sie in die Seitenstraßen lockt, schlagt zu und verschwindet wieder. Es geht nur darum, Zeit zu gewinnen."

„Ich werde Megas aufhalten", versicherte Eringar, ohne zu überlegen. Seine Haltung verriet den furchtlosen Stolz, mit dem er dieser gefährlichen Aufgabe entgegensah.

„Gut. Dann los!" Shyrali verlor keine Zeit und machte sich augenblicklich auf den Weg hinab zum Hafen.

Rai hatte zwar noch nicht wirklich verarbeitet, was da für neues Unheil auf die Stadt Andobras zurollte, aber natürlich war ihm bewusst, dass er nicht zögern durfte. In der bevorstehenden Auseinandersetzung mit den Schwarzlanzern würden wirklich jeder Streiter und jede Klinge gebraucht werden. Er setzte sich in Bewegung, an seiner Seite lief Kawrin und hinter ihnen die beiden so gegensätzlichen Gruppen der Xeliten und Waldbewohner.

Shyrali fand die drei Ecorimkämpfer in der Nähe der Kaimauer. Der Katapultbeschuss hatte vor wenigen Augenblicken unvermittelt aufgehört, was ein sicheres Zeichen darstellte, dass ein Angriff von Megas' Truppen kurz bevorstand. Meatril und die anderen spähten bereits unruhig aufs Meer hinaus, weil keiner von ihnen damit rechnete, dass die Attacke aus dem Landesinneren erfolgen könnte.

In knappen Worten wurden sie von Shyrali ins Bild gesetzt. Doch noch während sie redete, ließ sich Kampflärm aus dem oberen Teil der Stadt vernehmen. Sofort hasteten die vier los, aber die vielen Trümmer auf der Straße verhinderten ein schnelles Vorwärtskommen. Als sie endlich die letzten Häuserreihen erreicht hatten, war die Straßenschlacht dort schon in vollem Gange. Offenbar hatte Eringar Shyralis Rat beherzigt, denn es gab keine klaren Fronten, sondern in jeder Seitenstraße und sogar in einzelnen Häusern wurde gefochten.

An keinem dieser Scharmützel war mehr als eine Handvoll Kämpfer beteiligt. Trotzdem wirkte die große Zahl der Gegner erschreckend. Wie der Name schon vermuten ließ, trugen Megas' Schwarzlanzer lange, geschwärzte Spieße. In der anderen Hand hielten sie ein großes, stachelbewehrtes Schild, das nach unten spitz zulief und ebenfalls völlig schwarz war. Vervollständigt wurde dieses düstere Erscheinungsbild durch die ebenfalls dunkle Lederrüstung, die den ganzen Körper mit Ausnahme des Schildarms und des Rückens schützte.

„Dort vorne ist Megas", zischte Targ hasserfüllt, „er hat sich hinter seinen Mordgesellen verschanzt."

Tatsächlich stand der neue Inselherr von Ho'Neb nur etwa zwanzig Schritt von ihnen entfernt mitten auf der Straße und beobachtete seelenruhig den Kampfverlauf, ohne selbst einzugreifen. Gut ein Dutzend seiner Leute hatte in zwei Reihen vor ihm Stellung bezogen und bildete eine undurchdringliche Wand aus Schilden und Speeren.

„Seht mal", flüsterte Shyrali keuchend. Ihre Verwundung machte ihr nach dem anstrengenden Lauf durch die Stadt nun doch schwer zu schaffen. „Gleich neben Megas auf dem Hausdach, liegt da nicht Eringar?"

Sie folgten ihrem Blick und trauten ihren Augen kaum. Es war ohne Zweifel der junge Etecrari, der sich dort mit dem Schwert in der Hand flach auf eines der Hausdächer in Megas' unmittelbarer Nähe drückte.

„Was macht er denn da bei allen Geistern der Zwischenwelt?", entfuhr es Meatril. „Will er etwa Megas alleine angehen?"

In diesem Moment wurde auch der Herr von Ho'Neb seiner drei Erzfeinde auf der Straße vor ihm gewahr. Ein überhebliches Lächeln glitt über sein Gesicht.

„Seht nicht zu Eringar hinauf", raunte ihnen Shyrali hinter vorgehaltener Hand zu, „sonst entdeckt er ihn!"

Eringar ging auf dem Dach in die Hocke und machte sich sprungbereit. Er schien nichts wahrzunehmen, außer dem Ziel seines Angriffs direkt unter ihm.

„Wir müssen Megas ablenken." Meatril machte einen Schritt nach vorn. „Folgt mir!" Damit stürmten sie den Schwarzlanzern entgegen. Nur Shyrali blieb zurück, da sie sich kaum noch aufrecht halten konnte.

Im gleichen Augenblick sprang Eringar vom Dach. Der Etecrari traf von schräg oben auf Megas und riss ihn mit sich zu Boden. Der Aufprall auf dem Straßenpflaster war hart, so hart, dass Megas zunächst benommen liegen blieb. Eringar, dessen Sturz durch den Körper seines Gegners weitgehend abgefangen worden war, gelang es hingegen, sich sofort wieder zu erheben. Jetzt befand sich Megas da, wo er ihn haben wollte – am Boden.

„Meine Ehre verbietet es mir, dich zu erschlagen, solange du keine Waffe in der Hand hältst", schrie Eringar seinen Erzfeind an und senkte die Spitze seines Schwerts auf dessen Kehle hinab. „Also hast du jetzt die Wahl: Entweder du stirbst bei dem Versuch, dein Schwert zu ziehen, oder du befiehlst deinen Leuten, augenblicklich die Waffen zu strecken."

Megas machte keine Anstalten, nach seinem immer noch in der Scheide steckenden Schwert zu greifen oder aufzustehen. Seine Arme lagen ganz ruhig neben seinem Körper. Er drehte nur den Kopf, um Eringar voller Verachtung ins Gesicht zu blicken. „Du hättest es besser zu Ende bringen sollen, als du die Gelegenheit dazu hattest, kleiner Narr."

Damit riss er anstelle seines Schwertes blitzschnell ein Messer heraus, das er verborgen im Gürtel getragen hatte, und rammte es bis zum Schaft in Eringars Oberschenkel. Staunend blickte der Etecrari auf die Waffe, von der nur noch der Griff aus seinem Bein ragte. Um die Eintrittsstelle breitete sich rasend schnell ein großer dunkler Fleck aus. Megas wusste genau, wo er treffen musste, um größtmöglichen Schaden anzurichten. Die Kraft schien noch schneller aus Eringars Muskeln zu fließen als das Blut aus der Wunde. Sein Knie knickte ein, sein Gesicht verlor jede Farbe. Er konnte sich nicht mehr auf den Beinen halten.

„Eringar!", schrie Meatril voller Entsetzen, als er seinen jungen Schwertbruder zusammenbrechen sah. Er hieb weitgehend wirkungslos auf die Lanzen ein, mit denen ihm Megas' Soldaten den Weg versperrten. „Wir kommen! Halte durch!"

Megas erhob sich unterdessen gelassen, zog sein Schwert und trat mit steinerner Miene vor den kampfunfähigen Etecrari. Er nahm sich sogar noch die Zeit für einen Seitenblick auf Meatril, der gerade einmal fünf Schritt entfernt vergeblich versuchte, die Reihen der Schwarzlanzer zu durchdringen. Dann stieß Megas fast schon beiläufig sein Schwert zwischen Eringars Rippen, genau an der Stelle, wo Brust- und der Rückenpanzer zusammengebunden wurden und daher eine schmale Lücke in der Rüstung klaffte. Der Etecrari fiel zur Seite um und rührte sich nicht mehr.

Meatril hielt mitten in seinen Bewegungen inne, als er Eringar leblos zu Boden sinken sah. Auch Targ erstarrte, als wäre er selbst getroffen worden. Deran jedoch wurde von rasender Wut gepackt. Mit einem ohrenbetäubenden Schrei der Verzweiflung stürzte er nach vorn zwischen die spitzen Stahlspeere der Schwarzlanzer. Einen Spieß schlug er zur Seite, doch ein anderer bohrte sich tief in seine linke Seite. Deran ließ nicht zu, dass ihn der Schmerz überwältigte.

Zornbebend packte er die Lanze mit der freien Hand und schob den Soldaten, der sie hielt, einfach nach hinten. Selbst der Lanzer in der zweiten Reihe vermochte Derans wuchtigem Ansturm nicht zu widerstehen und stolperte ebenfalls rückwärts. Wie ein verwundeter Stier brach der Ecorimkämpfer durch Megas' Verteidigungsreihen.

Dann befand sich Megas endlich in Reichweite von Derans Schwert. Ohne sich um die anderen Gegner zu kümmern, legte Deran seinen ganzen Hass in seinen nächsten Hieb, der dem Verräter den Schädel spalten sollte. Die meisten Gegner hätten sich bei dem Versuch, einen solch wuchtigen Schlag des wutschäumenden Hünen zu parieren, das Handgelenk gebrochen oder wären zumindest entwaffnet worden. Doch Megas machte nur einen kleinen Schritt seitwärts und ließ den Hieb an seinem über den Kopf erhobenen Schwert abgleiten, als handle es sich um nichts weiter als eine Waffenübung. Deran ließ sich indes nicht entmutigen. Er schlug unablässig auf seinen Gegner ein, nicht mit der gleichen Wucht, aber dennoch kaum weniger verbissen. So gelang es ihm immerhin, Megas zum Zurückweichen zu zwingen.

Damit entfernte sich Deran allerdings immer weiter von seinen Gefährten. Diese waren ihm nicht sofort gefolgt, weil sie immer noch wie erstarrt waren. Das kurzzeitige Zögern ihrer Feinde hatte den Schwarzlanzern allerdings genügt, um ihre Linie wieder zu schließen. Deshalb starrten Targ und Meatril jetzt erneut zwei Reihen von dunklen Lanzenspitzen entgegen. Mit Entsetzen erkannten sie, dass Deran nun auf sich allein gestellt war.

Da drang vom Hafen ein Geräusch herauf, das alle aufhorchen ließ. Es war das Stampfen zahlloser Füße. Meatril und Targ warfen einen Blick über die Schulter. Nur knapp hundert Schritt entfernt erkannten sie Rai und Kawrin, dahinter folgten Barat, Erbukas und Kommandant Garlan. Sie führten die gesamte Streitmacht von Andobras die steile, mit Trümmern übersäte Hauptstraße hinauf. Mit den Waldbewohnern und den Xeliten brachten sie es auf etwa zweihundertfünfzig Kämpfer zusätzlich zu denen, die bereits in den Straßen fochten. Alle waren gut bewaffnet und dank der Ausrüstung aus Tar'Tianoch auch gepanzert oder zumindest in der Eile mit Schilden ausgestattet worden. Mehrere Armbrustschützen hatten sich auf noch intakten Dächern verteilt und nahmen von dort die in den Gassen kämpfenden Schwarzlanzer aufs Korn. Immer wieder schickte Kommandant Garlan einige kleinere Gruppen in die Seitenstraßen, wo er eine der vielen zerstreuten, feindlichen Einheiten ausgemacht hatte.

Mit dieser Verstärkung im Rücken verdoppelten die beiden Ecorimkämpfer ihre Anstrengungen für einen Durchbruch. Doch die Schwarzlanzer waren nicht umsonst so gefürchtet. Ihre unerschütterliche Disziplin bewahrte sie davor, ihre Formation aufzugeben oder gar zu fliehen. Sie hielten aus, wichen keinen Schritt zurück und gaben sich nicht die geringste Blöße. Selbst als Rai, Barat und all die anderen Targ und Meatril zu Hilfe eilten und die Übermacht der Andobrasier an dieser Stelle zunehmend erdrückend wurde, musste jeder Schwarzlanzer einzeln niedergestreckt werden, bis der Weg endlich frei war.

Noch während der letzte Gegner tödlich getroffen zusammensank, stürzten Targ und Meatril an Eringars Seite. Die große Menge an Blut, die seinen leblosen Körper umgab, ließ keinen Zweifel, dass er die Reise zu Xelos' Hallen angetreten hatte. Meatril kniete neben Eringar nieder und ergriff vorsichtig dessen Hand. Sein Gesicht war beinahe so fahl wie das des toten Etecrari.

Targ lief unterdessen weiter bergauf. Etwa zwanzig Schritt entfernt, schon ein wenig außerhalb der Stadt, hatte er Deran entdeckt, der offensichtlich vollkommen erschöpft am Straßenrand saß, mit dem Rücken gegen die Felswand gelehnt. Er blutete ebenfalls stark aus mehreren Wunden.

„Bruder!", rief Targ. Seine Stimme überschlug sich. „Wie schlimm bist du verletzt?"

Deran erwiderte zuerst nichts, sondern konzentrierte sich darauf, stoßweise Atem zu holen. „Ich … er … ist mir entwischt", brachte er schließlich mühsam hervor, „ich … habe ihn … nicht einmal … verwunden können."

Targ legte den Arm seines Bruders über die eigenen Schultern und versuchte, ihm aufzuhelfen. „Kannst du gehen?", erkundigte er sich besorgt.

Ächzend und schwer auf Targ gestützt, kam Deran wieder auf die Füße. „Das geht schon", schnaufte er, dann packte er seinen Bruder am Arm. „Hör zu! Lass diesen Bastard nicht entkommen. Er ist auf dieser Straße ins Landesinnere geflohen. Hol ihn dir … du warst immer der bessere Schwertkämpfer von uns beiden. Bei den Göttern, räche Eringar … und Estol … und all die anderen." Halt suchend tastete er nach der Felswand. „Tu das für mich."

Targ starrte seinen Bruder eine Weile an. „Das werde ich, versprochen. Kommst du zurecht?"

Deran nickte. „Ja. Geh jetzt! Megas' Vorsprung wächst mit jedem Wort, das wir hier wechseln."

Targ drückte kurz Derans Arm, dann lief er los.

Als sein Bruder verschwunden war, wurde Deran von einem gurgelnden Husten geschüttelt. Kraftlos ließ er sich an der Felswand wieder in eine sitzende Position hinabgleiten. Er sog röchelnd die Luft ein. Sein Blick wanderte unwillkürlich aufs Meer hinaus. Dort konnte er die Schiffe

Ho'Nebs ausmachen, wie sie mit aufgeblähten Segeln in Richtung Süden davonfuhren. Ein Lächeln glitt über sein Gesicht. Es hatte sich gelohnt, trotz allem. Und immerhin musste Eringar nun den Weg in Xelos' Unterwelt nicht alleine beschreiten. Auch wenn es hart für Targ werden würde, er konnte sehr gut auf sich selbst aufpassen. Es gab keine Bitterkeit in Derans Herz. Alles kam, wie es kommen musste. Er schloss seine Augen. Es würde ihm eine Ehre sein, an der Seite des tapferen Etecrari durch Xelos' Feuer zu treten. Den letzten Pfad an der Seite eines Freundes zu gehen – was konnte man mehr verlangen.

Gejagter Jäger

Da der Kampf in der Stadt noch lange nicht entschieden war, drängte Garlan darauf, mit seiner Truppe sofort auf die Jagd nach weiteren Feinden zu gehen. Nur Rai und Barat blieben noch kurze Zeit stehen, erschüttert über das Schicksal der beiden Ecorimkämpfer. Meatril hatte inzwischen Eringars leblosen Leib hochgehoben und trug ihn bis zu der Stelle, wo Deran an der Felswand lehnte. Dort setzte er den Etecrari ab und richtete ihn so auf, dass er dieselbe Haltung einnahm wie sein riesenhafter Gefährte. Mutlos, so als kenne er bereits die schreckliche Wahrheit, hielt Meatril seine Hand an Derans Hals, um festzustellen, ob noch Leben in seinem Freund schlummerte. Doch da war nichts mehr. Daraufhin ließ sich Meatril neben seinen beiden Schwertbrüdern am Straßenrand nieder. Er starrte nur noch geradeaus, als warte er selbst auf den Tod.

Obwohl Barat ebenso wie auch Rai bewusst war, dass sie hier nichts mehr tun konnten und sie woanders wahrscheinlich dringender gebraucht wurden, konnten sie sich nicht dazu durchringen, Meatril zu verlassen. Beide fühlten sich im Grunde ihres Herzens verantwortlich für das Leid, das sie über die Ecorimkämpfer gebracht hatten. Es gab keine Worte, mit denen sie Meatrils Kummer hätten lindern können.

„Ich kümmere mich um ihn“, sagte Shyrali, die plötzlich neben Rai und Barat aufgetaucht war. Sie hatte inzwischen so viel Blut verloren, dass ihre Kleidung am Rücken von den

Schultern bis fast zum Gürtel rot durchtränkt war. Die Wunde erlaubte ihr nur ein schleppendes Vorwärtskommen, aber immerhin konnte sie sich noch bewegen. „Geht und werft diese verfluchten Lanzenträger endlich aus eurer Stadt", fügte sie matt hinzu.

Rai und Barat wechselten einen erstaunten Blick, gehorchten dann allerdings und versuchten, die Richtung auszumachen, aus der der größte Kampflärm kam.

„Die meisten Schwarzlanzer sind wohl schon in den unteren Seitenstraßen nahe beim Hafen", stellte Barat fest. „Hoffentlich schaffen sie es nicht, sich irgendwo zu sammeln, sonst steht uns noch ein harter Kampf bevor." Er begann, sich bergab zu bewegen, allerdings recht vorsichtig, da man auf der Straße wegen der vielen Trümmer leicht ausrutschen konnte.

Rai folgte zunächst schweigend, doch schließlich konnte er die Frage, die ihn gerade beschäftigte, nicht mehr für sich behalten: „Glaubst du eigentlich daran, dass das Schicksal eines jeden von uns bereits feststeht, Barat? Arton hat mal so etwas in der Art gesagt, dass alles, was geschieht, vorherbestimmt ist."

Barat kletterte über einige am Boden liegende Mauerteile und schien nachzudenken. Dann schüttelte er entschieden den Kopf. „Wenn das wahr wäre, dann hätte nichts von dem, was wir tun, noch irgendeine Bedeutung. Tapferkeit, Treue, Freundschaft, ja sogar Liebe, alles wäre nur das unausweichliche Ergebnis der göttlichen Vorsehung. Aber unsere Entscheidungen machen uns zu dem, was wir sind, Rai. Wenn wir diese Freiheit nicht besitzen, sind wir nicht besser als ein Staubkorn im Wind."

„Ich finde nur", gab Rai zurück, „dass eine Art Vorsehung es leichter machen würde, zu akzeptieren, was da gerade mit

Eringar und Deran geschehen ist. Das würde nämlich bedeuten, wir wären nicht in der Lage gewesen, ihren Tod zu verhindern, egal, was wir auch getan hätten. Dann müssten wir uns keine Vorwürfe machen."

„Ich weiß", bestätigte Barat ernst, „aber so einfach ist es nicht." Er blieb stehen und Rai konnte sehen, wie er um Fassung ringend die Lippen aufeinanderpresste. „Wie es scheint, haben sich die Lanzer bereits bis zum Hafen durchgeschlagen. Von dort ist es nicht mehr weit zur Festung. Wir müssen uns beeilen."

Targ rannte, so schnell ihn seine Beine trugen, die Straße entlang. Er war ein guter und ausdauernder Läufer, aber seine sperrige und schwere Rüstung schränkte ihn doch sehr in seiner Bewegungsfreiheit ein. Sein Schwert hielt er schon die ganze Zeit über in der Hand, da ihn der baumelnde Stahl an seiner Seite nur behindert hätte. Er konnte den Weg vor sich zwischen dem Grün des Urwalds zu beiden Seiten bis weit ins Landesinnere hinein überblicken, doch von Megas gab es keine Spur. War es möglich, dass der verwünschte Mörder bereits so viel Vorsprung hatte? Targ blieb abrupt stehen.

Wenn Megas seinen Verfolgern entgehen wollte, dann würde er vermutlich nicht auf der Straße bleiben, sondern sich ins nahe Dickicht schlagen, wo er nicht so leicht entdeckt werden konnte. Aber wo wollte er hin? Eine kopflose Flucht passte keinesfalls zu Megas, also musste er ein bestimmtes Ziel haben.

Targ suchte den Waldrand sorgfältig nach Spuren ab. Es stellte eine wahre Tortur dar, seinen Vergeltungsdrang so lange zu zügeln, bis er endlich einen Hinweis auf den Verbleib seines Todfeindes gefunden hatte. Doch schließlich entdeckte er am westlichen Straßenrand einige abgeknickte Farnblätter und weiter im Waldesinneren auch ein paar frische Fußspuren. Dabei musste es sich um Megas' Fährte handeln – zumindest hoffte Targ das.

Er fackelte nicht lange und folgte den Abdrücken ins Unterholz. Die Schlingpflanzen, Dornenbüsche und Wurzelarme erschwerten Targ das Vorwärtskommen. Trotzdem war er dankbar für das schwer zu durchdringende Geflecht am Waldboden, denn Megas hatte sich seinen Weg hier regelrecht freischlagen müssen, wodurch es ein Leichtes war, seiner Fährte zu folgen. Nach einer Weile stieß Targ auf einen Wildpfad, dem Megas offenbar weiter in westlicher Richtung nachgegangen war. Diese schmale Schneise durch das Unterholz erlaubte eine sehr viel schnellere Fortbewegung, allerdings musste der Ecorimkämpfer des Öfteren kleine Pausen einlegen, um sich zu vergewissern, dass sich zwischen den zahlreichen Tierspuren am Boden auch noch die Abdrücke des Verfolgten befanden. Auf diese mühsame Weise hastete Targ im Schatten des unerreichbar hohen Blätterdachs vorwärts. Die feuchtwarme Luft unter dem grünen Mantel der Bäume stand vollkommen still, sodass sich bald dicke Schweißperlen auf Targs Stirn bildeten. Da er unter diesen Umständen unmöglich so weiterrennen konnte, verfiel er schließlich in einen langsameren Laufschritt. Diese Verzögerung ärgerte ihn zwar, war aber unerlässlich, um in der Schwüle des Waldes einigermaßen atmen zu können. Außerdem würde sich Megas inzwischen sicherlich auch nicht mehr so rasch fortbewegen, dachte Targ, somit war die Gefahr gering, dass er den Anschluss an den Flüchtigen verlor.

Nach mindestens zwei Stunden auf dem schmalen Pfad begann der Boden, merklich nach Westen hin abzufallen, und die Bäume lichteten sich so weit, dass sogar einige Sonnenstrahlen ihren Weg bis zum Boden fanden. Gleichzeitig stellte Targ fest, dass bei jedem Schritt, den er in diesem Gelände tat, ein schmatzendes Geräusch zu vernehmen war, so als sauge sich der Boden an den Sohlen seiner Schuhe fest und lasse diese danach nur widerwillig wieder los. Als die letzten Baumstämme schließlich einigen niedrigeren Sträuchern und Büschen gewichen waren, konnte Targ erkennen, was er aufgrund der Geräusche bereits befürchtet hatte. Vor ihm erstreckte sich eine Sumpflandschaft, die sich nach Westen und Norden schier endlos auszudehnen schien, während sie im Süden von einer zackigen Wand aus Felsen zum Meer hin abgegrenzt wurde. Die weite, ebene Fläche war überzogen von unzählbar vielen kleinen Seen und Tümpeln, in denen sich die Sonne brach wie in einem Mosaik aus Spiegelscherben. Die Luft wurde erfüllt vom geschäftigen Summen der Insekten, und unablässiges Quaken verriet, dass es auch Frösche gab, die vermutlich den langbeinigen Wasservögeln als Nahrung dienten, die wie auf Stelzen die niedrigen Wasserstellen mit ihren Schnäbeln nach Fressbarem durchkämmten. All diese Tiere schien der modrig faule Geruch, der Targ über das Moor entgegenwehte, nicht im Geringsten zu stören. Wenn es im Wald schon schwül gewesen war, dann wirkte die Luft hier regelrecht überfrachtet mit Wasserdampf und die Sonne heizte alles so weit auf, dass der Ecorimkämpfer sich fühlte wie am Rande eines brodelnden Kochtopfes.

Dennoch hatte Megas' Fährte genau hierher geführt. Targ stieg auf einen alten Baumstumpf. Sein Blick wanderte angestrengt über die endlose Moorfläche, auf der kaum ein Gewächs die Sicht versperrte. Von seiner leicht erhöhten Position stand die Wahrscheinlichkeit gar nicht schlecht, den verhassten Mörder und Verräter irgendwo zu erspähen.

Und tatsächlich, Targ konnte ein schwaches Aufblitzen wahrnehmen, weniger als eine Meile entfernt am südlichen Rand des Sumpfes nahe bei den Felsen. Die Reflektion der Sonne auf einem metallischen Rüstungsteil hatte Megas verraten. Targ lief augenblicklich los. Jetzt musste er sich nicht mehr damit aufhalten, nach Spuren zu suchen. Er hatte sein Ziel direkt vor Augen. Es galt, nur noch diese lächerliche Distanz zwischen ihm und seinem Todfeind zu überwinden, dann würde er endlich seine Vergeltung bekommen.

Im letzten Moment bremste Targ seinen Lauf ab. Um ein Haar wäre er am Ende des Abhangs, den er gerade heruntergestürmt war, in einen flachen, aber gute vier Schritt breiten Wassergraben gelaufen, der offenbar den Beginn des Sumpfes markierte. Die Oberfläche des Gewässers war gänzlich mit einem moosartigen Pflanzenteppich überwuchert, der den Eindruck vermittelte, dass man darauf gehen konnte. Targ wäre auch beinahe darauf hereingefallen, wenn nicht jemand ein Stück weiter links eine schmale Schneise durch diese trügerische grüne Schicht gepflügt hätte, wodurch nun das darunter liegende Wasser durchschien. Ob es sich dabei um Megas' Spur handelte oder die eines Tieres, ließ sich nicht entscheiden und war auch unerheblich, feststand, dass Targ trotz aller Eile nicht leichtfertig durch dieses unbekannte Gewässer waten wollte. Schließlich konnte man nie wissen, was alles unter der Oberfläche lauerte. Andererseits durfte er auch nicht zu viel Zeit verlieren.

Er blickte sich um. Etwa dreißig Schritt entfernt entdeckte er einen umgefallenen Baum, der sich als Brücke über dieses nasse Hindernis anbot. Ohne lange zu überlegen, lief er dorthin und kletterte vorsichtig auf den bereits reichlich faulig wirkenden Stamm. Als sich Targ durch Stampfen und Wippen davon überzeugt hatte, dass ihn das morsche Holz auch tragen würde, begann er, beherzt über den Graben zu balancieren. Er hatte das andere Ende noch nicht erreicht, da fühlte er plötzlich etwas sein Hosenbein hochkriechen. Er sah nach unten. Die Oberfläche des Stammes schien zum Leben erwacht zu sein. Voller Ekel und Entsetzen musste Targ feststellen, dass um seine Füße urplötzlich ganze Scharen von ameisenartigen Insekten wimmelten, die nur wenig kleiner als sein Daumen und blutrot gefärbt waren. In diesem Moment fühlte er einen brennenden Schmerz an seiner Wade. Er schlug nach dem Insekt, doch schon folgte ein zweiter Stich an einer anderen Stelle, dann ein dritter. Panisch begann Targ, auf seinen Beinen herumzuschlagen, die sich anfühlten, als hätten sie Feuer gefangen. Dabei verlor er jedoch das Gleichgewicht und fiel von dem umgestürzten Baum.

Zu Targs großer Überraschung fand er sich allerdings nicht in dem Wassergraben wieder, den er auf dem Baumstamm hatte überwinden wollen, sondern er landete auf einem angenehm federnden Torfbett, das ihm einen sanften Aufprall bescherte. Offensichtlich war der Graben hier weniger breit als gedacht. Targ zog seine Hosenbeine hoch und fegte die beißenden Insekten hektisch von seinem Körper. Als er die kleinen Wadenbeißer endlich loshatte, atmete er tief durch. Missmutig und mit einer reichlichen Portion Selbstironie gratulierte er sich gedanklich dafür, dass er eine solch grandiose Überquerung des gefährlichen Wassergrabens gefunden hatte. Eines stand somit außer Frage: Schon die ersten Schritte in diesem Sumpf übertrafen an Ungemütlichkeit all seine Befürchtungen. Er mochte gar nicht darüber nachdenken, was ihn noch alles erwartete.

Als er gerade die Bisswunden an seinem Bein untersuchen wollte, fiel sein Blick auf ein Bündel ausgebleichter Zweige etwa einen Schritt entfernt von ihm. Die fast armdicken Ranken einer Pflanze sprossen daraus hervor, überzogen den Boden und schienen vor allem in das nahe Gewässer hineinzuwachsen. Gefährlich aussehende Stacheln standen überall von dem Gewächs ab, als wäre es keine Pflanze, sondern irgendein barbarisches Mordwerkzeug. Targ durfte sich wirklich glücklich schätzen, dass er nicht da hineingefallen war. Dann begriff er plötzlich, dass es sich nicht um ausgebleichte Zweige handelte, die die Basis dieser bedrohlich aussehenden Sumpfranke umgaben, sondern es waren – Knochen. Fast schien es so, als seien die Triebe der Pflanze aus den Überresten dieses unglücklichen Lebewesens gesprossen, bei dem es sich wohl um irgendein kleines Tier gehandelt hatte.

So schnell es die Vorsicht erlaubte, brachte Targ mehrere Schritte Abstand zwischen sich und diesen unheimlichen Ort. Der Ecorimkämpfer nahm sich vor, von nun an exakt auf Megas' Fährte zu bleiben, da er aufgrund der vielen verborgenen Gefahren in diesem tückischen Wasserlabyrinth zumindest sichergehen wollte, dass vor ihm schon einmal jemand unbeschadet denselben Weg beschritten hatte. Auf diese Weise kam er zwar langsamer, aber immerhin ohne größere Zwischenfälle voran.

Es dauerte nicht lange, bis erneut einige Sumpfbewohner von seiner Anwesenheit Notiz nahmen: blutsaugende, fliegende Insekten in vielgestaltiger Größe und Form. In dichten Wolken umgaben sie bald seinen ganzen Körper und störten sich nicht im Geringsten an den wedelnden Handbewegungen, die er ständig vor seinem Gesicht vollführte. Schon nach kurzer Zeit fühlte sich Targ so zerstochen wie ein Nadelkissen. Selbst beim Einatmen musste er sich vorsehen, damit keines dieser Plagegeister in Nase und Mund geriet. Das beständige hoch tönende Surren der Mücken in seinen Ohren trieb ihn an den Rand der Verzweiflung.

Doch dies war nicht die einzige Schwierigkeit, der er sich im Sumpf gegenübersah. Er hatte jetzt auch noch schrecklichen Durst. Zwar gab es um ihn herum genügend Wasser, aber Targ wusste genau, dass es keine gute Idee war, aus irgendwelchen Sumpflöchern Wasser zum Trinken zu schöpfen. Auch in seiner Heimat gab es Moore, wenn auch nicht so große, und dort führte man nicht einmal die Pferde hin, damit sie ihren Durst stillen konnten. Schon so manches Vieh, das sich im Sumpf verirrt hatte und dann zurückgekehrt war, erkrankte wenig später an einem eigenartigen Fieber, weil es dort aus einem Wasserloch getrunken hatte. Targ verspürte keinerlei Bedürfnis nach einem ähnlichen Schicksal. Dennoch brauchte er Flüssigkeit, sonst würde er diese Verfolgungsjagd nicht mehr lange durchhalten.

Es sollte jedoch noch eine ganze Weile dauern, bis er seinen quälenden Durst würde löschen können. Längst schon hatte er Megas aus den Augen verloren. Targ orientierte sich nur noch an den Felsen, die linker Hand unübersehbar aus dem ansonsten flachen Sumpfgebiet ragten, und versuchte, sich im Wesentlichen parallel dazu zu halten. Indes verhinderten Wasserlöcher, Morastgruben, tote Wurzelstöcke und Gebiete, die mit ähnlichen stacheligen Ranken überwuchert waren, wie sie Targ bereits von vorhin kannte, ein geradliniges Vorwärtskommen und zwangen Targ zu häufigen Richtungswechseln. So schlängelte er sich im Zickzack weiter Richtung Westen, wobei die fremdartige Tier- und Pflanzenwelt beinahe alle paar Schritte wieder neue hinterhältige Fallen für ihn ausgelegt hatte. An einer Stelle wurde er unversehens von mehreren Libellen in der Größe seines Unterarms attackiert, was ihn zu einer riskanten Flucht über eine sumpfige Wiese nötigte und beinahe in einem Schlammloch geendet hätte. Schließlich merkte er jedoch, dass die stabförmigen Flugkünstler es gar nicht auf ihn abgesehen hatten, sondern vielmehr auf die lästigen Insekten, die ihn umschwirrten, seit er den Sumpf betreten hatte. Daraufhin ließ er sie dankbar gewähren.

Mehrmals stieß er auf ekelerregende Knäuel von großen, nackten purpurfarbenen Schnecken, die sich zu Dutzenden über den Kadaver irgendeines Wesens hermachten, das unter all den kriechenden Leibern nicht mehr zu erkennen war.

Schließlich erreichte Targ einen kleinen Felsvorsprung, der sich tief in die Moorfläche hineinschob. Ein verheißungsvolles Plätschern ließ ihn aufhorchen. Tatsächlich sammelte sich dort in einem natürlichen Steinbecken etwa in Brusthöhe ein dünnes Rinnsal, das von den nahen Hügeln herabkam. Das Wasser in der kleinen Vertiefung sah klar aus und schien nicht mit dem Sumpfwasser in Verbindung gekommen zu sein. Targ untersuchte die Stelle sorgfältig, ob nicht auch hier irgendwo ein tückisches Lebewesen auf Beute lauerte, aber außer ein paar Federn am Rande dieser Wasserstelle konnte er nichts Auffälliges entdecken. Er schöpfte mit beiden Händen ein wenig von dem glitzernden Nass und benetzte damit zunächst nur seine Lippen, obwohl der brennende Durst ihn beinahe jede Vorsicht vergessen ließ. Das kühle Wasser schmeckte so gut, dass es ihm schien, als hätte er nie etwas Köstlicheres getrunken. Targ konnte sich nun nicht mehr zurückhalten. Gierig tauchte er sein ganzes Gesicht hinein und trank in großen Schlucken, bis sein Bauch wohltuend anzuschwellen begann. Er hob seinen Kopf und spürte, wie das kalte Wasser seinen Nacken hinunterlief. Einen kurzen Moment wunderte er sich darüber, dass einer der Steine am Rand des Beckens sich plötzlich bewegte. Die Unterseite dieses faustgroßen Brockens leuchtete orangerot. Dann erkannte er: Das war gar kein Stein. Es musste sich dabei um eine gut getarnte Kröte oder eine Art Frosch handeln, also eigentlich nichts, vor dem man sich in Acht nehmen musste, dachte Targ beruhigt. Da spritzte ihm auf einmal etwas ins Gesicht. Es geschah so schnell, dass dem Ecorimkämpfer keine Möglichkeit zum Ausweichen blieb. Der Strahl, der aus dem Rücken des Tieres kam, traf ihn direkt in die Augen. Augenblicklich vernebelte sich seine Sicht. In seinen Augenhöhlen begann es zu brennen, als hätte das krötenartige Wesen glühende Nadelspitzen von sich geschleudert. Targ taumelte rückwärts. Er versuchte verzweifelt, die Flüssigkeit aus seinen Augen zu wischen, aber je mehr er rieb, desto schlimmer wurde es. Schließlich stolperte er über irgendetwas am Boden und fiel nach hinten um. In größter Pein begann er, sich am Boden zu winden. Die Schmerzen zerrten an seinem Bewusstsein, bis es Targ kaum noch aushielt. Erst dann dämmerte er langsam in eine tiefe Ohnmacht hinüber, welche ihn gnädig von seiner Qual erlöste.

Die Kämpfe in der Stadt zogen sich noch bis tief in die Nacht hin. Immer wieder gelang es den Schwarzlanzern, sich in einer Gasse oder einem Gebäude festzusetzen und dort heftigen Widerstand zu leisten. Kommandant Garlan wusste zwar erfolgreich zu verhindern, dass sich die versprengten Gruppen feindlicher Einheiten wieder vereinigen konnten, aber dennoch entwickelte sich die Schlacht mehr und mehr zu einem zähen Ringen, das keiner wirklich für sich entscheiden konnte.

Eine Wendung zugunsten der Verteidiger stellte sich erst

ein, als Meatril wieder in das Geschehen eingriff. Er kämpfte so verbissen, als suche er den Tod. Alle Andobrasier ließen sich von seinem Wagemut anstecken und so konnte eine Lanzergruppe nach der anderen überwältigt werden, wenn auch stets unter großen Verlusten. Kein einziger der schwarzen Söldner ergab sich seinem Gegner, auch dafür war diese Truppe berüchtigt.

Am Ende lag ein gutes Drittel der Stadt Andobras in Schutt und Asche. Mehr als die Hälfte der Verteidiger war gefallen, die meisten Überlebenden hatten mehr oder weniger schlimme Wunden davongetragen, Eringar und Deran waren tot, Targ blieb verschwunden. Und dennoch – kein einziger Städter hatte während der Kämpfe mit den Schwarzlanzern die Flucht ergriffen. Sie hatten gemeinsam mit den Minenflüchtlingen gut zweihundert Mann der gefürchtetsten Eliteeinheit des Inselreichs besiegt, und dazu noch die größte Flotte der Ostlande zurückgeschlagen. Der Preis dafür war hoch und es würde sich erst noch zeigen, ob er nicht vielleicht sogar zu hoch gewesen war. Trotzdem hatten sie alle Unglaubliches vollbracht, wenngleich auch der Stolz auf das Erreichte den müden, abgekämpften Gesichtern nicht anzusehen war. Xeliten, Waldbewohner, Städter, Minenflüchtlinge – alle hatten sie ihre freie Insel verteidigt, auch wenn jeder von ihnen eine andere Vorstellung davon hatte, wie diese Freiheit aussehen sollte. Von nun an waren sie alle Andobrasier.

Rachedurst

Als Targ seine Augen aufschlug, glaubte er, in tiefster Nacht erwacht zu sein. Allerdings, wenn das zutraf, dann musste es sich um die finsterste Nacht handeln, die er jemals erlebt hatte. Um ihn herum war es pechschwarz, es gab keinen Mond, kein Sternenlicht, keine glitzernden Wasserflächen, noch nicht einmal das blasse Leuchten von Glühwürmchen. Die Dunkelheit war so absolut, als hätte man ihn in eine Truhe geworfen, den Deckel zugeschlagen und alle Ritzen mit Wachs versiegelt. Diesem Eindruck widersprach jedoch das beinahe ohrenbetäubende Getöse, das er um sich herum wahrnehmen konnte. Erst nachdem er seine Sinne wieder ein wenig hatte ordnen können, erkannte er, dass es sich bei diesen Geräuschen in erster Linie um Froschquaken handelte, das jetzt um ein Vielfaches lauter erklang als noch zu dem Zeitpunkt, als Targ den Sumpf betreten hatte. Demnach war wohl tatsächlich die Nacht über den Sumpf hereingebrochen, aber das erklärte dennoch nicht, warum er rein gar nichts sehen konnte.

Eine wilde Panik brodelte mit einem Mal in ihm auf. Hatte ihm das Gift der Kröte etwa sein Augenlicht genommen? Schwankend kam er auf die Füße. Um wenigstens irgendeinen Orientierungspunkt zu haben, versuchte er, mit ausgestreckten Armen den Felsvorsprung zu ertasten, wo er die folgenreiche Begegnung mit der angriffslustigen Kröte gehabt hatte. Doch nicht einmal das wollte ihm gelingen. Torkelnd und stolpernd wie ein Betrunkener lief er umher und mit jedem Schritt wuchs seine Angst. Wie sollte er sich an diesem Ort völlig blind zurechtfinden, wenn dies schon als Sehender ein schwieriges Unterfangen darstellte?

„Wenn du weiter so kopflos hier herumirrst", vernahm Targ plötzlich eine Stimme in nächster Nähe, „dann wirst du irgendwann mit mir zusammenstoßen."

Targ stand augenblicklich still. Er hätte diese Stimme unter Tausenden wiedererkannt. Megas! Warum ausgerechnet jetzt? Langsam glitt Targs Hand hinab zum Knauf seines Schwertes am Gürtel. Er war zwar blind, aber dennoch würde er sich nicht kampflos geschlagen geben.

Doch er griff ins Leere. Seine Waffe war fort.

„Falls du dein Schwert suchst", bemerkte Megas mit dem üblichen höhnischen Unterton, „ich habe mir erlaubt, es in Verwahrung zu nehmen, nachdem du es so achtlos hast fallen lassen."

„Dann sei doch auch so freundlich", erwiderte Targ mit bissigem Sarkasmus, „und ramm es dir durch dein dämonenbesessenes Herz. Ich würde die Höflichkeit zu schätzen wissen." Seine Angst war dem glühenden Hass auf den gejagten Mörder gewichen.

Megas lachte kurz auf. „Ganz so einfach werde ich es dir nicht machen, Targ. Eigentlich bin ich von euch sogar ein bisschen enttäuscht. Ich hatte vermutet, ihr würdet mir mehr als nur einen einzigen Verfolger nachschicken, wo ich mir doch solche Mühe gegeben habe, euch so richtig wütend zu machen. Aber stattdessen werde ich nur von dir gejagt, das ist fast schon beleidigend. Du weißt, dass du mir noch nicht einmal in der Schwertschule gewachsen warst und in deinem jetzigen Zustand erst recht nicht."

Targ ballte die Fäuste, aber ihm war klar, dass es keinen Sinn hatte, einfach dem Gehör nach auf seinen Gegner loszugehen. Er musste irgendwie nahe genug an Megas herankommen, vielleicht konnte er dann einen glücklichen Treffer landen. „Du kannst mich hier noch ewig mit deinem Maulheldentum langweilen oder aber du gibst mir mein Schwert zurück und zeigst, wie tapfer du wirklich bist. Gegen einen Blinden zu fechten, das sollte doch selbst dir keine Furcht einflößen, großer Megas Arud'Adakin."

„Du wärst schon längst tot, wenn es in meiner Absicht läge", entgegnete Megas gelassen. „Aber wie es scheint, haben wir einen gemeinsamen Feind, der uns zu Verbündeten werden lässt."

„Bevor ich mich mit dir verbünde", spie ihm Targ entgegen, „schließe ich lieber einen Pakt mit all den ruhelosen Geistern der Zwischenwelt. Wer soll denn dieser gemeinsame Feind sein, von dem du sprichst? Ist jemand dein erklärter Feind, macht ihn das für mich zum besten Freund."

„Ich rede von diesem Sumpf." Megas klang ein wenig ungehalten, so als ärgere ihn Targs Begriffsstutzigkeit. „Es ist doch wohl offensichtlich, dass dir einige Bewohner dieses insektenverseuchten Landstriches ziemlich übel mitgespielt haben. Du kannst dich so kämpferisch gebärden, wie du willst, aber an deiner Stelle würde ich mich langsam mit dem Gedanken vertraut machen, dass du ohne meine Hilfe hier sterben wirst. Ich muss einfach nur abwarten und brauche noch nicht einmal meine Waffe zu erheben. Wenn du Glück hast oder genügend Mut, stürzt du in ein Sumpfloch und versinkst, falls nicht, dann wirst du zu einer Mahlzeit für die Purpurschnecken werden. Allerdings bleibt die Frage, ob sie mit ihrem Gelage warten, bis du tot bist. Während deiner unfreiwilligen Nachtruhe haben sich schon einige deinem Schlafplatz genähert. Zu dumm, dass du sie nicht sehen kannst, sie sind hier nämlich überall."

Targ machte unwillkürlich einen Satz nach hinten und tastete vorsorglich seine Kleidung ab. Das Bild von dem schleimigen, sich windenden Haufen von gefräßigen Weichtieren stand ihm noch in ganzer Deutlichkeit vor Augen. So wollte er auf keinen Fall enden.

„Heißt das etwa, du bist zu feige, dich mit mir in einem ordentlichen Kampf zu messen?", rief er Megas herausfordernd zu. „Du erschlägst wohl lieber Gegner, die noch halbe Kinder sind, wie Estol und Eringar. Wie konnte ich nur glauben, dass du so viel Anstand und Ehre besitzen würdest, dich mit mir zu messen?"

„Targ, ich wäre dir dankbar, wenn du das lassen würdest." Megas' Tonfall hätte kaum geringschätziger sein können, wäre sein Gegenüber ein streunender Hund in den Gassen von Seewaith gewesen. „Dieser plumpe Versuch, mich zu provozieren, spottet meiner Intelligenz. Ich werde dir keinen gnädigen Tod durch das Schwert gewähren, auch wenn du mich noch so sehr beschimpfst. Du bist in einem jämmerlichen Zustand. Dich zu erschlagen, wäre eine ebenso große Herausforderung, wie eine Fliege ohne Flügel an der Wand zu zerquetschen. Eringars Tod war da reizvoller."

„Nimm seinen Namen nicht in den Mund, du Natterngeburt!", schrie Targ, außer sich vor Zorn.

„Wieso nicht?", erkundigte sich Megas ungerührt. „Ich will ihm nur meinen Respekt zollen. Immerhin hat er es im Gegensatz zu euch anderen fertiggebracht, mich zu überraschen. Vielleicht hätte er mich sogar verwunden oder töten können, aber er ließ die Gelegenheit verstreichen. Und das wurde bestraft." Er lachte, was für Targ einer Ohrfeige gleichkam.

„Glaubst du", fuhr Megas sogleich mit seinen Ausführungen fort, „eines der Lebewesen in diesem Sumpf würde auch nur einen winzigen Moment zögern, wenn es in eine ähnliche Situation käme? Du hast es am eigenen Leib erfahren, sie schlagen zu, wann immer sich ihnen eine Möglichkeit bietet. Töten oder getötet werden, das ist hier Gesetz. Sie kennen keinen Skrupel. Warum auch? Es ist nur natürlich, das eigene Leben höher zu schätzen als das der anderen. In dieser Hinsicht könntet ihr heldenhaften Ecorimkämpfer noch viel von den Tieren, ja sogar den Pflanzen hier lernen."

„Hör auf! Deine Reden machen mich krank." Targ fasste sich mit beiden Händen an den Kopf, als müsse dieser gleich zerspringen. „Kannst du nicht endlich verschwinden? Wenn ich schon sterben muss, dann soll mir dein selbstverliebtes Geschwätz nicht meine letzten Augenblicke vergiften."

Megas seufzte. „Wie schon mehrfach erwähnt, sind wir aufeinander angewiesen, wenn wir diesen Sumpf lebend verlassen wollen. Denn auch ich bin von den Waffen der feindseligen Natur nicht verschont worden. Beim Durchwaten eines Wassergrabens haben sich die Stacheln einer verborgenen Ranke tief in mein Fleisch gebohrt. Ich habe die Wunde zunächst ignoriert, weil ich sie als nicht weiter schlimm erachtete, aber die Schmerzen zwangen mich schließlich dazu, genauer nachzusehen. Mehrere Stacheln steckten noch in meinem Unterschenkel, aber nicht alle ließen sich herausziehen, da sie mit Widerhaken besetzt waren. Ich hätte sie herausschneiden können, aber ich entschied, dass es keine gute Idee war, mit einer offenen Beinwunde durch diesen Sumpf zu marschieren. Also blieben die Stacheln, wo sie waren, und ich setzte meinen Weg fort. Doch es wurde immer schlimmer. Bald konnte ich kaum noch auftreten und musste eine längere Rast einlegen. Ich schlief auch ein wenig. Als ich wieder erwachte, besah ich mir noch einmal die Eintrittsstelle, und obwohl ich es zunächst für unmöglich hielt, konnte doch kein Zweifel bestehen: Der Stachel war gewachsen. Er schien eine Art Trieb unter meiner Haut gebildet zu haben, und das in nicht einmal einem Tag.“

Diesmal war es Targ, der ein hämisches Gelächter von sich gab. „Ich glaube, du hast die Ehre, einer dieser Stachelranken vom Eingang des Sumpfgebiets als Wirt zu dienen. Bei den ausgewachsenen Ranken, die ich gesehen habe, lagen immer die Knochen eines Tieres drum herum. Offenbar plant dich diese trickreiche Grünpflanze umzubringen und auf dir – oder vielmehr in dir – ihre Wurzeln zu schlagen.“ Er kicherte noch einmal schadenfroh in sich hinein. „Ich hätte nicht gedacht, dass mir diese abscheuliche Ranke noch so sympathisch werden könnte.“

Megas’ Antwort ließ lange auf sich warten und Targ registrierte dieses Zögern mit einem Gefühl des Triumphs. Wenigstens war es ihm gelungen, den verhassten Verräter zu verunsichern.

„Umso schneller sollte ich dieses Ding aus meinem Bein schneiden“, stellte Megas fest, ohne das geringste Zeichen der Besorgnis in seiner Stimme. Aber Targ hatte auch nicht erwartet, dass sich sein Todfeind diese Blöße geben würde.

„Aber das kann ich erst machen, wenn ich nicht mehr durch diese verpesteten Sümpfe waten muss“, setzte Megas hinzu, „die ich allerdings wegen der Schmerzen in meinem Bein nicht aus eigener Kraft verlassen kann. Daraus ergibt sich die interessante Situation, dass wir beide nur mit der Hilfe des anderen überleben werden. Ich kann dich führen, wenn du mich stützt.“

„Das kannst du vergessen“, schmetterte Targ den Vorschlag verächtlich ab. „Sobald ich dich hingebracht habe, wo auch immer du hinwillst, wirst du mir dein Schwert in den Rücken stoßen und dann verschwinden. Das darf ich nicht zulassen. Im Moment könnte ich mit einem guten Gefühl abtreten, weil ich weiß, dass du mir alsbald in die Zwischenwelt nachfolgen wirst. Dort musst du dann bis ans Ende aller Tage auf der Flucht vor den Dämonen herumirren, denen du dein Herz verpfändet hast, während ich mit Eringar, Estol und Derbil in Xelos' warmer Halle sitze und mich an deiner niemals endenden Bestrafung erfreue. Glaub mir, bei solchen Aussichten schreckt mich nicht einmal der Tod durch diese Purpurschnecken."

„Abergläubischer Tor!", gab Megas verärgert zurück. „Du glaubst an Gerechtigkeit nach dem Tod? Ich sage dir, dich empfängt nach deinem Dahinscheiden nichts als das große Verblassen. Dein Verstand löst sich auf und deine Existenz ist für immer ausgelöscht. Diese kindliche Vorstellung von einer wohlig warmen Halle voller Geborgenheit, in der niemals Mangel herrscht und wo man alle Verstorbenen wiedersieht, rührt doch nur von den banalen Lügenmärchen eurer Priester her. Sie erzählen euch diese Geschichten, damit niemand auf den Gedanken kommt, er könne sein Leben auch ohne priesterliche Bevormundung bestreiten. Der viergöttlichen Kirche geht es ausschließlich um Macht und Einflussnahme in dieser Welt. Das sollte dir doch spätestens bewusst geworden sein, nachdem euch der Citarim durch seine Intrigen zur Flucht aus Tilet gezwungen und Arden zum Werkzeug seines Willens gemacht hat."

„Für jemanden, der sich mit dem Citarim verbündet hat, um seine eigenen Machtgelüste zu stillen, urteilst du aber sehr hart über die Citkirche und ihr Oberhaupt." Tatsächlich hatte Megas' Bemerkung Targ mehr erstaunt, als er sich eingestehen wollte.

„Nicht, dass ich darauf großen Wert legen würde", entgegnete Megas kühl, „aber eigentlich müsstet ihr alle mir dankbar dafür sein, dass ich versuche, den Citarim im Zaum zu halten."

Targ wurde von einem abgehackten Lachen geschüttelt. „Ja, natürlich", bemerkte er sarkastisch, „du bist unser aller Retter, dessen Tun nur ständig missverstanden wird, weshalb dich nun alle gänzlich ungerechtfertigt für einen feigen Mörder und Verräter halten."

„Wenn ich nicht den Hafen von Tilet im Handstreich genommen und damit den unblutigen Umsturz innerhalb der Stadt überhaupt erst ermöglicht hätte, dann wären bei der Eroberung Tilets durch euer Heer Tausende elendig gestorben." Megas ließ sich zwar nicht im Geringsten durch Targs Beleidigungen beeindrucken, aber er gab sich bemerkenswert viel Mühe, sein Vorgehen in dieser Angelegenheit zu erklären. Diese ungewohnte Redseligkeit stimmte Targ überaus misstrauisch, denn entweder wollte sich Megas tatsächlich vor ihm rechtfertigen, was aber eher unwahrscheinlich schien, oder er plante etwas anderes, das Targ bisher noch nicht durchschaute.

„Natürlich", setzte Megas seine Erläuterungen fort, „hätte das am Ergebnis nicht viel geändert: Arden wäre trotzdem der neue König geworden mit dem Citarim als Machthaber im Hintergrund. Der entscheidende Unterschied läge allerdings darin, dass der Citarim seine Macht nicht mit mir teilen müsste. So wie die Dinge im Moment stehen, muss er sich vorsehen, dass ich ihm seine mühsam errungene Vorherrschaft nicht wieder streitig mache. Dadurch kann er seine Pläne nicht ungehindert in die Tat umsetzen und glaube mir, das ist auch gut so. Ich weiß nicht genau, was dieser verdörrte Eiferer in seinem kranken Gehirn ausbrütet, aber besonders mit Arden und seinem Schwert scheint er noch Großes vorzuhaben."

„Und was sollte das Großes sein?", erkundigte sich Targ und fragte sich zugleich, ob er überhaupt irgendetwas glauben durfte, was Megas von sich gab. Dennoch kam er nicht umhin, zuzugeben, dass die unerwartete Wendung in dem Gespräch mit seinem Erzfeind seine Neugier geweckt hatte, und gerade das begann ihn zunehmend zu irritieren.

„Seit dem Überfall auf eure Kriegerschule", gab Megas zur Antwort, „als mir Arden mit dieser leuchtenden Klinge in der Hand entgegengetreten ist, habe ich versucht, mehr über sein Schwert in Erfahrung zu bringen. Unter den Ecorimkämpfern hieß es ja immer, es handle sich dabei um Cor, das Schwert Noran Karwanders. Aber dank meiner Verbindungen zur Citpriesterschaft gelang es mir, herauszufinden, dass es in Wahrheit das angeblich göttliche Schwert ‚Fendralin' ist, welches sogar im Heiligen Buch des Cit Erwähnung findet. Dort heißt es, Fendralin sei einst von den Göttern geschmiedet worden, um einem ihrer Kinder übergeben zu werden, das dann die Menschen in den Drachenkriegen anführen soll. Das an sich wäre für mich nicht weiter von Belang gewesen, handelt es sich doch bei dieser Geschichte nur um eine weitere jener märchenhaften Kirchensagen aus der Frühzeit der Ostlande, der man genauso wenig Glauben schenken sollte wie den vier Göttergestalten Citheons. Was das Ganze jedoch für mich glaubhaft erscheinen lässt, ist die Tatsache, dass es im Inselreich Jovena eine alte Legende gibt, in der die besagte Klinge ebenfalls vorkommt. Allerdings wird in diesem Fall nicht ganz so schmeichelhaft von Fendralin berichtet wie in den Niederschriften der Kirche. Als nämlich die ersten Menschen nach Jovena kamen – so wird es erzählt –, waren sie auf der Flucht vor einer geheimnisvollen Klinge namens Fendralin, von der sie auf Geheiß der Götter gezwungen wurden, ohne Rücksicht auf ihr eigenes Leben gegen die übermächtigen Drachen zu kämpfen. Deshalb schworen diese ersten Siedler auf den jovenischen Inseln allen Göttern ab. Sie hatten ihre eigene Bezeichnung für Fendralin, jene verhasste Waffe, die sie reihenweise in das todbringende Drachenfeuer getrieben hätte, wäre es ihnen nicht gelungen, zu fliehen. Sie nannten das Schwert: Feuerzwinger."

Eine längere Pause trat ein, in der Targ verzweifelt versuchte, seine Gedanken wieder in Ordnung zu bringen. Es fiel ihm äußerst schwer, all den Hass und die Vorbehalte Megas gegenüber beiseitezuschieben, um über das, was ihm dieser gerade offenbart hatte, unvoreingenommen nachzudenken. Über allem schwebte außerdem die Frage, was Megas damit bezweckte, ihm diese Informationen zu überlassen. Wollte er ihn nur verwirren und damit seine Entschlossenheit untergraben?

„Warum sollte ich dir das alles glauben?", verlangte er schließlich zu erfahren.

„Weshalb sollte ich dich belügen?", konterte Megas. „Ich wollte nur, dass du begreifst, wie töricht es ist, auf das zu vertrauen, was die Citkirche und ihre Priester verkünden. Hinter all dieser vorgeblichen Götterfurcht steckt einzig und allein das Streben nach Macht, also überlege dir gut, woran du glaubst."

„Ich kann auf deine weisen Ratschläge verzichten, Megas", grollte Targ. „Du willst mir allen Ernstes vorgaukeln, dass dein Überleben zum Wohle der Ostlande unerlässlich ist, weil du uns vor dem bösen Citarim beschützen musst? Und nur aufgrund dieser Geschichte soll ich meine Meinung ändern? Hast du nichts Besseres vorzubringen?"

„Denk nach, Targ", forderte Megas eindringlich. „Was wird geschehen, wenn ich nicht mit meiner Flotte nach Tilet zurückkehre?"

Targ zuckte die Schultern. „Ich weiß es nicht. Vielleicht gibt es ein großes Fest, weil sie dich endlich los sind."

Megas ignorierte die Bemerkung. „Da ich keinen Erben habe, wird auf meiner Heimatinsel Ho'Neb unweigerlich ein Streit über meine Nachfolge ausbrechen. Damit ist Ho'Neb geschwächt. Jorig Techel wird diese Schwäche ausnützen, um sich für seine Absetzung zu rächen, und ganz Jovena versinkt im Krieg. Die Flotte Ho'Nebs muss Tilet verlassen, um die Heimat zu schützen, und so bekommt der Citarim für seine Pläne endgültig freie Hand. Wir können davon ausgehen, dass er Arden nicht umsonst als Marionettenkönig eingesetzt hat, der für ihn das Schwert Fendralin führt. Also beabsichtigt der Kirchenführer offenkundig, irgendeine große Schlacht zu schlagen, bei der er ein gewaltiges Heer an willenlos ergebenen Soldaten benötigt – Tausende von Menschen, die dem Schwert bedingungslos folgen, koste es, was es wolle. Aber gegen wen soll der Krieg gehen, frage ich mich. Die ‚Gottlosen' in Jovena? Die Fürsten von Etecrar? Die aufsässigen Fendländer? Skardoskoin? Oder gegen jemanden, an den keiner von uns gedacht hat? Ich weiß es im Moment leider noch nicht, aber willst du riskieren, es in Kürze herauszufinden?"

Targ kaute auf seiner Lippe herum. Innerlich versuchte er, sich der Logik von Megas' Worten zu entwinden, aber es wollte ihm einfach nicht gelingen. Die Möglichkeit blieb bestehen, dass der verabscheute Mörder tatsächlich die Wahrheit sprach. Die nüchterne, bedächtige Seite von Targs Wesen warnte ihn davor, aus reinem Rachedurst nicht nur sein eigenes Leben fortzuwerfen, sondern sogar noch die Bedrohung durch den Citarim zu vergrößern, indem er Megas mit sich in den Tod nahm. Der gefühlsbetonte Teil seiner Persönlichkeit beharrte dagegen immer noch auf Vergeltung, ganz egal, wie hoch der Preis auch sein mochte. Der Gedanke, Megas aus freien Stücken zur Flucht zu verhelfen, erschien so abwegig und unerträglich, dass Targ am liebsten laut geschrien hätte. Warum war er auch von dieser verwünschten Kröte geblendet worden! Er hätte Megas in dessen momentanem Zustand mit Leichtigkeit bezwingen können, wenn er selbst im Vollbesitz seiner körperlichen Fähigkeiten gewesen wäre. Targ hätte dem Verräter keine Zeit gelassen, ihn mit all diesen verwirrenden Erkenntnissen ins Straucheln zu bringen. Aber jetzt, da alles ausgesprochen worden war, entfalteten Megas' Worte ihre Wirkung wie ein schleichendes Gift, das unaufhaltsam in Targs Kopf zirkulierte. Der Ecorimkämpfer konnte nicht einfach ignorieren, was er gehört hatte. Selbst wenn es nicht der Wahrheit entsprach, dass Ardens Waffe das angeblich so gefürchtete Schwert Feuerzwinger war, wusste Targ doch, dass Megas aller Wahrscheinlichkeit nach mit seiner Einschätzung der Kirche und ihres Oberhauptes richtig lag. Im Grunde war Targ selbst schon zu diesem Schluss gelangt und er wusste nur zu genau, wie Meatril über die Citkirche und ihre Priester dachte. Daraus folgte aber zwangsläufig, dass es nur von Vorteil sein konnte, wenn Megas und der Citarim versuchten, sich gegenseitig auszubooten. Megas würde sich dem Kirchenfürsten niemals freiwillig unterordnen und der Citarim würde einen Ungläubigen an seiner Seite nicht länger tolerieren als nötig. Ein Konflikt zwischen den beiden momentan mächtigsten Männern der Ostlande war somit bereits abzusehen. Die Vernunft ließ also eigentlich keinen anderen Entschluss zu, als auf Megas' Vorschlag einzugehen.

Aber da gab es ja noch seinen Stolz, seine Wut und seinen Hass, die in ihm nach ihrem Recht schrien. Targ konnte sich immer noch nicht dazu durchringen, alles beiseitezuschieben, was ihm Megas angetan hatte. „Falls ich mich tatsächlich darauf einlassen sollte, dir zu helfen“, sagte er zurückhaltend, „wohin willst du denn eigentlich gehen?“

„Zunächst einmal auf kürzestem Weg raus aus diesem Sumpf“, antwortete Megas knapp.

„Das hieße also wieder zurück“, schlussfolgerte Targ. „Aber wie soll es dann weitergehen? Wie willst du die Insel verlassen?“

„Wir gehen in die Stadt“, kam wie selbstverständlich Megas’ Erwiderung, „und du sorgst dafür, dass ich wohlbehalten zu einem der Schiffe meiner Flotte gebracht werde. Dafür gebe ich dir mein Wort, dass wir keinen weiteren Angriff versuchen und nach Tilet zurückkehren.“

„Das kann unmöglich dein Ernst sein!“ Targ wusste nicht, ob er amüsiert oder verärgert sein sollte. „Meatril und Deran werden dich in der Luft zerreißen, wenn sie dich in die Finger bekommen.“

„Ebendas war auch der Grund, warum ich versucht habe, zu entkommen“, entgegnete Megas. „Keiner von euch hätte mir zugehört, wenn ich mich einfach so ergeben hätte. Erst unsere missliche Pattsituation in diesem Sumpf bot mir unverhofft doch noch die Gelegenheit, dir ein paar gute Gründe zu nennen, mein Leben zu schonen. Und nun vertraue ich auf deine Verständigkeit, Targ. Gib mir dein Wort, dass du den anderen begreiflich machen wirst, weshalb ich lebend zu meiner Flotte zurückkehren muss. Dann werde ich mit dir in die Stadt kommen.“

Megas unternahm den dreisten Versuch, Targ mittels Ehrenschwur in die Pflicht zu nehmen. Doch ein Verräter und

Mörder verdiente keine Aufrichtigkeit, sagte sich Targ. Er wusste zwar, dass Eringar in diesem Fall anderer Meinung gewesen wäre, aber der jüngste Ecorimkämpfer konnte jetzt nicht mehr an Targs Seite stehen, eben weil er gezögert hatte, dem unbewaffneten Megas ohne Rücksicht auf Ehre und Gewissen die Klinge ins Herz zu stoßen. Targ würde sich von solchen moralischen Erwägungen nicht beirren lassen. Wenn Megas erst einmal in einer der Zellen unter dem Tempel der Festung von Andobras saß, konnte Targ mit den anderen in Ruhe eine Entscheidung darüber fällen, was mit dem Inselherrn von Ho'Neb geschehen sollte. Und wenn sie gemeinsam zu dem Schluss kämen, dass Megas für seine unzähligen Verbrechen zur Rechenschaft gezogen werden sollte, dann müsste Targ ebenden Schwur, den er gerade im Begriff war, zu leisten, für hinfällig erklären. *Das* würde ihm mit Sicherheit keine schlaflosen Nächte bereiten.

„Also gut", willigte Targ ein, „du hast mein Wort. Aber ich verlange, dass du sämtliche Waffen zurücklässt."

„Ich hatte ohnehin nicht vor, mich auf unserem bevorstehenden Marsch mit Schwert oder Rüstung zu belasten", entgegnete Megas. „Es wird auch ohne beschwerlich genug werden."

Mit diesen Worten begann Megas, seine Rüstung abzulegen. Targ entledigte sich ebenfalls seines Brustpanzers und überzeugte sich dann tastend, ob tatsächlich auch beide Schwerter am Boden neben den Rüstungsteilen lagen. Als er sicher sein konnte, dass Megas unbewaffnet war, streckte er die Hand aus.

„Leg deinen Arm über meine Schulter", forderte er Megas auf. „Versuchen wir mal, ob es so geht."

Tatsächlich konnte Megas das eine Bein kaum belasten und musste sich schwer auf Targ stützen, um nicht zu fallen.

Es wurde rasch klar, dass ein schweres Stück Arbeit vor den beiden unfreiwillig Verbündeten lag. Da bereits der Morgen graute, beschlossen sie, keine Zeit zu verlieren, um noch in der Kühle des jungen Tages möglichst weit voranzukommen.

Der Sumpf hielt noch viele unangenehme Überraschungen für sie bereit. Neben den unerbittlichen blutsaugenden Insekten in der Luft lauerte auch im Wasser zahlloses Getier, das nach ihrem Blut gierte. Egel und anderes Gewürm hefteten sich an jedes Körperteil, das länger als ein paar Augenblicke ins Wasser tauchte. Mehrmals musste Megas den geblendeten Targ vor Schlangen und Leguanen warnen, die ihren Weg kreuzten. Nach etwa einem halben Tag mühsamem Vorwärtskämpfen wurde jedoch der Durst zu ihrem erbittertsten Gegner. Es ließ sich einfach keine Quelle mit sauberem Wasser finden und dabei lief ihnen der Schweiß in Sturzbächen aus den Poren. Mehrfach mussten sie ihren Marsch durch ständig länger werdende Pausen unterbrechen, weil sie einfach nicht mehr weiterkonnten. Aber immer wieder rafften sie sich danach wieder auf. Alle Feindseligkeit zwischen ihnen schien vergessen. Beide wollten nur endlich diesen nicht für Menschen geschaffenen Flecken Land hinter sich lassen.

Als Targ sich gegen Ende des Tages bereits kaum mehr aufrecht zu halten vermochte, geschweige denn noch länger in der Lage gewesen wäre, Megas' zusätzliches Gewicht zu schultern, bemerkte er unvermutet einen sanften Windhauch, der ihm den frischen Duft des Meeres in die Nase trieb. Die aufkommende Freude darüber wurde jäh erstickt durch die plötzliche Eingebung, dass sie auf ihrem Weg zurück zur Stadt zuerst einmal die Wälder und dann die Straße hätten erreichen müssen.

„Sind wir am Meer?“, fragte Targ ermattet.

„Dort drüben ist ein flacher Felsen“, wich Megas der Frage zunächst aus, wobei er allerdings nicht weniger erschöpft klang, „da können wir rasten.“

Sie ließen sich vollkommen entkräftet auf den moosbedeckten Findling fallen.

„Warum haben wir nicht längst die Straße erreicht?“, drängte Targ schließlich auf eine Antwort. Er konnte mittlerweile wieder helle und dunkle Flecken in seiner Umgebung unterscheiden, allerdings war es auch möglich, dass diese Muster nur durch seine tiefe Erschöpfung hervorgerufen wurden. „Wo sind wir?“

Megas ließ ein kehliges Lachen hören. „Weißt du, Targ, für einen Soldarin bist du erstaunlich leichtgläubig. Ich dachte, in eurer Familie gehört Misstrauen zum guten Ton.“

„Wo hast du mich hingebracht?“, fragte Targ in böser Vorahnung.

„Wie konntest du nur denken, dass ich freiwillig in die Stadt zurückkehren würde, um mich euch ans Messer zu liefern?“ Trotz der hörbaren Müdigkeit in seiner Stimme brachte es Megas noch fertig, überheblich zu klingen. „Es war von Anfang an mein Plan, das westliche Ufer von Andobras zu erreichen. Hier gibt es nämlich einen der wenigen Küstenabschnitte, wo unsere Schiffe gefahrlos ankern und Beiboote an Land schicken können. In Kürze wird mich eines davon abholen, sie haben uns schon entdeckt.“

„Wir sind nach Westen gegangen?“ Targ verlieh seinem Ärger durch einige derbe Flüche Ausdruck. Am liebsten wäre er seinem verlogenen Weggefährten an die Gurgel gegangen, aber dazu fehlte es ihm schlichtweg an Kraft. „Woher wussten deine Leute denn, dass du hierherkommen würdest?“, fragte er stattdessen aufgebracht.

„Wir brauchten einen Punkt, an den wir uns zurückziehen können, falls unser Überraschungsangriff auf die Stadt scheitert“, erklärte Megas, amüsiert über Targs mühsam beherrschte Wut. „Die Stelle in der Nähe der Stadt, wo wir die Uferfelsen hinaufgeklettert sind, war dafür ungeeignet, denn die Brandung zerschmettert jedes Ruderboot früher oder später an den Felsen. Daher kann man dort zwar an Land gehen, wenn man keine Rücksicht auf die Beiboote nimmt, aber wieder weg kommt man auf keinen Fall. Im Osten erhebt sich das Gebirge, also blieb nur, durch den Sumpf nach Westen zu gehen oder nach Norden durch den Urwald. Da ich Sorge hatte, im Wald die Orientierung zu verlieren, wählten wir den Weg nach Westen – im Nachhinein betrachtet, wohl keine gute Entscheidung.“

„Und was jetzt?“ Targ fühlte sich innerlich leer. Megas hatte ihn vorgeführt, benutzt, gedemütigt. Ein schneller Tod war alles, auf das der Ecorimkämpfer noch hoffen durfte.

„Ich werde mein Schiff besteigen und damit endet diese produktive Partnerschaft zwischen uns. Jeder ist wieder auf sich allein gestellt.“

„Du lässt mich am Leben?“, fragte Targ ungläubig.

„Natürlich. Ich werde dir sogar einen Schlauch mit Wasser hierlassen. Wie gesagt, dich zu töten, reizt mich im Moment weit weniger, als zu sehen, wie du mit der Schmach des heutigen Tages umgehst. Legst du dich hin und stirbst, oder versuchst du wider Erwarten, zu überleben? Bist du ein Kämpfer oder ziehst du es vor, mit deinem Schicksal zu hadern? Eine spannende Frage, findest du nicht? Wann bekommt man sonst die Gelegenheit, so tiefen Einblick in den Charakter eines anderen Menschen zu erhalten.“

„Welcher Dämon hat dich nur auf die Welt losgelassen?“ Targ schüttelte fassungslos den Kopf. Dabei stellte er fest, dass er schemenhaft Megas' Silhouette vor sich ausmachen konnte. Vielleicht war doch noch nicht alles verloren.

„Oh, Dämonen haben damit nichts zu tun", widersprach Megas. „Ich bin nur ein Mensch, der sich keinen Regeln unterwirft. Das befreit ungemein, glaub mir. Gesetze und Moral sind nur äußere Zwänge, die dir andere auferlegen wollen, weil sie deine freie Entfaltung fürchten. Ich würde gerne noch länger mit dir darüber plaudern, aber das Beiboot ist angekommen. Ich hoffe, wir sehen uns wieder, allerdings … die Wahrscheinlichkeit ist doch eher gering. Grüß Eringar von mir, wenn du ihn in Xelos' Märchenhalle triffst."

Targ musste mit anhören, wie die Matrosen ihren Herrn willkommen hießen und ihm dann ins Boot halfen. Tatsächlich warf einer von ihnen noch einen Wasserschlauch zu Targ auf den Felsen hinüber, dann ließen sie ihn allein zurück. Er nahm einen tiefen Zug aus dem Trinkgefäß, dann sank er wieder auf den Stein nieder. Klagen oder kämpfen? Gründe, mit sich zu hadern, gab es für Targ viele, aber gab es auch einen Grund, sich gegen sein bevorstehendes Ende zu wehren? War Rache ein gutes Motiv, um weiterzuleben? Was hatte ihn der fortwährende Hass auf Megas bereits alles gekostet? Gab es sonst nichts, wofür es sich lohnte, noch einmal alle Kräfte aufzubieten?

Plötzlich erschien vor seinem inneren Auge die Gestalt seines Bruders Deran. Sein Bruder würde es bestimmt nicht gutheißen, wenn er jetzt einfach aufgab. „Targ", würde er sagen, „reiß dich zusammen und tu, was nötig ist." Und Deran hatte recht. Es durfte hier noch nicht enden.

Licht und Schatten

Der heranpeitschende Wintersturm rüttelte mit aller Macht an den Planen des großen Zelts, das inmitten der baumlosen Istaebene den Naturgewalten schutzlos ausgesetzt war. Obwohl der Sommer noch gar nicht lange zurücklag, erschien Daia der Gedanke an Wärme und Sonnenschein unendlich fern angesichts des tobenden Sturms, der draußen Fuß um Fuß Schnee vor dem Zelteingang ablud. Aber die Nomaden vom Volk der Istanoit verstanden es, ihre Zelte so zu verzurren, dass auch der grimmigste Eisland-Atem, wie der Wind aus Nordwest genannt wurde, ihnen nichts anzuhaben vermochte.

Daia saß auf einem Fell am Boden der runden Istanoitbehausung und bemühte sich trotz des Orkangetöses, den Geräuschen aus dem abgetrennten Bereich des Zeltes zu lauschen, um zu erfahren, wie es um ihre Freundin Tarana stand. Die Istanoit lag nun schon viele Stunden dort und die Einzige, die bei ihr sein durfte, war die knorrige Hebamme des Stammes. Niemand konnte Daia sagen, in welcher Verfassung Tarana war oder warum das alles so lange dauerte. Das Einzige, was aus dem mit Fellen abgehängten Teil des Zeltes drang, waren halb erstickte Schreie, die nun in immer kürzeren Abständen kamen.

Daia hatte Angst. Sie war noch nie bei einer Geburt zugegen gewesen und konnte nicht einschätzen, ob alles so verlief, wie es sollte, oder ob sie wirklich Grund zur Sorge hatte.

Ihr einziger Trost in dieser quälenden Ungewissheit stellte Thalia dar. Daia hielt schon die ganze Zeit die Hand des kleinen Mädchens umklammert. Eigentlich war Thalia in Anbetracht der Umstände erstaunlich gefasst, weder der pfeifende Sturm draußen noch Taranas Schmerzlaute drinnen schienen sie besonders zu beunruhigen.

Plötzlich übertönte ein hoher, lang gezogener Schrei das Tosen des Windes. Unmittelbar darauf herrschte eine gespenstische Ruhe im Inneren des Zeltes und sogar der Eisland-Atem schien für einen kurzen Augenblick die Luft anzuhalten. Thalias Augen richteten sich gebannt auf Daia. Das kleine Mädchen öffnete den Mund und sagte mit lauter, klarer Stimme: „Er ist da."

Daias Unterkiefer klappte vor Überraschung nach unten. Dies waren nicht nur die ersten verständlichen Laute, die das Mädchen seit ihrer Ankunft in der Kriegerschule von sich gegeben hatte, Thalia hatte auf Anhieb einen fehlerfreien Satz formuliert.

Dann wurde ein klagendes, durchdringendes Geschrei laut, wie es nur von einem Neugeborenen stammen konnte. Kurz darauf teilten sich die Fellvorhänge und die alte Hebamme erschien mit einem kleinen weißen Tuchbündel im Arm, aus dem das zornige Gebrüll kam.

„Es ist ein Junge", verkündete sie mit brüchiger Stimme. „Tarana wünscht, sein Name möge Arlion sein."

„Geht es Tarana gut?", erkundigte sich Daia mit den Tränen ringend.

„Es war eine schwere Geburt", erwiderte die Alte. „Sie ist erschöpft, aber es wird ihr bald besser gehen. Wollt ihr Arlion einmal halten?"

Daia nickte zaghaft und ließ sich dann von der Hebamme das kleine, fast gänzlich von Leintüchern verhüllte Wesen geben. So vorsichtig, als trage sie ein rohes Ei, ging sie in die Knie, damit Thalia ebenfalls einen Blick auf das puterrote Gesicht des kleinen Neuankömmlings werfen konnte. Schüchtern trat die Kleine heran und beugte sich über das schreiende Bündel in Daias Arm. Sanft berührte sie die Stirn von Taranas Sohn und im gleichen Augenblick verstummte dessen Geschrei so abrupt, dass die Hebamme besorgt hinzutrat. Doch Arlions ruhige Atemgeräusche ließen keinen Zweifel daran, dass der Säugling unvermittelt eingeschlafen war. Die alte Istanoit sah Thalia prüfend ins Gesicht:

„Mir scheint, die Göttin Bajula hat ein verborgenes Band zwischen diesen beiden Kindern gewebt."

Daia nickte nur. Es war alles etwas zu viel für sie. Doch jetzt zählte ohnehin nur, dass Tarana und ihr Kind wohlauf waren, alles andere würde sich schon noch erweisen. Arlion ... Unwillkürlich musste Daia an Arton denken. Bestimmt wäre er überglücklich über die Geburt seines Sohnes gewesen, dachte sie und seufzte.

Arton stand allein vor dem kreisrunden Eingang, das Schwert Themuron in der Rechten. Er konnte die Tausende von Leben fühlen, die sich unter ihm in der Erde verbargen. Jeden einzelnen Wurzelbalg nahm er wahr, als wären die Wesen Finger seiner Hand, und ebenso konnte er sie auch nach seinem Willen lenken. Tausende von Gliedmaßen, die alle auf seinen Befehl hin handelten, eine Einheit aus zahllosen Körpern, eine Macht unvorstellbaren Ausmaßes. Es war kaum zu vergleichen mit den lächerlichen Versuchen von früher, mittels seiner „Gabe" den Willen anderer Menschen niederzuringen. Dieses Mal hielt er das Schwert Tausendsturm in Händen. Die Kraft seines Geistes wuchs damit weit über die gewöhnlicher Sterblicher hinaus.

Dann riss seine Konzentration abermals ab, er verlor die Verbindung zu der großen Masse der Wurzelbälger in ihrem unterirdischen Bau und konnte nur noch einige Dutzend mit seinen Gedanken erreichen.

Der Citarim hatte recht. Arton musste noch viel lernen. Aber seit ihn der Kirchenführer endlich aus seiner finsteren Isolation im Keller des Tempels befreit hatte, war er schon um so vieles weitergekommen in der Beherrschung seiner Kräfte. Daher nahm er diesen erneuten Rückschlag, bedingt durch seine immer noch mangelnde Konzentration, ohne zu hadern hin. Arton wusste, dass er kurz davorstand, etwas Bedeutsames zu leisten. Wie sein Vater würde er bald über eine Armee von Wurzelbälgern gebieten. Vielleicht mit Ausnahme des Citarim war dazu niemand sonst in der Lage. Und dann würde ihm der oberste Citpriester auch endlich eröffnen, welche Aufgabe die Götter für ihren Auserwählten Arton Erenor vorgesehen hatten. Er war jetzt fest entschlossen, seinen Teil zum Gelingen des göttlichen Plans beizutragen. Er wollte endlich auf der richtigen Seite stehen.

Personenverzeichnis

Abak Belchaim: Berater von König Jorig Techel, Gelehrter

Arden Erenor: Schwertmeister, Sohn Ecorim Erenors, offizieller Erbe von Ecorims Schwert

Arlion: Sohn von Tarana und Arton

Arton Erenor: Schwertmeister, Halbbruder von Arden, Träger des Schwertes Tausendsturm

Barat: aus der Armee ausgeschiedener Soldat, Rais väterlicher Freund, will Andobras in eine freie Insel verwandeln

Belena Sogwin: ehemalige Geliebte von Arden, Mutter von Thalia

Breolm: der Feuerherold, erster Anführer der Xeliten

Daia Ehrenfels: Ecorimkämpferin, Gefährtin von Meatril, Geliebte von Arden, Freundin Taranas

Deran und Targ Soldarin: Ecorimkämpfer, zwei Brüder aus der Fürstenfamilie Nordantheons, ihr jüngerer Bruder Estol wurde von Megas erschlagen

Derbil Istanoit: Ecorimkämpferin, gehört wie Tarana dem Nomadenstamm der Istanoit an, ehemals beste Freundin von Tarana, von Megas getötet

Ecorim Erenor: Held der Ostlande, Vater von Arden und verheiratet mit Siva, starb bei einem Schiffsunglück

Erbukas: Bergmeister in der Mine von Andobras, Anführer der Gruppe der „Lauteren"

Eringar Warrud: Ecorimkämpfer, stammt aus einer reichen Händlerfamilie in Etecrar

Ferim Tabuk: Tochter von Josh Tabuk und Geliebte von Megas

Ferrag: Hundeführer und Wurzelbalg-Jäger, führt den Aufstand gegen die neuen Herren von Andobras

Garlan Fedochin: Kommandant der Palastgarde von Tilet, wird nach Andobras strafversetzt

Hador Badach: ehemaliger Herrscher von Skardoskoin, einstiger Herr des dunklen Schwertes und der ehernen Feste Arch Themur, wurde von Ecorim bei der Eroberung von Arch Themur erschlagen

Herak: neuer Anführer der Xeliten

Jorig Techel: König von Citheon, oberster Inselherr von Jovena

Joshua Tabuk: Kommandeur der Flotte von Ho'Neb und Untergebener von Megas, durch Folter zum Krüppel geworden

Kawrin: ehemaliger Straßenjunge aus Seewaith, entkam aus der Mine von Andobras bei dem Versuch, sich das Leben zu nehmen

Malun: Erhabener, Priester des Cit und Sondergesandter des Citarim

Maralon Erenor: Ziehvater und Großonkel von Arton und Arden, Schwertmeister, ehemals Besitzer der Kriegerschule Ecorim, von Megas' Assassinen erschlagen

Meatril Westmarken: Ecorimkämpfer, Ardens treuester Gefolgsmann

Megas Arud'Adakin: Sohn des Inselherrn von Ho'Neb und Erzfeind der Ecorimkämpfer

Melessen LeonmaSr: erster König Fendlands, Gründer der Kriegerschule Ecorim

Nagas Arud'Adakin: jüngerer Halbbruder von Megas

Narwenna Karwander: Schwester von König Noran Karwander, Gemahlin von Taron Erenor und Mutter von Ecorim

Nataol: Hohepriester des Cittempels auf der Insel Andobras

Nessalion: ehemaliger Sklave im Bergwerk von Andobras, Vater von Warson

Noran Karwander (gen. „der Gebrannte“): ehemaliger König von Citheon, starb bei der Erstürmung von Arch Themur

Rai: Tileter Straßenjunge und Dieb, stiehlt das dunkle Schwert Hador Badachs aus dem Palast von Tilet

Selira: Xelitin, lehnt sich gegen die strenge Herrschaft ihres Anführers Breolm auf

Shyrali: ehemaliges Straßenmädchen aus Tilet, nun beste Spionin von Abak Belchaim

Siva Erenor: Mutter von Arton und Arden, Gemahlin Ecorims, starb mit Ecorim bei einem Schiffsunglück, als ihre Söhne noch Kinder waren

Tarana Istanoit: Ecorimkämpferin, gehört zum Nomadenstamm der Istanoit, verlor ihre beste Freundin Derbil durch die Hand von Megas, Geliebte Artons

Taron Erenor: Gemahl von Narwenna Karwander, Vater von Ecorim Erenor

Terbas: Anführer der Waldbewohner auf der Insel Andobras, zu denen ursprünglich auch Kawrin gehörte

Thalia Sogwin: gemeinsame Tochter von Belena und Arden

Torion Menauraín: Citarim und damit oberster Priester des Sonnengottes Cit

Turael Arud'Adakin: Inselherr von Ho'Neb, trunksüchtiger Vater von Megas

Ulag: früherer Beherrscher des Bergwerks von Andobras, von Arton besiegt

Warson: junger Sklave im Bergwerk von Andobras, Sohn Nessalions, wird von Ulag getötet, weil er Rai zu helfen versucht

Michael Rothballer
Tausendsturm

Rai kann nicht fassen, was mit ihm geschieht. Die dunkle Waffe in seiner Hand scheint Besitz von ihm zu ergreifen und sich wie von selbst gegen seine Feinde zu richten. Der Junge flieht aus den Gemäuern und rennt um sein Leben, unwissend, welch kostbaren Schatz er aus dem königlichen Palast von Tilet entwendet hat: Tausendsturm, ein sagenumwobenes Schwert, das demjenigen, der es bei sich trägt, ungeahnte Kräfte und grenzenlose Macht verleiht. Und so ahnt Rai auch nicht, welch düsteres Schicksal ihn nach dem Diebstahl der magischen Klinge erwartet: ein Leben ohne Licht und Hoffnung in den grausam beherrschten Erzminen von Andobras …

Loewe